口述歷史採訪的理論與實踐

新舊臺灣人的滄桑史

|修訂版|

林德政 著

五南圖書出版公司 印行

謹以本書獻給兩位恩師：

胡春惠教授（一九三四年—二〇一六年五月）

陳存恭教授（一九三二年—二〇一六年八月）

二版序

《口述歷史採訪的理論與實踐：新舊臺灣人的滄桑史》一書，初版一年，已經售罄，這給作者一個很大的鼓勵，值再版之際，再述數言。

這次再版，首先是把初版一些錯別字予以訂正，其次是在封面及封底上的設計上放入新相片，除了示範家譜的本人嬰兒時期與父母及手足的全家福相片外，其他分別是楊從貞女士與先生及子女的全家福、著名作家林海音女士懷抱稚齡夏烈的親子圖，這三張老照片都有幼兒。另外是黃世忠將軍戎裝照，以及本人與被訪者蔣渭水之子蔣松輝先生合影，他是蔣渭水之子，享年一百零一歲的高壽。

當然最重要的是加上全新的一篇口述史：《懷念在滿洲國的十二年：楊從貞女士口述史》，有關滿洲國的口述史，合原來的兩篇，共計三篇。

自踏入歷史學領域以來，由於本人苦心孤詣加上殊勝的因緣，接觸到不少有特殊歷史經驗的耆老，雖然有此因緣，但畢竟本人有學校授課及輔導學生的工作，也沒有經費補助，在主客觀條件的制約下，窮我個人一己之力，很難將所有我遇到的耆老都做了採訪、留下記錄，或是說雖有訪談與記錄，卻祇是一鱗半爪，廣度與深度均感不足，對此我亦深感遺憾！

例如也有滿洲國經驗的臺南土城人陳登連醫生（日本興亞醫專畢，自日赴滿），如雲林北港人許先生，畢業自臺南二中、日本藥學專門學校畢，與同樣是藥劑師的妻子相偕自日赴滿。也有滿洲國經驗的雲林土庫人郭賀（東京農業大學畢，自日赴滿），有二戰海南島經驗的臺南海尾人吳金釣（臺南農業專修學校畢，自臺赴瓊）、海南島經驗的尚有江信和（嘉義農林學校畢，自臺赴瓊）。另有戰時上海經驗的是屏東萬巒五溝水人的林憲（高雄中學、日本中央大學畢，丘念台的秘書）。此外，具有白色恐怖經驗的蘇友鵬醫師以及林麗峰先生。我都在他們七、八十歲的時候，有幸和他們認識、向他們請益，但卻還祇是初步採訪或即將完成之際，他們就離開了人世間，對於那些與我擦身而過的耆老，每一思及，內心就十分痛惜與難過。

多年來，我一直鼓勵成功大學學生，一定要把握機會好好採訪家中的阿公、阿嬤（阿婆），祖父、祖母等長輩，切莫坐失良機。足堪安慰的是這些年來，每一學期都有非常優秀的理、工、醫、管、社科各系學生，做出非常精彩，令人激賞的採訪成果！

口述歷史採訪，是記錄歷史、研究歷史的好方法，是稍縱即逝的因緣，當下不為耆老留下歷史見證，以後也許就沒機會，只能抱憾了！希望大家能透過此書中所傳授的口述歷史方法與範例，為耆老留下歷史足跡，更為多彩多姿的臺灣史，增添豐富的內涵！

林德政

二〇一八年四月二十三日

於舊名「打狗」的高雄鼓山

哈瑪星內溝仔渡船頭畔

再版二刷序

讀者問再版序文爲何寫於高雄哈瑪星？

故事從五歲開始，一九六〇年爸媽帶我坐火車從嘉義到高雄訪友，一下火車，見到雄偉的帝冠式高雄車站，晚上宿於最繁華的鹽埕埔大圓環對面一家電器行二樓。高雄好熱鬧啊！大勇路上有全臺灣最聞名的「大新百貨公司」，裡面有小孩子最愛搭乘的電扶梯（エスカレーター）及升降梯（エレベーター），頂樓更有兒童樂園，爸媽又帶我到鼓山哈瑪星輪渡站坐「ポンポン船」到旗津玩，第一次搭「渡輪」過海，非常興奮，空氣好清新，景色好美麗，問爸媽爲何渡輪叫做「ポンポン船」？說因爲渡輪行走時馬達發出「PON、PON」的規律聲音，所以日語就稱爲「ポンポン船」了。九歲時爸爸調職山城六龜，暑假隨著媽媽去住，從美濃入六龜要經過山洞，一旁是壯麗的荖濃溪，跟爸媽走吊橋，青山與綠水，開闊我心胸，從此愛上高雄！

小時候，爸爸就說：「你曾祖父林旭初是清朝光緒年間秀才，日本領臺，與林金生（子林懷民）的祖父林維朝秀才相偕避難福建漳州，一年後返臺，無奈成爲二等國民」。曾祖父二子日治時分別讀師範學校與行政官吏養成所，爸媽又說起自己昔日躲「爆擊」（空襲）的驚恐等事。年幼的我得知曾祖父是秀才，興起無限景仰之情，幸好爸爸口述有關曾祖父的詳細事蹟，而他是聽祖父的講述而得知，這是我父親的口述歷史。日後我在臺灣總督府的檔案裡，確實看到曾祖父林旭初及伯公林鵬駒的名字，更看到曾祖父與伯公親筆書寫的自傳年表，驚訝印證到口述歷史的眞實性！

每個人都是浩瀚歷史裡不可缺少的一份子，我要再次叮嚀大家：「再平凡的人，都有精彩的一生！」趁耆老健在，趕快進行口述歷史採訪！

林德政　二〇二〇年十月十九日　夏曆九月初三日

寫於設市一百週年的高雄・港邊

自序

這本書《口述歷史採訪的理論與實踐：新舊臺灣人的滄桑史》，包含兩個主題：一是闡述口述歷史採訪的理論與方法，二是藉由採訪實例說明臺灣人的滄桑史。

一、什麼是口述歷史？為什麼需要口述歷史？

初學者會好奇，問：「口述歷史是什麼東西？它有什麼用呢？」

大家都明白，每一個人都有自己的歷史，歷史不僅僅是國家、群體、社會所擁有，即使是普普通通的一般人，也都有專屬於他自己的歷史。事實上，任何一個人的歷史，除了是屬於他自己的歷史，同時也是所處時代歷史不可分割的一部份，無法切割。因爲國家、群體、社會正是無數的個體所組合成的，沒有個人，那來群體？沒有單獨的個人，那來整體的國家？群體、社會與國家的歷史是由無數的個人共同創造，每一個人在創造屬於自己的歷史時，幾乎同一時間，他們也在創造屬於國家、群體與社會的歷史。

群體與國家的歷史，因爲主事者的緣故，恒久以來，一直是受到極大的關注，大量的歷史文本被書寫、印刷成冊、廣泛流傳，人們常常容易在各大圖書館找到它們。相對來說，個人的歷史則大相逕庭，幾乎很少被注重，遑論被書寫，進而印刷、流傳了。

個人的歷史除了是他個人的重要經歷，更是國家、群體歷史的重要時代見證，有時候因爲主觀、客觀的因素，學院裡的歷史學家，在書寫國家、群體與社會的歷史時，有意、無意之間，難免會有疏漏，或是有所不足，這時候個人的歷史記錄，就是很重要的參考資料，它可以彌補，可以交叉比對，更可以辯駁和正僞，其功用甚大。

但是一般狀況下，大部份的專業歷史學家少有精力關注到個人，除非那一個「個人」是英雄、聖賢、豪傑之士，或者說是達官貴人、方面大員、殷商大賈等。上面所舉這類人，當然是建構歷史上層的重要人士，但是如果沒有一般百姓大衆、小兵、販夫、走卒，在歷史下層往上頂著，就無上層，上層也就會跟著垮掉。只有上層的歷史，而缺乏下層的歷史，這樣子的歷史是殘缺的，片面的。因此，想要讓書寫下來的歷史完整、全面，就必須要上、下層皆備，在這樣子的情況下，試問有誰能忽略云云衆生的歷史證言呢？

因此，專業歷史學家必得撥出時間來從事必要的口述歷史採訪，或者是教導、訓練學生進行口述歷史採訪。

置身學院從事歷史教學與研究三十多年來，深知一般人不諳書寫自己歷史的方法，無論是知識份子或是販夫走卒皆然。不過因爲居上位者，參與公共事務多，自有史家爲他書寫，一般百姓大衆則不然，史家關愛的眼神不易及於其身，但如同上文所提到的，他們的歷史又具有相當程度的不可忽略性，若無人爲他們寫，怎麼辦呢？他們的歷史從何而來呢？比起上層人士，他們自己更不會書寫自己，即使有寫，也往往抓不到重點，或完整性不足，或掛一漏萬，那我們束手無策了嗎？當然不是，其實是有方法的，方法就是得依靠口述歷史採訪，只有依靠訓練有素的口述歷史採訪家去進行採訪才能獲得、也才能保留下精彩的閱歷與見聞，而那些精彩內容是稍縱即逝的，是必須和老天爺搶時間的，因爲人的記憶會退化，人的壽命有其限度。因此之故，進行口述歷史採訪的必要性就產生了。

言簡意賅地說，經由專業的口述歷史家，或是受過訓練的業餘口述歷史採訪工作者主持，針對具有特殊歷史經驗的人士，進行專業的採訪，事後整理成系統的文本，此謂之口述歷史。

二、一定要做口述歷史嗎？

一定要做口述歷史嗎？這個答案是當然的，在此我舉幾個例子，來回答這個問題。

第一、當年中共剛完成長征不久，美國人史諾（Edgar Snow）在陝北走訪中共諸領導人，完成《Red Star Over China》（中譯名《西行漫記》）一書，此書雖然是以報導筆法寫成，但相當程度爲長征留下珍貴的歷史記錄，且是距離長征結束時間最近的一本第一手資料，爲後世研究長征者所不能不讀。設若當時沒有史諾採訪並完成此書，當時中共長征細節、初抵陝北時的處境及其對國共鬥爭的理念，便無由得知。

第二、對日抗戰歷史當中極其重要的「滇緬戰役」，參與其役並且留下回憶錄的不多，曹英哲將軍難得地寫了一本《雪泥鴻爪：老兵憶往》，此書就他個人所參與的戰場部份多所記載，爲滇緬戰役留下寶貴的記錄，非常珍貴。但是，正因爲是回憶錄性質，讀者想進一步瞭解的方方面面，很可惜地，可能曹將軍不認爲重要，卻沒有書寫或是一筆帶過，設若當時有學者爲曹將軍做口述歷史採訪，相信必能添加更多豐富的內容。

第三、臺灣史上的「二二八事件」，研究成果相當豐碩，原因固然很多，但是最主要的原因之一，應該是針對該事件相關人士，如「劫後餘生者」、「受難者家屬」等等，有做大量且深入的口述歷史採訪，有以致之。圖書館的書架上琳瑯滿目地，數量龐大的二二八口述歷史，處處可見。設若沒有那麼大、那麼多的二二八口述歷史採訪文本，則可以相信二二八的研究不會那麼深入，你說國民黨屠殺多少菁英、多少良民百姓，檔案既不載，或有記載但卻輕描淡寫，誰人相信？至少「說服力」降低很多。所以說對二二八的研究來講，口述歷史採訪何等重要！

三、何謂「新臺灣人」、「舊臺灣人」？如何看待臺灣人的歷史？臺灣的歷史如何稱為是「滄桑史」？

「新臺灣人」與「舊臺灣人」的界說，基本上是以一九四五年或一九四九年爲分界線，後者指一九四五、一九四九年以前即已經居住在臺灣的住民，過去有段時間他們被稱爲「本省人」；前者指此年之後移居到臺灣者，過去這部份人常被稱爲「外省人」。然而，經過七十多年，將近八十年的歲月，本省人與外省人的界線漸泯，這個稱呼漸少，慢慢地，大家都是「臺灣人」了。不過，本書為研究上的區別起見，暫時仍以「新」、「舊」來稱呼，雖然誰也知道，除了極少數既有中華民國籍、又有他國籍者，亦即所謂擁有「雙重國籍」（Dual Nationality）者外，大家都是「臺灣人」！。

自荷蘭人、西班牙人佔領臺灣開始，歷經明鄭、清領、日治、中華民國等時期，政權之更迭，非常頻繁，政權變更之際，幾乎都帶給這塊土地上的人民災難，每一次變更，人民傷亡之餘，還得調整和適應，族群之間每每引起「撕裂」和「衝突」，過去恒如是，史書上可以說是血跡斑斑！當然其間也有「融合」與「忍讓」，其間「國族認同」（National Identity）問題始終是糾纏著這塊土地上的住民！迄今猶如是。

臺灣史的特色除了是政權更迭頻繁、動亂頻仍外，還有就是外族統治，較明顯的是荷蘭與日本對臺灣的殖民統治，兩段異族的殖民統治，帶來苦難，也把臺灣提早捲進世界史之中。所幸最終都能夠脫離外族，回到自己人手中。

未來臺灣的前途到底是維持現狀，還是會有天翻地覆的變化呢？如果說維持現狀，則可維持多久？而假設有巨變的話，則又是怎麼樣的變化？這一切都還在未定之天，誰也無法斷定。但是不管如何，綜觀整個臺灣歷史，它呈現出色彩繽紛的多樣性、多變性，這還不夠稱為「滄桑」嗎？是以稱為「滄桑史」。

四、唯有論著才能傳世不朽

魏文帝曹丕《典論．論文》寫到：「文章，經國之大業，不朽之盛事。年壽有時而盡，榮樂止乎其身……二者必至之常期，未若文章之無窮。」這段話，充分詮釋即使是曾經位高權重的人，隨著其生命的流逝，身後一切都將成空，唯有論著才能傳世不朽，本書引用曹丕此語，論證口述歷史「記載」下來的重要性。

多年來我不自限於學院的象牙塔裡，除了一般的教學與研究外，我潛心研究口述歷史的理論與方法，更直接到田野之間從事採訪，累積了一些成果。

新舊臺灣人遷徙狀況表

姓名	生年	性別	職業、出入臺灣海峽的時間	遷移背景
蔣松輝	1913	男	圖書館員工，日軍通譯等，戰前從臺灣到上海	自由遷徙，尋找工作
楊從貞	1915	女	家庭婦女，戰前從臺灣到滿洲國。	跟隨丈夫到滿洲國行醫。
李辰（邱林淵）	1916	男	臺大眼科醫生，戰後從臺灣到中國，成為中國眼科名教授，全國人大代表	因白色恐怖被迫逃亡
黃素貞	1917	女	教師，戰時從臺灣到中國	自願到中國參加抗戰
楊從善	1917	女	家庭婦女，戰時從臺灣到天津、滿洲國	自由遷徙，隨夫工作
鄭春河	1920	男	臺籍日本兵，戰時從臺灣到東帝汶	被徵調到南洋，參加殘酷的二戰
毛禮文	1920	男	國軍，戰後從中國到臺灣	國共內戰
劉止戈	1921	男	國軍，戰後從中國到臺灣	國共內戰
陳舍華	1922	男	忠義救國軍，戰後從中國大陸到臺灣	國共內戰
徐觀超	1922	男	國軍，戰後從中國到臺灣	國共內戰
何智叢	1922	男	國軍，戰後從中國到臺灣	國共內戰
張丁誥	1923	男	戰時從臺灣到日本，再到滿洲國任市政府員工。戰後任省議員	為逃避徵兵，到滿洲國工作
孟興華	1924	男	國軍，戰後從中國到臺灣	國共內戰
黃世忠	1926	男	國軍，戰後從中國到臺灣	國共內戰
李啓明	1926	男	國軍，戰後從中國到臺灣	國共內戰
徐振昆	1928	男	臺籍日本兵（戰地庶務員），戰時從臺灣到新加坡、緬甸。戰後歷任教師，鎮長，縣議員	被日軍徵調，見證日本發動下的二戰
楊翠蘭	1928	女	學生，戰時從臺灣遷到南京。戰後擔任教師	因父親到南京創業而去就學
葉笛（葉寄民）	1930	男	學生，戰時在臺灣。戰後成為教師，詩人，文學家	見證日治下的殖民教育
夏烈（夏祖焯）	1941	男	戰後從中國跟隨父母到臺灣。之後成為工程師，文學家，教授	國共內戰

收錄在本書的，既有理論篇也有實務篇。理論篇述說口述歷史的理論與方法，說明它不是西方所獨有，中土早在古代即已產生，不過系統化確是源自西方。實務篇題材廣泛，人員方面有外省人的，也有本省人的，職業方面有教師、軍人（阿兵哥）、情報員、公務員、文學家、醫生、學生，甚至家庭主婦，性別則男人、女人都有。軍人則又分「國軍」與「臺籍日本兵」，至於他們的足跡則是遍及臺灣、中國大陸、日本、滿洲國、東南亞、南太平洋等地。總之，呈現的是既豐富又多樣的面相，許多篇讓人看了一遍又一遍，是那麼樣的吸引人，有的令人驚奇，有的令人感動，驚訝歷史竟有那麼多的未知空間可以傾吐！

以上列出受訪者出入臺灣海峽的時間（戰前、戰時、戰後）簡表。（「戰」指一九三七年日本侵華戰爭（中日戰爭）爆發一事，此前稱戰前；此後至一九四五年，稱戰時；而一九四五年之後則稱戰後）以及導致他們遷徙的原因。至於他們精彩的一生，則請讀者詳細閱讀各篇採訪內容。

從上表可以得知，這十八位新、舊臺灣人，皆因戰事而導致其進出、遷移於海峽兩岸之間，或是及於海外，並且因爲戰爭之故影響他們的一生，不管是受日本侵華戰爭（中日戰爭）、太平洋戰爭的影響；或是受國民黨與共產黨內戰的影響，他們一生的故事就此展開。他們見證了臺海兩岸的歷史，若以臺灣主體性的角度來講，他們的歷史更成爲滄桑「臺灣史」的一部份，當然也印證了中國現代史。

五、完成一本專著的寫作，需要有諸多的因緣和合而成

一本專門著作的完成，不是一件簡單的事情，首先是作者個人的努力，其次是作者在漫長的學徒生涯中，承蒙父母、師長、學友的栽培、教導與協助，才有今天，在撰寫本書序文的時候，滿懷感恩之情。

做爲一個歷史研究工作者，深深了解記錄的重要性，記錄是研究的基礎，沒有記錄，就沒有了一切。文治武功，祇有留下文字記錄，才有資格成爲「準歷史」，否則一切成空。

此所以我努力從事口述歷史採訪的原因，我努力說服諸多與我有緣份的耆老，讓他們的歷史見證保留下

來。書中最早的幾篇採訪，像張丁誥先生、蔣松輝先生、像楊翠蘭女士、像楊從善女士等，都是在一九九〇年代末期就開始做的。晚近的幾篇，如黃埔諸耆老的訪談，則是二〇一五年所做，前後跨了將近二十年，其中幾位耆老的採訪，因緣始於前一年我到廣州參加「黃埔論壇」，因為黃埔軍校史專家曾慶榴教授的介紹，認識廣州「黃埔軍校紀念館」楊琪館長，以及周軍、李嵐兩位副館長，在紀念黃埔建軍九十週年的同時，念及當年黃埔青年至今存者已是白髮長者，再不搶救其歷史恐將來不及，返臺後遂積極連絡進行，更得到臺北「時報國際公司」副總經理陳邦鈺先生的協助，誌此不忘。

耆老們，你們的口述史是無價之寶！沒有你們，也就沒有這本書所呈現的精彩篇章，感謝你們。書中有若干相片及資料的提供者，如黃英甫教授、劉萬來先生、張桂一先生、黃哲永先生、陳春生先生、林徵集先生、劉銅先生、陳素雲教授、鄭名峰先生等，以及更多的先生、女士們，我向你們致謝。

口述歷史採訪的工作非常繁瑣，事先規畫是一事，實際採訪是一事，且現場又要攝影，後製的聽打、整理和撰稿更是一事，非常繁忙。過程中，最辛苦的是聽打，把聲音變文字，熟手至少是三至四倍的時間，即一小時的訪談，需要花費三至四小時才能聽打出來，如果受訪者鄉音腔調很重，那就更辛苦了。例如在本書中所採訪的何智叢先生，他的河南腔非常難懂，前後反覆聆聽很多次才能成稿。又如另一位陳舍華先生有浙江腔，聽錄音他說：「寧夏」，可是和語境不合，只好再跑一趟到他府上求證，原來是「淪陷」。總之，做口述歷史採訪，它的辛苦絕不亞於一般學術論著的撰述，只能說是「有過之無不及」。本書聽打、整理、攝影等部份，盧淑美老師協助特多，此外，她更訪談我做口述歷史的經驗與心路歷程，寫成一篇〈採訪對話稿示範：老鳥經驗談／林德政教授口述歷史採訪回顧〉，畫龍點睛，深致謝忱。

學者從事研究，埋首著書立說，用眼經常過度，這三十年來，我的眼睛得以保持健康，還能夠繼續不斷地發表論著，都是承蒙曾任「成大醫學院附設醫院」（即成大醫院）眼科主任的臺南眼科名醫呂忠苓醫師照顧，有以致之。書成之際，特地在此向呂醫師致謝，感謝她的仁心仁術。

感謝成功大學多年來提供安定舒適的教學與研究環境，創校已經八十五年的成大，校園既廣闊又漂亮，辦學傳統是開放與尊重，眞的是一所好大學！在此任教三十多年了，教出許多熱愛歷史的優秀青年，感覺到眞正是三生有幸！最後，我要向五南出版公司董事長楊榮川先生致謝和致敬，沒有他，本書無法出版，「五南出版公司」創立五十一年，因爲他的努力與堅持，出版各種各類的書籍無數，其中包含學術書籍在內。實際上，「五南」在臺灣已是一個著名的出版品牌，功在臺灣文化界！

林德政

二〇一六年十二月十日

寫於國立成功大學．光復校區

原臺灣府城．小西門城邊

目次

參、【實例篇】

一、文學走廊

二、民族鬥士蔣渭水之子

三、臺籍日本兵與戰時南京

四、在滿洲國：見證二戰

壹、【理論與方法篇】

01 口述歷史的定義

「口述歷史」（oral history）是歷史的體裁之一，也是研究歷史的一種方法，它和傳統書面文獻最大的不同，在於它是透過記錄人的聲音來蒐集過去的口說歷史，採訪者所採錄聲音的對象，是當下仍活著的人，透過引導這些現在的人以口說的方式，去回憶和述說所經歷的事情。[1]口述歷史的史料是聲音，而傳統文獻的史料是文字，前者面對的是活生生的人，而後者卻必須局限於過去有限的書面資料。

透過人的聲音去取得史料，得有更複雜的考量，人的記憶在透過採訪者的引導會產生反饋作用，因此能回溯更豐富的歷史面貌，但另一方面，記憶與眞實的歷史之間也存在著差異，片段的記憶是否能代表歷史的全貌？這就凸顯出採訪者智識的重要性，首先他必須具備篩選能力，能分辨出誰有「歷史價值」？其次，他必須妥善引導訪談進行，最後他根據口述史料，加以整理、歸納、分析和判斷，從而組織完成一段口述歷史的訪談記錄。

美國的「口述歷史學會」（Oral History Association）描述「口述歷史」的特質：

> 口述歷史是一個研究領域、也是搜集資料的方法，它保存和解釋有關人、社區、過去事件參與者的回憶與聲音。口述歷史既是早於書面文字，可查詢歷史的最古老的類型；同時也是最先進的，它從

1 Paul Thompson "The Voice of The Past Oral History", (London; New York: Oxford University press, 2000), preface vi.

一九四〇年代就開始使用錄音記錄，到二十一世紀的現在，使用數位技術來記錄。[2]

口述歷史保存和解釋了這些歷史事件參與者的回憶與聲音，隨著科技進步，記錄方式從口耳相傳到錄音，又演變爲數位技術。

所謂的「口述歷史採訪」（An oral history interview），是由採訪者（interviewer）引導受訪者（interviewee），以錄音或錄影的方式，記錄訪談過程對話，最後寫成文字記錄。若以嚴格的學術定義口述歷史，則必須有受過學術訓練的採訪者，以歷史學的方法，選定訪談對象、設定主題進行採訪，訪談過去所發生的歷史事件及歷史經驗。採訪者對受訪者引導並加以詢問，問其經歷與見證，一邊問一邊錄音，採訪結束後，將錄音轉寫成文字，此即所謂口述歷史。

Donald A. Ritchie以爲「口述歷史」的定義是：

> 口述歷史採訪包括幾個部分：首先採訪者必須精心準備好問題，在訪談的過程中，提出詢問，同時以錄音或錄影的方式紀錄彼此的對話。接著要把訪談的影音檔，轉寫成文字記錄，將內容組織概述並加以總結，並且有條理的做出索引（index），收藏在圖書館或檔案館中。[3]

採訪者在口述歷史採訪中扮演重要角色，除了精心準備問題，在訪談的過程中，提出詢問、引導受訪者進

2 參考http://www.oralhistory.org。

3 Donald A. Ritchie "Doing Oral History", (Oxford: Oxford University press, 2003), p. 19.

入狀況後，以錄音或錄影的方式紀錄對話，並轉寫成文字記錄及收藏。

東漢許愼（五八—一四九）《說文解字》爲「史」下一個定義：「史，記事者也，从右持中，中，正也。」。西方學術界對歷史一詞的定義有許多說法，最簡明的說法之一是：「人類所有一切活動的記錄」，更簡明扼要的說法是「人類的故事」。西方著名的歷史學家亨德里克．房龍（Hendrik Willem Van Loon）（一八八二—一九四四），其名著《*The Story of Mankind*》（中文譯名《人類的故事》），此書寫的就是整個人類的歷史，爲一本世界通史。

何謂口述（oral）？依據Ruth Finnegan於一九九六年在《人類文化學百科辭典》中爲「Oral Tradition」下定義，指出「Oral」一詞含有非書面的（unwritten）以及口頭（verbal）兩種含義。[4]

oral此字則是「口頭的」、「口說的」之意，如果照字面所呈現的意義來理解，則oral history一詞可以這麼說：「口說的人類故事」，更淺白的意思就是「以口頭的方式說出來的人類歷史」。

但僅僅祇是一個人以口說的方式敘述故事，就算是口述歷史嗎？是否就符合口述歷史的標準呢？這是我們要理解口述歷史定義之前必須釐清的問題，以下就針對此一問題來論述。

歷史的呈現和流傳，非常重要的要素之一是記錄（record），假如沒有文字記錄，就不成其爲歷史，祇能歸類爲傳說（legend）。因此如果祇是單純的述說，述說完畢沒有加以記錄的話，就不能算是口述歷史，祇能是停留在「口頭傳說」的階段而已。其次，口說時若缺乏明確的主題（subject），漫無目標、東拉西扯的閑聊，即使有文字記錄，也不符合口述歷史的要求。

有了主題，也有了記錄，這樣子的述說故事，就是口述歷史了嗎？答案是否定的，口述歷史形成的過

4 Ruth Finnegan "Oral Tradition", in Encyclopedia of Cultural Anthropology, David Levinson and Melvin Ember ed [M]. NewYork: Henry Hold and Company, Inc , 1996.

程中，除了述說者（narrator）本身外，必須要有一個採訪者（interviewer）；過程中，述說者扮演一個受訪者（interviewee）的角色，採訪者則是扮演著訪問人（interviewer）的角色，同時他又是一個研究者（researcher）。

進行口述歷史必須先有一個訪問人，選定訪問對象，從事訪談，訪談進行中得有主題，訪談進行時，受訪人同時也是一個回應問題的人（respondent），他對訪談人提出的問題做出回答，在訪談與回應的過程中，建構成口述歷史。因此口述歷史是必得經由訪談人針對受訪人所進行的一個具有主題意識的訪問，絕非漫無目標、言不及義的閑聊，並且在訪談結束後，得再經過記錄的文字呈現。

談到訪談的文字記錄（records），不禁會提出疑問：文字記錄是根據甚麼來的呢？答案是「錄音」或「錄影」。進行口述歷史訪談時，必須在事先準備好錄音或錄影設備，以便一邊訪談、一邊錄音或是錄影，口頭訪談結束，訪談人回去後，將錄音機、錄音筆或錄影機、攝影機取出來倒帶，根據錄音、錄影實況，聽寫出來，「原音重現」地，以文字忠實地呈現，形成最初的謄本（transcript）。

這裏特別強調「忠實地」呈現訪談內容，意指進行口述歷史採訪之後的首要工作，就是把訪談結果整理成文字，既不能曲解也不能篡改，必須忠於受訪者的原意。爲了避免訪談記錄出現錯誤，以文字稿的方式呈現時要非常謹慎，這也說明了進行口述歷史訪談，爲甚麼必得要準備錄音、錄影等設備的理由，因爲沒有錄音或錄影，無法祇單靠記憶而完整拼湊出訪談過程的全貌，事後又如何能將訪談內容聽寫成文字？因此，進行口述歷史時，備好錄音及錄影設備是必要的，也是不可或缺的。錄音機、錄音筆和錄影機是從事口述歷史採訪的必備工具。而完成口述歷史訪談，其原始訪談的錄音或錄影，必須妥善存檔保存，以便萬一文字記錄有疑義時，可調出來核對。

02 口述歷史的起源與發展

一、口述歷史的起源

口述歷史之採集，最早始於中國，比西方還要早。《尚書》是中國最古的一部史書，它是由史官記載了當時國君與臣子之間的言論及行爲。班固《漢書．藝文志》謂：「左史記言，右史記事；事爲《春秋》1，言爲《尚書》。」《史記．太史公自序》：「《書》記先王之事，故長於政。」《尚書》記載了許多君臣的嘉言讜行，是記言兼記事的體裁，它將堯舜以迄秦穆公時代，政府的重要策命誥誓以及政治上的重大事件都記載下來。如《尚書．皋陶謨》是記述皋陶與禹在帝舜面前的談話，史官記錄舜（天子）皋陶和禹三人討論的過程。

帝曰：「來，禹！汝亦昌言。」禹拜曰：「都，帝！予何言？予思日孜孜。」皋陶曰：「吁！如何？」禹曰：「洪水滔天，浩浩懷山襄陵，下民昏墊。予乘四載，隨山刊木。暨益奏庶鮮食。……」皋陶曰：「俞！師汝昌言。」

在上述這段話中，史官等於是親自採訪了皋陶、禹及天子舜，並將三人的對話記錄下來。史官讓禹以口說的方式，回憶起過去自己所實際參與治理洪水的過程，最後採訪者（史官），將禹口說的部分記錄下來。所以

1 《春秋》是寫魯國的歷史，春秋三傳是：左傳、公羊傳、穀梁傳，解釋《春秋》之一的左傳以敘事見長。

說《尚書》是口述歷史的源頭亦不爲過！它實際記載了許多當時人說的語言，因時代久遠而晦澀難懂，詰屈聱牙。所以中國古代的歷史學家早已運用口述歷史的方法，進行資料的蒐集與歷史研究。

Donald認爲當歷史被記錄下來時，口述歷史採訪也就發生了，所以口述歷史的傳統，可以遠溯三千年前的中國周朝，他指的公文檔案應是指《尚書》。[2]

若以更嚴謹的方式來界定口述歷史的起源，則是始於西漢史學家司馬遷[3]（145-86 B.C.）。司馬遷作《史記》多用口述歷史採訪之法，他自稱：「吾如淮陰，淮陰人爲余言，……」（淮陰侯列傳贊）、又說「吾視郭解，狀貌不及中人，言語無足採者。」（游俠列傳贊），此即是用尚存之實蹟或口碑爲史料之例。

梁啓超認爲司馬遷《史記》一書，許多篇章是用口述歷史採訪的方法寫成。司馬遷他自己在自序中清楚地表示撰寫《史記》時，資料來源很大一部分是得自於口述採訪。《太史公自序》記載道：

> 罔羅天下放失舊聞，王跡所興，原始察終，見盛觀衰，論考之行事，略推三代，錄秦漢，上記軒轅，下至於茲。

司馬遷爲了搜羅採訪快要消失的舊聞，足跡幾乎踏遍全國，他遊涉既廣，交遊賢人名士又行萬里路，司馬遷遊歷天下便於實地採訪採錄史料，所以方稱：「百年之間，天下遺文古事靡不畢集於司馬遷之手」，又說

---

2 Donald A. Ritchie "Doing Oral History", p. 19-20

3 司馬遷（145-86 B.C.）字子長，西漢大史學家，西漢景帝中元五年生於夏陽（今陝西韓城縣南）。繼承他的父親司馬談擔任太史令一職，掌天文圖書與國史，天漢三年（98 B.C.）因替投降匈奴的李陵辯護而遭腐刑。後發奮著述，所著《史記》一書，分成本紀、世家、列傳、書、表等體例，是中國第一部通史，正史《二十五史》之首，計五十餘萬字。

「述往事、思來者，整齊百家世傳之理，非所謂作也。」

《史記．太史公自序》及《史記．五帝本紀．中》言其遊歷之廣，曾西至崆峒，北過涿鹿，東漸於海，南浮江淮。以今之地理位置而言，司馬遷遊歷約有十五省[4]之多，他親臨歷史遺跡，訪問故舊長老，搜求罕見的古史料。

所以《史記》寫作的依據，除了閱讀先秦與當世之典籍與檔案外，對於先人所次舊聞，則採遊歷搜尋遺跡與博訪通人的方式進行。《史記》每篇的文末都有一段「太史公曰」即其個人的補充說明部分，如《史記．刺客列傳》：

> 太史公曰：世言荊軻，其稱太子丹之命，天雨粟、馬生角也，太過。又言荊軻傷秦王，皆非也。始公孫季功、董生與夏無且游，具知其事，為余道之如是。自曹沫至荊軻五人，此其義或成、或不成。然其立意較然，不欺其志，名垂後世，豈妄也哉！

在上一段文字中，司馬遷清楚地說到他訪問公孫季功、董生與夏無且等人，他們完全知曉詳情，跟他說荊軻刺傷秦王，且燕太子丹質於秦，秦王以「烏頭白、馬生角[5]」而將其遺回的說法太過，皆非事實。

揚雄（53 B.C.-18 A.D.）所著的《方言》一書記錄在秦代以前，每年八月，政府派遣「輶軒使者」乘坐

4 以今日的地理而論，太史公司馬遷足跡所至之處，遍及甘肅、陝西、山西、河南、河北、山東、四川、西康、雲南、湖北、湖南、江西、江蘇、安徽、浙江諸省。

5 且燕太子丹質於秦，秦王遇之無禮，不得意欲歸，秦王不肯曰：「烏頭白、馬生角，乃可。」燕太子丹仰天嘆焉，乃爲之烏頭白、馬生角，王不得已遣之。《風俗通》及《論衡》皆有此說。

輕車到各地訪問採訪搜集方言，並記錄整理[6]。清代史學家章學誠（一七三二—一七八九）在進行地方志纂修時，就以口述歷史方法在各地做田野調查，蒐集到寶貴的資料。中國歷代史家雖以口述歷史方法蒐集資料、書寫歷史，祇是中國史學界始終沒有出現系統性的口述歷史理論作品。

西方最早出現使用口述歷史材料者，則是起源於希臘的史學家。

描述戰爭的歷史，被稱爲「歷史之父」的希羅多德（Herodotus）（480-430 B.C.），他採訪參與波斯戰爭（Persian Wars）的當事者，寫出《波斯戰史》（*History of the Persian Wars*）。另外，修昔底德（Thucydides）（460-400 B.C.），則採訪參加過伯羅奔尼撒戰爭（Peloponnesian Wars）的參戰者，寫成《伯羅奔尼撒戰爭史》（*History of the Peloponnesian War*）一書[7]。無論是希羅多德或修昔底德，他們兩人都廣泛使用當事人（目擊者）的口頭報告來撰寫史書。

《哥倫比亞百科全書》解釋口述歷史的傳統中提到：遠古的社會沒有書寫的歷史記錄，所以長期以來依賴口述的傳統去保存過去的記錄。在西方社會裏，最早使用口述材料者，可以追溯至古希臘歷史學者希羅多德和修昔底德二人，他們兩人廣泛使用當事人（目擊者）的口頭報告[8]。如同中國，西方也一直沒有系統化的口述歷史理論，口述歷史變成專業化，且有專屬檔案館收藏口述歷史資料，是美國史家Allan Nevins在一九四〇年代在哥倫比亞大學建立的。

6 東漢應劭《風俗通義・序》有「周秦常以歲八月遣輶軒之使，求異方言，還奏籍之，藏於秘室。」

7 Donald A. Ritchie "Doing Oral History", p. 20.

8 參考http://www.encyclopedia.com/。

二、口述歷史的發展

大量的口述歷史成品，出現在西方，嚴謹的口述歷史系統性理論，也建構於西方學術界。Allan Nevins（一八九〇—一九七一）於一九四八年在美國哥倫比亞大學（Columbia University）成立第一個口述歷史檔案館（Oral History Research Office），是世界上歷史最悠久、規模最大的口述歷史計劃組織，現在已有八千捲錄音回憶記錄和近一百萬頁的訪問記錄。[9]。接著加州大學柏克萊分校（The University of California，Berkeley）的班克羅夫特圖書館（Bancroft Library）在一九五四年成立口述歷史室（Regional Oral History Office），一九五九年在加州大學洛杉磯分校成立口述歷史研究中心（UCLA Center For Oral History Program）。[10] 一九六六年美國成立口述歷史學會（The Oral History Association）[11]。

英國於一九七一年成立口述歷史學會（The Oral History Society）[12]，起源於一九六九年英國錄音協會（the British Institute of Recorded Sound）一個非正式的會議。一九七二年在倫敦的帝國戰爭博物館（Imperial War Museum）建立了一個有關記錄聲音的部門，目前聲音檔案館已搜集超過33,000筆錄音記錄，為世界上擁有最多此類型的口述歷史收藏，搜集的材料範圍，包括一次、二次世界大戰的退伍軍人口述及參與英國內戰者的歷史錄音，受訪者主要來自英國、大英國協，以及歐洲人和美國人一些錄音。[13]

口述歷史真正受到重視，是在第二次世界大戰之後。Studs Terkel在一九八四年出版的*The Good War: An*

---

9 http://c250.columbia.edu/c250_celebrates/remarkable_columbians/allan_nevins.html

10 http://bancroft.berkeley.edu/ROHO/；http://oralhistory.library.ucla.edu/

11 參見http://www.oralhistory.org/

12 http://www.ohs.org.uk/

13 http://www.iwm.org.uk/

Oral History of World War II[14]，還得到普利茲獎（Pulitzer Prize for General Nonfiction）。美國國會圖書館退伍軍人項目（The Library of Congress: Veterans history project）也透過訪談記錄，搜集了許多退伍軍人在戰爭的經歷。

臺灣史學界有口述歷史作品，始於一九五〇年代，最早是一九五五年成立的中央研究院近代史研究所，該所在創辦人郭廷以的領導下，率先開始進行口述歷史訪談。中研院近史所在一九五七年五月擬定訪問計劃，一九五九年十月展開工作，一九八四年成立「口述歷史組」，之後改稱「口述歷史委員會」。

二〇〇九年八月二十九日，臺灣從事口述歷史的各界人士發起成立「中華民國口述歷史學會」，年出會刊一期。口述歷史成果的出版方面，在中央研究院是「近代史研究所」與「臺灣史研究所」；另外則是國史館、國防部史政編譯局（室）等，以上四單位的出版成果豐碩。其它如各縣市的文獻委員會也有口述歷史成果的印行。

臺灣的口述歷史出版品，早期大都是以「單一人物」爲主的採訪，並且受訪者主要是黨務、政治、軍事界相關人士，之後才旁及交通、財經、外交、教育、學術及戲劇等。一九九〇年代之後，出現不以單一人物爲主而以「專題方式」呈現的採訪，較特別的有《戒嚴時期臺北地區政治案件口述歷史》、（呂芳上、許雪姬、黃克武等，一九九九年）、《海外臺獨運動相關人物口述史》（陳儀深，二〇〇九年）等。

---

14 Studs Terkel, “The Good War: An Oral History of World War II”, (New York: Pantheon Books press, 1984).

03 口述歷史採訪的方法與步驟

一、受過專業訓練，才能完成好的口述歷史

口述歷史不是歷史學家的專利，但是歷史學家做的口述歷史與非歷史學家做的口述歷史是有差別的。若籠統而言，不以嚴格的定義規範之，則凡是經由訪談以蒐集資料的過程，皆可以稱做「廣義的口述歷史」，但這僅是運用口述歷史的方法蒐集資料，但必須注意的是：沒有受過口述歷史採訪專業訓練的人，其成果無法通過嚴格的口述歷史定義來檢視，他們祇是運用了口述歷史採訪的方法。

口述歷史是重要的史學方法，在口述歷史的採訪過程中，採訪者的地位是非常重要的，唯有受過專業學術訓練的採訪者，才能完成好的口述歷史作品。除了專業訓練外，研究專長也必須與受訪者的經歷接近爲佳，例如想訪問一個有對日抗戰經驗的軍人，採訪人如非現代史專業而是古代史專業，那就問不出深度，深度若不夠，則歷史價值就低。所以必須由受過口述歷史專業訓練且研究領域接近的人來擔任採訪者。

呂芳上曾舉《溫哈熊訪問記錄》及哥倫比亞大學巴特勒圖書館公布的「張學良」檔案所引發的爭議，來彰顯口述歷史工作需要經過口述史專業訓練的人來做。他說：

> 口述歷史既然是一門學問，因此除了有一套實務的遊戲規則、辦法和技巧之外，還涉及學術脈絡與深刻理論的探討。缺乏理論和深層認識的訪談，容易造成訪談對象的偏差、訪問的粗淺、刻意塑造「共同記憶」、不知如何提出問題追蹤問題、斷章取義、訪談內容的扭曲、缺乏專業知識與專業倫理

等問題的發生。[1]

口述歷史採訪是很專業的工作，如果沒有受過學術訓練，在採訪的過程中，很容易使受訪者居於主導地位，導致偏離主題，無法深入探討問題，甚至衍生成替受訪者歌功頌德，或是個人偏頗的言論，倘若無法分辨是非，發表了與事實不符及惡意中傷的言論，或斷章取義，也有可能衍生倫理與法律的缺失，所以想要從事口述歷史採訪，還是得受過專業史學素養，較為得當。

受過專業學術訓練的採訪者，能夠挑選出具有「歷史價值」的人，以完成口述作品。所謂的「歷史記憶」並非專屬於達官貴人，而是擁有「過去重要歷史價值記憶」的耆老，也許祇是見證過歷史的販夫走卒，選擇受訪者的關鍵在於有無「歷史價值」？而非社會地位，所以如何判定受訪者是否具有歷史價值是很重要的。

二、採訪前的準備事項

約訪耆老並將想要詢問的問題或想要的資料，先告知對方，使對方有時間回憶或尋找老相片或文件等。如果冷不防突然提出問題，由於歷時久遠，耆老通常會回答「記不得了」，先提出問題，可以使其有時間慢慢追尋記憶的線索。另外，先瞭解耆老當時的一些背景，有時透過與對方閒談當時一些其他的事，也會激盪出耆老一些遺忘的記憶。

通常耆老年事已高，在約訪長者時，首先要考慮對方的健康，要注意其坐息時間，比方對方通常幾點起床？幾點就寢？是否有午睡的習慣？訪談時間勿過長，有時耆老因過於熱情想進行過長的訪談，也要儘量避免，免得對方身體無法負荷，通常一次不要超過兩個小時，所以深度訪談也許需進行多次。訪談的地點，儘量

1 呂芳上，〈關於口述歷史二三事〉，臺北：《近代中國》第一四九期，二〇〇二年六月，頁六－七。

在耆老家中進行，若不得已在外進行，要特別注意其安全，確定是否有陪同照護者？否則務必親送其返家，以確保其安全。

採訪前除了要準備紙、筆外，另外需要準備的儀器有：錄音筆、數位相機，掃描器及筆記型電腦。錄音筆可以錄下聲音、數位相機除了可以拍攝相片外，也可以錄下影像檔，掃描器可掃瞄證書、老相片及文件等。以上在事前要準備妥當，出發前檢查是否攜帶電池及儀器是否故障等，方能使訪談從容不迫地進行。

三、口述歷史的採訪步驟

（一）選擇訪談對象

究竟誰適合成爲口述歷史訪談的對象呢？是否任何人都適合呢？理論上，大部分擁有人生經驗的人，都可以成爲訪談的對象，不過首先他必須是健康且記憶良好的。一般狀況，祇是單純擁有一般性的人生經驗的人，就祇能進行一般性的人生故事（life story）的採訪。若要論及口述歷史訪談，則擁有歷史經驗的人才是更適合當做口述歷史訪談的受訪者。

誰是擁有歷史經驗（historical experience）的人呢？這裏指的是不同程度地參與或者是見證歷史事件（historical affairs）以及公共事務（public politics）的人。若我們可以選擇擁有如此條件的對象，人數較多時，則可以按照訪談所需，進行篩選。例如選擇年齡較大、經驗較豐富的人充當受訪者，因爲年齡較大的人，通常「歷史記憶」比較多，他們見多識廣，涉世更深，並且對問題的認識也比較深入。

年齡較大的人，稱爲「耆老」，根據《禮記》，它指的是年長的老年人。[2]我們在進行口述歷史訪談時，假如能夠選各行各業中卓然有成的耆老，則必可問出更多有「歷史價値」的內容。選擇訪談對象，通常以耆老

2《禮記．王制》：「養耆老以致孝，恤孤獨以逮不足。」

優先，同時有數名耆老出現時，則又以年紀更大的人優先，因為除了參與事務更多、更深、更廣外，另外的考量是因為年紀愈大的人，一般身體狀況比較不好，擔心他們無法終其天年，因此訪談對象儘量以年長者優先。

選擇訪談對象的條件，首要是具有歷史價值的「耆老」。判斷「歷史價值」的關鍵是在於其個人的經歷，端乎其是否曾經見證或經歷某些重要的歷史，比如曾經參與第二次世界大戰等。

另外也必須確認這個訪談的敘述者，是有意願交談並且願意提供有關過去眞實的訊息，我們可確切得知眞實的時間、人物及事件。[3]如果對方沒有願意祇是敷衍，或是隨意編造虛構的人事，那麼這樣的訪談就不具任何意義。

（二）分析口述者話語與撰寫訪談記錄

「口述歷史採訪」必須要透過採訪者與受訪者之間的訪談，將彼此的對話記錄下來，才能稱為「口述歷史」，若是僅透過隨意的錄音，如：演講錄音、電話竊聽錄音、或個人錄音日記等，都不算是「口述歷史」。Donald特別提出一定要有訪談的過程，記錄訪談才可以稱為口述歷史：

> 口述歷史不包括隨意的錄音、演講錄音、電話竊聽錄音或個人錄音日記等，它們都缺少了採訪者與受訪者之間的對話。[4]

訪談結束後，撰寫口述歷史是一浩大工程，如何將這些從訪談過程中所蒐集到的各種形式的資料，過濾成

---

3 Lynn Abrams "Oral History Theory", (London; New York: Routledge, 2010), p. 16.

4 Donald A. Ritchie "Doing Oral History", p. 19.

為「口述歷史」是很費工夫的。口述歷史的訪談不像其他的歷史資料，它是「對話」（dialogue）或相關的言談，呈現出來的也許是主題不明確或一連串東拉西扯的閒談。採訪者有時也會藉由其他的準則及理論，來闡釋敘述者深層的文化內蘊[5]。除了自己要有條不紊且有條理地組織訪談，「受訪者」的記憶是否正確？也是一大問題，耆老的記憶有時難免出錯，因此若有疑惑之處，可另外做考證，通常可以把查證過後不同的說法，放在註解裏，而把耆老原本的說法保留在本文中。

「受訪者」在訪談過後會非常關心自己的訪談記錄，有些耆老會要求觀看已完稿的「口述歷史採訪」，因此如果當場有拍攝照片，要寄一份給耆老。另外，耆老在看過即將發表的文稿後，有部分的人對自己講過的話，會產生擔憂，煩惱是否得罪人？或引發爭議？所以有時會想推翻自己在採訪中的言論，會發生反反覆覆不斷想要更改的舉措，此時採訪者要有定見，以當時採訪時的言論為據，儘量安撫受訪者，不過有時無法避免仍會造成與受訪者之間的嫌隙與不快。

（二）分析口述者的話語

將訪談的說話內容整理成文字記錄時，除了要將其條理化、組織化外，將聲音轉換為文字的過程中，還要考慮有關語言、方言（dialect）及腔調（accent）的問題，因為有的口述者可能是雙語言的使用者，他可能會在談話的過程使用日語、英語或其他的語言，另外也有人會使用包括閩南語（Southern Min）、客語（Hakka）或其他原住民的南島語（Formosan languages）等，也有口述者有各地方言的特殊腔調，這些語言的因素都會增加聲音轉換成文字稿的困難度。

語言的溝通是採訪中非常重要的因素，儘量以受訪者的母語（mother tongue）進行訪談，這樣能使口述者

5 Lynn Abrams "Oral History Theory", p. 16.

感到親切，而且能更深入瞭解其語言背後的文化意涵，如果不懂受訪者的語言，需要仰賴翻譯，那麼訪談的內容可能失真，價值會被打折扣，因此一定要謹慎挑選信實的翻譯。

在解讀口述者的話語時，要注意其語調（tone），也要留心其上下文的語境（context），可能隱含不同的意義，也許是肯定的語氣、但也有可能是表示疑問或者甚至是諷刺的語氣，分析受訪者交談話語的結構，其中除了話語表層結構意義外，還牽涉認知層面及環境的訊息。所以即使是撰寫「訪談稿」前整理的「逐字稿」，也不能隨便交給工讀生打字，如此則增加解讀錯誤的風險。

葛瑞勒（Ronald J. Grele），在《聲音的層層封套：口述歷史的藝術》（*Envelopes of sound: The Art of Oral History*）中提出有關採訪（interview）會觸及以下三個層面：語言的（linguistic）、表現的（performatary），以及認知的（congitive）或歷史視角的，受訪者提供的情報（information）中有關語言的層面要借助語言學的知識以進行解讀，有關表現的層面則需仰仗心理學和社會學。第三個層面是在處理神話作用（myth）、意識型態，以及歷史三者的互動關係[6]。

所以在解讀訪談的對話時，除了需要瞭解語音（phonic）、語義（semantics）外，也要注意社會語言學（Sociolinguistics）及語用（Pragmatic）的部分，因此也要考慮性別、地域性、文化象徵及意識型態等因素。深入分析口述者的話語，可能會需要藉助語言學、心理學、社會學、政治學等角度的觀察。

（二）撰寫訪談記錄

「口述歷史」不同於其他歷史文獻，它是由「採訪者」和「受訪者」共構而成的歷史文本，所以在這同一

6 參見盧建榮，〈Ronald J. Grele, "Envelopes of sound: The Art of Oral History," New York: Praeger Publishers, 1991〉，《新史學》第六卷第三期，一九九五年九月，頁二一〇—二一一。

份歷史記錄中隱含兩種層次：一是「受訪者」（被書寫者）的聲音，另一則是「採訪者」（書寫者）的筆法。

關於訪談內容的整理，就是要如實地反映口述者所談的內容，不要加入採訪者個人的想法和觀點，這一點就凸顯出「口述歷史」和「新聞報導」的不同之處，在新聞報導中，記者必須深究事實的眞象，因此報導內容反映了較多記者個人所觀察到的現象。而「口述歷史」的採訪者則是隱身在後，在撰寫訪談記錄時，最好呈現完整的口述者的敘述，不要隨意加入口述者沒說過或不同意的話語。

但將訪談記錄依逐字稿處理，則可能因爲沒有條理或過於支離破碎，而不堪卒讀，所以可以整理成「對話形式」的訪問稿，之後再整理成第一人稱敘述方式的文稿。在撰寫「口述歷史」時，要小心不要將自己主觀的想法加入文本中，要客觀地去反映口述者所談論的歷史資料。

四、口述歷史的採訪方法

（一）「引導訪談」是獲得具歷史價值資料的關鍵

「口述歷史」的組成實際是包括「口述者的回憶」、採訪者「引導訪談進行」（conducting an interview）的過程、「記錄訪談」及「撰寫訪談記錄」四個部分。其中祇有「回憶」是仰賴口述者，其他包括「引導訪談進行」、「記錄訪談」及「撰寫訪談記錄」都必須由採訪者來完成，所以採訪者在「口述歷史」中是居於最重要的地位。「口述者回憶的聲音」其實是重要的「史料」，就如同語言調查者去採錄的「語料」，因此不同的採訪者即使採訪同一對象，也會得到不同的資料。

構成「口述歷史」的四個元素中，採訪者「引導訪談進行」的部分是最重要，但因爲在撰寫口述歷史時，此「引導訪談」的過程並不會表現在行文之中，所以最容易被人忽略它的存在，事實上採訪者引導訪談的進行是「口述歷史」能否獲得歷史價值的重大關鍵。

因爲「引導訪談」的過程，不會形諸文字，也許有人會誤以爲口述歷史，僅僅祇是靠口述者的回憶完成，採訪者祇是聽寫錄音的內容而已！事實則不然，採訪者必須具有獨特的識見與能力，方能引導口述者講出具有特殊歷史價值的回憶，我們常見同一個人物被不同的人採訪後，寫出的口述歷史作品價值大爲不同。所以口述作品雖然呈現出來的全是口述者的話語，但隱身在其後的最大功臣是採訪者，採訪者非僅僅整理及撰寫訪談記錄而已，如果沒有採訪者的訪問和引導，有些受訪者甚至無法理出頭緒，講出有條理的話語，更遑論撰寫成有組織的文本。總之，在訪談的過程中，採訪者妥善地引導訪談進行，是「口述歷史」獲得有歷史價值之採訪的關鍵。

Lynn Abrams強調「引導訪談」實際操作的重要：

> 口述歷史是一種實作也是一種方法，它必須透過實際操作的行為，去記錄口述者說些有趣的事，並且分析這些有關過去的記憶。它是指採訪者引導的過程及記錄訪談，以引出受訪者關於過去的資訊。[7]

口述歷史學者的工作是面對活生生的人，不同於其他歷史學者是依據已存在的史料去考證，口述歷史學者藉由與人的聯繫接觸，以面對面、一對一的方式去採訪口述者，採訪者事前若對採訪的背景有一定程度的瞭解與掌握，在引導訪談的過程，使口述者有共鳴感，可以引發出他更豐富的歷史記憶。透過採訪者慢慢地引導受訪者，使敘述者（narrator）說出過去的事，製造出他們的歷史資料。

因此「口述歷史」是採訪者藉由「參與歷史者的觀察法」（participant observation method）來完成作品，

---

7 Lynn Abrams "Oral History Theory", pp. 1-2.

這其中包括「參與歷史者」及「觀察者」兩部分：「參與歷史者」是提供回憶的受訪者、「觀察者」則是採訪者本身，研究者不能祇將焦點放在受訪者回憶過去的事情而已，其中一個部分是隱身其中的採訪者，採訪者以「引導訪談」的方式，實際加入了此口述的過程，這是由採訪者與受訪者共同製造出獨特的歷史資料。[8]

在訪談的過程中，採訪者妥善引導訪談的進行，是口述歷史獲得歷史價值的重要關鍵。但在分析及引出材料的過程中，採訪者和受訪者之間的溝通是很重要的，有良好的溝通與瞭解，才能清楚地知悉受訪者所要表達的眞正含義，不僅包含他說的是甚麼？以及他是如何說的？都要充分地瞭解。

以筆者實際做口述歷史採訪的經驗而論，在引導訪談的部分，是特別需要費心的進行，而如何提出鞭辟入裡的問題，確實考驗「採訪者」的「史識」能力，因此在採訪之前，先瞭解被「採訪者」的一些背景資料，有助於採訪順利進行。例如筆者採訪故國策顧問辛文炳[9]（一九一二—一九九九）時，在採訪將結束時就提出一個問題：「請問您如何爲您的人生作定位？是企業家？政治家？還是教育家呢？」他微笑謙遜地回答：「我甚麼都不是！」接著又說：「若有能力幫助人，就要竭盡所能幫助他人。」整段訪談是以辛文炳的母語閩南語進行，因此可以更貼近受訪者的心靈，他的回答充分地刻劃出其個人的風範與形象。[10]

（二）以同情及理解的態度對待受訪者

「採訪者」的態度是關乎採訪成敗的一大關鍵，務必使整個訪談溫馨地進行，首先要以眞誠的態度取得「受訪者」的信任，以溫柔敦厚的方式與和善、溫暖的話語，使其感受到眞誠地同情與理解，方能卸下心房，

8 Lynn Abrams "Oral History Theory", pp. 2-3.

9 辛文炳歷任臺南市長、國策顧問、立法委員、南臺科技大學董事長等職。訪問以臺語進行，訪問時間是一九九七—一九九八年，訪問地點分別在南臺科大董事長室、興南客運公司董事長室。

10 林德政採訪辛文炳的實況錄影帶，蒐藏於南臺科技大學校史館。

傾吐深埋心中的過往記憶。尤其若是「受訪者」本身曾遭受過迫害或創傷，在採訪的過程中要格外地小心謹慎，萬勿觸痛對方，由於對方曾遭受極大的苦難，也許無心的話語就會激起過度的反應而導致訪談無法進行。

當「受訪者」願意將其寶貴的生命記憶與人分享時，在心理上是相信「採訪者」的善意，甚至是把「採訪者」當朋友，才會將個人的隱私暴露在陌生人之前，甚至交付自己重要的證書、文件與老相片，因此採訪者在經手對方寶貴的資料時，除了小心勿損害或遺失，也要記得歸還。因此準備一臺掃瞄器與筆記型電腦，立刻將需要的文獻與相片掃瞄，就可以當場歸還物主，一方面避免遺失，另一方面也使對方放心。

(三) 區別記憶與歷史的真實性差異

進行口述歷史時，受訪者的「記憶」是口述歷史的核心。Donald A. Ritchie以爲：

> 口述歷史的核心是受訪者的記憶，所謂的口述歷史即透過採訪記錄，搜集具有歷史重要意義的個人回憶與紀事。[11]

採訪者透過引導訪談，搜集這些「參與歷史事件者」具有歷史價值的重要回憶，然而「記憶」的眞僞，決定此口述歷史的成敗。

口述歷史仰賴受訪者的記憶，記憶的眞實性決定此口述歷史的價值。然而受訪者記憶，不可能達到百分百的完全眞實，記憶會產生重組及交錯混亂，因此口述者有時不免姓名張冠李戴、時間上先後錯置，甚至兩件毫無關係的事也拼湊在一起，這些皆非口述者有意爲之，乃是無心之過，但又是難以避免的疏失。因此採訪者對

---

11 Donald A. Ritchie "Doing Oral History", p. 19.

於採訪的內容，也要有一定程度上的瞭解，對於錯誤的補救方式，則可以在註解加以說明，而非一直與受訪者爭論，質疑他的記憶有誤，而導致受訪者心生不滿。

歷史的面貌與個人的記憶是不同的，個人在歷史的洪流中，是滄海中的一粟，我們無法藉由個人片斷的記憶去管窺歷史的全貌。個人的記憶是整個歷史的一小部分，而歷史則需要歷經一段長時間才能累積眞實而完整的面貌，以周公和王莽爲例，白居易〈放言〉詩云：「周公恐懼流言日，王莽謙恭未篡時。向使當時便身死，一生眞僞有誰知？」周武王死後因當時周成王尚年幼，於是由成王之叔周公來攝政，後來管叔、蔡叔、霍叔則散布流言，誣蔑周公要篡位。周公於是避居不問政事，後三叔叛變，成王命周公東征，遂定東南，而王莽在未篡漢以前，禮賢下士謙恭有禮。很多人的回憶祇是歷史的片段，祇是斷章取義而非歷史的全貌。

另外受訪者的觀點，也會導致口述內容的焦點不同，史都德（Studs Terke）於一九七〇年寫《艱困歲月：一段大蕭條時期的口述歷史》（*Hard Times: An Oral History of the Great Depression*）一書，引發歷史學者的批評。起因於史都德於六〇年代訪問一批老年人，希望他們回憶過去生活的點滴，然而受訪者卻都將回憶的焦點指向二〇年代大蕭條時期。因此，歷史學者認爲「大部分人認識的過去是有問題的」。葛瑞勒（Ronald J. Grele）認爲：歷史是經過挑選的，而挑選的基礎就是我們當代的記憶；採訪是選擇，是歷史摹述，而非統計。[12]

雖然大部分人所認識的過去是有問題的，我們無法藉由這些口述作品得到完整的歷史全貌，但史學家所完成的口述歷史，卻可以成爲歷史的見證，也成爲寶貴的史料。

12 參見盧建榮，〈Ronald J. Grele, "Envelopes of sound: The Art of Oral History" New York: Praeger Publishers, 1991〉，《新史學》，第六卷第三期，一九九五年九月，頁二一〇—二一一。

（四）不虛美、不隱惡的客觀性

在史學傳統中，司馬遷據事直書，「其文直、其事核、不虛美、不隱惡」[13]的撰史態度，是口述歷史的採訪者所應遵循和秉持的態度，做口述歷史的工作，保持客觀性與公正性尤其重要。

口述者在回溯過去的記憶時，會很本能地迴避一些可能會令自己難堪或對自己有傷害的事蹟，多說一些對自己有利的事情，儘可能不去碰觸對不利自己之處。此外，在臧否人物時，若是碰到和自己有恩怨或處於敵對方者時，評論起來也很難公允，通常儘可能說人壞話，甚至在談到有關政治方面的事，會考慮是否會得罪人及是否會受牽連，這些狀況都會導致口述歷史成品流於主觀及偏頗。

因此採訪者客觀公允的態度是非常重要的，採訪者不可以被口述者左右，爲其歌功頌德，或是爲其諱言，不忍揭發對其不利的事實，再者偏向其個人的片面之詞，而發表了惡意中傷的言論，這些都失去了採訪者的客觀性，其所採出的成果，價值令人懷疑。倘若持特殊的立場而斷章取義，發表了與事實不符之論，除了史料價值下降外，更可能因此而引發法律糾紛。

13 班固《漢書．司馬遷傳》：然自劉向、揚雄博極群書，皆稱遷有良史之材，服其善序事理，辨而不華，質而不俚，其文直，其事核，不虛美，不隱惡，故謂之實錄。

04 口述歷史的價值

一、口述歷史與史料蒐集

進行口述歷史的最主要目的在於蒐集資料（materials），它是歷史學家蒐集史料的方法，透過口述歷史蒐集資料，用以彌補一般傳統文獻史料的缺陋與不足。

近代中國學術界最早談及將口述歷史視爲搜集史料的研究方法者是梁啓超（一八七三—一九二九），他提到的「口碑史料」，究其實際就是「口述歷史」的概念，他說：

> 躬親其役或目覩其事，猶有存者，採訪而得其口說，此即口碑性質之史料也。[1]

梁啓超提出此說是在一九二二年，他認爲訪問現今仍存活於世且有親身參與或目覩歷史事件發生者，採訪他們所得的口說資料即是史料，他稱之爲口碑性質之史料。

口述歷史目前已成爲世界性普遍的搜集史料的方法，且適用於各個領域。現在世界各地，已非常普遍運用口述採訪的方法，來建構口述歷史。但口述歷史並非歷史學家的專利，在現代，「口述歷史」不僅見於歷史學領域，許多學科從事研究時也都使用口述歷史的方法去蒐集資料，例如：人類學（anthropology）、民族學

1 梁啓超，《中國歷史研究法》（臺北：商務印書館，一九六六年十一月），頁五八。

（ethnology）、語言學（linguistics）、社會學（sociology）、心理學（psychology）、民俗學（folklore）等領域，也都在使用口述歷史的方法，進行資料的蒐集與研究。

美國學者Lynn Abrams強調口述歷史的方法及其結果：

> 為引導出人們過去的資料而進行的訪談紀錄，它同時是訪談的產物和過往事件的故事敘述；它既是一種研究方法學，也是研究過程的結果，亦即是錄音行動及錄音紀錄，有些名詞可以和它交換使用，如個人證言的研究、生命史的研究。[2]

Lynn認爲「口述歷史」已成爲一種研究方法學，同時錄音記錄的結果，也成爲證言或生命史研究的重要佐證。在世界上多數國家，「口述歷史」已成爲一種流行的研究工具與方法論，研究者已將其使用在社區和教育工作裏，成爲一種方法論，它不僅被學術界使用，在政權更迭之時也被政府利用[3]。在學術界外，口述歷史也被當作合法的證據使用，例如審訊戰犯時。一九九七年加拿大最高法院，在不列顛哥倫比亞省與加拿大原住民的土地權的訴訟案件中，裁定口述歷史是一種重要的書面證詞，說明口述歷史已被廣泛採用。

二、價值無可取代

長期以來，歷史學界正視「口述歷史方法學」（oral history methodology）的專業及地位，事實上藉由研究者引導耆老而撰寫成的口述歷史，擁有獨特的價值，無可取代。

---

2 Lynn Abrams “Oral History Theory”, pp. 2-3.

3 Lynn Abrams “Oral History Theory”, p. 2.

早在一九二〇年代，中國史學家梁啓超肯定口述歷史是一種史料，將之稱爲「口碑史料」。嚴格的「口述歷史」，必須由受過專業訓練者，才能完成好的口述歷史作品。「口述歷史」的組成實際是包括1.「口述者的回憶」、2.採訪者「引導訪談進行」的過程、3.「記錄訪談」及4.「撰寫訪談記錄」四個部分。其中採訪人「引導訪談」口述者，是獲得歷史價值的關鍵，採訪者在「口述歷史」中是居於最重要的地位，他選擇曾經見證歷史事件及參與公共事務的歷史經驗者，擔任受訪者。

訪談的過程中，採訪者藉由「參與歷史者的觀察法」，妥善引導訪談進行，所以採訪者的引導是非常重要的。口述歷史有系統地搜集人們過去生活經驗的回憶，不是民間傳說也非閑聊八卦、傳聞或謠言。口述歷史學家確認他們這些歷史資料，對它們進行分析，並將其置於一個準確的歷史脈絡[4]。

在口述歷史中，受訪者的「記憶」是口述歷史的核心，但眞實的歷史與記憶間卻存在顯著的差異，受訪者記憶，不可能達到百分百的完全眞實，記憶會產生重組及交錯混亂，對於錯誤的補救方式，使用註解加以說明。

「口述歷史」必須要透過訪談，將彼此的對話記錄下來，才能稱爲「口述歷史」，不能僅靠隨意的錄音，將訪談的說話內容整理成文字記錄時，除了要將其條理化、組織化外，將聲音轉換爲文字的過程中，還要考慮有關語言、方言及腔調的問題，在撰寫訪談記錄時，要如實地反映口述者所談的內容，不可隨意加入採訪者個人的想法和觀點，更不可加入口述者沒說過或不同意的話語。

進行口述歷史的最主要目的在於蒐集資料，它已成爲搜集史料的方法，彌補一般傳統文獻史料的缺陋與不足，史學家所完成的口述歷史，可以成爲歷史的見證，成爲寶貴的史料。口述歷史是世界性普遍的搜集史料的

4 參見http://dohistory.org/on_your_own/toolkit/oralHistory.html#WHATIS

方法，適用於各個領域。如：人類學、民族學、語言學、社會學、心理學、民俗學等領域。

「口述歷史」必須理論與實際操作並重，在歷史研究中，實作確實比理論更能彰顯口述歷史的特色，但如果缺乏理論的論述及遵行準則的檢驗，則易使「口述歷史」的實作流於粗製濫造，理論的建立可確保口述歷史作品的品質，使「口述歷史」製造出獨特的歷史資料，其所完成的口述歷史，是歷史的見證、寶貴的史料。

貳、【教學篇】

05 大家一起來做「口述歷史」：如何開始做口述歷史採訪

明白口述歷史相關的理論方法與價值後，接下來我們來說明怎麼樣去做口述歷史採訪，以下以投影片的方式來介紹。

投影片5-1

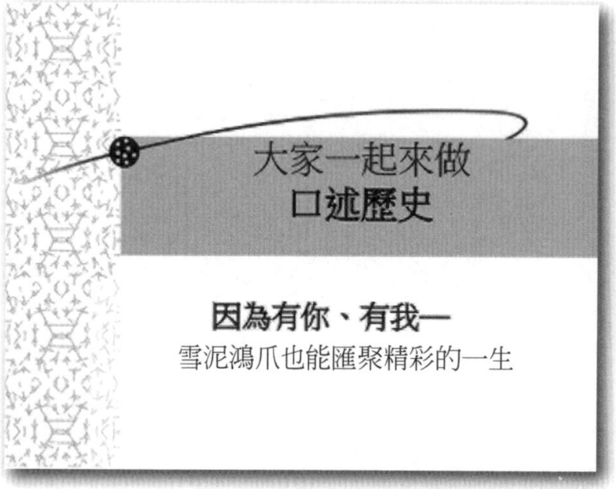
大家一起來做
口述歷史
因為有你、有我—
雪泥鴻爪也能匯聚精彩的一生

因為有你有我，雪泥鴻爪也能匯聚精彩的一生，大家一起來做口述歷史吧！口述歷史不是王公貴族或是達官貴人的專利，口述歷史是任何上了年紀，擁有人生閱歷的人都可以做的，那怕是平民百姓大眾，都有資格做，也都有必要做。有採訪、有記錄，才知道一路走來的軌跡，原來酸、甜、苦、辣，也是精彩，也是成就。

投影片5-2

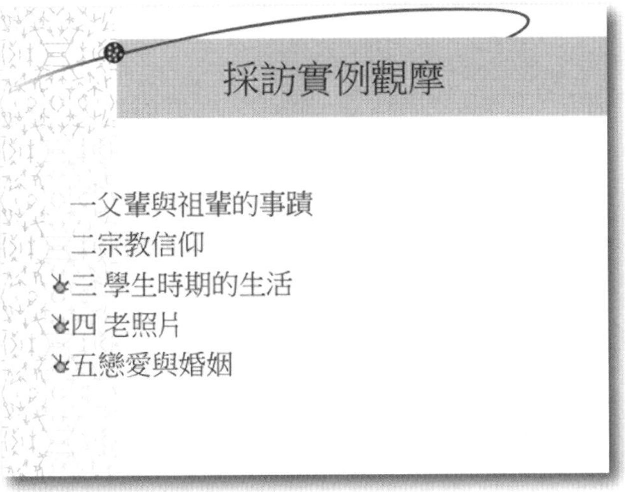

既然每一個人都有做口述歷史的價值，他精彩的故事，怎麼獲得呢？那怎麼進行呢？因人而異，大方向是問他的父母親、問家世背景、戀愛婚姻經過，有沒有老照片？可以問他宗教信仰是甚麼？為甚麼會信佛教、基督教、回教、民間信仰等？

投影片5-3

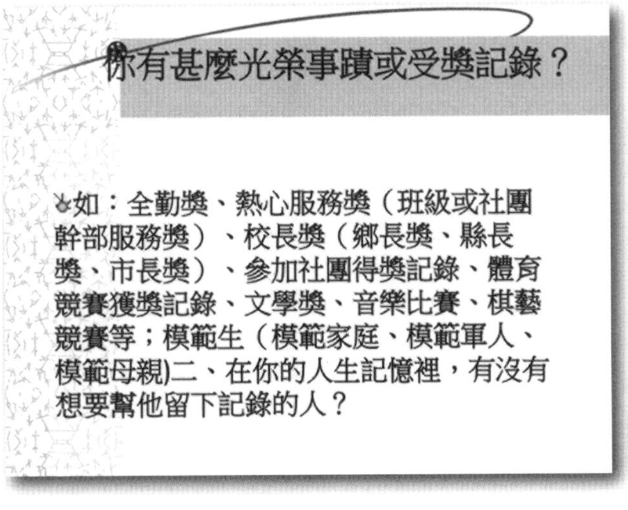

訪談觸及受訪人的光榮事蹟，他會有好漢當年如何神勇的成就感。從求學時的獎項到畢業後出來做事所獲得的獎項，都是精彩的話題，一邊問，一邊請他拿出獎狀、獎盃、獎章，請他談得獎感想等。

投影片5-4

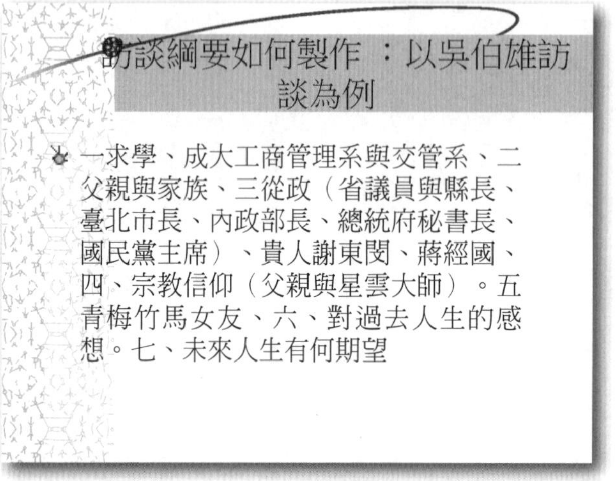
訪談綱要如何製作 ：以吳伯雄訪談為例
一求學、成大工商管理系與交管系、二父親與家族、三從政（省議員與縣長、臺北市長、內政部長、總統府秘書長、國民黨主席）、貴人謝東閔、蔣經國、四、宗教信仰（父親與星雲大師）。五青梅竹馬女友、六、對過去人生的感想。七、未來人生有何期望

吳伯雄是成大工商管理系畢業，但好朋友多為交管系。採訪的對象，如果沒有讀過大學，我們就從他小時候問到他長大，各個階段的學歷、工作經歷及其特殊的貴人是誰？以及其人生奮鬥的感想。

投影片5-5

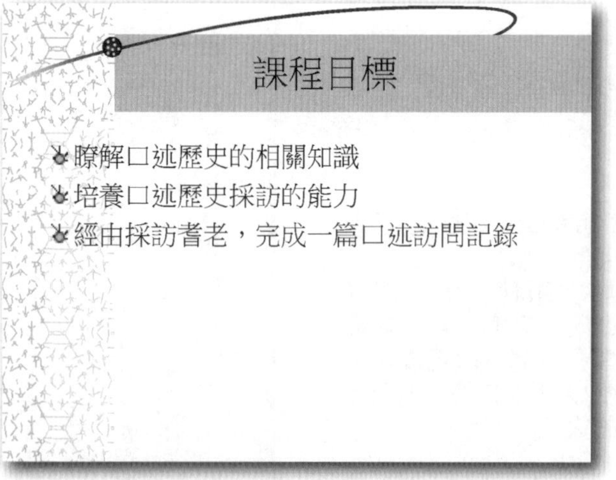
課程目標
瞭解口述歷史的相關知識
培養口述歷史採訪的能力
經由採訪耆老，完成一篇口述訪問記錄

口述歷史，理論與實作並重，先學習口述歷史的採訪方法後，實際應用操作就可完成舉凡各行各業、男性、女性的口述歷史採訪記錄。

投影片5-6

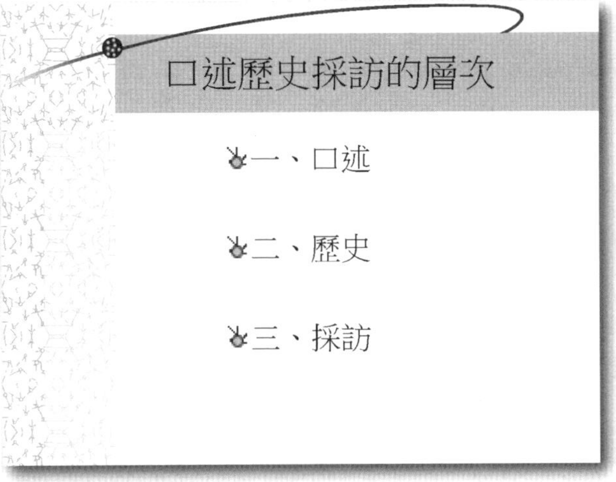
口述歷史採訪的層次
一、口述
二、歷史
三、採訪

甚麼是口述歷史？經由有規劃、有主題的採訪，加以記錄謂之。它包括口述、歷史、採訪三個層次。

投影片5-7

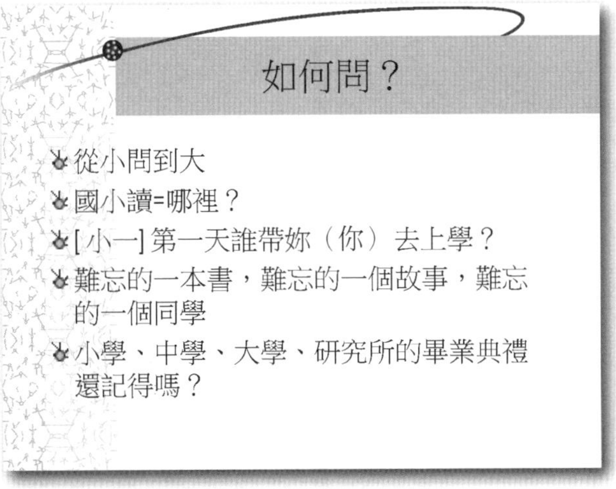
如何問？
從小問到大
國小讀=哪裡？
[小一] 第一天誰帶妳（你）去上學？
難忘的一本書，難忘的一個故事，難忘的一個同學
小學、中學、大學、研究所的畢業典禮還記得嗎？

採訪人面對受訪者時，如何問呢？一言以蔽之，即：「從小問到大」，即從他小時候的各種情形問起。

採訪的步驟。首先要做好準備。找好訪談的對象，設定主題，瞭解受訪者的歷史及社會背景，準備錄影錄音工具，良好的準備，能使訪談順利，不致東拉西扯，且工欲善其事，必先利其器。相片、證書、剪報、著作，這些可以印證史實，可以強化說服力，受訪者會有光榮感，想起更多的往事與經歷。

投影片5-8

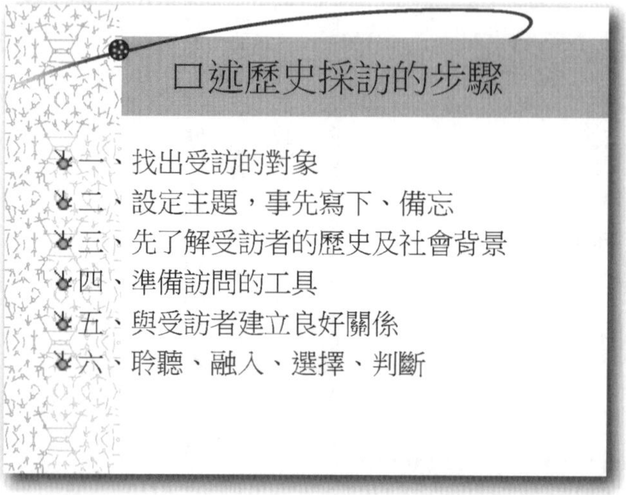
口述歷史採訪的步驟
一、找出受訪的對象
二、設定主題，事先寫下、備忘
三、先了解受訪者的歷史及社會背景
四、準備訪問的工具
五、與受訪者建立良好關係
六、聆聽、融入、選擇、判斷

西諺說：「one picture is worth a thousand words」一張相片或圖片是勝過千言萬語的說明，所以相片的價值由此可見，所以我們在做口述歷史採訪時，一定要徵詢老相片、證書，包括畢業證書、剪報等以徵信其公信力並加強彰顯口述採訪的價值。

投影片5-9

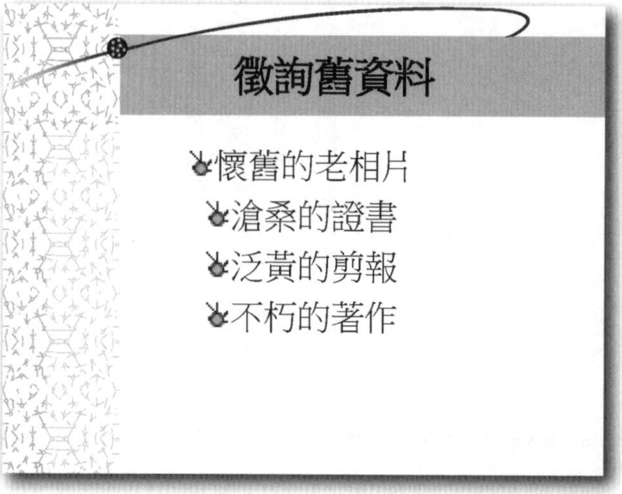
徵詢舊資料
懷舊的老相片
滄桑的證書
泛黃的剪報
不朽的著作

投影片5-10

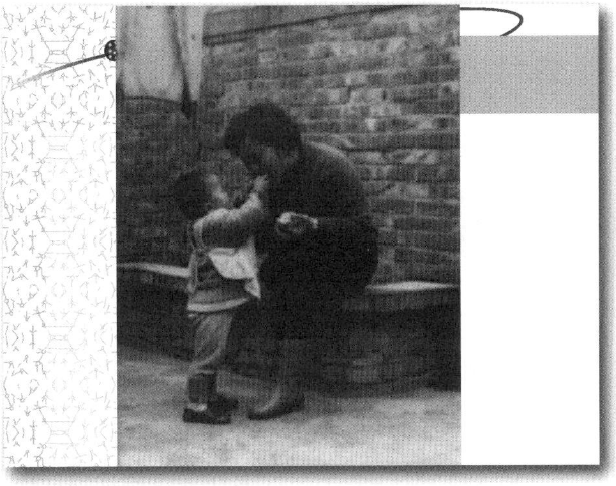

如果受訪者是相片中的小朋友，當他翻箱倒櫃找出這張相片時，即使你尚未開口詢問，他也會立刻回憶起當年他和老奶奶相處的情形，他的感覺會立刻回到兒時，他的眼睛會泛著淚光，開始訴說著有關老奶奶如何疼愛他的事情。

投影片5-11

王玨（左）接受林德政（右）採訪（民國92年12月20日於臺南

進行口述歷史採訪時，訪問人和受訪者最好要一起合影，主要是取信於人，代表確實去訪問過那個人，也可以從相片中呈現出一問一答的效果。日後你看到這張相片，你也可以想見當時採訪的情景。

投影片5-12

訪問完成後，最好是能發表，因為發表出來，大家才看得出來，這就是口述歷史採訪的成果，不僅是你個人研究的成績，也可提供公共做為研究。

投影片5-13

圖中是民國四〇年代至五〇年代的新臺幣（紙幣），面額是1元，民國一〇五年的目前，連50元都已經改成硬幣了，時代的變遷，由鈔票印製的型式可以看出。

投影片5-14

你愛讀甚麼書？紅樓夢、三國演義、還是張愛玲的小說？情節還記得住嗎？

圖左兩本書，一是陳逸松回憶錄（林忠勝採訪、撰述），二是楊基銓回憶錄（林忠勝校閱），都是見證臺灣百年變遷的好書，是具有日治經驗的耆老愛讀的書，也是學生研究日治時代臺灣歷史的必讀書。

投影片5-15

這是古老的老宅相片。兒時住過的老宅，記憶都在腦海深處，受訪的耆老見到老宅相片，久久不能自已。為甚麼？那是人與房子之間產生了感情！人與房子有情感的聯結。

投影片5-16

這是日治時代家族照，左一為大林國小退休教師劉萬來。劉萬來翻譯日文書籍多種，是著名翻譯家。（提供人：劉萬來）

投影片5-17

這是日治時代的結婚照，新郎穿西裝、戴歐式帽子，新娘穿白紗禮服、手捧鮮花，穿著已經西化。（提供人：張桂一）

投影片5-18

這是日治時代軍人出征的老相片。日治時代臺灣人被調到海外當軍伕、軍屬、看護婦等，出發前合照，泛黃的老照片，訴說著歷史的滄桑。（提供人：張桂一）

投影片5-19

這是婚禮老相片，是光復初期結婚照，新郎新娘與雙方父母及親友合影。這種老照片，最易引人產生懷舊的感情，相片中的長輩都是關愛新郎與新娘的，訪談時，可能他們大都不在人世間了，讓相片中的新郎新娘追念啊！（提供人：張桂一）

投影片5-20

這是日治時代公學校的「國語讀本」卷十一及卷十一，是公學校第六學年使用的課本，公學校即今之國民小學。手拿小學時代的課本，耆老說起小學的學習生活，彷彿如昨。（提供人：林徽集老先生）

投影片5-21

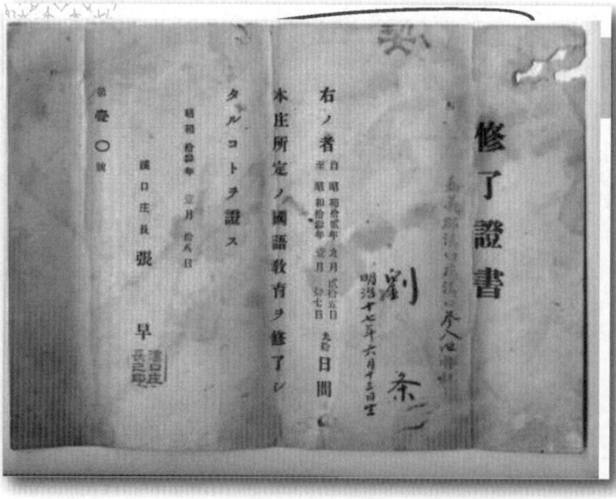

這是日治時代的修了證書，上面寫著修讀國語，期間是四個月左右，可以佐證當時推行日語，向下深及農村，且年已五十六歲的農村居民還是去修讀日語，而年代是昭和十三年（一九三八），接近日本治臺的末期了，由此推定臺灣當局推行日語政策之積極。一般修了證書是證明修完學分課程，與卒業證書有別。（提供人：劉銅）

投影片5-22

畢業證書
學生劉萬來
人現年廿六歲在本校
修業期滿成績及格准予畢業
此證
校長劉傳來
中華民國

這是臺灣戰後初期中等學校的畢業證書，其特色就是上面開始有國父孫中山遺像、國旗，甚至有國民黨的黨旗，日治時期的各級學校的畢業證書是沒有日本國旗的，國民黨統治和日治時期是不一樣的。這張省立嘉義農業學校民國三十五年的畢業證書。上面校長署名劉傳來，他是著名眼科醫師，曾任國大代表。（提供人：劉萬來）

投影片5-23

畢業證書
中華民國
生在本校法學院
准予畢業
之規定授予法學士學位此證
施建生

這張臺大畢業證書跟上面一張同樣有國旗和國父的遺像，可是就沒有國民黨的黨旗。這張是臺灣大學民國五十三年的畢業證書，由此證書得知當時臺大校長是錢思亮，法學院長是施建生。（提供人：張桂一）

投影片5-24

這張是退伍證明書（退伍令）。軍人從軍中退伍，國防部頒發退伍令，有此一張證書，服役期間的酸、甜、苦、辣，因此想起。

投影片5-25

這張剪報報導民國七十五年時任嘉義縣大林鎮長的徐振昆，薪水全數捐贈助人。一則印證徐振昆的義舉與善行，二則印證曾有一份叫做「中央日報」的報紙，因為該報早已在二〇〇六年六月一日停刊。（提供人：徐振昆）

投影片5-26

這張剪報是北一女中七一級畢業三十年的聚會照，相片中大家穿著「小綠綠」，彷佛再度回到青春美少女的美好年代。

投影片5-27

這張剪報是雄中畢業的校友在畢業三十年後舉行同學會的報導，一位校友背著當年的雄中書包，滿是笑容，彷佛回到「為賦新詞強說愁」的高中時代，這張剪報能讓受訪人談及高中生活時，回味不已。

投影片5-28

古早的相片是讓人永遠懷念的，尤其是「家族照」，因為一家人都在裏面。訪談時，若問受訪人幼時景像，不是淡忘就是記憶模糊，但是一旦老照片出現，則再怎麼久遠的事情，也都會逐漸清晰起來。相片中前排被媽媽抱在懷裏的小孩是本書作者林德政，右為父親。（提供人：林德政）

投影片5-29

相片是幫助訪談很重要的媒介，也是佐證。此張相片是作者林德政（前排手捧縣志左）參與纂修《嘉義縣志》，修志工程告成與嘉義縣長陳明文（前排手捧縣志右）、雷家驥教授（前排右三）等人合影。

投影片5-30

受訪人被專書或刊物介紹時，請他提供出來，如此訪談時，訪者與受訪者邊看書邊訪談，氣氛更融洽，所談更深入。圖中是曾任嘉義縣議員與大林鎮長的徐振昆，因戮力公務，表現卓越，受到省政府表揚，事蹟收入《十步芳草光輝錄》。（提供人：徐振昆）

投影片5-31

專書：受訪人如果有專書收納介紹他的學經歷或事蹟時，可請他將該書拿出，並以該書為本，問他何以其事蹟會披露在書中。圖中的《十步芳草光輝錄》一書封面，即是一例，此書羅列各行各業的卓越人士，表彰其言行與事功。（提供人：徐振昆）

要訓練學生學會做口述歷史採訪，教師除了講述理論與方法外，還要講授範例，甚至還要邀請耆老到口述採訪課堂上現身說法演講，如此可加強學生的實質感受。

投影片5-32

邀請的四位人士，年齡、簡歷及到課堂上演講之日期、演講主題：

日期	講者	年齡	職務或特殊經驗	講題
2004.3.3	江德龍園長	59	現任國立鳳凰谷鳥園園長，擔任這間台灣「唯一的」鳥禽專門動物園園長，達十六年，擁有行政專長	《國立鳳凰谷鳥園的成長、變遷與展望》
2004.3.17	葉寄民教授(葉迪)	74	文學家、詩人，留日三十年，曾任教日本大東大學	《少年時代的我》
2004.4.13	江信和先生	84	第二次世界大戰期間，自台灣赴中國大陸戰場，具有台人戰時赴大陸之特殊經驗	《我所經歷過的時代》
2004.4.20	黃英甫教授	68	成功大學外文系任教四十一年，兼精英文與日文，為成大外文系第一屆畢業，成大外文系系友會創會會長	《五十年前的大學生活》

難忘的祖孫對話：訪問人是大學生，受訪人是阿公，經過深度採訪後，瞭解阿公更深，知道阿公也曾經愛過，也會害羞，祖孫之間感情更濃了。

投影片5-33

令人難忘的祖孫對話

- 那是一場令人難忘的對話，從來沒有這樣一個機會，能這樣『冠冕堂皇』地對祖父細細詢問，從孩童、長大、報考警校、當警察、娶妻生子、遷徙各地，還有一些生活瑣事、趣事等，甚至是當年的一些秘密，如今侃侃而談，看著自己阿公，時而興致盎然，時而臉龐又似閃過一抹紅暈，能和自己祖父做這麼深入的對談，是我最大的收穫。　—電機系二年級莊惠宇

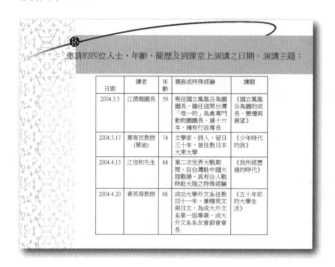

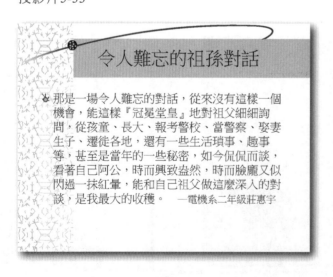

投影片5-34

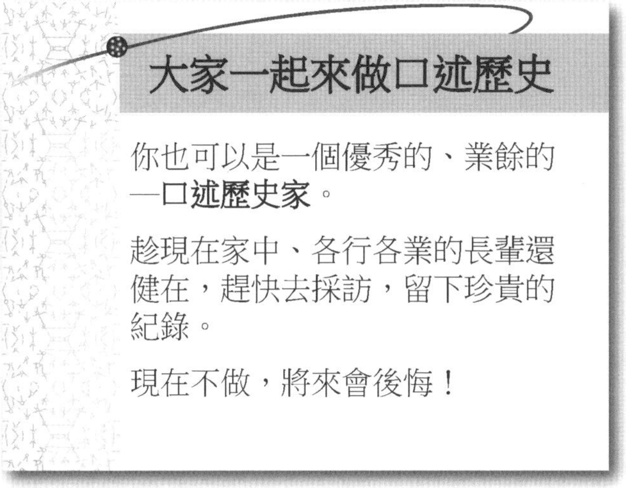
大家一起來做口述歷史
你也可以是一個優秀的、業餘的
—口述歷史家。
趁現在家中、各行各業的長輩還健在，趕快去採訪，留下珍貴的紀錄。
現在不做，將來會後悔！

「我也可以是一個優秀的口述歷史家！」完成採訪時，是非常喜悅的。採訪之初，覺得採訪很難，不知從何談起，及至完成，看到紮實的文本，圖文並茂，終於鬆了一口氣，感到其實訪談並不困難，沒甚麼嘛！此時你可以大聲告訴自己：我也是一個優秀的口述歷史家！

投影片5-35

採訪時，若能夠在受訪人的職場進行，是最理想的，可以讓他（她）在自己最熟悉的地方回憶往事。相片中的老先生主業之外務農，務農可以說是他放鬆身心的地方，在他最熟悉的農地上訪談，可以談出更多精彩的事情，同時也是若非那次的訪談就不可能呈現的寶貴往事。又如受訪者若是漁夫，你就要到港邊去採訪他，或是你到他的漁船上去採訪他，並且照相，那效果會更好。

06 口述採訪之成果：如何開始做家譜

上章是一般性的做口述歷史採訪的方法，本章專門介紹如何用口述歷史的方法來做家譜，藉此引導讀者更加瞭解做口述歷史。

投影片6-1

大家一起來做族譜：
你也可以做家譜

口述採訪之成果：如何開始做家譜

家譜的定義：以血緣紐帶為主體，記載家族姓氏形成、分布、遷徙、郡望、派別、世系、繁衍、和重要人物事蹟的綜合記錄，以特殊的表譜體裁形式，呈現的家族發展史，是一種多功能的親族資料記錄。

投影片6-2

訪談時可問「您參觀過甚麼家譜展嗎?」，你們家有家族譜嗎?或是其他有關的活動，都可以是話題。

二〇一三年四月五日在臺南舉辦「家族譜博覽會」，展出萬本各式各樣的家族譜，吸引民眾參觀，臺南市長賴清德（右三）與主辦人張定宗教授（左二）手持「家譜展海報」，作者林德政（左一）。（提供人：林德政）

投影片6-3

家譜的價值

家乘、家譜、族譜、宗譜對個人而言，肯定其在親族中的地位，滿足個人的歸屬感，是一種維護與實踐社會秩序與社會規範的工具。學術上，提供生物學以及人文與社會學科的研究材料：(1)移民史、開發史之資料。(2)氏族志之資料。(3)人物志之資料。(4)人口志、人口學及生命統計之資料。(5)家族制度、婚姻關係之資料。(6)祭祀關係之資料。

投影片6-4

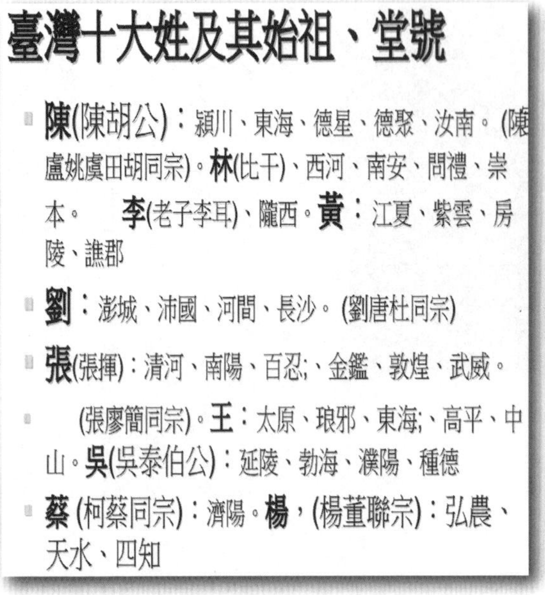
臺灣十大姓及其始祖、堂號
陳(陳胡公)：潁川、東海、德星、德聚、汝南。(陳盧姚虞田胡同宗)。林(比干)、西河、南安、問禮、崇本。 李(老子李耳)、隴西。黃：江夏、紫雲、房陵、譙郡
劉：澎城、沛國、河間、長沙。(劉唐杜同宗)
張(張揮)：清河、南陽、百忍;、金鑑、敦煌、武威。
(張廖簡同宗)。王：太原、琅邪、東海;、高平、中山。吳(吳泰伯公)：延陵、勃海、濮陽、種德
蔡 (柯蔡同宗)：濟陽。楊，(楊董聯宗)：弘農、天水、四知

請問你知道自己的姓氏來源嗎？貴姓氏出過甚麼名人？

家譜、族譜的功能是慎終追遠，團結宗族，五百年前是一家。又可以進行血緣關係認定，認祖歸宗，同時聯誼宗族，因為樹大分枝，追本溯源。

投影片6-5

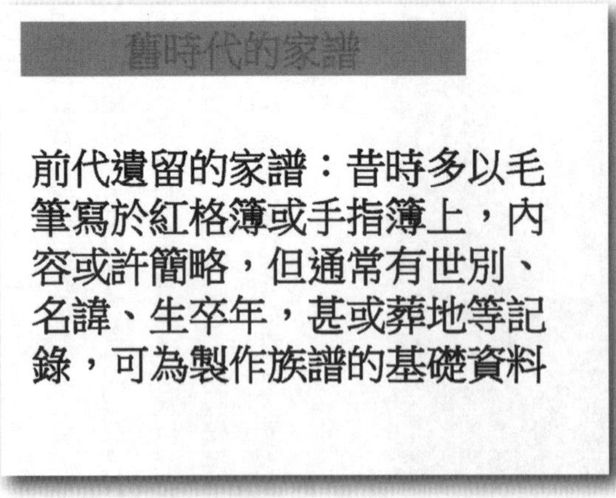
舊時代的家譜
前代遺留的家譜：昔時多以毛筆寫於紅格簿或手指簿上，內容或許簡略，但通常有世別、名諱、生卒年，甚或葬地等記錄，可為製作族譜的基礎資料

家族譜的新與舊，可以從記載的內容和方式來看。舊時代家族譜，祇有男丁，以及女性配偶的姓氏，女兒不入譜。新時代的家譜，女兒也開始列入。同時列入相片。個人照與家族照都有，總之，新式宗譜內容詳述細豐富，大大超越舊式家族譜。

投影片6-6

祖先歷代表：新丁簿

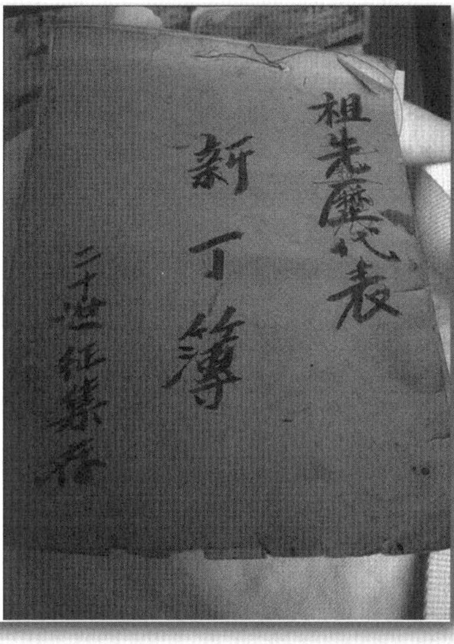

此圖為新丁簿，這是家中生育男嬰時登錄的本子。丁是指男嬰，通常女嬰不列入。（提供人：黃哲永）

投影片6-7

國史館出版的《林維朝詩文集》一書封面。林維朝是清光緒十三年的秀才，雲門舞集創辦人林懷民的曾祖父。書中蒐集清朝新港秀才林維朝的詩與文，並有一生珍貴的回顧《勞生略歷》。在採訪時，可問受訪者其祖先有任何詩文或自述嗎？（提供人：陳素雲）

投影片6-8

嘉義縣鹿草鄉林姓宗祠。

宗祠就是慎終追遠，凝聚血緣親子、緬懷祖先的地方。請問貴府有興建宗祠嗎？你們一年當中，何時舉行祭祖大典？裏面有甚麼擺設？（提供人：林德政）

投影片6-9

通常懸掛在宗祠的匾額，一定會找同宗同姓的德高望重、官位顯達的傑出之士來題贈，以光宗耀祖，激勵宗族中的年輕人效法宗長日後飛黃騰達。此匾額題「源遠流長」：上書「嘉義縣鹿草鄉，林氏宗祠重建落成，林洋港敬題」。林洋港曾任臺灣省主席。

投影片6-10

此匾額題「光前垂後」，上書民國戊申年重陽吉立，鹿草鄉第一、二、三屆鄉長林寶宗敬獻。（林德政攝影）

投影片6-11

此匾額題「宗風丕振」：民國戊申年重陽吉立，嘉義縣第一屆縣長雲林縣第三、四屆縣長，臺灣省政府委員，林金生敬獻。（林德政攝影）

投影片6-12

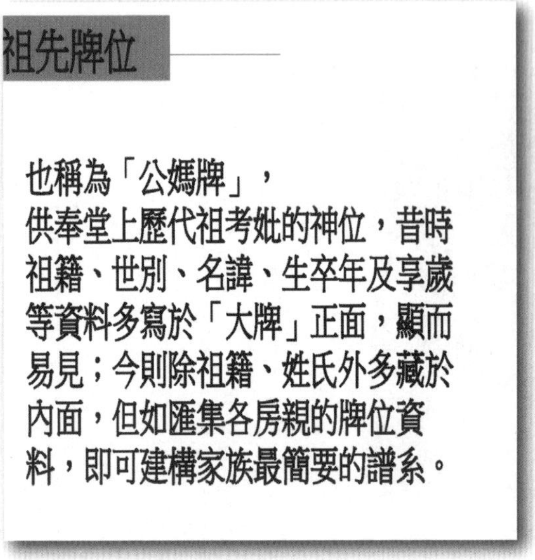
祖先牌位
也稱為「公媽牌」，
供奉堂上歷代祖考妣的神位，昔時祖籍、世別、名諱、生卒年及享歲等資料多寫於「大牌」正面，顯而易見；今則除祖籍、姓氏外多藏於內面，但如匯集各房親的牌位資料，即可建構家族最簡要的譜系。

「公媽牌」與「墓碑」上的資料可提供祖籍、姓氏堂號、名諱及死亡年代等資料，亦可由墳墓的分布地點、重修時間，推家族的遷徙、分房等情況。

投影片6-13

羅增興家族
— 羅人 87 —

族譜內頁，上面介紹族中傑出之子弟，有相片也有敘述。訪談時，我們不光是談受訪者本身，也會談及他的尊長與親友，若他有族譜，擺在眼前，則看著相片，他會想起更多相關事蹟。

投影片6-14

房籍謄本

戶籍資料
一般人皆可由日人所建立的戶籍資料，至現今的戶口名簿，得知祖先的居住地點、婚嫁關係等資料。

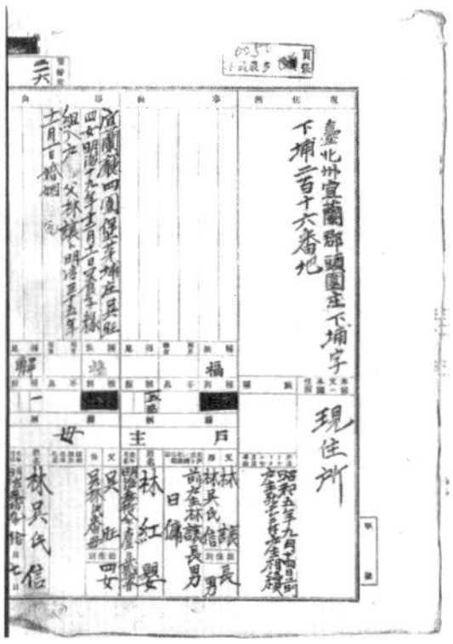

此為日治時代的戶口謄本，上面會記載祖籍，有的寫福，是指福建籍，寫廣是廣東籍。這張是寫福，纏足部分寫「解」，表解開纏足。訪談時談及受訪人之尊長、祖先，可進一步探求他的祖先戶口謄本，做為佐證，受訪人看到謄本，其神情為之一亮，所談必定更有根據。

投影片6-15

契約文書

古契文書、舊照片等如分家所立的鬮書、子嗣繼承的過房書、契約證書，甚或遺書、文物，以及老畫像、舊照片等，均可作爲譜系的參考內容。

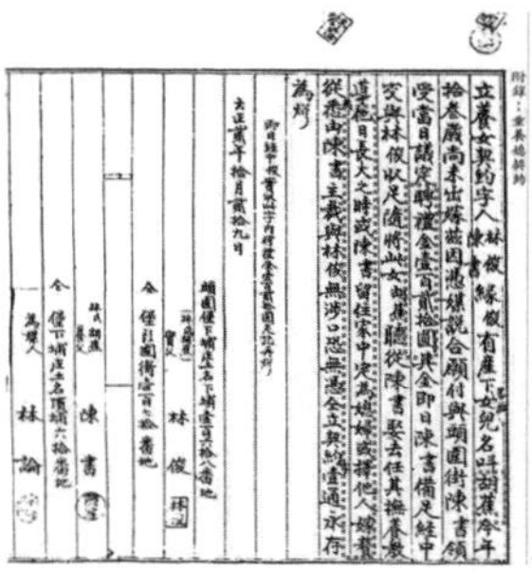

契約文書是研究社會史、家族史等的重要資料。通常上面會記載相關人士的姓名，彼此的關係和稱謂等等，有時候也會有官方長官的姓名，以及時間年代。這些都能破解很多歷史的謎題。契約種類繁多，有房地產買賣契約、僱傭契約、親子關係契約及分家鬮書等。如果是分家的契約就有「為中人」見證。

投影片6-16

家譜資料來源：

1. 各房頭派系長輩有關家族事蹟的口述（血緣資料）。
2. 往來親朋好友的訪談（人際關係資料）。
3. 往昔居住鄰居或地方耆老的訪談（地緣資料）。

左圖為林德政（右一）訪談居住福州的臺胞耆老，問其祖先自臺灣移居福州經過。

投影片6-17

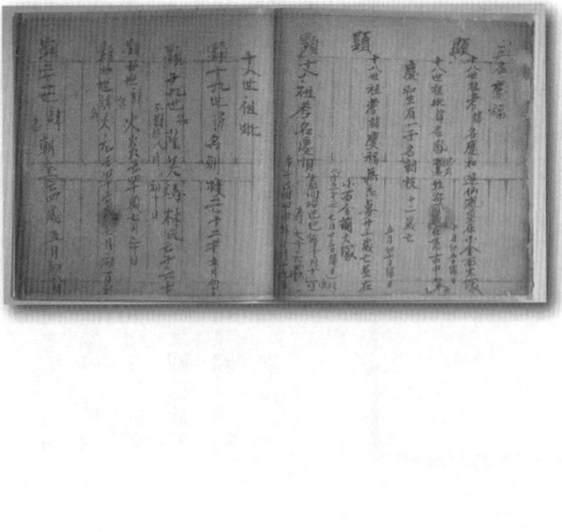

族譜的基本格式：

1. 姓氏源流、姓族源流與發展：分辨姓氏的來源演變，及姓族重要的發展歷程。記述編纂族譜的動機、過程及感觸等。

投影片6-18

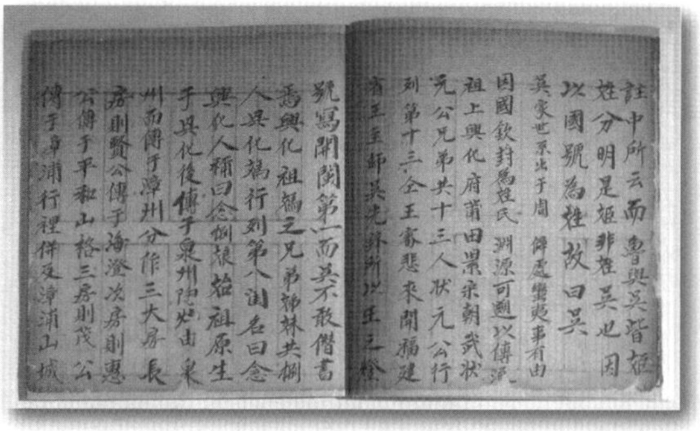

2.遷徙與分布：

遷徙經過與分布著重記述家族的遷徙經過，及目前族親的分布情況。如渡臺、入臺始祖的遷徙時間、原因、經過等事蹟。

投影片6-19

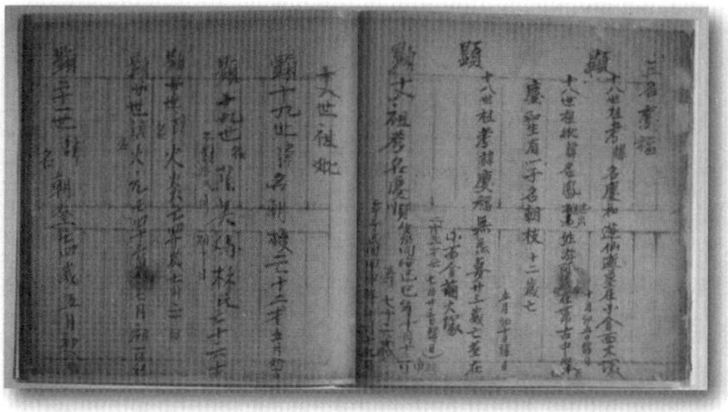

3.世系表：

即family tree，可追溯至遠古姓源的世系，或僅列近世可知的世系。除傳統的「歐例」、「蘇例」、「寶塔例」等外，亦可結合人類學的相關符號來處理。

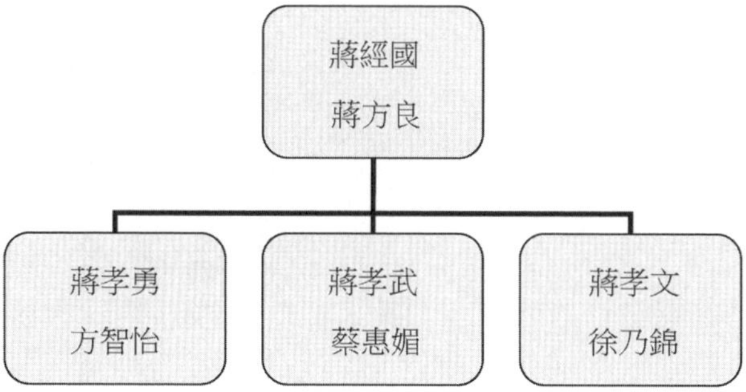

投影片6-20

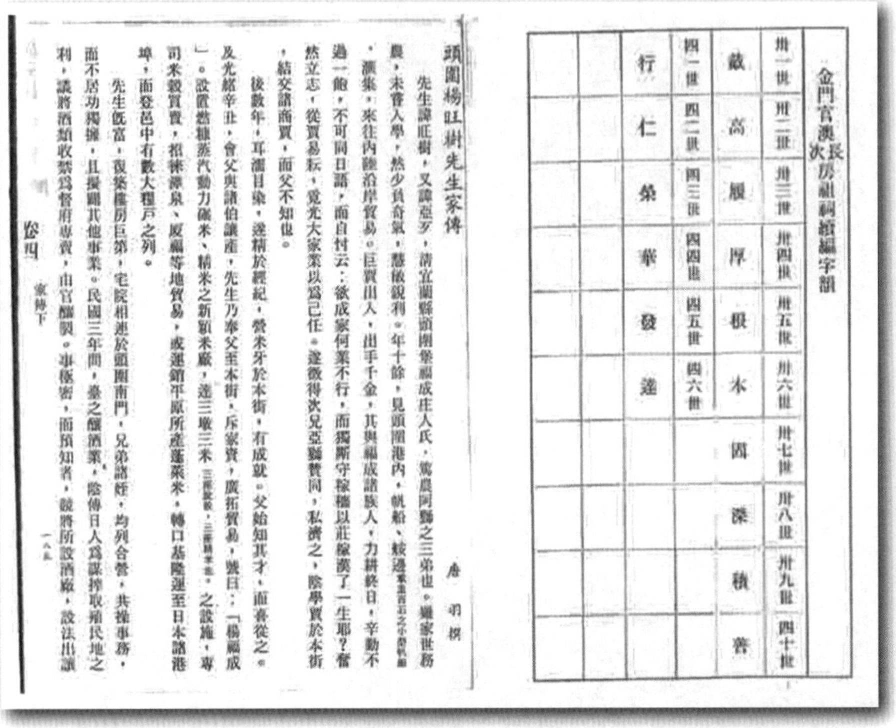

金門官澳長次房祖祠續編字韻

卅一世	藏
卅二世	高
卅三世	履
卅四世	厚
卅五世	根
卅六世	本
卅七世	固
卅八世	深
卅九世	積
四十世	善
四一世	行
四二世	仁
四三世	桑
四四世	華
四五世	發
四六世	達

頭圍楊旺樹先生家傳　唐羽

先生諱旺樹，又諱亞歹，清宜蘭縣頭圍堡福成庄人氏，篤農阿獅之三弟也。雖家世務農，未嘗入學，然少負奇氣，慧敏銳利。年十餘，見頭圍港內，帆船、桅邊[illegible]滙集，來往內陸沿岸貿易。巨賈出入，出手千金，其與福成諸族人，力耕終日，辛勤不過一飽，不可同日語，而自忖云：欲成家何業不行，而獨斷守稼穡以莊稼渡了一生耶？奮然立志，從賈易耘，覓先大家業以爲己任。遂徵得次兄亞獅贊同，私濟之，陰學賈於本街，結交諸商賈，而父不知也。

後數年，耳濡目染，遂精於經紀，營米牙於本街，有成就。父始知其才，而喜從之。及光緒辛丑，會父與諸伯議產，先生乃奉父至本街，斥家資，廣拓貿易，號曰：「楊福成」。設置燃糠蒸汽動力碾米、精米之新穎米廠，逵三墩三米[illegible]之設施，專司米穀買賣，招徠溪泉、廈福等地貿易，或運銷平原所產蓬萊米，轉口基隆運至日本諸港埠，而登邑中有數大糧戶之列。

先生既富，復築櫳房巨第，宅院相連於頭圍南門，兄弟諸姪，均列合營，共操事務，而不居功獨擅，且援助其他事業。民國三年間，臺之釀酒業，陰倚日人爲謀，摔取殖民地之利，議將酒類收禁爲督府專賣，由官釀製。事稔密，而預知者，競將所設酒廠，設法出讓

卷四　家傳下　一八五

4.族譜的基本格式：

學經歷及一生簡單重要記事，如讀過哪些學校、曾在哪些機構任職，職稱，擁有何榮譽事蹟，一生到過哪些地方，交友情況，血型，病史、墓葬時地等，皆可記載。

投影片6-21

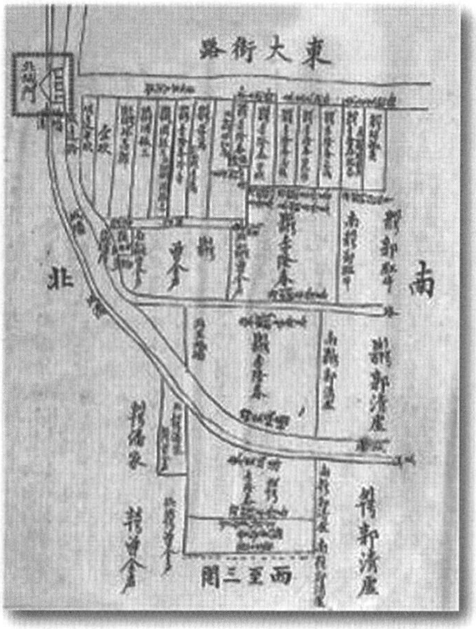

5.地圖照片：

可附上居住地的相關地圖、標示，及老照片或全家福生活照等族譜續頁：可針對個別需求來設計表格，方便後代填寫。

投影片6-22

朱子治家格言：

訪談時問及其尊長如何教養下一代，則有關他的尊長事蹟連帶可以談出來。傳統教養小孩以「朱子治家格言」為本：「既昏便息，關鎖門戶，必親自檢點。一粥一飯，當思來處不易．半絲半縷，恒念物力維艱。宜未雨而綢繆，毋臨渴而掘井。自奉必須儉約，宴客切勿留連。器具質而潔，瓦缶勝金玉。飲食約而精，園蔬勝珍饈。勿營華屋，勿謀良田。……」，今人少子化，難矣！

07 採訪對話稿示範：老鳥經驗談／林德政教授口述歷史採訪經驗回顧

採訪及記錄：盧淑美
訪問時間：二〇一五年十二月十九至三十日
訪問地點：國立成功大學歷史系

一、初學者要如何入手？

問：林教授請教您，您認為甚麼樣的人，具有被採訪的價值，可以被稱為耆老？

答：具有被採訪的價值，可以被稱為耆老者，首先要年紀夠大，至少要七、八十歲，還有就是有參與重大的歷史事件或公共事務者。當然，特殊情況下，年紀稍輕者也還是有被採訪的價值。

問：您認為做「口述歷史採訪」者，需要甚麼樣的特質？

答：「口述歷史採訪」者必須具有一定的歷史背景知識修養，比方你在臺灣做訪談，你必須具有臺灣史、中國現代史的背景知識，才能問得深入。舉凡清朝的歷史、日治時期民主運動，民間寺廟的崇拜等知識都必須具備，否則就問不出所以然。比方我採訪在大陸就讀黃埔軍校的黃埔老人，我除了需具備中國現代史的知識外，也必須對「黃埔軍校」有研究，這樣訪談才會深入，也才會精彩。

問：我們一般人在做口述採訪之初，有甚麼注意事項？可能會面臨到何種狀況？

答：做口述採訪，取得「被訪者」的信任是重要的關鍵，所以一定要對「被訪者」十分尊敬。如果可以的話，拜訪時帶個小禮物，或是請對方吃個飯，如果「被訪者」跟你投緣，水乳交融，對你信任、看重、肯定，他才會滔滔不絕。我們在問受訪者時，要秉持溫柔敦厚的態度，不要咄咄逼人，摒除一針見血的問法，不要挖掘太深入，使他內心感到不安全，也不要讓對方太累，要讓他心裏高興悠游，才能侃侃而談。並非所有答應要接受訪談的人全都很配合、很友善，有時「被訪者」基於自尊心，也想炫耀自己的才學，會想測試「訪問者」，會故意出難題刁難一下或奚落一下「訪問者」，這也許會令有些「採訪者」覺得被挑戰，感到壓力。

當然一個小青年冒然想去訪問達官顯貴，難免會被拒絕，所以我們一般人在做口述採訪，可以先從訪問自己的祖父母開始磨練，一方面不會被拒絕，另一方面也爲我們的家族留下寶貴的記錄。研究生若針對某個主題去訪談還好，如果你想採訪耆老一生的經歷，從口述採訪到成稿，是要花很大的心力，很辛苦！尤其對方如果住在外縣市，甚至住在國外，那你還要負擔交通及住宿費，很是勞民傷財。一般人若非抱持著奉獻的想法，想要替歷史留下寶貴的見證，這工作是很難持續下去的。

問：有甚麼技術層面的事情，要提醒有志從事「口述歷史採訪」者？

答：不要過度相信自己的記憶，要倚重錄音、錄影，對於錄音器材也要使用嫻熟，現在的錄音筆都很輕巧，可以隨身攜帶，遇到值得採訪對象，才不會錯失。我自己有個慘痛的經驗，前陣子我到臺北參加研討會，認識百歲的耆老，還去拜訪他，可是剛好帶的是一個新的錄音筆，我操作不愼，沒有錄成功，祇靠筆記及當下的記憶，無法成稿，這是很可惜的。

還有錄完音之後，要先做檔案管理，記得寫上訪問日期及地點，以免日後混淆不清或者你在錄音的一開始就先自己說明時間地點及採訪人物。例如你說：今天是民國一〇四年十二月二十日，很高興到成功大學來訪問林德政教授。

問：口述歷史採訪可以透過訓練達成的部分是甚麼？

答：可以訓練的訪問的方法部分，就像準備訪談提綱、準備錄音筆、錄影機、如何訪談？如何成稿？「引導訪談」的訓練等。但如果你要問得深入，就要先去閱讀相關領域的背景知識。

二、訪談要及時把握

問：您約訪耆老的過程都十分順利嗎？

答：關於訪談一定要把握，通常耆老年事已高，他這一次心情好，願意答應接受訪談，下一次可能因為健康因素或其他原因，他就不願意接受採訪，就算願意再次接受採訪，可是身心狀況也不如第一次，如記憶減退，甚至有時候耆老就過世了，訪談就僅成為斷簡殘編，無法成稿，所以訪談要及時把握。通常訪談一次是不夠深入、不夠完整的，所以要有第二次、第三次、第四次的補充及求證。但如果耆老身心狀況好，不累的話，訪談時間兩三小時都可以，不要自己懶得問下去，想下次再來補充，因為他老了，這可能是唯一的一次訪談！結果可能造成自己的遺憾。所以每一次的訪談都要存著這是唯一的一次訪談，要做好充分的準備，事先要做足功課，儘量在這次就把訪談弄得很好。總之，做口述歷史訪談，要存著和老天爺搶時間的心情。

三、一定要寫逐字稿

問：「口述歷史採訪」一定要寫「逐字稿」嗎？

答：一般初入門的人，可能認為我聽一聽個大概，做筆記下來就好，我想這是錯誤的。要寫成訪問稿之前，一定要先寫成「逐字稿」的形式，我想主要是：保留了口語的形式，而非祇是呈現書面語的形式，那種生動的口語是非常有價值的。當然寫成「逐字稿」是很辛苦的，口述採訪之後一定要寫成Q and A，一問一答的「逐字稿」形式，然後再整理成順稿。而且不是任何人都可以去寫「逐字稿」，那牽涉到語言、語用、文化以及歷史背景的知識問題，不然非常可能錯誤連篇，以及無法表達完整的概念。

問：您曾經上過「口述歷史採訪」的課嗎？

答：我在讀書的時候，學校沒有開設「口述歷史採訪」的課，所以我也沒有上過這類的課程，不過因為我是歷史學者，所以都是靠自己做田野調查摸索而得。在國內，我也算是率先開「口述歷史採訪」課程的先驅者，我在民國八十六年就開始在成功大學開始開設「口述歷史採訪」課程。

問：您開這個課，是請同學訪問自己的祖父母，請問學生的反應如何？

答：幾乎每一位修課的學生都在期末肯定這門課帶給他們的收穫。有許多同學在修完課幾年後，年紀稍長了，而他訪談的祖父、母過世了！他們就感到慶幸曾經替祖父、母錄音做過訪談，留下記錄，就來信感謝我。印象最深刻的是一位政治系的學生，訪談他的祖父，學期剛結束，他的祖父在健康的狀況下，毫無預警地突然倒地猝逝，讓年輕的這位學生，頓悟人生無常，幸好在祖父生前最後二個月修了「口述歷史採訪」這門課，在老師指導下，完成祖父的一生記錄，特別寫了一封長信感謝。

四、間接採訪

問：若是想要訪問的對象已經過世，可以透過訪問親屬來還原，做「間接採訪」嗎？

答：這是一定的，且必要的。如果當事人已故，訪問其他親屬，照樣可以得到有價值的史料，例如民國史上的雲南軍閥龍雲（一八八四—一九六二），口述史家無法訪問他，而訪問了他的兒子龍繩武，照樣得到許多現代史上諸多史料。臺灣史上的霧峰林家，當中的林文察、林朝棟、林祖密祖孫三代以及林獻堂等人，都與歷史關係密切，口述史家透過採訪林家子弟，同樣得到重要的資料。能直接採訪當然最好，但是不得已時，做間接採訪，也是必要且有價值的。

我有一位學生他的祖父是已故中研院史語所的研究員張以仁先生，已經過世了，他要寫有關祖父的事，我就鼓勵他透過他自己的父親來口述祖父的事蹟，結果也做得不錯。

五、職業受訪者

問：想向您請教，有些重大事件的參與者，可能被許多不同的人訪問過，您覺得這些受訪專家，是否仍具採訪的價值？

答：妳所說的是屬於「職業受訪者」的類型，一天到晚接受訪問，他也樂於如此！我的經驗裏有兩種狀況。一種就是他給的答案千篇一律，每個人的訪談內容都一模一樣。所以他說的內容可能大多重複，所以要打聽，如果已經被訪問很多次了，你再去訪問可能也祇是浪費時間，就儘量避免。所以如果你知道自己想要採訪的對象已經被訪問過，你可以先看一下他的訪談記錄，看看你想知道的事有沒有被問過，如果沒有，你再去問他。不過有時耆老會隱瞞自己被採訪過的事實，因為他喜歡被採訪時，被人家看重的感覺。不過有時即使有部分內容重複，因為問的點不一樣，你還是可以問出別人所沒訪問到的其他事，畢竟每個人訪問的切入點是不同的，這樣也還是值得的。另一種則是他特意如此，給A採訪時，祇專說某部分，給B採訪時，再說另外未說的部分。所以你採訪者想知道的內容，他偏不說，他祇說自己想講的部分，透過不同的人採訪替他整理，所有的一切都在他運籌帷幄之中，當然這種人是絕頂聰明的。

問：或者有沒有一些受訪專家，他所回答的答案已經是被他制式化，被他潛意識組織整理過，可能隱諱了部分他不想回憶的部分，比方比較私密的事或自己覺得尷尬難堪的事，他會下意識的刻意隱藏，祇說自己想讓別人知道的事，所以你的問題他都祇有固定的很表面的答案，您的看法如何？

答：確實可能會有這種狀況，受訪者心裏已經盤算好他想呈現的訪談面貌，所以就好像是演講一樣，把它說出來。因爲每個人都有主見，他自己主觀的意識形態，他對於歷史的看法，他認爲自己所經歷的歷史就是這些，他的認知就是這樣。另外基於人性，不會自揭瘡疤，他對自己會隱惡揚善，對自己不利的部分不講。甚至爲了凸顯自己的貢獻，就放大自己一點小善，對自己的過失則視而不見，掩藏自己的過錯或不足，將別人的功勞說成自己的。

問：所以訪談者需要旁敲側擊，不著痕跡的去套出眞正的事實嗎？

答：對！沒有錯！如果說他講的事情前後矛盾不一致，啓人疑竇時，我們就要小心查證。比方他說他是某名校畢業的，你可以問他學校放假時，他去過學校附近哪些地方？但是若你明知對方是揑造，你也不要故意去戳破、去碰觸這個問題，會令對方感到尷尬，而搞砸訪問。另外如果耆老說的和歷史記載不同時，我們可以在註解中呈現。對於耆老所陳述的歷史，訪談者必須先充實自己的歷史背景知識，才有足夠的能力去鑑別眞僞，如果是現代史人物，有時必須去調閱檔案資料來參照。

問：如果訪談的耆老騙很大，我們要放棄他的訪談嗎？

答：其實騙很大的部分，很多是關於自己的出身，很多人會隱諱自己的出身。我想這部分就避而不談，避免去碰觸它，有疑問之處不要寫成標題，呈現在文字上時要做一些技巧性的處理。舉例而言，受訪者明明沒有讀過大學，偏要說自己讀過大學，沒有博士學位，偏要說自己擁有博士。如果你明知他的學歷是假的，你不用全面質疑他其他的見證也是假的，他總有其他事蹟的陳述是眞實的，我們就是要那些眞實的部分。千萬不要因爲他某部分騙很大，就放棄對他做訪談。

六、整理成文字稿

問：訪談之後，甚麼時機最適合整理成稿？拖太久是否容易束之高閣？

答：訪談之後，要立刻做整理，千萬不要拖。就算沒有助手，也要立刻整理成稿，不然久了以後，眞的會束之高閣。因爲還有很多其他的事情必須做，拖久了，淡忘了，興趣也降低了。

問：整理成文字稿後，如果給被訪者看，他會不會有意見？

答：文字稿給被訪者看後，如果是要發表，也會有人有意見，甚至也有很強勢要加入非當初訪談的內容，或硬要加上不相干的親友相片，若受訪者擺出頤指氣使的態度，採訪者也會深受打擊，想說爲誰辛苦？爲誰忙？最後如果雙方的認知差距過大，甚至無法成書。

七、有關著作權

問：談到這裏就衍生一個有關著作權的疑問？究竟口述採訪的著作權是屬於訪問人，還是被訪者？

答：說到這，我有一本《國際明星王玨先生演藝生涯訪談錄》由國史館出版，我這個訪談、記錄、兼撰稿人，竟然被寫成「整理」，應該是寫成「撰稿」才是。訪談要準備，寫成逐字稿後，要做篇章整理及順稿，花費極大心血。而且一般人不經過訪問者做「引導訪談」，自己也說不出來，更遑論把它寫出來。要整理成順稿，沒有受過學術訓練者也寫不好。所以你說著作權到底是誰的？不過我也有遇到一開始就表明訪談內容不願公開者，大多數是曾經歷政治迫害，導致內心深感恐懼，我雖訪問他們，但也尊重他們的意見不公開。

八、口述歷史的甘苦談

問：在您做口述歷史採訪的過程中，令您感到印象最爲深刻的是甚麼？

答：大部分的訪談都很好，像我訪問楊從善、楊從貞、楊翠蘭一家人的訪談，我覺得都很愉快！他們對我很尊敬、很客氣！採訪那些有歷史經驗的耆老，隨著他們的敘述，我們也跟著進入時光隧道，來到當時歷史的年代現場，分享他們的見聞。比方我採訪民國二年的蔣松輝先生，他回顧九十年前的自己，說起讀臺北一中時，他認眞讀書，感受到日本文化的氛圍，但也知道自己不是日本人而是臺灣人，但教師對他們很愛護也很嚴格。他爸爸蔣渭水是臺灣第一代的知識分子的抱負，對當代的感受與無奈，透過訪談，我彷彿也和他同樣經歷了這些大時代的故事。又比方採訪林憲先生，他是最後和丘念台有近距離接觸的人，隨著訪談，我也覺得自己彷彿跟在丘念台跟前工作，也經驗了雋永的知識之旅。還有我訪問了張超英先生，談起他父親張月澄在二二八事件後，雖然被營救出來，但目睹友朋被殺，深受打擊，後來就像活死人一般，晚年時經常都是不發一語，吃完飯把自己關在屋子裏，也不出去做事。我聽後也覺得十分悲愴，張月澄慷慨捐輸，幾乎毀家資助臺灣人在中國的革命經費，但他在「二二八」事件時被關，九死一生，家裏花巨資向逮捕單位行賄，方才保住一命，可謂絕望到極點。

問：您在從事「口述歷史採訪」時，有沒有遭遇到甚麼困難？

答：採訪的困難之處，最主要的就是缺乏經費的補助，都是自己出錢，外出採訪交通住宿是一大負擔，整理逐字稿也缺乏幫手。在我採訪的生涯中，也偶有令我感人沮喪的經驗！比方我曾經義務採訪一位耆老，過程中他就頻頻來催稿，我因為忙於教學和研究，也沒辦法如他所願，因為光聽錄音帶做成逐字稿就是一件工程，結果他就很生氣，喝令我把訪談的錄音及拍攝的相片都要立即歸還，而這些錄音帶及相片的成本，他沒有花一毛錢。另外也有某位北部的耆老，我同樣義務為他採訪，還送他禮物請他吃飯，已經寫成訪談初稿了，但他生氣我說要再去訪問，怎麼拖這麼久沒有去？把我當成「店小二」活該為他寫傳般，口氣極差。因為心生不快了，後來也就放棄發表那篇訪談記錄。我本身有教學和研究工作，又住在臺南，北上一次訪問，食宿都是一大開銷，我通常做口述歷史採訪都是義務沒有經費的，準備訪談已經很累了，若是要自掏腰包請人聽打逐字稿，又是一筆大開銷。所以若是遇到不能體諒我的耆老，將我付出的心血視為理所當然，也是令人蠻沮喪的，不過幸而大多數的耆老都是很可愛，很令人尊敬的。

問：您在「口述歷史採訪」時，有沒有遇到比較尷尬的情形？

答：我曾經訪談一位受過白色恐怖迫害的耆老，我祇是順著他的話語用了一個疑問詞，想要確認求證，不料對方竟當下勃然大怒下逐客令，認為我質疑不相信他，我也很受挫，感到很尷尬。我知道他是心靈受到極大傷害的人，未與其計較。所以採訪心靈受過創傷的人，要很小心，避免觸及他們的傷心之處，完全避免在訪談一問一答的過程中，想要求證的態度。因為這類型的受訪者，通常你問他一個問題，他就會滔滔不絕講個不停。但這有好處也有壞處，因為也有的人是你問一句答半句或你問了五、六句都不答一句，甚至回答不出來的。不過萬一不愼惹對方發火，要立即致歉！立刻解釋、立刻想方設法安撫對方。最壞的情況是同時也被激怒並反嗆對方。

九、法律問題

問：我看您這裏有許多未刊載的稿件，請問有甚麼問題嗎？

答：我舉一個例子，我在學校裏開設「口述歷史採訪」課程，鼓勵學生儘量去採訪自己的祖父母，一則訓練採訪實務，一則爲家族建構歷史，一舉兩得。爲甚麼鼓勵學生採訪祖父、母呢？因爲做口述歷史是很辛苦的，爲一個不相干的耆老做，不如爲自己的長輩做。結果有一位學生的祖父就寫信給成大當時的校長翁政義，說這麼一來，他們家的秘密不是被別人都知道了嗎？說怎麼可以這樣，他好像是抗議的口氣，讓人啼笑皆非。其實絕大多數的人一輩子無法留下口述歷史，也沒有任何人會去採訪他，包括他自己的兒女或孫子，絕大多數的人最後是沒沒無聞的離開人世間。

十、「文獻考證」與「田野調查」

問：我看林教授很擅長做「採訪耆老」，想請問您認爲做《地方志》和《廟志》時「採訪耆老」和「文獻考證」兩個研究方法，您的看法如何？

答：研究歷史，主要是兩種資料：一種是文本書面資料，另一種就是口傳資料，要去採訪有參與其事的人。做現代的歷史因爲文本書面資料不足，檔案之外就要靠口傳資料來加強，就要做口述歷史。至於《廟志》和《地方志》更是如此，一個機構它產生的資料，不會完全呈現在書面資料上，所以就要去問有關的人，做口述採訪。例如一間廟辦一個進香活動，如果要研究此次的「進香活動」，當然會有會議記錄，但可能祇記載了經費、天數行程、參加的陣頭及行經的村莊鄉鎮。但細節的部分可能不會呈現在文字上，比方參與者內心的感受等等。我們可能要親自去問參與者。比方我寫鹿耳門聖母廟，就要靠訪談「廟公」及「老大」等人才知道爲甚麼他們和西港慶安宮來往密切？爲何和鹿耳門天后宮對立爭正統等等，還有土城以前沒有「土城香」是參加「西港香」，但因爲鬧翻了，他自己有自己的進香活動叫「土城香」，所以「土城香」是從「西港香」分出來的，這些都是要靠採訪所得才知。這也是梁啓超講的「口碑傳述歷史」。像司馬遷的《史記．西南夷列傳》就是他親自到西南夷去採訪耆老，到貴州雲南去做口述採訪所得的，這眞正是口述歷史。

十一、傳記與口述歷史

問：請問您，傳記與口述歷史的差異？

答：傳記分成「自傳」和「他傳」。「自傳」就是一個人自己悶著頭寫自己經歷的事情，「他傳」就是別人替當事人做傳記。通常的狀況是「他傳」的「傳主」（被寫的人）已過世。但也是有例外的，不過大多是「傳主」提供一些資料給作家。至於「口述歷史」就是由專家對耆老徹頭徹尾，透過深度採訪，經過錄音、寫逐字稿再順稿完成，所呈現的口語形式的口訪記錄音。「口述歷史」，特別是包含一生的口述歷史，其價值是高過傳記。

問：那一般的新聞採訪或作家訪問與口述歷史的差異爲何？

答：一般的採訪，例如新聞記者的採訪一般是祇問一個點，一個事件及參與者，最後再問你的看法，以及描述那個過程，或介紹人物也是整理成大意而已。用記者的口吻來報導，通常是比較簡短。

至於作家訪問某人，一般人是用側訪，第三人稱觀點來寫，用文學家的筆觸而非史家之筆，與口述史家的採訪還是有差異。如：「某某人的訪問記」，他是以作者的角度去觀察去下筆，也不注重正確的事件時間和地點。例如會寫：在一個和煦的早晨，我約訪了某位先生做開頭，我帶著錄音機興沖沖地採訪他，打開話匣子之後，某先生就回憶起他的童年，他上戰場的經過如何？是如何走過這些歷程？他感慨地說：「一路走來，有辛酸，但也有成就」。

但若是將和當事人的訪問整理成順稿，廣義來講也是口述歷史。「口述歷史」是真實性的記錄，所以時間、地點、人物都必須是真實。同時是要做比較全面比較完整的去問，採訪比較深入，整理成對話的逐字稿，再順稿而成訪談記錄，這是很辛苦的基本功，很多人不願意做。道地的「口述歷史」會這樣寫：「我小時候生長在戰亂的年代，因為家裏窮沒有辦法唸書，就早早地從軍去。在十二歲的時候，……」都是以自己的口吻述說，時間和地點都要交代清楚。採訪者會去提點他，要做引導訪談。

但「口述歷史」受限於受訪者的記憶，一定會有張冠李戴的情況發生，另外就是他的主觀意識，人總是會對自己的部分隱惡揚善，對自己有利之處會吹噓美化，對自己不利的部分會隱藏，故意不講或故意遺忘，甚至會故意栽贓說別人壞話。這些都是歷史學家要去處理的部分。

十二、口述採訪源起：新港尋根之旅

問：林教授您好！請問您為何對「口述歷史」的採訪產生興趣？

答：因為我天性對人事物比較好奇，我從小就喜歡問東問西，自小就會向大人詢問祖先的事。我小學二年級時，老師叫我們回家問祖籍在哪裏？我父親就說祖籍是中國福建省漳州府龍溪縣石碼鎮二十九都，並說我的曾祖父林旭初先生是清代的秀才，本來要去福州考舉人，因為發生甲午戰爭無法前往。

問：您府上哪裏？您的曾祖父林旭初先生是清代的秀才，您有做過「尋根之旅」嗎？

答：我先祖是從福建遷居來臺，第一代來臺的是我高祖父，他是在清朝乾、嘉之際遷到今天的嘉義縣新港鄉，「新港」源出古「笨港」，原來叫「笨新南港」。嘉慶年間，洪水氾濫，從「笨港」的中間街市經過，將其分爲「笨南港」和「笨北港」。後來河流又再次改道，洪水侵襲又將「笨南港」沖毀，於是居民就往南搬，搬到麻園寮，改稱「笨新南港」。即今天的新港。所以我曾祖父林旭初是咸豐年間在笨新南港出生，光緒年間在臺南府學中秀才。民國七十七年，我搬回嘉義住，先回到新港尋根，之後再到中國大陸福建漳州石碼尋根。

問：您到新港尋根，有收穫嗎？

答：我聽我父親說他堂哥林錫珪在新港當小學教導，於是我騎機車還帶女兒亮亮到新港街頭逛逛，後來到新港奉天宮，遇到一位鄭朗雲老師，就跟他打聽是否認識我伯父？他說：剛好倆人是新港古民村「古民國小」的同事。古民村和奉天宮很近，奉天宮是在前村（宮前村）。透過鄭老師連繫上我伯父，因此得知許多我曾祖父及我伯公的事，我伯公日治時代畢業於臺北國語學校，比吳三連等人期別高。像我伯父當過阿里山鄉「達邦國小」的校長，與高一生鄉長相熟。所以後來我就做了我們林家家乘家譜，寄給我們家族全體。我伯父又提到我曾祖父林旭初曾經在新港國小教過書，那是日本人治臺之初，公學校需要漢學老師，我曾祖父在那裏教過三、五年，那裏還收藏有曾祖父親手寫的履歷表。新港國小有百年的歷史了，我伯父就帶我去找新港國小的教導，請他調出日治時代的教師資料，果然發現了我曾祖父及我伯公的資料。

問：林教授您說做過幾百人的口述採訪，我看到這邊有很多的錄音資料，您還記得第一位被您採訪的耆老嗎？那是甚麼時候做的採訪？

答：我大約是在民國七十九年時開始做的口述採訪，那時我在嘉義縣的新港鄉從事耆老的訪問，就是我做口述歷史採訪的開始。我後來替這些新港的耆老寫傳記，透過採訪，我做了十三篇的《新港人物志》，每篇都有兩千字左右，例如有一個日治時代畢業於東京醫專的陳灑水醫師，當過縣議員，我訪談其女兒。一個縣議員叫林清泉，當時也已經九十歲，我也去訪問他。另外訪問當過嘉義縣長的涂德錡的夫人，其父當過大林國小校長。這些訪談過的人，我都爲他們寫一篇傳記，名叫《新港人物志》，陸續刊登在《新港文教基金會會訊》上。

我當時是抱著服務鄉里的想法，本來我是想寫滿五十篇的《新港人物志》，不過民國八十二年時，我搬到臺南，距離嘉義比較遠，但是我續寫了一篇〈新港人物志〉，是有關溪北村的李魁俊縣議員的傳記，李在「二二八事件」時在鹽水當警察，親身目睹朴子名人黃媽典被殺，爲一般研究二二八歷史者所不知，價值很高，卻一直遲遲未獲刊登，也沒有退稿給我，我自己的底稿也因爲搬家丟失了，十分可惜。所以我也覺得有點心灰意冷，就停寫《新港人物志》了。李魁俊縣議員他有兩個兒子，都很優秀，一位留學美國，現擔任中央研究院生化研究所研究員，另一位是醫生，在宜蘭開業行醫。

十三、採訪回顧：修《新港奉天宮志》與《新港人物志》

問：您曾經纂修《新港奉天宮志》，那是甚麼時候？有採訪過耆老嗎？

答：大約在民國七十九年左右，我開始修《新港奉天宮志》，到民國八十二年八月出版，當然就訪問很多的地方耆老，像我訪問了李安邦、鄭郎雲老師，他們兩位都是優秀的業餘歷史學者，逐漸我知道笨港開發經過，以及媽祖信仰與臺灣開發史。同時瞭解到新港這個古稱「笨新南港」的小鎮，竟然與臺灣歷史關係密切。前面提及我寫了十三篇的《新港人物志》，當中全部都是我親自訪問的，不過成稿沒有以對話稿的方式呈現，而是以傳記方式撰寫，共發表了十三個人物，是珍貴的地方人物史。

問：您修《新港奉天宮志》，約莫採訪了幾位耆老？內容偏向甚麼？有何收穫？

答：我那時約莫採訪了上百位耆老，內容大多偏向有關廟務還有笨港歷史的變遷以及日治時代的人事物。這些耆老有鄉長、縣議員、醫生等，因為這樣的採訪，才知道小小新港竟然清代就有貢生、秀才，有「登雲書院」，日治時有留學日本讀東京帝國大學的菁英，有抗日跑中國的臺共與中共分子，總之由廟志的研究開始，旁及地方的種種歷史與人物，深化了臺灣史的研究基礎。

十四、採訪源起的回顧：修臺南市《安南區志》

問：您是何時開始纂修《安南區志》的？修《安南區志》時，大約採訪過幾位耆老？有印象比較深刻的人物嗎？

答：《安南區志》是民國八十八年出版的，我是在民國八十五年底就開始做耆老的「口述採訪」，大約訪談過五十到六十位耆老。我做《安南區志》是中文系的陳怡良教授推薦的，安南區每一間寺廟及每個聚落我都去詢問踏勘，所以也問出了許多「安南區」所獨有且很特殊的俚諺。更重要的是得知安南區日治時代出了許多優秀的人物。例如當過臺南市長的楊請，是畢業於臺南師範學校。也有去中國大陸側身汪精衛政權的徐守益等人。

我纂修臺南市的《安南區志》時，印象比較深刻的還有一位吳金釣老先生，他是臺籍的日本警察，二戰時曾在海南島當海軍巡查三年。另外在民國八十五年訪問曾任仁德鄉長的黃榮東先生，我也是到他家去訪問日治時期的事情，他當時八十歲上下年紀，身體還很健康，跟我侃侃而談。

問：我看這裏有民國八十五年張丁誥先生的採訪記錄，時間很久，是二十年前，您可以談一下此次的採訪機緣嗎？

答：我會去採訪張丁誥先生，也是因爲修臺南市《安南區志》的緣故，因爲其中有一個部分是做「安南區出身的政治人物」。地方耆老告訴我：安南區出過一位市長叫楊請，另外還出過省議員，就是這位張丁誥先生。於是我到市議會拜訪議會主任秘書李丁溪先生，透過他得到張丁誥先生的電話。李丁溪先生也是地方耆老，我也藉此詢問地方許多的事務，他也是高等商業學校畢業。我打了幾次電話，終於聯絡上張丁誥先生，於是在一九九六年十一月二十一日、及一九九八年三月四日，訪問張省議員，我還記得他說過：一九四五年在戰時，他是待在滿洲國的臺灣人，親眼目睹二戰結束之際，蘇聯兵進入東北的惡形惡狀等。我曾經將訪問他的這部分，發表在中興大學辦的一個地方志的研討會上[1]，當時是以對話稿的方式呈現。

問：我看您這裏有「辛文炳先生採訪」的錄影，請問這是甚麼時候做的採訪？爲甚麼會想要訪問他？

答：我是在民國八十七年三月到六月，多次採訪辛文炳先生，也是在做《安南區志》的期間做的採訪。我會訪問他，是因爲他父親辛西淮在日治時期初期當過安南區（古稱外武定里）的區長，也創辦興南客運公司，我想爲他父親做個傳，所以就去採訪他兒子，後來就覺得他兒子辛文炳先生很有歷史價值，就去訪問他。

問：辛文炳是南臺科大前任董事長，所以是南臺科大委託您採訪？錄影也是南臺科大提供的嗎？

答：是我自己主動去約訪辛文炳先生，他也很客氣，就接受我的訪問。因爲我覺得他是很有歷史價值的人物，

1 此論文發表在一九九八年十二月一日，林德政著，〈日據時代臺灣人之海外經驗：以安南區志爲例〉，《海峽兩岸地方史志地方博物館學術研討會論文集》，臺灣省文獻委員會出版，一九九九年六月。

是見多識廣的菁英，他到日本留學，當過臺南市的市長、臺南市市議會的議長、創辦南臺工專（今南臺科大）、興南客運公司的董事長、立法委員、國策顧問。我想替他留下歷史見證，那時我還是副教授，還自掏腰包花了七萬元，請專業錄影公司來錄影訪談實況[2]。

十五、透過閱報而取得採訪機緣：

1. 臺南大內鄉訪問楊月里女醫師

問：民國八十五年採訪的還有楊月里女醫師，您可以談一談這次的採訪嗎？

答：我是在一九九六年十二月十五日，到臺南山上大內鄉訪問楊月里女醫師，起因是我看到報紙報導臺南縣大內鄉有一名八十多歲留日的女醫師叫楊月里，我是透過鄉公所得知電話，然後開車去拜訪她。

2. 臺南關廟國小訪問楊翠蘭老師

問：透過報紙得知採訪人物，很有趣！還有別的例子也是透過報紙而促成的採訪嗎？

答：有一位楊翠蘭老師，也是我透過看報紙才得知的，我看報紙報導臺南關廟國小建校一百年的校慶，介紹一位楊翠蘭老師，我就騎摩托車去關廟國小，遇到一位老教導，小學校都叫「教導」，就是教導主任兼訓導主任的意思，他就提供我楊翠蘭老師的電話，我就約楊老師在一九九八年三月三十一日、四月一日訪問，最近我也聯絡上她女兒，得知她現在仍很健康。

2 林德政訪問辛文炳先生的錄影帶典藏在南臺科大的校史館。

問：您爲何會想訪問楊翠蘭老師？那時她幾歲？

答：她是一九二八年出生，那時七十歲，我想訪問她，是因爲她小時候有跟爸爸去南京就學的經驗，我因爲研究「臺灣人在中國大陸的專題」，對這個議題很關注。後來她又介紹我她姑姑楊從善是一九一七年出生，當時約八十一歲左右，就住在臺南市，所以幾天後我就去訪問她。結果楊從善她又說她姊姊楊從貞去過滿洲國，所以又陪我到高雄中正路訪問楊從貞女士，又介紹她弟弟楊克智給我訪問，楊克智留學日本，說和司馬遼太郎是同學，司馬是作家，訪問過李登輝。楊從善女士她後來移民美國，二〇一二年我飛到美國德州休士頓（Houston）時，還跟她聯絡見面敘舊，已經是將近一百歲的老奶奶了，身體還是很健康。

問：您還有別的看報紙的採訪經驗嗎？

答：有一次我看報紙說臺南女中建校八十年校慶，報載會辦一個「老校友回臺南女中的活動」，我就跑去參與，看到很多老校友，都是我母親、阿姨的年紀，我就訪問了一位吳足英女士，時間是一九九八年四月十五、十六日，我這裏還留有一封當時她親筆寫給我的一封書信。

還有我在民國九十一年十一月，訪問蕭道應先生的夫人黃素貞女士，起因也是因爲看報紙說晚上在臺北國軍文藝活動中心有一個慶祝臺灣光復的演講會，裏頭有蕭開平教授等人演講。那天我人剛好在臺北，就去聽演講，就認識了蕭道應夫婦的兒子蕭開平教授，並表達想要訪問黃素貞女士的意願，蕭開平教授也表歡迎，所以才促成黃素貞女士的訪談。

黃素貞女士也提到蕭道應的同學李辰，在白色恐怖時期跑去中國大陸，兩岸開放之後，李辰也到她家來，他們夫妻也去廣州拜訪李辰。所以我就打算去訪問李辰，因爲同樣都是臺灣人，就透過擔任過全國人民代表大會的代表楊玉輝先生幫忙打聽同樣是「人大代表」的李辰電話，他就同意接受我採訪，我就去廣州訪問他，他是暨南大學副校長退休，是眼科權威，所以在退休後仍享有一些禮遇，我到廣州後，他的司機載他來飯店找我，接受我的採訪。暨南大學本來是在上海，中共建立政權後，整個學校搬去廣州。

十六、採訪源起的回顧：修《嘉義縣志．住民志》

問：您後來還修了《嘉義縣志．住民志》，約莫訪問幾位耆老？有沒有印象比較深刻的採訪經驗？

答：我是民國九十三年纂修《嘉義縣志．住民志》時，因為嘉義縣有十八個鄉鎮，約莫訪問了上百位耆老。至於印象比較深刻的採訪，比如說為了寫「宗親會」就訪問了許多各姓氏的耆老，另外寫各姓「宗祠」時，就採訪了一位張桂一先生。那是我到嘉義縣的溪口鄉去訪問「張姓宗祠」時，訪問到一位在溪口街上開百貨行的張先生，他除了和我講「張姓」從中國大陸遷徙到嘉義縣溪口的淵源，又跟我提到一位傑出的張姓宗親張桂一先生。

1. 採訪張桂一先生

張桂一先生當過「奇美文教基金會」副執行長，於是我就去約訪張桂一先生，果眞也得到許多寶貴的資料。他是臺大法律系畢業，對佛教教義與信仰有獨到之見解，也著有關於佛教信仰的著作，我也訪問他好幾次，後來寫了一篇嘉義溪口鄉張姓移民及其宗祠的建立，不過這篇文章沒有收入《嘉義縣志．住民志》。

2. 採訪大林鎮長徐振昆先生

另外我做「徐姓宗親」時，就去訪問徐振昆先生，他曾在我們大林國小當老師，是我國小同學的爸爸，雖然我沒被他教過，不過我老早知道這位老師，後來他從學校退休，就去競選大林鎮長，從教育界轉到政治界，當了兩屆鎮長後，又當了一屆嘉義縣議員。我採訪他後，彼此有了互動，才又和他及我同學熟悉起來。

訪談時，知道他在日治時代去緬甸當臺籍日本兵戰地庶務員，見證二次世界大戰，這部分當然也是訪談重點。他當國小老師三十四年，自然訪談他的教師生涯，之後當大林鎮八年的鎮長，是臺灣地方自治的基層首長，也是必問的，特別的是他把薪水都全數捐出來做公益和救濟，我深受感動，就將採訪成果，寫成訪談記錄，題名：「八年如一日的不支薪鎮長：徐振昆先生口述訪問記錄」，登載在《嘉義文獻》。

3. 採訪阿里山鄉十字路社區耆老

問：所以這篇「阿里山鄉（十字路社區）耆老口述歷史訪問記錄」，也是您做《嘉義縣志》時期的採訪嗎？

答：這篇也是因爲修《嘉義縣志》時，因爲我要瞭解阿里山鄉的「十字路社區」的詳細狀況，所以來到「十字路社區」，「十字」是那一個地方聚落的名稱，因爲它剛好在一個交通要道上，是阿里山火車重要的一站。得知清末及日治初期很多北部地區的漢人特別是客家人移民到阿里山鄉開墾，從事樟腦的開採及製作以及木材的砍伐及貨運輸業，後來我寫這篇「阿里山鄉（十字路社區）耆老口述歷史訪問記錄」，是以共同訪問的形式呈現，這也是因爲修方志的因緣。

問：您除了在臺灣訪問外，還有在國外做過訪談嗎？

答：有，我除了在臺灣訪問外，另外我也到中國大陸去訪問一些「在中國大陸的臺灣人」。我把他們分成兩個階段來談：一是日治時期二戰期間，一九四五年之前，大陸是抗日時期，臺灣仍是日治時期，這段時間從臺灣漂洋過海到中國大陸而沒有回來臺灣的一些人，另外一種就是一九四五年到一九四九年之間到中國大陸的臺灣人，因爲國共內戰的關係，也沒有回來臺灣，就留在大陸，他們都相當具有見證兩岸歷史交流的價值。

日治時期二戰期間，在一九四五年之前到中國大陸的這些人，他們見證了在日治時期，臺灣和大陸分隔成兩個國家，他們經歷了戰爭以及目睹中日兩國的關係。

我在福州訪問了一九四五年之前，即臺灣的日治時期到中國大陸者，有：林江先生，他是翁澤生的兒子，翁澤生就是在日治時期到中國大陸者，他兒子就留在大陸。翁澤生被日本人抓回來死在臺灣，三十六歲死亡，他兒子原名翁黎光，後改名林江，他童年也是很辛苦，在廈門、福州一帶生活。他見證和補充了翁澤生很多事情，以及一些方方面面。

朱天順先生，我在民國八十七年八月到廈門訪問朱天順先生教授，他是臺灣基隆人，因爲日本人以殖民統治臺灣，他在臺灣飽受被欺壓之苦，所以在一九三〇年代到廈門做工人，但仍是在底層工作，所以加入中國共產黨，曾參加中共新四軍。

至於一九四五年到一九四九年之間到中國大陸者有：楊玉輝先生及盧國松先生，他們是一九四六年臺灣省「行政長官公署」所舉辦的臺灣學生公費留學到大陸的那些公費生，因爲國共內戰沒辦法回臺灣，他們就是這個公費生制度的寶貴見證人。

楊玉輝是臺南人，日治時期讀臺南二中，他的老姊姊住在高雄，老哥哥住在臺南，都在臺灣，我訪問他很多次，跟他非常熟稔，跟他常有聯絡，他對我也很愛護，不過現在他也過世了。他和盧國松都是公費生去上海的暨南大學讀書，他是新聞系，盧國松是國貿系。盧國松是臺北人，我也訪問他很多次，他身體不好，長期住在福州的老人醫院療養，我也是到老人醫院跟他訪談，他們都是受日式教育，他還當場用日文唱「北國之春」，就是余天翻唱的「榕樹下」歌曲給我聽。

他們主要講在臺灣時如何準備考公費生，還有國共內戰後，他們有一個團叫「南下服務團」他們是如何從上海南下到福州的過程，以及文化大革命時期，臺胞在中國大陸的遭遇，他們被勞改下放，內心受到很大的衝擊。另外我在二〇〇一年訪問林木先生，他是臺大歷史系高材生，一九四九年在臺灣參加「四六」

學潮，被通緝後就逃走，他本名不叫林木，是後來改名的，訪談他主要就談「四六」事件，這也是一手資料。

我也曾訪問許南英進士及許地山的後人，許地山是許南英之子，我訪談許南英住在昆明的孫女，她說了很多她叔叔許地山的事情，我也和許南英的曾孫女許佩很熟稔。

我到廣州訪問了李辰先生，他是眼科主任，經歷了白色恐怖而逃到大陸。我又到廣州中山大學訪問黃光衛先生，他是民國六年或七年生的，是臺中人。曾是臺中市「人民協會」成員，「二二八」事件發生時，國軍掃蕩，和謝雪紅一起到南投埔里躲藏，他見證了「二二八」事件發生時臺中的狀況，臺共以及謝雪紅的一些事情，其所談的謝雪紅和二二八，和一般所理解者不同。

二〇一二年我在美國亞歷桑那州鳳凰城，訪問在美國大學任教的張介州教授（Professor Andrew Chang），他出生臺中豐原神岡那一帶的張氏大家族，是臺大外文系畢業，在美軍及「美新處」工作，他見證臺灣光復初期美軍及「美新處」的一些事以及臺美關係。

4. 使命感；熱愛無悔口述歷史採訪

問：通常是您替耆老訪談，今天您也來接受訪問，請問您的感覺爲何？

答：因爲我年紀還不到耆老的地步，祇是學者而已！覺得不好意思，有點特別，但我也覺得很有趣，很新鮮，很光榮！因爲角色易位。又想到如果妳對我做的訪談，能提供給有意做口述歷史的人參考，瞭解我對口述歷史的觀點，以及進行的方法和事項，也是有益的。

問：我最後有個疑問：就是您說大概還有上百卷的錄音，沒有時間整理？那爲何您還是繼續新的口訪呢？

答：我之所以一直持續在做口述歷史採訪，就是基於一種使命感。我認爲耆老寶貴的歷史經驗，是人類的文化公共財。訪談耆老是稍縱即逝的，今天我學歷史，有這個能力，也有機會接觸到這些耆老，我懂得如何爲歷史留下資料，就不計代價，不惜犧牲自己的時間和金錢，我就盡自己的全力去做，爲這些人留下珍貴的歷史記錄，以便提供給後人研究參考。

問：您爲了做口述歷史算是犧牲很多，也擔誤自己很慢才升等教授，您不後悔嗎？

答：我投入了口述歷史採訪，費了大量心力與金錢，更是耽誤升等，導致自己很慢才升等教授，但我想如果我當初沒有做，耆老凋零，就失之交臂了，他們寶貴的見證就永遠消失於人間。實際上我訪談過的耆老，有許多已經過世了，如蔣松輝先生、林憲先生、張丁諧先生、葉笛先生等。基於史學家的使命感，我是懷抱熱情，無悔做口述歷史採訪，我是不會後悔的。

08 成功大學「口述歷史採訪」教學的緣起與成果

大學裏面，國文、歷史、以及通識課程的教學，基本精神是全人教育，目的在於培養大學生全方位的學識，此爲目前全世界各國大學之共同趨勢，因此，大學文學院的學生，除了本系的課程之外，必須選修由理、工學院開設的自然科技類通識課程，理工學院的學生，也必須選修文法學院開設的人文、社會課程，本人自一九八九年開始，因爲研究工作的關係，開始從事口述歷史採訪的工作，足跡分布各地，累積了工作經驗與成果[1]，一九九八年九月，在成大通識課程內開始開設《口述歷史採訪》，一學期的課，兩個學分，迄今滿六年，頭二年，有不少文學院的學生選修，一學期總有五、六個中文系的學生，之後，可能是學校規定更改之故，文學院的學生不見了，變成清一色的理、工、醫學院的學生選修，社會科學院成立之後，則加入了該學院的學生（經濟系），這學期才又出現一個文學院（中文系）的學生，所以基本上，這門課程在目前來說，主要是以理、工、醫、社四大學院的學生爲對象的通識課。

課程開設的目標，主要是想透過實際的操作，訓練修課學生成爲一個業餘的、優秀的口述歷史採訪家。

---

1 本人纂修臺南市《安南區志》，過程中花費相當心力在口述採訪工作上，該書有完整呈現口述採訪型式者在「鹽業篇」中。另外本人對已故臺南市長、前國策顧問、前南臺科大董事長辛文炳先生，做過深入訪問。其他的口述訪問尙多，有遠至中國大陸者；成大校內方面，有已故建築系教授、總務長梁小鴻，其餘不列舉。

一、概論

所謂「口述歷史採訪」，包含了三個層次，一是「口述」，二是「歷史」，三是「採訪」，「口述」指的是經由口中述說，歷史的定義，已是衆所皆知，在此不煩多說。「採訪」一詞，指的是針對特定的對象進行採集和訪問，整個過程，採訪是最主要的一個層次，如果沒有這個層次，就不成爲其口述歷史了，口述歷史家就是這個層次的主導者，他是口述歷史採訪的靈魂人物，他主動的、積極的尋找合適的對象，在受訪者的配合下，完成採訪，勾勒成篇。

歷史因人而成，上自英雄、聖賢、豪傑，下至平凡百姓大衆，都參予了歷史的建構過程，都見證了歷史的發展，祇是參予程度可能有些不同，深或淺而已，有的人幸運的留下記錄，有的人則否，留下記錄的未必是留下全貌，或許因爲主觀、客觀的原因，也有不足與缺漏，這時須要有口述歷史的採訪，以做彌補，避免導致歷史解讀的困難度，未留下記錄的，就必須趕快進行口述歷史採訪，以做記錄，否則是永遠的遺憾。

每一個人都是某一歷史領域的最佳見證人，每個時代都有每個時代的故事，每個地方也都有屬於每個地方的故事，每一個團體也有屬於自己的故事，仕紳、耆老、阿公、阿嬤，那些上了年紀的長輩，都是口述歷史採訪的好對象，達官貴人固然是要採訪，但是，更多的平凡人，須要口述歷史家的關注，我們必須針對某一個行業，或社會、經濟等重大事件，做口述歷史的記錄。

如何從事口述歷史？採訪之前，要怎麼準備？首先，要找出受訪的對象來，就是要去採訪的人物在哪裏？採訪的對象要經過選擇，通常是年紀愈大愈好，所謂「家有一老，如有一寶」，「國之大老」，耆老見多識廣，閱歷豐富，訪談才比較有深度。

其次，設定主題，不能天馬行空，隨意提問，對方隨意回答，不論節省時間還是其他因素，所問的問題一定要有歷史意義，針對設定的主題進行訪問，緊緊地扣住，採訪時不會偏離，主題要事先寫在記事本上面，以便備忘，至於採訪的主題是甚麼？要怎麼定？應對受訪者的歷史及社會背景事先做一番瞭解的工夫，再據以訂定。我們進行訪問時，受訪者有時候記憶會錯誤，有時會故意說假話，或者是隱瞞，這時我們就要靠歷史背景知識對他陳述的內容判斷。口述歷史除了要選擇外，也要判斷。判斷不是到了整理資料才判斷，事實上在進行訪問時就要判斷，他講的話可信度如何？內容、年代有無錯誤？

出發前，要準備好訪問的工具，工具有錄音機、錄音筆、筆記本、筆、照相機、錄影機，電池與錄音帶要多帶一些。

進行訪問時，訪問者與受訪者的互動，是非常重要的，要讓受訪者覺得很親切，沒有威脅感、危險性，不是爲了某種特殊目的而去採訪他，受訪者都希望被人尊重。營造好的、愉快的氣氛，則進行採訪時會很順利，口述歷史很多問題是在談話進行當中才找到的。

訪問的目的，如果對象完全是陌生的，要跟受訪者解釋清楚。我們爲甚麼要做這個？爲甚麼要找他？另外，在不認識他的情況之下，我們怎麼去找他？第一，主動尋找；第二，透過別人去認識。最好兩種方式隨機運用，透過他的朋友或我們認識的人去跟他講，會比較容易讓他瞭解我們爲甚麼去採訪他，我有甚麼計劃，這種比較好，因爲他這樣會比較沒有戒心，當然，如果原本就已經認識的受訪者，因爲容易取得信任，不存在這些問題。

採訪時，最好帶著相關文件資料或照片，甚或他個人的歷史資料，這樣可以幫助受訪者勾起回憶，想出更多的往事，這採訪會更豐碩。

訪談過程中，要避免跟受訪者爭論，我找他是要聽他講，不是他聽我講，基本上訪談人不要跟受訪人爭論，有時候不是很大的錯誤，我們可以委婉的對他提出。如果有很大的疑問，或是錯誤的地方，不要當場糾正，之後再做考訂、修訂，或用括弧註解來處理。

二、範例導讀與視聽教材播放

講完採訪的理論與方法之後，開始進行範例的導讀與視聽教學，同學在上完第一階段的課程之後，對口述歷史採訪已有初步認識，但印象還不是很深刻，爲了加深修課同學對口述歷史採訪的體認，接著，本人開始進行範例的導讀，以及播放口述採訪實況的相關視聽資料給同學觀賞，讓同學觀看別人是如何進行採訪的，在訪問人與受訪人的一問一答之文字敘述和對話鏡頭裏，加以觀摩和學習，藉由這樣的引導教學方式，增強同學之理解。

關於這部分，本人在每一學期的「口述歷史採訪」課程，所採用的教材，常有更新，在本學期（二〇〇四年二月至六月），所播放的視聽資料計有下列幾種，一是吳伯雄，二是李遠哲，爲甚麼選擇這兩人，原因之一，吳伯雄是成功大學的傑出校友，畢業自成大工商管理系[2]，選擇他當做範例，使同樣是成大的學生，有親切感，容易興起「與有榮焉」的感受，容易進入狀況。原因之二，選修本課程的學生，絕大多數是理、工、醫學院科系，李遠哲則是生長於臺灣本土的傑出科學家，他在臺灣接受從小學、中學、大學、到研究所碩士班的完整教育，這與其他獲有諾貝爾獎的李政道、楊振寧不同，李與楊兩人，大學以前的教育都是在中國大陸接受的，李遠哲的臺灣本土教育背景，對當今臺灣大學生而言，具有特殊意義。李遠哲在一九八六年十二月獲得學術最高榮譽的諾貝爾化學獎，曾任中央研究院院長，在臺灣的學生，無人不知，也無人不佩服，無人不好奇，多少會想知道他的學習過程，但未必每一個大學生都會清楚瞭解他的心路歷程。而在年齡方面，吳伯雄現年七十七歲，李遠哲八十歲，也符合口述歷史採訪的對象，年紀儘量大的原則，這兩人一是政界人士，一是學術界人士，在職業領域上也有所區隔，讓同學知道口述歷史採訪的對象，可以是各種領域的，可以是政治界，可

2 成大工商管理系後來更改系名，分別成立企業管理系與工業管理系，吳伯雄就讀時代，還稱爲工商管理系。

以是學術界，也可以是企業界，以及其他各界人物。茲將兩人學經簡歷表列如下。

在這一部分，文字的範例導讀是先於視聽教材之播放的，讓同學對口述歷史採訪的作品，在內容與特徵上，有所認識，也就口述歷史採訪文本之書寫形式，加以解說，之後才是播放視聽資料。

三、邀請耆老或學有專長、具特殊經驗者到班上演講

本課程進入第三階段，即聘請學有專長之人士到班上，與修課學生直接面對面，當面爲學生現身說法，口述他們一生的寶貴經驗，讓學生有臨場感，邀聘的原則是，一，儘量選擇年長者，年紀愈大愈好，二，年紀雖然不是很大，但是本身卻具有特別條件，或是學有專長之學者、教育工作者，或是長期擔任機關、事業體之首長，負經營與管理之責，擁有行政專長者。以本學期（二〇〇四年二月至六月）爲例，共聘請四位人士到班上，第一位是擔任位於南投縣鹿谷鄉的國立鳳凰谷鳥園園長的江德龍生生，第二位是文學家、詩人葉寄民教授，第三位是耆老江信和先生，第四位是成大外文系黃英甫教授。茲將四位人士年齡、簡歷，到班上演講之日期，以及演講主題，表列如下：

介紹 人物	年齡	學歷	歷任職務	現任職務
吳伯雄 （成大校友）	77歲	成功大學工商管理系畢業	省議員、桃園縣長、公賣局長、臺北市長、內政部長、總統府秘書長	中國國民黨副主席
李遠哲	79歲	臺大化學系畢業 清華大學碩士，美國加州大學（柏克萊）博士	行政院教改委員會召集人 中央研究院院長	中央研究院院長

以上四位人士，除了鳳凰谷鳥園園長江德龍先生之外，其他三人，年紀都足當同學的祖父，而江信和先生，年高八十四歲，卻是身體硬朗，演講時，精神飽滿，而鳥園的江園長，身爲臺灣「唯一的」鳥禽專門動物園的園長，光是這個身分，就足以說明他的特殊性，走過時代，見證歷史，是四位演講者的共同特色；江德龍園長演講時，還帶來「鳳凰谷鳥園成立二十週年」的光碟片（VCD），他第一階段演講，第二階段即由本人操作播放這部光碟片，演講與影片，兩者互相搭配，極盡視聽之效果，同學聽完他的演講，不僅對鳳凰谷鳥園—全臺灣唯一的鳥禽專門動物園有所認識，並且印象深刻無比。

四、學生學習成果

1. 中文寫作能力的提升

「口述歷史採訪」是一門即學即做的課程，也是即學即用的課程，修課學生學完一

日期（二〇〇四年）	講者	年齡	職務或特殊經驗	講題
三月三日	江德龍園長	59歲	現任國立鳳凰谷鳥園園長，擔任這間臺灣「唯一的」鳥禽專門動物園園長，達十六年，擁有行政專長。	《國立鳳凰谷鳥園的成長、變遷與展望》
三月十七日	葉寄民教授	74歲	文學家，詩人，留日三十年，曾任教日本大東文化大學。	《少年時代的我》
四月十三日	江信和先生	84歲	第二次世界大戰期間，自臺灣赴中國大陸戰場，具有臺人戰時赴大陸之特殊經驗。	《我所經歷過的時代》
四月二十日	黃英甫教授	68歲	成功大學外文系任教四十一年，兼精英文與日文，爲成大外文系第一屆畢業，成大外文系系友會創會會長。	《五十年前的大學生活》

【圖8-1】成大前總務長、前建築系教授梁小鴻（右）應筆者（左）邀請到口述歷史採訪班上，對同學口述其一生經歷，演講時，他已經是高齡九十一。（林德政提供）

【圖8-2】任教成功大學外文系四十一年的黃英甫教授，演講「五十年前的大學生活。」（黃英甫提供）

【圖8-3】修習成大「口述歷史採訪」課程的同學，聆聽耆老演講。左前是江信和先生的夫人。（林德政提供）

【圖8-4】耆老江信和先生，應筆者邀請，到班上口述《我所經歷過的時代》，八十四歲的他，神彩奕奕地向年輕的成大學子演講。他在二戰期間到海南島擔任農業指導員。（林德政提供）

程，最重要的就是在學期結束前，要學會如何進行採訪，並完成一篇口述採訪作品，在這一方面，採訪之後，重要的後製工作，便是把聲音變成文字，如果聲音不變成文字，不製作成文本，則採訪工作祇能算是做一半而已。聲音變文字，基本上是聽寫的工作，但是，它還超過聽寫，聽寫祇是聽寫，這更須要文字的組織與潤飾，表面上看似簡單，其實是要花一番工夫的，這其中有幾個重要原則，第一，不能掉字，尤其是一些重要的關鍵字，千萬不能掉。第二，要存眞，不能扭曲原意，否則採訪作品的價值大大降低，無法服人，辛苦進行的採訪工作，也就白費了。因此之故，怎樣把聽寫工作做好，進而做成可資信賴的文本，也就是非常重要的一件事了。關於這方面，必須具備有良好的文字能力，此爲最基本的要求。

學生在完成口述採訪之後，百分之百的學生，都認爲這是一次對自己文字能力的鍛鍊，無不對自己中文運用能力的進步，表示肯定。以下舉幾個實例說明。

資訊系三年級的男同學林柏璋，他說「變聲成字的過程，我覺得增進了寫作能力，我能將大筆的聲音資料，經過消化，有條理的寫出我採訪的結果，寫出我採訪到甚麼，我覺得現在的我，寫報告的能力，獲得相當的提升，將聲音變成文字的過程，讓我增進了用文字表達聲音情感的能力。」

化工系三年級男同學劉柏毅，說「至於寫作能力方面，因爲我是理組的，已經很久沒有寫過作文或文章了，所以有沒有眞的變好，我不知道，但我自己本身是覺得有變強一點。」

資訊一年級的女同學簡怡婷，她說「寫書面報告，眞的是鍛鍊文筆的最佳時機，平時我們祇打BBS，寫的文章沒有甚麼結構性可言，這次寫的報告，在文字運用上，都有特別琢磨過，希望對自己的文章有所幫助。」

資訊系一年級女同學吳佩芯說「對於寫作能力有些許的提升，要把一串東西做排列，組合成文章，都要思考，還有對以前的東西做描述，也須要文字的運用」。

資訊系一年級女同學許芝華說「轉換成文字，不能直接寫得太口語化，這要些技巧，也讓我學會一些文句的修飾及處理」。

資訊系一年級女同學陸姿蓉說「這次採訪對寫作和去蕪存菁，如何把受訪者跳動的事件串聯起來，很有幫助」。

資訊系一年級的男同學江明哲，說口述採訪報告「能從當中學到一些詞彙的運用」。都市計劃系一年級的男同學，說「對自己的作文以及資料整理能力有幫助」。資訊系一年級的男同學，說「眞的，對聽力，寫作能力有很大的幫助」。

2. 臺語能力的反省

同學在將採訪情況的聲音檔變成文字時，除了正面的中文書寫能力變強，另有一個重要收穫，那就是部分同學發現他們的母語能力出現問題，他們會進行自我反省。

這部分問題的反映，母語是閩南語的同學和母語是客家話的同學都有，資訊系一年級的女同學簡怡婷，說她和祖父對談時「我發現我的臺語能力變差了，好幾次都要爺爺翻成國語給我聽，因爲爺爺習慣講臺語」，資訊系一年級的男同學陳書宜，說「把臺語變成文字，有一定難度，甚至不能找出相同字」。

五、增進親情

同學的口述歷史採訪報告，除了以上的文字能力之提升與母語能力的反省，再就是增進了親情。

一位採訪祖父的電機系二年級女同學莊惠宇，寫道：「那是一場令人難忘的對話，從來沒有這樣一個機會，能這樣『冠冕堂皇』地對祖父細細詢問，從孩童、長大，報考警校，當警察，娶妻生子，遷徙各地，還有一些生活瑣事趣事等，甚至是當年的一些秘密，如今侃侃而談，看著自己阿公，時而興致盎然，時而臉龐又似閃過一抹紅暈，能和自己祖父做這麼深入的對談，是我最大的收穫」。

經濟系二年級的女同學關凱文，她採訪外祖母，她說，「採訪的感覺很特別，從沒有這麼認眞的與完整的訪問外婆的一生這樣的經驗，訪問當中。因爲很多地方聽不懂，所以請媽媽一起翻譯和串聯，意外地，我們祖孫三人，就在房間內聊了起來，感覺很溫馨，也是一個難得的經驗」，資訊系一年級女同學吳佩芯採訪爺爺的弟弟（六叔公），她說「以前對六叔公不很認識，經過這次訪問，才知道他們以前的生活，也對六叔公有更一層的認識」。

化工系三年級劉柏毅採訪祖父，他說「最大收穫是覺得自己完成一份偉大的任務」，他表示將把這份採訪「當做一種傳家之寶」。

資訊系一年級女同學陸姿蓉採訪祖母，她說「這次採訪最大的收穫，是和阿嬤的感情又近了好多好多，我真的很高興，我們又有好多話題可聊，阿嬤也更願意和我們暢談生活的瑣事和經驗，我發現了阿嬤的另一面，也發現我們相似的地方和祖孫情的可貴」，這是多麼感性，多麼令人感動的一段話。

系統系（造船系）一年級的男同學林士哲，他採訪祖母，他說，「我的感覺是以前人的困苦，真的不是現代人所能想像的，由我所採訪的人口中說出的工作辛酸史，真令我不忍

【圖8-5】耆老江信和先生講演過後，學生意猶未盡，向他請教問題。（右一江信和先生，右二經濟系二年級同學關凱文，右三航太系四年級同學詹凱智）（林德政提供）

啊。這次的採訪經驗，對我而言不祇很新鮮，更令我獲益良多，讓我與祖母距離更加接近」。

資訊系一年級的女同學簡怡婷採訪祖父，她說「爺爺看到我非常高興，樂意地講述他的歷史，在採訪的過程中，爺爺的眼神閃爍著光芒，彷彿回到過去年輕的時代，我看了也很開心」。

六、歷史體認的深化

本來「口述歷史採訪」這門課程的設立，目的並不是要講歷史，也就是說本課程的重點是「採訪」，而不是「歷史」，但是因爲進行採訪的結果，就是一篇歷史的呈現，這倒是讓修課同學，因爲如此，而對歷史的體認深化起來。這對同學來說，是令人欣慰的大收穫。資訊系一年級的男同學，他說，「第一次感到歷史可以如此地人性化，如此地活潑，我體會到生活即歷史，歷史即是生活，也從老人的口中聽到了臺灣的演變」。也是採訪祖父的資訊系一年級男同學，寫道「採訪過程其實是很有趣的，從爺爺口中瞭解那個時代的背景」。

七、意外收穫

任何一門課程的設立，總是希望能過透課程的設立，在教與學的互動過程中，帶給修課同學實質上的收穫，修習本課程的同學，以本學期爲例，在全勤上課的四十二位同學中，幾手每一位都肯定從課程中，有著豐富的收穫。

一開始，在「口述歷史採訪」課程上，要同學寫報告，鼓勵採訪阿公、阿嬤等家長輩時，學生一臉狐疑，說，阿公阿嬤的故事有甚麼好採訪的？等到期末的現在，作業大多交出，如前所述，好幾位學生寫著感性的話語：那是多麼令人感動，他們藉由這次的作業，和爺爺、奶奶促膝長談，是過去從未有的經驗，他們因爲採訪而知道未曾知悉的故事，原來阿公、阿嬤走過那樣的年代，年輕的他們是不知道的，透過採訪，才知道年老的人，也曾有過美麗的記憶」，這些學生透過這門課程，在一次不經意的採訪裏，發現了一些秘密，發現了一片天空。

至於文字書寫能力的提升，母語能力的反省，歷史認識的深化，都是看得出來的。最後再看三位同學的心得，做爲結尾。

電機系二年級的男同學黃永信，他採訪成大中文系教授，他說，「採訪的最大好處是和受訪者拉近關係，更清楚歷史的發展，以及在對相同事物聽取不同的聲音，我覺得這於自身獲益良多，因爲他建立了我宏觀的思想，令我能以更大衆化的思考去處理問題」。

機械系四年級的男同學朱恩毅，說「最大的收穫是藉著別人的故事，吸取重要的經驗」。

資訊系一年級的男同學郭維翰，說，「爲了這次的採訪，跟父親借H8，也跟系主任秘書敲時間，採訪完系主任之後，給我的啓發和收穫，比預期的多，原本衹是想做個報告而已，但是在採訪完之後，卻覺得這次的經驗相當珍貴，和系主任聊了很多，眞的讓我受益良多」。

（本文發表於二〇〇四年）

09 彌補與加強：口述歷史採訪所見的民國史與臺灣史

一、前言

非常榮幸能夠來參加這場盛會，我本來有準備PPT，但是忘了帶隨身碟來，很抱歉，好在大會有發給大家我的論文，可以參酌。我個人參與兩岸的交流大概是一九九五年開始，二十年來，大概中國大陸的檔案館，比較有名的如北京市檔案館、天津市檔案館、上海市檔案館、重慶市檔案館、廣東省檔案館、廈門市檔案館，還有福建省檔案館都跑過，各個檔案館的接待方式、提供的便利、開放的態度都不一樣，但是，總結來講，都對學者相當有貢獻。

我參加的兩岸學術會議，主要是在重慶、廣東、南京、北京、福州、廈門，最近幾年兩岸之間對抗戰史的研究非常熱門，由中正文教基金會所主辦、大陸相關單位合辦的「海峽兩岸抗日戰爭史研討會」，我連續參加了五屆，在臺北、在北京、在南京，分別都參加了，最近的一次是二〇一五年十一月二十六日在臺北圓山大飯店舉辦，會議名稱是「抗戰史研究的新史料與新視野」。往前的學術交流活動，則舉一些較近的為例（祇列舉部分）：

二〇〇七年十月二十七日，在福建永安參加「福建省戰時省會永安：國共合作與閩臺關係學術研討會」。

二〇〇九年十二月，在香港參加「亞洲婦女問題研究國際學術討論會」。

二〇一〇年八月，在重慶參加「中國抗戰大後方歷史文化學術研討會」。

二〇一〇年十一月五日，在重慶參加「臺灣史研究論壇：臺灣光復六十週年暨抗戰史實學術研討會」。

二〇一四年六月，在廣州參加「黃埔軍校建校九十週年學術論壇」。

二〇一四年十一月，在廣東中山翠亨村，參加「中國國民黨暨第一次國共合作成立九十週年學術研討會」。

二〇一五年十一月十六日，在福州參加「紀念抗戰勝利七十週年：兩岸抗戰老兵的故事徵文評審會」。

二、口述歷史的最大功能

現在我就專門來講口述歷史與民國史和臺灣史研究的關係，以我個人所見證到的來論。我論文的題目是「彌補與加強：口述歷史採訪所見的民國史與臺灣史」，題目的主標題「彌補與加強」，清楚地透露主旨，在我個人長期的體會，口述歷史應用在民國史及臺灣史研究方面，它主要的、最大的功能，就是彌補史料的不足，或者說原來已經有史料了，但是它又把史料的強度加強了好多。我論文副標題是「口述歷史採訪所見的民國史與臺灣史」。這些年來我在學校裏面，一直負責講授幾門課：一是中國現代史、民國史專題研究以及臺灣史，另外則是「口述歷史採訪」這幾門課。民國史的部分，我想不管是對臺灣的學者、或是大陸的學者而言，不可否認的，「國民黨」、「中共」、「蔣介石」，這三個是非常重要的研究課題，現在我先把焦點放在「蔣介石」研究上面。

三、裨益蔣介石研究

口述歷史採訪對蔣介石的研究有哪些助益呢？我舉蔣介石跟陳誠的關係、蔣介石跟龍雲的關係、蔣介石個人的領導統御，這三方面來講。

首先講到蔣介石跟陳誠。大家都聽過「中正不可一日無辭修」這句話，很多人對這句話都琅琅上口。但是這種親密狀況到了臺灣以後，即一九四九年十一月之後，卻產生很大的變化。最近幾年蔣介石的日記已經公開披露，裏頭也有記載他們兩人關係，蔣不經意之間對兩人關係有所描述。陳誠的日記、陳誠的檔案資料也有提及，陳誠的書信也都有，比方說我研究丘念台，陳誠跟丘念台互動的過程當中，就跟丘念台講好多對蔣不滿的話，有他的牢騷，也有對蔣介石的批評。顯然兩人到臺灣以後關係不和諧。以口述歷史來講，在這個地方我引用《萬耀煌先生訪問記錄》，萬耀煌在接受訪問的時候，就陳述蔣介石的領導統御。唐德剛先生在美國為李宗仁做口述歷史，李宗仁就講得很明白，說蔣這個人：「既不能將將，又不能將兵」，李宗仁對於蔣介石的領導統御可以說否定得一塌糊塗。

但是如果祇有李宗仁一個人批評蔣，沒有其它證據，那說服力不夠，不能一個人說了算啊！我們還要找其他佐證，萬耀煌在受訪時說到：有一次蔣介石主持會議，陳誠、萬耀煌、王世杰等人也參加，討論設置「革命實踐研究院」的組織章程問題，最後討論到院址，蔣介石問陳誠可不可以提供房子當研究院的辦公室啊？當時陳是行政院的院長，他完全不理會蔣介石。蔣介石為了建立政工制度，陳反對，兩個人衝突得非常嚴重。萬耀煌就講說，陳是蔣一手所培植起來的，蔣培植胡宗南、湯恩伯、陳誠等人，而重點是放在陳身上，但是你陳誠到臺灣以後，卻不太搭理蔣。萬在陳述時，當然有所保留，態度比較偏蔣，可是恰好間接證明蔣介石與陳誠兩個人不和的事實。

講到蔣介石與部下的關係，我來講「蔣跟龍雲的關係」，有關蔣跟龍雲的關係，大家知道，一九四五年八月抗戰剛結束不久，龍雲的雲南省主席就被蔣拔掉了！他被看成是蔣在西南各省當中的一根眼中釘。拔掉了以後，蔣把龍調到軍事參議院當院長，就近看管，龍雲本人生前來不及接受學者專家的口述歷史採訪，可是呢，他的大兒子龍繩武到臺灣來了，接受張朋園教授訪問，就有相當多的陳述：如蔣對人的猜忌，對龍雲的不放心，龍雲在南京「身邊都是特務，等於是被軟禁」等等，在龍繩武的訪問裏頭，都透露得淋漓盡致。龍繩武還說其父「對蔣最不滿意的地方，是龍當了十八年的雲南省主席，一朝說調就調了，不給他一點交待的時間，這件事龍雲非常生氣」。

再講到蔣介石的領導統御，萬耀煌講說蔣介石「用人始終是雙軌制的」，對許多人、許多事情「喜作直線領導」，有的時候收到效果、有的時候發展到「自亂陣營」，結果「削弱自己」。蔣或國民黨在中國大陸的失敗，原因很多，萬所說可以用來佐證，但是萬耀煌評論蔣介石領導統御的方式，所謂發展到「自亂陣營」，除了對蔣的人格特性更加瞭解外，也對國民黨丟掉大陸、共黨大勝贏得中國之個中原因，提供一個非常好的一手見證與註腳。

前面提到唐德剛教授為李宗仁所做的口述歷史，李宗仁除了說蔣「不能將將，又不能將兵」之外，還舉了蔣喜歡「越級指揮」的事實。一九四八年十月國共在東北內戰，共軍攻陷錦州後撤出，其時蔣自己任命的東北剿匪總司令衛立煌以為共軍主力尚埋伏在北寧路西北側，國軍主力仍應駐在錦州附近，但是蔣認為共軍會進攻瀋陽，因此命衛將部隊主力調向瀋陽，衛不同意，蔣竟然直接電令各軍、各師，限接到命令後立刻星夜回援瀋陽，共軍主力果然從容地自西側山地突出，將國軍截成數段，首尾不能呼應，共軍分段截擊，七萬餘人的國軍瞬息之間為共軍消滅。

四、戰後東北接收問題

再來講到抗戰結束後的東北接收，提到東北接收，就牽連到「國共關係」，剛剛楊奎松教授提到應多研究國共關係，我以為戰後東北接收的研究，也是國共關係研究的一個區塊。很多人講說國民黨丟掉中國大陸，是從東北開始。那麼東北在戰後，到底派誰去接收東北？蔣介石在國民黨高層找人時是煞費苦心的。

張玉法院士跟陳存恭教授所做的前陸軍總司令劉安祺的口述歷史訪談，就談到這一段了。針對派到東北接收的人選，說怎麼派熊式輝去接收東北？張治中本來是勢在必得那個位置的，結果落空，人選公布之後不是他。張治中「掉著眼淚」對劉安祺講：「將來我們看東北的笑話」，後來果真是這個樣子。劉安祺就講說：張治中後來投共，是因為沒有派他去東北接收，劉說這是一個很大的關鍵。有關張治中與劉安祺的東北接收談話，張治中個人的回憶錄完完全沒有提到這一段，可能張治中認爲不重要，也可能他忘記。而劉安祺訪問紀錄，卻留下寶貴的見證，等於是爲民國史留下寶貴的記錄跟資料，這也是劉安祺的口述歷史，補充了張治中的回憶錄。

五、抗戰電影與馮玉祥史事的補白

再來談抗戰史的研究。談到抗戰，好多層面可以研究，恰好電影史、戲劇史的部分，是過去在研究抗戰史時比較少觸及的。我因爲因緣際會，訪問過在去年（二〇一五年）以九十七歲高齡過世的抗戰電影見證人：王玨，爲他做了口述歷史，得以對抗戰時的電影與戲劇有稍稍的認識。我訪問王玨的寶貴記錄，由國史館出版，書名叫做《國際明星王玨先生演藝生涯訪談錄》。原本我一開始訪問他，不是要訪問電影，而是因爲他參加抗戰電影的拍攝，結果很榮幸、很高興，也是收穫很大的，就是連帶得知抗戰時諸多史事與人物。訪談當中，談及抗戰電影政策、抗戰電影的拍攝，戰時的電影主管及電影人等等，都得到相當多的見證。

這裏就以馮玉祥爲例，馮在戰時是擔任軍事委員會的副委員長，馮玉祥住在重慶，他自己有回憶錄，但是誠如張治中的回憶錄一樣，並不是毫無遺漏的。戰時他去參觀中國電影製片廠拍片，正好看到拍攝戰爭的場景，有一輛國軍戰車（坦克）燒毀了，他以爲坦克車是眞的！就很惋惜的說：拍一次電影把坦克車都燒掉了，「抗戰國力維艱，那不是很可惜嗎？」但是那個中製廠的廠長鄭用之就跟他講說：「報告副座，這個是假的，這是道具！」他才恍然大悟。馮玉祥自己的日記、自己的回憶錄，馮玉祥的相關資料等等，都沒有提到這一幕，這是透過我爲王玨：抗戰電影老兵做的的口述歷史而呈現、而留下的。王玨爲甚麼知道馮玉祥講那些話呢？因爲當時他就在馮的旁邊！

王玨的口述歷史還提到一件與張治中有關的事情，也與黃埔軍校畢業生出路有關的事情。抗戰時有一段時間張治中擔任軍委會政治部長，軍委會政治部管中製廠，有一天張治中人到中製廠，當場撤換上文提到的廠長鄭用之，鄭這個人是黃埔軍校三期畢業，一般而言，黃埔軍校畢業應該當軍人去打仗，或從事與軍事有關的工作，但鄭卻去拍電影，當中製廠的廠長，由此可知，黃埔畢業生，不一定都去上戰場打仗。那張治中為甚麼臨時撤換鄭呢？王玨當時在撤換事件的現場，他對我說是因為鄭用之不聽話，愛發牢騷，所以張把他撤換掉了。這件中製廠廠長撤換事件，在張治中自己的回憶錄裏，完全沒有提到，而是靠別人的口述歷史來呈現，靠王玨這位抗戰影人的口述歷史來保留。

六、蔣介石與他的天子門生

接下來再提到蔣介石的天子門生：胡宗南、關麟徵等人，大家知道蔣介石這個中國現代史頭號的強人，他最愛用他自己黃埔軍校訓練出來的學生，那些學生被稱做「天子門生」。在衆多的黃埔生中，他最愛的一個說是胡宗南。

最近國史館關於胡宗南的研究非常的夯，既出版有關胡的書刊史料，也舉辦了有關胡的學術研討會。透過我去年跟黃埔軍校紀念館，合作做黃埔耆老的口述歷史，得知許多過去少為人知的事情，例如蔣與其天子門生胡宗南的關係。

根據我對戰時中央軍校七分校畢業生的訪問，胡宗南曾經被蔣介石記過，為的就是胡對他說謊話。事情原委是這樣的：蔣介石到七分校去巡視、參加畢業典禮，胡或許是出於好看與安全的考慮，在蔣到西安之前，就吩咐老百姓屆時不准出門。蔣介石到了西安一看，怎麼靜悄悄的！問胡宗南怎麼一回事？胡答以「都工作去了」，蔣介石不相信，叫士兵去敲門，一敲，老百姓出來了，問他們「你們怎麼不出來啊？」，回答說是胡宗南吩咐「委員長要來，我們不可以出門」，蔣介石恍然大悟，大怒，把胡宗南叫來罵了一頓，給他記過，然後蔣告誡軍校畢業生說：「你們要愛護老百姓，以後不可以像胡宗南這個樣子！」

黃埔軍校生畢業後，分別投向國共雙方，四期的林彪在東北打敗了很多他的學長。國共兩黨的軍校生是對立的，即使國民黨之內的黃埔軍校生也是一樣，例如同屬第一期的胡宗南跟關麟徵就不和，在這個地方，透過訪談軍校七分校畢業生，得知關批他上一任七分校主任胡宗南，關對胡宗南的校務政策、教育理念否定。

七、軍統頭目戴笠獲得學生愛戴

國共兩黨的鬥爭，軍事之外，地下工作最重要，談到國民黨的地下工作，就得提到戴笠。戴笠的研究最近在臺灣很夯，有關的史料陸續刊行。我訪問過一個軍委會東南幹部訓練班畢業的學生，他出生於民國十一年，原本考上中央軍校十八期，沒唸成。後來就改念軍委會東南幹部班，這是培養軍統幹員之一的地方，受訪者他跟我見證說戴笠主持他們第一期的畢業典禮，在典禮上公開講：「你們也是黃埔第一期！」，他當下聽了覺得「黃埔軍校一期是蔣介石的天子門生，那我們是戴笠的天子門生嗎？」既高興又有光榮感。還有，這位受訪者訪談過程中言必稱「戴先生」，已經九十三、四歲了，事隔八十年了，還言必稱「戴先生」，不直呼其名「戴笠」，從頭到尾，畢恭畢敬的，讓人覺得「戴笠」在很多軍統人心目中，影響力有多大啊！

八、日軍暴行之一：大便在中國老百姓的鍋子

八一三，一九三七年，淞滬大會戰爆發，當時一個年輕的小夥子在現場「親見八一三的屍塊，決心當軍人」，他親眼看到被炸飛的屍塊掉入家裏的菜籃子裏，嚇壞了！知道說日軍侵略中國那麼可怕，當下決定要從軍，去唸黃埔軍校。這是一位受訪者對我親口說的。

我又訪問國防部前次長黃世忠將軍，也是九十多歲，他對日軍侵略中國殘忍的見證，他講到他爸媽就是在南京大屠殺當中失蹤，屍首無存，七十多年來不知道在哪裏，我建議他：「可以到南京大屠殺紀念館去查看看」，他說查過了，沒有名單，「南京大屠殺紀念館」的受難者也沒有他爸媽的名字。

他說，日軍多可惡啊，除了大屠殺，還有跑到老百姓家裏，把鍋蓋掀開，大便在鍋子裏頭，讓老百姓你要怎麼煮飯啊？其罪惡可說是罄竹難書。還有對付日本他們自己人也是非常殘忍。黃將軍參加第九戰區的投降典

禮，他說：「日本人把受傷的日本兵，包括斷手斷腳、行動不便的，統統殺死」，理由是減少負擔。

像日軍的種種暴行，一般文獻資料多少有記載，可是透過親身見證人的口述歷史，歷歷如繪的這種講述與描繪，讓讀史者對歷史的體認，一下子深了好幾層、好幾層！

九、戰後臺灣的二二八事件與白色恐怖

最後是臺灣史的部分，臺灣史的部分，可能時間不太夠，「二二八事件」無法細講，我就專講白色恐怖。嘉義阿里山鄒族菁英高一生，戰後他遭受白色恐怖，被國民黨慘殺，國民黨如同共產黨，雙方對遭受迫害的人的子女之對待方式是一樣的。在中國大陸，如果是黑五類的子女，在從前，是就學、就業，統統受到限制。在臺灣沒有不同，舉高一生為例，他被國民黨迫害而死後，他的小孩升遷無門，孩子當小學老師，想要考校長，一輩子考不上，就普通教師退休。這又是歷史的見證。

一九四六年中共地下黨滲透到臺灣，這件事情也是國共關係史的一部分。當時中共在臺灣成立「臺灣省工作委員會」，兩個臺灣人蕭道應、鍾浩東是「臺灣省工委」的成員，這兩個人在「臺灣省工委」被國民黨破獲後，一個被判死刑，一個被迫自首，兩人原是好友，我透過對蕭道應妻子的口述歷史採訪，有關「白色恐怖」及「省工委」的相關事件，得到部分的釐清。

十、清末回返大陸的臺灣進士許南英

最後，我講一個議題：有關臺南進士許南英的後人。大家知道一八九五年中日馬關條約，臺灣脫離中國，割讓給日本五十年，離開五十年之後，與中國合了四年，從一九四五年到一九四九年，但是很快地國共內戰，國民黨敗退臺灣，兩岸對立、又繼續分裂。那臺灣人很多的「情結」從一八九五年開始產生，那個許南英，是清末三個回歸中國的進士，從一八九五回到中國大陸之後，透過口述歷史採訪，得知他們許南英家族回到中國大陸之後，種種的艱辛處境。他們家族的百年史，是海峽兩岸歷史的見證。

十一、結論

最後我做一個結論：就是口述歷史的研究，它的重要性，不亞於檔案，檔案大概在政治安定的狀況下是不會被毀壞的啦！它的開放是慢慢的、逐漸的，終歸是會開放，但是口述歷史採訪卻有急迫性，隨著年紀的老邁，健康的敗壞，相關人物可能就不在人世間，你想問就問不到了，所以我過去一直很認真的在做口述歷史、採訪，投入很大的心力、物力，也鼓勵學生這麼做，原因在這裏。

我在成大開口述歷史，收穫很大，教導並幫助很多學生做口述歷史，我舉一個例子。大概大部分的人可能都認得，擔任中央研究院歷史語言研究所研究員的張以仁先生，他幾年前過世了，他的孫子唸我們成功大學土木系，去年修我的課，我鼓勵他說你來訪問你祖父，我一開始還不知道張以仁先生已經過世了，學生說「他過世了」，我說：「眞遺憾啊！你老爸健在吧？」，「健在，五十多歲」，我就告訴他訪談爸爸談有關祖父的事情，即請他間接採訪，問老爸心目中所瞭解的祖父張以仁，結果一個大學生才大一，在我的指導、輔佐之下，把學者祖父張以仁間接的口述歷史問得滿不錯的！我很替他讚嘆、讚賞。

以上粗淺的報告，就教於各位，謝謝！（掌聲）。*

---

* 本文二〇一六年四月十五日發表於國史館舉辦：「互動與新局：三十年來兩岸近代史學交流的回顧與展望」討論會。

參、【實例篇】

10 走過一甲子的文學路：臺灣文學家葉笛口述史

採訪、記錄、撰稿：林德政
訪問時間：二〇〇四年三月十六日到二〇〇五年六月八日
訪問地點：成大、葉先生住宅、採訪人住宅

葉笛，本名葉寄民，籍貫臺灣臺南，生長於屏東。詩人、文學家。一九三一年生，二〇〇六年五月逝，臺南師範學校畢業，曾任小學教師，後留學日本，在大東文化大學修完文學博士課程。著作有散文集《浮世繪》；詩集《火和海》、《紫色的歌》；論著有《臺灣早期現代詩人論》；譯作有芥川龍之介《羅生門》及《河童》等。並曾主編《新地文藝月刊》。曾經擔任成功大學駐校作家，獲府城文學特殊貢獻獎等。

【圖10-1】葉笛口述少年時代經歷之神情。
（林德政攝影）

【圖10-2】葉笛詩集《火和海》。
（葉笛提供）

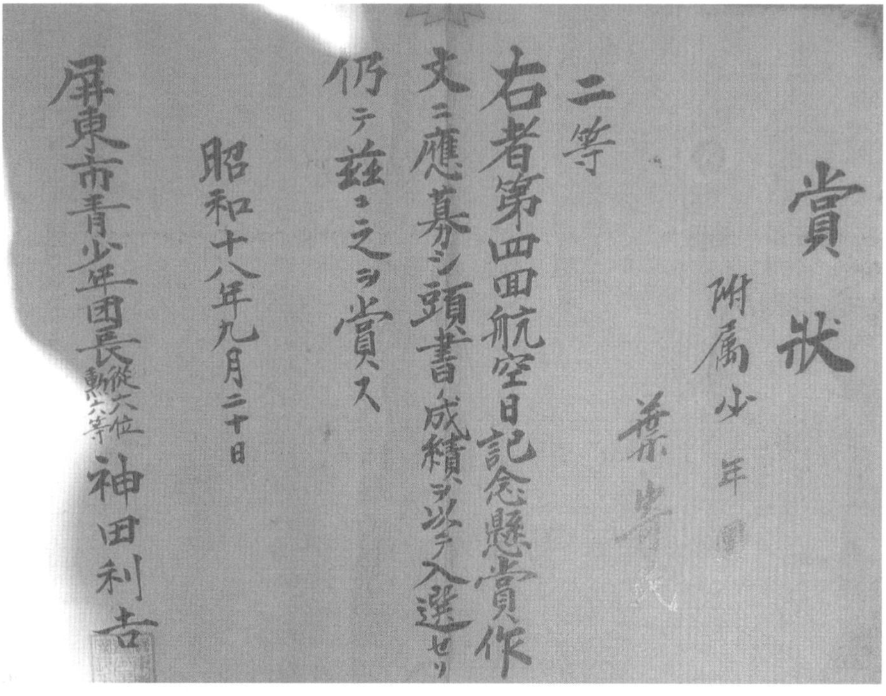

賞狀

附屬少年團
葉寄民

二等

右者第四回航空日記念懸賞作文ニ應募シ頭書成績ヲ以テ入選セリ
仍テ茲ニ之ヲ賞ス

昭和十八年九月二十日

屏東市青少年團長 從六位勳六等 神田利吉

【圖10-3】葉笛於日治時期獲得「航空日」紀念作文比賽之獎狀。（葉笛提供）

本篇訪談記錄的特點有三：第一是反映了一九三〇年代臺灣屏東鄉間生活，以及日治時期小學教育面貌。第二是，反映了一九三七年，七七事變前後，屏東地區的學生到屏東飛機場，去做割草或幫日本兵挖戰壕等。第三是見證了一九四一年日本偷襲珍珠港，太平洋戰爭爆發後，臺灣人民的生活方面受到了影響，一九四二年、一九四三年開始，臺灣總督府控制生活物資，米、糖、魚、肉等都要實行配給。第四，他說明自己成爲文學家是源於讀高等科時，大量閱讀芥川龍之介、菊池寬日文原文小說，他自言：「我對於文學創作的喜好，早植基於十三、四歲的少年時代。」（林德政撰）

我是一九三一年九月二十一日出生的，這一年就是日治時代的昭和六年[1]，我的家鄉在今天高雄縣與臺南市南區交界的灣裏[2]，就是燒廢五金的二層行溪旁[3]，二層行溪北邊是臺南市，南邊是高雄縣，這條二層行溪就是後來惡名昭彰的廢五金區，在這裏燒廢五金，結果這條河變成死河，廢五金燃燒後會產生一種毒素，叫做「戴奥辛」，對人對生物都有不良影響，這一條河已經是死河，可是這條河在我的記憶裏面，曾經是非常漂亮的河，而且很乾淨，我後來在日本的時候，回來看故鄉，沒想到故鄉的美麗之河，卻已變成一條死河。

我本身不是出生在灣裏，臺灣有句俗話，特別是流傳在漁村裏面的一句俗話說道：「最下之人踞海邊」[4]，意思是說最貧窮的人，最沒有錢的人，蹲在海邊討生活，也就是當漁夫討海的意思，因爲這樣，我的

1 昭和六年爲民國二十年。
2 按：高雄縣與高雄市合併後，變成是高雄市與臺南市交界。
3 二層行溪，今稱二仁溪。
4 閩南話讀做「尙下之人踞海邊」，踞，蹲之意。

先人自中國大陸福建遷到臺灣，有可能是在福建生活無著，才跟著頭人[5]到臺灣開墾，久住灣裏，直到我的祖父才搬到屛東去，屛東的古地名叫做「阿猴」，我就是在那個地方出生的，出生以後，當然在那個時代還是日本時代，我是昭和六年，一九三一年出生的，直到一九四五年十五歲，戰亂才結束，所以在這一段時間內，我受的完全是日本小學教育。

我的祖父叫葉萬，他不識字，長相魁偉，眼睛大大的。我的祖先有可能與平埔族通婚，祖父在我讀初中時去世，享年七十歲左右，確實年歲我要再查。我的父親叫葉丁做，我母親本名叫薛格，是臺南鹽埕人（今臺南市南區鹽埕），嫁我父親後，冠夫姓，稱葉薛格。父親爲人沉默寡言，在我成長的過程中，他從來沒有打過我、罵過我，他幼讀漢文私塾，愛讀《三國演義》、《封神榜》、《水滸傳》、《東周列國誌》等中國傳統小說，也喜歡吟《千家詩》，他年輕時，曾經與朋友渡海到中國大陸的廈門做生意，但失利又回到臺灣，晚年時，他愛種蘭花，蝴蝶蘭種了好幾百盆。父親在一九八五年五月過世，享年八十七歲，臨終前，我自日本回臺奔喪，返日後，我撰寫一篇〈寂寞：思念父親〉，以爲追思。

說起我的本名「寄民」，我很喜歡，因爲很有意義，我出生在日治時代的臺灣，當時日本殖民統治臺灣，所以我是漢族「寄」在日本的國「民」，現在也是「寄」在中華民國的國「民」，爲我取這個名字的是我的祖母，取這麼好的名字是有典故的，也有一點歪打正著，我出生時，我爸爸在屛東做生意正做得好，幾乎天天晚上都有應酬，常常三更半夜才回家，一回家累得倒頭就睡，睡不了多久，天亮又起床出去了，幾乎是「天天二九暝」[6]，我祖母見此情況，就說家裏好像是我爸爸「寄眠」的地方，正好我出生，我祖母就把我的名字取爲「寄民」了，因爲「寄眠」與「寄民」臺語發音完全一樣。

5 頭人在臺語是領導、領袖之意。

6 按：天天二九暝，指天天都是除夕夜的意思。

小學六年我住在阿猴，即在屏東渡過，屏東是一個跟臺南家鄉不一樣的地方，在我的記憶裏面，就是檳榔樹很多，那時候吃檳榔的人，有一部分是原住民，另外則是平地漢人，我小時候，屏東那一帶原住民從山上下來，他們下山時揹著背包，是他們自己製作的，呈網狀的，他們抽菸，還有刺臉，有紋身，男的女的在街上走，口中嚼著檳榔，就是現在講的紅唇族。我的大姨媽，雖是漢人卻也愛吃檳榔，我印象中，她很愛吃檳榔，她牙齒沒甚麼力量，她有一個木製的小盒子，檳榔放在裏面，平常她教我們給它弄碎，弄得很容易咬再拿給她。

【圖10-4】葉笛初中相片。（葉笛提供）

我在屏東讀的小學是「屏東師範附小」，那時候的「屏東師範」，就等於是「臺南師範」的分部，「屏東師範」是以後才獨立的，所以我們小學畢業的時候，畢業證書上面寫的校名也是「臺南師範屏東分校」。那個時候的小學分兩種：一種叫「小學校」，另一種叫「公學校」，臺灣人子弟讀的是「公學校」，在「小學校」裏面就讀的幾乎全部是日本人，祇有少部分的臺灣人進去裏面讀，不包含在這兩種學校裏面的就是「附小」，這等於是現在的「實驗小學」，我們那個時候進去讀，要做一個簡單的入學考試，當時我們滿七歲，虛歲八歲就進去讀書了。

屏東市區有一條清澈的河流[7]，我小時候，常常和哥哥還有一些同伴，一起去游泳，我母親知道後，會責備我們，她是怕我們危險。小時候的我，很喜歡在晚上時，躺在屏東公園的草地或長椅上，看著天上的星星，

7 貫穿屏東市區的溪流，名叫萬年溪。

星星在雲之上，而雲則是薄薄的，緩緩地移動，襯托之下，星星就好像在流、在飛，這叫做「星雨」，這是我童年時期美麗的回憶。

一九三七年，爆發七七事變，日本發動對中國的侵略戰爭，從這個時候開始，屏東地區的學生有時得到屏東飛機場，去做割草等工作，這種工作在當時稱做「勤勞奉仕」[8]，就是義工，除了割草還得幫日本兵挖戰壕，我讀到四年級時，也去做這個工作，我們搬運挖出來的土。戰爭初期對日本而言還沒有甚麼重要的問題，那個時候，臺灣是屬於日本，戰爭好像是隔岸的事情，跟我們一般人實際上沒有甚麼關係，那時的生活還算是很安定，我記得那個時候，就吃過鮪魚了，最近幾年臺灣流行的屏東東港「黑鮪魚」，日本話叫「本マグロ」，這種魚在肚子跟下巴肉的地方，特別好吃，叫做とろ，魚最好吃的油平均在那裏面，是最貴的，とろ分兩種：一種是「上とろ」，另一種是「中とろ」，沙西米就是取材自這個部位，沙西米就是生魚片，其實在我還是小孩子的時候就有了，但不太普遍而已。

我小時候，屏東有個「沙卡里巴」，「沙卡里巴」裏有夜市，夜市裏面就有賣生魚片，雖然戰爭發生，七七事變發生，我覺得那個時候我們吃的啦，生活啦，還是沒有甚麼改變。

直到一九四一年，日本偷襲珍珠港，太平洋戰爭爆發，生活方面才比較苦，生活開始變得緊張，日常用品或食物開始有配給制度，大概是從一九四二年、一九四三年左右開始的，臺灣總督府控制生活物資，米、糖、魚、肉等都要實行配給，剛開始最主要是從米開始，魚、肉事實則還沒有配給，一九四四年則連魚、肉也開始了。

太平洋戰爭開始，學生上學則有些規範出現，比如說我們這一排住在同一鄰里，學校規定說；我們早上要

8 「勤勞奉仕」是日文，是做勞動服務之意。

集合在某一定點，要排隊上學，放學回家時，各班時間不大一樣，同一班的學生要一起回家。

那個時候小學生活比較嚴格，老師會突然間檢查小朋友的指甲有沒有剪？檢查有沒有帶衛生紙？有沒有帶手帕？沒有的話就要被登記起來，要被罰打掃廁所。

我們那時候沒有補習，我就讀的「屏東師範附小」的老師，日本人老師比臺灣人老師多，也比較嚴格。讀到六年級時，面臨升學問題，那時候就有保送制度了，當時屏東人讀中學，男生以屏中（高雄州立屏東中學校）為第一志願，我讀屏東師範附小，如果要保送入學，當然就要保送屏中，通常一班大概可以有兩個名額，那個時候我在學校成績算不錯，可以保送到屏東中學，我想人的某一種習慣，都是小時候培養的，因為我小時候，從我家到就讀的學校屏師附小，途中會經過「屏東圖書館」，我大概是一、二年級開始，每天放學要回家的時候，就會進入圖書館的兒童閱覽室，看裏面收藏的繪本，這是畫有圖畫的故事書，我大哥葉金城，與我讀同一家小學，我讀一年級，他讀五年級，有時候我們一齊回家，他就帶我去屏東圖書館，大哥很喜歡看小說，他借給我可以看的讀物，大概我喜歡看一些課外書，如雜書、小說、故事書等，就是那時候養成的好習慣。

我常常在想，現在的小學教育跟我們當時最大的不同在哪裏？現在的小學老師，都不太會鼓勵學生去看課外書，看兒童文學故事書，不是沒有，而是很少。

我還記得，每天晚上最遲到十點，母親就教我們兄弟一定要睡覺，睡覺就要把電燈關掉，寢室的燈全部關掉，但書房及其他的地方，祇有一盞要去廁所的地方有一個小燈，那個時候睡覺要掛蚊帳，我就等我母親睡了，把檯燈拿到蚊帳裏面，假裝要去廁所，然後看我母親睡了沒有？大概睡著了！我躺在那裏，打開電燈，就在裏面看書，但是有時候會被母親抓到，抓到就罵！說這樣對眼睛不好，她不是不要我們看書，她是要我們該睡覺的時候睡覺。

小時候，我的父母親，從未要求小孩一定要讀書，尤其是父親，並未訂下任何規範、或盯著我們讀書。至於檢查學校作業有沒有寫？這些幾乎是母親的責任。我從學校回家，母親就會問：「有沒有作業？」那時候小學生的作業很少，寫個四十分，頂多五十分鐘就寫完了。若我寫了一會兒就出去，母親就問我：「你作業寫完了沒有？」等考完試，我再把學校成績拿回來給我母親看，我母親會再拿給我父親看，大概祇有這樣而已！當時讀書沒有壓力。

我看現在的小孩子讀書壓力很大，想要考上好學校就得拼命用功，這個現象牽涉到教育改革的層面，是整個大環境造成的，實在值得進一步研究與討論。我感覺臺灣現在的教育不太正常，我在日本時，我的小孩上學從來不需要接送，他們自己走路去學校，學校有營養午餐，他們就在學校吃營養午餐，然後自己回家。也沒有補習，祇有學校老師交給他們的家庭作業，不僅初中如此，高中也是如此！其實日本升學主義跟臺灣一樣，競爭也很厲害！在中學三年級時，學校的數學老師、英文老師等就會多出一些作業給學生練習。如果你要補習，就要自己另外找補習班，學校絕對不補習，我的孩子在日本接受的教育即是如此！

那時候當然也有比較有錢的人家想讓子女讀屏東中學、屏東女中等好學校，就會找個別的老師補習，到老師家裏補。我也曾跟朋友去補過數學，補了二、三個月，老師不在講臺上時，我便在桌上閱讀小說，老師發現了，不僅生氣，還會告訴我的母親：「妳小孩子來這裏常常看小說，再怎麼補習也沒有用啦！」於是母親問我：「你到底要不要讀書？」我回答說：「我不太想讀，反正那樣的補習方式，對我沒有幫助！」我從此不再補習，可是我也獲得保送屏東中學的資格。

當時戰爭越發激烈，日本當局就在「高雄州立高雄工業學校」新設立一個「航空科」，當時已經開戰，航空科是最熱門的。

我的級任老師名叫覺井兼三，日本三重縣人，他從三年級起一直教到我畢業，總共教我四年，他是很好的老師，有好的兒童故事書，他都會介紹給我們。比如他經常對我們說某一本書的內容如何，是值得一讀的好書，又說某一本書是一本很好的兒童故事書，別的班級沒有介紹，祇有我們班級有，總之他廣泛的向我們介紹各種各樣的好書，例如：《安徒生的童話》故事書。覺井老師鼓勵我們把看過的故事書拿到教室來，在我們班設立一個圖書館，可以向學藝股長借書，一本書的借期是一個禮拜，一次借一本。另外，覺井老師他家裏有很多小說，他又主動給我們介紹說這本書、那本書很好，並說喜歡看的人可以到他家裏借。此外，學校的作文課，對我幫助也很大，覺井老師會出各種題目讓我們寫文章，然後詳細批改。

我覺得我們那時候的老師，跟現在小學的老師不太一樣。有時候，我們會在禮拜日時，跟老師去釣魚，跟別的小朋友去挖蚯蚓，跟著老師騎腳踏車，大概從臺南市區騎到安平的距離，到屛東郊外的麟洛釣魚。釣完魚回來，有時候就在老師家一起吃晚飯，把釣的魚煮了以後一起吃，隔天我們帶便當，老師又把煮好的魚，一個人給我們一條。有時我們去老師家裏借書看，若時間已經很晚了，老師就會說：你們在這裏睡覺好了！我們就在他家裏睡覺。老師在剛教我們書的時候，還沒有結婚，之後他回去日本結婚，等結完婚後，他又回到臺灣，我們還是跟以前一樣去他家裏借書看，有時我們幫忙整理花園，師母就燒熱水，讓我們在那裏洗澡、吃晚飯。我的小學生活約略是這樣的。

現在的臺灣小學教師，我想或許在山區的小學，還是有如此照顧學生的小學老師，在平地或都市恐怕就很難有這種情形了！後來我到日本留學時，就跟這位覺井老師聯絡，他的老家在日本的三重縣，這個地方以產珍珠聞名。

我小學五年級時，參加「航空節」徵文比賽成績優異，當局爲獎勵小朋友，讓我坐上戰鬥機，在屛東市區上空遶行，飛機還特地遶到我就讀的學校上空，我的同學都在下面歡呼，這是我小學時一段難忘的經驗。小學臨畢業時，覺井老師對我說：「你去考高雄工業學校的航空科，把保送名額讓給別人。」我因爲在校成績好，可以保送屛東中學，且保送的事情，我在前一個學期就知道了，那個時候一學年有三個學期，我大概在第二個學期就知道可以保送，所以我整天看小說，沒有準備升學考試。如果去考高雄工業學校一定考不上，因此老師這樣一說，我心想糟糕了！可是老師很有威嚴，我也不敢反駁，不知道怎麼辦？祇好對老師說：「我回去跟我媽媽商量一下。」他說：「好！你去考一定考得上。」但我知道一定考不上，當時高雄工業學校新設立的「航空科」有很多人要去考，當初我知道自己可以保送，就一天到晚看小說，但其他要考試的學生都在準備考試。我回去跟我母親講，怎麼辦？我母親也不知道怎麼辦？

隔了兩天，老師說：「叫你母親跟我談一談，好不好？」我說：「好啊！」我就跟我母親講，我母親祇有讀小學，會講一點日語，她也不敢馬上答應。因爲我跟我母親講得很清楚。我說：「媽，我沒有準備，一定考不上的，我去考一定會考得很糟糕！我一定會失敗！」我母親也跟老師講，我不太喜歡讀航空科，還是要去讀普通中學。老師聽完，說：「這個樣子啊！」，他沒有再跟我母親講甚麼。母親回到家，我問她說「媽媽，老師怎麼講？」她把老師說的話告訴我。過了兩天，老師到我家來訪問，他對我母親說：「妳兒子一定可以考上，沒問題！如果他考上，班上就多一個升學的名額。」我母親也無法拒絕他，就答應會照老師的想法去做。但我心裏想，這下子完了！

昭和十九年（一九四四）的二月或三月的某一天，我到高雄參加高雄工業學校的入學考試，考試很不簡單，錄取比率是：四十八人取一人。那時正是二次大戰激烈之時，大家都認爲讀「航空科」很有前途！其實，我根本不喜歡讀航空科，就算是不用考試就叫我進去讀，我也不要！因爲我不喜歡！比如說成大醫學院讓我免試入學，我也不會去，因爲我不喜歡醫學，我爲甚麼要去唸醫學？讀大學就是要讀自己喜歡的科系，追求自己喜歡的東西。

考完試後，我知道自己考不好，心想：「糟糕了！」我的老師很疼我，他覺得自己也有責任，他就說：「你再準備一年重考。」因爲我那個保送名額已經給別人了，老師也到我家向媽媽解釋，說：「很不好意思！沒有想到會這樣！」我在旁邊聽，心裏想：「我早知道會這樣！因爲我沒有讀書，沒有讀書就要去跟人家拼，就好比沒有帶槍，怎麼跟人家打仗？」所以在沒有辦法的情形下，祇好另外想辦法，當時的學制是：小學讀六年，中學讀五年。如果小學畢業不直接上中學，則中間有一個「高等科」，不上中學的人，就讀二年高等科。那當然也要考試，我的老師就說「你先去考高等科，準備一年再去考工業學校航空科。」我說：「我要考屏中。」於是我就去考屏師附小的高等科，這個時候的高等科，每一班有三十多個學生。

高等科一年級還沒有讀多久，屏東飛機場就被美軍轟炸得很厲害，使我們沒有辦法讀書，經常早上才剛上學，空襲警報就響起，有時才上兩節課，警報響起了，祇好回家。有時候甚至被動員，就得去挖防空洞，或去屏東飛機場做義務勞動，當時美軍經常攻擊屏東飛機場，攻擊得很厲害。看到這種情形，我父親就說這樣很危險！我父親原來在屏東做生意，就決定搬回故鄉灣裏（臺南二仁溪旁邊）。

昭和十九年十月的一個晚上，我們全家人徹夜從屏東搭北上火車回臺南。火車在晚上行駛時，突然遭到機關槍掃射，好像是美軍的**P-38**戰鬥機正對火車掃射，火車為了躲飛機掃射，停止行駛，車上乘客紛紛從車廂中跑出來，藏在鐵軌附近的樹林內。

從屏東回到臺南的火車途中，好幾次遇上這種情況，那時戰況比較吃緊，搬回臺南後，我就從屏東師範附小的高等科，轉到臺南師範附小的高等科，南師附小就是現在臺南師院[9]旁邊的南師實小，那時我從臺南灣裏的住家走路到南師附小。一開始本來有巴士的，但是後來美軍經常空襲，巴士就不開了，我祇好用走路的，從郊外的灣裏走到臺南市區的南師附小。

昭和二十年（一九四五年）三月一日，美軍空襲臺南，那一天我人在臺南，聽見空襲警報，躲到鄰近「下林仔」[10]的防空洞，裏面剛好積水，站進去水深及膝，警報解除後，我走出防空洞，看到一位抱著小孩的婦人全身是血，我見到這種畫面感到很恐懼，回到灣裏我果然就生病了，嚴重發高燒。後來我家人去灣裏一間王爺廟求神問卜，許久才痊癒。我父親因擔心我的身體會再受影響，就不讓我到臺南市區繼續念書，於是我不在到南師附小讀書了，就留在灣裏上私塾，唸的是：「人之初，性本善，性相近，習相遠」之類的古書，祇是背

---

9 今國立臺南大學，臺南師範學校先是改制臺南師範專科學校，繼改臺南師範學院，再改臺南大學。

10 下林仔，聚落名，在臺南市夏林路一帶。夏林，取下林諧音。

書，不解其意，是與我堂弟一起讀的。

從屏東師範附小，轉到南師附小高等科的那段時間內，我大量閱讀日文名家的小說，至今記憶猶新，如：芥川龍之介、菊池寬等的小說，這些小說我讀的是日文原文，不是改寫過的，後來我把芥川龍之介的作品翻譯成中文，推原究始：我對於文學創作的喜好，早植基於十三、四歲的少年時代。

後記：本文二〇〇五年十一月三日、四日發表於《臺灣日報》副刊，原本計畫對葉笛一生做全面採訪，但訪問開始不久，葉笛先生即染病，幾次進出成大醫院，採訪遂中斷，他也在二〇〇六年五月九日病逝，一生寶貴見聞無法完整留傳，惜哉！

二〇一二年五月十九日修訂

11 出身工程的文學家：夏烈（夏祖焯）先生口述史

採訪、撰稿：林德政
訪問時間：二〇一四年三月二十三日、二〇一五年六月十二日
訪問地點：成功大學水利系館、臺北市夏宅

夏烈，本名夏祖焯，一九四一年生，成功大學工學士、美國密西根州立大學土木工程博士，是著名的作家何凡、林海音之子。曾任橋樑工程師，大地工程專案經理等職，一九九四年以長篇小說《夏獵》榮獲國家文藝獎，任教於清華大學、世新大學及成功大學。做爲一個理工出身的文學家，讀者總會好奇他到底是怎麼辦到的？古人說「文章本天成，妙手偶得之」，夏烈應是這樣的類

【圖11-1】夏烈（中），林德政（右），蕭開平法醫（左）。2011年11月18日攝於成功大學「成大文學家系列國際學術研討會」會場。（林德政提供）

型。他是一個非常特殊的文學家：例如父母皆是文壇名人，他小時也確實愛好文學，但長大偏走向工程科系，以工程領域專長的學者，寫出一篇篇雋永的佳構，小說之外擅長散文，又得以在大學開設文學課程，且深受大學生歡迎，選課人數總是爆滿，是成功大學最受學生歡迎的教授之一。他關懷大學生，欲提升其眼界，二〇一五年榮獲成功大學特殊優良教授等。他到底是怎樣的人，他對文學的觀感爲何？對中國文學與歐美文學及諾貝爾文學獎有何解釋？他如何看待自己？讓我們從這篇訪談，一窺其堂奧。（林德政撰）

父親與母親，母親是臺灣新文學之母

我父親夏承楹[1]，筆名何凡，當年在聯合報副刊寫「玻璃墊上」的專欄長達三十一年，是華文報紙有史以來歷時最久的專欄。實際上，他曾擔任《國語日報》的社長及發行人達二十年之久。他是個看事角度非常理性的人，我受到他的影響及遺傳。

我母親林海音[2]則比較感性，她出生於大阪，是長女，下面六個弟、妹。同父異母的姊姊是日本人。她十二歲喪父，外祖母纏過小腳，外祖父過世了，外祖母祇能靠郵局微薄撫卹金過生活，所以我母親身爲長女，

1 何凡（一九一〇—二〇〇二），本名夏承楹，生於北京，北平師範大學外國語文系畢業，於北平《世界日報》工作時結識同事林海音。一九四八年來臺，任《國語日報》編輯、社長、發行人。一九五三年十二月一日至一九八四年七月十二日止在「聯副」撰寫「玻璃墊上」專欄。此外尚有《國語日報》的「茶話」、《中國時報》的「浮生漫記」、《民生報》的「民生論壇」、《家庭》雜誌的「何凡專欄」，還曾經主編《文星》雜誌。出有《何凡文集》。

2 林海音（一九一八—二〇〇一），原名林含英，原籍苗栗縣頭份鎮，生於日本大阪，曾任北平《世界日報》實習記者，一九五三年到一九六三年，擔任「聯合報副刊」主編，創辦「純文學出版社」，出版《純文學》雜誌及其他文學書籍。名著是《城南舊事》。

必須要有擔當。

一般人看夏祖麗，[3]筆下描述的她，似乎生活有條不紊、井然有序，非常愛乾淨，像日本女人一樣嚴謹。眼前有便宜也不隨便撿。她是個很頑固的女人，有原則，有正義感，有擔當，敢作敢爲，因她血型是O型，能輸血給任何血型的人，所以常去捐血，是一個新女性。其實她剛柔並濟，有人說人如其文，這不在她，她是非常堅強、頑固的人，但她在寫小說時就跳脫出自己，常描繪女性的不幸及屈辱。

撇開我身爲兒子的身分不談，以文學創作者的角度來評價我母親的文學成就，她在文學創作上，當然是有成就。同時，在臺灣，光就光復以後的這段時間來講，她做爲一個文壇的領袖人物，根本沒有人足以跟她比。我母親因爲大中國思想，而被暗中排擠。實際上，許多作家說，她相當於「臺灣新文學之母」。你問到臺灣文學界相對在回饋我母親在新文學上的努力和付出，有沒有給予一個公平的待遇？我想：「並

3 夏祖麗，何凡及林海音次女，著有《從城南走來：林海音傳》等書。她追蹤母親的足跡，寫下林海音的傳記。

【圖11-2】林海音抱著稚年的夏祖焯（夏祖焯提供）

沒有！」但現在也不必在乎了！甲午戰爭後，臺灣割給日本，《藍與黑》等四大抗日小說都由我母親創辦的「純文學出版社」出版，我在美國也是「抗日史實維護會」的重要成員。而我母親的近親卻是日本人。

妻子

妻子龔明祺是北一女保送成大，成大又第一名畢業，在美國唸研究所也是名列前茅。你們說她是成大校花，倒沒有，成大從來沒有選過校花，不過當時追求者眞是不少。她比我低兩班，對文學並沒有特別的愛好，跟我女兒一樣是標準的理工人。她是化工及生物化學專業，在美國曾擔任中型石化公司的副總經理，也擔任過美洲中國工程師學會的會長及理事長。她曾說過絕對不可能唸人文或社會科系。一般說來，女性不喜歡唸理工，而且中學時成績常比男孩好，可是後來數學方面都是男的贏女的。男女不同，構造不同，但她天生就是唸理工的。後來在工業界多年，甚至管理石化工程的下游工廠。

兒女

我女兒的智商是一百五十六，我自己的倒是不清楚。我讀「臺北市國語實驗小學」時有智力測驗，學校告訴我是全校智商最高的，沒有報分數。智力測驗一共兩次，五年級我是分數最高的，六年級那次我又與一個女生同列全校最高。我女兒在美國康乃爾大學醫學院取得免疫學博士學位，不過她現在在新加坡做慈善事業，女婿是香港到美國的小留學生，也是長春藤名校畢業的，現在新加坡從事石油買賣。

兒子和女兒在密西根州同一家醫院、由同一個醫生接生，相隔近七年。兒子對人文、藝術、歷史……等相當有興趣，與他姐姐是背道而馳。因爲對藝術有興趣，所以高中畢業時我曾建議他不要唸大學，直接唸藝術學校，或找個老師學畫。因爲做爲一個畫家，大學學位並沒有甚麼意義。可是他不聽，他SAT（美國沒有指考，SAT就是類似那個）考得很高分，數理科分數比文科分數要高近一百分，但他還是選擇進入加州大學唸歐洲歷史，畢業後又入藝術學院再唸一個藝術學位。現在微軟公司（Microsoft）西雅圖的總部擔任藝術工作。在這種世界頂尖的高科技公司做藝術工作，是個異數。所以兒子比較遺傳我這邊，對文學藝術非常有興趣。女兒就沒有遺傳到我對文學這方面的興趣，她遺傳了我太太，是標準的理工人才。

就國籍而言，我兒子生爲美國人。若就文化、意識型態上看，大概是中、美各一半一半。我女兒雖然自小生長受教育都在美國，比起我這第一代移民更融入那個社會，但是她不願意打入美國主流社會。反倒是我兒子，幾乎都跟白種人在一起。女兒曾經跟我說，弟弟比她要美國化很多。

文學創作之路：父母生了我！

年輕時從來沒想到要做一個作家，從來沒想過！但是後來突然發現自己有寫作天分，比一般人要高很多，所以也就如此了。我不像日本的川康端成在十四歲時，或白先勇在高中時，很早就開始以作家爲終身志業。十四歲？正讀國中，想想看，那時根本就不曉得自己寫得是好是壞。我是到了接近五十歲時，才發現原來自己的筆是這麼的巧。其實父母從來沒有期待或預設我或是我妹妹將來要成爲作家，二妹夏祖麗寫了不少，在文壇上有名氣，但基本上多是報導文學或傳記文學。

我是成大工學院畢業，以後在美國密西根州唸得工程博士學位。怎麼會走上創作的路？父母對我的文學創作沒有幫助，沒有鼓勵，但是他們幫了我最大的一個忙，就是他們生了我！這創作天分是不是遺傳，無法證明。身高外型可以遺傳，寫作的才華尙無法證明可遺傳。

從未想過要做一個作家，本來是想考政大新聞系或臺大政治系的，可是後來還是考了工學院。讀成大後幾年，曾經以玩票性質寫了一兩篇小說，像是〈白門再見〉[4]等。早期那幾篇創作正値我二十一、二歲時，之後再創作已經是二十多年以後的事了，這期間沒有任何文學創作，都是寫工程論文或工程報告，跟文學沒關係。

---

4 〈白門再見〉現收錄於夏烈著《最後的一隻紅頭烏鴉》，臺北，九歌出版社，二〇〇六年九月出版。

母親七十歲那年，我爲慶祝她生日寫了一篇回憶性的散文〈城南少年遊〉[5]。那麼短短的一萬多字，卻寫了八個月，就是因爲太久沒寫，筆禿了！這之間祇偶爾寫個信，連日記都不記。散文描述的都是眞實的事，不像小說是虛構的。就祇這些回憶的眞事，卻得花八個月時間去寫！

之後接著開始寫短篇小說《最後的一隻紅頭烏鴉》，在季季主編的中國時報「人間副刊」刊出後，我忽然感覺到：自己在寫小說和散文的天分上，可能比一流的作家還要高，所以在那之後就開始寫。但前後沒有寫多少篇，長篇一共也祇寫了一本《夏獵》[6]。就這一部長篇，就得到民國八十三年的「國家文藝獎」。

對於那本小說的創作，自己也感到驚訝，寫作過程中倒是沒有刻意閱讀許多書籍資料。就如同我目前講授「外國文學」、「歐美文學」、「近代日本文學」、「文學與電影」等課程，不全是近年才開始涉獵的相關領域，之前多少已備有基礎蘊育其中。然而多方涉獵閱讀對我而言，不以爲苦！簡單的說，投入任何一科目都可以很快的置身其中。因爲當時全省第一小學「國語實小」兩次智力測驗都是全校最高分，所以唸書或做事都遊刃有餘，不感覺辛苦。

我的散文與小說

在創作形式上，我是以散文、小說爲主，寫過幾篇文學評論，那是必須要寫的，因爲在大學教書，就得有論文發表。但這些文學評論，都是評自己的小說。原因是我小說及散文寫得這麼好，還值得浪費時間去評其他作家的小說麼？

在發表過多篇散文當中，自己最喜歡的是〈陽關〉[7]，描述在美國參加一個朋友孩子的婚禮，之後又提到

5 〈城南少年遊〉現收錄於夏烈著《最後的一隻紅頭烏鴉》，臺北，九歌出版社，二〇〇六年九月出版。

6 夏烈一九九四年以長篇小說《夏獵》榮獲第十九屆國家文藝獎，《夏獵》，臺北，九歌出版社，一九九二年出版。

7 〈陽關〉、〈虹橋機場〉、〈彼岸〉、〈成大橄欖球隊〉皆收錄於《流光逝川》一書，臺北，爾雅出版社，二〇〇八年七月出版。

【圖11-3】夏烈酷酷少年行，攝於大學二年級。（夏烈提供）

【圖11-4】夏烈的著作：《大學的陽光與森林》、《流光逝川》、《夏獵》。（夏烈提供）

絲路的旅程，前後兩相對照。還有爲紀念我母親所寫的「美麗中國的林間海音」，這篇被巴金主持的上海《收獲》文學月刊轉載。此外我有四、五篇散文被中國大陸最重要的散文雜誌《美文》（賈平凹主編）選入轉載，應是臺灣散文作家被選入最多的。

寫了那本得到一九九四年國家文藝獎的小說《夏獵》之後，就再沒有完成其他長篇小說。實際上，獲得國家文藝獎的那一年，手邊已有一部寫了十萬多字的小說，題材應是三十多萬字，但是後來無法繼續，因爲那時正在美國聯邦政府裏任官，裏面發生了種族政治鬥爭，我帶頭組織亞裔在聯邦政府裏的聯盟，犯了大忌，形同在國民黨白色執政時代組民進黨。結果幾乎被趕出聯邦政府。所以當時寫的那個長篇小說祇好停頓下來，停下來，寫作衝力及情緒大量降低，等於是洩了氣，再積蓄能量不容易，很可惜！

後來那種族鬥爭的事處理告一段落，應該可以再繼續創作，卻正逢母親糖尿病、中風，我隨即辭掉美國那邊的工作，回到臺灣來照顧父母親，隨後

【圖11-5】臺灣當代文學大師合影，夏烈（右二），余光中（中），周夢蝶（左二），王文興（右一）。（夏烈提供）

他們先後故去。之前我沒有長期回到臺灣住過，而妹妹夏祖美、夏祖麗、夏祖葳也全在美國。回臺灣後的心情又不一樣了！那時不寫散文，至於之前中斷的那部長篇小說，早晚要繼續的。那篇小說是三十萬字的架構，不像《夏獵》祇有十三萬字，必須更耗費心思，主要是得虛構一些故事，小說英文是fiction，就是fictious虛構的意思。

生活在美國，受到西方文化的洗禮

生活化？其實，就我教文學的經驗而言，那是沒有關聯性的，跟我在美國的經歷沒關係。我認為，假如一直是留在臺灣，我還是這樣子的，基本上是一個自由開化的人。假如時間可以重新來過，讓我重新進大一，如你所問，我當然會選中文系。因為唸中文系對創作有幫助，英文系對創作並沒有多少幫助，因為我可以自己閱讀英文作品。

對於孩提時期在中國大陸的生活，仍然有印象，我在〈虹橋機場〉這篇散文中曾經提及，那個時候我已經唸小學二年級上學期了，當然會有印象。我有一篇創作〈彼岸〉。〈彼岸〉不是日文名詞，是中文，文章內容主要是寫我做橋樑工程工程師的七年中，設計建造橋樑的種種情況。工程方面是我寫作上一部分的題材，另外我也打算寫一篇關於自己服兵役時在野戰部隊帶兵的經歷。

〈我與橄欖球〉那篇是發表在《中華日報》副刊上的。我讀大學時加入橄欖球隊，當時成大校隊的橄欖球員與籃球員相較之下都比較土，而且橄欖球校隊裏都是老臺，外省人沒幾個，其實我是「半山」，因為母親是臺灣人。那時籃球校隊裏多是外省人，籃球員高而時髦，橄欖球員則是壯而土，但是我們橄欖球校隊很團結。

文學創作的要件：天分及氣質

談到創作的概念，我覺得：一個傑出的作家，最需要的就是天分及文學氣質。在創作上，努力當然一定會有進步，但是到了某個階段以後，就得看天分及氣質。所謂的氣質，並不是講一個人的氣質，而是指那個人寫作筆法的氣質，以及對文學的品嚐力。因為這個作家可能在講話、長相方面都俗不可耐，但有可能在寫作的時候，筆下的氣質好！有很多人很能寫，但是沒有文學氣質及文學品嚐力。這種狀況之下寫出來的作品仍會有許多讀者。實際上，更多的讀者，因爲世俗的比高品質的讀者要多很多，當然，這種作家寫出來的作品，要讓人記得會有困難，要有份量不可能。

散文創作

散文與小說的差別是：小說要有情節，要有虛構，但散文不是虛構的，散文其實就是作文。如果高中作文文筆好，以後散文就能寫好。我曾教過「散文寫作技巧」課。當中就提到：散文有各種不同的型式，一些論述文也是散文，但是裏面一定要有感情，那是一般論文所沒有的。還有，散文如果祇是文辭好，詞藻華麗，看過說好，之後沒人會記得。

散文在中國文學裏是最重要的，因爲它富有教化的責任，是經國之大業、不朽之盛事，從諸葛亮〈出師表〉一直到范仲淹〈岳陽樓記〉，這些都是散文！可是在西方，四個文類：小說、戲劇、散文、詩，這裏面，散文最不受到重視。

散文裏面最好有感情，舉最簡單的一個例子，像〈岳陽樓記〉，前面都是寫岳陽樓景色，後面就寫了

【圖11-6】夏烈〈談科學人文與信仰〉，《中華日報》，1998年11月23日。報紙中間人像即夏烈。（林德政提供）

「居廟堂之高，則憂其民；處江湖之遠，則憂其君……。」假如沒有這個段落，祇形容風景，那也僅是辭藻華麗。所以最後算是畫龍點睛。又如諸葛亮〈出師表〉裏有相當多的感性，比方他講到三顧茅廬，『諮臣以當世之事，由是感激，遂許先帝以驅馳。後值傾覆，受任於敗軍之際，奉命於危難之間，爾來二十有一年矣！』這些，就是寫他那時心情，這不祇是一個諫言，而是有感性寓於其中。

主觀文學與客觀文學

小說與戲劇是客觀文學，而詩與散文是主觀文學。甚麼是主觀、客觀文學呢？以小說而言，即使用第一人稱寫小說，但是那個敘述者「我」，並不是眞正的我，是我創造的「我」，所以是客觀文學。詩及散文抒發個人對事物的自身感受，不像小說及散文是虛構的，所以是散文及詩是主觀文學。

古典文學的優勢

就中文系來講，我並不贊成中文系以白話文爲主，爲甚麼？因爲文言文有幾千年的歷史，白話文不到一百年，從魯迅於民國七年發表《狂人日記》（這是第一篇刊出的白話文小說），到現在不過九十八年，這九十八年裏，白話文學創作無法與幾千年的文言文相比。而且在這九十八年裏，我們沒有出過偉大的作家。新式的小說、詩……等，畢竟都是西方人的擅長，中國文學這八、九十年的發展難以與西方相比。中國古典文學中詞、曲，詩都濃縮，都很精煉，也是幾千年的傳統。

過去臺灣名作家以外文系出身較多，像陳若曦、白先勇、王文興、水晶、陳映眞等人。現在就不一定了，很多是中文系出來的。舉例來講，我們比較熟悉的像是寫《鹽田兒女》的自由時報主編蔡素芬就是中文系出身。

中國古典文學沒有戲劇，祇有戲曲

中國文學裏一直沒有戲劇（drama），祇有戲曲。話劇、舞臺劇、戲劇其實是同一種，但是很奇怪，各國都有，就是中國沒有。到了一九三〇年代曹禺的時候才開始引進西方的戲劇。中國的劇用唱的，本身是歌樂合在一起，中國舞臺表演稱作戲曲，不稱戲劇。戲劇是drama，祇有對話，戲曲是opera，比方「牡丹亭」的是崑曲是Kunqu Opera、京劇是Beijing Opera，都是用唱的。傳統上國人不習慣舞臺上對話的演出形式。美國在戲劇方面進入正軌也很晚，尤金．歐尼爾（Eugene O'Neill，一八八八—一九五三），是領導美國戲劇進入希臘悲劇傳統的第一人。他得過諾貝爾文學獎，寫過《榆樹下的慾望》、《長夜漫漫路迢迢》等作品。田納西．威廉斯（Tennessee Williams，一九一一—一九八三），大概有十九個戲劇改編成電影，他在我國曾相當有名。還有阿瑟．米勒（Arthur Miller，一九一五—二〇〇五）他是瑪麗蓮夢露的丈夫（之一），就是《推銷員之死》的作者。

中國作家、歐美作家與諾貝爾文學獎

獲得「諾貝爾文學獎」要有重要的長篇小說創作，因爲長篇小說是重工業，中篇小說是輕工業，短篇小說是手工業。有人說沈從文當年可以得獎，沈從文的小說不全都是短篇，《邊城》是中篇，唯一的長篇就是《長河》，但是《長河》寫得不夠好，所以不能得獎。目前祇有加拿大小說作家Alice Munro以短篇小說在二〇一三年獲得諾貝爾獎。魯迅小說的思想性與藝術性都具備，文字簡潔，取材上把中國人的習性，都包進去，相當傑出。可是他一共祇有一個中篇，其他的全部都是短篇。

中國現代作家，沒有一個能稱得上偉大的。像林語堂被國人目爲大師？幽默大師？眞是匪夷所思。梁實秋就比他幽默多了。當代中國大陸文壇上，眞的寫得好的還是高行健，他的《靈山》寫得很細膩，那小說裏有道家思想和楚國文化。莫言也是優秀的作家，我看過莫言的一些小說，認爲他夠資格獲諾貝爾獎。高行健作品中雖然有傳統，可是他也超乎了這個時代，往上了一級。卡繆（Albert Camus，一九一三—一九六〇）是有史以來第二年輕的諾貝爾文學獎得主，四十三歲得獎。卡繆最出名的《異鄉人》是中篇小說，但是他有一個出名的長篇，就是《瘟疫》。基本上，得諾貝爾獎並不是因爲某一本書，是看整體。

日本文學

日本文學的獨創性並不高，因爲在一八六八年明治維新以前，一直是學習中國隋、唐六朝以後的文學，是中國文學的一個延續；明治維新以後開始學習西方文學，主要是歐洲文學。不過明治維新到現在近一百五十年，日本文學開始逐漸走出來了。川端康成和大江健三郎獲得了諾貝爾文學獎，應該就是一種肯定。可是日本文學在世界文壇上仍然地位不高，像歐美大學裏不太開日本文學課程，要開都是開在研究所，不是一個普遍的本科課程。

作家要內向

身爲一個作家，我自認最大的缺點就是太外向，外務多。雖然我擔任建中的基金會董事，但那倒不會分掉多少時間。我對於許多事情都有興趣，就是外向，作爲一個作家，如果要專心寫作的話，必須要內向。張愛玲那麼內向，但並不封閉，她祇是隱世，實際上，她知道的事情很多，而且筆下也有些幽默，不但小說寫得好，散文也寫得好。

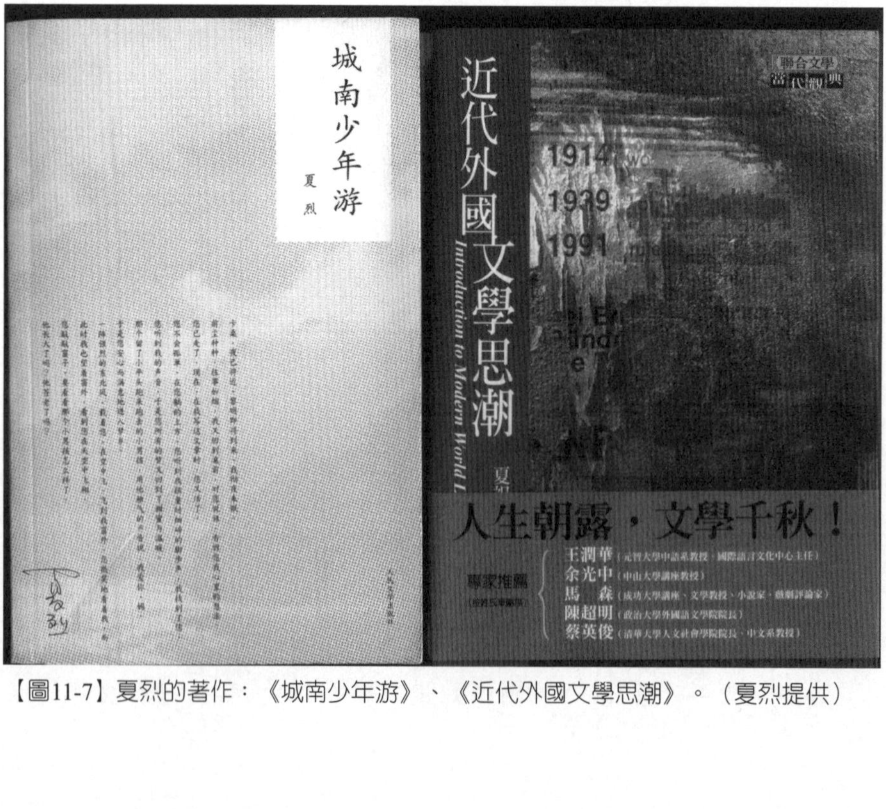

【圖11-7】夏烈的著作：《城南少年游》、《近代外國文學思潮》。（夏烈提供）

臺灣文學有其局限，因爲有一個中國文學在那邊壓著，但要說大陸作家們的筆法勝過臺灣，我倒不認爲。他們每年出版一千部以上的長篇小說，寫得好的並不多。

談到老一輩的作家，其實這個「大河小說」寫來寫去，我認爲還是吳濁流的《亞細亞的孤兒》寫得最好！可是你想想看，那已經是七十多年以前用日文寫的作品，再翻譯成中文。好在哪裏呢？重要的，那部小說寫得很眞實，反映了人性，也刻劃了日據時代臺灣人的心境及命運。小說如果一味的黑白分明，就不好了，應該是是非混淆、黑白不分，要有模糊。

與白先勇對談

元智大學曾邀請我和白先勇兩個國家文藝獎得主，也都是建中及成大水利及海洋工程系系友，對談有關創作方面的話題。那次對談，因爲個性不同，白先勇每一個議題都講很多話，相對而言，我祇講重點，時間壓縮得很少。

當時聽衆不少，小禮堂裏都坐滿了！後來稿子整理公開登出來了，那稿子，不像是我們兩個的對談。我與白先勇在創作上有很大的差別，他似是著重先提到人物，然後再由這個人物去發展故事；但我是先想情節，情節有了以後，再創造人物。還有，我是筆下應運而生；而他寫作好像比較有計畫。筆下衍生就是在寫一個小說時，我是在筆下鋪陳，他是事先在心中、在腦海裏已經有計畫。舉例來講，他的〈遊園驚夢〉是短篇小說，但他寫了整整三個半月！那篇小說我認爲寫得眞是好！非常好！白先勇是臺灣作家裏極聰明的人，還有一個就是我。我們倆都是先唸水利及海洋工程，然後轉入文學。不同的是他大二就重考入臺大外文系，我是五十多歲才轉行入文學。

在世新、清華、成大教書，幫大學生開拓眼界

這些年我在大學開了有關外國文學的課，像是「美國文學及近代日本文學」、「近代歐洲文學」，「現代外國文學」，還有「文學與電影」等。以「文學與電影」這門課來說，學生看完影片之後，不一定就立刻討論

【圖11-8】夏烈著作：《最後的一隻紅頭烏鴉》（原名白門再見）。（夏烈提供）

文學跟電影的關係，還花時間講原著跟改編成電影之後的差別，還有戲劇、電影、連續劇、小說之間的差別。考核學生給分數的方式大概就是交報告。以這門課來講，學生的反應，是他們所受的壓力很大，因爲一學期大概要求七個報告及一次期末考。

授課以前用講義，後來我寫了《近代外國文學思潮》（「聯合文學」出版）這本教科書。就祇發講義大綱了。至於散文，有各種不同的散文，我教散文都有發給他們講義。

王瓊玲教授任世新大學中文系創系主任時，有一次他們要辦進中文系的甄試，要我出一個作文題目。當時她坐在我車子裏，我一邊開車一邊說，出的題目叫「春蠶」，結果她就馬上要我停車，因爲沒有帶手機，她到路邊公共電話去打電話給院長，說題目就是這個！但院長當時拒絕，她很喪氣。我說，沒關係啦，也許再過一陣子他會改變。因爲他們那種完全走古典路線的，根本反應不到其實這「春蠶」也是古典！後來還是用了這個做甄試的作文題目。

基本上，中文系重視經史子集，現在臺灣文學系一個個建立了，中文系假如不改變，到最後臺文系變成文學的主流，中文系就會變成外文系。中國大陸就不一樣了，他們每一個中文系都規定學生一定要修八個學分以上的外國文學。我寫過信以及打電話到一些國立大學中文系，建議開外國文學的課。像臺大都是趕快拒絕，說是他們的外文系有開外國文學課，中文系學生也可以去修，可是有人去修嗎？其實，我祇是要測驗這些中文系他們一下，看其反應而已。但當時政大中文系的朱自力主任比較不一樣，他馬上就說希望我來教外國文學。爲甚麼呢？因爲他在法國唸得博士，是戲劇學的，所以視野就不一樣了。後來我沒有跟他續談這事情，因爲清華中文系主任呂正惠教授已接受我去新竹清華大學教。

在臺灣教書，我跟別人不一樣。對一般教授而言，這是生活所需、養家活口的事業，但我的目的是想要幫助學生開拓眼界，有這個用意，教授外國文學的方式及內容就不同了。還有就是教書帶給我快樂，因爲我是外向喜歡教書的人。當然，學生也表示喜歡我這個老師，期末學生給我評鑑分數高及評語好，也令我快樂。

當初王瓊玲主任對我說，世新中文系是全國唯一的一個中文系開外國文學課，我相當懷疑，後來發現果然眞是如此。後來世新中文系取消外國文學課程，我到清華去開此課。做過中文系主任的呂正惠教授也跟我講：「你來清華，清華中國文學系現在是全國唯一有外國文學課程的中文系。」

整理父母親遺物

我之前對父母牽掛，從美國回來照顧他們。他們過世之後，立即去美國做三次眼睛開刀，因爲拖很久了。主要麻煩還是在於整理我父母親那些遺物。[8]屋子是有請人裝潢過，但裝潢不多，也沒有特定一個書房，我覺得一切簡單就好，基本上我書也不多，看完書以後就丟了或送人，因爲看完我就記住了。

近幾年來與人來往不多，你在甚麼場合都不太能看到我，我就祇跟學生有來往。當然，關於我母親的事，來找我的人很多，光是拍紀錄片，大概就有十次。不僅是請我談論相關話題，也請我幫忙找資料。因爲是自己的母親，所以一定要做。基本上，我是比較能幹的人，可以同時開展很多事情，因爲從小就帶頭帶習慣了。

---

8 林海音及何凡的遺物，包括創作手稿、書信、照片、著作、收藏等，已由夏烈、夏祖麗兄妹等家屬在二〇〇七年三月捐給位於臺南市的國立臺灣文學館典藏。臺灣文學館特別於二〇〇九年八月九日舉辦「穿越林間聽海音：林海音文學特展」。二〇一一年，臺北行人文化實驗室出品《他們在島嶼寫作》，將臺灣重要作家的一生及其創作拍成電影，由楊力州導演拍成《兩地》，即描繪林海音。

臺灣政治現況及兩岸關係

我那篇〈吳濁流、張我軍與林海音〉文中提到，中國大陸必須要瞭解臺灣人民要獨立的歷史跟地理因素。我還講到，中國人不像美國人，沒有為別人著想的習俗。中國大陸的想法就是一直太單純及直接，從沒有仔細想過為甚麼這麼多臺灣人民希望獨立。其實在臺灣本土境內，不論本省人、外省人都是一樣的，都想要獨立。外省人是B型臺獨，就是要維持中華民國現狀，維持現狀就等於獨立。但是，但是現在中國是世界第二強國，不同意臺灣獨立。如此，臺灣不能任意以卵擊石。

在美國的族裔鬥爭

一般而言，亞裔女性比較容易進入美國社會，也比較容易被接納；亞裔男性要困難許多。我曾寫過一篇文章「紅木」談到這情況。還有，女性基本上比較隨和，比較沒有威脅感，到任何環境都身段柔軟，男性比較容易被美國白人當敵人。

前面說過，在美國的時候，我帶頭進行亞裔活動，在聯邦政府裏頭組織亞裔聯盟，結果犯了大忌。我雖然知道，還是冒險去做；我沒辦法不做。因為各族裔都有自己的組織：黑人有自己的組織、講西班牙話的墨西哥裔也有，就是亞裔沒有，所以後來我就帶頭出來搞。起初那組織是日裔帶領的，可是我就硬搶那個位子。為甚麼呢？因為華裔的人數最多。日裔雖然不是那麼的少，可是他們的政治警覺性比我們要高很多，這是因為二戰時，日裔被集體關入集中營之故。而且日本人基本上都一致認為中國人是劣等民族。比方說，曾經有一位祇會說英文的日本裔律師告訴我，基本上日本裔看不起華裔。所以，我這搶位是為華裔爭一口氣。其實之前他們日本裔帶起來做了不少事，但是當時我發現機會在手邊，就趕緊趁機把位子占了。

搶了領導位子以後，才發現跟這些老美鬥來鬥去，自己就不是那麼有能力了。為甚麼呢？因為那些亞裔自小在美國生長，第一個：語言方面他們沒有口音，像我們非在地生長的，英文絕對有口音。第二個就是關於與人的交往：我二十幾歲才去美國，在談話、交往方式與文化上，生或長在美國的亞裔眞的是比我強很多。我是遇事硬來，愈有困難就硬搞，可是那些生長在美國的亞裔就不是這樣子，他們技巧就要高出許多。但是他們多出身小生意人家庭，所以不像我那麼有領導心、企圖心及責任感。

那幾年裏，這些事弄得我很頭痛，整個人在掙扎。後來他們想要把我這個帶頭的trouble maker趕出去，所以我找了律師準備告美國聯邦政府，最後事情終於和解。但是那篇長篇小說也就停寫了！

我曾經描寫過各族裔之間相處的情形，比方說少數民族中的黑人、華裔、日裔，墨西哥裔之間彼此互相的敵視、歧視情況。以我的經歷應該多寫一些工程相關經驗、以及華裔在美國社會中的處境及相關文化等。但是那種題材寫多了，臺灣的人也不會有甚麼興趣，到底那邊是那邊，這邊是這邊，相關不大。

正直 Integrity

一般人都認爲我是個願意指導及幫助別人，心胸開闊的人，也容易相處，不拘小節。和我母親一樣，身體裏流著勇敢、正直、愛國的血液。大學畢業服預官役期間，我接觸很多眞正的軍人，有的打過朝鮮戰爭，被美軍俘虜後到臺灣。雖然大字不識，但作風強硬，我從他們身上看到堅強、講義氣的性格。

我自認不像文人，也沒有作家的習性。雖然我下筆相當感性，但爲人絕對理性，也把做人正直看得極爲重要，但有時太重視公平，忽略了人的感覺。重要的是：我自信是個有效率、有遠見、公正的領袖。

我生長在承平的年代，所以沒有大作爲。這是我最後要說的。

1-2 民族鬥士蔣渭水之子：百歲耆老蔣松輝先生口述史

採訪、撰稿：林德政
訪問時間：二〇〇二年十二月二十一日至二〇一四年三月一日
訪問地點：臺北縣永和市竹林路蔣宅

【年表】

一九一三年　一月二十九日，出生於宜蘭。
一九二〇年　八歲到臺北跟父親同住。

一九二一年　九歲時又回到宜蘭，入學宜蘭公學校。

一九二七年　十六歲，祖父蔣鴻彰逝世，享壽七十三歲。七月十日，「臺灣民眾黨」正式成立。此年就讀臺北第一中學，到臺北跟父親一起住。

一九二九年　九月二十九日，祖母李綢去世。

一九三一年　八月五日父親蔣渭水逝世，享年四十歲又六個月。父親去世時，剛好進入「臺北高等學校」就讀一年級。

一九三五年　三月，自臺北高等學校理科畢業。

一九三六年　到上海，進入近代自然科學研究所圖書館工作。

一九四〇年　赴日就讀長崎醫科大學醫科。

一九四一年　與池田八重子結婚。

一九四四年　收到徵兵令，調到「爲師團」當通譯。

一九四七年　「二二八事件」發生，與妻小回臺灣。三弟時欽逃亡海外。

一九五〇年　計劃去日本未果。

一九六〇年　母親過世。

二〇一四年　九月三十日於臺北逝世，享年一百零二歲（虛歲）。

蔣松輝先生的這篇訪談是全書最長的一篇，幾乎可以單獨成書。他出生於一九一三年一月二十九日，是蔣渭水的長子，於二〇一四年九月三十日於睡夢中安詳辭世，享壽一百零二歲。筆者認識蔣松輝先生是在二〇〇一年時，當時是透過林海音的女公子夏祖麗小姐的介紹，得以認識他的三公子蔣勇揚，我打電話給勇揚兄表示欲訪問他爸爸，獲其首肯，蒙松輝先生不棄，展開爲期五年的深度訪談。開始時，我請問他是否有史學界人士

【圖12-1】
左蔣松輝先生，右林德政。(攝影：蔣勇揚)。相片後方貼有「渭水春風」海報，是蔣渭水文教基金會與音樂時代劇場製作的音樂舞臺劇。

【圖12-2】2011年蔣松輝九十八大壽全家合影於永和竹林路住家。其左為夫人，後排右一長子蔣智揚，左二是三子蔣勇揚。（蔣勇揚提供）

訪問過他，他答以從未，我一則驚訝一則也高興，慶幸能爲他留下臺灣人的寶貴見證。爾後與松輝先生往來，還記得有次打電話給蔣松輝老先生，他告訴我，他二月二十一日要到醫院動手術，割治脾臟，術後他又健康如昔，且於隔月就又參加二十一日舉辦的「益壯會」。回想過往歷歷在目，他是慈祥溫文的長者，會親自寄發email，有時也會寄發賀年卡給我。這份訪談錄，呈現出日治時代臺灣史的各個層面，包括臺灣人知識分子的思想言行，包括日本的治臺政策，包括臺灣人進出當時爲異國的中國大陸的處境，可以說是非常珍貴的日治與戰後臺灣史縮影、臺灣人知識分子的心路歷程，我不敢自秘，爰勠力記錄撰述，公諸於世。訪談時的語言是臺語爲主，日語爲輔，文中多處地方刻意保留松輝先生的日式與臺式語彙，訪談時有些特殊的口語也以文字呈現出來，以保存臺語文化，例如松輝先生說「買收」，意即收買之意。（林德政撰）

一、宜蘭少年

年尾出生肖鼠

我是大正[1]二年（一九一三）新曆（國曆、陽曆）正月十九日出生，舊曆（陰曆、農曆）則是十二月二十六日，那年生肖是牛年，但我是新曆正月出生，如果依舊曆來算，算是舊年（去年）的年尾生的，生肖就是屬鼠了[2]。那年的冬至好像是十二月二十六日，依傳統民間的算法，過了冬至吃完湯圓就多一歲，所以我一生下來，過不了兩三天我就兩歲了。我出生的那天是「清屯」[3]之日，正好是送灶神的日子，可能是因爲我母

1 日本於一八九五—一九四五統治臺灣，大正年號是日本大正天皇在位期間使用的年號，時間爲一九一二年七月三十日至一九二六年十二月二十五日，大正元年恰是民國元年。

2 生肖是以農曆（陰曆）來論。

3 「清屯」，臺語。是除舊佈新、大掃除之意，打掃神龕、神桌、家裏內外。

親在打掃的時候動到胎氣，所以我第二天就出生了。「清屯」是比較文雅古式的臺灣話，老一輩的臺灣人都說大掃除是「清屯」，清這字的日語是haku，是清潔的清。

產婆助生

那時候婦女生產大都是請產婆到家裏助生，不過產婆也不是一般人可以隨便擔任的，也是要去考執照，拿到執照後才能幫人家助生，產婆一般都是臺灣人比較多，日本人比較少。我記得我讀公學校的時候，有一個日本老師，他太太就是產婆，是日本人，也跟他一起到臺灣來。不過日本產婆還是占少數，而且新式的產婆也比較少，大部分都還是古式的。

那個日本老師並沒有教過我，他是個滿老實的人，有時候太太去接生，他也會幫忙去代理接生。那時候因爲鐵路「宜蘭線」火車還沒開通，宜蘭合格老師很少，所以很多老師都是從日本直接來的，警察也是一樣。

二、家世

童養媳的母親及舅舅石煥長

我母親蔣石士如，大家都叫她屘姑[4]，她排行最小，我的外祖母十年生了十個小孩，七個男的、三個女的，最小的就是我母親，她幼年有纏足，後來放足。

在那個時候，男孩子一生出來，就馬上請乳母帶，母親就又懷孕，所以我外祖母十年生了十個，雖然她自己並沒有哺乳，但是因爲生得太多，身體都拖壞了，生完第十個就過世了。她把兒子給乳母帶，但是生的女兒卻一出生就送給人家做童養媳。說起來是很殘忍，因爲那時候男女不平等，不讓女孩子分財產，我外祖父財產後來平均分給七個兒子，每個都很有錢，在這種情形下，我母親卻一出生就被送到我們家做童養媳。

4 屘姑，意指小姑媽，「屘」意指年紀最小，讀音類似「萬」的臺語發音。

後來我父親先考上臺灣總督府臺北醫學校，還沒有錢去讀書，就先結婚了，我出生的時候，父親已經去讀書了，後來也沒有甚麼嫌棄我母親。那時候窮人家就是這樣，小時候就跟人家分[5]一個女孩子來做童養媳，如果兒子長大喜歡別人，那這個女孩就當作女兒，也沒甚麼損失，而且是家裏的幫手。所以我母親她一到我們家就是大媳婦，而且跟娘家脫離關係，祇是在過年過節才回去拜訪而已，我家和外家都在宜蘭的同一條街上。我沒有見過外祖父，外祖母很早就過世，當然也沒見過，祇見過外祖父的續絃，但是這個第二外祖母並沒有生小孩。

我母親的家族，是地方望族，我外公是大地主，非常有錢，他還讓一個孫女去日本讀醫，叫陳石滿，是他第三個兒子的女兒。我有我外公家的族譜，總共是七個舅舅，祇有六舅學醫。我外公讓我六舅石煥長[6]去日本讀中學，一路讀上去，石煥長排行第六，所以我們都叫他六舅。六舅字霜湖，我父親字雪谷，他們兩人大約是差兩三歲，這個字是他們一起做漢詩的時候取的，霜對雪、湖對谷。

六舅石煥長後來讀了東京醫專，他讀完醫專後，回到臺灣開業四、五年，他很風流，像我們現在說的，是「Play boy」，又有錢，所以不是很用心管理醫院，結果藥劑生給錯藥，醫死了一個小孩，他要負責，所以被吊銷執照。他沒辦法在臺灣待，祇好跑去中國大陸。他先去新加坡、再到上海、北京，最後才又回上海。因為

5 「分」，臺語，意思是領養。

6 石煥長，一八九一年生於宜蘭，號「霜湖」，一九二二年畢業於東京醫學專門學校醫科。曾參與東京的新民會，任《臺灣》雜誌編務、《臺灣民報》臺灣支局幹部。石煥長與蔣渭水共同建立「新臺灣聯盟」，後加入臺灣文化協會任理事，常任講習會講師，一九二三年與蔣渭水申請成立「臺灣議會期成同盟會」未果，後來在臺北組「社會問題研究會」，因治警事件被捕判刑三個月。之後轉到新加坡行醫，最後遷居上海。另據石煥長之子所言：一九三二年「一二八事變」時，石煥長因為任職「公時中學」醫務所，所以在何香凝領導的戰地醫院，拯救十九路傷兵，日後也支援謝雪紅。（曾德宜先生提供）

他對外科有興趣，就在上海開設美容外科，是中國第一間整形醫院，中國醫生沒有人做這個，是他開創了醫學美容醫院，做隆鼻、割雙眼皮、弄酒窩這些，因爲他技術好，所以生意很好。

六舅有兩個兒子學醫，原本都在宜蘭讀農校，後來被六舅送去日本，讀比較好考的東京「昭和醫專」。大的叫石光海，是皮膚科醫生，已經在去年（二〇〇五年）去世了，小的是石浚潘，讀牙科的，人還在美國。兄弟倆娶大稻埕大貿易商李春生的倆孫女，姊姊是內科醫生，也過世了。妹妹是眼科醫生，跟石浚潘在美國，他們四個人可以開一個綜合醫院了。石光海的女兒叫石靜如，當政協委員，是杭州臺辦主任，現在退休了，還會說臺語，因爲我舅母那時候在上海，是舅母帶大的，所以會說臺語。

我四舅石圭章，是讀「農業試驗所」裏面附設的學校（訓練所），後來在宜蘭開牧場養牛，賣牛奶，他後來去中國大陸開農場，到上海跟軍方合作開農場。臺灣光復後，他回來臺灣，後來在臺灣過世。四舅是讓軍方聘請的，在日本軍方的農場工作，住在軍方的宿舍。我跟他在上海常常見面，剩下的幾個舅舅大概都留在家裏守成。因爲家裏有錢，光是守著這些錢就很忙了。

我的祖父：一輩子不說日語的算命仙

我也有保留我家的戶籍資料，我的曾祖父是蔣定清，我對他沒有甚麼記憶，目前看到資料上最早的戶主就是我祖父蔣鴻彰，不過戶主的父母、前戶主都有紀錄，在資料上就有寫，前任戶主是我曾祖父，還有他過世的日子是明治十六年，明治十六年還不是日本統治，所以這個年份紀錄應該是換算回去的，我猜可能是我祖父去報戶口的時候，把清朝的年份跟日本年份換算過了，我祖父在昭和二年去世後，戶主就變成我大伯父，大伯父比我父親早一些去世，祖父先過世、接著是伯父、再來是我父親，伯父也還算長壽的。

在戶籍資料上有個讓我百思不解的，是在一些雜欄這邊，福建、種別，不知道是不是客家人還是甚麼意思，是不是福建裏面的分支，我也不是很清楚，資料上面還有寫是否吸食鴉片？纏足等等。

我祖父讓清朝管了四十年、讓日本管了三十多年，日本來的時候，他已經四十歲了，所以也沒去學日語。

但是當時有種「國語講習所」[7]，可以自由選擇去學日語，也不用錢，是日本政府爲了推廣日語而設的。但是祖父整輩子不說日語，祇偶爾唱一點日本歌，說幾個日語單字而已，他沒有做過保正、甲長。

我的祖父名叫蔣鴻彰，是算命仙。他算命桌子上有一個匾，上面寫著他的名字、師承來歷、老師的名字、算命的方式，這表示他是有學過的、不是隨便算的。算命的廟埕上，大約有六個算命仙，我祖父大概是生意最好的一個，如果有人要來看日子，他就要看那個人的生辰、家族然後選日子、選時辰，該怎麼拜等等，寫成紅單。有些人不放心，會拿去另一個算命仙的地方去印證，有時候會有同行來踢館、來辯論甚麼的，所以這個命理不完全是迷信，可能眞的是有道理在的，而且隔壁也是算命仙，不能隨便來的，要根據那個道理才能站得住腳。

那時候的習慣是，不管男女都要看命，女孩也要看命，因爲說親（談婚事）之前一定要把八字寫在紅帖子上面，給男方拿去算，看彼此合不合？女孩子是一定要看的，有些人的命太壞，就要改八字，說起來也是僞造，反正不犯法。有人就說「女孩子是命桌上生的」，就是說這個八字不是命裏帶來，都是算命仙算的，命理大部分都是看八字，出生的年、月、日、時，每個都配甲子（指天干地支），總共八字，是這樣來的。

宜蘭那地方很迷信，很相信算命，因爲清朝的時候有科舉，考不中科舉的，很多人都自己看書學醫術或算命，大概都是這樣。我祖父算命很準，在宜蘭很出名，他的生意不錯，呵呵！他算命的生意不錯。

算一次命要兩角錢，兩角錢有多大？這樣說好了，當時的大學生畢業，薪水約四十元，一天祇能花費一元多。但相一次命要兩角，一般一天可以相十個人左右，等於一天賺兩元，一個月就有六十元，收入就很可觀。跟祖父來往的都是臺灣人，他都跟一般人來往。通常日本人要算命都去找他們自己的算命師，日本人的算

7 臺灣總督府於一九三〇年起在臺灣各州下設「國語講習所」，以教授日語爲主，對象爲未入學公學校的臺灣民衆。此與領臺初期的「國語講習所」同名，性質略有不同。

命術研究比中國更深，說算命叫做「性命鑑定」，也叫算命師「先生」，日本人他們不會來找臺灣的算命仙。

我祖父喜歡晚上喝酒，又吸鴉片，他的錢都放在自己身上，我父親不喜歡見他，因爲八十元給他花都不夠。祖父喝的酒，就是宜蘭老紅酒，不是買罐裝，那種比較貴，都是整甕整甕的買，要自己帶著容器跑去籤仔店（雜貨店）買，店裏面有個大酒缸，要用長柄杓子去舀，一舀就是一合[8]，看買幾合再算錢！這樣就便宜很多。一合也才幾分錢，祖父每次都是喝兩合，算是喝很多！喝完了酒，再抽鴉片，抽完才去睡，生活滿悠閒的。

他比較會理財，去買人家蓋的兩棟房子間的空巷蓋屋，隔成四間，三間可以租別人，一間自己住，一方面看命賺錢、另一方面收房租，那個老家現在還在，不過已經改建成二樓平房，也已經轉給別人了。

祖孫情深

我祖父他教我從「四書五經」讀起，我的漢文大概是從這時候起打的基礎，最基本是要背，其他像是天干、地支都要記……男孩子出生，就把八字送到算命仙那裏，排流年、預測他的命哪一年比較好運？哪一年運勢較差？或者說大概可以活到幾歲？不過不一定，要看運氣等等，這些事情就會寫在紙上。

我小的時候，大概是讀小學的時候，每天祖父都給孫輩兩分錢，我、我弟弟跟堂弟都有份，我們常常一起玩，每天都可以拿到兩分錢，這已經很多錢了！可以吃一碗麵了。我家離城隍廟祇要直直走就到了，小孩子的腳程大約二十分鐘，那條路現在改叫中山路。

但是他回家就不給了，要跟他拿錢的話，就要去他的事務所拿，他在城隍廟的廟埕擺一個攤子，在那邊算命，要去那邊跟他撒嬌，讓他跟人家炫耀「這是我孫子，長那麼大了。」讓他有面子，才會給錢，每次都給我兩分錢，有時候他正在爲人算命，我就在旁邊等，觀察他怎麼相面、算命，因此那時候也已經小學五年級了，

8 日本清酒界中、現時仍然使用古老的度量衡單位，「石」、「斗」、「升」、「合」、「勺」。以現時的度量衡計算「一合」爲180ml。

有理解力，也就多少知道一點。

後來我父親到臺北顧事業，那時候已經有開業當醫生了[9]，所以把我和二弟交給祖父、祖母去帶。我祖母李綢有纏足，她雖然有纏足，不過很會走路。母親和兩個小的弟弟跟到臺北去，所以我們沒有住在一起，我祖父也是身材高大，疼長孫，所以很疼我。

祖父是我來臺北唸臺北一中的時候，大約是一九二六、一九二七年的時候過世，享年七十三歲，在當時算是長壽的。不過他喝酒喝太多，是腦溢血死亡的，我祖母是在隔年才去世的。

父親的兄弟姊妹

我父親有兩個姊姊、一個哥哥、一個弟弟、一個妹妹，那時候我祖母連著生了兩個女兒，以爲不會再生兒子了，就去領養一個男孩，就是我伯父蔣來福，也有入戶口，變成長男。我伯父在我小的時候和我們常有來往，是宜蘭很出名的武師，他是自己去拜師學的，他有一個兒子，現在住在宜蘭，也是武師。我祖母之後生了兩個兒子，一個弟弟就是蔣渭川，最後才又生一個屘姑叫蔣花，嫁給戴旺枝。

戴旺枝是國語學校畢業，有資格當教師，但是他沒有去教書。我父親叫他到臺北，負責宜蘭的甘泉老紅酒，那時候酒還沒有專賣，各地方都可以做，祇要有米、有好水都可以做，老紅酒的製酒原料，跟現在的紹興酒差不多。實行酒專賣是很慢的事情，大約是我去臺北唸書的時候才專賣的。

說起來，我父親沒有理財能力，但是有商才（經商頭腦）。還在讀書的時候，就經營一間「東瀛商會」[10]，賣一些學生用品、文具，也兼賣飲料、冰水，就叫我三叔去顧店。他看出老紅酒拿來臺北賣，會有利

9 蔣渭水於一九一六年在臺北市大稻埕太平町（今延平北路）開設大安醫院。

10 「東瀛商會」是蔣渭水發起，在公園口租一店鋪，稱爲東瀛商會，販賣文具圖書及雜貨，他拿賺來的錢，在宜蘭媽祖宮（宜蘭昭應宮）設置「讀報社」啓迪民智。爲便於聯絡同志，商會的二樓是「復元會」的集會場所，「復元會」是學生社團。「復元

潤，他那時候在唸醫學校，又叫姑丈到臺北來賣酒，因為那時候臺北雖然在樹林有紅酒，不過釀得不好，所以就從宜蘭拿老紅酒來賣[11]。但那時候交通不方便，都是從蘇澳裝船運到基隆，再從基隆用火車運到臺北，蘇澳港也還沒開港，所以不能直接靠岸，要用竹筏送到船上。沒有火車的時候，大家也不願意冒著風浪坐船，寧願爬山，就算是年輕男人，也要走兩天才能到臺北。

八歲到臺北：與祖母坐轎子到臺北的經驗

我八歲的時候，有到臺北跟父親同住。那一次是跟我祖母一起坐轎子到臺北的，從宜蘭大里開始坐轎，翻過三貂嶺，要在那裏的客棧住一夜，隔天一早再出發，都是以三貂嶺做中繼站，之後繼續坐轎子，晚上才到汐止。坐轎子滿危險的，因為旁邊就是山谷，那時候我還小，是我祖母抱著我。祖母有纏足，後來又放足，轎子很小，祇能容納一個大人、一個小孩。扛轎的轎夫好像有沿路唱歌吧？不過三貂嶺很陡，下坡的時候要扳住，要不然會摔出去，所以坐轎的比扛轎的辛苦。

運送信件或貨物的「販仔」

宜蘭的鐵路很慢才開通[12]，所以我父親那輩的宜蘭人，要從宜蘭到臺北，是很辛苦的。那時候有一種行業，叫做「販仔」（小販）。，專門托送行李，類似現在的郵局、快遞業者。比如說我父親，他在臺北，如果有甚麼東西要送回宜蘭，就會托他們送，這屬於個人性質的職業。但是這種行業也有風險，可能會在半路被

會」除彰顯醫生的宗旨：「恢復病人健康」外，也隱含著「光復臺灣」的意義，他們在這裏成立讀書會，討論中國革命的進展，鼓吹抗日革命精神，還請了一位老師教他們學北京話。

11 蔣渭水於一九一七年代理宜蘭名酒「甘泉老紅酒」，在臺北市開設知名酒家「春風得意樓」，常邀醫師、學生與社會運動人士討論臺灣社會弊病與興革方法。

12 「宜蘭綫」火車在一九一七年動工興建，至一九二四年十一月才建好通車。

土匪搶劫，雖然說日本一八九五年來臺後就有郵政系統，但是在宜蘭這邊，還是習慣用「販仔」運送信件或貨物。

消失的宜蘭渭水路

宜蘭市本來有一條「渭水路」，是為了紀念我父親而命名。宜蘭中山路在宜蘭的中心，走到底，出了城門往羅東的路就是「渭水路」，那條路很長，是可以通往羅東、礁溪、大里的重要交通管道，縣政府說同一條路但是不同路名，這樣不統一，所以就要投票，結果渭水路投輸，是說宜蘭市的中心在中山路，如果改名，所有的地址甚麼都要改，還有一個外省人說「渭水」這個名字的國語諧音不好，而且各個城市都有中山路甚麼的，所以「渭水路」就這樣沒有了。

九歲入學宜蘭公學校

我九歲時又從臺北回到宜蘭入學「宜蘭公學校」，等到我讀宜蘭公學校五年級的時候，家人才說要我考中學，但又怕我在宜蘭鄉下地方考不中，所以叫我再到臺北來，我十六歲才到臺北跟我父親一起長住。

我記得我祖父都用走路，沒有騎自轉車（自行車），那時候宜蘭的自轉車還很少，不過臺北就很多了，我也是讀臺北一中的時候，父親買了一臺自轉車給我，我是明天要開學了，今天趕快學騎車。那時候的自轉車價錢很貴，要二十塊錢、三十塊錢，我讀中學四年都是騎自轉車上下學，自轉車是很時髦的東西。

兄弟四人：松輝、松銘、時欽、時英

父母生我們兄弟四人，我在家排行老大，我叫松輝，老二跟我同樣有「松」字，叫松銘，金字旁的銘。那時候可能是筆劃算錯了，一開始是用「松」，後來說「松」不對，要用「時」，所以老三就取名作時欽，老四是時英，都是我祖父取的名字。我跟松銘的名字都有個「松」字，後來的兩個弟弟則是用「時」字，是因為族譜上已經排好了哪一輩用哪個字，我和松銘出生的時候，大概是算錯了輩分，用了「松」字，等到後來兩個出生後，一對族譜才發現我們這一輩應該是「時」字，所以後面兩個才是用「時」字。

我二弟松銘是做公務員，他沒有受過比較高的教育，因爲沒錢，公學校畢業而已。在日本時代做公務員，戰後也在區公所工作，至於是哪個區公所，我就不清楚了！他很早就過世了，他兒子叫蔣朝根。蔣朝根的姊姊有個兒子叫林德欽，也是我弟弟松銘的外孫，藝術學院畢業，再到輔仁大學拿博士。

老三時欽，是臺北二中（今臺北市立成功高中）畢業的。老四時英，祇有公學校畢業，沒有錢可以讀中學，公學校畢業就去工作，後來進入《臺灣新民報》[13]寫眞部工作。時英學照相與洗相片，去做「寫眞報」，照相做照相版，他跟著記者去照相，別人都是跟著記者照相，回去再洗，洗了再去登報紙，就叫做照相版。因爲我父親的關係，我這兩個弟弟時欽、時英都進去《民報》工作。那時候是因爲《臺灣民報》遷回臺灣，需要大量的人才，所以他們就進去了。

戰爭發生時，《民報》那時候被改做《臺灣新民報》日刊。一開始《民報》是半月刊，後來變週刊，最後才變日刊，變日刊後才來臺灣。但是《民報》到臺灣來後，做日刊的大部分都日本人，差不多一半的人，因爲那個「阿本啊」，一半日本人。

戰爭開始後，日本在臺實施「皇民化運動」[14]，報社也不例外，《臺灣新民報》內部的基調也都跟日本官

13 《臺灣民報》一九二三年（大正十二年）四月十五日在東京創立，全部爲漢文版。《臺灣民報》原先是半月刊，十月十五日改爲旬刊（每十天發行一次），並併入日文版。一九二五年（大正十四年）七月十二日起再改爲週刊（每週日發行），增設臺北支社，社長爲王敏川。一九二七年（昭和二年）八月一日，《臺灣民報》以增加日文版的條件下遷入臺灣，仍以週刊形式出現。一九三〇年（昭和五年）三月增資改組，並易名爲《臺灣新民報》。一九三二年（昭和七年）四月十五日，正式獲准發行日刊。報導內容傾向臺灣人立場。

14 一九三七年中日戰爭爆發後，日本在臺實施「皇民化運動」，除社會教化外，續加強日語常用運動、要求參拜神社、家庭奉祀「神宮大麻」（神符）、推行日本生活樣式，從一九四〇年起更推行「改姓名運動」，同時禁止學校教漢文課程、廢止報紙的「漢文欄」、禁止臺灣傳統音樂與戲劇、實施寺廟整理、臺灣人家庭正廳改善等，藉以去除漢人色彩，以達到臺灣人「皇國臣民化」。

方一致，還有日本的職員，時欽就待不住想辭職。後來，時欽到上海做新聞記者，他在《大陸新報》[15]工作，這家報紙是《朝日新聞》[16]在中國大陸經營的，是一個中文報，總社在上海，時欽之所以能進入工作，是因我認識《大陸新報》的社長，將他介紹進去。時英他也是新聞記者，是攝影記者，他後來到《大阪每日》[17]當攝影記者，此報與《朝日新聞》同是當時的大報，算是第二大報，另外有一家是《讀賣新聞》[18]。

那是日本時代，是發生中日戰爭時，當時我人在上海，我就跟他說「不如你就來上海吧！」，那時臺灣的年輕人也都嚮往到上海，假如有機會都想去上海發展。上海有「冒險家的樂園」之稱，早些年到上海的人，大部分的人都會成功，不管是哪一國人。

時欽、時英兩人就同時到上海找我，當時我在報界工作，我工作的圖書館館長是上崎孝之助。我兩個弟弟來找我，我就跟館長說：「我這兩個弟弟，他們在臺灣都在《民報》工作，都跟報業有關係，請你跟《大陸新報》說，看能不能進去？」

那時因爲日本軍隊占領華中，辦了一個報紙，是由軍隊跟《朝日新聞》合作。叫《朝日新聞》的人出來辦報，由裏面一個資深的記者出來作社長，做這個大陸新聞，所以《朝日新聞》，就在上海辦一家《大陸新報》。我工作的圖書館館長是從《朝日新聞》出來的，他和那個負責辦《大陸新報》的社長，兩個人都不時在

15 日本人在一九三九年一月一日元旦，在上海辦起了一家日文《大陸新報》，是中國中部地區，陸軍，海軍，外交部三省興亞院的主持下成立，是日本全國性報紙的總部設在上海。

16 《朝日新聞》是日本的全國性報紙。二〇〇八年，每日日報發行量超過七百七十萬份，爲日本國內日報發行量第二名。

17 《大阪每日新聞》是日本的日報，一九四二年十二月三十一日廢刊，之後改名爲《每日新聞》，並繼續出版。

18 《讀賣新聞》是日本有影響力的全國性報紙，一八七四年十一月二日在東京創刊，二〇〇三年時每日發行量超過一千四百萬份，排行全世界日報發行量第一名。

經常聯絡。

我會認識《大陸新報》的社長，也是經由我工作地方的圖書館館長介紹的關係，他們兩人在東京《朝日新聞》總部曾經是同事，他原來在《朝日新聞》的大阪支局當經濟部長，因爲寫了一篇文章傷害了一位日本內閣的經濟官員，被迫辭職，改派到上海來當圖書館的館長，他主要的職責也是在調查中國的經濟情況，所以他是有朝日新聞背景的。

後來兩個弟弟他們進去《大陸新報》後，時英在寫眞部當攝影記者，時欽則是普通記者。但因爲時欽的文筆比較好，他不時會在《大陸新報》裏面寫篇關於中國的古典，「古典」就是說《論語》、《孟子》等，那些出名的古話，一日一句，用日本文寫，讀者很愛看，在當地的日本人、對中國有關心的人對這些都覺得很有意思，因爲日本這個時候都沒有教中國文。

三弟時欽：「二二八事變」的受害者

時欽小我五歲，在終戰後，因爲單身，租了帆船，就跑回臺灣了，所以比我早回臺灣，他回臺灣才結婚。他在上海一直是在《大陸新報》工作，回臺後，他有參加「二二八事變」[19]，當學生隊隊長，陳儀[20]要抓他，

19 一九四七年二月二十七日，臺北因爲專賣局人員取締私煙引起衝突，打傷煙販，打死民衆，次日二月二十八日民衆到臺灣行政長官公署請願懲兇，軍隊卻開槍射殺請願民衆，衝突因此蔓延全臺，國民黨政府出動軍警鎮壓，死傷與失蹤無數，史稱「二二八事件」。

20 陳儀（一八八三—一九五〇），浙江紹興人，日本陸軍大學畢業，曾任臺灣省行政長官兼臺灣省警備總司令部總司令，任內發生二二八事件。一九四九年一月，陳儀眼見局勢不利於國民黨，欲投奔中共，並策反京滬杭警備總司令湯恩伯投共，湯將此事呈報蔣介石。一九五〇年四月，陳儀被押解到臺灣，一九五〇年五月，以匪諜案判處陳儀死刑，六月十八日槍決。

丘念台[21]叫他快跑。

他一個人跑去香港，去找我六舅石煥長，之後他太太才跟去香港，他太太現在還在北京。在香港他與廖文毅[22]有聯絡，但與廖不太合，如果他跟廖文毅合，可能就進去廖的黨裏。

他自己出走，也不敢姓蔣，改姓陳，先到濟南，再到北京，在中國大陸很多地方都待過，他在北京的中央人民廣播電臺擔任翻譯。他很能幹，除了原來擅長的日語之外，還學會了俄語。文化大革命的時候他被紅衛兵清算，指他是日本間諜，因此生病之後過世。他跑到中國大陸後，因爲兩岸隔絕，始終沒有跟我聯絡，宜蘭《噶瑪蘭週刊》曾有記載他的事蹟。

時欽去大陸的時候，把長子蔣維夏放在臺灣，這個名字是丘念台取的，現在還活著，在臺灣。時欽去大陸又生了兩個兒子，在大陸的二兒子維華被送到雲南勞改，但被一個雲南的臺籍政府高幹知道他是蔣渭水的孫子，就保送到大學，這個侄子後來去美國留學，拿到數學博士，但不會說臺語。時欽的太太還在世，但是現在住院，他的女兒叫蔣健春，是「北京臺灣同胞聯誼會」聯絡部主任，她也不會說臺語。

---

21 丘念台（一八九四—一九六七），丘逢甲之子，在一九四七年三月二十七日抵達臺灣，進行有關二二八事件的調查與宣撫工作，丘念台在宣撫的同時，對二二八事件的起因進行深入研究，得力蔣時欽及王致遠的協助，蔣時欽是蔣渭水的三子，王致遠是丘念台的女婿，兩人幫忙蒐集在事件中受害者的資料。王致遠是中共地下黨，蔣時欽戰後曾在上海加入中共，成立「臺灣學生聯盟」，二二八事件後，蔣時欽成立「臺灣省青年自治同盟」，發表「時局宣言」，主張撤銷行政長官制而改行地方自治，遭陳儀誣指爲叛亂犯而發布通緝，蔣輾轉逃到中國，在北京抑鬱而終。家屬向臺灣「二二八基金會」申請爲蔣時欽回復名譽，認定蔣時欽是遭誣指爲叛亂犯屬實，後由馬英九總統頒發回復名譽證書。（林德政，《客籍大老丘念台與戰後臺灣歷史之研究》，二〇一四年十二月）

22 廖文毅（一九一〇—一九八六），本名廖溫義，臺灣西螺人，臺灣民族主義者以發表臺灣民本主義聞名，政治上在二二八事件前主張聯省自治，事件後開始主張臺灣獨立，赴日成立「臺灣共和國」，任大統領，一九六五年返臺。

客死異鄉的么弟時英

時英來上海的時候，才十九歲，在《大陸新報》工作了一兩年後，因爲時英很聰明，雖然是攝影記者，後來憑自己的關係，轉到《大阪每日》工作。因爲他拍攝的技術好，報社就把他派去菲律賓工作。之後，他就沒有寫信給我，我祇是在《大阪每日》的新聞上面，看到他所拍攝的相片而已，上面都有寫說是誰誰拍的。我這邊有一張大阪寄給我的他拍的照片，是在飛機跑道兩旁，晚上要降落，沒有電燈可以替飛機照明，祇能用椰子油點火，這張照片非常珍貴，表現了日本的戰爭已經困難到這樣的地步。

那時他未婚，年二十二歲，一直沒有回來，不知所蹤，生死未卜。我曾經向《大阪每日》索取資料，該報的社報有他的記錄，有他當時自菲律賓寄回的採訪照片，該報寄了兩張給我。又說有人在前線看到他生病，病得很重，快要「去了」的樣子，之後就沒人看到他了。我跟《大阪每日》說：「不管怎麼樣，你要給我他的資料。」

後來才把照片寄給我，讓我做個專輯來紀念我這個小弟，他到現在也還沒回來。他也不算軍人、是私人會社派去的，照說應該要有賠償才對。我希望他有一天能回來，像李光輝[23]一樣，在叢林三十年才回臺，不過我想是不可能了，說起來話頭長（傷心）……這也已經是很久的事了。

我們這個家族，我在臺灣、弟弟在大陸，還有的在外國，開枝散葉，要相聚是滿困難的。至於爲甚麼沒聯絡，我說個例子，臺灣民衆黨的秘書長陳其昌，戰後在李萬居的《公論報》當總編輯，那時候日本時代認識的大陸朋友介紹一個中共黨員來，陳其昌不知道他的底細，加以栽培照顧，因此獲罪，下獄二十二年，像這樣的

23 李光輝（一九一九—一九七九），是臺灣臺東阿美族的臺籍日本兵，於太平洋戰爭中加入日軍高砂義勇隊赴南洋參戰，與部隊分散後，獨自在摩羅泰島的叢林中生活了三十年。

例子，付出的代價很大，所以當時我根本不敢跟弟弟聯絡。

三、蔣渭水與臺灣的知識分子

日本人於一八九五年占領臺灣，從北部澳底[24]登陸，一直攻到基隆、臺北，那時候有的臺灣人還不知道被中國送給日本了，所以抵抗。日本說我們是土匪，現在叫義民，一直抵抗，抵抗了二十年後，一直到「噍吧哖事件[25]」，武器都沒了才結束，這時候叫做武裝抵抗，歷史都是這樣說。

再經過五年，沒有武器，沒有武器不能打仗，那就用嘴、用筆來抵抗，所以林獻堂、蔡培火組織一個「新民會[26]」，就這麼經過二十五年，被日本統治了一半時間才轉用非武裝的抵抗，他們在東京成立，不是在臺灣。當時的日本跟臺灣，用現在的話說，是「一國兩制」，制度不同，臺灣是臺灣總督獨裁，而且發佈「六三法」，說臺灣總督有司法、立法、行政三大權集於一身，可以格殺，所以第一期的時候，臺灣不能自己組織團體，所以他們在東京成立「新民會」。

這個「新民會」一發起，非武裝的抵抗才開始，開始後，覺得臺灣人要有一個可以發表意見的地方，所以發刊《臺灣青年》[27]，但發沒幾期，改成《臺灣民報》，《臺灣民報》在東京刊行，不能在臺灣刊行，《臺灣

---

24 澳底位在臺灣新北市貢寮區三貂角一帶，為一漁村聚落。

25 「噍吧哖事件」即「余清芳事件」，是一九一五年發生於日治時期的武裝抗日事件，地點在今臺南市玉井、南化一帶，領導人為余清芳、羅俊、江定等人，共有一千九百五十七人被捕，起訴一千四百一十三人，被判死刑者八百六十六人，實際處決九十五人。

26 新民會成立於一九二〇年，由在日本的臺灣留學生組織的政治運動團體，從事政治社會改革運動。

27 《臺灣青年》是一九二〇年創辦的月刊。

民報》是在東京編，再送來臺北，印好了才送來臺北發送，在「大安醫院」發送，現在那裏有個紀念牌[28]。

民報發送的情形是怎樣呢？印好了，怕人家不敢拿，所以還要用牛皮紙捲好、包好，寫地址某某地方、某某人，再寄去給他。在臺灣不能印，也沒人敢印的，所以這種情形之下，《臺灣民報》就是臺灣人自有的機關報紙。相對於官方的報紙，就是總督府的官方機關報紙《臺灣日日新報》[29]。後藤新平[30]這個人很聰明，當時臺灣人還有很多人寫漢文，比如說連戰的祖父連雅堂，他們這一派的人都會作詩，作詩寫東寫西，沒有發表的地方。後藤新平說：「這樣不行，不能讓他們「對」[31]《民報》發表」，所以《臺灣日日新聞》作了個「漢文專欄」來對付。

我的父親蔣渭水

我父親蔣渭水，出生於一八九一年，日本人來的時候，他已經五、六歲了，又過了一年，九月就該上公學校[32]，但是我祖父不讓他讀免費的公學校，寧願出束脩讓他去讀私塾，讀到十六歲，到了人家公學校畢業，他

---

28 總批發處即設於蔣渭水開設的「大安醫院」側，位於臺北市大同區延平北路二段的《臺灣民報》總批發處，有解說板。

29 《臺灣日日新報》創刊於一八九八年五月六日，發行「漢文臺灣日日新報」，其內容豐富，是瞭解研究近代臺灣政經，漢文版除了報導新聞之外，也有「藝文」版面。

30 後藤新平（一八五七－一九二九）曾任臺灣總督府民政長官，內務大臣和外務大臣、東京市長，帝都復興院總裁。在臺灣民政長官（一八九八－一九〇六）任內，因臺灣總督兒玉源太郎軍務繁忙，後藤實際掌握臺灣政治，促進當時的臺灣農業、工業、衛生、教育、科學、交通、警政等建設發展。

31 「對」，臺語，意指「從」、「在」之意。即不讓他們「從」民報發表，不讓他們「在」民報發表。

32 公學校，是臺灣日治時期，日本政府於一八九八年起至一九四一年間開設的義務教育學校，入學是臺灣人。之後改名「國民學校」。

才去唸公學校，不過這樣也讓他的漢文程度很深，能夠用漢文寫文章〈五個年中的我〉[33]。

我父親在醫學校畢業後，回到「宜蘭病院」[34]實習了一年，就去開業了。[35]我不太明白的是，他回來才短暫一年的實習後就開業了，哪來的本錢？而且還租了三個店面，開業的資金到底是哪裏來的？我祖父也沒資金可以給他開病院。

因為祖父的收入要維持祖母、我和弟弟的生活，還要支付他自己的酒錢、鴉片錢，是不會有餘錢給父親開病院的。我後來想了很久，父親開業的資金，很可能是從我母親娘家石家那裏來的，因為六舅跟我父親年紀差不多，關係也很好，我外祖父又是大地主，可能透過我六舅的關係，由石家出錢贊助，因為那時候我父親還沒跟林獻堂認識[36]，跟南部那些「阿舍」[37]都還不熟。

「總督府」對於臺灣人的差別待遇，是為了保持支配者的的領導地位，就是不要讓臺灣人太聰明，這樣日

---

33 蔣渭水寫作〈五個年中的我〉此文時，年三十六歲。回憶大正十年（西元一九二一年）秋，受到「臺灣議會設置請願運動」的激勵再度活躍起來。當時蔣氏雖已自醫學校畢業，仍因不穩言動而被堀內校長約談。蔣氏自言，他對於政治活動的嗜好堪稱為一種病，而這病自醫學時代便已發生。在醫學校就讀時，蔣氏參與了多項活動，包括學生大會、柑園會議、冰店開業商會、國民捐事件，以及袁世凱問題，這些經驗蔣氏希望能在報社創刊十週年紀念號時寫出發表。參見〈五個年中的我〉，《臺灣民報》六十七號，一九二五年八月二十六日。

34 「病院」，日文，即醫院。日治時代臺灣稱醫院為「病院」。「宜蘭病院」即今「衛生福利部立宜蘭醫院」的前身。

35 蔣渭水於一九一五年醫學校畢業後，先在宜蘭醫院工作一年，之後到臺北開業，一面從事政治運動。

36 蔣渭水於大正十年（一九二一）年春，經林瑞騰介紹才認識林獻堂，並於隔日到太陽館拜訪他。之後林獻堂到東京聯合當地留學生，籌劃臺灣議會設置請願運動，蔣渭水大表贊成，在稻江極力宣導。在此之前，蔣氏對林獻堂的臺中中等學校設置募捐活動，以及同化會的提倡，則皆不表贊同。

37 「阿舍」，臺語。指大富翁、大地主，如同北京語中的「員外」。

本人就比你更行，所以差別待遇、錄取人員的比例都會有差，但是結果卻是反作用，甚麼叫反作用呢？有錢的人，在臺灣的公立學校進不去，但是他有錢，他可以去日本留學呀！去日本留學剛好遇到大正時代的民主運動盛行。

因爲德川時代鎖國、明治時代引進民主，到了大正時代，民主思想才開花結果，又因爲第一次世界大戰後，世界的思想潮流，自由、平等、人權，這三個潮流很盛，日本剛好遇到這個時期。所以留學生都經過這個洗禮、被這個思想所影響，再把這種有關教育的思想帶回臺灣，但是也沒幾年，馬上就轉到軍國主義了，臺灣也轉向皇民化，所以這些一九二〇年代的思想者，就沒有地位了。在他們之後，我這一代對政治的想法就弱一點，再晚我十年的李登輝、彭明敏那一代，就又更弱了。

受到大正時代民主思想影響的父親

我父親蔣渭水那時候就受到大正時代的影響，剛好與這個想法配合，卻變成反抗「總督府」的主流。這跟日本人的計畫剛好相反，到我父親爲止，沒有人敢說臺灣獨立，他也沒有說。

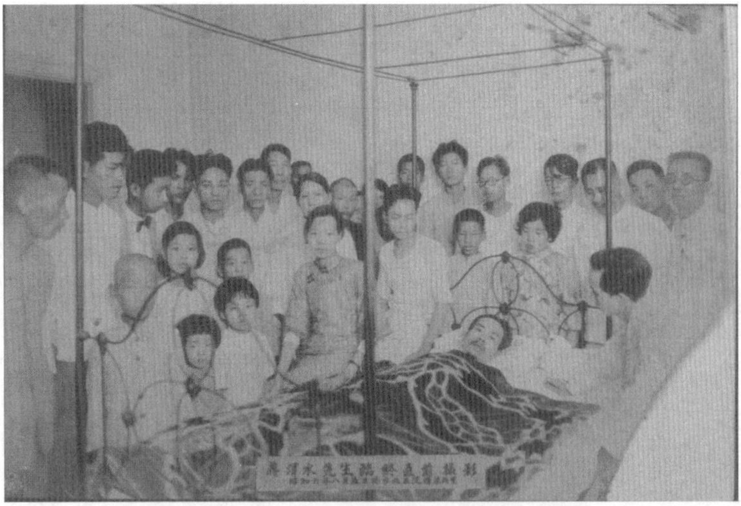

【圖12-3】昭和六年（1931）蔣渭水先生於臺大病院（1931）臨終前所攝。前排右一陳其昌，右二陳其昌夫人，右三三子蔣時欽，右四蔣渭川，右五側室陳甜，右六（陳甜後）元配蔣石士如，右七四子蔣時英，後排右三蔡培火，右四杜聰明，右六長子蔣松輝。（蔣勇揚提供）

怎麼說呢？喊獨立，祇有朝鮮（今韓國）有，朝鮮有個「萬歲事件」[38]，倡導朝鮮獨立的，朝鮮人在學校就說朝鮮話，因爲日本人是強逼朝鮮跟他們合併，而不是殖民，是用一種類似股東合作的方式，所以朝鮮人才能說「我要獨立」。

但是臺灣不一樣，我們是因清朝戰敗被割過去的，就像一個女孩子被送去當童養媳，所以要怎麼說獨立？沒辦法說，所以到我父親爲止，沒有人說臺灣獨立，頂多說是「我是中國人」、「我們的祖國是中國」，希望中國能把臺灣收回去，這個思想流傳很廣。所以後來臺灣光復後，「國民政府派來接收臺灣的軍隊」受到大家的歡迎，是大歡迎，說：「這是中國來的！」，但是後來沒想到卻是印象很壞這樣的，所以大家覺得很失望、也很反感。

我父親去世的時候才四十歲，四十歲又六個月[39]，可惜是可惜，但是說回來，若是多活二十年，遇到臺灣光復，會變成怎樣，我們也不知道！早死，對我父親也許是幸運！他的個性可能在光復之後也待不住。

醫治國家的理念：投入了社會運動

父親的體格很好，約六尺左右，我有一百七十五公分，他也跟我差不多。醫學校畢業後，他醫生當了五年，就不做了，在那五年之中，有位日籍的醫生前輩跟他說：「醫人的醫生，祇是普通的醫生。」醫治國家的這種理念，是普通的醫生不願意做的，所以他就投入了臺灣的社會運動。

38 朝鮮萬歲事件，發生在一九一九年一月，朝鮮國王李太王「高宗」暴斃，人民盛傳是被日本侍醫毒殺，於是愛國分子掀起了反日怒潮，在三月一日國葬前二天，日本統治下的朝鮮爆發了人民追求獨立的「萬歲事件」（又稱「三一事件」），在日本軍警鎮壓下，造成數千人死亡。

39 蔣渭水出生於一八九一年二月八日，一九三一年八月五日逝世。

督促子女學中文

所以我跟他一起住的時候，他很忙，小孩子的事情不怎麼管，隨便我。他對小孩子不怎麼關心，公學校要考中學正忙的時候，叫了一個福州人來，拿一本書說：「這是國民政府大約六年前定的注音符號。」，就是ㄅㄆㄇㄈ，那時候是四十字，他說：「這四十字可能以後很有用處。」那時候，北京話叫做「支那語」，大家都沒有要學，但是那時候的高商（高等商業學校）裏面，有貿易科，貿易科裏又有個支那語組，除此以外的學校都沒有，連大學裏也沒有支那語組，祇有屬於文學類的才有支那語組。

像臺北帝大成立的時候，是文政學部，文跟政治放在一起的，叫做文政學部。文政學部裏還有個文學部，裏面才有個中國文學系，要大學校才有，一般的中學是沒有學漢文，漢文都沒有了，都被日文取代了。我父親說：「你們現在不讀，將來很吃虧。」所以叫了一個章先生教我，章先生是福州人，發音不準，有福州腔，但就是慢慢教，其實我那時候就學了中文。想不到父親他死後二十年，應該是民國四十年就光復，變成ㄅㄆㄇㄈ的世界了，算是他很有先見之明，預見將來會用到中文。

受到孫中山「大亞洲主義」的影響

父親他的思想大概都從孫文（孫中山）來的，孫中山有個「大亞洲主義」[40]，那個跟日本人同時說的「大東亞共榮圈」有相近的地方。不過，日本人發動東亞戰爭的目的，在他們的說法是：要將亞洲各國從殖民地身分解放出來。對亞洲來說，除了日本之外，中國是半殖民地，其他的國家，比如說印尼、印度，都是帝國主義的殖民地，因此讓亞洲來統一、來對抗敵人，世界才會有和平，但是這是從孫文的想法出來的。

日本人也有這樣的想法，大東亞戰爭對內的說法，就是類似這樣的思想。他們說世界要和平，就是要亞洲

---

40 孫文於一九二四年發表的「大亞洲主義」，便是以民族自決與民族獨立運動的脈絡之下提出的。

和平，亞洲要和平，就是要日本跟中國和平才有辦法。中日兩邊的和平，臺灣人很重要，因爲臺灣人兩邊都知道，是炎黃子孫、也是日本的臣民，給日本管了三、四十年。割臺的時候我父親五歲，去世的時候四十歲，已經讓日本管了三十五年，所以臺灣人算是日本人了，也可以做中國人跟日本人的橋樑，這就是臺灣人的使命，他是這麼說的，他是有這樣的思想。

但當時國民黨的蔣介石正好在進行北伐，中國還沒有實際統一，還沒和平。而日本政府裏軍人得勢，就偏了，就想戰爭不想和平，一直要占領中國，所以美國才出來，就變成東亞戰爭。所以這種情形下的臺灣，就偏戰[41]，到我父親去世之後，偏戰就更厲害了。

說起這裏，我中學的時候，父親蔣渭水的社會運動鬧得正厲害，辜振甫的父親辜顯榮說：「蔣渭水你不要管日本政治這些吵吵鬧鬧的事情，你如果想回中國，我可以把你送去。」因爲當時能去中國的都不是好人，把他（蔣渭水）送去中國，才不會在臺灣這邊胡攪蠻纏。這是辜顯榮曾經說的話，是我親耳聽見父親那些同志當時說的，不是聽外面的人說的。

父親忙於辦文化講座：批評時政、啓發民智

我父親有固定的地方，辦文化講座[42]，每禮拜六都有，光準備那些材料就很忙。我常常都看見他在看書，不看書的時候就在寫文章、講話，講話不是隨便講的，要罵政府要有技術，要用婉轉的話來罵，不能直接罵，

---

41 偏戰的意思是：謂各據一面而戰。《公羊傳．桓公十年》：「此偏戰也，何以不言師敗績？」何休注：「偏，一面也。結日定地，各居一面，鳴鼓而戰，不相詐。」

42 蔣渭水組織文化協會的動機：在林獻堂歸臺歡迎會上，蔣氏認識了李應章、林麗明、吳海水、林瑞西等人，在他們的督促下，蔣氏決意出面組織文化協會。創立此會的動機是，蔣氏認爲臺灣人握著世界和平的關鍵，但因臺人患有「智識的營養不良症」，必須先從文化上進行治療，有療效後才可造就背負和平使命的人才，文化協會就是施行治療的機關。

直接罵是要被抓去關的，那時候有種「臨監官」，來監督你說了甚麼話。如果你罵得太過分，馬上就喊：「終止」，叫你「講演終止」。演講稍微罵到政府就叫你「注意」，這兩種不一樣，「注意」就是給你警告，「終止」就要結束了。有時候聽不清楚，他叫你「終止」，你聽成「注意」，繼續說下去，就要叫你解散了，解散的話，馬上就要離開那個場所，講者跟聽者都要馬上離開，不走就要去坐牢了。

日本政府他們有種法令，可用這個來管制講演的事情，所以可以把人解散，他們有這個權力，大家都會怕到，所以聽到「終止」了，就會趕快走，不走就要被關了。

所以學生絕不可能去聽演講的，因此我沒有聽過他父親的演講。但是聽人說他很會講，罵政府的時候，從遠而近，繞、繞、繞，最後的意思大家聽得懂，但是臨監的人聽不懂，因爲他不太瞭解臺灣話嘛！沒有通譯去解釋，他就不懂了，不懂就被唬弄過去了，所以我跟他雖然是親人，但是我沒有那個機會。

父親傾家散財：蔣渭水的社會運動

我父親很少生氣，修養很好，我不曾看他發過脾氣。不過他到後來，都沒有在看診，那時候要去講演，沒有車費，祇好等患者來，看個一兩個，拿了錢，趕快就要去講演。他根本就不想做醫生了！「大安病院」變成他的集會所，去世的時候，沒有留下多少財產，連電話都被查封，祇有負債。因爲這樣，我的三個弟弟，都沒辦法再受教育，有的讀到中學、有的讀到小學。

臺灣文化協會的分裂

臺灣還是有人，像許月里[43]，對我父親有點不以爲然。因爲在臺灣文化協會分裂的時候是左派的，跟連溫

---

43 許月里（一九一二—二〇〇八），一九二一年就讀蓬萊女子公學校，後擔任臺灣銀行雇員。一九二七年參加分裂後的「新文化協會」及「工友協助會」。一九五〇年以「資匪」罪名被判刑十二年，一九六六年離婚，一九七一年六十歲與周合源結婚，一九九三年周合源九十一歲病逝。

卿一起，可能這樣才不太同意我父親。至於她的出身，我認爲沒甚麼，許月里的父親是甚麼人，我不知道，但是她的先生是周合源。周合源好像有參加臺共，白色恐怖的時候，有被關過，後來在大同公司，林挺生那邊工作。許月里她好像是住在北投，也是滿值得訪問的一個人，如果想訪問，我可以介紹。

四、公學校

日本時代日本人讀的「小學校」和臺灣人讀的「公學校」修業年限同樣都是六年，但用的教科書不一樣。「小學校」是用日本文部省頒發的國定教科書，而「公學校」是用臺灣總督府編的版本，有一點差距。然而「公學校」的臺灣版本卻祇有採納「小學校」國訂本的五年級以前課程標準而已。意思就是說，臺灣「公學校」六年級學生的程度，祇有日本學生五年級的程度而已，差日本學生一年，目的就是要壓制臺灣學生，不讓臺灣學生讀到更多。

宜蘭公學校的成田老師

我在宜蘭公學校的老師姓成田，他很年輕，是第一師範[44]出身。第一師範培養的學生，是日本人可以教「公學校」跟「小學校」。國語學校、第二師範出來的臺灣人，祇可以教「公學校」，「小學校」也不要你。跟之後的臺北師範跟臺北女師範是一樣意思，但如果送來「公學校」的年輕日本老師都是很有衝勁的。

成田老師很有意思，他那時候對我們全班五十個同學說：「祇要是有心要讀書讀上去的同學，他都願意義務幫忙惡補。」因爲他獨身未婚，住在學校的校卒（工友）室。很大一間房間，隔成兩間，他自己住一間，另一間給郭雨新住。

44 一九二七年臺北師範學校分爲臺北第一師範學校、臺北第二師範學校。

宜蘭公學校的學長郭雨新

郭雨新是我宜蘭公學校的學長，那時候他還是十幾歲的少年人，就已經在做工友了，因爲他沒有錢去臺北讀書，就在「公學校」一邊工作、一邊等「宜蘭農林」開辦，平日就是送公文、燒開水、撞鐘之類的工作。

成田老師就說要補習的人，晚上要自己過去他的宿舍上課。所以我們晚上上課的時候，郭雨新也會過來聽，其實他就住在旁邊，隔著牆就可以聽到。我們那時候「公學校」成績比較好，但是沒有讀上去的人還有一種出路，就是做代課老師，因爲正式的老師很少，所以優等生再經過兩年訓練，就可以出來當代課老師。不過郭雨新沒有走這條路，他說他要等農校開辦，因爲對農業比較有興趣。宜蘭農林[45]在一九二七年左右才開辦。

日新公學校

我在日新公學校[46]的時候，由於很人多「公學校」畢業就要去工作，所以在「公學校」裏面就有教商業科，一個禮拜一小時半，教算盤、簿記等等商業基本知識。那時候教我「商業」的老師，可能祇是暫時的而已。後來我進去一中讀英文的時候，那個老師來參觀，我說「你怎麼來參觀？」，他說他現在在「宜蘭農林」教英文。教商業的老師去教英語？可能他的能力眞的很不錯，因爲宜蘭是鄉下，所以都會直接從「公學校」裏的優秀教師中挑老師，當然都是教些基礎的東西，比如說國語這些簡單的東西。他後來聘入宜蘭農林（學校）。

那時候，初級的老師、公學校的老師叫做「訓導」，第二級的叫做「教諭」。中學校、高等學校的老師都是「教諭」，再升一級就是大學的教授。還有講師，那是臨時的、囑託的，這些在平常的機構都會有這樣臨時

45 一九二六年（昭和元年）成立臺北州立宜蘭農林學校，戰後改名爲臺灣省立宜蘭高級農業職業學校，一九六七年更名爲臺灣省立宜蘭農工職業學校。

46 日新公學校，於一九一七年成立，日本人將水田和池沼塡平，設立「大稻埕第二公學校」，祇招收男生。

聘請的人員。

宜蘭農林學校就讀年限爲五年，跟中學同資格，讀完之後要去考高等學校也可以。但是讀的科目不一樣，從中學考高等學校叫「定額」、從這些其他學校考的叫「撞額」。還有「普通文官」的考試，小學畢業後就有資格可以考，不過比較難，「高等文官」的話，要看實力，也不一定要大學以上才能去考，有很多客家人都是這樣考試上去的，我覺得他們讀書很認眞。

轉學到臺北市日新公學校

我是大正十五年（一九二六）從宜蘭公學校轉到臺北市日新公學校。我到臺北，是屘姑丈戴旺枝送我去的。因爲我父親很忙，很少在管小孩子的事，所以姑丈說這樣不行，要升學就要到臺北，因爲宜蘭中學也還沒設立，所以必須要去臺北。

從宜蘭到臺北，就已經有火車，不過火車還沒有全線開通，祇有蘇澳到大里那一段有通，從大里到三貂嶺都是山區，要開鑿隧道，過三貂嶺就要開二十四個隧道，工程很困難，所以延宕很久。大正十二年（一九二三），日本皇太子（後來的昭和天皇）來過臺灣，他回去之後，等到大正十三年才開通，他來的時候，我知道他有去高雄，因爲鐵路沒開通，所以可能沒到宜蘭吧？

修築宜蘭鐵路，開鑿隧道，用了許多臺灣工人，當中有一個工頭是張我軍的父親，他犧牲了。可能是用炸彈炸山的過程中，不知怎麼樣去世了，所以這個宜蘭鐵路是跟張我軍有關係的。到了一九二四年鐵路才開通，我正好就讀公學校五年級。

我的級任老師是日本人，他感覺到我的程度有一點跟不上，他就去買文部省頒發的國定教科書來爲我補習、爲我加強。他告訴我：「從鄉下來的程度有差（有區別），再加上公學校跟小學校又差了一年的程度，這種落差如果沒有彌補過來，要考臺北一中是考不上的。」當時我父親很忙，他沒時間管我，老師對我說：「那我來管你。」這個日本老師很好，他有日本精神。

那時候是這樣的：日本政府實施的差別教育，公學校跟小學校的程度不同，在實力上大約是差了一年，因為那時候小學校的教材，公學校六年級的都沒有，但是出題是小學校的老師出題，所以考的時候一定有差別，而且考試的時候，是不可能給你優待的。

五、臺北一中

臺北高等學校附設的尋常科

日本時代臺灣最早辦的公立中學，是臺北高等學校附設的尋常科[47]，這是小學畢業以後去考的，讀七年。這個高等學校附設尋常科比臺北一中的設立還要早，每年祇招考四十人，很難考，比考一中還要難，當時的情形通常都是尋常科考不上，才考臺北一中。

日本時代小學畢業以後要升學，在臺北就考一中、二中、三中，女生就考第一高女、第二高女、第三高女。第二高女在今天的立法院，當時祇招收日本人。以上都考不上，才考臺灣工商學校、臺北中學、淡水中學。以上通通考不上了，就祇有到日本去唸中學了，這祇有有錢人家才做得到。

臺灣工商學校的學生大都家境清寒，因為它修業年限短，所學的比較實用，它教學生打算盤，一畢業即可賺錢養家。我有一個朋友跟我一起去考臺北一中沒考上，也去考臺灣工商學校，跟小說家龍瑛宗同班，畢業以後去華南銀行工作。華南銀行在日本時代就叫華南銀行。

考取臺北第一中學校

我那時候跟著老師補習，老師說：「要讀大學就要去讀高等學校」，這個學校跟日本的高等學校不同，是

47 日治時期臺北高等學校，校址在今國立臺灣師範大學，創立於一九二二年，初名「臺灣總督府高等學校」，是一所七年制的高等學校，最初設立尋常科，修業年限四年。

七年制的。在日本都是三年制的，在學校裏有個四年級，剛好夾在中學跟高中之間。老師就說：「那你就去試試看！」我就去考四年級，當然是穩不中的，全省祇取四十個，沒中沒關係。另外還有普通的中學、商業、工業學校甚麼的，有些是五年制的，結果我去考，就考到了臺北第一中學[48]，我們同年錄取了兩百個學生。

我進去的時候是一九二七年，那時候日本也統治了二十多年，才發布一個命令說：「臺灣人可以跟日本人一起讀書。」以前都不行的，分得很清楚，初等教育的時候，日本人讀小學校、臺灣人讀公學校。中等學校裏，又有一種專門收日本人、不收臺人的學校。他們說：「我們是支配者，所以我們不跟你們一起讀書。」整個割裂開來，後來被人家指責：「你們這樣施行差別教育不行！」，沒辦法，才說可以共學。

一中學校裏面，幾乎都是日本人，都是日籍老師教的。老師們就說：「哦？你是鄉下來的小孩？」但是有個原則，第一中學校師資、設備比較好，要給日本人讀，所以日本人錄取多、臺灣人錄取少，意思意思而已！可能兩百人中取百分之五，大概就十個，臺灣人不管多少人來考都一樣，祇取十個，餘額就撥給日本人。一直到日本時代，臺北一中招生的最後一期，因爲實行皇民化運動，爲了攏絡臺灣人，才招收三十多個臺灣人，是最多的一次。整個臺北一中，日本時代的六千多個畢業生中，總共祇有兩百多個臺灣人，比例祇有百分之三。

但是日本人也很辛苦！讀臺北一中的時候，臺北是日本人集中的地方，住著甚麼總督、總司令的子弟，很多！臺灣人占了十個，就祇剩下一百九十個名額可以搶。但是日本人從日本一直過來，商人啦、官吏啦、低階的公務人員，一直來，所以日本人的人口多起來。而且有些日本人，就是不願意跟臺灣人讀書，所以不去考二中，考不上一中，寧願再留一年再考一次，所以臺北一中對日本人來說，考起來也是很困難。因爲人口增加，而且有人堅持不要讀二中，沒辦法，就祇好一直考，有人考了三次才進去。都是那些高官子弟，所以他們會有

48 「臺北第一中學校」，是日治時期臺灣總督府最早設立的中學校，校史可上溯自一八九八年，至一九二二年定名爲臺北州立臺北第一中學校，簡稱臺北一中。一九四六年一月二十八日更名爲臺灣省立臺北建國中學，即今日的臺北市立建國高級中學。

優越感，不要跟臺灣人一起讀書。

我們那年衹取了八個，因為是取百分之五以下，是看程度，臺灣人不管是十個或是八個都可以的。所以我現在想起來，命運實在很微妙，我父親在日本人來說是反抗者。但是對我，好像就表現出有教無類，不管誰來都可以收的。學校眞的很好！設備也好！然而，兩百人中衹有八個人，實在沒有辦法占到上風，內向的沒有機會，除非是外向的、有膽量跟日本人一較高下的，才比較有露臉的機會。像我這種內向的，都被壓得死死，說起來，這樣反而不好，還不如去二中。

越說沒差別越有差別，因為我是從宜蘭來的學生，沒有制服，衹有臺北學生有制服。我考中的時候沒有穿小學的制服，而是穿臺灣衫去，一開始去學校的時候，還沒有中學制服。但兩百個裏面衹有一個穿臺灣衫，很彆扭！校方很彆扭又不說，大概過了一個禮拜才叫我去說：「這兩百個裏面衹有你一個穿臺灣衫……」，我想他們大概是很不爽快吧？又說：「可不可以去借別的學校的制服來穿？」我說：「我是宜蘭來的，又沒有朋友，去哪裏借？去買又可惜，而且衣服都已經量好了，再過一個禮拜就有制服，稍微忍耐一下吧！」，現在想起來，那時候管我的那個教官，算是滿通情達理的。

規定參拜臺灣神社

我就讀臺北一中的時候，每年學校都規定要到臺灣神社參拜，我們是從學校徒步走路到臺灣總督府，再順著今天的中山北路走到臺灣神社，全程大約是四公里。

一中的英文教學

日本時代的外文教育就是要讓你能讀能寫。臺北一中的外文教育比較特別，學校特別請了外國人來教外文，為甚麼會這樣呢？這是因為臺灣總督府民政長官後藤新平的緣故，他思想很進步，請人用英文寫教科書，教學生會話。臺北一中校內聘請英國人來教英文，是專門從英國聘請來的，不是領事兼任的。一中特別蓋了一間洋館給那位英國來的老師居住，待遇非常好。聘請這位英國老師的用意就是要訓練學生英語會話。尾崎秀實是臺北一中早我十屆的學長，他是中學制度開始實行的那年畢業的，他就是有受到英國老師的教誨，很會說英語。

斯巴達式的教育

臺北一中本來祇想專收日本學生，所以設備非常好，後藤新平非常注重這間學校，一切都很進步。他採用了斯巴達式的教育，上學要綁腿，完全軍事管理，一般的高等學校，軍事教育都叫軍官來，是大尉（上尉）以上的軍官。一般的學校，是用上尉的程度來管，來做主任教官，上一個禮拜一小時的課程。但是一中不一樣，用的是少校軍官，又高一級的，因爲原本都是日本人的學生，所以軍事教育很重要，很嚴。

我說一個例子，我們八個同學裏有個姓張的，大稻埕的人，就是現在迪化街、延平北路那邊，我父親開業的地方大概就在那附近，現在的「義美」。我那個同學是那邊的人，年齡跟我一樣，但是很早熟。交女朋友，跟女友來往的情書，因爲早上跳體操，衣服都要脫掉，主任就來查，一查就查到情書，查到怎麼處理呢？就是退學。學校很嚴，這樣就被退學了。還有一個看電影的事情，那時候看電影我們不能進去，要有大人帶，同時進去才可以。電影院還有各個學校的教官在那邊盤查，所以我父親的政治演講，我不曾去聽過。很可惜，從來不曾聽過他演講，因爲我不能進去。

柔道與劍道訓練

當時學校除了普通的教練外，還有柔道跟劍道，練完柔道之後，再去擊劍。在最冷的時候，早上五點就要起來，要去練武，每年有十五天，五個節日，叫做稽古，意思是「練修」或「訓練」[49]，是比較古典的日文，是日本人的漢文，比中國人還古。我們有一個道場、武場，很大間，一邊練柔道、一邊練劍道，當時對這些很

[49] 稽古，日文。指手藝、演技等的練習。

重視，這個對身體很好，就像中國的少林寺，練過總是有個基礎在，雖然我不太常運動。不過如果是有殘疾的學生，這些體育活動就可以免修，因爲沒辦法跟大家團體合作。我在臺北一中雖然是學柔道，但是沒有達到「段」的階段，能不能畢業就看體育老師的判斷。

不公平的評分

日本老師對臺灣人的「體操」和「軍訓」，是不打高分的。但一般成績，日本老師就沒辦法任意修改。「體操」跟「軍訓」打分是在老師的主觀，比方說軍訓體育成績是「甲」，他就改成「乙」，所以臺灣人的席次永遠在日本學生後面。臺灣人永遠達不到五名內，像成績從「甲」變成「乙」的話，就差了十幾分，所以一、二、三名一定都是日本人，臺灣學生進入臺北一中讀書反而不好。至於說日本時代高年級的學生可以任意處罰低年級的學生這種事情，我的經驗是沒有碰到這種事情，我沒有被高年級的學長任意的打過、修理過。臺北一中這種事情也比較少，聽說臺南一中這種事情就比較多，這個原因可能是就讀臺北一中的日本學生大部分都是高官的子弟，所以比較其他的中學校，要進步得多。

我本來是成績很好，但是差別在哪裏呢？體力跟教練，就像我前面說的，在這些老師可以做手腳的部分，就刻意壓制，不給臺灣人高分。這就有差了，比如說差了十分，十分就差很多，他是照順序排下來的，第一名到第三名我就排不上去，五名之下，是都沒問題，用這樣去差別的。

保送臺北高等學校

一中每一屆二百人，當中祇有百分之五是臺籍生，雖然說沒有歧視，表面上很客氣，但是暗中還是有一些差別。全年二百個人，考試題目都一樣，取第一名到第五十名編成一組，這一組叫做「頂組」，進度很快，到第四學年結束就保送到高等學校，這是要保持他們子弟的名次，維持比較高的緣故。我就是頂組的，四年都保持在頂組。

當時一學年分三學期，文部省規定的所有課程到第四年的第二學期爲止都要教完。剩一個學期，進步特別快，全部去買考題做練習，所以第四年「頂組」這一組全部都進高等學校，學校就變成祇剩三組，即第五年祇剩三組。那時候規定是這樣，不用讀滿五年中學才能去讀高等學校，四年就可以了，有學歷就可以了。利用這個方式就是說，在這四年內要把這組全都送進高等學校，有這種背景，所以我很好運也進去高等學校。

我沒有領到臺北一中的畢業證書，因爲我讀完第四學年就跳級升到臺北高等學校了，所以沒有領到一中的畢業證書。我在一中等於祇是「修了」，不算正式畢業，當時候我沒有去一中申請畢業證書，如果申請的話，學校也會發給，可是當時想沒有必要申請，因爲都進入高等學校了。當年我們讀完四年中學，就跳級考上高等學校的學生，多多少少還是會有一點優越感。

所以臺北一中每屆升五年級都會少一組（一班），這樣比較好，因爲軍事訓練一次要三小隊，一小隊五十個人，一個中隊就是一百五十個人，一個中隊是一個戰鬥單位，學校會訓練中隊隊形的變化，在運動會的時候表演。運動會的壓軸是單兵訓練的教練的表現，剛好五年級變成三班，也就是三小隊，可以上場表演。

臺北一中的同學與校友

有一個日本人後藤最近寫信給我，當年他的哥哥是我臺北一中的同窗，這個日本人現在還健在。臺北林本源有一間慈善機構名叫「博愛醫院」，這兩兄弟的父親當年就是這家醫院的後藤院長。

這家醫院的後藤院長有四個兒子，老大跟我同班，寫信給我的是老四，這個老四也是臺北一中畢業的，後來去唸臺北帝國大學預科。臺北帝國大學設立預科的目的就是希望這些預科學生能升入本科，因爲很多臺北高等學校的學生畢業之後都不去讀臺北帝國大學，而去讀日本的其他帝國大學。老四他在臺北帝大預科畢業後就進入臺北帝大的醫學部，後來回日本去，現在在日本開業當醫生，現在八十多歲了。老四跟他大哥差了十一歲，他寫信給我都用電腦打字，我現在也都是用電腦在做文書處理。

我是臺北一中第二十五屆，現在跟我同屆的八個臺灣人，祇剩我還在世了。日本時代讀過臺北一中的臺灣人，第一屆有林源輝，已經過世了。還有鄭鴻源（一九〇六—一九八二），新竹人，很有名。還有張壬貴，再來才是徐慶鐘，他是國民黨員，早我兩期，後來做到行政院副院長。還有周百鍊、黃啓瑞、史明。史明在臺北一中畢業之後到日本就讀早稻田大學預科及本科。二〇〇四年某月某日，臺北一中舉行同學會，那天史明有去參加，我們大家合照一張相片，我還沒收到那張相片，史明在會中講話，提醒日本人要關心臺灣。

大部分臺北一中畢業的都考醫科當醫生，比較後期的有柯德三（一九二二—二〇一〇），他也是醫生，著有《母國日本、祖國臺灣》。柯德三的祖父柯秋潔，是芝山岩學堂的第一期生，是一個比較日化的臺灣人。在柯德三之後，還有一個林彥卿，他著有《悲情山林》等書。

校歌

臺北一中的校歌我到現在還會唱，歌詞如下：（唱）

浩蕩萬里大瀛の　碧瀾たかく打つところ濃緑匂う常夏の　我が高砂は大八洲日本の國の南の重き鎮めと立てるかな照らむ限りなき大君の　恵の光身にうけて扶桑に搏たん大鵬の　図南のつばさ進取の意気に生くるなる　健児の群れを君見ずや天そそりたつ新高の　高き理想を打ち仰ぎ大空みたすわたつみの　深き智徳を堪えては向上息まずたゆまざる　無限の力我にありああ校風の振るう時　そこに我等の自覚あり自覚の光世に布けば　國に不斷の栄えあらんわれ日東の大男児　使命尊き前途（ゆくて）かな[50]

50 中文：在浩瀚萬里大海，碧波高漲拍打之處，我們四季常夏，綠意盎然高砂島是爲日本國南方的重鎮，受到天皇恩惠的光輝照耀，像隻勇敢的大鵬振翅高飛，爲邁向南進之路不斷自我鍛鍊，所表現出進取之心，讓我們看到了健壯的群伍，仰望高聳入天的新高山，懷抱著崇高的理想在天空與大海間涵養孕育，充滿了深邃的智慧與德行，成爲我們向上伸展不屈不撓無限的力量，在發揚校風之際，我們會發現自我的存在，如果將此自覺之光輝散布到全世界，國家將因此不斷的繁榮，這就是我們如旭日東昇之大男兒，尊貴的使命與前程。（建中校史室校歌整理）

這首校歌的大意，是說這一群年輕人是日本將來南進的主要人物，精神、身體方面要大大的訓練，所以學校就採取斯巴達式的教育法，非常嚴格。

校友會：「麗正會」

臺北一中的校友會叫做「麗正會」，因為一中靠近臺北古城南門「麗正門」，我們臺北一中的帽徽就是這樣，把臺北一中這四個字很技巧的，很藝術的設計在內。臺北的南門在今天的公賣局附近，而靠近國民黨中央黨部那個門是東門。麗正門就是正南門，在今天的愛國東路，臺北一中在日本時代是在龍口街。

臺北一中最早是從國語學校附設中學部算起，日本人設國語學校的目的就是要培養臺灣的基礎人員。自一九四五年為止共培養六千五百零八個學生，大部分都是日本人，祇有兩百一十六個是臺灣人，比例祇有百分之三點三二，我們這個同學會每五年開一次會。創校八十五年有開過一次會，九十年還要再開一次。

日治時期中學運動狀況

日本時代中等學校學生是對野球（棒球）運動很熱中，當時有三間強隊：臺北一中、臺北工業學校，臺北商業學校。至於南部強棒是臺南一中、臺南二中還有嘉義農林學校。這幾間學校在比賽取得優勝後，到日本本土參加「甲子園」比賽，地點在大阪。在臺灣校際對抗的時候，沒有參加比賽的人，要無條件加入啦啦隊。野球最強的是嘉義農林學校，嘉義農林學校有一位叫做吳波，是最強棒，他跑步非常快，每次揮棒擊中球以後很快就能跑完三壘，他很有名，後來他去考早稻田大學。臺北一中當時曾經打到準決賽的階段，所謂準決賽即是四隊一起比賽，選出兩隊，兩隊再比，就是決賽，選出一隊代表臺灣去日本比賽。在準決賽之前還有一個準準決賽，就是前八名一起比。

醫生養成教育

日本時代的醫生養成，日本是學德國制的，所以一定要學德語。醫生，也有用直接考試沒有讀醫學科系的，那叫做「限地醫」[51]。「文科甲組」主修英語，一星期上課節數是六節課共十二小時；主修德語的話，英語就變成副修，英語一星期祇上一節課兩小時。高等學校三年就學期間，想學醫的人畢業時要訓練到能讀懂用德文寫的原文書。

像我本來要讀醫科，所以我唸臺北高等學校也是學德語。我從高等學校畢業，就能看懂德文醫學原文書，但是幾十年不用都忘得差不多了。日本時代的外文教育很重視閱讀跟寫作，不注重聽講。

我的德文老師一個是德國人、一個是日本人，德國老師教一節，日文老師教五節。德國在希特勒統治時代有一個青年團，日本時代曾到臺灣來訪問，我們高等學校的學生都去當翻譯，接待他們遊覽臺北，我就是當中的一員。我當時德語會聽、會說，但是經過數十年，都忘得差不多了。我們那位德文老師教學法很特別，會叫我們唱德語歌，每節課都教，不教課文，訓練發音。那位老師長得人高馬大，但人很怪，不會說日本話，反而會說臺語。這位德國老師是專來臺灣教書的，沒有其他職業。

六、臺北高等學校

臺北高等學校[52]一九二五年創設於臺北市，前後二十一年，畢業生總共有兩千兩百八十五人，其中臺籍學生就有六百六十人。我考進臺北高等學校，我說的高校就是這間，臺北一中的學生大概都跑到這邊來了，本

---

51 日治時期有「限地開業醫」的政策，當時醫生有兩種：一是醫學校結業的醫生，稱做甲種醫，另一種是師徒傳授的臨床醫師，稱作乙種醫。「限地醫」限在沒有正式醫師執業之鄉村開業，且每三年需重新申報。

52 日治時期臺北高等學校，是國立臺灣師範大學的前身，創立於一九二二年，初名「臺灣總督府高等學校」，是一所七年制的高等學校，最初設立尋常科，修業年限四年。大正十四年（一九二五）起增設高等科，分文、理兩組，修業年限三年。學生畢業後可以升入臺北帝國大學或日本國內各帝國大學。一九二六年（昭和元年），改稱「臺灣總督府臺北高等學校」，是中學進入大學的過渡教育。

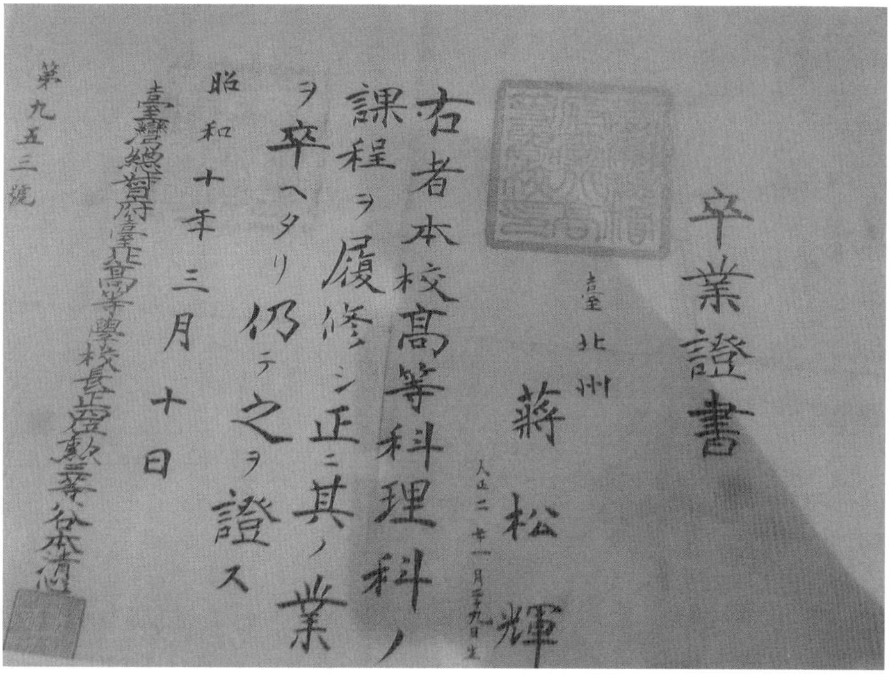

卒業證書

臺北州

蔣松輝

大正二年一月二十九日生

右者本校高等科理科ノ
課程ヲ履修シ正ニ其ノ業
ヲ卒ヘタリ仍テ之ヲ證ス

昭和十年三月十日

臺灣總督府臺北高等學校長正四位勲三等谷本清心

第九五三號

【圖12-4】蔣松輝昭和十年（1935）臺北高等學校畢業證書。（蔣松輝提供）

【圖12-5】蔣松輝臺北高等學校同學，後排右二是蔣松輝。（蔣松輝提供）

來高校規定是念三年，但是我休學一年，所以變成四年，因爲我父親去世了，我進去（高校）那年他去世，一九三一年。

當時臺灣的總人口數是四百萬，日本人祇有二十萬人左右，臺灣人有六百六十人進入大學，學醫者就占三百七十九人，是百分之五十七點四，其中二百零六人開業，其他則在醫學院做學者。這是日本帝國殖民政策的差別待遇，使臺灣人非出於自願地選擇醫師、律師、工程師不可。臺灣的醫生社會地位極高，子襲父業，醫生世家應運而生。臺北高校第八屆畢業生一百三十二人，可分類爲以下幾種：文科甲、文科乙、醫科甲、醫科乙、法律、農業、經濟、工學等等，其中醫科乙類的臺灣人有二十個。

日本時代臺北高等學校的設立比「臺灣文化協會」[53]早四年，相當於大學先修班。[54]當時，日本本國有三十三間高等學校，臺灣一間、旅順一間，朝鮮沒有設高等學校，總共是三十五間。日本國內的高等學校，「一高」。到「八高」是照創設年代排序，其餘的二十五間都是以地名稱之。「一高」於一八七七年創設在東京、「二高」於一八八七年創設於仙台、「三高」於一八八九年於京都創設、「四高」於一九〇七年設在金澤、「五高」在熊本、「六高」在岡山、「七高」在鹿兒島、「八高」在名古屋，之後就不再冠以數字名稱，「九高」在新潟。我們臺北高等學校畢業的校友，有自己編印一本通訊錄。

女子高等教育的狀況

臺北高等學校在日本時代沒有招收女生，當時有設立一個「女子高等學校」，校址在今天臺北國語實驗小學，這個學校很少人去讀。大家（女生）都跑去日本讀。大部分去日本讀女子醫專，當女醫生，還有的讀「上

53 臺灣文化協會，設立於一九二一年十月十七日。

54 日治時期中學生需先受過大學預科教育或就讀高等學校，才能進入大學就讀，當時臺灣除了師大現址的臺灣總督府臺北高等學校外，尚有臺北帝國大學預科。

野音樂學校」[55]，女生大部分都這樣。有的在高等女學校一畢業就嫁人了，女生要讀大學的也一樣要先讀「預科」，但當時讀大學的女生相當少，在東京有一家「女子大學」，至於臺北帝國大學[56]，在我唸高等學校的時候沒有招收女生，後來才有。

高等學校的生活

高等學校的學生，並不是都住學寮（即宿舍），臺北市的人大部分都是坐車「通學」比較多。像鄉下來的，或是臺中、臺南來的，還有一些日本人才會住學寮。臺灣人比較不愛住學寮，但是彼此感情很好，在市內都是騎自轉車，坐巴士也可以。巴士坐到高等學校，票價不知道是要八分錢？還是多少錢的樣子。高等學校的學生都坐巴士比較多，要不然就是家裏有車，自己坐車來。

臺灣學生不愛住學寮，但是比較有錢的人可以在外租一間房子，租別人的家，獨立的單位。有一種人專做這樣的生意，即經營學生宿舍，那種房租比較便宜，通常很大間，可住八個學生，房東照顧，包飯，那種很熱鬧，學生常常在裏面開小組會議。

高等學校的校友：李登輝、吳克泰等人

臺北高等學校的同學比我低幾屆的有吳克泰，他去年（二〇〇一）（訪談此刻是二〇〇二年十二月二十八日）有來找我，我有請他吃飯。

李登輝也是比我低幾屆，他早年就加入國民黨，因爲是國民黨員，也不得不做一些配合國民黨的事，他

55 上野音樂學校，是東京音樂學校的前身，於一八八七年改制爲「東京音樂學校」，由於校址位於東京上野公園內，故又稱上野音樂學校。

56 臺北帝國大學，簡稱臺北帝大，設立於一九二八年，位於當時的「富田町」，是當時日本九所帝國大學之一，於一九四五年改名國立臺灣大學。

對臺灣民主基礎的奠定是有貢獻的。但是他卸任總統以後，應該少說話才好，因爲他說的話不一定很準。對於臺聯黨[57]，我的看法是它繼承了臺灣精神和臺灣主體意識，我希望臺聯能夠繼續發展，它也許是想要幫助民進黨，但是我覺得要幫助民進黨，不如就加入民進黨好了，不過臺聯單獨成一個黨也不錯，彼此成爲友黨，日本方面就是如此，互相成爲友黨的黨，一個一個出現。

另外還有一個胡鑫麟，是十四期理乙的，差我六期，我是八期的，我是昭和十年畢業的。他是眼科醫生，後來被國民黨抓到火燒島關了十多年，是在白色恐怖的時候被抓的，他出獄後去了日本當醫生，之後又回來臺灣。

我在高等學校時，找了幾個談得來的同學去寫眞館照了一張相片。學校那時候有個專門在拍學生照片的寫眞館，這張是不是在那邊拍的，我也不太確定。相片中合照的人有：

謝必東、黃錦泉、楊錦章、李開榜、林炎堃、陳立生。

陳立生畢業後曾在臺灣開業一陣子，後來大部分都住在日本，他在日本的偏僻地方開業。

李鎭源，臺南人。

詹耀南是臺北帝大化學助教授，尋常科出身，父親是看守所的警察，光復後見過一面，很年輕就病故了。

林明輝，基隆人。

張鴻文，住在屏東，好像去過日本。

徐明俊，臺北瑞芳人，還活著。

陳春才，臺中人，光復後就去世。

---

57 臺聯黨，全稱是「臺灣團結聯盟」，簡稱臺聯，奉前總統李登輝爲精神領袖。

許正靖，澎湖人，高雄中學校、京都大學畢業，開業做醫生，做過國大代表，住在高雄，還活著。

黃永盛，臺南人。

鄭德昇，臺北大稻埕人。

林我澤，臺北大稻埕人，父親是牧師，人長得高，籃球選手。

陳後堂，新竹客家人，新竹中學校畢業，在新埔開業。

莊宗耀，臺北艋舺人，當過國民黨情報員，曾與高玉樹競選臺北市長，落選、經商失敗，自殺身亡，他是個人才，對政治有興趣，娶上海市長蘇錫文的女兒。莊宗耀在上海主要從事商業，他不管政治的，當時在上海要從政，上海話一定要說得很流利，講得跟上海人一樣才行，但是莊宗耀跟我一樣，都是受日本教育的，上海話實在說不好，所以才利用日本與他岳父的雙重勢力專心經商，自己開海運公司當社長，專營上海到杭州的海運。他的年紀跟我差不多，但二十幾歲就已經很有成就了，他的個性比我活潑，很會交際，他跟辜振甫[58]交情很好，曾經一起去滿洲國，想要在滿洲國創業。辜也是尋常科的，其實辜振甫不需要在滿洲國，他在臺灣靠著他父親辜顯榮的事業，就已經很大了，他好像也過世了吧？（按：辜振甫已於二〇〇五年一月三日去世）說實在的，他是個人才，英文、日文都很好，又會唱戲。

這張相片裏，還在世的祇有我、徐明俊、許正靖三個。

58 辜振甫（一九一七—二〇〇五），爲辜顯榮之子，臺北高等學校、臺北帝國大學文政學部政治學科畢業。一九四〇年臺北帝大畢業後，進入滿洲製糖任職，一九四二年辭職回臺。戰後的一九四六年三月，曾因日本投降前夕與日少壯派軍官密謀聚會的罪名被捕，坐牢一年半。一九九一年二月任「海峽交流基金會」董事長，一九九三年四月二十七日在新加坡與中共代表汪道涵會談，史稱「辜汪會談」。又曾擔任總統府資政等要職。參見黃天才、黃肇珩著，《勁寒梅香：辜振甫人生紀實》一書，臺北：聯經出版公司，二〇〇五年一月。

另外還有一個不在相片裏的，余錦泉，是解剖學教授，也還健康。臺北高校其他的同學，還有郭琇榮，郭琇琮的哥哥，臺北士林人。

我有保存昭和十年的高等學校畢業證書，還帶去上海，求職的時候也拿出來當作憑證。當時的校長是谷本清心，他的名字是和尚名，呵呵，也許是他父母曾經希望他能夠做和尚，才會幫他取這個名字，他是物理老師，是東京帝大畢業的，學士畢業就來做老師了。我臺北高校的畢業號碼是九五三，從創校開始算的畢業生，大約是二〇〇〇多人，我因爲是第八屆，所以排在中間，最後一屆是二十四屆，剛招生進去就終戰了。

舊制高等學校同學會

日本戰前、戰後的教育制度不同，我們這一些戰前受過高等學校教育的人，是中學校五年畢業（或是四年級結業）以後才讀高等學校三年，然後再去讀高等學校；戰後就是初中讀三年，畢業以後考高中三年，再升大學，很明顯的，戰前的高等學校程度遠高於戰後的高中。所以戰後在日本受過戰前高等學校教育的人，他們多少有一種優越感，同時也爲了緬懷過去的時光，就組成了「舊制高等學校同學會」。戰前日本統治下，總共有35間高等學校，當中最後設立的就是臺北高等學校。這個舊制高等學校同學會每年開一次會。

所謂「舊制高等學校」也把當時大學的「預科」包括在內，因爲預科跟高等學校程度一樣。前面提過的後藤老四就是在日本參加舊制高等學校同學會，在會中跟一個日本人國川談起來，跟他說：「你大哥的臺北一中的同班有一個叫蔣松輝的，現在還活著，住在臺北。」他就打聽到我的住址，寫信給我了。我臺北一中那一班的學生祇有我還活著，其他同學都不在世了。這個後藤老四給我的信大意是說：沒有想到他哥哥的同窗還有人活在世界上，他的朋友跟他說我父親是「臺灣的孫中山」。

今天的臺北市中山北路，日本時代叫做「敕使街道」[59]，一直通到「臺灣神社」（舊址即今日圓山大飯店），每年日本天皇都特派使者來臺灣到臺灣神社來主持祭典，所經過的街道就是這一條敕使街道。當時在臺北市，一條通、二條通、三條通都是日本高官的宿舍，這個日本後藤同學一家就是住在二條通（即今日臺北市長安東路），附近有臺北第三高女。

幾年前臺北市政府整頓林森北路舊墓地，就把明石元二郎的墓地遷走。日本時代在臺灣過世的明石元二郎總督，去世以後就埋在今天臺北市的林森北路，乃木大將的媽媽死了以後也是埋在那裏，那個地帶在當時是墳地。我臺北高等學校的學弟楊基銓，擔任臺北高等學校同學會的會長，就幫助明石元二郎總督的孫輩處理遷葬事宜。他是臺中清水人，中學讀臺中一中，在臺北高等學校畢業以後，到日本就讀東京帝國大學，在日本時代曾經在宜蘭擔任郡守。很優秀！楊基銓寫了一本書：《台湾に生お受けで》[60]，他現在也還很健康。

在日本時代，除了楊基銓以外，還有林益謙也在臺灣南部擔任過郡守，他的父親是林呈祿。第三個也姓林[61]，日本時代被派到南洋，終戰後返臺，在二二八事件中，與吳伯雄的伯父吳鴻麒一起被國民黨秘密處死。

瘋收音機

我那時候因為瘋收音機，成績有掉下去過。廣播裏會有一兩個小時的臺語講古、講臺灣文化。現在的NHK是財團，半官立的，而NHK的前身，是那時候的「官立放送局」，在臺灣也是官營的、總督府的。但是在日本是日本政府的，名字也不叫NHK，在東京叫做JOAK，AK就是東京，意思好像是「東京放送

59 日治時期，一九〇一年（明治三十四年），日本人興建「臺灣神社」於臺北圓山，並拓寬道路，以方便來臺之日本皇室人員或天皇派遣之特使參拜，臺灣總督大力開闢敕使特街，故名「敕使街道」（即今之中山北路），為當時臺北市最完備之道路。

60 書名的意思是幸運生在臺灣。

61 林旭屏（一九〇四－一九四七），嘉義東石人，東京帝國大學法科畢業，曾任竹南郡守，二二八事件被殺。

局」。東京之後的大都市，就是大阪，大阪叫JOBK，B就是大阪，JOCK，C就是名古屋，這三個都市是沿海都市。到臺灣，臺灣就叫做JAAK，AK是臺北，BK是臺南。大概就是在我讀中學校的時候，大正末年、昭和元年，那時候電視臺還沒有出現，所以就三個局而已！日本三個、臺灣三個。

除了聽收音機外，我主要是玩收音機的裝配：很簡單，費用很省，這種收聽的，不是用Speaker，沒有那麼大聲。一定要用錄音機那種的，重點是說要有一個控石。有了控石，電波才不會跑掉，在控石裏面把電線接一接，電波來就會接收到。當時是這樣，那時候這個比較發達，現在都是用眞空管，一顆電球。放送局都是用眞空管，但是缺點是不耐久，每兩個小時就要休息，不能繼續，不能二十四小時放送，會燒掉。眞空管很貴，一個都好幾塊錢，那時候算很多錢了。我們都是用幾角錢的，買來裝一裝，就可以聽了，就玩那個。比較有錢的時候就玩比較高級的，可以聽得比較遠了，也可以聽日本的，有分短波、長波，長波可以聽世界的，可以玩到這樣。那時候都是跟甲組的林挺生他們玩，那時候玩這個都是這樣。

我對社會主義不感興趣，可能因爲我是讀理科的，如果是讀文科的可能就比較有興趣。在學寮裏聽說常聊這些，但我都是通學，而且以前也不愛說話，現在也是，不太愛說話，所以我不擅長說甚麼討論，所以知道的很少。

我記得一條，有一個莊宗耀同學，跟我一樣讀理科的，但是他考的科目很好考，一下子就進去了。因爲不用考試，所以有很多時間可以讀書，對政治思想就比我更深入。有一天同時在吃飯，他說：「蔣渭水先生，現在民衆黨解散，你有甚麼看法？以後走向怎樣？」，這些問題，我根本就不感興趣，就連自己的父親都沒有問過。那個同學對政治問題比較有興趣，就說以後民族主義沒有辦法，就祇能階級鬥爭，我有這個印象。所以跟我父親在吃飯，政治的問題很少談，就這一次，很少說話。

臺灣這邊，甚麼「改日本姓」、「皇民化政策」等等也就跟著緊緊推動起來，廣播裏面沒甚麼在攻擊中國，主要就是要臺人皇民化。皇民化的第一步就是差別待遇，臺灣人不讓你太有知識，說話能聽得懂就好，但是教育不讓你讀高[62]。對中國則不太說壞話，那時候的中國很混亂，正好是蔣介石剛完成北伐的時候。北伐，就是一直在打軍閥，打到滿洲國那邊，剛好遇到張作霖（張學良的父親）。我讀中學校的時候，他們兩個剛好在打，那時我讀書的時候，因爲我姓「蔣」，有個同學姓張，同樣在「頂組」，日本孩子來上課就說：「蔣君你昨天抓到了張君。」，他說我是蔣介石，呵呵！

家中食客耗費很多

以前很多我父親的同志常常來家裏，來了就一起吃飯。但他們說他們的，我也聽不懂，祇顧學業。我們家有花錢請一個專門煮飯的婦女，這是沒辦法的事情，雖然家裏人不多，但是客人很多，一定要這樣，我父親賺的錢都花在這裏了。

考臺北帝大的醫學部失利

我高校畢業那年，本來是要考醫學院，照說應該很順利就可以進去，但臺北帝大的醫學部還沒成立。雖然有醫專，但是我不要讀醫專，要等這醫學部成立才要去考，所以要準備一年。但我這一年都在玩耍，沒在複習，想說這些都簡單，沒甚麼問題，其實差一年的中間，以前讀過的都忘記了，結果沒考中。還有一件，跟我同學的人，大概都去考東京帝大了，比如說李鎭源、邱仕榮和歐田堪。

其實我那時候如果跟他們去日本考，不要等臺大，讀一般短期的醫學校，可能很順利就可以進去了。

李鎭源，他就是去考東京帝大沒考中，還有邱仕榮，後來當臺大醫院的院長，他在日本時代有改日本姓。還有歐田堪，他們三個都是跟我同間學校，他們這些是比較會讀書的人，考不中東京帝大，就回來。我在臺灣等了一年，才跟他們去考臺北帝大醫學部的第一屆，但沒考中，被他們擠下去了，他們比較有考試經驗了。

62 「讀高」，臺語，意思是往上讀，如高等學校畢業，再讀高，就是讀大學的意思。

醫學部第一屆，我沒有考中，考不中說來也很幸福，如果考中當醫生，那一定要出來開業，接我父親的衣缽，「二二八」事變那個時候，我絕對跑不了的。

父親過世，仰賴奠儀兩千五百元維生

臺北帝大醫學部的第一屆，第一年錄取人數比較少，所以沒辦法考上。可是隔年就簡單了，不過我沒考。當時我們家情形很糟！我就想說：要重考還要等一年，我父親不在了，靠甚麼維生？就靠喪禮剩下的白包（奠儀），結束之後，還剩兩千五百元，兩千多元在當時算很多了，就靠那兩千五百元在生活，但是能用多久？

買不起畢業紀念冊

我高等學校畢業的時候，因爲畢業紀念冊太貴，我買不起，一本要四十多塊錢，在當時是很貴的。本來是一定要買，但是我眞的籌不出錢來買，主辦的委員沒辦法處理，就去找級主任，級主任是植物學教授，拿錢出來，買了一本幫我保存起來。後來我去上海存了錢，就把錢寄給老師，但是他沒有把紀念冊給我，可能是戰亂沒辦法寄、或者失蹤了。所以現在就沒有他們的照片了，實在很遺憾，我現在很想借來看一看，但是我的這張照片沒有放進紀念冊裏，因爲以前的紀念冊是日本人做的。

七、戰前上海

當時的日本政府不讓臺灣人去中國，原則上是不愛臺灣人去中國跟中國有來往就對了。臺灣人就是臺灣人，中國人就是中國人，但是有特種的人，比如說地痞流氓，和這些情報員當然不在此限。總督府的方針是不讓臺灣人去跟中國有交往，但是有特種的，有一種就是「鱸鰻攪沙」。呵呵！就是黑道的，如果是混黑道的會讓你去。其實就是利用這些人出去做情報員，黑道如果在中國犯法，就跑到領事館去，因爲算是日本人，所以不會有事。這些地痞流氓去，不怕沒工作，有的就去賭場做保鑣甚麼的。上海有個地方就是全部在賭博的，那裏需要保鏢，都是這種「鱸鰻（流氓）」，這些人在臺灣很麻煩，讓他出去比較好。

但是好人他就不讓你出去，要費一番周折，比如說你要做生意，要去申請才能去。後來我實在是在臺灣待不住了，就去上海，我要去上海的時候，也被盤問：「你去做甚麼？去上海做甚麼？」，我就回答說：「我舅舅在那裏。」這樣才會讓你出去，如果沒有理由不會放行。不過假如像我父親這種思想犯的話，就禁止出去，即使申請也不准。至於我，事先有申請，以「未考上大學，父親已過世，生活有困難，想去上海做生意」爲由提出申請。要把戶口名簿也備份送去，這樣領事也能知道你這個人的家庭背景，申請准了以後，給我旅券，我才能出發。

一九三六年到上海

我是一九三六年（昭和十一年）到上海，當時我二十二歲，是「八一三戰役」[63]爆發的前一年。我父親去世的時候，我十八歲，過了四年我才去上海的。我是自己一個人去的，船先去廈門、福州，再到上海，船是「大阪商船會社」的，是指定線，有官方補助金，固定一個月跑一班船，是日本臺灣當局爲鼓勵臺灣人到中國大陸發展而開設的航線。

前往大陸的臺灣人：難脫日本控制

從基隆出港後，便衣特務就跟在旁邊，會跟你聊天，瞭解你要去上海做甚麼？一到上海，登岸以後，特務就把旅券收去了。到上海以後，想到別的地方，就得另外申請旅券，准了才能成行。要不然就擋住不讓出去，因爲旅券是唯一的身分證明，日本是用這種方式控制臺灣人，它是怕臺灣人跑去重慶國民政府那邊。

領事除了海上事務，也要瞭解臺灣人到了中國大陸之後的一切狀況。所以我在圖書館工作的時候，領事

63 「八一三戰役」即淞滬會戰，於一九三七年八月十三日爆發，是中日雙方在抗日戰爭中第一場大型會戰，戰至十一月九日，國軍挫折日軍的狂妄氣勢，但也付出慘重的傷亡代價。

也常常來訪問，就跟我們現在管區的要巡查一樣，日本的警察因爲那時候還沒有影印，要用手去寫資料，所以他們寫毛筆字都寫得很快。

在上海「近代自然科學研究所」圖書館工作

我會去上海，是因爲舅舅在那邊執業做醫生，原本去上海衹是想去玩一玩，隔年還想回臺灣考大學，沒想到一去就待在那裏，不能回來了。因爲隔年遇上「八一三戰役」，我一九三六年的八月去上海的，一開始我住在六舅家裏，幫他的忙，後來進圖書館工作。原本我想既然是六舅叫我去上海的，可能他覺得我可以繼續讀醫，也許是有意思資助我去讀中國的醫學校。但是他已有兩個兒子在日本學醫，負擔很重，我也不好意思向他開口。那時戰爭開打，我也不能回臺灣，於是他就對我說「不如去工作吧！」，所以我也就先去做事了。

我一九三六年到上海，「近代自然科學研究所」圖書館剛成立不久，欠缺人手，正在招募人員，我因而得以進入工作。我在上海圖書

【圖12-6】紳士打扮的蔣松輝在上海。（蔣松輝提供）

館工作，主要做會計，是六舅石煥長介紹的，他跟日本人的關係很好，尤其跟一個朝日新聞的日本記者特別熟，他請這位記者介紹我進入圖書館，後來我在圖書館工作，做到副館長的職位。

圖書館的工作大概就是圖書跟業務兩部分，圖書館本身、跟圖書館事務，另外還有閱覽組、採買組。最先因爲我沒甚麼特殊專長，所以剛開始是做總務，再升會計，後來日本人都回去了，臺灣人就升起來，原因是大東亞戰爭，日本人都被徵調去打仗了，後來就祇剩我一個，其他都是中國人。

圖書館經費來源是日本外務省的一個附屬機構，外務省的這個經費，是來自一九〇一年辛丑合約所訂的「庚子賠款」。因爲不想帶上官方色彩，所以還有一些私人的資金，交給私人經營。當時中國年輕一輩爲到日本留學的青年學生，就在上海或北京自修日文，因爲日文中有許多漢字，若是稍通日文文法，大概都能看懂部分，也可以看得懂一些日本技術方面的書籍。所以日本人爲此設立近代自然科學研究所圖書館，收藏自然科學技術方面的書，提供中國青年借閱。

表面上招牌這樣子掛，其實裏面設有研究室，專門研究中國的經濟狀況。當時中國的經濟正在起飛，民國二十五年，以五間銀行發行的貨幣爲法幣。中國幣制統一，之前各省各自發行鈔票，中國這一幣制的改革，爲日本所悉。因爲日本對華貿易占了極大的比例，中國此舉，勢必影響中日貿易，因此，日本設此機構研究中國經濟，所以就在上海北京各設一間圖書館。

雖然當時上海有公費的「同文書院」[64]，不過因爲它是文科的，而我學的是理科，志趣不合，所以就沒有去報名，臺灣人當時在上海讀同文書院的很多。它本來是「專門學校」，有三個機構，上海自然科學研究所、

---

64 中日甲午戰後，一八九七年井手三郎等組織「同文會」，一八九九年，得兩江總督劉坤一之助，設立南京同文書院。一九〇〇年，因義和團事件，五月遷上海。一九〇一年，擴大爲一專科學校規模，改名「東亞同文書院」，每年由日本全國各府縣選送公費生，授予對中國有關各項課程。一九二一年，改爲專門學校。

同文書院。研究所在徐家界，是在租界外，後來我去的時候才設了圖書館，那個圖書館有六萬冊藏書，全部關於科學的，文學的沒有，全部是科學的，一開始的時候，滿多人來看，但進入戰爭後就沒辦法了。

我那時候還沒有結婚，自己一個人，也沒有去租房子，就睡在圖書館裏，要睡的時候就用帆布床一鋪就去睡了，簡單一點。如果要吃飯，附近都有食堂，而且單身的時候身體很強壯，也不曾生病。我也有買一些成藥，比如說香港的「濟衆水」，不管是肚子痛、感冒，都可以用，是一種藥水，小小罐的，現在也還有賣。

從事社會運動革命的舅舅：石煥長醫師

說起我宜蘭的六舅石煥長，他這個人很活潑、會交際、鑽營，他本來是小兒科醫生，後來轉到整形外科。他在上海很出名，他這個人活動力很強，他怎麼發展他的事業呢？他開美容整型醫院也兼收徒弟，等到徒弟可以自立門戶的時候，就把分院交給徒弟去管理，自己又跑到別的地方開分院，所以像香港啦、北京啦、新加坡啦……他都走透透了。

那個時候，他的重心放在香港，所以戰後廖文毅去找他、我弟弟時欽也去找過他，所以我弟弟才認識廖的，本來我弟弟要加入廖文毅的活動，後來想想還是不要，於是自己另闢生路，到北京去了，後來因爲紅衛兵的關係，我弟在北京過世。

上海的租界與市區

因爲清朝時對外戰爭失敗，簽定不平等條約的緣故，所以才有租界。上海設有外國租界，其中「共同租界」是英國軍隊把守，其餘的各國租界都有各自的駐兵，日本派了五千名，都是海軍，而且是海軍陸戰隊。上海市以蘇州河爲界，一邊是日本租界，一邊是共同租界，共同租界的南邊就是法國租界。

上海的「共同租界」是在「四川路」，現在又開了一條，變成北、中、南三條四川路，這是直的，橫的路就是「北京路」跟「南京路」。南京路最熱鬧，我們都把他們叫「大馬路」，上海最大最寬的路叫做「南京路」，它穿過「共同租界」，又叫做「大馬路」。沿著大馬路依序是「二馬路」、「三馬路」、「四馬路」，其中「三馬路」就是「漢口路」、「四馬路」就是「福州路」。「四馬路」出去有一大堆書店，商務印書館就在那裏，我常常去那裏看書，那裏還有中華書局等大型的書店。我父親的書店要從中國進書，不能直接送來臺灣，要先送到日本，再轉臺灣。我父親的書店都是從商務印書館進書，在他去世的時候，欠了很多錢，好幾百塊錢，都沒有還商務印書館，因爲他去世後，書店就沒了。

日本人的租界在「北四川路」，北四川路在蘇州河以北。法國租界的南部是中國地界，那個才叫「南四川路」。中共建立政權後，將四川路改成「中四川路」。當時候三段路各有鐵門隔開，中國人就住在「南市」，所謂南市就是共同租界以南，除了南市以外，日本租界以北的地方也有中國人住。

上海是這樣的，以蘇州河做中心，兩邊都有租界，祇是南邊少、北邊多，可以到黃浦江邊，不過租界之外的華人區也不少，面積大概是一比一，現在連「崇明島」都包括進去，聽說大上海市現在有兩千多萬人，不過七十年前，光是租界就有三百萬人口，跟現在的臺北市差不多，而且是在七十年前，比東京還大。租界裏面有很多中國人，倒不是住在租界裏的人就特別有身分地位，祇要你有錢就可以住進去，所以租界的房租非常昂貴，因爲地方亂、租界情勢穩定安全，所以物價也相對高。

黃浦江與揚子江交匯的江口十分遼闊，看不到對岸的，江口有個吳淞砲臺，在軍事上是非常重要的必爭之地，祇要敵艦進來就炮轟，砲臺過去，就是一排碼頭、倉庫，而且要排隊等待卸貨，不是一來就可以馬上卸貨的，而且船不是直直進去碼頭，是排橫的，如果正在旺季的時候，可以從上海一路排到吳淞，一艘船卸了貨，往前開一段再迴轉，第二艘船再開到前面卸貨，由此你就知道江面有多寬。

因爲上海江面寬、江底都是泥沙，沒有石頭，不怕觸礁，所以說上海是世界少見的良港，從吳淞到上海，大約就是基隆到臺北的距離，上海有祖、父、孫三條河流，祖是揚子江、父是黃浦江、孫是蘇州河，蘇州河流經市區，不寬，可以看得到對面，是划小船的。

繁華的上海：十里洋場

沿著蘇州河邊，靠近黃浦江那個交界地帶就是「十里洋場」，大船可以從長江口開進黃浦江，開到吳淞口。「十里洋場」座落各國的大銀行，以及英國的大使館，還有「橫濱商船株式會社」，「江海關[65]」也在這裏，江海關就是上海海關。這裏有一條橋叫白渡橋，取名叫白渡橋的原因是因爲過橋免費。黃浦江、揚子江都很寬，出海就看不到對面了，現在很發達。黃浦江兩岸，以前一邊是租界，另一邊都空空的，現在空地上都蓋大樓了，那就是浦東，以前都放在那裏長草，沒人管，不發達，所以這個港的發展很快，日本占領的時候，黃浦江的兩邊都是倉庫、放東西的。

「十里洋場」另一邊是倉庫，貨物下船以後要暫時放在倉庫，再轉運到中國各地去。所以這個地帶就聚集了非常多的物資，新的來，舊的去，不停的循環著。那些倉庫裏面的東西，可以支撐八年，中國八年的國民生活物資，日本人剛進上海的時候，都覺得很驚訝！這裏甚麼都有，抗戰時候，甚麼麵包、奶粉，八年都吃不完，物資如此充裕，所以在我去的時候，日本人已經有三萬人，後來還增加到十幾萬人。

所以那時候日本人反而愛去上海，上海比較自由。即使在戰爭中，它的物資補給也很快，甚麼都有。它的港口很優越，像基隆要常常清理港口的石頭，要不然船沒辦法進來，但是上海在揚子江口，揚子江面很寬，下來黃浦江，就到上海。黃浦江帶下來的是淤泥，不是石頭，船可以直接輾上去不會被石頭卡住，六萬噸、五萬噸的大軍艦都可以進去。

我太太從日本跑到上海的時候，就感覺到上海比日本本國還自由。第一，在日本沒有甚麼物資，布料都是人造的，一洗就縮水了。也沒有牛奶粉，上海的物資反而非常充沛。第二、不太感受得到戰爭的氣氛，很多中

---

65 「江海關」是「上海海關」的原名，座落在上海外灘的江海關大鐘樓，是上海的標誌性建築。

國人住在租界裏面，除了上海本地原有的中國人以外，當時有很多外地爲了避戰亂而跑到上海的中國人。

那時候上海已經發展很高，瓦斯、電、水道、電車都有，最高的樓也已經建到十八樓，叫做「百樂門（百樂威、百老匯，Broadway）大樓」，現在還在，我那時候也去玩過。上海最中心的地方是在共同租界的南京路，在南京路中心有個「紅廟」[66]，在紅廟旁邊有一個「女子銀行大樓」[67]，是上海貴婦們集資開設的，但倒不是說祇有女人才可以在那邊開戶，那個銀行有棟大樓，可見資金雄厚。我六舅開設的「石氏美容醫院」就在那棟大樓裏，那棟大樓好像高約五、六樓，而且已經有沖水馬桶，是很進步的。

石氏美容醫院

當時上海人一提到「石氏美容醫院」都知道，他這個整型醫院，專門做隆鼻術、雙眼皮等，他對上門求診的患者採取包醫，算金條的。因爲那時候的患者都是有錢人，上海很多有錢人，因爲地方混亂，有錢人都集中到上海來。六舅很會做廣告，雖然不是包整年甚麼的，不過他很常打廣告，自己發行一個《美容週刊》，是小型雜誌，講衛生的事情。他請了一個專人來編輯，寄贈給上海的有錢人，用這樣來出名的。但有時候也會手術失敗，還被告，上海是資本主義社會，律師也很有生意，常有興訟的事情。

六舅他是東京醫專畢業，不是普通的醫專，他很有活力，長得很「緣投」，很有女人緣，到哪裏都有女人

---

66 上海女子商業儲蓄銀行建於一九二四年五月，於一九五五年歇業。原有一座「保安司徒廟」，俗稱紅廟，在保安坊附近。上海保安司徒廟位於上海市南京東路四九六號，俗稱「紅廟」、「虹廟」，建於明代萬曆年間，主奉祀觀音大士。

67 一九二四年五月鑒於上海爲東南主要商埠，而女界對於事業與經濟向來淡漠，爲喚起女界從而推動百業維新，與謝姚稚蓮發起創立坤范銀行，嚴淑和任總經理。開業之初女職員占四分之三，從事儲蓄業務，後由陳光甫改名爲上海女子商業儲蓄銀行，是全國唯一的女子銀行。一九二九年在上海南京路四八〇號自建大廈，又開辦倉庫業務。一九四六年增資爲法幣六百萬元，股東、董事職員等仍大半是女子。

愛他，數不清有多少了。不過他元配和小孩也帶去上海，後來也娶了中國小妾。他這個人滿「天」的[68]，去之後也沒有回臺灣，祇回來玩過一次，戰後就留在上海，一直到五年前才去世的，他有遇到紅衛兵的事情，所以他被折磨得滿厲害的。

上海話與日本吳音

我雖然在上海住了很久，會講上海話，不過我的上海話說得不溜，眞的說得不好。因爲我在日本機關上班，一個禮拜去一次同文書院。同文書院是臺灣人做教授，跟日本人合作，寫有一本書：《上海話》，教日本人如何學上海話。來上海要說上海話，就要看那本書，當時很普遍，我就買來看，就會說了。因爲上海話的口音，跟我們臺語很相似，「語言」這個東西說起來，揚子江（指長江）南北兩邊的方言差最多，我們在南方，上海也在南方。

日本在唐宋時代派出去的遣唐使，在華南登陸，所以保留了很多南方的方言，帶到日本去，再傳回臺灣，比如說「鬱卒」，日本跟臺灣的意思都是一樣的。

在日本的生活禮儀上，請吃飯的時候，客人都要先說「御馳走さまでした」，之後主人再謙虛回應。日本的留學僧（指奈良時代的來華僧人）、和尚，他們不是去長安，是先去杭州，所以日本人現在的音，有很多是杭州音（吳音）。杭州是在華南一帶，跟我們的音很像，就像上海話跟臺語一樣，雖然偶爾會有不清楚的時候。但是上海人聽得懂，比北京人聽得準，我一個禮拜去做一次通譯，所以北京話不常說，都忘記了，因爲沒有在說。

我在上海圖書館工作的時候，有一個同樣來自臺灣的職員，叫林聰明。他是臺灣团被調去上海製造飛機的

68 「天」，臺語。「很天」，意思是很樂天，很樂觀，很想得開。

「臺灣少年工」，是做少年工去的。解散之後才到上海，沒有讀到很高學歷，少年工在戰前也有，不過他是比較後面的，已經快要終戰了，回來臺灣後我和他就沒有聯絡，不過聽說他在合作金庫還是甚麼合作社工作，他在中國大陸也待了滿久。

在上海的娛樂：看電影

我在上海的時候，沒有認識到朝鮮人。據我所知，當時在上海的朝鮮人不多，大部分都跑去後方。我在上海的時候所做的娛樂主要是看電影，除此之外沒甚麼娛樂，因爲當時是戰時。我剛到上海的時候看的電影主要是美國片，等到日本占領之後就全部變成日本片。還有一部分是日本支持下的汪精衛政權所屬的影業機構所拍攝的片子，如：「中華映畫」就是汪精衛政權屬下的電影公司，還有滿洲國拍攝的影片。

我印象比較深的影片，有一部是描述國民政府要撤退到重慶，有一對情侶，男的是抗日分子，女的是舞女，在上海的最後一個晚上要話別，這部電影有抗日思想，它的主題曲就是《何日君再來》。這首歌的曲調很美，日本人很愛唱，主唱者是李香蘭。這部電影原來是中國人自己拍的，跟日本人沒有關係，這是「八一三」爆發的那一年所拍的電影。原來的片名叫《舞女》，主題歌就是《何日君再來》，等到日本人占領上海之後，把那個故事改編，跟原來的故事不一樣。日本人改編的《何日君再來》，傳遍日本人統治下的所有地方，所以臺灣也知道。因爲這首歌有濃濃的離別味道，連被徵調要上戰場的軍人，在入伍之際，也會唱這一首歌。

另外「中華映畫」拍過的片子裏，我看過一部《鴉片戰爭》，這部片參與的演員有李香蘭、白光等，中日演員都有，規模很大，北京話發音的。汪精衛拍的中國影片導演都是日本人，演員才是中國人，其中有名的有周璇，另外像從滿洲國來的李香蘭也有參與拍片，她是被清朝的一個王公收養當養女扶養長大，戰後她也被當戰犯被抓，沒有被判死刑，後來證明她是日本人，她的本名叫山口淑子，她的年齡跟我差不多。

還有一部片子叫《莎勇之鐘》，描述一個叫做莎勇的臺灣原住民少女，因爲她的老師被徵調上戰場當兵，她爲老師背行李，送他出征，途中遇到颱風，溪水暴漲，被水沖走死了。李香蘭就是主演這部電影，她飾演那名原住民少女莎勇。

八、戰時上海

夜晚時聽迫擊砲聲響

我是昭和十一年（一九三六）抵達上海的。日本昭和十二年（一九三七）在上海爆發「八一三戰役」，日本稱爲「上海事變」。國民政府的軍隊對上海展開包圍，戰爭主要在日本租界打，特別是在閘北，在閘北有通往南京的火車站，那裏有日本的海軍陸戰隊在防守。淞滬戰役（上海事變）一爆發，在上海的中國人大部分都回到他們原來的家鄉，在日本不太寬的地方一打，打了將近三個月，可見日本海軍陸戰隊的利害。當時我每天都聽到激烈的槍砲聲，迫擊砲（モルタル），打出來像煙火一樣。打迫擊砲，攻擊的角度是可以設定的，攻擊目標很準，它著地後才爆炸，很是厲害。而且都是在晚上發射，我在上海當時常常聽到這迫擊砲的聲音。

國民政府的焦土政策

我在上海面臨最危險的一件事情，是發生在「八一三事變」的第二年（一九三八），國民政府準備從南京撤到重慶，採取「焦土政策」，所有的東西都要燒掉，尤其是設備，不想讓日本人利用。有一段時間，日本軍艦是從旅順軍港出發，入吳淞軍港，經長江、黃浦江、進入南京，國民政府的軍隊因此大量集結在上海，不讓日本軍進去，雙方對峙激戰，爲時約六個月。

那時候中國的首都是在南京，不是在北京，所以日本軍隊當時趕著要攻向南京。國民政府那時要將首都由南京撤退到重慶，就用了口號「焦土抗戰」，所有的東西都要燒毀掉。但是要將東西燒毀，準備去重慶的中間，需要一段時間，所以把所有力量都集中到上海，去擋住日本兵。前面擋著、後面準備把東西能搬的都搬走，不管甚麼都要搬走，人也是一樣。

戰壕裏很多日本兵病死

所以日本人來的時候，甚麼都沒有了。差不多擋了一個月、一個半月，日本兵都沒辦法動彈，遇到雨季，下大雨，日本兵沒辦法前進，就都待在戰壕裏，下雨的時候積水很深，就像泡在水裏一樣，，在那一個月裏，日本兵很多生病死，不是像宣傳的那樣說是戰死的，很多都是生病死的。

戰爭剛開始時，祇聽到槍炮的聲音，沒有看到戰爭的場面。日軍在上海租界除了駐有大量的日本軍隊，還有停泊軍艦，那艘軍艦的名字叫「出雲號」，軍艦停在江邊是爲了保護日本租界，當時有指令下來，如果中國軍隊攻打進來就必須走到軍艦。戰爭一開打時，日方就有準備，老弱婦孺都已撤回日本，祇剩下壯丁，那時候我太太也還沒去上海，直到比較安定了，才又有人從日本過來。

戰時租界的狀況：孤島

在中國的焦土政策下，日本兵被擋住無法前進。租界這邊，照規定，中國兵是不能進去。這個租界是英國兵保護的，但其實英國兵比較少，日本兵約有五千人，都是海軍陸戰隊，由這些人擋住。但是外面這邊是中國兵十幾萬，五千人要抵抗十幾萬。那時候因爲中國兵守國際法的關係，要不然他也是可以硬闖進來，不過由於有國際法，要不然他硬闖是絕對沒問題的。於是這個租界就變成一個孤島，撐了差不多三個月。我當時是日本籍，被關在日本租界裏面，那時候你也知道，若是中國兵不守國際法衝進來，日本人都沒命。那時候，我也算日本人，在臺灣已經被改姓了，這我也是後來才知道，不過在那時候我算是日本人。

到《朝日新聞》當志工

當時我正是處於圖書館關門無法上班的時候，館內的日本人都回日本了，祇剩我一個人，所有的財產都交代給我。我一個人也沒甚麼事情，《朝日新聞》就叫我去幫忙，沒有月給，祇有供應伙食而已，算是志願工。當時《朝日新聞》上海支部，有四五十個記者集中在那裏，原辦公室容納不下，就另外租了一家大飯店當總部。我吃、住都在那家大飯店裏，那時候我也還沒結婚，是「八一三事變」之後才結婚的。

記者因爲不能上戰場前線，所以沒有戰況的報導，祇能報導一些戰場死多少人的消息，我當時就是負責這項工作，尤其是那些在戰壕裏浸水死的人，一天死二十幾個人，兵單就報回日本本國。那批死的士兵大多是年輕人，報時要用暗號。

舉例來說：「蕃薯」的日文假名是「いも」，在拍電報的時候，凡是「い」就以「も」來代替，也很簡單，日文四十八個音，就二十四對而已，那時候還沒有《大陸新報》。

遇到反戰被槍斃的校友：尾崎秀實

我就是在那個時候遇到尾崎秀實，他跟我一樣也是臺北一中畢業，後來他再回日本讀東京帝國大學，很優秀的一個人。他當時是《朝日新聞》的上海特派員，他跟我差了十歲，算是前輩。日本當時的情勢是進退兩難，《朝日新聞》租了一間飯店做本部，因爲戰爭中的前線記者有幾百人來到上海，要派到華中。華中的戰線拉得很長，幾百人都在那裏生活。上海的物資是沒甚麼問題，可以撐八年，所以記者們都在那裏等，看能不能進入南京？不久之後，就發生了「南京大屠殺」。

一開始我也不知道那個人是尾崎，祇知道他是臺灣來的，一問之下才知道是臺北一中的，因爲我也臺北一中的，兩人就親密一些，所以跟他聊了整晚，現在尾崎變成反戰的英雄。因爲日本人說他反戰，馬上就槍斃了，就在終戰（一九四五）的前一年（一九四四）被槍斃的。再拖一年，差一點就不會被殺了。說起來，他流出去的情報，也不是甚麼很重要的情報，現在大家檢討起來，覺得他並不需要判處死刑。他是偷日本的情報給中國。

尾崎秀真：負責《臺灣日日新聞》的漢文專欄

那時候在臺灣可以發表的機關報紙，就是《民報》，後來改成《新民報》。

另外有個官方的機關報紙，就是《臺灣日日新聞》，是總督府的官方報紙，《臺灣日日新聞》作了個漢文專欄來對付《民報》，後藤新平就叫他一個日本的記者朋友來負責，就是尾崎他父親。尾崎他父親尾崎秀眞是新聞記者，在日本曾幫過後藤新平，後藤新平發生了一些事情，這個新聞記者給他幫忙過，有這個恩情在。所以後藤說：「我在臺灣給你一個地位。」，就是《臺灣日日新聞》的漢文專欄，這個記者的漢文（程度）很深，很會寫漢文，就叫他來作漢文主筆，所以叫他來。尾崎父子的名字很像，叫秀眞，尾崎秀眞[69]，叫他來作漢文欄，就是要對付文化協會的《民報》，所以我們兩個說來說去，就說：「我父親跟你父親是對頭啊！」，很有意思。

尾崎秀實[70]他讀政治經濟，是東京帝大畢業的，他跟那個近衛（このえ，指日本首相近衛文麿[71]），近衛你知道嗎？近衛組閣的時候，他去做裏面的資政，相當於幕僚，因爲他跟近衛同期的，是這樣的關係。他可以說是中國通，第一個中國通。在當時，他的情報很準，像西安事變的事情，蔣介石會被人救，事先他就知道

69 尾崎秀眞（字白水、號古村），日本岐阜縣人。一八九三年起從事報業，歷任各報紙雜誌之編輯、主筆或記者，一九〇一年被聘爲《臺灣日日新報》記者兼漢文版主筆，直到一九二二年四月退職，轉任臺灣總督府史料編纂委員會編纂，並參與籌辦「臺灣文化三百年」大展。

70 尾崎秀實，讀東京帝國大學法學部，一九二六年進入東京《朝日新聞》，於一九二七年派爲上海特派員，他精通中、英、日、德語，是上海的日本共產黨和日本進步人士的核心人物。他認識爲蘇聯搜集情報的德國人佐爾格（Richart Sorge）記者，一九三二年，秀實回到了東京，上海的經歷，以及分析報導，使其成爲「支那通」，尤其對「西安事變」的剖析預測，讓他聲望大漲，最後成爲近衛文　內閣的「囑託」（近於「高級顧問」），直接制定、與聞各種政治、軍事決策。秀實在偵知日本軍部決定南進，發動太平洋戰爭，對英美宣戰後，將此機密情報等透過佐爾格送往莫斯科。

71 近衛文麿（一八九一—一九四五），近衛篤麿公爵長子，後陽成天皇的十二世孫裔。原來讀東京帝國大學哲學科，後來被著名的經濟學者、馬克思主義經濟學家河上肇吸引，轉到京都帝國大學攻讀法學。二次世界大戰初期任內閣總理大臣，一九四〇年九月二十七日，促成「三國同盟條約」，後因秘書尾崎秀實涉及蘇聯間諜事件被迫辭職。二戰結束後，被遠東國際軍事法庭列入甲級戰犯名單。被捕前，一九四五年十二月十六日於自宅服毒（氰化鉀）自盡，時年五十四歲，因此並未受審。

了。所以近衛很重視他，早上如果集合，情報都從尾崎來，所以他明白中央的情報，才有機會入情報局。說起來也是跟臺北一中有緣，要不然也不知道他是一中的。

華中的情況：有錢的中國人都跑了

我那時候都在華中，華北那邊我不太清楚，那時候分成三區，華中、華北、華南，還有東北一部分，算四區。北跟南，我就不太清楚，說一下華中的情況好了，是怎樣呢，比如說日本兵來占領的時候，中國人都散去了、都跑了、逃亡了，有錢人都跑掉。跟現在一樣，有錢人都要跑到美國去，來不及跑的窮人才留在原地，沒甚麼作用。

頭山滿的「黑龍會」

以前，孫文革命的時候失敗，跑去日本，改名換姓叫中山，清朝沒辦法去抓他。他認識一個叫頭山滿[72]的，這個在中國大陸作頭頭，頭山滿的組織是「黑龍會」，在上海也有分會。而他的弟弟，也在上海開了一個日語學校。頭山滿底下有很多情報員。包括當時日本有一些「大陸浪人」，這些浪人都是在中國當情報員，以及一些優秀的臺灣人，一些說「我愛日本人、我是日本人」的臺灣人都在他手下。

傀儡政治浪人

日本兵來中國要組織一個政府，雖然是占領，日本也不說占領，祇說要來幫忙而已。你們自己叫人出來組織一個政府，結果沒人敢出來，後來誰出來？就叫這些冒充中國人的臺灣人出來。頭山滿手下的人，這些人不

---

72 頭山滿（一八五五—一九四四），日本人，祕密團體黑龍會創辦人，頭山滿與孫中山、金玉均等東亞的有志改革者頗爲友好，支持革命黨推翻滿清建立中華民國，並資助孫中山革命運動。一九一一年中國青幫、洪門哥老聚集武昌起義前，頭山滿也潛入中國，指揮黑龍會相機行事。

是黑道，是文人，是白道的知識分子，叫他們出來出頭，這種叫做「政治浪人」。政治浪人，就是說還未穩定時被拉出來作傀儡，之後又被踢開。

當上海市長的臺灣人：蘇錫文

「八一三戰役」之後，日本的國策變成「專制主義」，所以很多上海裏的有錢人都帶著金條走了，沒有人願意出來組織政府。所以祇好任用對政治比較有興趣的臺灣人，假裝成中國人。以上海爲例，有一個叫蘇錫文，背景是記者，出身臺北艋舺，這個人做過臨時政府市長，都叫這些情報員冒充成中國人出來擔任公職，做招牌、當傀儡，蘇錫文出來，大約撐了一年半載，才又換人。這個人也好運，未終戰前就病死了，要不然是漢奸第一號。蘇錫文那時候管整個大上海市，因爲沒人敢出來管，他不說是自己是臺灣人，就說也是中國人，他表面上是中國人，臺灣人當成是中國人，但是一旦被人發現，就站不住腳了。

等這段時間過了，有些人漸漸來靠攏，零散的中國人漸漸來靠攏，十萬人、二十萬人，這樣一直集中，變成一個小都市，就比較多人才。所以日本政府很聰明，又挑，那些人現在不用了！眞正的中國人，若有意思跟日本人合作的，就叫他們出來，日本政府就進一步錄用眞正的中國人。所以那時候也是有些失敗的軍閥或被蔣介石打敗的那些人的子孫，出來跟日本合作。日本就用那些人，變成第二代政權，又過了一陣子，才叫汪精衛出來，這是第三代政權了。汪精衛來沒多久，大約四、五年吧？就終戰了。當時的情形是這樣子：一開始是臺灣人出面，再來是中國人，最後才是汪精衛來的。那時候中國很亂啦！

九、赴日就讀長崎醫科大學

大約是昭和十五年（一九四〇）的時候，我在上海《朝日新聞》工作一年之後，又想起要唸書，《朝日新聞》的上海支店長看我在報社工作期間很負責認眞，也鼓勵我去唸書。他商請報社的飛機留一個座位給我，讓我從上海坐飛機到東京，六舅的兩個兒子在東京讀醫學專門學校，我就去東京看這兩個表弟。我在東京停了半年，離正式入學還有幾個月的時間，我就利用空閒去駕訓班學開車，才又轉到長崎去讀醫科大學，進入長崎醫大是免試的，直接用臺北高等學校的學歷進去就可以了。

我在長崎醫大就讀的生活費跟學費，主要是靠之前在圖書館工作的存款。不過讀了一個學期之後，感覺志趣不合，因爲當時軍國主義當頭，對學生施以嚴格的軍事訓練。連對大學生也不例外，我不能適應，所以就不想讀了，回到上海，又重新進入「上海近代自然科學圖書館」工作，先前我是以館員的資格終止職務，現在還是以館員的職務復職。

我沒辦法在長崎大學繼續讀下去，原因也是「長崎大學」非常加強軍事教育，很嚴！但像我這種親眼見過戰爭的人，覺得他們很幼稚，看不下去！再來就是經濟上還要拜託人幫忙，雖然在上海有存錢，不過還是不夠，才終於放棄、看破，不要做醫生，所以才回上海。現在回想，如果做醫生一定要回臺灣開業，而且在「二二八」的時候必定要被牽連進去，「二二八」的時候死了很多醫生。

中途離開長崎，避開了原子彈的襲擊

其實後來想一想，還好沒有留在長崎，要不然原子彈下來，我一定會有生命危險的。像彭明哲（彭明敏的弟弟），就是我在長崎醫大的學長，比我早我一年進去，也是我的室友。彭明哲沒有遇到原子彈，他後來回臺灣做醫生，跟他一樣二年級的，還有呂熊龍是士林人，這個人好像有拿到博士，不過沒有開業，是去做研究員，但被原子彈炸死了。另外還有林忠實，是婦人科的，他後來去鄉下開業，沒有被炸死，但是被輻射線影響，整個頭髮都掉光了。另一個是王光杜，研究X光，在大學教書，這幾個人都是高等學校過去的，其實都是我學弟，祇是我比較晚過去，反而變成我學長。

從長崎輟學回上海

我從長崎回來之後，因爲以前工作的圖書館沒有缺，又覺得有點不好意思，其實眞要回去，館長也是可以安排的，祇是我自己覺得不想吃回頭草。所以我去找我在高等學校的同學莊宗耀，他那時人在上海，很有勢力，是蘇錫文的女婿，所以幫我介紹。他跟我說：「我岳父需要一個司機，原先的日籍司機要離職了，既然你會開車，那就來幫忙。」我當了一陣子司機，因爲我駕駛技術不純熟，出了一點小意外。莊宗耀就說當時社會課缺「通譯」，我就去做「通譯」了，可是待不到幾個月，正好圖書館要用人，館長就叫我回去，所以才又回去工作。

遇見生命摯愛：池田八重子

戰爭爆發以後，戰局一直擴大，物質逐漸缺乏，比較近代化的日本年輕人在日本待不住，所以紛紛跑到上海。當時日本政府禁止日本人到上海，要去上海要有管道才能去，除非是有機關雇用，持有聘令才能去。我認識我太太池田八重子，就是我在上海圖書館工作的時候。

她之所以能從日本到上海，就是因爲八重子有一個朋友原先就在圖書館工作，就是那位朋友介紹她到上海工作。所以她不是被父母親帶到上海，而是與朋友一起去的，當時日本人除了到上海以外就是去北京，上海因爲物資充沛，所以日本人比較愛去上海。

結婚生子

我是在一九四一年太平洋戰爭開始的那年結婚的，隔一年一九四二年我大兒子智揚出生。那時候日本人在上海虹口約有三萬人左右，那裏有一間很大間的「福民病院」，是日本人開的綜合醫院，看病收費低廉，中國人也可以去看，我的三個兒子都在那邊出生的，老三是一九四六年才出生。我是一九四七年回臺的。福民醫院由國民政府接收，改了一次名字，到了共產黨的時候，又改名字，設備很好，現在還在。

日本民團：防衛團

日本人自己出錢組織，一個日本在外的組織叫民團，後來改名叫防衛團，是一種自治團體。因爲政府有「治外法權」，由領事館的領事來管理，如果日本人犯法，是交給領事用日本的法律判罪，不用接受中國的法律。

皇民化運動：更改姓名

至於皇民化運動，關於改用日本姓氏的部分，這個政府沒有強制叫我們改，是自由的，不祇是自由的，還要自己向日本政府申請，要有條件的。申請之後政府要調查，看你家庭有沒有說國語（日語）？要有說國語的家庭才可以准改名，改姓名之後，待遇就不同了，配給會增加，待遇比較好。如果要改名字就要回來本地改，要不然就要透過領事館，你把資料交給領事館，領事館馬上送回本籍地，從戶籍上改。其實在海外的人士，不管有改沒改姓氏都是日本人，就沒有差別，像我在上海，上海滿自由的，沒有甚麼限制。

我們家族改日本姓氏，是我那個最小的弟弟改的，當時我人在上海，我小弟時英在臺灣，我的戶籍在臺灣，他就自己做主，將整個家族都改用日本姓氏，因爲要改日本姓氏就要全家全部都要改，不能祇有個人更改。改姓名要「州知事」許可，還必須要是說國語的家庭才可以！更改姓名之後，配給就跟日本人一樣了！我弟弟將我們改完日本姓氏才告訴我，說你的名字變成這個，我之後就跟他吵，呵呵……他將全家族都改成日本姓氏！

至於我們改的日本姓氏「瀨尾」，這個姓在日本好像是沒有人姓的，直到我們「瀨尾」才有人姓。那時候皇民化運動正興，也不去管是不是眞的有這個日本姓氏，比如說姓陳的改用堂號潁川，反正看起來像是個日本名字就好。我是等到我們家族在臺灣本籍地改好了日本姓名後我才知道的，那是因爲各地的領事館與臺灣本地都有聯繫，祇要有人改了日本姓名，領事館的戶籍管理部門就會知道。所以我在上海結婚的時候，我太太原本姓池田，也要改成瀨尾，日本的戶籍管理很詳細，我在臺灣的戶籍資料上面也有寫我在上海。

說實在的，在大陸的人有改沒改日本姓氏都沒差，也很多人沒有改，我是因爲大部分的家人都在臺灣，所以他們一改，我也就勢必要跟著改。沒有辦法一家人都改，單一個人沒改，或者祇有一個人改，其他不改，也不行，一定要全家人一起改。很多改日本姓名的人，是因爲在公家機關工作，有需要才改，這樣配給會增加許多。改日姓這個對於臺灣本地的人，影響比較大，因爲在海外的人都視同日本人，沒甚麼影響。說到這裏，還有個很有意思的事情，就是日本戰敗，有些改了日本姓的，怕國民政府來之後，看到改日本姓要算帳，又偷偷去拜託戶政事務所把本姓改回來，不過這種戶籍謄本都是手寫的，有改過一看就知道了。

改名應該是要查一查古典的，但是沒有查，那時候都是查古典改漢字，比如說姓陳的，大部分都改三河甚麼的，跟陳的有關大都用這些，我的姓氏，蔣，唸しょう，日本字裏有個「瀨」（日漢字，音せ），加上一個「尾」（日漢字，音お），這樣讀作せお，せお跟しょう差不多，所以就改成「瀨尾」。

我小弟他叫「時英」，就把我改名叫「時平」，另一個兄弟就被改成「時和」，他自己沒有改，以他為中心，四個人合在一起，倒過來就變成「英雄和平」。名字被改成這樣，改完才通知我，也沒辦法，不用不行。所以我的日本名字，就變成瀨尾時平（時平讀Tokihira）、時和、時雄（讀Tokio），他自己的名字沒改，還是時英（讀Tokie）。

上海的臺灣人

臺灣人在上海雖然有組織，不過日本統治時代，臺灣的本土意識很薄弱，臺籍人士的組織，附屬在日本人在上海的公會，並沒有自己拉出來另起山頭。福州、廈門有「臺灣公會」，不過上海沒有。直到光復之後，有個李應章才出來組織公會，楊肇嘉也組織了「臺灣問題研究會」，他有拉我，我也有去。我們在臺灣的時候沒有見過面，到上海才見面的，楊肇嘉在臺灣的時候，跟我父親算是對立的，他偏右、我父親偏左，所以他後來成立了「臺灣地方自治聯盟」。

我在上海遇見滿多臺灣人，我父親死後，有一些我父親的同志，他們在臺灣待不住，後來就跑到中國去了。去了中國，有兩條路：一是做生意、一是跑去重慶。跟日本合作，利用日本的勢力在廈門做生意，有很多特權，如果做了甚麼事，中國兵也不能抓，日本兵會來抓回去，但馬上就又放走了，所以做生意很好做，剛好日本也喜歡這些人去中國擾亂，所以就特別照顧。至於跑去重慶的那些人，現在說是先覺，是比較有知識的人，就去重慶跟國民政府合作，但這種很少。

謝春木

像那個謝春木[73]就是跟國民政府合作的代表人物，後來又跟中共了。他那時候跟我一樣跑去上海，臺灣人去上海，護照要寄放在領事館，他就根本不去拿，自己買飛機票，上飛機就跑了，根本不去管。我在上海的時候，他那時候也在上海。他那時候很忙，我在我舅舅那邊遇到過他一次，一個女人跟在他身邊，他帶著一個很漂亮的女人，不是他太太，因爲他太太我認識。我後來進《朝日新聞》上海的支隊長說：「你臺灣的一個同鄉，叫謝春木的很優秀，你熟不熟？」，我說：「當然！都熟透了。」他就說：「謝春木曾經提供給他重慶的消息過。」謝春木多少有點關係，還沒去重慶之前，常常去拜訪，拜訪當然就一定有把消息透露給報社，所以支隊長稱讚他很優秀！

郭雨新

在上海，我還有遇到郭雨新[74]，他在做生意，他在上海做的生意，是拿大陸的魚乾、紅豆回臺灣賣，再從

73 謝春木（一九〇二—一九六九），即謝南光，曾參加臺灣文化協會的第二、三回夏季文化講演團，進入《臺灣民報》工作。一九二七年臺灣民衆黨成立，出任中央常務委員，擔任政治部主任、勞農委員會主席。臺灣民衆黨於一九三一年遭日本官方強制解散。之後謝春木於一九三一年舉家移住中國大陸，創設「華聯通信社」。一九三三年十二月改名謝南光，出任南洋華僑聯合會書記。中日戰爭爆發後，謝南光進入重慶的「國際問題研究所」，擔任搜集日軍情報之工作，一九四〇年九月擔任秘書長。之後任「臺灣革命同盟會」常務委員，一九四三年十一月任主任委員。二戰結束，謝南光任中國駐日代表團委員，擔任政治經濟組副組長，滯留日本東京。一九五〇年謝南光辭職，擔任天德貿易會社理事長，並被選爲中日友好協會理事，一九五二年前往北京，以「特別招待人」的身分參加中國人民政治協商會議，復出任中國全國人民代表大會代表、常委會委員等職，一九六九年病逝北京。

74 郭雨新（一九〇八—一九八五），宜蘭人，宜蘭公學校畢業，一九二六年（大正十五年），臺北州立宜蘭農林學校（今宜蘭大學）創校，郭雨新以第一名考進。一九三一年（昭和六年）畢業，靠巨富林松壽學費贊助進入臺北帝國大學農林專門部，

臺灣就是拿糖過去，都是做這樣的生意比較多。之後大家都回來故鄉，不過在上海賺這麼多錢，回來也沒用，賺的錢都沒有了！因爲那時候幣制改變，四、五萬舊臺幣才換一塊新臺幣，就算有錢的人也都變成沒錢了。郭雨新他就跑去宜蘭選省議員，從那裏開始做的，基本上，他在日本時代沒有甚麼抗日思想。就算有，也祇是因爲是我父親同鄉而已。

郭雨新是宜蘭人，家裏很窮，讀完公學校就沒辦法繼續唸，宜蘭公學校畢業後，等了兩年才等到宜蘭農業學校成立，在等的這中間，他跑去宜蘭公學校當工友撞鐘。學校有間工友室，是煮水燒茶的房間，滿大間的，約有兩塊榻榻米大小的地方，他就在那邊吃住，做公學校的工作，這樣等了兩年，才等到農學校成立才去讀，所以他是第一屆。我比他晚幾屆，他做工友的時候，我是公學校五年級，那時候的班主任是年輕的日本老師，師範學校剛出來。主任那時候單身，所以占一間工友室，工友室有兩間，日本老師一間，他一間，那個日本老師是年輕人，對臺灣人沒甚麼歧視，就幫忙有意願讀中等學校的學生補習，我也去他那邊補習。

郭雨新後來是拿「林本源獎學金」去讀臺北帝國大學農林專門部，就是大學裏農學部有專門科，像醫專一樣，「專門科」就是從中等學校來的，大部分都是從農林學校升上去的。林本源是有錢人，有一個公司，林本源株式會社，設有獎學金，但有條件，畢業後要去他公司服務，所以郭畢業就去林本源那裏工作，之後戰爭，才跑到上海去做。後來因爲服務的期限到了，可以自由了，所以回來。

楊肇嘉

還有一個是楊肇嘉，他那時候也在上海開了一間大東農場，生產的東西賣給日本軍方，做日本軍隊的生

一九三四年（昭和九年）一月畢業，進入林松壽的公司林本源興殖株式會社工作。有關郭雨新可再參閱張文隆、陳儀深、許文堂訪問，《郭雨新先生行誼訪談錄》（臺北：國史館，二〇〇八年五月）一書。

意，我和他一直到終戰後才再見面，他那時候組織了一個「臺灣問題研究會」，邀了失業的臺灣人去講習，我也去參加，後來這個研究會的人一起回臺灣，回臺就有工作，不過我跟他們沒有一起回來。

陳其昌

我去上海之後，我父親的舊部陳其昌，曾經由蘇州到上海找我，他娶了日本太太。不過我們不太常見面，他自己在上海好像是開計程車公司，陳其昌在上海住了十幾年，他也不碰政治，專心做生意。[75]

還有個姓孔的也是被日本人同化，戰爭開打，抗爭就沒有意義了，自然消滅了，自然消滅就跑到上海。在上海，說起來也是變反動，做日本軍的義農，在上海的大場，現在是飛機場，很寬闊，所以他申請一個農地，種農產品，把東西提供給軍方。

還有一個姓蕭的，在那裏成立一個「臺灣問題研究會」，在上海，教一些臺灣小孩，我也有在教。那時候在上海，教他們以後回來臺灣建設的時候，要怎麼處理，這些臺灣問題都要知道，不是祇有我而已，所以他後來就回來，剛好有個機會，就做民政廳長。

收到徵兵令：調去鳶師團當通譯

提到那個「調兵令」，調兵令一下來，海外的臺灣人也不能閒著。一九四四那一年，昭和十九年，在光復的前一年，臺灣那時候有徵兵令，好像是臺灣人都要當兵。調兵令開始，臺灣人包括山地人都要去當兵，不祇

75 陳其昌（一九〇四－一九九九），臺北汐止人，艋舺商業學校畢業，一九二二年到中國大陸，讀杭州第一中學，一九二五年讀上海大學，後入日本大學，參與反日活動，被遣返臺灣。一九二九年加入「臺灣民衆黨」，與蔣渭水積極推動黨務，任秘書長兼組織部長。一九三一年民衆黨解散後，潛往廈門經商，曾當選廈門臺灣居留民會議員。戰後與李萬居創《公論報》，任總經理。一九五三年以「資匪」被判無期徒刑，一九七五年始得假釋出獄。參見林德政，《在中國革命的道路上：歷史巨變下的臺灣人》，（臺北：五南圖書出版公司，二〇一四年十月。）

是我一個人，所有的臺灣人都要去。

因為「皇民化」成功，在臺灣的要服兵役，在海外的也要調回來，看你能不能用？全部都做「通譯」比較多，我那一年，大約有二百多個調去做「通譯」。因為語言隔閡，所以需要通譯，那時候在上海的臺灣人通通調進去。

當時我人在上海，被調去日本守衛上海的後備師團，守衛上海的前線，是後勤部隊，這個師團的名字叫「鳶」，念とび，我不知道臺語怎麼念這個字。とび漢字為鳶，他們的師團都取鳥的名字，在編制的時候，都有一個暗號，鳶師團、鷹啦！都取鳥的名字，講鳩就知道是哪裏的師團，鳶師團是東京的，顧上海的後備師。我好運！配到這個「鳶師團」，「鳶師團」駐守在上海，所以比較方便。因為我是高等學校畢業，學歷算是高的，被調在總司令部服役，工作很輕鬆。總司令部在上海市內是最好的地方，如果被派去鄉下的話，就很辛苦！我在總司令部主要是翻譯文章，偶爾一兩次被派到租界去取情報。那時候我已經有三個小孩，我太太是日本人，他們說：「你太太是日本人，所以可以通融。」要不然我會被關起來，師團都會把你關起來，不能讓你通勤。

慰安婦

我在上海的時候，就有聽過慰安婦一事。大隊以上都有設置慰安婦，她們是跟著軍隊走的，是要讓軍人駐紮的時候，可以有個消遣。我在上海市街沒有見過這些女人，她們都跟軍人一樣，被關在軍營裏，不能上街亂跑，所以在上海市是看不到的。可是如果是在司令部以下的實戰單位，在大隊裏面多少都能看到一兩個慰安婦，有人說少部分是自願，但大部分是被逼迫的，詳細的情形我不瞭解，被逼迫的當然可憐，至於自願的人，我猜可能是被環境所逼，不得已而為之。

汪精衛「偽政府」

在軍隊我可以通勤上下班，還給我一間宿舍，很優待的！我在軍隊待了一年半，那時候已經很安定了，汪精衛已經出來了，有市政府了，鈔票、銀行都有了。不過已經不使用之前中國的鈔票，就是中國方面說的「偽政府」，「偽政府」的鈔票也有了，叫做「儲備券」，上海很安定。當時，可以說是日本人戰爭的最高潮的時候，所以沒甚麼事，即使有，也祇是叫你去租界裏巡看看！

近代圖書館附設日語學院教育主任

還有一天，剛好是八月十三日，我照常去租界巡查，我在圖書館裏，建議圖書館長說：你這個圖書館的目的是讓人看書沒錯，但是你可以附設日語學校，教中國人說日本話，至少教一些普通會話。因爲當時上海是日本人的勢力範圍，虹口之外，公共租界裏面也有很多人喜歡用日本話溝通，所以有這個學日語的需要。我建議他說：辦一個日語學校，四個月一期，教初級日語，然後再教四個月中級的，再四個月高級的，剛好一年，這樣就差不多都能通基本會話了。

這個計畫一年之中就編出來，後來近代圖書館附設日語學院，名字看起來很好看咧！結果，竟然有三千多個人來報名，一期三千個人。沒辦法，祇好去租中國學校的教室，分成八個分校，主要是叫中國留學生來教他們。日本政府對這種事情很熱衷，所以師資沒問題，訓練中國人說日語的教師，一年都兩百、三百個這樣送過來。比如那時主管當時華中戰爭中行政的「興亞院」，祇要跟這個「興亞院」說一聲，要多少老師都沒問題，就送來給你。因爲這個關係，所以我就變成日語學院的教育主任，類似副校長的職位。

興亞院

「興亞院」是甚麼呢？因爲當時在戰爭中，各個占領區的情形都不一樣，如果沒有一個統合機構，各個代表就沒辦法做事，所以設了一個跟外務省同等級的，就叫興亞院。這個機構管得很廣，中國、南亞、一直管到印度去，所以還會設分部，廈門、上海、北京都有聯絡部，分成華南、華中、華北部，如果臺灣人要去中國做生意，要向興亞院申請，我的圖書館，也是在興亞院的管轄範圍內。

興亞院底下有很多課，文化課甚麼都有，這個機構的長官、各個部的部長，全部都是軍人，有些還是中將以上，本部在東京。

茂昌眼鏡

學生裏面有一個叫吳佩賡，他是做眼鏡的。我尚未回臺灣時，吳佩賡在上海眼鏡做生意，他就叫我去他那邊上班，給我高薪。他去大阪拿原料，類似塑膠，叫「賽璐洛」，買「賽璐洛」來攪一攪，變成一種材料，跟現在的塑膠很像。現在的眼鏡有很多是塑膠做邊的，以前都是用「賽璐洛」做邊的，就是做娃娃、人偶的材料，火一點就燒起來了，就是做小娃娃甚麼的。以前都用那個來取代塑膠，那種東西一塊四方形，挖個洞，中間用火燒，燒了就融化可以塑形，冷卻就會硬掉，可以做眼鏡框。他從大阪拿原料來上海，在上海加工，以前就跟現在一樣，大陸的工錢比較便宜，所以在上海加工，做成太陽眼鏡，再銷去亞洲各地，這樣賺錢。

因爲他跟日本有交流的關係，所以需要學日語。我在當兵的時候，常常會去那邊坐坐，看看有甚麼狀況。他這個人很會做生意，當時上海有個《新聞報》，就跟我們現在《自由時報》、《中國時報》一樣，是比較主要的大報，他就在人家頭版登廣告，訂了一整年的廣告，頭版中間整年的廣告：一個眼鏡，上面寫「茂昌」。所以上海人的腦海裏，想到眼鏡就想到「茂昌」，用這樣的方式行銷。「茂昌」就從這邊來的，一年三百六十五天，風雨無阻，新聞拿起來就是「茂昌」，用這種方式來宣傳。

臺灣光復後，他沒有來臺灣，本來他有想到來臺灣，也來看過，但是看到這樣消費不高的風氣不行，那時候大家都還窮，他覺得還沒成長到他可以競爭的市場，但是用他名字的店很多，到處都有，臺南也有。後來共產黨的時代，他被清算，南京東路的那些商店老闆也都被清算。沒辦法，他祇好逃亡到香港，在香港有七個分店，到現在還有，生意做很大。

日本戰敗投降

當時德國有很多被希特勒驅趕的猶太人來到上海來，集中在「楊樹埔」，總數有幾萬人，猶太人自己組裝短波收音機，日本人及臺灣人則是被禁止。因爲短波收音機可以收聽到外國的電臺，所以猶太人早在八月十三日就收聽到有關美國和盟國召開會議簽訂條約，以及日本要無條件投降的事情。就已經知道日本戰敗投降了，他們就向租界內的中國人宣傳：日本投降了。

我因爲受司令部的命令，不時要去租界取情報，也就常去我那個日文班學生吳佩賡的公司「茂昌眼鏡公司」坐，一九四五年八月十四日，我又去他公司，他一看到我就說：「你怎麼還在當兵？你日本國已經戰敗了！」我一聽，半信半疑，回到司令部，把日本投降的事情報告師團長，他姓田中是中將，名字我忘記了，他聽了，不相信，說那是謠言，叫我不要相信。但是第二天，八月十五日，電報來，發現日本是眞的投降了。所以日本人到那時候也還不知道，聽到昭和天皇的「玉音放送」才哭的，要不然都不知道。

一宣佈日本投降，師團長很守法，按照指示，在上海等待投降，也沒有造反。其實他要造反也很簡單的，兵都在他手上，當時有些日本的軍人，成群結隊，一小隊一小隊的，全都投共去了。這些人不願意遵守天皇的旨意，除此之外，就祇能待在原地聽候發落，上繳武器，然後在原地等，大部分都是這樣。

國籍抉擇：當日本人？還是要當中國人？

師團長就問我：「要當日本人？還是要當中國人？」因爲我太太是日本人，而且小孩也生了，當時也改了日本人姓名，如果選擇當日本人，清單放在日本那邊，屆時就被遣返回日本。我和太太商量，我太太說回日本不通，因爲當時剛戰敗，日本國內物資非常缺乏，又有三個小孩，去日本會非常困難，所以還是當中國人，回臺灣好。現在想想，其實那時先去日本才是正確的決定，因爲當時中國是戰勝國，待遇很好，臺灣人在日本也是受優待的。在日本被優待的人，除了美國人就是臺灣人了，不管甚麼都優待，坐車也優待，列車有一節是專門給戰勝國的人坐的，日本人則反而被擠得無車可坐。如果當時我先去日本，一定就又變爲臺灣人，享受優待的，祇要去臺灣同鄉會登記一下就好，當時我很多朋友也還在日本，人的運命很難講。

住在上海英式公寓：漢口路二十五號

我剛到上海時，正好發生「八一三戰役」，戰爭激烈，許多日本人的女人與小孩撤退回日本。我在上海租的地方，是一間英國人建的公寓。我住的時候，那一間房子已經建了七、八十年了，很舊了！電梯也壞去。是五層樓的建築，不高！所以走路上下都還可以。裏面有套房，我住下來以後，才知道這棟房子是一間銀行的，銀行有所有權。但是後來中日發生戰爭，銀行也不來管了！我在這棟公寓住了七、八年，銀行都沒有來收租，我變成公寓管理員。戰爭結束後，從重慶回來的人要對我清算，要我把幾年收來的房租交給他。實際上，我從沒有向其他房客收過房租，他們不明究理，要抓我，所以我連夜帶著妻兒、一家五口坐船回臺灣。

我原先住的上海房子，在戰爭結束後，被催討房屋時，依當時的狀況，居住者必須要付一筆「權利金」給「接收機關」，叫做「頂金」，這是暗盤。上海有一個臺灣人，名叫做聰明，他是日本大阪外國語大學畢業，和小說家陳舜臣同學，在上海當律師，他很會活動，很會利用臺灣人，知道我要回臺灣，就來見我，結果那棟房子就在他介紹下頂讓出去了，我還得到一條金條。

前不久我去上海看，那棟房子還在，所以到今天那房子已經一百多年了。不過有鋼筋撐著，怕它倒塌，門牌號碼我記得是「漢口路二十五號」，漢口路在海關後面，也是在「十里洋場」的後面。我供職的圖書館位於四馬路，我有一張照片就是站在圖書館前面拍的，這張照片到現在還保存得非常完好，四馬路就是四川路，圖書館就在四川路跟福州路的交接處。

對戰爭的看法

對於大東亞戰爭，我覺得日本政府也是被軍部騙了，甚麼用軍艦去撞甚麼的，都是騙人的，要不然早就和平了。近衛文麿有意思要跟中國方面談和，但是軍部裏面不贊成，近衛的兒子，本身也在軍隊，但是也沒辦法。因爲當時南京方面都是美國在後面操控，所以現在說起來，可以說是一種命運，命運的一種轉捩點。其實戰爭即使拖下去也沒關係，祇要美國不要出面，日本跟中國應該還是有個解決的方法。等到蔣介石跟共軍的問題解決，看是共軍投降還怎樣？中日之間可能就會和平。但結果不是！說起來也是世界歷史的宿命，留美的學生回來中國被說成是菁英，留日的學生回去卻被說成漢奸，這也可能是因爲宋美齡的關係，她拉美國出來，這場戰爭就無可收拾了！宋美齡的存在，可以說是支配世界的一件事，她如果沒去美國留學，沒有牽美國來參與這件事情，世界的情勢會改變。

美國人還沒插手戰爭前，日本不會去偷襲「珍珠港」，是因爲美國插手才這樣做的。很多日本將軍都知道，日本跟美國最多祇能打一年半，超過這個期限如果還沒有贏，日本就輸了！就算是「山本五十六」，他也這樣說，他曾經去美國做武官，他知道美、日兩國的國力。

一九四一年十二月七日「山本五十六」向聯合艦隊各部隊發出實施「攀登新高山行動的命令」，意思是「命令，爬山，爬新高山啦」。祇要這個命令一下，飛機就飛上去了，就發動珍珠港事變。珍珠港他們就叫「夏威夷冲（Hawaii Oki）」，冲是兩點再加一個中，就是冲繩的冲，所以這個「冲」不是中國字，它的意思是海的遠方，離地很遠的地方。

但是整場戰爭叫做「大東亞戰爭」，可以說「夏威夷冲」是整場大東亞戰爭的開始，我在上海十多年，說平安也算平安，因爲戰時是日本勢力最強盛的時候，到後來日本漸漸戰敗了，情勢慢慢改觀了。

十、回臺

我的臺語已經沒有宜蘭腔了，因爲我讀宜蘭公學校的時候都是講日語，祇有回家及同學來家裏玩的時候，才說臺語。我讀中學及高等學校也都說日語，到了上海十三年都沒機會碰臺語，回來要講臺語的時候，突然間說不出來，直到後來慢慢地才順了，才又再說臺語。

臺灣「光復致敬團」

戰後，臺灣組了一個「致敬團」到南京，向蔣介石致敬，我三叔蔣渭川有參加，他來上海邀我參加，當時我剛從軍中退下來，理了一個大光頭，我說我理了大光頭，這樣怎麼好去南京？所以就沒去！後來我想實在應該去才對，如果去了，可能很早就回到臺灣了。他們致敬團是從臺灣坐飛機先到上海，再轉南京的。致敬團的成員有一個叫謝成源，他祇有在參加致敬團的時候才去上海，他後來經商，所以就比較沒有名氣，不太管政治，我再來找一找謝成源的家屬，試著聯絡看看。[76]

從上海回來正逢二二八事變

一九四七年「二二八事變」發生那天，我正從上海搭船回來。我那時候消息比較不通，所以不知道。我那時在「茂昌眼鏡」上班，本來我在圖書館都是做總務兼會計，不管是算盤還是會計制度都還瞭解，胡佩賡就要我去幫忙管賬，我覺得很適當、很穩定，也不想回來臺灣。再說那時候要回來臺灣，獨身的比較快，所以有些單身的人就招一招，大約五人、十人一組，等到航行的風向風順了，就搭私人性質的小帆船一起回來。但是我已經有三個小孩，太太又是日本人，所以要等正式的船才能回來。我弟弟時欽就比我早回來臺灣。

中興輪

那時候正式行走臺灣跟上海線的船祇有「中興輪」，有人數定額限制，一次要送多少人回臺灣是有限的。所以要等，我就託了我的一個學生幫忙才能回來，但我並不知道上船的那一天就是二二八發生的時候。我是民國三十六年三月一日回到臺灣的，從上海坐中興輪回來，船上也不知道臺灣發生事件，船坐到一半又折回上海，說臺灣發生變亂，說是基隆有事故，不能上岸。船開回上海，又回上海住了一夜，才知道臺灣發生「二二八事件」。等天亮後，聽說比較安定了，船才又開向基隆。

76 陳芳明編《蔣渭川和他的時代》一書，頁三百六十二載：蔣渭川於一九四六年（民國三十五年）八月二十九日，參加商界人士組成的訪問團，與光復致敬團一起前往中國參觀訪問。「臺灣光復致敬團」一行在一九四六年八月二十九日中午在臺北坐飛機出發，是由霧峰林家林獻堂任團長，團員十五人有李建興、林叔桓、鐘番、黃朝清、姜振驤、張吉甫、葉榮鐘、陳逸松、林為恭、陳炘、丘念台、陳宰衡、李德松、林憲等十五人，到中國大陸。其中並無蔣渭川及謝成源。參見林德政，《客籍大老丘念台與戰後臺灣歷史之研究》，二〇一四年，客家委員會專題研究計劃。

當時中興輪來回於上海和基隆之間，是隨時開航不休息，祇要有證件說是要回臺灣就可以上船。我是民國三十六年三月初一日回到臺灣的，至於船上坐的其他甚麼人則沒印象，大概也是因爲心裏滿希望趕快回臺灣，那時候還有三個小孩在，一個是手裏抱著最小的阿勇。雖然行李沒有限制，也沒辦法帶太多東西，衣服而已，錢帶不多，都帶金條的。

我們在基隆上岸，我弟媳來接，因爲沒辦法坐火車，所以開個卡車來。那時候全部都是卡車，請整臺開過來，後來我們就住我母親的地方，是日本宿舍，在現在的臺北市徐州街，靠近立法院那邊，現在都變了，那時候都可以去占，日本人走了之後都可以去占。我母親一直到一九六〇年才去世，去世的時候大約是六十七、六十八歲，因爲祇有我二弟留在臺灣，都是他照顧我母親，他的四個孩子，也是我母親帶大的。

我三叔他們等了我兩天，我如果早點回來，一定會捲入二二八事件的，捲進去的都沒命了，我的三弟蔣時欽比較早回來，就有涉入其中，後來就逃亡，逃到香港去。他在三月五日成立「臺灣自治青年同盟」，做了學生隊的隊長，他跟謝雪紅、廖文毅都熟，但是他比較不像謝雪紅那麼偏左，政府要通緝他，沒辦法才逃到上海，又轉北京。我三叔蔣渭川與我三弟蔣時欽都參加二二八，時欽擔任學生隊隊長，跑去香港，當時我六舅石煥長人在香港，廖文毅人也在香港，廖文毅從事臺灣獨立運動，後來跑到日本，做貿易。我三弟是有參與「二二八事變」，我沒有！我因爲回來晚沒有加入、也不敢加入二二八，我有個朋友在北投開旅社，我當時就跑去他那裏避風頭，過了一段時間才回家。

三叔蔣渭川

這裏要說起我三叔蔣渭川，他和我父親相差八歲，他在日本時代祇有公學校畢業，我父親讀到醫學校，兩兄弟學歷不一樣，他公學校畢業後就去郵局工作。他因爲有去日本機關上班，所以日本話講得很好，跟日本人差不多，日本時代，他純粹是一個生意人，與政治運動無涉。我父親於一九三一年過世，此年也是日本國策轉變的一年，民主自由時代結束了，轉向專制主義，此年發生「九一八事變」，之後幾年，日本在臺灣開始實行

「皇民化運動」。

原先跟隨我父親從事政治運動的那些同志，就很難在臺灣生活了，所以有部分人去大陸的廈門，或是去上海，另一部分沒有離開臺灣的人，就聚集在原來我父親開設的「文化書局」那裏，他們經常在那裏出入，因爲那裏算是我父親的地盤。而文化書局那時是我三叔蔣渭川在掌管，還組了一個「臺灣政治建設協會」，我三叔就成爲中心了，這是在終戰後了，在這之前，他祇是生意人，並不管這些事情的，說起來，他祇是順民，過自己的生活而已。

文化書局與國際書局

終戰後，我三叔他在延平北路繼續開書店，是延續「文化書局」，「文化書局」是我父親開的，原先是賣漢文書，如孫中山的作品「三民主義」等，在書局的後面，也賣日本左派的書籍。另外還有賣孫中山、廖仲愷他們的照片，大張照片都有人買，書局等於是他的圖書館，他愛看的書都在店裏，生意也還不錯，可以維持。當時與我父親這家書局性質相近的書局，另外有一家是謝雪紅開的「國際書局」，文化書局的斜對面有一家連雅堂開的「雅堂書局」。連雅堂的那個書局本來是開在臺南，後來在臺北開分店，不過在日本時代我沒有看過連雅堂本人，三家書局都是在今天的延平北路上面，我家的「文化書局」在日本時代的門牌號碼是「太平町三丁目二十八番地」，其地址就是今天的「義美食品」。

我父親去世的時候我十八歲，剛好進入「臺北高等學校」就讀一年級，當時「文化書局」的業務祇好先僱請別人幫忙。文化書局的店面，是我父親向臺北「德記茶行」租的，德記茶行經營茶業很成功，我父親一生沒有置產。「文化書局」我曾經辦過一年，書店的租金在我掌的時候，一個店面、二樓，原本是三間，後來縮小成一間，這樣一個月是四十元，雖然不算便宜，不過地點好。我父親過世一年後，因爲當局推行皇民化，這些書局受到打壓，由我三叔蔣渭川接手的文化書局，改賣日文書，書局的名字也改名爲「日光堂」，一直賣到戰後二二八事件發生那一年，才改名「三民書局」。

三叔蔣渭川參與二二八事件「處委會」

終戰後，陳儀[77]來臺，我三叔他被捧出來與人組成了一個「臺灣政治建設協進會」。二二八事件時，他被推爲「處委會」交涉代表之一，一切交涉的事情都由我三叔去跟陳儀說，結果被陳儀騙去。最初陳儀對代表提出的要求，都假裝同意，其實陳儀已經暗中向南京討救兵，我三叔傻傻地被陳儀所騙，等到大陸援兵一到，陳儀就食言，不認帳，還說我三叔是主謀者，派警察要去抓他，是叫那時候的警察局去抓的。早上很早的時候警員來了，我三叔還穿著睡衣，就跟他們說要去換衣服，警員看著他要去換衣服，沒想到他從後面就要逃走，警員就放了一槍，放的那槍沒有打到他。那時候他在開書店，打到書櫃，卻反而打到他的女兒，他的第二個小孩，是一個小女孩，後來就死了。[78]

我三叔他跑掉了，跑掉也好，要不然他託辭說要換衣服，其實卻跑走，抓到是一定要槍斃的。要不然抓到外面……沒有問你的，上面的命令下來，就是要這個人死，拖出去就一槍了，一槍也就必死無疑。所以他知道就趕快跑，躲了一年多，丘念台（丘逢甲之子）才跟老蔣說「這是蔣渭水的弟弟，不能殺他」，我三叔逃亡一

---

77 陳儀（一八八三—一九五〇），浙江紹興人，日本陸軍大學畢業，曾任臺灣省行政長官兼臺灣省警備總司令，任內發生二二八事件，之後任浙江省主席。一九四九年一月，陳儀眼見局勢不利於國民黨，欲投誠中共，並嘗試策反京滬杭警備軍總司令湯恩伯投共，湯將此事呈報蔣中正。一九五〇年四月，陳儀被押解到臺灣，以匪諜案判處死刑，一九五〇年六月十八日，在臺北新店槍斃。

78 蔣渭川在「二二八」當時擔任臺北市商會理事長，受來自黨、政、軍三番兩次要求出面協調。三月二日至四日間，他五次在電臺向群眾廣播，協助政府與民間溝通。三月五日，與陳儀的談判中達成九條政治改革的主張共識，當日即以「臺灣省政治建設協會」之名義發電文：「臺灣此次民變純爲反對貪污官僚、要求政治改革，請速派大員來臺協調，萬勿派兵……」但陳儀假藉二百二十八處委會四十二條要求意在叛變爲由，推翻先前協商。三月十日，他準備依約前往長官公署，武裝警察已登門欲槍殺他，女兒中彈死亡、幼子重傷、妻子受槍柄擊傷，渭川於亂中逃亡，名列通緝犯名單之首。參見陳明芳主編《蔣渭川和他的時代》。

年多，才出來自首，自首就說好了沒事，之後就起用他。

現在歷史都寫說我三叔是被陳儀買收的人，連史明寫的書《臺灣人四百年史》也是這樣子寫。我三叔他三個兒子都過世了，三個兒子中兩個做醫生、一個做代書，他有五個女兒，女兒們都爲他們的父親抱不平，出書反駁，書名是《蔣渭川和他的時代》，載明我三叔當時與陳儀交涉的詳細經過，但是現在「二二八基金會」出的書，就沒有提及我三叔蔣渭川是被陳儀買收的事情。他女兒蔣梨雲曾拜託我向史明講，請史明更正書中所言，但史明說沒有辦法，說書已經印了。我的看法是這樣：那本書所提出的證據很充分，我三叔應是被陳儀所騙。蔣梨雲住在臺北縣汐止，她小我十一、二歲，現在大概是七十多歲，病得滿重的。

施江南

講到我認識的知識分子，我說說施江南，他比杜聰明晚一點，我有看過他，滿斯文的。在二二八被判刑了，二二八的時候他在臺北圓環邊開業，他被抓去有一個原因是，他堅持日本精神：看病要排隊，有一個外省的不愛排隊，要先看病，他有個原則：看病一定要排隊，所以他就去攔下來。說：「你好像不認識我」。那時候「二二八」已經開始了，那個人就記恨了，回去就叫警察來，還有他兄弟也一起被抓走。施江南就被打死了，有找到屍體，還算好一些，[79]有些人連屍體都沒有了。施江南根本沒管二二八的事情，就爲了這樣排隊的衝突，就被打死了。他們兄弟四個，名字裏「東、西、南、北」都有……呵呵，這個是中南部人，嘉義還是哪

---

79 施江南（一九〇二—一九四七），彰化鹿港人，一九二四年臺北醫學專門學校畢業，轉赴京都帝國大學醫學部專攻內科。一九四〇年當選臺北州州議員、皇民奉公會中央本部參事、臺灣奉公醫師團本部理事等。戰後任臺北市醫師公會副會長、臺灣省科學振興會主席。一九四七年三月初擔任二二八事件的事件處理委員會委員，事件中被捕失蹤。按，根據施江南遺孀陳焦桐口述，她先生被捕後再也沒有回家，更沒有找到屍體。參見張炎憲、胡惠玲等採訪記錄《臺北南港二二八》，（臺北：吳三連臺灣史料基金會，一九九五年二月），頁一一五。

裏的樣子？施江東、施江北不曾聽過，可能祇有一個兄弟做醫生，我認識施江南的太太，他的「四方醫院」，就開在大稻埕的圓環邊。

我未涉政治

回臺以後，因為我對政治沒有興趣，自覺不是從事政治的材料，所以未涉入政治，未在官場做事，就一直在民間公司做。二二八事件時，我也沒參加，如果參加了，也沒命了。有蔣介石底下的人來找我，看我沒有利用價值，我三叔蔣渭川他雖然當民政廳長，但他從不叫我去政府機關做事，原因是我是蔣渭水的直系親兒子，我如果也到政治界或官場露面做事，對他不是很好。因為我一旦出來，不能以一般人待之，外界勢必要以特別的眼光待我，剛好我也對政治沒興趣，所以就合我三叔不叫我去政治界做事之意。不過，他倒是曾經對我說，如果我沒有工作可以去找他，他將為我介紹去銀行做事，當時我父親的好朋友羅萬俥[80]擔任彰化銀行的董事長，其實如果要找羅萬俥，我自己去找就可以了，也不用我三叔。

我沒有去拜託三叔，也沒有去找羅萬俥，靠自己也靠朋友幫忙，我自己可以生活就好了，至於朋友都是在上海時代認識的，有些我在上海有幫過他們，有的做生意，這些朋友以前我幫過，所以才維持生活。要不然我也待過十幾間公司，有時候朋友就叫來叫去，這間生意差了，別間就來叫了，都是用臺語比較多，我不太會說北京話，日語也有，主要是看日本信。

二二八這個事件，主要的原因是國民政府沒有任用臺灣人，國民政府來沒關係，但是你做頭，要儘量任用臺灣人，但他臺灣人一個都不肯用，都用外省人，就是因為這個因素，才爆發二二八事變。所以在我三叔出來

---

80 羅萬俥（一八九八－一九六三），南投埔里人，一九一九年日本明治大學法學科專門部畢業，一九二二年同校高等研究科畢業，一九二四年赴美國賓州大學留學，回臺灣參與成立《臺灣民報》社。戰後曾任臺灣人壽保險公司董事長、臺灣銀行常務董事、彰化銀行董事長、臺灣水泥公司董事等職。

的同時就起用臺灣人，首先他任用徐慶鐘爲農林廳長，他是臺北高等學校，也是臺北一中的，他讀臺北帝大農學部，剛好適合臺灣當時的政策，很適當。也因爲徐慶鐘的關係，跟他同期讀臺北高等學校的一些人，通通都進去政府工作。另外還有洪壽南在高等法院做法官，是南投人，也是讀臺北高等學校，所以那時候的五院裏頭，包括：行政院、立法院等的高官，還有高等法院的大法官臺籍的全部都是日治時代臺北高等學校畢業的。因爲高等學校的同校關係，徐慶鐘[81]那時候有叫我去做他的秘書，因爲這種關係校友的原因，所以一個拉一個。

白色恐怖時期

至於白色恐怖時期，我不碰那些事情，所以並沒有感覺到甚麼壓力，現在想起來，我個性內向還是不錯的，因爲內向比較不會去外面嚼舌，比如嚼舌來說，第一有影響就是鍾浩東和蔣碧玉。鍾浩東是基隆中學的校長，蔣碧玉是他妻子，蔣碧玉原姓戴，生父是戴旺枝，是我屘姑（最小的姑姑）的女兒，她要叫我表哥，她說她是我爸爸蔣渭水的義女，因爲我們家沒有女孩，所以來做女兒，但沒有入戶口，口頭說說而已，她祇叫我父親「阿舅」，並未叫「爸爸」。我父親怎麼想我不清楚，可能有那個（收養）意思也說不定，祇是沒有表現出來。

鍾浩東與蔣碧玉

我在上海的時候，鍾浩東[82]和他太太蔣碧玉有來找我。鍾浩東去上海看我，知道我在那裏，因爲我是在日

81 徐慶鐘（一九〇七—一九九六），臺北艋舺人。一九二八年臺北高等學校理科畢業，一九三一年臺北帝國大學理農學部農學士，一九四五年臺北帝國大學農學博士，戰後任臺灣省政府農林廳長，是第一位出任內政部長、行政院副院長的臺灣人。

82 鍾浩東（一九一五—一九五〇），高雄美濃人，與作家鍾理和是同父異母兄弟。中學讀高雄中學，考上臺北高等學校文科乙類。一九四〇年元月，與蔣碧玉、表弟李南鋒參加由丘念台領導的抗日組織東區服務隊，協助審問日俘，蒐集情報。後改名鍾浩東，一九四六年四月返臺，八月任基隆中學校長。組訓學生自治會、讀書會，一九四七年七月成立臺共基隆中學支部，刻鋼版出版地下刊物《光明報》，一九四九年五月成立臺共基隆市工委，旋被捕。一九五〇年十月十四日，被國民黨臺灣保安司令部槍斃，得年三十五歲。

本機關工作，他也不敢表現說「我現在要去重慶」，這是絕對不能說的，祇是和我打個招呼而已！所以我也不知道他們後來去廣東的事情，如果我跟他是志同道合的話，那他自然是會跟我說的，祇是我跟他雖然都是讀高等學校，但同校三年而已，也沒甚麼來往，連在學校也不常見面。

在當時，如果有膽量敢突破前線的話，就可以到中國政府守區，就變成中國人了。他和蔣碧玉兩人偷偷地跑到廣東，結果被國軍抓了，說他們是日本間諜，準備槍殺，幸好碰到丘念台巡查時發覺，撿回一命，否則冤枉死掉了。戰後回臺，因爲丘念台的關係，鍾浩東得以當基隆中學的校長，但很不幸在白色恐怖時，因爲「光明報」案，就說他和中共有關係，就被槍殺了，可能他在廣東的時候就跟蕭道應他們加入地下黨，不過這些我就不清楚了。

假如說我是個比較會鑽營的人，回臺灣後拜託我三叔找工作，或拜託丘念台，就一定跟蔣碧玉有牽連，也會被關，我就是因爲父親的關係，所以也不去找他們。我這一生因爲比較內向的這款關係，才能平安到今天。

一九五〇年的時候，我曾經想要去日本，那時候是一個中國朋友來叫我跟他去日本發展。我那時候是要申請，還要帶家屬去，所以還留有當時申請的照片，那時候，最小的兒子才五歲，最大的九歲，可惜最後沒去成。如果那時候去了，可能我現在就不一樣，一九五八年時我全家拍了一張照片，這時候孩子們都上中學了。

跨越語言的隔閡

我有保留我家的戶籍資料，在戶籍資料這邊有很多漢字，其實有些都是「有字無音」，因爲當時日本學漢文的時候，他們的文明還不進步，有很多字祇能知道意思，但是在日本語中並沒有可對應的音，所以有些就用「訓讀字」去唸或者讓它沒有音。在使用漢字上，也予以簡化，不過日本的漢字與中國大陸的簡體字是不同目的的。中國大陸簡體字的出現，我聽說是毛澤東試圖要斬斷人民與中國文化的紐帶，使文字變成單純的工具，而非傳遞文化的媒介，所以使文字沒有歷史，我認爲這樣的文字是不能被承認的。現在有很多統派人士竟然說贊成簡體字，簡省筆劃，在教學或者要求快速的時候是可以的，但是要斬斷文字與文明淵遠流長的關係，這樣的存心極不可取，怎麼可以反過去承認簡體字呢？很沒意思。

現在是資訊化的時代，沒人用手寫了，使用電腦打字，不管是簡體或繁體，花的時間都差不多了。而且很多文書處理軟體，也不用像以前一樣慢慢去選簡體字，打正體字之後，按一個鍵就整篇都可以「簡繁轉換」了。這種功能對日本人來說很有用處，在臺灣寫好的文章，「簡繁轉換」後拿去中國就可以用，因為日本很看重中國市場，所以簡體文章變成必須要用的東西。我常常覺得科技很有意思，不祇是簡繁轉換，像歐盟地區，最主要的三個語言——德、英、法都已經有可以互相轉換的軟體，聽說之後歐盟還要開發歐洲十二國語言轉換機，至於中日轉換，我覺得可能還有點難度，因為不像歐洲語言是出自同一語系的關係。

我的大兒子智揚是一九四三年出生的，臺大外文系畢業，後去美國留學學電腦，他曾經翻譯過一本書叫《活得好、活得老》，這是給老人家看的書。他在美國時用日文寫信回來，我再幫他改，是用這種方式自學日文，學得很好，他畢業之後也有去日本公司上班。

我回到臺灣之後，讀漢文都沒有問題，因為我在臺灣的時候，就已經接受過漢文訓練，到上海之後，又都是看漢文字，問題就在於能不能習慣？「五四運動」之後，文言變成白話，像張我軍在北京讀書，受到影響，所以把白話文介紹到臺灣。雖然當時我還在讀臺北一中，不過白話文對我們這一代是滿稀奇的，所以大家私下都會學寫白話文。我也有受到影響：「怎麼說就怎麼寫」，不用再去想文言怎麼寫。到上海之後也看白話文看得很習慣，雖然很多跟我同輩、或者比我晚輩的那些受日本教育的人，看漢文看得很吃力，但是我因為有這樣的背景，所以讀漢文都沒有問題。那些看不懂漢文的人，可能是皇民化太深了，受到日本語法的影響，「吃飯」變成「飯吃」，把動詞放在後面，所以看文章就看不懂了。

其實像我太太八重子，現在也都可以看中文報紙、看新聞，因為我們在上海生活滿久，「說」中國話可能有點困難，「聽」是大部分都聽得懂，「讀」沒問題，祇有在「寫」的時候，要先想日文再翻成中文。我太太會聽臺語，但是她比較不愛說話，所以講得不那麼流利，固定去買菜的地方，其實講日語都可以通的。

我覺得學習語言是一種時間與心境的問題，像戰後的人，總是覺得學日語不像我們可以用得很流暢，那是因爲我從小就是使用日語，時時用，而且並沒有學習語言的壓力，但是戰後的人，學語言的時間有限，也沒有環境，都想快點學好，這樣就使得日語是站在一個外國語的角度，而不是本身的母語。

十一、我的同學與我認識的臺灣知識分子

我的同學與校友

說起我的同校同學、學長、學弟，還滿多人的。比我早期的有戴炎輝[83]，比較出名的，還有像法醫蕭道應[84]，我們認識，曾經吃過飯，那次是和他一個親戚李開榜醫師[85]，也是跟我同級的，一起吃飯。那次請吃飯的是做醬油的「萬家香」的董事長，那個人好像也跟李開榜有關係，是這個人，就叫蕭道應一起來，不過李開榜跟蕭道應好像沒有親戚關係的樣子，應該是讀高等學校的關係。我那次跟蕭道應一起吃飯，也有聊一些，蕭道應的意思是要跟我拿情報，不過我又沒有甚麼情報可以給他。另外還有一個是文化協會的，後來跑去共產黨的蔡孝乾[86]，他跟蕭道應比較熟，他入共產黨回來臺灣後，被國民黨買收了。

---

83 戴炎輝（一九〇九－一九九二），屏東人，臺北高等學校、東京帝國大學法學部畢業，曾任臺大教授、司法院院長。日治時代皇民化運動時期改日本姓名「田井輝雄」。爲法律學者，法律史學家。

84 蕭道應（一九一六－二〇〇二），屏東佳冬客家人，爲佳冬蕭宅後人。臺北高等學校畢業，臺北帝國大學醫學部畢業，專業是法醫學。參見林德政撰〈臺灣人的抗日典型：蕭道應在日治時代的抗日歷程〉一文，收在林德政著，《開拓信仰與抗日：在歷史巨變中見證臺灣歷史》，臺北：海峽學術出版社，二〇一二年七月。

85 李開榜自臺北高等學校畢業後，到朝鮮讀醫科。

86 蔡孝乾（一九〇八－一九八二），出生於臺灣彰化，早年參加臺灣文化協會，後前往中國大陸，入上海大學就讀。一九二八年臺共在上海成立，受命加入任中央常務委員。一九三四年，隨紅軍長征，入延安，是唯一參與長征的臺灣人。戰後潛回臺灣，

還有之前的「建國黨」主席李鎮源[87]，他是臺南人，以前讀臺北高等學校的時候，自己在外面租房子住，就是那種很大間，有包飯，可以照顧八個學生的民營學生宿舍。李鎮源過去讀高等學校的時候就坐我旁邊，原本小我一屆，但是因為我中間休學一年，所以後來就變成我同學，我們很有話聊，他跟我一樣，不太愛說話，年紀大了，好像比較激進一點，不過看起來還是不太會說話，他比較實際啦，參加實際運動比較多，他是娶另一個醫生李朝北的女兒，名叫李甚麼德，李鎮源的這個太太是臺大醫學院的教授，至於李朝北則是我父親醫學校的學長，李朝北的兒子李朝章，跟我也是同期，不過是不同的甲、乙科。李鎮源的小妹李碧珠後來嫁給胡鑫麟[88]。

晚我一屆的林金生，我跟他不熟，他現在也都不跟我們見面了，大概也是身體不太好之故。我和大同的林挺生[89]比較熟一點，他好像晚我兩屆還是幾屆，但跟我讀不同組，他讀甲的，是工科的，他不是要做醫生。他後來讀臺北帝大，林挺生的父親做建築的包工（類似今日的承包商），所以他父親後來獨立做建築公司，林挺

發展中共臺灣省工委組織。一九四九年，當選第一屆全國政協委員。一九五〇年一月被國民黨逮捕入獄，之後投誠，加入國民黨，任國防部保密局設計委員會委員；一九五六年升國軍少將，任國防部情報局匪情研究室副主任，司法行政部調查局副局長。

87 李鎮源（一九一五—二〇〇一），蛇毒研究專家、中央研究院院士。臺南人，臺北帝國大學醫學部畢業。一九九〇年代以後，參與民主運動和臺灣獨立運動，領導成立「一〇〇行動聯盟」、「臺灣醫界聯盟基金會」，主張臺灣獨立建國，任「建國黨」創黨主席。參見本書29章〈李辰口述史〉。

88 胡鑫麟（一九一九—一九九七），臺南人，臺北帝國大學醫學部畢業，一九五〇年五月十三日被捕，是綠島第一批政治犯。十年期滿後，返回故鄉臺南行醫，常遭警察盤查，後到日本行醫。參見本書29章〈李辰口述史〉。

89 林挺生（一九一九—二〇〇六），大同公司創辦人林尚志之子，臺北第二中學校，臺北高等學校畢業，再讀臺北帝國大學化學科。歷任大同公司董事長，大同工學院院長、私立大同高級中學校長、臺北市議會議長、總統府資政。

生有接家業，那時候讀書的時候成績也不是太好，有去做化妝品，做一做失敗，後來有機會才去做電子，他的大同公司就這樣紅起來，跟東元有得拼，東西也很堅固耐久。

其他像辜振甫也比我晚期，辜振甫在臺北高等學校，是從「尋常科」讀起，跟張寬敏醫生[90]、莊宗耀一樣。臺北高等學校的尋常科非常難考，一口氣要讀七年，從中學就讀到高等學校畢業，臺灣全島每屆祇錄取四十個人，當中臺灣人祇有一兩個而已。在臺北一中跟高等學校的校友會中，我還不算是最資深的，不過我最近比較不想參加校友會了，可能也走不動了。像黃得時[91]、吳守禮[92]他們都比我早，吳守禮研究臺語，郭琇琮好像跟我同屆。其他的同學、學弟，有些因爲跟李鎭源有來往，可能因此而參與了政治。

史明

再來是史明，他也是臺北一中的，在一中比我晚幾屆。史明加入共產黨前曾來上海找我，他是沒跟我說甚麼，他說是要去山西太行山。戰後他加入共產黨，那時候我還不知道他是共產黨，不過之前他對社會運動並不是很熱衷。但是因爲「二二八」的關係，他參加了廖文毅的運動，後來廖文毅逃亡，因爲廖文毅也希望臺灣獨

---

90 張寬敏（一九二六—二〇一四），臺大醫學院外科教授。

91 黃得時（一九〇九—一九九九），臺北樹林人，父爲日治時期傳統文人黃純青。臺灣文學研究者、記者、作家、翻譯家。一九三〇年進入臺北高等學校文科甲類。一九三三年，考入臺北帝國大學東洋文學科。一九三七四月任職《臺灣新民報》，主編漢文、日文副刊，任該報文化部長、社論委員。一九四五年十二月，《臺灣新報》改名《臺灣新生報》，重返崗位擔任副總編輯，同時受聘臺灣大學先修班教授，一九八三年自臺大中文系退休。

92 吳守禮（一九〇九—二〇〇五），臺南人，臺北高等學校、臺北帝國大學東洋文學科畢業。語言學家，研究中國文學和臺灣話，亦擅長華語。在臺灣閩南語的研究領域，著作等身、治學最勤、啓迪後輩。

立，總之，之前他對社會運動並不是很熱衷。[93]

林麗明跟王增明我也都有見過。也看過林獻堂，那時候我還是小孩，他是滿靜的，印象中就好像是紳士吧！感覺是個體面的紳士，都穿西裝比較多。

十二、重返上海

我自己一個人在十年前左右去了一趟上海，造訪了從前去過的地方，還拍了錄影帶回來，那時候是先飛到日本，在日本搭船到上海，這是特意的，我不太會暈船，在船上住了一夜就到上海了。

坐著船進港，溯著黃浦江往上，要進入揚子江，江波浩浩，我看見以前荒涼的浦東地區，現在已經整個發達起來，五、六十年前，遠不是今日這樣，除了自己掌鏡之外，還請旁邊的一個日本遊客幫忙拍，這是我離開上海之後，第一次回去，心中感慨萬千，當然有今非昔比之慨，不過也看見了很多沒有改變的東西，我從前住的公寓還在，六十年後再見，覺得相當親切。日本時代興建的十八層大樓還在，在那個時候就已經蓋得很高，現在當然新興的摩天大樓就更多了，都集中在浦東地區。

結語：臺灣人的使命

我認爲臺灣人第一線的和平，還是在臺灣人手中，一九二七年二月十日，我父親蔣渭水寫的〈臺灣人的使命〉，這篇與〈總督府警察沿革志〉一起收在民報裏，蔣渭水是說臺灣人要做中國人跟日本人的橋樑，但是他那時候說，卻沒有人聽。

其實臺灣統、獨都沒甚麼關係！主要的主體是要爲了臺灣民族，這就是史明說的臺灣已經變成一個新民

---

93 有關史明與中國革命之關係，可再參閱林德政，《在中國革命的道路上：歷史巨變下的臺灣人》（臺北：五南圖書出版公司，二〇一四年十月），頁四三九、四六四—四六五。

族，經過四百年，由剛開始來的時候是有「有唐山公、無唐山媽」，到現在四百年的基因已經把很多中國的部分消掉了，所以血統已經都沒有了。不要說臺灣人，說現在中國大陸的中國人，純的中國人可能沒有。

以我們姓蔣的來說，我們姓蔣的遠祖是周文王時代的第二皇太子，而三千一百多年前，中間有很多戰亂甚麼的，甲的政權、乙來消滅，不逃不行，一定要跑，就跑到南邊來，所以就與當地的人通婚。所以這些年中間，外來民族來中國的很多，比如說元朝的蒙古族、清朝的滿族，清朝傳了兩百六十多年，有這些民族過來混血，別說臺灣人，連現在的中國人，「純」的中國人可能沒有。所以你說臺灣人不是中國人，這說不過去，但也不一定，因爲也可能血統不純，就像李登輝說的：臺灣人就跟美國人的情形一樣，美國人也沒說自己是英國人。

13 附錄：一百零一歲的蔣松輝沒有辱沒父親蔣渭水

林德政

在臺灣史上占有一席之地的蔣渭水，一生爲臺灣奔走，爲臺灣打拼，爲臺灣謀求出路，日治時代與林獻堂等人成立「臺灣文化協會」，之後又成立民眾黨，在日本殖民統治威權之下，高呼「同胞須團結，團結眞有力」，號召非武裝抗日，期許臺灣人透過文化自覺，萌發民族意識，一生不畏強權威逼，坐牢十幾次，功在史冊，令人緬懷。而今一直在宏揚父親蔣渭水精神與志業的蔣松輝先生去世了，他克享高壽，享年一百零一足歲、一百零二虛歲。

身爲名人之後的松輝先生，他沒像父親那樣積極投身政治與社會運動，自然名氣也沒有父親大，甚至在早些年時，幾乎無人知道有他這麼一個人物在，約莫在二十年前，臺灣人追尋自身歷史的風氣逐漸興盛，蔣渭水開始重新被提起，做爲長子的他才被注意，漸爲人知。然則低調又內斂的他，並不張揚。

認識松輝先生是在二〇〇一年時，當時是因爲林海音先生女公子夏祖麗小姐的介紹，得以認識他的三公子勇揚，我打電話給勇揚兄表示欲訪問他爸爸，獲其首肯，蒙松輝先生不棄，展開爲期三年的深度訪談，開始時我請問他是否有史學界人士訪問過他，他答以從未，我一則驚訝一則也高興，慶幸能爲他留下臺灣人的寶貴見證。

做爲名人蔣渭水的後代，他一點都不辱沒父親的名聲。一九一三年出生宜蘭的他，在宜蘭讀公學校五年，六年級時轉學到臺北太平公學校，時宜蘭與臺北之間尙無鐵路，到臺北須坐轎子搬山過嶺，他和母親就是這樣到臺北找父親的，到了臺北，忙於醫業又忙於政治社會運動的父親沒有多餘時間關愛他，但父親的社會地位，讓他轉學臺北後，能得日籍老師成田先生的特別關照，爲他補習課業，加上他的努力與天賦，終於考上當時極難考上的全臺首屈一指名校：臺北一中！這可是日籍生爲主的二百新生裏頭的八個臺籍生啊！

臺北一中是五年一貫制的中學，修學年限是五年，但是松輝先生在四年級時就越級考上了臺北高等學校，這表示中學時他是多麼用功，程度多麼好啊！臺北一中的紮實教育，讓他一生懷念不已，事隔七十多年，他還會唱當時的校歌呢！

之後他進入人人稱羨的臺北高等學校，他選擇理科，原本要讀臺北帝國大學醫學部，但臺大醫學部在他畢業後次年才成立，陰錯陽差，加上父親過世後，家中經濟極端困難，也沒有錢再上大學，他不能不就業了，於是昭和十一年他西渡到了上海謀求職業。這時中日戰爭尚未爆發，在六舅石煥長介紹下，他進入上海日本近代科學圖書館工作，這是日本外務省下的一個機構，之後他又到《朝日新聞》上班，在那裏認識尾崎秀實，是他臺北一中的學長，此人涉及間諜案，將日本情報供給敵國，被判死刑。

之後他重燃學醫的希望，坐飛機到日本，入學長崎醫科大學醫科，與彭明敏的弟弟彭明哲同學，但是，戰爭逐漸嚴重，醫科大學學生也要上軍訓課，且他的經濟也不寬裕，難以爲繼，於是再次中輟學醫的理想，回到上海。沒有在長崎醫大完成學業，表面上看似可惜，實際上是幸運，若留下完成學業，很可能遇上長崎原爆，不是遇難就是變成殘廢，例如彭明敏在那裏不幸被炸掉一隻手。

上海的幾年是他一生當中極爲難忘的日子，在那裏他認識日籍妻子池田八重子，兩人相愛進而結爲連理，組成幸福美滿家庭，幾個兒子在那裏出生，一家和樂。這段異國姻緣，他守護得很好，對妻子尤其保護有加，直至妻子高齡去世爲止，可以說是善盡丈夫責任的男人，沒有辜負異國妻子的託付終生。

做爲日治時代難得一見的菁英，又是名人蔣渭水的長子，他在上海自然是日本官方注意的焦點，同時也是居住上海的臺人來往的中心，例如郭雨新、陳其昌、謝南光、史明、鍾浩東、蔣碧玉等人都去找過他。蔣碧玉算是妹妹、鍾浩東算是妹婿；而郭雨新是宜蘭同鄉，父親的後輩；史明是他臺北一中的學弟；陳其昌則曾經擔任民眾黨的秘書長。當時的郭雨新在做生意，並未碰政治，陳其昌也一樣，專心做著生意。

一九四五年二次大戰結束，親身目睹驚濤駭浪，重慶回來的國民黨官員，到處耀武揚威，大發戰後的勝利財，其中有一個官員找他麻煩，惡形惡狀要他交出上海房產的租金，大驚之下，他趕忙回到臺灣，二二八事件發生的第二天，一家人總算平安抵達基隆港。

回臺後，身為蔣渭水這樣一個抗日名人的兒子，又是高學歷的菁英，在戰後臺灣照說應該受政府機關照顧才對，況且他的親叔叔蔣渭川旋即出任臺灣省政府民政廳長、內政部次長，位居高津，也應該提拔他才是呀，然則通通沒有。終其一生，他一直在民間公司做事，以此養家活口，教育孩子。固然他生性恬淡、為人低調、不主動求人是原因之一，另外則是國民黨政府以及叔叔雙方的因素。

自馬英九先生當上臺北市長、國民黨主席，乃至當上中華民國總統後，對松輝先生尊翁蔣渭水的重視，愈來愈大，終於有一天蔣渭水的畫像高高掛在國民黨中央黨部的外牆了，遠在一公里外都能看到，顯示當局公開重視蔣渭水那一代臺灣人的歷史了。

走過整整一〇一年的歲月，蔣松輝走過兩岸，見證臺灣人的苦難歲月，因為他的內斂與含蓄，他活出臺灣人的尊嚴，而恬淡與內斂的個性，也是他克享長壽的原因。

（原載《蔣松輝先生逝世紀念集》，二〇一四年，家屬印行）

14 同期的櫻花：臺籍日本兵鄭春河先生口述史

採訪及撰稿：林德政
訪問時間：二〇〇一年八月二十九日
訪問地點：高雄縣湖內鄉鄭宅

當年爲鄭春河先生進行口述史採訪時，感受特別深。訪談季節是盛夏，我抵達他府上時，他特地穿著全套西裝歡迎我，當下感受出他對這次訪談的重視，而談話中，每每言及於戰鬥描述時，他時而神情激動，時而神情哀悽。他這篇口述史，首先呈現他二戰期間在印尼帝汶島的臺灣人戰爭經驗，見證戰爭末期日軍失利，竟至士兵炸死、病死、陣亡之外，還有自殺的，足見當時日軍戰鬥力已是強弩之末，苟延殘喘而已。

其次也是很特殊的地方是：出生於大正九年（一九二〇）的他，終戰那年已經二十五足歲、二十六虛歲，在訪談進行中，聽得出他對日本及其文化的感情，可能青年時期任職役場，受到長官的器重，爲原因之一，日本殖民統治臺灣五十年，與他一樣的臺灣人當然還有。另外，他在一九五八年時入獄關了四年，這應也是原因之二。猶記得訪談中他唱起《同期的櫻花》時，哀惋又悽美。口述史整稿即將出版的今天，他已經過世幾年了。有人說他「親日」，有人說他是「最後的皇軍」，實則這都是臺灣人歷史的眾多經驗之一，是我們研究臺灣史時應該注意的。他後半生致力於原臺灣人日本兵的聯繫，並到東京迎回因爲戰爭受刑致死的二十六人靈位，安奉在臺中寶覺寺。（林德政撰）

一、青少年時期

我在日治時代的大正九年（一九二〇）六月十五日出生，小時後住在臺南佳里街上的糖廠廢宿舍，旁邊住著一戶日本人家，當時日子窮困，常接受隔壁人家小孩子長大穿不下的衣服來穿，受過日本公學校六年教育，小時候常玩打陀螺，沒事則是到處走。佳里公學校畢業後，考上高等科，唸不到畢業，就被老師們勸到北門郡役所做事，我有一點捨不得，但一位日本老師跟我說：「有唸沒唸都一樣啦！」我當時十五歲。

二、任職北門郡役所雇員

在郡役所做事時，我考到普通官，在役場做雇員，必須講日本話。我屬於文役，我當時是在庶務課，北門郡管轄佳里、七股、將軍、學甲等街庄，當時的臺南州管轄二市、十郡。[1]

在擔任雇員的時候，我待遇比其他人還來得優渥，我開始時的月給是二十元，才兩年的時候，就調到五十

1 臺南州二市是臺南市、嘉義市；十郡是虎尾郡、斗六郡、北港郡、嘉義郡、東石郡、新營郡、北門郡、曾文郡、新豐郡、新化郡。

元了。在當時大學畢業生能月領五十五元的月給時，我就已經領到五十元。年終發獎金時，我拿到了一百二十元，役場一個老人（資深員工）才拿到八十元，他就向主管抗議，但主管表示我很認真，所以獎金拿比較高是應該的。

三、志願當日本兵，改姓名「上杉重雄」

昭和十六年（一九四一）我報名陸軍志願役，我是自願要去的，沒有人強迫我。我認爲這是身爲臺灣人的責任，國民的義務，那時候也是有人認爲事不關己。當時我是長子，也是家裏的獨子，若我不去沒有人會講話，但我覺得自己該爲國家盡忠、盡義務，國家若亡了，自己還活著有甚麼用呢？有人勸我別去，我沒有理會他。

請求出征時，肩上掛著肩章，上面寫著自己的名字。說自己志願去當兵的，但也是到了部隊的受訓場地才開始認眞起來。出征前在醫院作身體檢查時，取了一個日本姓名「上杉重雄」，當時是全家一起改的。祇是求個方便就好，「上杉」跟鄭姓也沒有關係。軍人的薪水祇是附加上的，我由於雇員的身分還在，雇員的薪水加上當兵的薪餉都是家裏在臺灣幫我領。體格檢查時，我祇到乙種，因爲我當時的體重祇有五十七公斤，所以指定爲乙種。當時軍隊要的是一等體位的，我也是專程拜託才得上戰場，錄取後我受編爲臺南新制第一聯隊，在現在臺南成功大學那邊受訓。

我有一張剛要出征的照片，是在佳里我們學校拍的，在珍珠港事變前一個星期照的，當時學校保存下來，準備之後學生兵之用。那時候是請照相館的人來學校幫每個人都拍一張小張的，是別人告訴我，才發現有這張照片，要不然甚麼都沒有留下。

那時候上戰場，大家是志願要去的，祇有在被抽調時才算是非自願。當時也沒有場面很大的出征式，那祇有頭一期的軍人才有，後來就沒有了，因爲會怕人家知道你們家有幾個外出作戰，我是昭和十七年（一九四二）出征的，而徵召在十六年就開始了。

四、出發到印尼帝汶投入戰場

昭和十七年（一九四二）十二月受完訓自高雄出發，海上過了好幾個月，在海上彎來彎去，經過了新加坡、爪哇，最後被派駐印尼的帝汶島，那個地方是在澳洲的旁邊六百海浬遠的一個小島。島上氣候跟臺灣差不多，跟當地的土著說：「冷」，他們是不知道甚麼意思的。島上有赤道通過，這裏的土著有著自己的風俗，如臺灣的原住民一樣，祇是皮膚沒有那麼黑。

我手邊一份日本歷史地圖，上面有印尼帝汶島詳細的位置，是東京靖國神社印製的，共寄了五百多份到臺灣來。之前有朋友向我借去copy一份，我自己留下底稿。

在部隊中由於大家都是日本姓名，長官也不知道誰是日本人、誰是臺灣人，新兵兵階從二等兵開始，我後來升到文務軍士。至於我是臺灣人的身分是到戰爭結束坐船回臺時他們才知道的，日本話我講的方面還可以，但寫的方面就不太行了。我在外當兵時，家中每個月替領我薪水，領了六個月。後來升成文務軍士後，薪水又有增加，而由於我是應調當兵，所以我原先雇員的薪水仍然可領。但當兵的薪水很少，不到臺南州原單位的一半，因為部隊中包吃又包住，薪水很少。而且在當地也買不到東西，沒有人要拿日本兵的軍票。

【圖14-1】1942年，鄭春河初入伍時。（鄭春河提供）

在戰場上，每人領五枚炮彈，隨時準備徒手爆破敵人戰車。當時的敵人不光是美軍，還有澳大利亞等國，統稱聯軍。之後聯軍的戰略改變了，不在這些島上決戰，要取道沖繩，直攻日本本土；日軍當然得回防，這很危險，但還是要顧及本島安全。但我沒有被抽調，我們是地方守備隊第一中隊。

當時我們在島上已是彈盡援絕，我們當時的想法是：若沒有抽回冲繩，可能要在島上自我了斷，乃成立了敢死隊，以肉身爲炸彈。當時也不會害怕，不過二十四歲，死了也是一種解脫。

五、島上的慘狀：陣亡、餓死、炸死、病死、自殺

聯軍對我們屢屢發動攻擊，白天飛機空襲，大家就躲到陰影處飛機看不到的地方。在這樣的生死交替間，大家不會害怕。聯軍也會空投傳單下來，給我們看高雄港、東港被轟炸過的樣子；而家裏的人也不知道我們是生還是死，我們也不知道家裏發生的事。當時我們是想，該來的還是要來。

我們這個中隊來時的人數有八百多人，在一段時間拼殺之後逐漸減少，最後大約還剩下三百多人；伙食也不夠吃，以米爲主食，大約是兩包的米煮成三包量的稀飯。也沒有菜，就是喝稀飯，一天吃三次，大家都餓得要死。山裏面倒是有野菜，長得綠油油的，大家會配公差採回，煮過後嘗起來不苦，就可以配飯。兩年多來都是這樣過的，像木瓜心就跟竹筍的口感一樣，但香蕉樹就不行，吃了不消化。雖然餓肚子，但在戰場上，互相殘殺，你不殺人，別人要殺你呢！

在島上的臺灣兵約祇占了百分一至二；在我們第四十八師團中，日本兵有兩萬多人，臺灣兵約八百多人，有的部隊也有朝鮮人，但我們這個師裏沒有。而這八百人中，大約有一成的人戰死沙場。陣亡、餓死、炸死、病死都有，餓死的較少，一些躺下來的病患，若跟醫生要白飯吃的，大多是差不多了；我們拿白飯給他，他也吃不下，看一眼就死了。我們大多數染有瘧疾，我自己除了瘧疾又染有腳氣病。到最後軍醫的藥都用完了，我一時想不開就跳水自殺，想不到水太淺，淹不死，但之後腳氣病就好了。瘧疾發病時，忽冷忽熱，從下午四、五點開始，發病了一整個月，也不知道是怎麼傳染的。對於當時的戰爭環境，自己祇是覺得死了倒是痛快。

六、同期的櫻花

戰爭期間經常要唱日本軍歌，其中有一首叫做《同期的櫻花》，講二百一十萬個同期死在戰場上爲日本捐

軀的軍人。歌詞是：

「貴様と俺とは同期の桜，同じ兵學校の庭に咲く，咲いた花なら散るのは覚悟，見事散りましょ國のため，貴様と俺とは同期の桜，同じ兵學校の庭に咲く，血肉分けたる仲ではないが，なぜか気が合うて別れられぬ，貴様と俺とは同期の桜，同じ航空隊の庭に咲く，仰いだ夕焼け南の空に，今だ還らぬ一番機，貴様と俺とは同期の桜，同じ航空隊の庭に咲く，あれほど誓ったその日も待たず，なぜに散ったか死んだのか，貴様と俺とは同期の桜，離れ離れに散ろうとも，花の都の靖國神社，春の梢（こずえ）に咲いて會おう。」[2]

我來唱這首歌（唱）。這首歌的曲調中有一點微微的悲傷，其實類似情境的狀況很多，戰爭當中，孩子在戰死沙場後，家中父母到神社祭拜他，當孩子的媽媽來到神社後，看見神社富麗堂皇，很高興自己的小孩能夠在這樣的地方被人供奉，高興得哭了，他媽媽誤把兒子認爲是神佛，隨後被指正，又以自己是鄉下人，不認識而求原諒。

當然，沒有一個家庭會因爲小孩在戰場上陣亡而高興的，但爲了國家的榮耀，這是一件很光榮的事，這首歌是在我當兵時經常唱的。

2 按：這首《同期的櫻花》，作於一九三八年之際，作曲大村能章、作詞西條八十。歌詞大意是：我們是同期的櫻花，同在軍校庭院綻放，早有花會凋謝的覺悟，從容的散落是爲了國家。我們是同期的櫻花，血肉相連，不分彼此，義氣相投，卻爲何要各奔他方？我們是同期的櫻花，仰望著南邊如火燒般的夕陽，卻不見你的座機返航？

七、日本戰敗投降，坐船十八天回到臺灣

日本投降，播放天皇玉音放送，我在部隊中一開始並不知道，是之後收到文件才知道日本投降的，當時祇感覺到心裏茫茫然，也不知道能不能回到臺灣，變成俘虜，會被怎麼樣還不知道，心裏一點也高興不起來。當時很多日本人害怕被抓，自殺而死的人很多。因爲沒有船隻接送的關係，我們在投降之後，又在島上等了一段時間。

【圖14-2】1945年8月1日，鄭春河在帝汶。（鄭春河提供）

在這段等船的時間中，大家就種種菜，也種其他的作物，還沒栽成，就回來了。因爲祇有米，我們還是得四處找野菜。結果在等船的時候，就聽到朝鮮人在講風涼話，說日本人是笨蛋，要死不早點死，早點死，我們就可以回來了。

後來終於等到了船，昭和二十一年（一九四六）五月二十日船隻載著我們回到臺灣，船在海上走了十八天，在其他地方停停走走，經過爪哇、新加坡等地，四處載了人回來，船上載的有日本人、臺灣人、朝鮮人等。等我們六月回到臺灣後，已經光復完十個月了。我們是在基隆下船的，然後船繼續開往日本。

八、戰後回家被除籍

我們在基隆下了船之後，馬上坐火車南下，下午五點發車，坐到早上才到番仔田，就是今日的隆田，再轉貨運小火車到佳里。家裏的人三年來都沒有聯絡，每天都會去王爺廟裏爲我擲筊，問我還在不在？擲筊到五月，問我會不會回來？說：「會！」我是在農曆五月初回到臺灣的。那時候光復快一年了，自己已不太會講臺

灣話，工作也是難找。當時身上還穿著軍服呢！祇是配件都繳回去了。回來後，瘧疾又發作了一個月，體重瘦到四十五公斤。在光復後到我回來的這段期間，國民政府來到臺灣，發現家中沒我這個人，就把我除籍，變得我回到臺灣還得重新申請一次。在戰後，我們家人領了最後一次薪水：有六個月的薪水，這在當時可以買三卡車的米，家裏認爲是我的老本，也就存著，結果等我一年後回到臺灣，這價格祇能買三包米。

九、回顧二戰

我認爲當時候的日本發動的不能算是侵略戰爭，那是一場被逼著打的戰爭，當時日本是一個強大的國家，世界各國都想壓它下來。日本最缺的就是沒有石油，才會想要去攻打東南亞，把石油從荷蘭人的手中奪回來。當時候臺灣人跟日本人是具有同樣心情的，大家相互告知，一起相邀去戰場，爲國赴死。但也不是說要去就去這麼簡單，要三、四遍的身體檢查，連嘴巴也要檢查。

我今年已八十多歲，年輕時在戰場上受過傷。當時在戰場上我們四人並肩而行，後失足跌落，其他三人當場摔死，祇有我幸運活下來。戰場上醫藥缺乏，也祇有

【圖14-3】鄭春河1998年8月13日在臺中寶覺寺。（鄭春河提供）

止痛藥，回臺後就醫，中西醫皆不收，祇得靠自己靜養，到晚年舊傷仍隱隱作痛，幾次就醫，均無法根治。老年後，四肢末端會顫抖不已，提筆不能寫小字，持筷無力，體重才四十七公斤，覺得自己已經是一個沒有用的老人。

我五、六十歲的時候，有一群日本年輕學者來訪問我，談起戰敗投降，對著我哭，我毫不客氣的教訓他們，沒辦法接受投降的事實是不行的，輸了就輸了，就要看看之後要如何，哭有甚麼用呢？現在的日本變了，變得唯唯諾諾的，別人講甚麼都聽。日本必須有自己的軍隊，不是用來打仗，而是使國家堅強。六年前，那時我還沒有生病，一些日本大學生代表來看我，我也是這樣跟他們說：「日本精神、國民精神」。我教訓他們：「你們不當兵，誰來保護這個國家？不是要你們互相殘殺，祇是要有個基礎的國力對抗別人。」他們聽完之後也有所感受。我問他們：「有沒有去拜靖國神社？你們知道有兩百一十萬人，爲現在的你們戰死沙場嗎？」

這兩百一十萬人當中，若我當時候也怎麼了，現在也是在裏面吧！裏面有人剛結婚的放下妻小，有父母的放下長輩，是爲日本盡忠而死，對於今日的日本人，是應當感念的。

後來，我也有想試著去參加大東亞戰爭終戰五十七周年紀念，可惜沒有趕上。

15

二戰時期在緬甸的臺籍戰地庶務員：徐振昆先生口述史（上）

採訪、記錄：林德政
訪問時間：二〇〇六年七月四日至二〇〇八年十月十九日
訪問地點：嘉義縣大林鎮徐宅、成功大學歷史系

徐振昆，一九二七年生，嘉義大林人，曾任大林國小教師、大林鎮長、嘉義縣議員等職，這篇訪談的特點有三：第一，他經歷了一九三五到一九四一年代臺灣人在「公學校」學習的生活狀況。第二，日治時代日籍老師每每在學生面前有輕視中國的言論，這在他的口述史中有所呈現。第三，他見證了二戰時期，日本當局動員臺灣的學生到第一前線去擔任「戰地庶務員」，這個戰地庶務員外邊人大多不知，通稱為一般習知的「日本兵」。他就讀的南商約有六成學生被學校推薦，所謂推薦其實是半強迫。第四，他被派往緬甸三年在緬甸時，得日本長官西鄉從吾的疼愛與照顧。戰後在新加坡被關六個月，更見證到日本戰敗後，緬甸日本軍木村大將切腹自殺以示負責的情景。（林德政撰）

一、家世

我出生於日治時代昭和二年（一九二七）七月，生肖屬兔，世居嘉義大林下埤頭，家裏總共有六個兄弟和五個姊妹，我排行第四。祖父徐褒、父親徐松、母親冠夫姓叫徐簡愛，她有纏足，但長大後放足，父親受傳統漢文教育，擔任保正和甘蔗委員，他在世時，家中有六十幾甲土地，是他一手掙來的。

我祖籍是福建省漳州府南靖縣新坡堡岸塔社牛綸山頂，祖父徐褒才從唐山過來臺灣，他身無分文，一毛錢都沒有帶，最早他住在嘉義，做的是雜貨生意，一開始是賣雜細，就是賣一些胭脂水粉，以及生活日用品等，扛著擔子到處叫賣，到我父親才搬到大林拓墾，勤勞努力的結果，慢慢致富，我算是第三代的臺灣人，我兒女是第四代。

我家的地除了在下埤頭外，大多在今大林鎮三角里的三角仔。我父親都是買地給那裏的客家人耕種。父親爲人寬厚，對人非常照顧，以前的人種蕃薯都不會給別人去撿，他卻是種蕃薯給人家撿，如果家裏人多就拿多一點的蕃薯，人少就拿少一點蕃薯回去，這樣也比較沒有危險性，拿著鋤頭一直挖，不小心還會鋤到腳。還有家境不好的人，都會去田裏撿別人收割後剩下的殘餘稻子，拿回家糊口，我父親看到他們這樣拿著鋤頭挖田，也撿不了多少，就乾脆拿收成好的稻子給他們。還對他們說「你需要多少，就拿多少去吃」，甚至幫他們運送，放在牛車上送到家裏。

我父親對地方公益事業非常熱心，做了很多濟貧的工作，他是一位慈善家，對於地方的付出不求回報，贏得了別人的尊敬，在地方上成爲衆望所歸的人。他一生的善行，庇蔭後代子孫家運興旺，沒有出過壞子弟，我當上鎮長，也是希望提拔鎮內清寒家庭的子弟，家裏負擔比較有問題，我就提供給他經費和機會，這也是出於一種心願。所謂「積善能庇蔭子孫」，我一直對這樣的想法深信不疑，我在擔任公職期間所做的一切，都是出自本心，沒有刻意想揚名或者求回報，祇希望能夠庇蔭子孫，不求飛黃騰達，做個堂堂正正的人，就已經足夠。

父親在我讀公學校四年級時過世，享年六十，當時我十歲，他五十歲才生我，我上面有三個哥哥，下面一個弟弟，總共五個兄弟，名字依序如下：傳旭、武雄、振昌、振昆、振欽。大哥跟我是同父異母，大我二十歲，他最大的小孩祇小我四歲。二哥以下四兄弟則是同一個母親。弟弟振欽，小我兩歲，公學校畢業之後，到電信局上班，二十歲時得了肺癆去世。

二、學生時代

大林公學校

昭和十年（一九三五）我進入大林公學校就讀，爲日治時代第二十九屆。第一天入學時，是由大我六歲的姐姐帶我去的。和我一起入學的有五個人，如今還在世的，除了我之外祇剩一個女生，名叫王水銀。我祇有在入學那一天穿著鞋子，一回到了家，馬上把鞋子收起來，等到過年才又拿出來穿，當時鞋子都會特意買比較大，可以穿比較久。

國小一年級一共分爲兩班，一班全都是男生，另一班則是男女合班。我是在都是男生那一班。我第一個老師是臺灣人，名叫許舜景，祇教了我一年，後來他調至竹崎公學校。第二年的老師是日本人，名叫相良。一年級開始不正式上課，老師都帶我們唱歌、遊戲、去花園種花。慢慢才教我們認識日本國旗、五十音，之後是寫字、作文，但學校不教漢文。學校的課程內容以「忠孝」爲主，教導學生要忠於日本國、政府，然後孝順父母。每天進教室時，每班老師都會個別帶學生唸班級貼在牆壁上的格言。格言的內容以忠愛國家爲主，這樣的教育也導致我們學生當時對日本國很忠心，戰死都願意。中日戰爭爆發後，老師在課堂上常會說中國很差勁：例如有一句話說到：「逃げるはシナ兵、追い掛けるは日本兵」。[1]

1 訪問人按：這句話的意思是中日兩國打仗時，中國兵總是先逃跑，日本兵緊追在後。

我剛入大林公學校時的校長是西尾帝柱，到畢業時校長爲大鶴。教過我的老師，除了上述的許舜景老師外，五、六年級時被林錫輝先生教，他音樂很好，記得上過他的「唱遊」課，因爲當時是戰時，所以教的歌大部分都是軍歌。[2]

讀公學校時，我都考第二、三名或者五、六名。每次都做副級長，當級長的是比我大五、六歲的同學林宜敦。他畢業之後，有一次到學校遇見他，他在鋸樹幹，才知道他回學校當工友，後來參加志願役，如今他也已過世了。

日本老師有時候對調皮的小孩都會罵他們是清國奴，而日本小孩在路上遇到臺灣小孩也會罵。不過我從未與日本小孩打架或者起衝突過，完全沒有。在小學四年級時，全校學生要開始種一種麻子叫作麻篦子交給學校，因爲要當做飛機的燃料，暑假完要交一捆麻草給老師，當做暑假作業，部隊會到學校去收。我都先到田裏去割，曬乾後交給老師，這些是要給馬吃的，割不到要求的數量，會被處罰，有些同學祇好去給人家偷割田裏面的。這一定要交，不然的話不給註冊，有些學生因此輟學。

當時讀小學不用書錢，祇要交五角錢的家長會費。每個星期三固定全校都會吃「國旗飯」，就是便當盒中祇有飯和番薯簽，中間放一個紅色的梅子。我們沒有書包，都用包袱巾將便當盒掛在腰間上課。上課時，都光著腳，走田埂路。那時候已經開始用一些土在鋪路。我小時候冬天天氣寒冷，地上都會結霜。不過沒辦法，也祇好走在水溝上，因爲比較沒有那麼冷。那時也常常到附近埤圳去玩水。附近有一個地方叫做「鹿窟溝」，水非常深，每次塡好土，下雨後一樣被沖走。很多小孩都在那裏死掉，以前還有個職業叫做「扛死孩子」，即遇

---

2 訪問人按：林錫輝是嘉義新港人，臺南師範學校畢業，生平資料可參閱林德政撰，〈創作新港庄之歌的林錫輝先生〉，刊登在《新港文教基金會會訊》，一九九二年。其女兒嫁涂德錡，涂曾任嘉義縣長、國民黨臺灣省黨部主委、臺灣省政府民政廳長、總統府資政等職。

有小孩不幸溺斃，被請去背屍體的人。那時村裏沒有正式的西醫師，生病大部分都是吃藥商寄在家裏的「藥包」。庄裏有賣漢藥的中醫房，我們都叫老板「藥包頭」。

就讀大林公學校時，我親眼看到學校興建禮堂過程中的「上樑式」，上樑的時候有丟麻糬的儀式，在場的小朋友，每個人都發到兩個麻糬，一紅一白，我也看到大林國小日語講習所的老師受訓的情形，大林國小的禮堂興建工程的費用，是日幣三萬多元。

昭和十六年（一九四一）十一月，學校辦運動會，我們對運動會的價值觀看很重，會前老師叫我們去民雄公學校借帳篷，對方卻要我們寫借據。運動會舉行一半，突然喊停，我記得是十一月二十日十二時二十分，玉音廣播，運動會突然停止。

公學校畢業，學校有舉辦畢業旅行，本來我也報名參加畢業旅行的，我媽也給我錢，但當天我發高燒無法參加，同學回來說看到的飛機很大，我很羨慕，沒去覺得遺憾。畢業時，大林庄長沒有來參加畢業典禮。那時有頒一個獎，叫做「殿下賞」。

【圖15-1】就讀南商時與來自嘉義郡的同學合照於臺南開山神社，站者右起第二人為為徐振昆。（徐振昆提供）

我們同屆祇有一個女生畢業後繼續升學，她名叫蔡貞，考中「嘉義高等女學校」，即今天的嘉義女中，她後來嫁給外省人。

臺南市商業學校

大林公學校畢業後，中學我考取臺南市商業學校，校址大約是在今天臺南市健康路，或者是水交社那一帶，我當大林鎮長的時候曾回去找過一次，就是找不著。

就讀南商時住在學寮，是老師親戚的家，榻榻米的房間。一間住十人，學長當室長，就讀期間每每被要求去「俸仕作業」[3]，扛擔架扛土，男生都比較重，不畏風雨，淋雨也要去。日治時同學之間有一個傳統，即學長可以打學弟，原本我不知道這種事情，一次我突然被學長打，我才知道是沒有向他敬禮而被打，回想起來，中學生活不是很愉快，我羨慕現在的中學生。

當時學弟對學長要很尊敬，學長常把綁腿丟給我，叫我幫他整理。學生的伙食一般說來不太好，例如有所謂的「學生米」，「學生肉」，「學生魚」等，以學生魚來說，魚祇有剩頭和尾，沒有中間的部分，應該是被切掉了。

商業學校規定學生畢業前，一定要通過珠算三級，否則不能畢業，我感覺壓力極大，有空時就打算盤，幾乎天天打，有張照片（圖15-1）是我就讀南商時，跟同是嘉義郡的同學去臺南「開山神社」玩拍的照片[4]，我是站立著的右邊數來第二個。

---

3 訪問人按：「奉仕作業」，日語，意指勞動服務。

4 訪問人按：「開山神社」指今天臺南市的延平郡王祠，位於臺南市開山路。

二、從軍

前往臺南第二連隊報到

南商三年級時，日本當局以戰爭激烈，要我們學生動員到第一前線去服務，去擔任戰地庶務員，青年到前線愈來愈積極，一些在南洋當文官的人回來，坐人力車，拿的皮箱非常好，頭上戴戰鬥帽，很令人羡慕。有一天，一位學長從南洋回臺到學校，他拿南洋榴槤給老師吃，說去南洋就吃不完，這個舉動讓校內的學弟很羡慕，畢業那一年，學校天天疲勞轟炸，一直鼓舞學生到前線，南商約有六成學生被學校推薦。

日本人徵召臺灣人當日本兵，總是說有多好多好的待遇，學校成績較好的人會受到推薦，教官在教學時更是極力提倡大家加入日本軍。我就是在那樣的情況下入伍的。

目前位於臺南的國立成功大學光復校區，日治時代是日本臺灣軍第二聯隊的駐在地，我就是到那裏報到的。那時候學生總動員，我是考「戰地服務庶務員」，算是半文職半軍職。每一間學校推選五個到十個到臺南口試，以學生身分報考的不用筆試，一般人士則要筆試，學生兩百個人報考，錄取一百五十個人。我被學校推薦去報考時，名字被日本人改成「四郎」，姓如果也改，則薪水可以加一級，但是我堅持不改姓。

口試完，回到學校才一個禮拜，馬上通知說要報到，用軍車載我們去，由家鄉的學生出來歡送，學生坐在火車上，一節車廂坐一間學校的學生。那時候我十七歲，那時候三月份畢業，但我們二月時就沒上課了，讓我們這些要上前線的學生休息一個月，雖然還沒到畢業的時間，當局就把我們帶走，學校說會把畢業證書送到家裏，之所以這麼急，是因為前線兵力不夠，連辦公的人員也不夠，非常缺人，所以急著要帶我們過去。

口試印象最深的是一個中校，口試前大家被要求立正站好，一報到名字，要把學校成績單給他看，他問：「你能不能吃苦？」我答：「是！一定能吃苦」，之後又問：「你怕不怕死？」我答：「不怕死！」中校聽了就說：「好！合格」，說到死，那時候眞的是不怕，我和三個很好的同學一起去前線，就這樣，一去就去南洋。

新加坡受訓

報到完之後，到高雄住旅館一個月，每天都看海、打野球[5]，等船來高雄港，好不容易等到了船，出海後坐船坐了一個月，一開始都會暈，聽說當時日本有一艘一萬噸的「淺間丸」被美國潛水艇擊沉，我坐的那艘船爲了躲避美軍攻擊，在海上彎來彎去的，在船上唱軍歌，內容是打仗打到水裏就要死在水底[6]，還有就是萬一打到山上沒糧食吃時，可以吃草。我坐的那艘船原本是要去印尼，但是因爲印尼已經被美國占據[7]，船不能過去，所以才去新加坡登陸。

【圖15-2】徐振昆日治時代在日軍中擔任戰地庶務員，攝於新加坡。（徐振昆提供）

那時候新加坡一個大壩曾被包圍，日本軍攻上去，打敗英國守軍就占領了新加坡，日本兵爬越一座山，進入新加坡境內，占領之後，將新加坡改名爲「昭南」。爲了占領那一座山，雙方打得很激烈，最後英美聯軍不敵投降。

我入伍的部隊叫「銀輪部隊」，在新加坡經過六個月職前訓練，學基本動作，像「齊步走」，「步槍射

5 訪問人按：「野球」，日語，即棒球。
6 訪問人按：關於那首軍歌，承伊藤宏晃先生提供資料，言歌名是〈海ゆかば〉。
7 訪問人按：二戰時印尼疑並未被美國攻占。

擊」、「機關槍的操作與維修」等都要訓練，晚上會把電燈弄熄，黑夜當中拆解槍，排整齊，再把槍組裝好，我也是在哪裏才學會游泳。我感覺好奇怪，我戰地庶務員是要來辦公的，怎麼這樣子訓練？他們說：「將來萬一情勢不好的話，要自己保衛自己。」意思是萬一戰敗了，連庶務員自己都要保護自己，又教我們手榴彈的攻擊法，以及手榴彈的自殺法，萬一跑不掉時，要切腹自殺，不能當俘虜，要我們在那種情況時一定要自殺。

我剛去那邊訓練，也就是職前訓練營，總共在那裏訓練六個月，機關槍重的沒有，輕的會射擊，會修理、會拆解、會組裝，訓練完成後，帶我們出去到新加坡市區玩，從山上看，新加坡死很多人，死幾萬人，從山上控制，整個新加坡都被控制住，軍營就設在那裏。

下面這張照片（圖15-2）是在新加坡受訓時，一位日本軍官幫我拍的，就在新加坡的一個小山村裏。

緬甸服役

受訓完後，我被派往緬甸，原本是要到印尼的蘇門達臘，結果海峽過不了，就去了緬甸。要去時，當天半夜叫我們穿白衣服扮成病人，坐火車到檳城，在那裏候船，穿醫院的衣服，再坐船前往緬甸的仰光報到。到緬甸的仰光後，報到後去醫院，去醫院我不敢動，我裝病人，頭一晚空襲警報，都沒有事，後來出院去報到再分發至前線部隊、總司令、軍政部，像顧問團那種，就像美國派來這裏（臺灣）當顧問團，我們派去仰光當顧問團，在那裏當事務員，裏面一半是軍人，另一半文官，我被派在人事科，一般軍職分做三級，最上是「親任官」，再下來是「奏任官」，啓奏萬歲的奏，再下來是「判任官」，親任就是將官以上擔任的，還有佐任官，親任官是上將，中將，少將這些，上尉以上，准尉就是上升到校尉，這一段爬不上去，是准官。那時候有十五萬大軍隊祇有一個上將而已。接著去一個島，在那邊假裝是病人，躺了一個星期，接著再被派出去。當時孫立人在滇緬公路打敗日本人兩個部隊。

我在緬甸總共待了三年多，在那裏很輕鬆，白天吃餐廳，繳錢後，有一本餐券給你，吃完要吃甚麼還可以再給你一張，跟那些人，吃菜點菜，要吃的就吃，剩下的可以退回去，在那裏的當地人會撿去。

我工作的單位叫「人事供給課」，裏頭的軍人全部調到前線去了，戰時最可憐，日本大學生入伍的那時候編入叫做「甲種幹部訓練班」的隊伍裏，他們都是年輕有為的青年，被派到前線，好像消耗品一樣，今天兩百個人派到前線去，再一個月以後可能就差不多死了一大半，老兵不會死，都是勇敢的青年軍在死，一喊衝，他們就往前衝，老兵就躲在後面。飛機也是一樣，照理說今天飛機去了，今天報到，一空襲，戰車去轟炸，要破壞美軍飛機三、四架，他們五、六個年輕人，把敵人都打壞，後來他們（美國）有兩百架回來，沒有靠近就全部死光了，祇有剩下一架飛機，少尉，佇立在那裏不會死，一空襲警報飛機就起飛，在仰光上空飛到很遠的地方，轟炸以後回來我還健在，日本還有飛機，其實祇有一架。所以我年輕時候和那些日本大學生在一起，看得好可憐，他們就是很勇敢。

我在司令部裏面的職等是一職等，通常一個單位就祇有一個臺灣人，所以想要跟人講臺灣話，沒有人跟你講，周圍都是日本人，所以一定要講日語，不講日語的話，講話就沒有對象，我在人事供給課工作，負責人事業務，在戰地，四個月一個作戰，下來後論功勞，有分等，計分：「勳勞甲」、「勳勞乙」、「光勞」、「慰勞」等，軍人將來退伍了以後，要算你功勞幾次，勳勞幾次，慰勞幾次，把它做為退休慰問金的依據，除了年資以外就是加這些。勳勞甲、勳勞乙有勳章，好像擁有高級特優光榮的軍人，就給你掛一個勳章，日治時代的特攻隊隊員，天皇會派他的弟弟，給隊員掛上勳勞甲的獎章，那個是祇有特攻隊的隊員才有的。

委任職上去，就是軍官，至於雇員，則是委任再下來的，派在這裏的都是委任，師範學校的畢業生，有的人畢業要當老師卻被調來這裏，他也是委任官，是委任待遇。凡是委任待遇，掛委任的階，在肩膀上，是黃色的。我們顧問團在那裏，後來改做軍政參謀部第三班，有一個顧問團，我剛進去是人事職員，裏頭有誰要升官，我比較清楚，所管的業務大概是有關一百五十幾個人的考核事項，日本人對於考核方面很嚴格，得甲等的人升五元，得乙等升三元，丙等是第三等，給一元，再下去就沒升了，他們的升遷是死幾個人，空了缺才能升。

我當兵的時候，母親就已經不在世了！那時候我常把薪水寄回家裏，我媽媽生病，所以需要頗多醫藥費用，都還沒花到就已經往生了！她活了五十幾歲。

貴人西鄉從吾

戰爭慢慢激烈，前線都死光了，在我們行政幹部的行政人員全部都武裝調到前線去，我白天在人事供給科上班，晚上要到主計處去加班，一個人兩個工作，薪水祇有領一份。在部隊中我遇到一位特別的人物，是我的貴人，他是西鄉隆盛的弟弟的孩子[8]，叫做西鄉從吾，他是政治作戰第三部的主任，全緬甸的政治都是他主管，有顧問團，都是他的屬下，他是我的直屬上司。他非常疼愛臺灣人的孩子。晚上去會計課幫忙，打瞌睡，都不會責罵，也時常買東西請大家吃。我寄錢回家也都是他幫我開證明，讓我寄多一點回家。

西鄉從吾人非常好。有一天晚上我在加班，沒有加班費呢，一個人做兩個人也不埋怨啦，因爲同事都到前線去了，都死了，人手不足，我坐在那裏打瞌睡，旁邊的人搖醒我說「值日長官來了」，結果西鄉卻說：「給他睡，不要吵他，他太辛苦了。」他又說：「好，好，你們大家辛苦了。」，不久我就醒來了，他看到我在打瞌睡祇說：「辛苦了，辛苦了。」也不罵你，也不爲難你，所以這個效果比責罵你還要有效果，他有一本書送給我，書名是《你要使人家怎樣感動你》，就好像我們在軍訓的領導與統御，好像這個世界各國有名的政治家或是戰略家自己寫的一本論著，他對我說：「你回去這本要好好讀，甚麼時候不知道，有機會出任領導者，你要好好的讀。」這是很珍貴的一本書，我保留了好幾十年，後來搬家，放到哪裏去找不出來了。

8 訪問人按：西鄉隆盛，鹿兒島人，出身薩摩藩下級武士，是日本明治維新時期的陸軍大將，一八二八年生，一八七七年逝。日本九州鹿兒島豎有西鄉隆盛的銅像。

戰敗撤退，在新加坡被關

我們軍隊撤退的時候，白天都躲在草叢裏面跟小樹木的下面，晚上才走出來，在緬甸沒有東西吃，我們用牛做實驗。餵牛吃草，如果草沒有毒，我們就割比較嫩的草，去把好幾種草放進湯裏面煮，不過沒有味道。如果草有毒，牛死掉了，就吃牛肉。當時還是有發米，不過捨不得吃，都祇放幾粒幾粒的米煮來吃。走了兩個月才走到緬、泰國境，許多東西都丟了，祇有剩下手榴彈和名冊，撤退前名冊複印三份，三個人負責，一個人為第一批坐火車離開，另一個人為第二批坐卡車離開，而我自願當第三批最後留下。

那時聽說要回去了，心想那好啊，因為那個時候我犯罪，原因是文官部要組自衛隊，晚上要站衛兵，要臺灣人站衛兵，連白天還要站，我說我不，氣急之下我向空中開了槍，以示憤怒，就這樣犯了軍法，幸好西鄉從吾他把我保起來，所以沒死，不然早就死翹翹，回不了臺灣了，他保我說：「你要留在最後一批，飛機要來，全部給他們退，我們留下幾個。」之後整理裏面重要文書和子彈，並把它們放在井裏用土掩埋起來，又把辦公廳炸毀再撤退。

後來飛機來了，我以為是日本飛機，結果不是，是美國空降機來了，他們就一臺戰鬥機，拖了五臺滑翔機，都降落在緬甸的機場，全部都被美國占領了，我原本以為是日本飛機來了，心想：「啊！很高興！明天晚上可以歸隊。」其實是美國占據機場，所以我們要走路，這份名冊，我們要加班時間工作，人事課就是要記錄人事調動，供給科等於是在前線的功勞記錄簿。後來要用船把我載過去，我年紀最小，又感冒，我的朋友強把我拉著，載到快到的時候，最後一個晚上我失蹤了，我睡著了。後來卡車載一個參謀，車壞了停在我旁邊，我躲在樹林，晚上在走路，快到那裏，車子在發動，他發現我向我招手，那個日本司機問我屬於那一部？我說我政治部，他就說不給我坐，說司令部的人最壞了，壞人我不給你坐，後來參謀偷偷拉我上車，不久，美軍飛機來掃射，我聽到飛機的聲音，大家急忙下車，躲在樹林裏的木頭底下，躲在那裏安全掃射不到，參謀拖我到裏面，但是那個司機為了顧車子，想把車開到比較裏面的地方，怕被燒了，不幸的是卻因為這樣車子被美軍飛機掃射到了，那臺車子也燒起來，日本司機也被燒死了。

我的命算是撿到的，後來一直走，算一算，十五萬的日本大軍到最後祇剩下五萬多，面對這種情形，中將哭出來，總司令被抓了，參謀長被抓了，少將起來指揮，在前線死守的死守，撤退的撤退，但到那裏沒多久就光復了，早知道會光復就不用撤退了，躲在這裏不用死那麼多，而我身上行李裏面的人事名冊還背著，我們三個負責運送名冊的人全都到達，裏面的證件、存簿等全部都安全到達。

我在新加坡與緬甸，前後有三年多，從昭和十八年到昭和二十年（一九四三—一九四五），光復後好久才回來，被關在新加坡差不多六個月，日本人原本要把我們帶回臺灣，但是當地華僑都不願意，他們說他們要接收，說：「我們臺灣人自己要管，不要你們日本人管。」，留在那裏的日子最可憐，沒有人管，沒有飯吃，有些華僑那個時候很惡質，他們應該說是「臺僑」才對，就是從臺灣過去在那裏定居的人，我們甚麼東西他們都拿去，有甚麼他們拿走甚麼，最後祇有一個麵包和一張車票給你，不知道甚麼原因會這樣子，總之我回來臺灣的時候，身上是一文莫名。

對日本文化的感觸

日本人優點是甚麼？我的感覺是：「主管很負責」，以我戰時經驗來說，那個時候日本占領緬甸，仰光大學被當做司令部，仰光大學是英國人蓋的，三層樓，那個時候三層樓很高，司令部在那裏監督當地，算是地方政府，我就在司令部的軍政部，裏面有一個參謀三課的日本負責人伊田中將[9]，因爲美國戰車M-40C很大，日本則是很小很小的戰車，戰爭一起來輸給美國的，所以呢要運動，日本本土要派飛機三十架來掩護它撤退，日

9 訪問人按：承伊藤宏晃先生提供資料，言伊田應是一田，名次郎，官階應是少將。

本東京大空襲[10]，日本飛機飛不起來，沒有通知要延後撤退，他這個中將和參謀長，聯繫結合，他飛機要來，變成我們撤退，結果美軍轟炸機三百架，戰到最後，幾乎全軍覆沒了。伊田中將很難過，一天晚上他叫參謀長來，他說：「參謀長對不起，是我總指揮的錯誤，不是你作戰不行，」，叫他到旁邊，說今天晚上大家睡著了，他要切腹自殺，以示負責，但是因為他五十多歲了，恐怕沒有力氣做完整個切腹的動作，叫參謀官拿日本刀在他旁邊，說「我做不好的工作，你一定要幫我做，這是我對你的命令」，參謀官雖然傷痛，也衹能服從，果然中將切腹後，沒有力氣完成最後動作，就替他完成了，中將成仁了，事先他寫下一張遺書，上面記載：「全軍由我負責，因為是我總司令下令的，和上面毫無關係，我自己判斷錯誤，所以我死，部屬沒有錯誤。」

另一個負責任的例子是，戰時有一位木村大將，是引起世界大戰的甲級戰犯東條英機的參謀長，是陸軍省大臣，在緬作戰時前線有一個部落，美國飛機來了，空襲警報以後，間諜降落傘下到地上，下去之後去抓抓不到，因為那一個部落大部分中國人、華僑住在那裏，那一個村落，降落傘降下來絕對抓不到間諜，所以駐守在那一邊的一個日本中尉，他利用總司令調換的時間，就是東條英機的部下木村要調到前線，前線的川邊要調回去，在東京移交的當天，那個部隊長，下令把整個村落全部圍起來，放火燒，跑出來的女人、孩子不殺，男人通通殺光。

戰爭結束後，東條英機就要處死，木村大將對那個部隊長說：「我跟東條引起的這個世界大戰，我一定是戰犯，跑不了，緬甸放火燒人的事件，你就說是我命令你做的。」那個中尉說：「就是你們移交中間我做的事，我要負責。」兩個人在司令部吵得要命。

我們國人有些人是不一樣的，有事情時我推給你，你推給我，他說這是我做的，他說他做的。結果那個中

10 訪問人按：東京大空襲，一九四五年三月十日美國出動轟炸機對日本首都東京進行大轟炸，五月二十五日又進行一次大轟炸。

村中尉給中國軍抓到仰光市場，綁在街上，吊在那邊，過去的人很恨他，就一刀一刀地切到死。木村說：「你這個傻瓜，我在這邊要等美國回去一定要判死刑的，我要負責。」一件事情，兩個人負責，他（中村）說他（中村）做的，他（木村）說他（木村）命令他（中村）做的，結果呢，他（中村）自己做，木村他說我一定要負責，所以他們兩個人一起來。一個戰車隊戰敗了，說實在空軍沒有來，但他還是負責，最後木村切腹自殺而死。

日本人的缺點是他們很霸道，像我有一次碰到的例子，我是在人事科，主管叫我一定要在五天內把它做完，我有很多工作，連晚上也要工作，為了他交辦的事情，我拼命做，最後我提早一天結案，他說：「大致良好，但是你這樣還不可以。」我問：「為甚麼？我有甚麼地方錯嗎？」他說：「沒有錯，觀念錯，為甚麼呢？我限你五日做完，就是要報告上面完成五日，所以你提早一天做完，做不好，我交代你再改，我送到上面核准，我的意思是五天內，再五天就要作戰了，所以作戰要全部準備好。」

這實在是無理的要求。再來就是他叫你這個部隊死守，其他的部隊可以撤退，這個關口封起來，你部隊在那邊，步槍給你，你去那邊，你們死在那邊，准退才退，不准退也要死在那邊，就是沒有人性，儘量要你怎麼樣，我要退怎麼樣，一個小機關槍，一把手槍，兩個手榴彈，叫你怎麼樣，你退，敵人來了，你用槍跟他打，靠近了用手槍，又靠近了，你那個手榴彈就要用來自殺的，不可以做俘虜，一定要自殺，所以這個是無人道，美國人不是這樣呢，他飛機給你打到，他降落下來，他馬上投降，他部隊也是一樣，他看苗頭不對，全軍都投降，他說栽培一個人要花幾十年，甚至花二十年，所以他有這個觀念，比較有人性，日本人沒有。

後記：徐振昆先生口述史（下）—八年如一日的不支薪鎮長。載於林德政著《開拓、信仰與抗日：在歷史巨變中見證臺灣歷史》，臺北：海峽學術出版社，二〇一二年七月初版。

16 戰時南京的臺灣人：楊翠蘭女士口述史

採訪、撰稿：林德政
訪問時間：一九九八年三月二十一日、四月一日
訪問地點：臺南縣關廟鄉黃宅

楊翠蘭女士生於一九二八年，這篇訪問記錄，歷史價值是反映二戰期間臺灣人在南京的求學、謀生、相處，以及戰時和戰後的中國、臺灣狀況等。

第一：他爸爸遠從臺灣南部鄉下的臺南關廟去南京做生意，開計程車行，專做日本商社職員的生意，在戰時南京居然生意很好，戰時去南京的臺灣人，大都是軍屬或通譯之類，另一部分是在汪精衛政權做事，上述二類之外，大概祇有吳濁流一人是在報社當記者；楊女士的爸爸楊克仁則是在南京開計程車行，這是非常獨特的例子，她的口述歷史記錄，是珍貴的，讓我們知道在大時代

【圖16-1】楊翠蘭女士二戰期間隨父母在南京就讀南京高等女學校，見證戰時南京生活。（林德政攝影）

中，臺灣人在戰時南京生活的一個面相，如計程車行雇中國人司機，載的是日本商社職員，家中雇中國籍女佣。臺灣軍伕假日會到他們家做客等等。

第二：日本投降之初，華北及華中一帶的亂象，如天津有中國人欲搶劫臺灣人以及父親在山東濟南遇見「八路兵」等，另外則是上海的「臺灣同鄉會」有提供簡單的住宿場所給臺灣鄉親。

第三：戰時南京的日本學校學生，居然也去中山陵郊遊。戰後剛從戰爭桎梏下走出來的臺灣青年，如何從日語轉向國語（北京話），她的口訪中反應當時臺灣人學習國語、轉換語言文化的心路歷程。（林德政撰）

家世

我是在日治時代昭和三年七月十四日出生於臺南關廟，這一年是一九二八年，也是民國十七年。我祖父楊追，叔公楊建，我叔公在日治時期，曾經擔任關廟庄的庄長。父親楊克仁是「關廟公學校」畢業，又讀同校高等科，他於民國七十四年過世，活了八十一歲，葬在基隆，若現仍在世，今年是九十三歲。母親楊黃香，歸仁人，未讀小學，現年九十一歲，身體仍很健康。

我父母共生九名子女，我是長女，大弟楊子賢。二弟楊子敬，小我六歲，小學在南京讀，五年級時才回來臺灣，他中學讀臺南一中，畢業後投考中央警官學校，現在擔任警政署刑事警察局局長，四弟是光復後才生的，年紀小我二十三歲。

就讀明治女子公學校

我八歲時，入學「關廟公學校」，讀了一年後，家裏搬到臺南市，住在南門町，乃轉學臺南市「明治公學校」，這所學校專收女生，光復後改名，就是今天的「成功國小」。小時候家庭習慣講日語，父親會說日語，母親則祇會聽不會說。

讀到四年級時，因爸爸到中國的南京做生意，舉家搬到南京，我也就跟著轉學到南京。到南京後，轉入南京「第一日本尋常高等小學校」，這是一所專門招收日本人子弟的小學，學校設在南京市內，另有一所「第二尋常高等小學校」，則設在南京的中山東路。由於跟著爸爸到南京，我在中國一住就是七年。我在那裏度過了人生中最燦爛最寶貴的少女時期。我會到中國，就是因爲爸爸到中國做生意的緣故。

爸爸到南京開計程車行：南榮タクシー

我爸爸事業心強，生性喜好往外發展，本來他在臺灣是做汽車貨運業，他公學校畢業後在役場（鄉公所）任職，但結婚後就不想做公務員，就到臺北唸「汽車駕駛學校」一年，學會汽車構造、修護與駕駛。他的思想很先進，當時會開汽車是最摩登的工作，而他就是關廟地區第一個會開汽車的摩登人，所以爸爸和朋友三人合股買一輛轎車，經營載客生意，有了自己的事業，心滿意足往他的理想前進，開始他的新生活。

後來他不知受哪個朋友影響，就想去中國。爸爸要去中國前，先每晚到臺南市有名的「何牙科診所」處，向何醫師學「支那語」，學到一定程度後，才在昭和十三年九月，一個人動身前往中國。我當時覺得很奇怪，覺得爸爸怎麼每晚都不在家？我問媽媽，媽媽說：「好像去學支那語。」

爸爸在南京做計程車出租生意，開的計程車行叫「南榮タクシー」，地址是珠江路三百三十五號，請了好多名的中國人當司機，通常是「三井物產」、「三菱銀行」等株式會社的日本職員來叫計程車。店裏裝設有自動電話，客人打電話來叫車，接到電話，車子馬上開出去，生意很好！車子在戰爭末期是用瓦斯和木炭發動，家裏後面放了很多瓦斯和木炭。

舅舅帶我和弟弟到南京

爸爸到中國探路，覺得可以了，才回來帶媽媽及小弟、小妹前往，留我和大弟子賢在關廟與祖父母住，再過三個月，才叫舅舅翁明主回臺帶我們去。

昭和十四年，我在「明治公學校」快讀完四年級。父親在南京的計程車出租生意，也已經穩定下來，就要我和大弟到南京去，當時是舅舅帶我們去。我舅舅跟著爸爸在南京一起做生意，特地從中國回來接我及大弟。

就在一月的某一天，舅舅帶我們姐弟從臺南搭火車到臺北再到基隆，從基隆搭船直接到上海，船行三天兩夜。我是第一次坐船漂洋過海，暈船暈得很厲害，在船上吐得很厲害！當時是一月，從臺灣出發時還不覺得甚麼冷？但一到上海，就覺得好冷！好冷！第二天就下起雪來了。

去中國之前，按照規定要到新豐郡郡役所的衛生課做預防注射，包括「腸チブス（傷寒）」、「霍亂」等，所有的法定傳染病都必須打預防針，詳細檢查完畢無誤。拿到パスポート（護照）才可以成行。大約忙了一個月，日本人對檢疫工作做得很認眞。

到了上海，爸爸已經從南京到上海等我，他來接我們，在上海住了一夜旅館，第二天搭火車到南京，整輛火車幾乎全部是士兵，大部分是日本兵，祇有少數的中國人。

讀南京第一尋常高等小學校、被罵小鬼

抵達南京後，我入學「南京第一日本尋常高等小學校」五年級，大弟子賢入四年級，學校位於中山東路，有二十多班，全部招收日本人子弟，祇有少數的臺灣人，我們姊弟是當中之一，五年級有兩班，男女各一班，我那一班中有臺灣人三人。

由於冬天寒冷，學校裏每間教室都裝有壁爐，也有煙囪，以便取暖。下課時同學們跑到外面玩雪，整張臉凍得紅咚咚的，大家一進入教室就圍在壁爐邊取暖。

小學畢業時，有軍隊卡車來載我們去「雨花臺」照畢業照，那裏有奉祀日本兵的神社及忠烈碑。

當時在南京的日本人已經很多了，大多住在市中心區，南京有日本的領事館、大使館及日本「居留民團」的組織。住在南京，我們不需要學中國話，反而是中國人會來學日本話。不過，我們走在路上時，中國小孩會罵我們「小鬼」，我們有的人會回罵「馬鹿野郎」。

升學南京日本高等女學校及其學習生活

小學畢業後，我考入「南京日本高等女學校」，這間學校創立於昭和十四年，我初入學時，校長叫田中捨

彥，他是一位論語研究者，我讀到三年級時，校長換成細見重雄。大弟小學畢業後，考上在南京的「日本中學校」。

學校初在羊皮巷，是用原「高等小學校」的校舍，後來因爲太小了，搬到莫愁路，與金陵女子大學爲鄰，當時金陵女子大學已閉校搬遷到後方，祇剩下校舍及空空蕩蕩的廣大校園。金陵女大再過去就是日本的「南京神社」。

至於學校就讀年限與日本本國一樣，必須讀五年。但我這一屆，因爲戰事非常吃緊，所以徵求家長的意見，舉行投票後改爲四年。我於昭和二十年三月畢業，我是該校第三期，高我一期的臺灣人，祇有兩位，其中一位叫徐淑貞。[1]我們這一期的臺灣人，也一樣有兩位，就在我班上，除了我之外，另一位叫陳淑貞，是臺北人，她爸爸也是在南京做計程車生意。剩下的都是日本人，日本同學大都是直接從日本去的，在對待臺灣人時，比較沒有優越感，不像在臺灣的日本人那樣趾高氣昂。

課程和日本國內的學校完全一樣，有外國語課，有英語、華語等，華語課是由到過日本留學的中國人任教，以會話爲主，另外也有漢文課。一個年級有二至三班，一班三十五人，校舍是原來美國人辦的學校。校歌歌詞很優美，我到今天都還會唱。

因爲校舍原是美國人留下來的Mission School，所以學校很漂亮，夏天一到，綠色的爬籐「蔦」，就爬滿校舍，一到秋天就全校染紅，看上去好美。學校設備好，有好幾臺鋼琴，我就一直練習彈奏，學校也有宿舍供遠道學生住宿，例如鎮江、揚州去的同學。我本來想畢業後，到日本唸一間體操音樂專門學校的音樂科系，但因爲戰爭無法如願。

---

1 徐淑貞，臺南人，父爲徐守益，日治時代曾任臺南州新豐郡安順庄庄長。參見林德政，《安南區志》（臺南市安南區公所，一九九九年八月），〈人物篇〉，〈徐守益傳〉。

【圖16-2】右上南京高等女學校學生到中山陵郊遊。右下南京高等女學校厚生體操。左上及左中為楊翠蘭昭和十八年的日記。左下為南京高等女學校練成大會。（楊翠蘭提供）

每年春秋季，學校都會舉行一次遠足活動，遠足地點有紫金山的「中山陵」，繞南京城壁等處，南京城壁寬達十公尺。

爲了訓練學生獨立自主，學校每年會舉辦一次全體學生住校一夜的活動，叫做「宿泊（しゅくはく）訓練」，每學期也辦一次全校運動會，叫「練成大會」，開幕時日軍將校及民團幹部都會來參加。

每天到了學校就得換穿「上鞋（うわぐつ）」，回家時才換穿早上到校所穿的「下鞋（したぐつ）」，玄關處有鞋櫃，可以放鞋子。

學校重視學生課外休閒，會帶我們觀賞一些影劇，或聆聽音樂會，南京有一家日本人開的「東和劇場」，老師就曾經帶我們去欣賞日本著名男高音藤原義江（ふじわらよしえ）的演唱會。

這間學校前後祇存在七年，終戰後就結束了。終戰後，每隔兩年，在日本各地都會輪流舉行一次同學會，都是在日本舉行，沒有在臺灣。每次田中校長與細見校長都會參加，一直到他們先後過世爲止。

短暫的女子挺身隊

昭和二十年三月，我從高等女學校畢業，第二天即在老師帶領下，到南京的日軍司令部報到，被分發到離家不遠的日軍第三航空路所屬的「はやぶさ（隼）第九四五三部隊」，在其醫務室工作，就是做女子挺身隊的事情。

在軍隊中工作，第一天很緊張，出入營房大門時，看到衛兵威武的樣子，有點害怕！但我所屬的醫務室醫官淺野大尉，以及其他士兵，都對我很溫和客氣，久之就習慣了！在那裏工作並不繁重，每天下午有點心吃，每月有一點點月薪可領。

在南京時，美軍B-29轟炸機經常到南京空襲。我們家裏有防空壕，在挺身隊工作三、四個月，就舉家搬到天津。

戰時南京空屋多，新街口很繁華

爸爸在中國住了大約九年，他沒有空再另娶中國太太。我們家在南京有女佣人，我們叫她「阿嬷」，她不會日語，祇聽得懂一些簡單的句子。在南京，星期日臺灣軍伕會到我們家來，因爲大家都是同鄉，爸媽就以飯菜請他們吃，每次來大約是三、四位的樣子，每次他們來，都會帶來從軍隊酒保裏買的高級食品，所以弟妹都很歡迎他們。

戰時南京的計程車業，除了我家開設的「南榮」外，還有「富士タクシー」、「三和タクシー」兩家，約在日本投降前一兩個月，我們到南京的日本領事館改姓氏爲「柳井」，改這個姓，是因爲我們本姓「楊」，「楊柳」並稱，所以這麼改。但過沒多久，日本就戰敗了，所以「改姓」這件事就不了了之。

住的方面，當時南京因戰亂，許多人逃到了重慶，空屋很多，我們在南京的日本領事館登記，進住看上去的空屋，向領事館租，我到南京時，日軍已攻下華南、華中、華北，漢口也已經攻陷。

南京中山東路與中山路在圓環交會，叫「新街口」，日本人稱「ロータリー」，是南京繁華地帶，也是當時日本人集中區。

「三井物產」、「三菱」、「大丸百貨」、「高島屋百貨」等等大會社，都在南京設有支店，都位於中山東路一帶。反倒是在南京生活水準比日本本土高。南京也建有日本神社，就叫「南京神社」，位於五臺山上。

搬家天津

大約在昭和二十年六月時，爸爸感覺到戰爭形勢愈加危急，繼續住在南京是很危險的，所以就準備把家搬到北京，那年七月二十七日，我們全家先到天津，暫住姑姑家。我姑姑楊從善，姑丈黃永清，在天津的日本石油會社做事，姑丈日治時代畢業於臺灣總督府臺南高等工業學校（即今成功大學），後來也跟在我們之後到中國，起初在漢口，後來才到天津，我們到天津就暫住在他們的宿舍，爸爸一個人去北京找房子，想買一棟。[2]

不過就當我們看妥房子準備付款時，八月十五日，日本突然投降了，我們聽到日本天皇的「玉音放送」，接著在天津看到報紙，說：「日本戰敗，臺灣回歸祖國」，我們一下子無法接受，眼淚流了出來。說：「爲甚麼要當支那人？」整個人都軟了，現在回想當時的反應，覺得是當時日本人對臺灣人的教育奏效所致。

日本既然投降，爸爸急忙自北京南下，到南京想要整理財產，然而終戰後，我們家在南京的家產，被視爲日產，全部被國民政府充公接收了。

戰後的驚恐歲月，父親在濟南遇見八路軍

我們仍留在天津，這個時候擁有日本籍身分的臺灣人，處境既尷尬又危險。有一晚有人撞門，我們怕得很，不敢開門，後來聽到撞門的人說：「後頭再來。」好幾天，一家人關在屋子裏，不敢出門。祇有大弟子賢是家裏稍大的男生，必須出門買東西時，就由他去買，出門時他穿得厚厚的，戴個厚帽子，有一次他還被人跟蹤，他機警地繞路才擺脫跟蹤。

爸爸往南京的途中，在濟南遇到八路軍，火車停了，他躲到泰山去，所以有一段時間與我們失去聯絡，媽媽擔心極了！天天燒香拜佛，後來他輾轉到上海，打電報到天津給我們，全家人鬆了一口氣，趕緊從天津的塘沽坐船到上海，是一艘萬噸左右的貨輪，出港後還到山海關添水，隱約間看到萬里長城，坐了一星期才到上海，在海上看到魚雷，幸虧船即時避開，否則不堪設想。留在天津期間，日本方面配給我們食物，有麵粉、味噌等，當時天津的「臺灣同鄉會」會長是吳三連先生。

2 有關黃永清事蹟，參見本書18，〈二戰期間在天津與滿洲國的日子：楊從善女士口述史〉。

終於回返臺灣

抵達上海，與爸爸相聚，在上海是住在臺灣人集中所，睡地上，吃飯則自理。又等了一個多月，才等到船。在這一個多月中，常常和幾個朋友到租界商店逛。上海市區過鐵橋即租界，界內商店大多是猶太人開的，他們鼻子高高的，會說日語，所以買賣時以日語溝通。民國三十五年三月，一家人終於搭上船，從上海返抵基隆，返回了臺灣。

我們回抵臺灣的時間是民國三十五年三月，記不清楚是那一天回到臺灣的？大弟子賢經由轉學考試進入「南一中」就讀，二弟子敬自修半年後，也考入「南一中」初中部，我則準備就業。[3]

任教國小當音樂老師

民國三十五年九月，我到故鄉關廟鄉的「五甲國小」任教，校長是方道先生，他與我家有親戚關係。初任教是教小學二年級的音樂，任教前我以「南京高等女學校」的畢業證書去驗證，一開始是不准，不被省教育廳承認，後來透過朋友去講，又補了高等女學校師生合照的相片去，才過關。

剛開始不習慣講國語，常一出口就是日語「はい」，返回關廟後，在關廟的「經堂」學國語，由蔡老吉先生教我們，蔡老吉在戰時也曾經到過南京，擔任翻譯官，學會國語。

暑假到「縣立新豐初中」參加講習，也是學國語，剛開始不習慣，常脫口而出地講出日語，這種情形在光復初期的臺灣是很普遍的，記得有一次研究教學，我做了報告，辭不達意的，有一位南一中畢業的先生，就說我「まるでたて板に水を流すような過程でした」，意思說我的教學好像流水行板，速度太快。

3 楊子敬，一九三三年出生，之後自中央警官學校畢業，曾任屏東縣警察局長、警政署刑事警察局長等職，辦過井口眞理子、尹清楓、劉邦友等命案。現任潤泰保全公司董事長。

我們昭和元年至昭和三年（一九二六－一九二八）出生的這一代臺灣人，可以說是日治時代最後一批比較徹底受過日本教育的人。

民國七十四年，我從關廟國小退休，因我在學校指導合唱團，在新豐區（包括關廟、永康、仁德、歸仁、龍崎）各國小的比賽，關廟國小都得第一名，但到了全臺南縣的縣級比賽時，學童們就因緊張而失常，無法名列前茅，當時關廟國小的校長是魏及上先生，他總希望到縣級比賽也能得第一，這對我就造成了壓力，所以我就辦理提前退休。

我二十三歲時，因媒人介紹而結婚，先生黃福生是大正十三年（一九二四）出生，他是歸仁鄉人，比我大五歲，日治時州立臺南二中畢業，繼到日本九州醫科大學留學，不過他尚未畢業，就因戰爭結束後回臺，終戰返臺後轉學，入臺大醫學院繼續讀完，在臺大醫學院畢業。後來開業，他是眼科醫生，開設「保明醫院」。婚後我們育有一男二女，我二十八歲時，先生就因腎臟病去世，當時我小女兒才四個月大，我之後在父母保護下，撫養子女長大。兒子思中，中國醫藥學院醫學系畢業，現為內科醫生，長女在省交響樂團工作，擔任中提琴，小女兒婚後繼續在家教鋼琴。

17 在滿洲國牡丹江工作及戰後目睹蘇聯兵暴行：省議員張丁誥先生口述史

採訪：林德政
撰稿：盧淑美
訪問時間：一九九六年十一月二十一日、一九九八年三月四日
訪問地點：臺南市張宅
訪問語言：臺語及日語

出身臺南市安南區的張丁誥，曾經擔任臺灣省議員。生於日治大正十二年的他，年少時到日本就讀「關東中學校」，畢業後以不願到南洋當「志願兵」之故，乃到滿洲國北境的牡丹江市公署建築課工作，是課裏唯一的臺灣人。整個牡丹江在當時就祇有他和吳深池、鄭順發三個臺灣人，戰時臺灣人的足跡在他的採訪中得到印證，當時臺灣人眞是會跑啊，竟然跑到那麼遠的滿洲國北境！或是當醫生，或是開業當代書開榻榻米工廠，或是在市政府上班。在滿洲國他除了見證戰時滿洲國的傀儡政權本質，如牡丹江市市長竟然是日本人，一個國家的某一個重要市的市長由外國人擔任，這不說明它確實是傀儡國嗎？而滿洲國的戰時配給制分三等級，日本人是第一等，朝鮮人是第二等，可憐的滿洲人是第三等，再度說明滿洲國的可憐。另外他也戳破日本的清廉政治神話，如他透過賄賂得以在朝鮮的京城火車站打電報。最後他說明戰後蘇聯軍隊的殘暴，蘇軍在戰後中國的搶劫、姦淫、燒殺等。張丁誥先生已經不在人世了，他這篇口述歷史，爲我們臺灣人留下珍貴的的歷史記錄。（林德政撰）

我是張丁誥，日本時代大正十二年（民國十二年，一九二三年）八月初五日[1]出生於臺南州新豐郡安順庄海尾[2]。我小學是讀「媽祖宮公學校」，是第四屆。我小學畢業後，曾考取長榮中學，但後來未去讀，改讀臺灣商業學院，就是今天的南英商職。

我十六歲時，讀了商職三個多月後，當時是昭和十四年（民國二十八年，一九三九年），就前往日本千葉縣讀書，先到研修學館補習半年，再插班考上「關東中學校」三年級，該校就是今天的「敬愛高等學校」，在昭和十八年三月畢業。

---

1 張丁誥先生於二〇〇二年七月辭世，關於張丁誥先生的出生年，是根據本人親自聽張丁誥先生所說的，張丁誥曾當選臺灣省議會第五屆議員，所以在「臺灣省諮議會」的網站記載了他的生卒年及生平事蹟，但網站寫其生於一九二四年，應該是他晚報戶口。

2 臺南州新豐郡安順庄，是今臺南市安南區，安順庄爲一九二〇年—一九四五年間存在之行政區。

我是在臺灣光復後再去日本近畿大學商業經濟科深造，也曾當選過省議員。

被徵召當「志願兵」

我十九歲時，當時日本開始在臺灣招募所謂的「志願兵」[3]，刑事[4]每天都到我家裏亂，三番四次到我家裏去要求蓋印同意我當志願兵，家裏老的和大的[5]都知道所謂的「志願的」，就是要強迫去當兵。所以一開始他們也不願意蓋印，不過被刑事逼到不得已，最後家裏也蓋了印，就寫信到東京告訴我，已經擋不住刑事蓋了同意章給他們了，叫我自己想辦法，看是不是要去滿洲國[6]還是去哪裏？

那時我們海尾有一個吳深池[7]先生，在光復後當選過臺南市議員，當時他也在滿洲國，他是「臺灣文化協會」的人，因爲在臺灣日本人要抓他，於是跑到滿洲國去。因此我也趕緊準備去滿洲國，不然那時我在日本已經被通知做「身體檢查」，要被派到南洋去打仗，一去就不能回來了。我要到滿洲去時，手續非常繁瑣，當時

3 當時在臺灣抽調所謂「志願兵」，計劃調臺籍青年前往南洋或華南作戰，張丁誥也在被徵調之列。他在海尾的家人寫信到日本，叫他自己想辦法，所以他就逃到滿洲國。

4 指刑事警察。

5 指父兄。

6 滿洲國（一九三二年三月一日—一九四五年八月十八日），後被稱「僞滿洲國」。是日本占領中國東北地區後所建立的傀儡國家。滿洲國初期爲共和體制，後清遜帝溥儀稱帝，其首都初設於新京（今長春），一九四五年八月後日本戰敗後遷至通化，蘇聯紅軍進攻駐守滿洲國的關東軍和滿洲國軍，同年八月十七日溥儀在通化臨江縣舉行退位儀式，宣讀《退位詔書》，滿洲國正式滅亡。

7 吳深池（一九〇六—一九八八），臺南市安南區(舊名安順庄)人，臺南師範學校畢業。任教安順公學校，日本皇室至校視察時，以糞便潑於地上的毛毯，以表對日本人的不滿，因而被下獄中，同時又失去工作，出獄後乃到滿洲國的牡丹江當代書，並開設榻榻米工廠。戰後回臺，任臺南市農會理事及總幹事、嘉南大圳水利委員會委員，當選臺南市第三屆市議員。吳深池的生平與經歷，參見林德政撰，《安南區志》，〈人物篇〉，〈吳深池傳〉，臺南市安南區公所，一九九九年八月。

就很擔心被迫到南洋去當所謂的「志願兵」，想到要和中國的軍隊相殘，也覺得沒意思。[8]

不過我拿不出護照，因爲我的護照一直申請不下來，到八月時，東京有一個臺灣人開了一間「相葉庄」的**apartment**，租給來自臺灣的留學生，我禮拜時仔[9]去那裏玩，我聽說日本的「刑事」常到那裏，是日本政府派來監控管制臺灣學生的活動，於是我就拜託老板跟他們提我申請護照的事。老板和他們私交不錯，就替我說情，說了我的名字，一查才知道我已經被列爲「逃兵」了，就替我打電話給到小倉川警察署，他們非常有效率，叫我立即去拿護照，我搭電車去那裏，大約半小時，護照已經放在桌上了，我心裏很高興！可以不用去當兵打仗。

然後我就開始準備要買火車票到滿洲，我每天一大早搭第一番車[10]，就到東京驛去排隊買火車票，但是排了一個多禮拜，還是買不到票，每次輪到我前面幾個人時，就說沒票了，當時的火車票比較少，也有保障日本軍眷、後備軍人及酒家女的優先票。當時韓國人回去，就要從下關到韓國釜山，就要坐聯絡船經過對馬海峽，那些買不到票的韓國人皮鞋、衣服、襪子皮箱都放在東京驛，在車站那裏吃住，等買到車票爲止。

我那時心裏開始感到沮喪，想說拿到護照也沒有用，買不到車票，連「身體檢查」都檢查過了，我認爲自己一定會被抓去南洋當兵的，那時我的徵調單是被塡在海軍。但人的運命眞的是由不得自己，很多事情不一定的。那時我有一位從宜蘭來的朋友，他住在澀谷離東京驛比較近，說願意替我一大早搭電車去排隊買票，但我心想一定買不到票。結果隔天早上七、八點左右，他拿塊麵包及牛奶就去了，果然輪到隊伍第二個就說沒票了，不過那個站員就開始廣播說：「一等車廂還有兩張票，有需要的人可以去申請。」我立即前去和他交接搶

8 第二次世界大戰時，在中南半島如緬甸就有中國軍隊。

9 「禮拜時仔」，臺語，指禮拜天、星期日。

10 「第一番車」，日式臺語，意謂頭班車、第一班車。

購一張票，那時候一等票和三等票的價差是「差天差地」[11]，那時去滿洲牡丹江的票價普通票一張三十一元，一等票就要一百四十五元，相差約有三倍。一等車通常是外交官、大使、將級的軍官在搭乘的，隔天我就整理好行李就走了。

出發往滿洲國

我是在昭和十八年（一九四四）八月出發前往滿洲，當時我二十一歲，那時我穿著很時髦、很瀟灑，全身穿著嶄新的西裝、大衣，頭戴紳士帽，衣服也都是外國製的，英國製的，鞋子是馬皮的靴子。當時的日本人都穿草綠色的、深褐色的衣服。我搭的一等車廂座位很少，祇有三到五個人在坐而已！搭乘的人有高級文官，相當於今天的部長級官員及少將以上的軍人，我想連皇帝大概也是坐這種車，這車票這麼貴，我一生大概也祇搭過這一次。雖然是戰時，但因爲這車是高級官員在搭的，我一上車服務生的服務態度很好，把我的衣帽掛好、皮鞋也拿去擦，並九十度鞠躬。日本情報人員看我一個時髦的少年人搭一等車廂覺得很奇怪，有兩個刑事一路跟著我，不過當時我並不知道。

那時我拿了一本小說《孩子》在車上看，看到爽快了，竟然坐過頭，我都不知道過了下關也過了門司，中間還過了一個かんもんかいきょう（關門海峽），我讀小說讀到昏頭了，忘記要下車，我聽到「もじ」、「もじ」（門司）的喊叫聲，想說我死定了！原來過了門司站了，就想跳下車，但是已經來不及！車開得很快。但命運眞是注定的，辛辛苦苦買到票，因爲貪看小說而搞砸，眞是自做孽。我到門司的下一站下車已經是半夜了，就問別人有沒有車回去下關？幸好！還有一班末班的普通車，我祇好搭車往回程到下關。

從下關去韓國釜山就要坐船經過對馬海峽，我心想自己可能要錯過船班，還好那船班剛好慢分還沒開，我

11 「差天差地」，臺語，指有「天壤之別」之意。

就喊「救命！救命！」到那裏已經晚上九點、十點多了，我也還沒吃飯，就胡亂吃。

坐上船之後是兩個人一個房間，我和一個日本少將同一船艙坐在一起，我會暈船，他還拿暈船藥給我吃，接下來兩個「刑事」來對我盤問，問我從哪裏來？要調查我的身分，我說從臺灣來，要去滿洲。原本他們懷疑我是中國的地下工作人員，那日本少將把護照給他們兩個「刑事」看，他們對他九十度鞠躬。他說：「臺灣人就跟自己日本人一樣。」話雖如此，但船一到釜山，他們還是把我交給韓國的刑事繼續盤查。

我到了韓國的京城[12]，在車站都有人在那裏「案內」[13]、款待旅客，有一個人就一把提起我的行李，叫我跟他走，看是要住哪一間旅社？還先帶我去一間餐廳吃飯，那是冬天，大約二月時，天氣還很冷！我請他一起進來吃，他就說：不用！幫我提行李站在門外等我吃完飯，我也擔心他把我的行李拿走，趕緊吃完飯就出來，他還在門外等我。後來我住在一間「蓬萊旅社」，當晚就被帶去賭場、酒家，韓國女生皮膚很白，幼綿綿的，非常漂亮。我拿出三塊錢就吃得很好，被招待得很好了。

到了京城，我還要搭快車到黑龍江的牡丹江市，那個車票也是非常難買到，聽說有人等了一個月還等不到票，我經費有限，也沒辦法久等，於是我私下拿十塊錢小費出來，那時的十塊錢也是很大一筆錢，前面提到帶我去旅館的那個人，就去幫我買了黑市的票，隔天還帶一籃蘋果來送我，我也拿到票了，我上車一看，眞的坐得滿滿的，像是日本軍人及家眷要去滿洲探親的，都坐滿座位，祇剩下我一個空位，坐在我旁邊的是一個日本的酒家女，這一趟路很遠，大約坐了三十六個小時的樣子，一開始在車廂裏吃飯不能喝酒，可能因爲是戰

12 韓國首邑漢城，今改名首爾。

13 「案內」，日語。招呼、接待或指引之意。

爭時期，韓國當時也是日本人管[14]，但車一過了黑龍江[15]，就沒有這個限制，就有啤酒可以隨便你喝，喝到不想喝。

臨上火車時，我就想要打電報給吳深池，滿洲當時是日本人在管理，日本人又說火車站不行打電報，不過後來我還是打了兩張電報，原因是這兩次我又私下各塞了十塊錢給官員。

抵達牡丹江市，吳深池來接

火車到了哈爾濱，繼續出發前往牡丹江。他們那裏車輛「慢分」[16]幾個鐘頭是很平常的，我同鄉的吳深池先生到牡丹江火車站來接我，可是我那班車慢了六個鐘頭，我從京城坐了一天一夜以上的車程大約三十六小時才到，當時我和吳深池還未見過面，他來車站等不到我就先回去了。等我到了牡丹江時，已經是深夜十一點多了，我那時北京話也不會說，我又去跟驛長[17]詢問：「該怎麼辦？」火車驛長是日本人，正在說話時，剛好有一個韓國導遊帶客人來火車站，就帶我去旅館住，說明天早上再帶我去吳深池那裏，我還記得吳深池家的地址是在「牡丹江市七星街」，當時的牡丹江很少臺灣人，就我、吳深池、鄭順發等人而已。

後來吃完飯去酒家喝酒出來，因為我的穿著和當地人不同，我穿的既不像中國人也不像日本人，當地很冷，地上都結冰了，他們都戴防寒帽。走到街上就聽到路上有人在喊我的名字，原來是吳深池先生派人出來找我，大家已經找了我一夜，也煮好飯菜在等我了。

14 管，意指統治、控制。

15 應是鴨綠江。

16 「慢分」，臺語，指誤點。

17 「驛長」，指站長。

在牡丹江市公署建築課工作

吳深池先生那時他在那裏自己開業當「代書」，他幫我引薦去牡丹江市公署建築課上班當雇員，「市公署」就是我們這裏的市政府，這一個建築課是祇任用日本人任職的，課長姓山本。他們是不讓韓國人和滿洲人進去建築課工作的，雖然他們知道我是臺灣人，但是他們還是把我當做日本人看待。在滿洲國時我沒有改日本姓氏，後來又到日本時才改姓爲「長谷川」，因爲我姓「張」，改日本姓時，爲保留原有的張姓，乃取「張」一半字形的「長」，以示不忘本。

牡丹江市據說當時是全世界發展最快速的城市，日本人很多，當中大部分是軍人，不過牡丹江市市長是日本人，而不是滿洲人，整個牡丹江市公署等公務機關就由日本人掌控。我們建築課的課長、股長也都是日本人，我們課裏沒有半個滿洲人或韓國人，日本人之外，唯獨我一個臺灣人，但市公署別的課還是有滿洲人或韓國人。

在光復以前，戰爭期間，滿洲國是實施「配給制」，分爲三等級，日本人的配給單是「紅色」是最高等級，朝鮮人是「綠色」是次等級，滿洲國人是「白色」是最低等級，我的配給單是「紅色」的。我一個月的月給[18]是八十元以上，含加給的話是八十五元。當時候在臺灣，師範學校畢業教書一個月也才領三十六元而已，我領八十元以上算是很高的。我在滿洲國幾年期間我還沒結婚，沒有租房子，都是住朋友吳深池先生那裏，那時他在臺灣已娶太太，在滿洲又再娶一個太太，那個太太光復後有跟他回到臺灣。

我在滿洲都是講日本話比較多，市公署建築課的工作主要是抓違章建築的，那時每天都掛「出張」[19]，我

18 「月給」，日語，薪水、月薪。

19 「出張」，日語，也是日式臺語。意指出差、公出。

跟那些技師、技正在市區巡查違章建築，所以如果在外面看到有沙子、有磚頭就表示有違章建築，就要去抓，要查辦。因爲我認爲我和滿洲國人一樣都是中國人，我幫他們很多忙，日本人對他們很兇，又語言不通，我替他們對日本人說好話，申請案件我也都親自拿到家裏給他們，所以滿洲人對我也是另眼相看，也拿當地滿洲有名的「金門牌」的香煙，叫我拿給日本人抽。

我也爲了滿洲人、韓國人和日本科長吵架，主要是因爲他們「白色配給」薪水很低，他們抱怨：日本人的配給多到用不完還拿到黑市去賣，我年輕氣盛，就替他們抱不平，我就去和山本課長反映說這樣太不公平了，那時課長和我相罵，結果後來我就辭職了。那時日本可能快投降，但還未投降，剛好我也因腸仔炎生病去鄭順發醫生的診所住院。那時日本的關東軍被調到南洋，所以就用當地的後備軍人在國界防守蘇聯兵，市政府裏面很多員工都算後備軍人都被調去徵用，我們建築科重要的圖也沒人管理，那些重要的幹部也都不在，於是他們還來醫院拜託我回去工作，我不肯。所以戰後我沒有被報復，不然我早就被打死了！

光復後，滿洲人看到日本人，就會報給蘇聯人知道，一抓到馬上就會被槍打死，當時很多日本人就是這樣死的。當時日本人死了很多，蘇聯人要打死一個人，好像打死一隻「狗蟻」[20]一樣。蘇聯和日本人結仇很深重，之前日本關東軍在中國和蘇聯國界那裏搶奪。

滿洲國的臺灣人：鄭順發醫生

戰爭時蘇聯來轟炸，來丟炸彈，我因爲腸仔炎去鄭順發醫生那裏入院，差點就死了。鄭順發醫生他是臺南州安順庄新寮仔[21]，他早先是師範學校畢業，後來不知道再讀哪一家醫學校而取得醫生資格。日治時期很多

20 「狗蟻」，臺語，即螞蟻。

21 新寮仔，聚落名，在今臺南市安南區。

人都可以經由幾種管道當醫生，連藥局生也可以成爲醫生，鄭順發到了滿洲國後，和一些「韓國仔」一起開醫院。轟炸時我本來應該要死的，卻因爲突然有人喊「炸彈來了」，我一聽感覺到危險，雖然身子才剛好一點而已，身體還很虛，腿都沒力，且眼睛都還看不太清楚，立刻起身背著背包，摸著牆壁走，好像是在「走番仔反」[22]一樣跑去山上。

鄭順發醫生戰後也有回到臺灣，過去他未到滿洲國時是住臺南新寮仔，現在住在「西港仔」[23]。

大轟炸，哀鴻遍野

我跑出醫院後吳深池先生就和我正要去住一間旅館，沒多久，炸彈就炸下來了，火也立刻燒起來，大家都趴在地上爬，我們也是爬著出來到外面，後來我們就跑去山上躲。當時的感覺是：人面臨危急時，人性也就像是畜牲一樣，遇到死亡降臨時，就奔跑哀嚎，有人不幸被炸傷甚至被炸死了，到處是屍體。因爲驚嚇、悲傷，妻兒子女家庭分散了，大家「咻！咻！」哭叫著，夫尋妻、妻尋夫，父母尋子女、或是子女尋找父母，整個街道的人都在叫喊哀嚎著，「咻！咻！」地叫著，在叫自己的丈夫、妻子、兒女的名字……那個場面實在很嚇人，讓人驚恐、傷心，一世人[24]也無法忘記。當時死亡的人以滿洲國人爲最多。

躲進棺木逃過土匪

因爲我剛接受手術完沒多久！身體還沒完全好，我就跑到山上去躲。我向一個滿洲人村長借一間房間，那

22　「走番仔反」一詞是日治時期臺灣人常用的名詞，是指逃避外來戰亂、兵災。例如針對中法戰爭，叫做「走西仔反」。又如一八九五年中日甲午之戰，依據馬關條約，臺灣割讓日本，日本皇族北白川宮能久親王親率日軍登陸澳底（今福隆鹽寮仔），當時逃難者也稱之「走番仔反」。

23　西港仔，即西港，今臺南市西港區。張丁詰先生說鄭順發「現在」住西港仔，指訪談的當時鄭仍然在世。

24　「一世人」，臺語。意指一輩子。

時候我已經稍微會講滿洲人的話了，他們的話和普通話（北京話）差不多，祇是有一些像山東腔調而已。我上山時，沒有帶甚麼東西，雖然腸仔炎還未完全好，也跟著村長他們吃玉米。日本人投降後，滿洲軍就解放了，變成土匪，非常可惡！一班一班的，一隊一隊，拿著槍上山當土匪就開始搶劫了。我看見村長綁一個紅帶，把珍貴的東西用一個甕裝著，拿到院子裏去埋藏起來。滿洲軍上了山上搶劫，大家都跑了。

滿洲當地的習俗是每個家中都準備著棺材，萬一需要用時，才不會沒有。土匪找不到東西，揚言要抓村長去槍斃。我跑到無路，就祇好躲到一具棺材裏，我跳進棺木躲，把棺木蓋蓋上，留一個小縫透氣，當時也沒有禁忌了，活命要緊，我躲了許久，等土匪離開後，我才摸出來。我當時二十二歲，人家說我從棺木出來，視同重新出生，要減掉二十二歲。

殘暴的蘇聯兵到處搶和殺

那時吳深池先生剛在牡丹江市憲兵隊旁剛蓋好一間房子，我們所有的東西才剛搬去，我們也很煩惱萬一所有的東西都被接收，沒人敢去看守房子，雖然我當時腸仔炎還未痊癒，但我想自己來滿洲國，受吳深池先生他們很多照顧，想要回報他們，因此勇敢地志願從山上回去看守房子，我沿著鐵路邊走，旁邊死了很多的滿洲人，屍體都曝露在外，我碰到時內心都很驚惶，遇到蘇聯兵側身過時，全身都嚇得冒冷汗。

蘇聯兵進入牡丹江市，把道路改得比較寬，使他們可以直接把汽車開進城裏搬東西，搬回蘇聯。蘇聯兵進入滿洲國後，都在火車站附近走來走去，到處搶劫、強姦，無所不做，一些滿洲女人都要剃頭髮，這樣才看不出是女的，蘇聯兵半夜也在亂走，搶劫，女人晚上睡覺門如果沒有關好，也會被抓出去強姦，蘇聯兵就是這樣。其實蘇聯在史達林時代，軍紀很強，兵有男兵，也有女兵，男女士兵如果發生性關係，兩人都會被槍殺。所以鄭順發醫生在滿洲開醫生館，當時常有人去把孩子拿掉，就是那些蘇聯女兵去找他墮胎。當時很多沒人收屍的屍體，都躺在路旁，我那時目睹這一切，全身嚇得流冷汗，當我和蘇聯兵擦身而過時，簡直嚇得快死了！幾乎每一個人看到蘇聯兵就會發抖，好像是魂不附體的。

蘇聯兵強迫我去敲滿洲人的家門

戰後物資缺乏沒有東西吃，煮一頓飯就吃好幾餐，即使隔餐的東西也在吃，沒有法子，餓了就吃，這種狀況大概是一個月左右，祇能到處逛，有時候也會看到中國人在賭博，我就過去看一看，沒事就回去。有一次我正要回去時，在路上被蘇聯兵看見，他就叫我過去，幫他們叫門。當時候大家都關門掩護，滿洲的木門，門栓上，都不敢開門。因爲蘇聯兵叫門就是要搶劫，誰也不敢開門，蘇聯兵因爲不懂滿洲話，就要我幫他們叫門，我知道蘇聯兵叫門就是要搶劫，會害死人的，但是我又不能拒絕，因爲拒絕的話，他們會打死我，我的反應也很快，就照他們的意思去敲門，我想反正蘇聯兵也聽不懂中國話，我就一邊敲門一邊說：「你們不要開門，這些蘇聯兵要搶劫，他們叫我幫忙敲門，你們可別開門」。

我一邊叫著門，一邊注意蘇聯兵，我看他也沒有在看我，就趕快跑，那時候滿洲的街上一條條的巷子，彎來彎去的，蘇聯兵打不到我，跑到一個巷頭，我就彎進別的巷子，他們就找不到我了，那些蘇聯兵「白目」，找不到我，被我逃掉了。在那裏眞是搏命！死也是這樣！生也是這樣！說來我的命也眞是大，因爲那時候蘇聯兵背的槍是七十二連發的，不像是日本兵的槍是一發發地打的，那是三八式步槍，比蘇聯落後。

離開滿洲國

戰後我的工作也丟了，爲了糊口，我還去賣菜、當小工，度過那三、四個月。

我在滿洲國待了三年，當時我搭軍用火車離開牡丹江要南返時，很慘！蘇聯兵拿槍趕我們，不讓我們坐在車廂裏，我和滿洲人坐在火車的車廂頂上，因爲車廂裏是蘇聯兵在坐，他們要趕我們下來，拿著藤條抽打我們。當時溫度很低，低到零下三十幾度，得穿上棉襖加上皮大衣，再戴上帽子，如果喘氣，鬍子都會結冰，眉毛也會結冰。

我從滿洲國回來時是十二月天，氣溫零下三十幾度，非常冷，快凍僵了。我坐在火車蓋的上面，也沒辦法帶東西，所以我的畢業證書等證件都沒帶。當時蘇聯兵把東北的火車軌道都弄寬，因爲蘇聯的火車軌比較寬，拓寬後，他們就可以從他們境內直接把火車開進來中國。

回到久別的臺灣

我是在昭和二十一年，也就是民國三十五年（一九四六）回到臺灣。我從黃道河子到哈爾濱，再到新京（今長春）、奉天（今瀋陽）、錦州經天下第一關：山海關，經萬里長城，又搭火車到天津，到了天津之後，等了四十天，我們是由世界組織的「救濟總署」的人幫助才移送回來的，才得以等到船班到上海，又在上海停留了一個禮拜，住在一個收容集中所裏，再搭船從基隆回來臺灣。從基隆到臺北之後，再從臺北搭慢車經十二個小時才回到臺南。

我回到臺南時，一切都不一樣了，路都不一樣了！因爲自從我在昭和十四年（民國二十八年，一九三九年）時前往日本，在日本約五年，昭和十八年（一九四三）到滿洲，待了三年，昭和二十一年（民國三十五年，一九四六年）才回到臺灣，已經離家八年了，終戰前三年都在滿洲，也不曾回來，那時候想要買個餅乾回家當禮物，但身上幾乎都沒錢了，出了臺南火車站我再搭「興南巴士」[25]回到安南區。

至於民國三十六年發生的「二二八」事件，因爲那時我還沒有「頭路」[26]，也沒有到處亂跑，所以我個人也沒發生甚麼事，沒有受波及。

25 今之興南客運。
26 「頭路」，臺語，工作、職業的意思。「沒頭路」，指沒有工作或沒有職業。

18 二戰期間在天津與滿洲國的日子：楊從善女士口述史

採訪、紀錄、撰稿：林德政
訪問日期：一九九八年四月四日—四月二十五日
二〇〇三年八月六日—八月九日
二〇一三年二月九日
訪問地點：臺南市府前路一段楊宅、美國德州休士頓

楊從善女士生於一九一七年，這篇口述史的價值：

第一、父親楊建日治時代擔任臺南州新豐郡關廟庄的庄長，當時能夠擔任庄長的臺灣人，多屬地方士紳，楊建即此例，他開設鹽館，此又見證日治早期鹽的販售和經營權由地方頭人掌握。

第二、她從長榮女中的前身長老教高等女學校畢業，見證該校校史，尤其講到長老教高等女學校英國籍校長J. W. Galt的事蹟。

第三、與出身臺南高等工業學校（成功大學前身）的先生到中國大陸的天津任職，住天津租界，與吳三連一家相熟，吳三連的回憶錄幾乎不提在天津的那一段生活，楊女士的口述可補充吳三連所欠缺的部分。

第四、戰爭期間她到滿洲國生產，坐火車從天津通過山海關，得下車兌換貨幣，因為滿洲國時為日本的附

庸國，錢幣與中國關內不同，她見證了歷史。

第五、戰後從天津到上海坐「臺北號」輪船回臺灣，一上岸即見臺灣殘破景象，行李放碼頭邊，吃麵回來行李全部被偷走了。住定後一次散步，一外省人超快開車，差點撞到他們夫妻，沒道歉，卻大罵他們說要槍斃。

第六、她的姊夫蘇明玉任高雄湖內鄉長，奉公守法，卻被人告十一條罪狀，加入國民黨後才沒事。種種見證，已經預見二二八慘案的發生。（林德政撰）

家世

我爸爸楊建，漢學私塾出身，日治時代擔任臺南州關廟庄的庄長、地方組合的組合長，又擔任臺南州州會的州議員。我們家裏開鹽館，房子裏堆滿了鹽，鹽都是用袋子裝著。爸爸另外有經營「瓦窯廠」。

爸爸在臺灣光復後擔任臺南縣「新豐區署」[1]的民政科長，民國四十九年（一九六〇）十一月六日，爸爸八十歲，我們替他做壽，全家人合影留念。我母親比爸爸長

1 按：日治時代臺南州「新豐郡」，戰後改名臺南縣「新豐區」，原來的「郡役所」改稱區署。

【圖18-1】楊從善（右）和先生黃永清（左），攝於1986年10月18日。（楊從善提供）

壽，爸爸去世後她又活了好幾年，直到九十多歲去世。

就讀長老教高等女學校

我出生於大正六年（一九一七）九月二十四日，出生地是關廟，小學讀關廟公學校，十三歲畢業，畢業後優遊於關廟鄉間，非常快樂，在臺南第一高女讀書的姊姊從貞，一直要我再升學，十六歲那年我到臺南考入「長老教高等女學校」，這所學校就是今天的長榮女中。

我有四個姊姊、一個弟弟、一個妹妹。大姊先讀長老教女學校，讀了一年後輟學，改考臺灣總督府臺南病院附設的「產婆學校」就讀，畢業後當看護婦[2]。三姊從靜，臺南第一高女畢業，後來嫁屏東，先生劉崑一，留學日本學牙醫，畢業後回臺在屏東開牙科診所，四十九歲病逝，夫妻育三子二女。四姊從貞，臺南第一高女畢業，嫁新化梁家。

「長老教高等女學校」我就讀時每一個年級四班，我那一屆入學時班上有四十多人，祇有一個日本人，其他都是臺灣人。校長是英國人，是一位女宣教師，沒有結婚，我們稱她Missゴルド[3]。

學校課程有國文（日文）、英文、物理、化學、音樂、體育、作法、修身、裁縫、手藝、聖經等，教我物理和化學的是劉主安老師，他在臺灣光復後出任長榮女中校長。聖經課每個禮拜一小時，學校沒有強迫學生信基督教，我在長女讀了四年，就沒有受洗，沒有信教。

學校的英國籍老師，都會講臺語，教學也都很認眞，記得有一位英國老師，有一次用臺語對我們說：「你們不曉得的，我一定要教到你們曉得」，當中的「曉」這個字，臺語要唸重音，她唸成第三聲，結果整句話聽

---

2 看護婦，即護士。

3 原名J.W. Galt，英國人，一九二二年到臺灣，出任長老教高等女學校校長，其中文名字是吳瓅志。一九三六年返回英國。參見《長榮女子高級中學百年史》，一九八七年，該校出版。

起來變成「你們不騷的，我一定要教到你們騷」[4]，同學們聽了大笑不止，事隔六十多年，回想此事，仍然感覺很有趣。

我在昭和十一年（一九三六）三月，自長老教高等女學校畢業，畢業後同班同學有三人前往日本留學，兩人讀醫專，一人讀藥專。我沒有繼續升學念書。

和臺南高等工業學校畢業的黃永清結婚

我二十一歲結婚，先生黃永清，臺南人。他是我舅舅介紹的，先生是明治四十二年（一九〇九）四月二十五日出生，大我八歲。他中學讀臺南州立臺南一中，繼入臺北州立臺北工業學校[5]應用化學科就讀，昭和六年畢業，之後再就讀臺南高等工業學校[6]應用化學科，昭和十一年三月畢業。先生讀臺南高工時，與賴再得先生同班[7]。

吳瓅志校長

【圖18-2】長老教高等女學校校長吳瓅志，是英國人。（長榮女中提供）

4 以臺語發音。

5 臺北州立臺北工業學校，光復後改制「臺北工業專科學校」，簡稱「臺北工專」，之後再改制為「國立臺北科技大學」。

6 臺南高等工業學校，光復後改制為「臺南工學院」，之後再改制為「國立成功大學」。

7 賴再得，臺南人，其後擔任成功大學化工系教授，其侄子賴明詔，為中央研究院院士，著名國際冠狀病毒專家，曾任中央研究院副院長，國立成功大學校長（二〇〇七年二月—二〇一一年一月），現居住美國。

我和先生是昭和十二年（一九三七）十一月結婚，婚禮在臺南神社舉行。爸爸爲了我的婚禮，特別請了安順庄的庄長徐守益[8]來當介紹人，婚禮有四位伴郎，都是先生臺南高等工業學校的同學。結婚後「頭轉客」[9]的第二天，先生忽然得了盲腸炎，趕忙送到一家私人病院開刀，我日夜在病床邊看顧，我們的新婚旅行是在病院度過的。

我公公黃榮椿，生於清朝光緒十年（一八八四），畢業於臺南師範學校，曾任教關廟公學校，是一位民間漢學家，享年五十六歲。婆婆吳笑，比公公年輕三歲，曾到日本留學，是走在時代尖端的新女性，她在光復後去世。公婆在今臺南市民權路（本町）開了一家商店，店名「長門屋」（ながとや），專門賣兒童玩具、洋娃娃等。

到中國大陸

先生起先在臺南的「永芳會社」上班，這是一間生產紙類物品的公司。之後他到「臺灣製鹽會社」工作，在那裏他有一個日本同事鳥井，先去中國大陸的天津「東洋化學株式會社」做事，其工廠在塘沽，事務所在天津的租界，他寫信來臺灣，約先生也去天津上班，先生本來想在昭和十四年的年中去，但因爲公公病重，並於同年十月十四日病逝，所以到昭和十五年年初，先生才出發去中國大陸，留我在臺，因爲得先看看那邊的環境如何。

昭和十五年（一九四〇）六月，先生去中國大陸已經半年了，本來我爸爸準備帶我去大陸找先生，剛好堂兄楊克仁自大陸回臺灣，就由他帶我去，當時我已經生下長女郁香，母女兩人高興地上路，出發前，即六月

8 徐守益（一八九九—一九六七），臺南人，臺北國語學校畢業，戰時也到中國大陸，任職南京汪精衛國民政府，詳細經歷參見林德政主修《安南區志》（臺南市安南區公所，一九九九年八月）〈人物篇〉〈徐守益傳〉。

9 「頭轉客」，臺語，指「歸寧」，女方婚後第一次回娘家。

十四日，我特地與媽媽、姊姊及妹妹合照一張相片，這張相片迄今猶存。我是在基隆搭船往上海，船停海中，必須先坐小船，再攀上大船，經三天兩夜，才到上海。一到上海覺得很繁華，從上海再坐「特急」火車到南京，在南京看到水溝邊猶有血漬，聽人家講說是南京大屠殺留下來的。先生從天津到南京接我們母女。

天津生活

在天津，起初住中國街，掛衣服曬，常被偷。冬天時，看到鄰居在太陽出來時就坐在椅子上，抓棉襖裏的臭虫。我初到大陸，坐火車從南京到天津，晚上時，車窗用厚厚的窗簾遮著，每一節車廂都有士兵，大概怕搶劫。天津比南京熱鬧，路寬，衛生也好，我每天去菜市場買菜，當時我還不會講國語，但那個時候日本占優勢，變成是中國人也要學幾句日語，所以買菜時，與菜販用「半正白仔」，即一半日語，一半北京話交談，菜販也都聽得懂。

後來我們搬到日本租界，左右鄰居都是日本人同事，祇有一戶例外，是朝鮮人，是公司的工友，不是技術員。租界內有圍牆、有大門，與外界隔離，治安與衛生比外面好，租界內的交通主要是三輪車，在租界內，無論到哪裏，車資都一樣。在天津時我生下長子尚武，當時是昭和十七年一月二十一日。

先生在臺灣一個月的月給是日幣五十五元，到天津後加倍，有一百多元，每個月不須寄錢回去給婆婆，所以生活用度寬鬆。

到滿洲國生產

昭和十八年（一九四三）十一月，我懷第三胎，即將生產，姊姊從貞從滿洲奉天寄信來，說我們姊妹好久沒有相聚了，叫我去奉天生產，姊妹也好相聚，同時姊夫梁松文本身是醫生，順便可以照料。於是先生陪我坐火車到山海關，餘程我自己坐。到了奉天，也就是瀋陽，住到姊姊家，安心待產。十一月二十三日，我在滿洲醫科大學的附屬醫院，生下次女秋香，孩子生下滿月，我就離開滿洲，一個人帶著新生嬰兒回去天津。沒有在滿洲多住一些日子的原因，是在滿洲甚麼東西都要配給，生活不便極了。

火車在山海關暫停，我下車去換錢，因爲當時滿洲的錢和關內的錢不一樣，我一個人下車去辦手續，三個小孩放在車內。結果一回到天津家裏，先生看到我就說，怎麼不多住一些日子，說他正想請假去滿洲，一來渡假玩一玩，二來接我們母子回家。

在天津，臺灣人方面，我們最常接觸的是吳三連先生一家人，我與吳三連先生的太太李菱和小姨子，常常見面談話。戰後回臺灣，我還時常去找他們，李菱也是臺南人，畢業於淡水高等女學校。[10]

終戰見聞

大概是昭和二十年（一九四五）六月起，我先生就感覺到戰爭局勢愈來愈嚴重，他是每天看報紙，聽ラジオ[11]的人，他獲知南京每天受到美軍的空襲，就叫住在南京的堂哥楊克仁一家人，趕快搬到天津，他們在八月抵天津，先住在我家，堂哥想搬去北京住，一個人到北京找房子，買房子的錢卻全部被偷走了。

日本投降後，國軍開進天津，我在天津看到國軍部隊，衣衫襤褸，身上背著鍋子，感覺很難看，眞失望，心想這是戰勝國呀，怎麼會是這個樣子呢？更使人難過、和不可思議的是，國軍因力量不夠，竟叫日軍暫時維持天津的治安，而此時中共軍隊一再來犯天津，他們將鐵路的鐵軌敲掉，日軍將之驅趕出去，國軍則躲在後面，變成好像是日軍在保護國軍。

---

10 吳三連（一八九九年—一九八八年十二月二十九日），臺南人，曾任制憲國大代表（一九四六—），第一屆國大代表（一九四七—），臺北市長（一九五〇年二月—一九五四年六月），省議員（一九五四—），自立晚報發行人等職。一九四一年至一九四六年間，住北京和天津。其妻李菱，一九八三年九月六日逝，享年七十九歲。吳三連留有《吳三連回憶錄》（吳豐山記錄）（臺北：自立晚報出版），但是吳在書中，對於戰時的中國生活經驗，幾乎一字不提。是一本有缺失的回憶錄。

11 ラジオ，收音機。

戰爭結束，日本人的氣勢不若往日，先生的同事鳥井對先生說：「你們臺灣人眞好，在日本這一邊，是一等國的國民，回到中國，也是一等國的國民」。其實，我感覺生爲臺灣人，眞正是飽嘗戰亂之苦。

戰爭結束，趕緊回臺灣變成是大家最迫切的期望，我們開始準備回臺灣，首先是將家裏的家具變賣，當時祇有臺灣人可以這麼做，日本人是不准的，日本人的家具算是被沒收。我們是將家具賣給大陸籍的一位白先生，由於戰爭剛結束，一切未上軌道，貪污和揩油盛行，白先生押來了一輛卡車來載家具，車上還跟了一位警察保護，他說不這樣子，載了家具沿途就被各十字路口的警察敲詐光了。

坐「臺北號」返臺

戰後，天津組成「臺灣同鄉會」，由吳三連擔任會長，他說應該讓有技術者優先回臺灣，他的理由是技術者先返臺，可以趕快接收日本留下來的各類型工廠，使工廠繼續運轉，免受破壞和損失，我先生是化學工程師，也在優先返臺之列，但先生說我們先回去了，留下堂哥一家人怎麼辦？所以我們就讓堂哥一家人先搭船回臺，我們則搭下一班船。

我們是先從天津到上海，再從上海搭船到基隆，我清楚記得坐船那一天是半夜，所坐的船叫「臺北號」，爲甚麼在半夜上船，我想不出所以然。要上船時，「臺北號」並沒有在上海港的碼頭靠岸，我們得先坐竹筏到海中，然後攀登上臺北號，在坐竹筏時，不知道甚麼原因，船夫生氣，把竹筏停在海中，我們很害怕，後來臺灣人中有通上海話的，跟他們溝通，大概是送了錢，船夫才送我們靠近臺北號，總算上了回臺灣的船。

返臺見聞

「臺北號」在基隆登陸，一上岸，首先看到的是一片殘破景象，先生把行李放在碼頭邊，說不會丟掉，一家人就去吃麵，結果回來時行李已經不見，全部被偷走了。要返回臺灣時，我已經懷有身孕，返臺沒多久，我生下次子尙文，日期是民國三十五年十月十七日。[12]

先生回臺灣是參與「工礦公司」的接收。他初到工礦公司時，他日治時代的同學賴再得，這時在該校改稱的省立工學院任教，邀先生也去任教，先生沒有答應，以爲自己不適合教書，沒想到幾年後，他離開了工礦公司，卻進了省立臺南工業職業學校教書，還是當了老師。

我們住在永康的南工宿舍，有一天我與先生在附近路上散步，背後忽然有汽車急駛而至，在我們後面煞了車，我與先生都嚇了一大跳，趕忙跳到路邊，驚魂還未定，就聽到車上的駕駛用濃厚的外省口音大聲罵我們，嘰哩聒啦的，聽不太懂，但有一句我聽得很清楚，他說要槍斃我們，我與先生心裏都很難過，他開車亂闖，差點撞到人，不自己反省，還盛氣凌人，竟然說要槍斃人，他憑甚麼說這樣的話？他有法治觀念嗎？

我先生在南工教書，沒加入國民黨，始終未升薪水，後來我找一位我從前教洋裁的學生，她光復後嫁一位外省人，在臺灣省政府教育廳做事，我去拜託她幫忙，先生薪水才得以升級。我姊夫蘇明玉，光復初期擔任高雄縣湖內鄉的鄉長，平日奉公守法，但是爲了沒有加入國民黨，被人告發了十一條罪狀，後來趕緊加入國民黨，就連一條罪也沒有了。

後記：這篇訪談記錄的受訪者楊從善女士，現年高齡九十九歲，居美國德州休士頓。

---

12 從次子出生日期推算，可以知道楊從善女士一家人是民國三十五年十月以前回到臺灣。

19 懷念在滿洲國的十二年：楊從貞女士口述史

採訪、撰稿：林德政
訪問時間：一九九八年四月十四日　上午十點至下午三點
訪問地點：高雄市新興區中正四路梁宅

前言

出身臺南關廟，卻在滿洲國待了十二年的關廟人楊從貞女士，是楊從善的姊姊。她的口述史，有特別的價值，是非常寶貴的時代見證：

第一，對日治時代臺灣的小學校（非公學校）、高等女學校的教育做了很好的表白。例如小學校原來學生數非常少，以「關廟小學校」而言，竟然全校學生數不滿二十人，但即使如此，日人辦校還是「照紀綱來」，仍按步就班。而臺南高等女學校的第五任校長松平次郎吉，以及一九三〇年代青年男女的相互愛慕情形，她也有所講述。

第二，滿洲國存在十四年是日本的傀儡國，但它曾經是末代皇帝溥儀的夢想，也曾經是部分滿洲人、漢人和臺灣人的夢想，這篇口述史見證了歷史，保留了曾經是臺灣人夢想地的「滿洲經驗」。她回憶下的滿洲生活，在前期居然是富裕的、愉快的，後半段才因爲二戰結束導致的戰亂而驚恐。整篇口述史有甜蜜，有憧憬，更有幻滅後的失落，一曲日本歌曲「懷念滿洲」，事隔六十多年，她和妹妹從善唱起來，餘音嫋嫋，盪氣迴腸，彷彿如昨。

第三，先後有五千名左右的臺灣人，曾經在滿洲國生活過，他們多數是非常優秀的臺灣前輩，最著者是外交總長謝介石，以及溥儀的御醫黃子正（臺大心理系教授黃光國的父親）等等。

楊從貞的先生梁松文是醫生，擁有醫療專業。這篇口述史，彰顯優秀臺灣人的滿洲奮鬥史，歷史學家之所以對有滿洲國經驗的臺灣人，付出特別的心血去研究，因爲滿洲國的經驗與臺灣人的歷史有著連結。

第四，日本戰敗，滿洲國瓦解，使得在滿洲的臺灣人必須離開，她先生梁松文來不及留下歷史見證。楊女士的這篇口述史，則是把她和先生在滿生活狀況，以及一九四八年從滿洲逃回臺灣時的沮喪與失落，詳細述說了，更及於當年他們的所有財產，包括不動產的房子土地在一夕之間失去。也講了帶在身上的金子，是回臺東山再起的本錢，如何被黑吃黑的沒收。總之夫妻倆在滿洲奮鬥十二年，轉眼成空！

第五，見證戰後東北的混亂，如蘇聯兵入侵，漫無軍紀，以及國民黨與共產黨在「遼瀋大戰」前夕在當地的爭鬥，所謂「山雨欲來風滿樓」。

第六，戰後日治下面的學歷沒用，在大陸中國得重新受訓，回到臺灣醫師資格必須重考，否則無法當醫生。

第七，回到臺灣，先生梁松文出任「高雄鐵路醫院」院長，因爲未加入國民黨而在工作職務上受到差別待遇，一直沒有升官也沒有調高薪水，但他深信能力和醫術勝於一切，雖多次遭挫，許多長官摯友規勸，仍然堅持不加入國民黨。這些凸顯那個專制獨裁的年代，國民黨政權的蠻橫，以及臺灣人的委屈。

第八，已經消失的「高雄鐵路醫院」，許多高雄人對它有深厚感情。這篇口述史說明梁松文深知醫師的職責，是救治病患，所以他以院長之尊，照樣爲患者開刀，不推拖。透過太太的口述史，我們既知道他的後半生與高雄鐵路醫院合在一起，了解他的理念，又了解到高雄鐵路醫院、臺灣醫療史的側面，後人想認識他、想了解高雄鐵路醫院，這些都是重要切入點。總之這篇口述史，同時也是「高雄鐵路醫院」院史的旁白。（林德政撰）

家世

我出生於日治時代大正四年（一九一五）八月三十一日，出生地是關廟庄，即今天的臺南縣關廟鄉，[1]現年八十四歲。爸爸楊健爲人非常正直，當臺南州關廟庄的庄長長達二十五年。他愛替人做保，後來被人連累，賣了三甲的土地來還債。戰後我從中國大陸回來時，他說：「現在還清債務，心情輕鬆多了！」

我家裡總共有六個姊妹、一個弟弟，我上面三個姊姊，小我兩歲的妹妹從善與我緣份最深。弟弟克智，他的太太是臺南聞人林全興[2]的妹妹，臺南二高女畢業，在他們家排行第三，高女畢業去日本留學，她本來想讀藥劑以便當藥劑師，但後來改讀洋裁學院。

【圖19-1】楊從貞的父親楊建，是地方仕紳，日治時代擔任臺南州關廟庄的區、庄長二十五年（楊明家提供）

1 今臺南市關廟區。

2 林全興，一九一七年生，享年九十四歲。曾任國立臺南高工校長、高雄市第一屆議員、台南市第四屆議員、第五屆副議長、第六屆議長，興南客運公司董事長，一九七二年當選增額國大代表。

學生時代

關廟公學校與關廟小學校

我八歲入學，小學讀了兩間，先讀「關廟公學校」，讀到三年級要升四年級時，因爲我姊姊讀「關廟小學校」，我就要求我爸爸讓我也轉學到該校，我爸爸當時候擔任關廟庄的庄長，比較有勢頭[3]，加上當時開始實行「日臺共學制」，所以我順利轉學到該校。

「關廟小學校」，全校總共只有二十個左右的學生，我四年級那班共四個人，有一個是日本生，她爸爸任職電信局。其他三個是臺灣生，這三個人中，我爸爸是關廟庄的庄長，另兩人，一個人的爸爸是在關廟開診所的醫生，一個人的阿公是關廟庄的助役，那個「助役阿公」的名字我還記得，叫侯夜明。

關廟小學校學生人數少，所以分成兩班，一班是一、二、三年級一起上課，另一班是四、五、六年級一起上課，教室就用「屏風」隔成兩間。校長是日本人，對學生很好，不分日生或臺生，他除了當校長，還教我們四、五、六年級的這一班，但是升六年級時，他調到「歸仁小學校」當校長，換一個山田先生來，就沒有像他一樣的一視同仁了。而且，此後「關廟小學校」和「關廟公學校」兩校，就只由一人當校長了，即一個人兼掌兩校。

「關廟小學校」在山坡，校園內有很多芒果樹，我一個女生，照樣爬到樹上摘芒果，我也愛盪千秋，喜歡盪得很高很高，又愛帶小朋友到處玩，去新埔溪河裡泅水，甚至和男生打架。學校雖然學生人數少，但是教育一切正常，甚至我畢業時，學校照樣舉辦單獨的畢業典禮，即使只有三個畢業生，典禮也是有板有眼，沒有因爲學生數少，就隨便。

3 「勢頭」，臺語。有勢頭，意思是說「有勢力，有影響力」。

小學畢業，我勇敢地去投考臺南第一高女，當時臺灣人要考進該校是很困難的，因爲爲主要都是錄取日本生，連我小學同班的那個日本女生，也沒敢去考，而是考臺南第二高女。考試科目有五科：國語、算術、自然、歷史、地理，考了兩天。我那屆去考的有許多日本官吏的女兒。

投考臺南州立第一高等女學校，是我好強的個性使然，不相信自己能力差。但是放榜時不敢去看榜單，因爲怕沒考上，由我姊姊幫我去看榜，結果榜上有名，姊姊打電話回關廟庄役場[4]給爸爸，說我考上了，擔任關廟庄長的父親很是高興。

就讀臺南第一高等女學校

臺南第一高等女學校，簡稱「臺南一高女」，每年招收一百個學生，分成兩組。我那屆只錄取四個臺灣學生，我之外，一個是水林庄長的妹妹，姓紀[5]。另一個姓許，她很可惜，可能是家境的關係，中途輟學，沒有讀到畢業。

一高女當時的老師全部是日本人。

校長是松平次郎吉[6]，他四十多歲，也有授課，教我們「作法」，我記得他說人活到四十多歲就要好好修持。他的兒女很優秀，一個讀南一中，一個讀臺南一高女。課程還有「作業」，這門課就是得到校園裡種花草。另外「國語」課（日文）當然有，也有「英語」課、「音樂」課、「家事」課等。我就很喜歡彈奏オルガン[7]。

4 庄役場，即「庄」辦公的地方，相當於今天的鄉公所、鎮公所或區公所。
5 「水林庄」，今天雲林縣的水林鄉。
6 松平次郎吉，日治時代臺南第一高等女學校第五任校長。
7 オルガン，風琴。

在一高女少少的臺灣生裡，有幾個比較特別的，如黃溪泉的女兒就是一個。我班上的臺灣生，有一個臺東來的番仔[8]，長得很漂亮，當時她名字已經改成日本式，名叫「かもきみこ」，她的阿公是臺東的頭目，畢業後她嫁人，丈夫戰後當臺東縣議員。

說到黃溪泉的女兒，我就想到黃溪泉的兄弟黃欣的兒子黃天民，他很優秀，讀南一中，畢業後又去日本讀大學。黃家的宅邸很大，就在今天臺南市東門路鐵路平交道旁。

讀一高女時，我沒有住學寮，而是和大姊、從善妹妹、克智弟弟一起在外租屋，自己炊煮，一度是租住在「蘇丁受外科病院」的家裡，他們家很大間。弟弟克智小學先在關廟讀，大概四、五年級時轉到臺南市區的「第三公學校」讀，成績很優秀，也考上很難考上的臺南一中，之後他留學日本，讀外國語大學。

我們七十年前讀中學時，風氣比較保守，幾乎沒有人公開談戀愛，當時流行男生寫情書給女生。我就讀臺南第一高女時，有一個男生常常寫Love letter給我，還不敢署名，寫這封信的男生，後來一直沒出現。那封信是這樣寫的：

夏の日は実に長く、
毎日何をなしこともできない私は一人寂しく、
おくえにむかえ窓をとおして、てきくをながめは，，，，，[9]

另外有一個讀臺南二中姓宋的男生，一直追求我，這個男生他常在臺南市區路上大聲用日語喊我名字：

---

8 楊從貞女士在訪談時就是如此稱，她是以「日治當時習慣的稱呼」稱今天的原住民，並無貶意。

9 這封少男寫給少女的情書，訴說長長的夏日裡，每天無所事事地，一個人孤寂地倚在窗前眺望，想念著他心儀的女孩子……

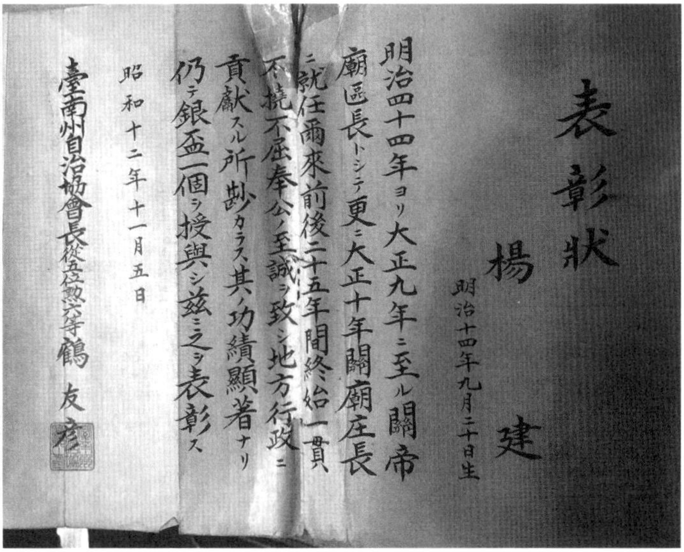

【圖19-2】楊從貞的爸爸楊建，擔任關廟區、庄長二十五年，1937年榮獲「臺南州自治協會」會長頒發表彰狀。（楊明家提供）

「從貞！從貞！」，一聽他叫，我就害怕得很，這人的行徑是比較特殊，後來他的姊姊嫁給賴再得，賴後來當成功大學化工系的教授。[10]另外有一個臺南的粱姓醫生，他愛我大姊，此人後來娶從善妹妹大女婿的母姨[11]，他的後人在北京被毛澤東害死，現家族仍住北京。

在關廟公學校當老師

昭和八年（一九三三）我從第一高女畢業，回到關廟，有一段時間心情不好，覺得很無聊，我爸爸就叫我去教書，當時的臺灣人老師只能教低年級，我教「關廟公學校」一年級及夜學。我教了一年，月給[12]一個月三十元，都全數交給母親，自己一毛錢都沒留，那時的查某囝仔[13]都是這麼乖！

其間，我有回到臺南第一高女修習「補習科」

10 國立成功大學的化工系館，現豎立有賴再得教授的銅像。

11 臺語的「母姨」，就是北京話的「姨媽」、「姨母」。又如臺語的「母舅」，就是北京話的「舅舅」、「舅父」。

12 「月給」，即月薪之意。

13 查某囝仔，臺語，即女孩子。

及「專攻科」，這兩科都是屬於短期的進修性質。

嫁到新化梁家

我先生梁松文醫師是新化人，家族中有多人是醫生，他的阿叔梁宰[14]醫師是醫學博士，專門研究有關治療寄生蟲的藥劑。

至於我是如何與我先生締結姻緣的？那就得歸因於我姑姑，這個姑姑是我爸爸的表小妹，她嫁給新化梁道醫生[15]當正室夫人，梁道就是我先生梁松文的另一個阿叔，我一高女畢業後，姑姑就叫我二舅公來做媒，我先生的阿公名叫梁天賜，家中晚輩的婚事都由他做主，先生的爸爸名叫梁生。當時我先生正在滿洲求學，談婚事之時，我先生的阿公就叫他回來，起初他還不願回來，後來好不容易才回來。他回來後與他三姑來我們家看我，即所謂「對看」。我知道他們要來我家，也有出來讓他們看，由於他們家每個人的教育程度都很高，我很欣賞他們，因此決定嫁給他。

我與我先生差五歲，初次談婚事那一年我十九歲，婚事談了四年，這期間我先生常從滿洲寫信來，結婚時夫家送的聘金約五百元，這在當時已經是一筆很高的數字，我與從善妹妹同一年結婚，但我比她早四個月，我結婚時二十三歲，是在昭和十二年六月十九日結婚，我清楚地記得這個日子，因爲那一天正好是「佛祖生」。結婚才沒幾天，我先生竟然得了盲腸炎，還拜託「臺灣總督府臺南醫院」的院長爲他動手術，兩個禮拜

---

14 梁宰，一九一二年畢業於臺灣總督府醫學校，一九一四年任職於「滿鐵撫順醫院」，一九二四年在撫創辦「天生醫院」，擔任院長。院中醫生包括侄兒梁成、梁炳元、梁松文及女婿羅福嶽、林昌德等。日本投降後，八路軍以梁宰曾收容國民黨朋友，將他拘捕入獄，因獄中衛生環境差，感染回歸熱，後雖釋放，仍病重過世，未及回臺。

15 梁道，一八八八年生，臺灣總督府醫學校畢業。一九一三年在新化，創辦「道仁」醫院，擔任院長。一九二七年於新化街成立南部第一所回生病院（衛生所），任首位公醫，不收貧者醫藥費，有「公醫道仔」之美名。

才退院，當時得盲腸炎是很恐怖的，我驚得要死！

先生梁松文醫師

先生梁松文醫師生於明治四十三年（民國前兩年，一九一〇）三月二十二日，他中學是先在臺灣讀，然後轉到滿洲，在「南部滿洲中學校」就讀，該校簡稱爲「南滿中學校」，此校的學生主要是日本人，但中國人也可以讀。他南滿中學校畢業後，就進入「滿洲醫科大學[16]」學醫，他讀滿洲醫大，總共讀七年，先讀預科三年，之後是讀本科，於昭和十四年三月二十三日畢業，獲滿洲醫科大學醫學士，當時校長是松井太郎。之後他又繼續攻讀博士學位，他在昭和二十一年（一九四六）四月二十八日，獲得「滿洲醫科大學」的醫學博士學位，當時的校長是醫學博士守中清。他在滿洲獲得的醫大學歷及醫師證書，回臺灣後需重新經過考試院醫師檢定考試及格，我先生於民國四十一年三月十日取得內政部長余井塘發給的醫師證書，號碼是醫字第壹九零零號（一九〇〇三號）。

有關滿洲醫科大學

滿洲醫科大學分爲大學部及專科部兩種，大學部水準較高，畢業可以回臺灣開業，如果只是專科部畢業，則只能在中國開業，不可回臺開業，就讀該校的中國人，以讀專科部者居多，讀七年的臺灣人都非常優秀，像梁炳元[17]、黃永盛，另外恆春人姓許的，也是讀滿洲醫大。黃永盛是臺南人，南一中畢業，父親也是醫師，他後來未回臺灣。

16 滿洲醫科大學，是南滿洲鐵道株式會社於一九一一年在奉天創辦的醫學院校。

17 梁炳元是梁道之子，就讀滿洲醫大，娶梁許春菊爲妻。梁許春菊曾經擔任臺灣省第二、三、四屆省議員及第一屆增補選立法委員，一九九七年五月病逝。

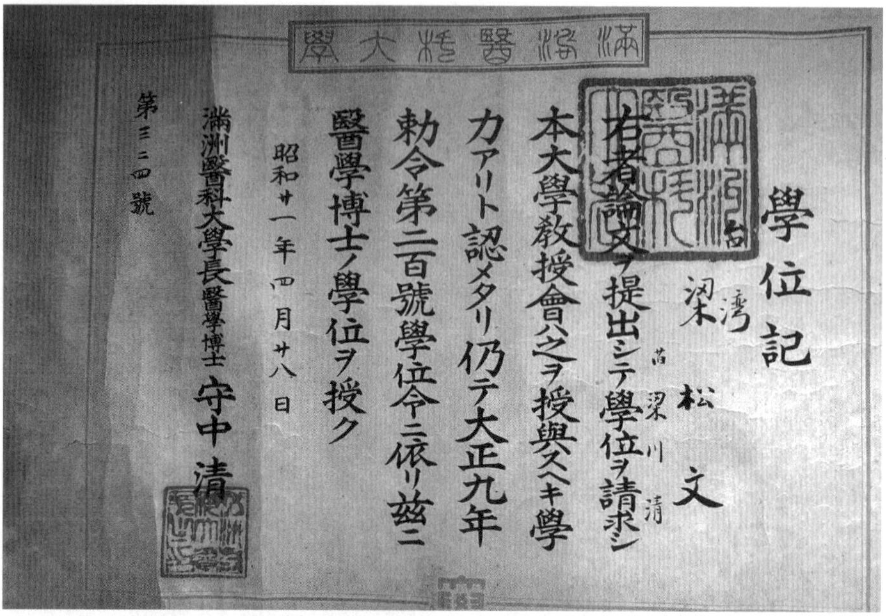
滿洲醫科大學

學位記

台灣
梁松文
昔 梁川清

右者論文ヲ提出シテ學位ヲ請求シ本大學教授會ハ之ヲ授與スヘキ學カアリト認メタリ仍テ大正九年勅令第二百號學位令ニ依リ茲ニ醫學博士ノ學位ヲ授ク

昭和廿一年四月廿八日

滿洲醫科大學長醫學博士 守中清

第三二四號

【圖19-3】梁松文在滿洲醫科大學研讀多年，昭和二十一年（1946）4月，獲得醫學博士學位。此為博士學位證書，其時雖然是終戰後八個月，但該校尚未結束。（梁繼允提供）

我陪先生在滿洲生活的漫長歲月裡，他幾乎都是在滿洲醫科大學求學讀書，或是當醫生動手術。滿洲醫大的設備很好，這間醫大設立的緣由是因爲日本爲建造滿洲鐵路，送了很多日本人到滿洲，爲了照顧這些人，就設立這間設備齊全的醫大。

滿洲醫大附設醫院的外科主任是平山，醫院裡除了日本人醫生，也有朝鮮人醫生，其中有一位常常在哭，我先生則不會這樣，這位愛哭的朝鮮人醫師，後來辭職回朝鮮，當了醫學教授，也到日本的長野縣當醫院院長。

到滿洲

昭和十二年（一九三七年）七月下旬某一天，我與先生從臺灣啓程到滿洲，我沒帶什麼行李，只做了一件大衣，所坐的船叫「山東丸」，船從基隆出發直接開到大連，途中不停靠中國大陸其他口岸，也沒有在朝鮮停泊。不過當時由臺灣去滿洲得查看護照，也要核對相片，由於當時我們倆的相片沒合照、護照也不

【圖19-4】在滿洲國的幸福小家庭。梁松文、楊從貞夫婦與長女（右）次女（左），1943年左右，攝於撫順。（梁繼允提供）

在一起，海關的人詰問我們，以爲我們是「駆け落ち」[18]。其實那是因爲我爸爸在我婚前就替我辦妥了護照。我在船上吐得很厲害，連青膽都吐出來了，不吐時我就唱歌，坐了兩三天船才到大連，從此展開我在滿洲的十二年生活。

滿洲國生活點滴：參加舞會，欣賞李香蘭的演唱會

到大連港上岸後，就坐火車到撫順，住了下來。

從奉天到撫順，坐火車要一小時，起初我們住在撫順，撫順有著名的煤礦，許多是露天的，稱爲ろとうぶり，內有鐵筋，日本的大阪也有ろとうぶり。

後來我從撫順搬到奉天與先生團圓，租了一間大房子。我先生在奉天滿洲醫科大學做研究，每天都一直待到深夜十二點才回家。一位孫先生笑我傻，說我在撫順待得好好地，卻跑到奉天，甚麼事都得自己來，辛苦自己。

每天我都替我先生準備便當，主要的營養來源是

18 駆け落ち，是「私奔」、「逃往他鄉」之意。

雞蛋，蛋都是從撫順拿來，同事每次看到都覺得很羨慕。至於日常主食是大豆、金瓜、米飯都摻雜一些糙米或大豆，米是配給的，按人計算。大豆黃黃的，朝鮮人比較多人吃這種，滿洲人吃高粱及麵粉，我們也有麵粉、花生油、鹽，有時有酒，是白鶴酒，這種酒很好喝。

豬肉偶而才吃到一次，也是從撫順拿過來的，撫順拿來的都是黑市的，牛肉上面常有寄生蟲的卵，先生的叔叔梁宰專門研究有關寄生蟲的治療藥劑。

要吃牛肉就得先去除那些寄生蟲，請醫院助手幫忙，用夾子揀走寄生蟲。雞肉也是黑市的，好不容易買到，都捨不得吃，因為沒有電冰箱，就掛在門外冷凍，每天切一小塊來吃，連我妹妹從善從天津來滿洲生產，我也捨不得給她吃，沒想到卻被小偷偷走了。

在滿洲國生活那麼久，遺憾的是：一直沒空去哈爾濱，不過還好有去鞍山。

根據我的感覺和觀察，滿洲國是很富裕的。很多日本人去那裡，因「滿鐵」[19]而致富，也有臺灣人在「滿鐵」上班。臺灣人和日本人在滿洲，待遇是相同的，沒有差別。滿洲的風氣開明，很開化，在奉天有很多的Hall，即跳舞場。剛到滿洲時，我先生天天帶我去跳舞，喝啤酒。舞場的氣氛很好，我喜歡跳「華爾滋」與「Bluce」，迄今我仍難以忘懷。

有一朝鮮人舞女與一臺灣人醫生同居，那女的也常到我家，後來那個臺灣人去山東開業，就把朝鮮女人丟了。

在滿洲國，我還曾經看過李香蘭的演唱會，她畢業於「旅順高等女學校」，她爸爸是「滿鐵」的社員，她的本名是山口淑子。

19 「滿鐵」是「南滿洲鐵道株式會社」的簡稱。

我在撫順時，我臺灣的臺南第一高女的日本同學，曾來找我玩。在滿洲國那段日子，有一首歌很流行，歌名是「懷念滿洲」，我非常愛唱這首歌，妹妹從善也愛唱，歌詞是這樣：（唱）

あ---まだも雪空ら、
よかぜのさむさ、
遠い満洲が、
え---満洲が気にかかる……[20]

滿洲流行霍亂

昭和十八年十一月（一九四三），滿洲發生霍亂大流行，剛好我叫妹妹從善來奉天生產。為了防止被傳染，我一直在家中內外消毒，我的小孩子從外面回到家裡，一進門我就徹底替他們沖洗，也一直用水洗腳。

在戰爭末期，大約是昭和十八、十九年前後（一九四三、一九四四），先生在滿洲改姓為梁川，名字叫做清。

終戰後的東北亂象

戰後蘇聯兵大量湧進東北，國軍未到，共軍則逐漸進入，社會一片亂象。此時因為醫生擁有看病醫人的能力，不管是誰都不會隨便傷害醫生，因此醫生的地位變成有保護人民能力的人，就像警察一樣是保護人民的，反而比較安全。在混亂的時局中，當時我也學會了一些蘇聯話，像是「不要」等。

---

20 歌詞意思是：啊，又是下著雪的天空，夜晚的風吹來寒氣逼人，那遙遠的滿洲啊，真讓人長相掛念。

原本我想繼續住在東北，不想回臺灣，但在亂局中臺灣人的處境是尷尬且危險的。像是有一次有兩個穿著中國衣服自稱是國民黨人，從我們家門前經過，看到我就故意說給我聽：「日本時代當日本人，中國時代當中國人」，意思是諷刺臺灣人「西瓜偎大邊」。

一、蘇聯兵

我看到的蘇聯兵都沒有紀律，到處亂搶，甚麼東西都搶，搶米、搶麵粉、搶衣服，有時候他們搶了東西會送給醫生。

蘇聯兵最可怕的是會強姦女人。蘇聯兵來時會打劫日本人的房屋，我家隔壁住著叫佐藤的日本人工程師，他家有一個十八歲的漂亮女兒，我先生替她擔憂，叫我拿我的長衣給她穿，儘可能偽裝，避免被強姦。那日本人佐藤很感恩我們，後來戰後還有連絡，回日本還與我們有來往。

結業證書
學員梁松文現年三十七歲台灣省
台南縣市人在本所第二期從業人
員訓練班受訓期滿考查成績及格
准予結業此證
撫順市訓練所兼所長
教育長
中華民國三十五年十一月十七日

【圖19-5】滿洲國瓦解，國民政府辦理各種訓練班，這是梁松文在「撫順市訓練所」受訓及格的結業證書。時間是民國35年（1946）11月17日（梁繼允提供）

二、八路軍

蘇聯兵走了以後，換成八路軍來了。

八路軍也到「天生醫院」看病。他們還客氣，稱我先生為「梁大夫」，八路軍拿槍看住醫院，八路軍軍官的太太也來看病，我的阿叔梁宰才被八路軍抓去，後來放回。我們醫院內很多臺灣人來躲。不過八路軍要走時，想抓我的先生走，因為他是外科醫生，所以想帶他去當隨軍的軍醫。還好有人通風報信給我先生知道，曉得八路軍要帶他走，於是當天他便躲起來，躲到地下室燒火處，八路軍來了後，就問：「梁大夫」呢？他們說不知道，八路軍逐間病房找，還找來醫院，還是沒找到，八路軍失望地走了。

有一個撫順人大家叫他劉會長，與我先生的阿叔梁宰結拜，很關心我先生的安危，八路軍走後，趕緊派人來，找我先生去他家再躲，怕八路軍回頭又來抓我先生。當時小偷猖獗，有次發現人影經過窗戶，日警把一支武士刀給我先生，預防小偷來。衆人舉我先生帶頭等那小偷，那小偷把手插入胸內，似乎胸內藏有槍支的樣子。

三、國軍

幾天後廈門兵來了，當時我們稱為「中軍」，即國軍，他們駐紮在我們醫院的大埕上，我們很高興，我們向廈門兵告狀，說八路軍收走我們的刀兵器。士兵中有一個很會說臺灣話的，想留下來就住我們醫院，此人還算老實。有「天生醫院」我們安全多多，無論如何蘇聯兵、八路軍、國民黨軍都對我們有所顧忌不敢對我們兇。

曾有一個連長，想強佔我家當軍營，我當時整天站在門口看守家園。那連長叫我開門，我不開，他很兇，說妳不開門，妳試試看！便拿槍示威。「天生醫院」的總務主任是臺灣人，姓孫，是客家人，後來他沒有回臺灣，孫主任出來和那連長談，他很行。八路軍一個少校來，也叫我開門，我也不開。

八路軍和中軍兩方軍隊輪流進來撫順好幾次。當時我們臺灣人很倒楣、很麻煩，跟八路軍熟了又換國民黨的軍隊。

有一個人就對我先生說：「松文先生，我們去鄉下抓魚來賣，很賺錢的。」先生就投資，偶而拿到一些利錢。

另外有一個人叫郭教，是新竹人，新竹中學畢業，臺南高等工業學校應用化學科第一屆畢，他也叫我先生出錢做生意，錢交給他，結果沒有回收。這個人也去中國大陸多年，後來他先返臺。

刑事威脅 怕人報復，趕快回臺灣

戰後東北混亂，物資很缺，冬天到了，很冷 常有小孩子拿煤炭來賣給我們 當取暖用。有一天一個高等刑事突然來找我先生，說：你們怎麼敢買小孩送來的贓物？意思指那些煤炭是贓物，是小孩子偷來的，說不是要害死那些小孩嗎？出言威脅，並且有索賄之意，我先生很不甘願，那刑事有槍，醫院的孫主任出來打圓場，那刑事才走。我先生就把刑事話講給少佐聽，少佐說：這不行！他要去見市長，叫市長解決。當時的市長是羅永年[21]，可是到了市政府，市長卻不出來見面，叫副市長出來，答應一個月內辦那刑事。但屆時仍未辦那刑事，少佐再去見市長，說再不辦那刑事，就叫更多人來示威遊行，後來果眞辭了那名刑事。可是事後我們又怕那位刑事來報仇，所以要趕快回臺灣。

梁育明接掌「天生醫院」

我先生的阿叔梁宰醫生的兒子梁育明也就是先生的堂弟，在昭和二十一年（一九四六）三月，從滿洲醫大

---

21 羅永年，陸軍官校畢業，當時擔任撫順市長，一九四八年於「遼瀋戰役」中戰死。

出業[22]，可接掌天生醫院了，我們就準備回臺灣了。梁育明與同學高某一起顧「天生病院」，梁育明他在中共政權成立後，仍留在大陸當官，中共對梁育明也沒有虧待，給他當醫院院長或是副院長，最後他在兩岸解嚴後還是回臺灣，活了七十歲，死在臺灣。

返回臺灣

我們經由撫順、奉天、北京、天津、上海，直到民國三十七年（一九四八）才回到臺灣。我們一行人總共有二十多個人返臺，我們一家七口，包括我們夫妻還有在滿洲出生的五個子女，身上背著最小的繼允，加上姪女園子及其母親，園子後來和楊子敬結婚。另外還有羅福嶽醫師夫妻一家七口（夫妻再加上五個子女），以及跟隨的五、六個軍伕。

要返臺前，我們從撫順帶了很多錢，五、六個軍伕也跟著我們走，這些人向我們借錢，說回臺灣再還錢，但後來只有一位姓洪的還我們一個鍋子。他們一路上幫我們提行李、將滿洲的錢兌換當地鈔票，滿洲國的錢幣，進入山海關則換成是「關金」。

我們從撫順到奉天（瀋陽）是免費搭美國貨運飛機，是救濟飛機。在機上看到一個軍人勾著女友情話綿綿，相依相偎。從奉天到北京也是坐飛機，我們到北京住在周松波醫師家一個多月，就在他們家吃和住。周松波他是彰化鹿港人，是先生的結拜兄弟，在北京開業，他也曾經是滿洲醫大的醫生，他後來也回到臺灣，在臺北開「周松波整形外科」，院址在臺北市南京西路。

我們在天津住了三天，住在一位姓章的臺灣人家裡，章是臺灣新竹人。由於我們人多，一天三餐，每餐飯都開三桌。

22 「出業」，臺語，即畢業。

身上的金子都被沒收了

我們又從天津坐船到上海，從天津到上海的船上，乘客大多是臺灣人。我們從撫順南下時，把金子縫在衣服裡，在上海被女警搜身時發現，都被沒收了。

在天津時，我先生曾帶了一些瑪啡，準備回臺灣時開業用，但在上海時也被搜到被沒收。我們在上海又住在「臺灣同鄉會」一個月，這是免費住宿，我們自己煮飯、自己買枕頭、棉被，但是沒有床鋪，得睡地上。在上海等了一個多月，才等到船，是免費搭乘的，船是白天開的。

船抵基隆，我弟弟楊克智來接，我們口袋空空的，半分錢也沒有。克智當時就讀臺大，與煤礦大王顏國年的兒子同班，所以由克智向顏家借錢以備急用。離開基隆到臺北，我們暫住章先生家，到北投玩了幾天，就回新化。

我們回到臺灣後，聽說被搜走的金子可發還，失掉金子後，我心裡難過萬分，想回上海取回。有一位上海人姓靳，也是滿洲醫大畢業，在上海開業，我們就委託靳先生轉領該筆金子，他說有替我們寄到臺灣，但我們始終沒有收到。

在大陸被沒收的金子，當時可以在高雄市鹽埕埔（鹽埕區）買好幾棟房子，想想非常心痛。

沒多久上海臺灣間的音訊都斷了。靳先生因看中國亂了，所以去日本的東京原宿開業當醫生，他國語、日語都精通。

高雄鐵路醫院

我們回臺南新化後，就開始籌劃今後吃飯的問題。起先，先生想要去雲林虎尾開業，後來岡山人楊澄海醫師寫信來邀請先生到高雄鐵路醫院擔任外科醫生，當時楊是那間醫院的外科主任。後來楊澄海在先生到職不久去當「高雄縣立岡山醫院」的院長。就這樣，我們搬到高雄。楊澄海醫師他與羅福嶽醫師是同門的，兩人的妻子是親姊妹。

【圖19-6】民國39年（1950）5月，梁松文在臺灣重新取得醫學系畢業「甄選及格證明書」。這說明原先的滿洲國學歷不被承認，必需重考。（梁繼允提供）

先生擔任外科主任數年升任院長，總共擔任院長二十五年，他在院長職務上退休，因爲始終未加入國民黨，一直未加薪，職級也沒有調升。當院長後，經常三更半夜被叫起來，親自主持開刀手術，然而白天又正常上班。我擔心他的身體弄壞，就跑去醫院對護士說：「爲甚麼不先叫院內其他外科醫師？他們處理不了時，再叫院長？」護士卻說：「病患比較信任院長，指定要院長開刀。」

其實我先生他以院長之尊，本來可以拒絕，但是他深知醫師的職責，是救治病患，所以照樣爲患者開刀，不推辭。先生在鐵路醫院當院長，實在很辛苦！高雄鐵路醫院本來很有名氣，可惜後來關門了。先生在鐵路醫院實在太累了！先生過去在滿洲常被派去無醫村巡迴醫療，我曾建議他，何不離開臺灣去日本應聘爲無醫村的醫師？他不答應！說我是「変わり者」[23]。

鐵路醫院內部有人向省政府誣告先生「十五條罪

23 「変わり者」，意思是指喜歡搬家的人。

【圖19-7】民國40年（1951）4月，在臺灣重新取得「醫師考試及格證書」。表示原來的「醫師證」不被承認，得重新經由考試取得。（梁繼允提供）

狀」，說他衣服讓公家洗，又說醫院辦理體檢，色盲者也給過關，省政府主席謝東閔沒有詳細調查就記先生大過。有關後者，實情是這樣：因爲體檢者多，而護士不夠，注意不及，應檢人的後面有人指點，才通過檢查。我跑去省政府陳情、說明，又跑到省議會拜託省議員梁許春菊幫忙，後來省政府才又下公文取消記過。

先生在鐵路醫院當院長期間，很多人來勒索金錢，首先是剛出任院長時，一位自稱是推荐有功的人來借錢，結果一借不還。之後報社記者經常來「卡油」，還是以假借「借錢」的名義敲詐金錢，記者找到我家裡來向我借，我知道那是「假借錢眞勒索」，所以不借，沒想到那記者竟然說，妳不借，那我去向院長借，因爲我先生人太好，人家一出口，他就答應。不得已我只好「借」給他，唉！

【圖19-8】民國61年（1972）12月1日，梁松文自「高雄鐵路醫院」院長任上退休，眾親友致贈匾額。上書「醫學博士梁松文大醫師」（梁繼允提供）

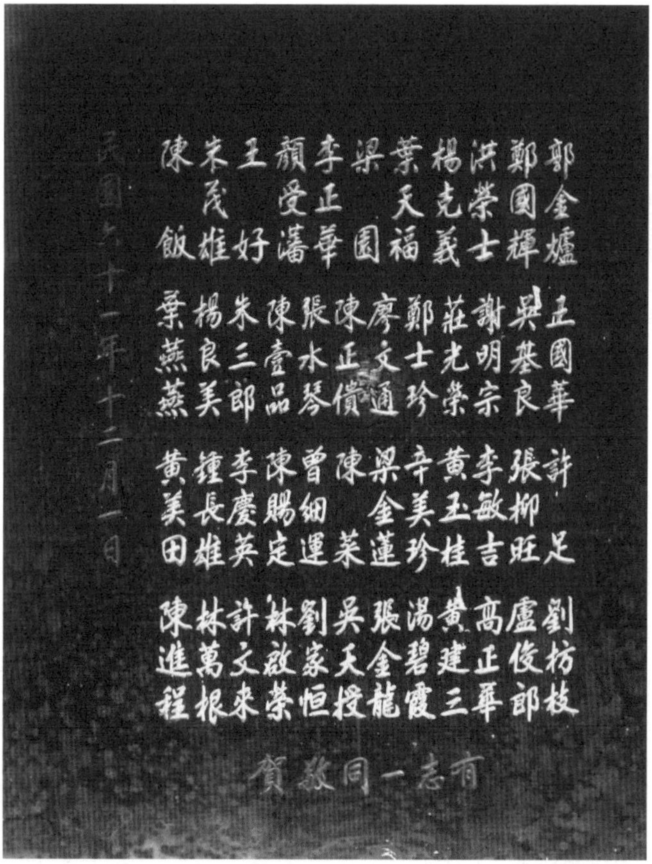

【圖19-9】眾親友及醫療界人士致贈梁松文退休匾額，有鄭國輝醫師、郭金爐醫師、楊克義藥師、梁金蓮醫師、梁園藥師等人（梁繼允提供）

【圖19-10】春華滿枝，回臺灣後東山再起，建立幸福美滿家庭。梁松文（中排右三）楊從貞（中排左二）與子女及孫子女1980年左右攝影於高雄……，後排右一右二為繼允夫婦，右三為喬博，中排左一為玲子（梁繼允提供）

先生去世

先生明治四十三年（一九一〇）三月二十二日出生，民國七十六年（一九八七）九月六日去世，先生享年七十八歲。

後記：

受訪人楊從貞女士，於民國八十九年（二〇〇〇）六月十一日去世，享年八十五歲。

由於當時我採訪楊女士時，對她先生梁松文醫師的其他事蹟並未深入請教，值本書再版之際，二〇一八年二月二日特地採訪她的公子梁繼允先生，請他對其令尊梁松文醫師事蹟做補充，下面是採訪後梁先生的回函：

先父看診，除開刀之外從不帶口罩，他說他的日本教授絕對不准他的學生帶口罩爲病患看診！因爲除了對病人的尊重，病人看到醫師的臉在心理上很重要之外，病人各種氣味也是診斷的參考。這在現代當然已不合適了！也或（許）是在那時（醫療界）對傳染病的認識還不足夠。

先父不加入國民黨而在工作職務上受到差別待遇，我很瞭解，但是他深信醫術與能力勝於一切，雖多次受挫，始終不加入國民黨。我很慚愧，先人在滿洲的行止所知不多，近七十歲才興起探訪先人足跡的念頭，但爲時已晚！約略聽先父說過他到東北是在張作霖被炸後不久，所以應在一九二八年或一九二九年之間。在東北的時間大約有二十年。曾受派到中俄邊境的滿洲里（今臚濱）診治病患。其間交通常賴騎馬，曾由馬背摔落受傷，晚年他罹患多發性脊椎腫瘤，初始疼痛，他還以爲是陳年舊傷復發！後來我大姊夫（東京大學醫學博士）才說，那是爲了研究經常接觸X光的後遺症。

五、軍旅戰陣

20 讀軍校讓我愛國家、愛民族、身體好：毛禮文先生口述史

採訪：林德政
記錄、撰稿：盧淑美
訪問時間：二〇一五年三月九日上午十點
訪問地點：新北市中和區毛宅

毛禮文先生，浙江玉環縣人，民國九年生，受訪時九十五歲。這篇訪談的特點有三：

第一、他親身經歷了中央軍校武漢分校十七期的軍校訓練方式和學習的過程，他說在軍校學到了武器的操作，如步槍、普通漢造式七十九步槍、輕機關槍、馬克沁重機槍、捷克式機關槍、槍榴彈外，還有迫擊砲及標桿設定訓練，足見當時中央軍校的軍事訓練是能確實應用在戰場上。

第二、他反映了戰時中央軍校的學生之生活面貌，住在湖南武岡的張家祠堂，在地板上鋪稻草睡覺，有棉被，發給呢製的軍服，吃米飯，飯菜辣椒很多，有大蘿蔔，吃得飽，偶爾也有魚可吃。

第三、他提到分發下部隊，被分發到七十九師二三五團當副連長，有士兵偷了某革命團體們的衣服被抓，當時的團長王永樹就下令直接槍斃，見證戰時軍紀嚴峻的一面。（林德政撰）

家世

我是浙江玉環縣人，我們那裏靠海，靠近溫州，是魚米之鄉，講的話有閩南話、台州話及溫州話三種。家鄉以前治安不好，土匪很多，我爸爸毛止熙就奉命收編溫州、台州沿海土匪九千多人，成立護航隊，任護航總隊上校副總隊長，我爸爸比我大十八歲，後來他當玉環縣的縣長，籌劃自衛大

【圖20-1】圖左：毛禮文，圖右：林德政。（攝影：盧淑美）

隊反共「清鄉」，最後在上海被共產黨抓到槍斃。我的弟弟自殺，後來入祀忠烈祠，我的叔叔毛光熙是比利時政治外交碩士，後來也到臺灣，是玉環縣國大代表。

我是民國九年（一九二〇）十二月十二日出生，今年九十五歲了。我是在鄉下出生，上海長大的，就讀杭州中文中學，因我父親任職上海衛戍司令部，所以稍後我住到上海，住在上海法租界，九一八事變時，我年紀還小。高中我是讀悟五中學，高中畢業後，我父親看我不是讀書的料，就送我去讀軍校。

考入中央軍校二分校：武漢分校

我讀的是中央軍校武漢分校，是黃埔十七期，我是政工的。在我還沒有投考之前，我就已經知道讀軍校，最終是要上戰場打仗的，我個人的意願也是願意讀軍校。

入軍校要經過考試的，我當初去報考時，是先由一位上校推薦，再接受口試，幫我推薦的那位上校是我父親的朋友，我已不記得他的名字。我那一期考軍校並沒做身體健康檢查，但身體健康是必要的，其實光是靠目測，就知道是否健康。我考上後，是在浙江溫州報到的，剛開始還是穿自己的日常服，並沒有穿軍服。在溫州報到之後，接下來就是到武漢了，我們是以走路的方式，從溫州走到武漢。

武漢分校的校址原本在武昌，後來由武昌遷至湖南省武岡，改稱中央軍校第二分校，我們學校在武岡郊外，[1]離長沙六十哩。第二分校的教育長李明灝，他是湖南人，保定軍校畢業的，李明灝他爲人很正派。教官有一位叫王品一，是留俄回來的，他是負責精神講話。我入軍校後是步科，專修迫擊炮，不是砲科，二分校祇有步科，沒有砲科，不過後來我轉政工了，負責保防。

1 一九三七年冬，「武漢分校」改稱中央軍校第二分校，校址由武昌遷至湖南邵陽。分校主任爲李明灝。七七事變後，原中央軍校武漢分校，遷往湖南武岡。

軍校的訓練與生活

我們住在湖南武岡的張家祠堂，在地板上鋪稻草睡覺，棉被這些都有的，到軍校後發給軍服，是呢製的，需要剃光頭。我們吃米飯，飯菜辣椒很多，有大蘿蔔，吃好是沒有，但是吃得飽，但偶爾也有魚可吃，祇是很少！一個禮拜有一次吃饅頭，是好東西。星期六可以休息放假，回家或探親都可以。

我們一開始是先成爲入伍生，入伍生訓練了六個月，好辛苦！早上是聽吹號令起床，五分鐘集合：「立正、稍息。」要排隊站好。我軍校就讀的年限是：入伍生受訓半年，之後升學，共三年的時間。入軍校之後，總共分三個大隊，一個大隊有四個中隊。我被編在第一大隊，二七中隊，第四分隊，一個隊有一百四十幾個人，我們隊長姓龍，是湖南人。

每個分校都有它的特色，一分校、二分校、七分校都不同，我們二分校是著重戰鬥教練。我們二分校，訓練匍匐前進低姿勢，也著重「夜間教育」，晚上聽見吹號之後五分鐘集合，當時竟不覺得苦，現在想想覺得蠻有趣的。在軍校受訓的過程中，雖然我們的訓練過程合乎人道，不會虐待我們，長官也不會打學生，但還是有人因心理因素如身心無法承受而退訓。

一個營有四個連，三個步兵連及機砲連，在軍校生活中，我學到了不少東西，除了普通武器的操作，如步槍、普通漢造式七九步槍、輕機關槍、馬克沁重機槍、捷克式機關槍、槍榴彈外，還有迫擊砲及標桿設定訓練，那時候沒有卡賓槍。我是迫擊砲專修，即使目標是在很遠的山上看不到人，祇要朝標桿打去，就會命中。另外有手榴彈投擲訓練、劈刀訓練以及軍事地圖判讀與製作。

我們的教官中外都有，外國的主要是德籍的教官，他們會講中國話（普通話），教官很多。我覺得軍校的生活不會苦！受訓時覺得心情蠻好的。軍校的校歌，我到今天還會唱，歌詞是後這樣的：「怒潮澎湃，黨旗飛舞，這是革命的黃埔。主義須貫徹，紀律莫放鬆，預備作奮鬥的先鋒。打條血路，引導被壓迫的民眾，攜著手，向前行，路不遠，莫要驚。親愛精誠，繼續永守，發揚吾校精神，發揚吾校精神。」軍校畢業的學生，氣節是不同的。

軍校的政治課，有「保密防諜」課，但是沒有教「三民主義」等老古董，也沒有教「反帝國主義」，課程感覺很平淡，都是一般的教育，蠻自然的，但那時已有反共俄及抗日的口號。平日由「老保定」[2]的教官上政治課，星期六、星期天就放假。學校在「國慶日」時很普通，沒甚麼特別的慶祝活動，「元旦」時也沒有特別的活動，即使七月七日「盧溝橋事變」，我就讀時也沒特別強調。

畢業典禮

我軍校畢業時，盧溝橋事變早已經爆發了！對日抗戰開打了！畢業時，有辦畢業典禮，就是長官講講話，沒有甚麼特別大的活動。我是民國三十一年軍校畢業，畢業典禮時，校長蔣中正沒有來，我就讀軍校期間，都沒有看過蔣中正。軍校分校很多間，我想他大概很忙，沒有時間到各分校吧，成都分校是本校，三分校在江西（南昌分校）、四分校在廣西（南寧分校）[3]，我沒有到過成都本校。

我畢業這一期，光是我隊上就有一百四十人左右，總人數不祇上千人。學校在我們畢業時，發放一個上面寫著「蔣中正贈」的小配劍給每一位學生，其實那把劍是讓我們軍校畢業生自殺用的，我拿到劍的那個當下，

2 指畢業於保定軍校，有關保定軍校，可參閱林德政撰，《保定軍官學校之研究》，一九八〇年。

3 廣西南寧分校爲六分校，應爲口誤。陸官在大陸時歷次遷徙與設分校有潮州分校、長沙分校、成都分校、洛陽分校（中央軍校第一分校，抗戰後遷漢中）、武漢分校（中央軍校第二分校）、南昌分校（中央軍校第三分校）、廣州分校（中央軍校第四分校）、昆明分校（中央軍校第五分校）、南寧分校（中央軍校第六分校）、西安分校（中央軍校第七分校）、武當山分校（中央軍校第八分校）、迪化（今烏魯木齊）分校（中央軍校第九分校）、鳳山分校（中央軍校第十分校）等。南京中央陸軍官校自一九二八年興辦到一九三七年西遷成都止，歷時十年。

覺得這個東西很特別，感覺那把劍很寶貴，可是現在劍已經遺失了。

下部隊，分發七十九師二三五團當副連長

我軍校畢業後，分發下部隊，被分發到七十九師二三五團，我被派到部隊當副連長，是中尉，後來升到少校。我們的士兵的素質很差，有一次某革命團體住樓上，士兵偷他們的衣服被抓，當時的團長王永樹[4]，下令直接槍斃，我目睹自己手下的士兵被處死，心裏難過得睡不著覺，王永樹到臺灣後，當政工幹部學校的校長。

軍校生活的影響

在軍校生活的兩年半，對我一生的影響很大，有非常多的好處，包括思想、體能，使我對人生沒有消極性的想法、很積極，就是忠於黨、效忠領袖、愛國家、愛民族。我讀軍校加上之後的軍旅生涯，體魄鍛鍊得很好，到現在九十五歲了，也沒有甚麼老人病，平日生活嚴肅，不沾菸酒，也不亂吃東西。

軍校校訓是「親愛精誠」，黃埔訓練出來的幹部，爲國家犧牲很大，我們身爲軍人，沒有恐懼感，這些都歸功於「黃埔」的訓練，我以身爲「黃埔軍校」的一分子，引以爲榮，前輩們犧牲奉獻，我覺得對得起國家。

---

4 王永樹（一九一二—一九八九），浙江淳安人，到臺灣後除擔任政工幹部學校校長外，還曾任警備總部副總司令、國家安全局局長、國策顧問等職。

21 在魯蘇豫皖邊區見證湯恩伯的言行：何智叢先生口述史

採訪：林德政
記錄、撰稿：盧淑美
訪問時間：二〇一五年三月九日下午二點半
訪問地點：新北市新店區大鵬華城何宅

何智叢先生，河南滎陽人，民國十一年生，受訪時九十三歲。這篇訪談的特點有三：

第一、他先入中央軍校十六期因病退訓，改入戰時工作幹部訓練團受訓，足見戰時中央軍校的訓練嚴格，身體不行是會被淘汰的。而戰時工作幹部訓練團的設立也吸引了當時的青年，畢業後授少尉軍官階，分發黨政單位，或做正規部隊的輔助或打游擊戰。抗戰期間，他主要就是打游擊戰。

第二、戰時他在河南，在湯恩伯的「魯豫皖邊區黨政分會」底下工作，見證到湯恩伯的作為以及河南百姓對湯恩伯的反彈，河南人恨湯恨之入骨，竟然稱「寧讓日軍燒殺，也不讓十三軍坐大」！這個見證讓人驚訝，但是也印證湯恩伯在河南素有「湯屠户」之稱，足見湯不得民心，其來有自。

第三、抗日歌曲他非常熟稔。他對日本深惡痛絕，因其堂妹被日軍姦殺而死，其表兄被日軍唆使狼犬活活咬死，日軍的暴行實在令人髮指，其罪惡於此再次得到印證。（林德政撰）

家世

我是民國十一年三月四日出生於河南省鄭州滎陽，本名何培之，我哥哥是一名中學教員。讀軍校前，我就讀河南鄭州滎陽的「滎陽初中」，爲了報考軍校改名爲「何智叢」，沿用至今。

日本侵略，老師鼓勵年輕人參加抗戰

民國二十六年「盧溝橋七七事變」抗戰爆發時，當時我在家鄉，正就讀河南滎陽的「滎陽初中」，老師在課堂上告訴我們日本對中國的侵略以及姦淫燒殺的種種暴行。

我高中二年級時，日軍打到河南來了，老師就鼓勵我們說：日本欺負中國太厲害了，甲午戰爭後賠款二億三千萬兩白銀還不夠！如今侵略中國到處殺人，我們年輕人要參加抗戰，於是我就和許多同學去報考中央軍校。當時我十八歲，我是自動投考軍校。

我是在滎陽縣報考的，入軍校要考紙筆測驗，考國文、數學、歷史、地理、加上一部分自然，這是「初試」，有淘汰人。初試通過，就到洛陽參加「複試」，複試的淘汰更厲害。「複試」以口試爲主，還是問初試考的這些科目，比方中國地理等，另外有體

【圖21-1】圖左：林德政。圖右：何智叢。何手上拿的是蔣中正頒發的勳章證書。（攝影：盧淑美）

格檢查。也問我們報考軍校的目的是甚麼？我回答是為了「抗日救國」，所以就「OK」，如果你講：「我找不到工作，祇是找飯吃。」那就不行。

軍校讀一個月因病退訓

一入軍校，前面六個月是「入伍生」訓練，體能訓練居多，如跳馬、雙槓，以鍛鍊身體，後面是「軍官訓練」，就著重在戰術、戰略及帶兵的技巧。

我軍校是在西安七分校讀，教育長是胡宗南。「入伍生」教育完成後，本來我想選空軍，但我眼睛視力不行。也想進「特務班」，但是當情報員要反應夠快，我也不行，沒有考上，祇好讀軍校。但我軍校也沒完成，因為軍官入伍訓練不到一個月，我就得病了，住院住了六個月，我就被淘汰了，他也不叫我走，我本來是十六期，校方說你到十七期再教育。

我一看軍校熟悉的朋友其生活太苦了！常得夜晚爬山。加上我本來十六期，退訓要再回去，就得變成十七期，也覺得不好意思。我大病初癒，就不去軍校了，我就去西安參加「三民主義青年團」[1]，當時有「新生活運動」，我就參加這個。他們一看我有膽識、熬得住，就錄取我進入「戰時工作幹部訓練團[2]」，其期別就比照是黃埔軍校十九期。

1 三民主義青年團於民國二十九年三月二十九日誕生，同年七月九日成立中央團部，民國三十六年九月九日黨團統一，宣告結束。民國二十七年七月，蔣介石為成立三民主義青年團，命康澤在武昌開辦「三民主義青年團幹部訓練班」，學員由戰幹團第一期畢業學生中調撥，戰幹團各期學生受訓期間，無例外地要加入三青團和國民黨，集體宣誓加入，先入團，後入黨。

2 「戰時工作幹部訓練團」民國二十七年成立，隸屬於國民政府軍事委員會，是抗日時期一個大型軍事、政治訓練機構，團長蔣中正，副團長軍委會政治部長陳誠，共有四個團。團本部設武昌珞珈山，後遷四川綦江，第二團在山西，第三團在江西雩都，第四團在西安，戰幹團也唱黃埔軍校校歌，表示繼承黃埔系統和黃埔精神。撤銷後，各期畢業生學籍比照中央軍校畢業生。

加入軍委會「戰時工作幹部訓練團」

戰時工作幹部訓練團簡稱「戰幹團」，讀一年多，在裏面主要就是訓練，和軍校訓練差不多，軍校軍事動作訓練較多，「戰幹團」政治訓練較多，做政治、政戰工作，以政治教育爲主，連戰的父親連震東就是我的長官，他那時在西安「戰幹團」當政治教官。西安城很漂亮，他們把城牆挖空做防空洞，連震東就在防空洞裏給我們上課。

戰幹團的教育長、副教育長都是浙江人，也都是上將，教育長是葛武棨[3]，副教育長是蔣堅忍。中央軍校西安七分校的教育長是胡宗南，「戰幹團」整個經濟甚麼的都是歸胡宗南管。

日本飛機成天轟炸，我們城牆上掛著兩門高射砲打也打不準，步槍自己造也造不好，機關槍也是買別的國家的，我們的武器太差，日機轟炸，我們老百姓都已經躲到防空洞了，炸彈丟到防空洞口前，一炸他們就出不來，就悶死了，一次就死傷千人，眞令人扼腕。

分發魯蘇豫皖邊區黨政分會

「戰幹團」一畢業就是少尉軍官，教育長帶隊集體分發。我分發到湯恩伯[4]的部隊，隊部在「魯蘇豫皖邊

---

3 葛武棨（一九〇一—一九八一），浙江浦江人，黃埔軍校第二期。一九三三年任寧夏省政府委員兼教育廳廳長，一九三七年十二月任甘肅省政府教育廳長，一九三九年任軍事委員會戰時工作幹部訓練團第四團教育長，一九四三年二月任三民主義青年團第一屆中央幹事會幹事。戰後，回南京任農工部副部長。一九上六年十一月，當選爲制憲國民大會代表。

4 湯恩伯（一八九八—一九五四），浙江金華武義人。抗戰初期任第二十軍團軍團長，參加戰役包括南口戰役、魯南會戰、台兒庄會戰。之後兼任第九戰區第一兵團總指揮，第三十一集團軍總司令。一九四四年日軍全面進攻河南，別廷芳等地方勢力與中共以「地方自治」爲由，對湯恩伯等部隊繳械，擊退國軍，第一戰區全面崩潰，湯部主力撤出華中，湯調任黔湘桂邊區總司令。

區」，即山東、江蘇、河南、安徽四個邊界的地方。日本所占領的都是城市縣，是交通便利的地方，我們在邊界地區，在鄉村、鄉下，日本人沒炸到。日本人占據的是「線」如南京、浦口等，而我們占據的是「面」。我們的教育長那時候帶我們，我們畢業是五百人，集體分發到「魯蘇豫皖邊區黨政分會」[5]，湯恩伯是「魯蘇豫皖邊區黨政分會」的委員長。湯恩伯一看五百人來，非常高興！一高興還特別殺豬歡迎我們。

湯恩伯槍斃人太厲害，老百姓反彈

我們去湯恩伯那裏，做的工作是有關軍紀的問題，我們當時是在河南葉縣。因爲我們是青年軍士，都沒經驗，就到部隊去磨練，他組織一個「黨政總隊」[6]（「黨政工作總隊」），我們有四個中隊，輪流到皖北各縣，主要任務是做「督察員」，偵查軍政人員有沒有貪污舞弊？有沒有通敵做漢奸？有沒有勾結地痞流氓做壞事？當時我是少尉軍階，穿軍服。一查到有人貪汙舞弊，就立刻送辦，立刻送到湯恩伯那裏法辦，「黨政分會」也會辦，「黨政分會」把黨、政、軍都管上了。

犯法嚴重的，是要槍斃的，湯恩伯就可以決定槍斃人。湯恩伯就因爲槍斃人槍斃得太厲害了，所以軍紀搞得不大好。外面說河南軍紀不大好，是因爲查核很嚴，處罰很重，比如有下面貪污的人被呈報上來，證據確鑿就立刻會被槍斃。但反而因此底下的人都知道湯恩伯的個性，擔心有貪污者一往上舉報，就害他被槍斃，所以都不敢往上報，就是這種方式搞壞了軍紀。

---

5 一九四〇年後湯恩伯兼任國民黨「魯蘇豫皖邊區司令部」的行政長官，一九四一年冬，國民黨「魯蘇豫皖邊區戰地黨政分會」由河南省漯河遷來，駐安徽縣城及其周圍村莊，總部設安徽縣城北于老莊（今安徽省阜陽市臨泉縣）。一九四二年春撤銷黨政分會，成立魯蘇豫皖邊區總司令部，專管軍事。原兼任黨政分會主任的湯恩伯改兼總司令部總司令。

6 「黨政工作總隊」是「魯蘇豫皖邊區戰地黨政分會」對外的工作隊。

全國把自治搞得最好就是河南十三縣。那個別廷芳[7]更是規矩，他很嚴，自治做得很好，受老百姓愛戴，都確實核查，比方送米一千斤，假設貪汙祇給六百八十八斤，他馬上就發現。別廷芳跟湯恩伯說：你這個軍隊十三軍貪汙（指湯恩伯的部隊三一集團軍十三軍），嚴格很好，但不宜這樣做事。湯恩伯就說：「不可能！遇到貪污者，我決不客氣！我就是重視軍紀，但排長都查不到。」結果兩人就鬧翻了。其實排長都沒說實話，上面一查都說沒有，事實上卻是有！所以就開會，把別廷芳給殺了[8]。

結果河南的老百姓很氣、很火大，當時有個口號：「寧讓日軍燒殺，也不讓十三軍坐大。」因爲河南的軍紀壞了。我是河南人，河南的老百姓很強悍，河南有嵩山，那一帶民情強悍，老百姓都有武器。後來日軍全面進攻河南，湯恩伯的部隊從洛陽撤退時，八十五軍還被老百姓繳械[9]，老百姓因爲恨湯恩伯的部隊，湯的十三軍後來也被老百姓繳械，老百姓把武器都拿回來。

7 別廷芳（一八八三—一九四〇），河南內鄉縣人，歷任內鄉縣民團第二團團長、宛屬十三縣聯防司令、河南省第六區抗戰自衛團司令等職，爲自治主要領袖之一，凡違反政令者，輕則棍責，重則槍殺，對土匪格殺勿論。抗戰時蔣介石委員長曾在漢口召見別廷芳，當面嘉許鼓勵。

8 按：受訪人何智叢此說有誤，事實上別廷芳是病逝，不是被殺。一九四〇年二月二日，別廷芳赴洛陽參加軍事會議，一戰區司令長官衛立煌欲削其兵權，湯恩伯又對其進行攻擊，他羞憤交加，抱病返回，三月十四日病逝。軍令部長徐永昌稱讚他眞正做到保衛地方，是一個好的黃帝子孫。參見徐永昌著，《求己齋回憶錄》，（臺北：傳記文學出版社，一九八九年八月），頁二五六。

9 八五軍長王仲廉（一九〇三—一九九一），安徽蕭縣人，黃埔軍校第一期畢業。抗戰時任八十五軍軍長，三十一集團軍副總司令，蘇魯邊第二挺進軍總指揮，江蘇省保安處長，安徽省第四區行政督察專員兼保安司令，十九集團軍總司令，三十一集團軍總司令職。一九四四年日軍進攻河南，很多河南百姓趁勢拿鋤頭、大刀成群向國軍部隊攻擊，湯恩伯軍隊被繳械。第一戰區全面崩潰，湯部主力撤出華中，湯本人調任黔湘桂邊區總司令。

其實老百姓誤會八十五軍是十三軍冒充的，八加五不是十三嗎？就認定分明是來騙的，就把八十五軍抓起來。但這也有好處，日本人往武漢撤退時，就打不過去，老百姓有武器，日本人還打不過他們。手無寸鐵的老百姓如何能令軍隊繳械呢？事實上老百姓的手中是有槍，老百姓將軍隊繳械之後，自己去打日軍，連日本人都覺得這些兵很厲害，他們並不知道這僅僅是老百姓。

下部隊：突擊第十縱隊

「戰幹團」的幹部都是要對日抗戰的，畢業以後都是派到部隊，要打仗的。我當初到湯恩伯「黨政總隊」之後一年，就分發到部隊去了，幾百人各師各軍都有。我們有八個人一起被分發到「突擊第十縱隊」，這是「魯蘇豫皖邊區」總司令部所轄的「遊擊挺進第十縱隊」[10]。這個部隊就戍守在太和、渦陽、臨泉、阜陽、蒙城、懷遠這些地方，我們都在安徽邊界一帶，其他河南邊界、江蘇邊界、山東邊界都沒守到。

【圖21-2】圖左：何智義戎裝照。圖右：何智義所獲得之勳章。（何智義提供）

10 一九四二年「魯蘇豫皖邊區總司令部」所轄各地遊擊挺進縱隊，在魯東、汜北設挺進軍總指揮部。

「突擊第十縱隊」的編制是司令官的編制[11]，司令官是少將周屏中[12]，他是四川人，帶我們這個「縱隊」，我們是配合正規軍作戰的游擊隊。日本武器太厲害，我們武器差，我們不是正規軍，是當國軍的補給兵，祇是配合騷擾敵軍，採用游擊戰術，日軍來我們就打，打了就跑，所以我們有傷亡，可是傷亡很少，我們打過幾次仗，成果都不錯。

特別的戰役就是有一次配合李仙洲[13]九十二軍，在阜陽、蒙城、渦陽這一帶和日軍作戰，還有和馬鴻奎。我一個同學，在和九十二軍配合作戰那一次被俘虜了，他被日本軍抓到當俘虜了，日軍對他嚴刑逼口供，用針扎。那時候汪精衛當漢奸，爲日本人做事，汪政權打電報給日軍：「如果有抓住黃埔軍校的教官、學生，不要殺，我要」。所以這位同學就被送到南京汪精衛那裏，汪精衛那時候放了不少人。這件事我怎麼知道的呢？是因爲後來我又看見這同學沒事，我才知道這件事。

我在「遊擊挺進第十縱隊」，擔任連的政治指導員，那時候「縱隊」要訓練一個排長，就成立士官隊專門訓練班長。士官隊每天出操，我除了做政治訓練外，也幫著教軍事訓練。那時出操，我一看那個訓練隊長的隊長階級和我一樣，我也帶隊教他們。我一教他們，我們司令官周屏中，看我的軍事動作、操槍動作各方面的表現比他們還好，就找我談話，他說：何指導員你是甚麼學校畢業？我就說：我既是軍校也不是軍校，但也算軍校。他就說：你這話怎麼講？

---

11 就是「魯蘇豫皖邊區總司令部」。

12 周屏中（一八九七－一九六三），四川華鎣人。四川講武堂畢業。抗戰期間任第十五集團軍暫編第一旅旅長，一九四六年任國防部少將部員，後任陸軍總司令部營房建築委員會運輸組長，一九四八年任京滬杭警備總司令部少將高參，一九四九年五月二十四日在上海率第二十一軍投誠中共，擔任南京軍事學院研究員，四川省廣安縣人民政府副縣長。

13 李仙洲事略參見26，〈經歷遼瀋與平津戰役的砲兵少尉：李啓明將軍口述史〉一文，註5。

我就說我是十六期入伍生，後來生病，變十七期，但沒去，就去戰幹團，成爲指導員。他就說：那是一樣嘛！我看你軍事動作不錯！原來你在軍校受過軍事教育，我看這樣子，我派你帶兵，你願不願意？我說：國家叫我幹甚麼，我就幹甚麼，我絕對服從！他說那就好！就派你當第十五集團第二團三營第八連副連長。

我在「黨政總隊」時，少尉當一年就升中尉，帶兵後變成中尉副連長，不到一年給我升連長，又給我升上尉。這時正值抗戰時期，是一九四三年。我升上尉連長後，隸屬於「獨一旅」，成爲正式的國軍了，成爲正規軍的一員，「獨一旅」的旅長是李樺。

日軍的暴行

我讀高中時，「南京大屠殺」爆發，全國報紙都登出「南京大屠殺」的消息。我有一個同事姓涂，南京人，他是「南京大屠殺」的見證者，他說：日本人在街上，架著機關槍掃射，不管大人、小孩通通都殺，還挖一個坑在上面，將人民活埋。當時他祇有七歲，父親叫他趕快跑，他鑽進下水道，到長江邊，才跑出來，所以他一提到日本人總是咬牙切齒，他全家人都死在「南京大屠殺」中了，他頓成孤兒，直到上船以後，才有人收養他，最後，來到臺灣來。

到徐州接受日本投降

民國三十四年八月十五日，日本投降，我們是靠無線電廣播得知，一廣播出來大衆歡騰，那時候我在渦陽，到了半夜，老百姓不睡覺，放鞭炮慶祝，我是上尉連長也當然很高興。日本投降後，我們「獨一旅」接到命令，立刻北上到徐州、亳縣，搭火車到徐州九里山接受日本投降。那時候已經是民國三十四年九月了，日本人在那裏蓋了營房，把山鑿空，此時我已經不是連長，變少校參謀了，可是不是升少校，是頂少校缺，這一點我到現在還有點不高興！抗戰勝利了，可是我的連長被拿下來了。

但人生眞的很難說，徐州接收日軍之後，我們第八連北上打共產黨，因爲我變參謀，所以沒去。但我們第八連到山東，遇到中共成立的部隊，人山人海的，沒有穿軍裝，穿著老百姓的衣服，拿機關槍射我們，第八連整個都被殲滅了。我因是參謀沒有在軍中，因此逃過一劫，沒有死，可見我命不該絕，如果我連長繼續幹的話，我必死無疑。

還有一次手榴彈掉下來，卡在我衣服的兜裏，我以爲是磚頭掉下來，就把它扔開，就炸了！原來是手榴彈！大概我不該死吧！

抗日歌曲

我會唱幾首抗日歌曲，這些歌有的是尚未抗戰前的抗日歌曲，有的是抗戰爆發後出現的歌。第一首歌名《鐵血歌》，歌詞如下：（唱）

祇有鐵、祇有血，祇有鐵血可以救中國。
還我河山，誓把倭奴滅；還我河山，誓把國恥雪。
風淒淒，雨切切，紅入河西南，日寇是東北。
忍不住心頭痛，抵不住心頭熱：
一起，一起，
大家團結！大家團結！努力殺賊！

再一首是《犧牲已到最後關頭》，歌詞如下：（唱）

向前走，別退後，生死已到最後關頭，
同胞被屠殺，

土地被強占，
我們再也不能忍受，
我們再也不能忍受！
亡國的條件我們決不能接受，
中國的領土，一寸也不能失守！
同胞們！向前走，別退後，
拿我們的血和肉，
去拼掉敵人的頭，
犧牲已到最後關頭，
犧牲已到最後關頭！

第三首是《大刀進行曲》，歌詞如下：（唱）

大刀向鬼子們的頭上砍去！
抗戰的一天來到了，抗戰的一天來到了。
前面有英勇的義勇軍，後面有全國的老百姓，
咱們軍民團結，勇敢前進。
看準那敵人，把他消滅，把他消滅。
衝啊！大刀向鬼子們的頭上砍去。殺！

第四首《松花江上》：歌詞如下：（唱）

我的家在東北松花江上，
那裏有森林煤礦，還有那滿山遍野的大豆高粱。
我的家在東北松花江上，
那裏有我的同胞，還有那衰老的爹娘，
「九一八」！「九一八」！從那個悲慘的時候，
離別了我的家鄉……

想起日軍惡行，就痛恨日本人

抗戰八年期間，眞是苦呀！老百姓的生活非常苦。日本人到處殺人，祇要一句話不對，就可能失去生命。我的堂妹長得很漂亮，被日軍拉去強姦還把她捅死，當時她祇有十幾歲而已！你看那日本人可不可惡？

我有一個表兄，是我姨媽的兒子，那時候三十多歲，白天不敢出來，晚上在種地瓜，被日本人發現，就叫他不准動，一動就要打死他，日本兵就叫狼犬咬傷他，日軍爲了訓練狼犬，就叫他逃命，然後又不斷的命令狼犬去咬他，一直咬到死爲止，最後我表哥就被狼犬咬死了。

還有一個村裏的老太太，碰到一位日軍想要跟她要雞蛋，就對著自己的屁股比一個圓形，老太太誤以爲日本人要上廁所，就將他帶到茅廁，日本兵認爲受到侮辱，大罵「八格野路」，就把老太太推到糞坑裏淹死了。日軍的種種惡行，讓我無法不恨日本人，日本人太可怕！

22 光榮參加九戰區受降典禮：黃世忠將軍口述史

採訪：林德政
記錄、撰稿：盧淑美
訪問時間：二〇一五年三月八日上午九點
訪問地點：臺北市北投區黃宅

曾經擔任國防部次長的黃世忠將軍，出生於民國十五年，自中央軍校十九期畢業，這篇訪談呈現出幾個特點：

第一、抗戰前他在南京就讀安徽中學，原來安徽人在南京者眾，乃在該地成立一間「安徽中學」，以方便家鄉子弟就學，中國人省籍意識、鄉土意識濃厚，於此可見。

第二、日本人侵略中國，暴行罄竹難書，他的爸爸、媽媽都在南京大屠殺當中失蹤，音訊全無。

第三、他參加過第三次長沙會戰與常德會戰，前者負警戒任務，後者則是直接參與，以步兵掩護砲兵過河。

第四、他見證戰時國軍武器裝備的窳劣，他處在湖南戰場穿草鞋且沒有鋼盔的部隊中，言當時國軍除了第五軍杜聿明的部隊外，少有鋼盔者。

第五、他在戰後光榮參加九戰區的受降典禮，見證艱苦抗戰的最後勝利。（林德政撰）

【圖22-1】黃世忠將軍（左），林德政教授（右）。（攝影：盧淑美）

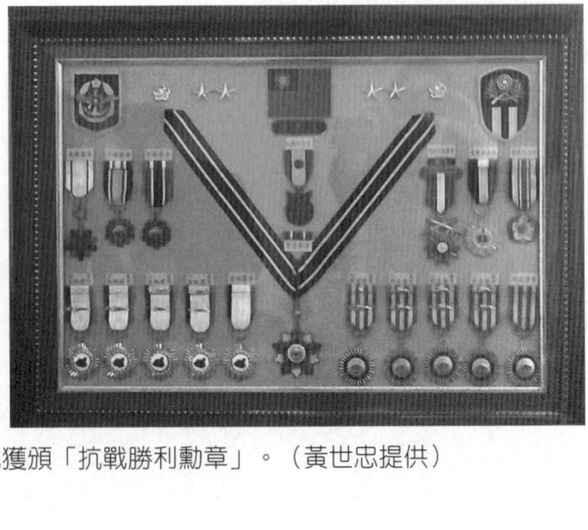

【圖22-2】黃世忠將軍戎裝照及其抗日作戰獲頒「抗戰勝利勳章」。（黃世忠提供）

家世

我出生於民國十五年（一九二六），祖籍是安徽合肥，靠近巢湖，是中國產米區之一，我父親名黃耀東。我們家經營糧食生意，長輩在南京開設有糧食行，所以我六歲時，經過父祖的同意，就到南京「竺橋小學」讀書，那間小學分初小及高小，我是高小畢業。合肥離南京大約四百公里，隔著長江，因爲南京有很多安徽人，所以南京有設一間「安徽中學」，優待安徽人就讀，學費比較便宜，我小學畢業後就進入南京的「安徽中學」讀初中。

抗戰軍興，隨學校遷到湘西

我讀初中一年級時，抗戰爆發，日軍在上海登陸，直接威脅到南京。政府下令學校、機關、老百姓向西南大後方疏散。教育部命令校長、老師帶著學生一起逃難，我們安徽中學的校長和湖南省主席張治中聯絡後，就直接把我們帶到湖南。

當時日軍飛機常來掃射，爲了躲避戰火，我們從江蘇經安徽、江西，一路走到湖南，沿途跋涉約二千多公里，走了兩個多月。步行的隊伍非常龐大，包括有機關、學校等，有車的人坐車，沒車的人就走路，白天日軍飛機機關槍掃射，沒有躲警報時就繼續走，有防空警報就躲起來，我們大部分是在夜晚走路，當時生活很苦，吃不飽，穿不暖，睡覺時找來一大堆稻草鋪在地上，躺了就睡。

就讀國立八中

到了湖南長沙，其他各地的流亡學生也都到了，當時連湖南情勢也非常緊張，於是張治中就令湖南省政府教育局，讓我們疏散到湘西常德、沅澧一帶，湘西都是大山，我們學校在那時被歸併改爲「國立八中」，全稱是「國立第八中學」。讀「八中」是公費，吃、住都是國家負擔，到湖南我們都是穿步鞋。我初中畢業，又升學八中的高中部，讀到高二，那時日本人已打到湖南來，書就讀不下去了。日本人在南京大屠殺，使我家破人亡，親人失去聯絡。

「國立八中」，分初中部及高中部，每一班學生大約三、四十人。上課時有課桌椅，也有黑板，還有操場以及簡易的球場，操場旁邊就是稻田。雖然我們是在逃難中讀書，但教育並沒有放鬆，說來反而比較好，為甚麼呢？因為心無外騖之故，功課上我們要背英文單字及數學公式，也要練毛筆字，寫日記。

吃飯則是發給我們米，我們得自己去拿，一班十人派一人去領米，既沒有籮筐也沒有其他容器可以裝米，祇好把褲腳紮起來，用褲管裝米，套在肩上拿回來，回來再將米倒在一起。中午要「打中伙」還要自帶，很辛苦。這是正常狀況，有時供應米的地方來不及，領回的米尚未去殼，還是拿回來，不然怕被別人拿走。米沒有去殼，無法吃，我們祇好拿回廚房把米放在臼上，用腳踩，再用風扇吹，自己把米去殼，那時候覺得很好玩，這樣弄成的米就是糙米，但那時覺得糙米飯刮喉嚨。我們一個月加菜一次，因此一個月才吃一次豬肉，另外當月過生日的同學，還會多發一顆雞蛋，因為學校本身也養雞，所以過年過節是有雞蛋可以吃的。

「國立八中」在學生畢業時，有舉行「畢業典禮」，但我因為沒有讀到畢業，所以沒有參加到畢業典禮，因為我讀到高二就提前入軍校當兵了。

校長鼓勵，報考中央軍校

當時抗戰已經爆發，軍訓部在各地設置中央軍校的招生廣告看板。因為中國地方太大，祇有在各省的省會或是大城市才有中央軍校的招生廣告，所以有很多人是從幾百里之遠的地方跑到省城報考中央軍校，考不考得上還不一定。

有一天校長在操場告訴大家說：蔣委員長講現在抗戰已到最後關頭，大家有錢出錢，有力出力，年輕人、知識青年應該出來報效國家。校長當場就發號施令：「各位同學，願意當陸軍、報考陸軍官校的人站右邊；願意當空軍的站另外一邊」。當時沒有問同學們有沒有要當海軍的。那時候，我就選擇站右邊，報考中央軍校，大部分從軍的同學，都和我一樣選擇陸軍。

不久我們就從沅澧走路到長沙，沒有卡車載，我就在那裏「入伍」。那時的汽車不是使用汽油，而是燒烏炭，因為買不起汽油之故。汽車上坡時馬力不足，得利用三角板插入地上輔助上山，萬一倒退，再用插地的三角板擋一下。

十九期入伍生訓練

我是民國三十年底成為入伍生，是分批入伍的。我們則是從沅澧一路走來經常德、益陽、寧鄉到長沙，當時國家非常需要軍事人才，學校招生部門有我們的修業證書，比方說我的資料記載：「高二肄業」，所以學校一看就覺得程度很好，當場口試，就通過入學了。口試通過後，先來的學生就進行編連、編排，編完緊接著就開始訓練了。因為當時情勢緊急，所以沒有等所有的學生到齊才一起訓練，我們是分批訓練的。

我是在長沙岳麓山下入伍，我是十九期第一總隊第二團的入伍生。我們在學校讀一年多的時間，因為當時抗戰，軍隊非常需要人，所以就讓我們早一點畢業，那時候的武器裝備很簡單，步槍、機槍、輕機槍、迫擊砲、手榴彈等，此外就沒了。

入伍的地方，是軍校借用位於湖南長沙岳麓山下的「開物農校」的校地，另外清華大學也在長沙蓋校舍，完成之後也讓我們住，後來清華他們跑到雲南昆明去，變成「西南聯大」，因為清華他們沒來，所以校舍就給我們軍訓部——中央軍學校入伍生團使用，一批進來了，一批又出去。入伍的第一天就立刻換穿軍裝，我們馬上就穿軍裝，祇是那時的軍服很簡單就一套衣服，沒有甚麼裝備，就汗衫等。

我們那時的「入伍生訓練」不到半年，有的是三個月、也有的四個月，入完伍就升學了，編入陸軍官校就成為一期了。我們是通過軍訓部長白崇禧針對「入伍生」升學到陸軍官校所辦的「甄別」考試升學。我們那時候如果未通過「入伍生訓練」，就得降級，即降到下一期，如果被淘汰，就無家可歸了。

嚴格的軍事訓練

我很快就適應軍校受訓生活，嚴格的教育是一定的，比方「立正」的動作，就要切實做好，沒做好動作，長官腿一踢過來，馬上就被踢趴在地上，站不好就再被踢，就這樣就學好了。因為老總統（蔣中正）留日，其他留德的也是這種教育方式，軍事訓練就是嚴格，官長喝斥學生時，並非罵髒話，比方說是罵：「差勁」、「孬種」、「怕死」等，這些算是軍中激勵人心的言詞。

聽號令作息

入伍是從單兵訓練開始，之後是排教練，一直到連教練，之後就結訓了。

每天天一亮「號兵」吹喇叭，就得起床了，那時候就算是我們連長也沒有手錶，「號兵」他自己有「鬧鐘」帶著走。起床、睡覺、吃飯一直到熄燈，都聽號令；晚上熄燈號一吹，所有的燈都要關掉。晚上熄燈的時間不一定，因為還有「夜間教育」，有時會通宵，就是整個夜晚都舉行「夜間教育」，時間長短不一定，有時四個小時、有時半個夜晚。軍事教育就是要讓我們二十四小時都適應戰場的生活，軍事訓練非常嚴格，國家培養一個軍官不容易。

不怕死、不怕難、不怕苦！

入伍結束之後，升學中央軍校學步兵。當初我會選「步科」，是因為步兵師比較多，步兵是軍中的最主要兵種。「砲科」則注重數學能力，需要計算砲彈要如何打？要估算風速、氣象等因素，才能知道砲要打多高？要在儀器上設定一些數據。唸軍校時，校方要求我們用毛筆寫週記，湖南讀書人很多，教育水準很高。

在軍校就學時，校內發行有《黃埔月刊》，紙張很差，薄薄的、黃黃的，我們也沒甚麼時間看雜誌。學校也有使用國外的教材，重要的新聞，我們則聽中央廣播電臺的廣播，如：創立三民主義青年團[1]、日本投降、波茨坦宣言等。

1　三民主義青年團，是由中國國民黨領導的青年組織，一九三八年七月九日在武昌正式成立。首任團長是蔣中正，陳誠任書記長，一九四三年三月二十九日，三青團召開第一次全國代表大會。

「入伍生」和「軍官訓練」因階層不同，訓練也不同。學校訓練強調意志集中，有一些口號：「抗戰到底」、「不怕死」、「不怕難」、「不怕苦」！」每個人身上別著一個符號，上面印著：「愛國家」、「愛百姓」、「不怕死」、「不怕難」等字樣。符號是繡在衣服上的，我們每個人有一個針線包，自己縫補衣襪鞋子，換洗衣服時，就拆下來，洗好再縫上去。軍官要求要負責任、嚴守紀律、絕對服從命令。

在軍校，有些節慶會特別的慶祝，如六月十六日是校慶，七七抗戰與國慶都有慶祝。在軍校生活的過程中，我學到了得多，首先是養成我強健的體魄，使我擁有良好的體格，五千公尺跑步、跳高、木馬、吊單槓都沒問題。再者是戰技的訓練，如：精準的射擊技術、中正式步槍射程二百碼以內，一次一發，可以擊十發。

參與長沙會戰與常德會戰

我參加過兩次的對日抗戰，獲頒「抗戰勝利勳章」。我在學生時期曾參與「第三次長沙會戰」，因爲是學生兵，所以國家全盤的態勢和戰略構想是全然不知的，我們祇是一顆小螺絲釘，祇是擔任警戒、維持地方治安而已，範圍是長沙到湘潭這一帶的後方。比如抓漢奸，偵測有日軍或有漢奸活動，就協助在地面上擺設鏡子，利用「鏡射」通知此處可以投彈，我們就做些警衛的工作，我們這個營是在湖南湘潭，派去那裏沒有車子坐，從長沙到湘潭，一路上都是用走的。

軍校畢業後，一分發部隊，就開始打仗，我是分發在陸軍七十三軍當排長，適逢「常德會戰」爆發，我就參與了這場戰役。這場戰役是打贏的，那時軍長是彭位仁[2]，師長黃保德。我們主要任務是掩護砲兵渡河，在「常德會戰」中，我那個排三十六人，日本騎兵過來，我們封鎖渡口、掩護橋梁，用機關槍掃射，也有短兵交

2 彭位仁（一八九六—一九九〇），湖南湘鄉人，保定軍校六期。北伐時任第八軍第四師營長，抗戰軍興任七十七師長，一九三九年九月以七十三軍長身分參加長沙大捷有功，繼參加一九四一年二次長沙會戰、一九四二三次長沙會戰。

接，面對面對打，那時我們沒有鋼盔，祇有少數如第五軍杜聿明的部隊有鋼盔，後來到贛江追擊戰時，我們才接收日軍的鋼盔。當時國軍的裝備很差，人員素質不齊，訓練不夠。我們這一排有一些弟兄犧牲，現於湖南長沙岳麓山下還有個紀念碑，紀念七十三軍陣亡將士的紀念碑。

抗戰當兵時沒有皮鞋穿，當兵當軍官都穿草鞋，我當排長也穿過草鞋，我們還有個小型訓練班，我受過草鞋編織訓練，學會之後再教士兵編織草鞋，很快很簡單，草鞋的底部還有防滑設計。槍枝以中正式步槍為主，機關槍一個彈匣可以裝二十顆。

光榮的一刻：抗戰勝利參加九戰區受降

一九四五年七月抗戰快結束時，我人在江西南昌是中尉排長，在第九戰區司令長官薛岳將軍指揮下，隨第九十九軍第六十師沿著贛江追擊往廣東撤退的日軍，那時國軍一路取得勝利，不久日本天皇就宣告無條件投降了。我幸運地可以參加受降式，當時我擔任排長，我的單位靠近司令臺，親眼目睹日軍投降的歷史性一刻，當時一共有九個戰區，我們負責第九戰區，受降的司令長官是薛岳[3]，薛岳在司令臺上朗讀降書：「日本帝國政府及日本帝國大本營，已向聯合國最高統帥，無條件投降。……奉日本帝國政府及日本帝國大本營命，簽字人帝國派遣軍總司令官陸軍大將岡村寧次，昭和二十年（西曆一九四五年）九月九日午前九時簽字於中華民國南京。」

當時的情景是在飛機場，日本部隊的國徽以及肩章無論星級全部摘下來，並拔除他們身上的武士刀軍刀，所有的火炮排好，面向後面，也有戰車、騾馬。

3 薛岳（一八九六—一九九八），廣東樂昌人，保定軍校六期。抗日名將。抗日期間，參加淞滬會戰，指揮武漢會戰、徐州會戰、長沙會戰等著名會戰，分別任第一戰區第一兵團司令及第九戰區第一兵團司令，第九戰區司令長官、湖南省主席等。一九四六年榮膺美國總統杜魯門所授自由勳章。

「八年抗戰」期間，包括共產黨在內，全國上下一條心，全力抗日。共產黨則是三分軍事，七分政治，是打地方部隊游擊戰，以人海戰術，不打沒把握的仗，不打沒準備的仗，白天打不贏，就躲起來夜晚再偷襲。

日軍的殘忍

中日之間這個仇，將來一定要報。我父母親在戰爭中失蹤，他們沒有回到安徽合肥，不知去向，也許在日本人南京大屠殺時罹難了！我絕對不會原諒日本人。抗戰期間，日本人在占領區燒殺擄掠，殺人、放火、強姦，到老百姓的廚房，打開鍋蓋就拉一坨屎在鍋裏。

日本人很殘忍！我親眼目睹日軍對自己受傷同袍的獸行，抗戰勝利後，我們將俘虜送到九江，九江有一個日軍野戰病院，凡是斷手、斷腳不能走的，就和屍體一起火化，活活燒死，我們都還聽到他們哭嚎的慘叫聲。我還質問他們日本的軍官，為甚麼這樣殘忍？他說這些人回去也沒有家了，也沒有那麼多醫院，各戰場回日本的人太多，中國大陸戰場、新加坡、越南戰場回去的，那麼多傷兵怎麼辦？所以重傷的、無法隨隊行動的人，就全部殺掉。那時候是美國人的船，從九江到上海等登陸艇，載回日本。

對「黃埔精神」的體認

「黃埔精神」就是講「親愛精誠」，負責任、守紀律、重氣節、不怕死、不怕苦、不怕難，忠心報效國家。

23 千里跋涉到金華爲軍校招新血：劉止戈先生口述史

採訪：林德政
記錄、撰稿：盧淑美
訪問時間：二〇一五年四月十一日下午二點
訪問地點：臺北市劉宅

江蘇淮安人劉止戈先生的口述歷史，反映出幾個重點：

第一，他親眼看到一九三七年八月十三日淞滬戰役的慘烈情況，屍塊竟然掉在他上海住處的陽臺上，他因受此巨大刺激而從軍抗日。

第二，他是中央軍校七分校十五期生，十五期在七分校實際上就是該分校的第一期，他的入學見證七分校成立初期的情形，例如訓練很嚴苛，而學生用的槍，都是用雜牌槍當做教具。他原是江蘇省抗日訓練團的一員，因爲團遷到西安，他跟著到那裏報考軍校七分校。

第三、他畢業後留校當七分校隊附，奉命與同學孔令晟等人到浙江金華招收新生，千里跋涉，不負使命，帶一千多新生回到七分校，完成任務，見證抗戰時期軍校招生工作的一個層面，此實是珍貴史料。

第四、抗戰期間國共兩黨由合而分，胡宗南的部隊屯駐西北，他是基層連長，派在陝北雲岩鎮守碉堡兩年，在封鎖線守備，對象是中共，這印證抗戰中後期國共關係確實已經進入緊張階段了。（林德政撰）

家世

我是民國十年的十月十日，出生於江蘇省淮安縣河下鎮，生肖屬雞，是住在城邊，「河下鎮」是一個古鎮，我本名「劉國棟」，在黃埔軍校裏，也是用這個名字。後來任官的時候，才改名字，因爲部隊裏有長官跟我同姓名，爲了要升軍階，長官就幫我取兩個名字，我選用了「劉止戈」這個名字，沿用至今。

我太太是山東人，我有個弟弟叫國樑，還有兩個妹妹，我的爸爸媽媽也跟我到臺灣來了。我從六歲開始啓蒙，在家鄉唸了六年私塾，到十二歲時，父親帶我到上海唸書。

在上海讀小學與中學

我在上海讀書時，是住在上海市一個「海員工會」的「中艙公所」，「海員工會」是由在船上的海員組成，那時我叔叔在「中艙公所」工作，所以我就住在「中艙公所」裏面。

「中艙公所」裏有小學，本來我到上海去是準備讀這個小學，但因爲這個初小祇有四年級。後來我一個姨父在一所完全小學「南市小學」當教務主任，校長叫宋雲濤，也是我們家鄉的，就對我說你已經唸了六年的私塾，就不需要再唸「初小」了，但如果一下子去唸「高小」或中學，恐怕考不上，因爲你沒有學過數學和英文，因爲「初小」三年級就有讀英文了，所以我就去插班唸「高小」讀五年級，英文、數學則請人補習，讀私塾時祇有珠算，數學祇有簡單的算術「一加一等於二」。

【圖23-1】圖右：林德政教授。圖左：劉止戈先生。
（攝影：劉梅琴）

【圖23-2】劉止戈十七歲時攝於上海。

（劉止戈提供）

我唸了兩年的高小，小學畢業以後考初中，在上海的「民立中學」就讀，學校位於上海南市的小東門外。所以我在上海總共待了五年，初中畢業以後，父親就帶我到杭州考鹽務學校，因爲過去父親也是搞鹽務的，所以希望我考鹽務學校將來有工作，比較方便，那時候鹽務、銀行都是很好的職業。但是我考了以後回到上海，沒多久就發生「八一三」事變。

親見八一三的屍塊，決心從軍當軍人

我之所以投筆從戎去考黃埔軍校，從軍當一個軍人，主要的原因是：爲了救國家。從軍以前，我深深地感覺到帝國主義欺負我們中國，我們必須要奮起，這與我當年在上海唸書有很大的關係！

我在上海唸書的時候，是在民國二十年「九一八事變」之後，當時我十二歲，在上海有英國、法國、美國等租界，我們華人則住在上海市政府管轄的地區，租界區是上海市政府無法管轄的地方，關於這點讓我感到國家受欺侮、受壓迫，我因此感到氣憤，我身爲一個青年人，內心相當衝擊。爲了國家的復興，所以我決定去投考黃埔軍校，當一個軍人。在「七七抗戰」後，老總統在廬山發表文告，我在報紙上都看過了，因此激發出我想報效國家的愛國心！尤其是在「八一三」[1]那一天，是我想當軍人的關鍵日。

1 一九三七年八月九日，日本海軍陸戰隊西部派遣隊中尉大山勇夫和一等兵齋藤要藏駕車直衝上海虹橋機場，被士兵擊斃，是爲

「八一三」爆發之前一兩天，「中艙公所」就遷到法租界的首安里。等到「八一三」開始以後，「大世界」[2]、馬路上都是難民。八月十四日那天上午，我在陽臺上看到我們的空軍轟炸黃埔江上日軍的出雲艦，其中有一飛機被高射炮射傷，因爲太重，要將炸彈卸下以減輕重量，就將炸彈丟到「跑馬場」，結果掉在「大世界」前面的馬路中間的路口上。到第二天早上，我出去看，到處血肉模糊，指揮交通的印度阿三，被炸得掛在紅綠燈的塔臺上，已經死了，兩個炸彈坑很大。還有在我們的陽臺上，掛著一個藍子，裏面放著臘肉、鹹魚，準備萬一買不到菜時有得吃的，結果那裏面都發現有炸飛過來的屍塊。

所以從八月十四日那天開始，我就想當軍人。那時候上海尚未失守，我們每天看報紙寫日軍砲火猛烈、國軍犧牲如何慘烈等，我感覺到一定要爲國犧牲，不拚命爲國是不行的。我父親一看這個狀況，就說上海非久留之地，這裏如果待久了，可能會出問題，所以大約半個月以後，我和爸爸就離開上海，利用夜晚從蘇州河雇小木船回到家鄉，小木船經由常熟到蘇州，再坐火車到鎮江，然後搭乘輪船回家鄉淮安。

參加江蘇省抗日訓練團

我是在「八一三」戰役之後，即淞滬戰役之後從軍，當初是在西安從的軍。

「虹橋機場事件」。日本駐上海總領事向上海市長提出要求中國謝罪並判刑，限制停戰協定地區內的保安隊員人數、裝備及駐軍地點，撤除上海的所有防禦工事，設立監視以上實行的日支兵團委員會。遭到國民政府拒絕，軍事委員會委員長蔣介石決定戰鬥。一九三七年八月十三日下午五時，日本海軍上海特別陸戰隊司令官，下令全軍進入戰鬥狀態。日本海軍隨即派遣軍艦十六艘，其陸戰隊在淞滬登陸。日本居留民團總部也同一時間向上海日僑發出全面備戰的命令。日本陸海軍沿上海北四川路、軍工路一線發動全面進攻，中國軍民奮勇抵抗，史稱「八一三事變」。

2 「大世界」是上海租界內的娛樂場所，除「大世界」外，尚有「大舞臺」、「黃金大戲院」、「百樂門大舞廳」、「跑馬場」等。

我從軍是在西安黃埔軍校第七分校，教育長是胡宗南，第七分校的成立是在抗戰開始以後[3]。在從軍之前，有段小插曲，我從上海回到家鄉以後，我個人無所事事，在家鄉沒有工作不行，正好我的叔叔有一個結拜弟兄王殿華（王光夏），發布到泗陽縣當縣長，就請我叔叔去當差，我也一起。我一個初中畢業生能做甚麼事呢？因爲我當過童子軍，就把我安排在保安隊擔任文書上士。

我負責造一份全隊官兵的「箕斗冊」呈報縣政府，過去軍中有「箕斗冊」[4]，乃是註記士兵左手有幾個箕？右手有幾個斗？將之記錄下來，做爲身分證明，怕人冒名頂替。

我文書上士做了一個月後，鎮江失守，我們江蘇省政府遷到淮陰，那時候江蘇省省主席是顧祝同，就發了一個通知，說要成立「江蘇省抗日訓練團」，我一看到這個通知，就立刻報名。我叔叔知道之後，就說如果你擅自離開，我對我哥哥有責任，立刻連夜發電報給家裏，等我父親趕來，我已經離開泗陽縣，隨「抗日訓練團」到宿遷。父親晚上追趕到宿遷，這時我已穿上軍衣了，正好那個大隊長姓厲，是我們淮安人，父親也認識的，看我心意已決，就對他說：我孩子就拜託你了。

考進中央軍校七分校，加入國民黨

我跟著「江蘇省抗日訓練團」到了西安，到西安之後，開始考軍校，那時候中央軍校第七分校成立了[5]，

3 抗戰初期，黃埔軍校遷移四川成都爲本校，另在全國各地成立八個分校，廣收青年訓練爲部隊基層幹部，支持抗日戰爭。黃埔第七分校，於民國二十七年春在西安王曲成立，第七分校的校本部設在陝西西安南郊、終南山麓的王曲，分校主任是胡宗南，簡稱爲王曲七分校，學校各總隊分布在陝西省的王曲、鳳翔和甘肅省的蘭州各地。

4 所謂「箕斗」，是指每一個人的手指指紋，「箕」，是指指紋偏不完整，像彗星形狀；「斗」，是指指紋圓而完整。「箕斗冊」通常是左手登記「箕」的數量，右手登記「斗」的數量。

5 十七軍團軍團長胡宗南撤到西安，奉命成立「中央軍官學校第七分校」，胡宗南任主任，顧希平任副主任，「江蘇省抗日訓練團」、「十七軍團學生軍團」及王曲特訓班，經甄試合格者，錄取爲「中央軍官學校第七分校」第十五期學生。

成員來源主要有三，一個是「江蘇省抗日訓練團」，另一個是胡宗南的十七軍團有一個學生軍團，再加上「西部訓練班」的學生，合併起來經過甄試，就變成軍校七分校的十五期。我們七分校的校本部是在西安的王曲，王曲離西安有些距離，走路大約半天的行程，差不多三十、四十里路。

當時成立一期是四個總隊，分別為：「二總隊（三、四大隊）、三總隊（四、五大隊）、四總隊（七、九大隊）、五總隊。一總隊在成都本校，每一總隊二個大隊，每個大隊有四個中隊，我是在第四總隊七大隊二中隊第一區第一班。

入伍時，不需要介紹人，我們那時候是集體甄試，甄試以後，合格者就錄取；甄試不合格者就淘汰，淘汰後很多都變成「練習團」，等於跟部隊一樣，也有班長。

入伍當天的情形，我記得很清楚！我們是在民國二十七年一月一日開學，開學的那一天，同時也是我們入黨的那一天，入黨的時候，中央黨部派老同志張繼來主持入黨典禮。由張繼引導我們宣誓，我還記得兩句：「今天是國民黨的黨員，以後是國民黨的鬼，國民黨的魂。」他講得慷慨激昂，老先生還跳起來。入伍了之後，立刻剃光頭，穿軍服，但其實我在「江蘇省抗日訓練團」時，就已經穿上軍服了。

在七分校受訓的時候，有正式的開學或開訓典禮，開學的那一天是胡宗南主持，當時有訓話。民國二十七年一月一日，就是正式開學的日子，由主任胡宗南主持，胡主任在個人操守上及在軍中待人接物上，是標準的軍人、確實是很好的軍人，平常對我們也很愛護。他對我們作精神訓話，以「今日的戰士」為題，開頭的兩句話，我還記得很清楚：「鐵肩擔主義，血手寫文章」，最後講：「我們是領袖的馬前一軍」意思是跟著我們領袖，就是我們的校長將中正，當他的馬前軍。

住窯洞，一天吃兩餐，高聲唱軍歌

民國二十七年的年初，西部冬天很冷，但那時候年輕不怕冷！穿短褲，我們是住在窯洞，窯洞很暖和，換衣服棉衣祇有穿半件，下面打棒槌，那時連呢制服都沒有，冬天的時候物質很缺乏。那時候很苦！

吃的方面，最早開始，還可以吃到一點肉，那時候大概六個人一桌，蹲在地下吃，後來我們的區隊長李守武很好，他是十二期工科的工兵，設計每六個人挖一個圓坑，中間積土成桌，我們的腿就可以放在坑內，坐在坑沿用餐，可以坐著吃，比蹲坐在地上舒服，那時候眞的很可憐！

在軍校一天吃兩餐。早餐大概都是九點、十點吃。晚餐大概是四、五點吃。

對我們而言，祇要有得吃就好了！不感覺饑餓，抗戰時期確實很苦，但慢慢地以後就改善了。身爲軍人的生活相當辛苦，休閒生活很少，在軍校我們的生活，除了唱歌以外，恐怕就沒有甚麼娛樂！還有就是，大家組團會的時候，開晚會的時候，隊上說說笑話、打打拳的表演！到軍中以後，也沒有娛樂！連收音機都聽不到！這就是爲甚麼在軍中賭風那麼盛？打麻將呀！推牌九。

在軍校時候，我們學生自己演話劇。我看過我同學他們演的話劇，我記得四大隊的兩個人，他們也來臺灣，現在都過世了，但我自己沒有演過。至於演出的內容，都是和抗戰有關。

嚴苛的軍事訓練

入伍後，一開始是基本教練和戰鬥教練。基本教練如：立正、稍息、向左轉、向右轉、齊步走、正步走等。三個月以前都是基本教練，等到三個月以後，就由「入伍生」變成正式的升學，那時就有班教練、排教練，連教練，連教練包括隊形變化，另外有射擊教練及戰鬥教練，射擊教練就是打靶、瞄準等；戰鬥教練通常以區隊爲單位，帶到野外實施。那時候我們的槍都是雜牌槍，學校沒有槍，槍部隊要用，所以軍校祇好拿雜牌槍做教具，那時候很苦！

我還記得第一次拿步槍射擊的情形，對於射擊，我很有興趣！我每次打靶幾乎都命中，那時候打中紅心，最高分是五分，我打中紅心的機會很高。我是用右眼瞄準，不曉得是不是因爲要經常瞄準，用眼過度？後來我右眼出毛病。

第一次拿到槍和子彈要射擊時，剛開始是有點緊張，因爲射擊會有「後座力」，怕肩膀受撞擊受傷，後來我們的教官區隊長特別的教我們：祇要把槍抵緊，就不怕「後座力」了。

至於「入伍生」和「官校生」的訓練不同處，我認爲這祇是進度的問題。「入伍生」時是各科教練、班教練，至於學科方面是部隊操典、射擊教範、勤務教練；「官校生」時就是排教練，學科方面就講戰術、攻城等進一步的課程。

當時的教官，都是國內的，沒有外國籍。教官大部分都是黃埔先期的學長，還有就是保定軍校畢業的，以及東北講武堂[6]、雲南講武堂等。在我們七分校好像沒有日本士官學校畢業的，後來我到陸大參謀班受訓的時候，才有日本士官出身的。

官長在教導入伍生或軍官生，嚴格到有點嚴苛，會打罵。當初教育我們的幹部如區隊長、隊長等，很多是康澤訓練班[7]出來的，訓練班在江西廬山。那時候每天早上一大早，天不亮，起床號一吹，就要起床大便、整理內務，那時候都沒有水洗臉，就沒洗臉，偶而或要到河邊洗臉，尤其是到了冬天，水是結冰的，我們用石頭把湖邊的冰塊敲破，拿那個冰塊搓手來洗臉。起床號一吹，就要到集合堂集合站好，我從來沒有遲到過，有的同學遲到了，就要受處罰，罰半蹲、舉槍。一集合一點名就跑步，跑幾千公尺，大操場要跑好幾圈。到現在爲止，無論冬天夏天，我都養成五點起床大便。

胡宗南主任講求人格教育、愛的教育，不准打罵。但是第四隊有一個區隊長，處罰學生打扁擔，通常在部隊打扁擔是普通的，他認爲這是一個處罰的方式，被我們胡主任發現了之後，就把那個區隊長撤換。我們十五期留校的同學，是從不打十六期、十七期的學生，但是十三期、十四期當區隊長的，會打我們十五期的，會打

6 或稱「奉天講武堂」。

7 康澤（一九〇四—一九六七），四川安岳人，黃埔三期畢業。一九三三年，蔣介石在廬山成立中央軍校特別訓練班，任用康澤當主任，招收各省高中畢業生，每期數百人。一九三八年七月，出任三民主義青年團組織處代處長。

胸脯、踢腿，立正沒站好，就會被從後面蹬你一腿，雖然如此，我們是絕對不會反抗的。

在官校的軍官養成教育當中，「出操」與「課堂教育」的比例，「課堂」的很少，不多，那時候很苦，我們連教材都沒有、連紙張都沒有，紙都是黑黑的，講義沒有甚麼印刷，都是用蠟紙刻了再印，那時候有那種紙就很不錯了！那時候很可憐。

七分校有教室、有課桌椅、有黑板，校徽和校旗的形式，都是和本校的一樣，校徽和校旗都是和黃埔軍校一樣的，我們的校旗等於我們的軍旗差不多！七分校的校舍建築，談不上甚麼設施，有一個單槓或木馬都很難。教室不在窯洞裏，是在另外的地方，是克難的。過去民衆對七分校有句順口溜：「七分校，瞎胡鬧，白天睡覺，晚上拆廟。」，是說學生把廟拆了以後，蓋營房和教室。這證明我們在抗戰的過程當中物質貧乏之地步！這也是在沒有辦法當中所做的錯事，我想這也是怪不得，不能怪的！

畢業留校當區隊附

民國二十八年我們就畢業了[8]！畢業了就分發，我是被留在學校，派當十六期十四總隊的區隊附，當了兩年，到民國三十年。當時和我一起當區隊附同學還有最近剛過世的孔令晟，他也是十五期，在第一隊當區隊附，我在第二隊當區隊附。我跟孔令晟年紀相差不多，相處很久，以前我們一起在西安七分校當十六期的區隊附與十七期時的區隊長，後來我們還一起到浙江金華去替軍校招生，他在第一大隊，我在第二大隊。我們把招到的學生帶到學校，之後我們倆人一起被保送到陸大參謀班受訓，受訓後我們就分發到部隊，然後我們倆人就分開了。

8 由於長期抗戰，需才孔急，因此軍校的教育時間由三年縮爲一到一年半。入學資格也由高中畢業放寬爲初中畢業，並區分爲甲級生及乙級生，甲級生一年畢業，先分發到部隊，之後再召集補訓；乙級一年半畢業，劉止戈是乙級生。

畢業典禮在河西大操場舉行，畢業考試我得到第三名，好像中央沒有派人來，老總統[9]也沒有來。畢業典禮就是由我們主任胡宗南主持，他平日裏也會固定來學校精神講話，胡宗南最早擔任集團軍總司令，後來他是戰區長官部的副司令長官，他不是每天待在學校裏，他是有一定的時間到學校裏來，大概三、兩個禮拜會來一次精神訓話，他精神訓話就講「今日戰士」。胡宗南的普通話是有一點浙江口音的腔調，但我們還是可以聽得懂。

在我們畢業的時候，發治裝費，治裝費裏就包括做同學錄以及這個小配劍等，小配劍上有刻字，刻著「成功、成仁」，這個配劍是讓軍官萬一被俘，自殺用的。因爲老總統受過日本教育，所以受到日本自裁風氣的影響。但是也很少人用這個自殺。在我們尚未拿到那把小配劍之前，官校的精神教育很多，包括「不成功，便成仁」我們就瞭解到軍人是要犧牲自己個人，要報效國家。拿到這把配劍時，感受差不多！

不過同學錄和軍校的畢業證書，後來我都弄丟了。作戰時，哪裏有辦法帶呢！那時靠兩條腿走路，能夠帶著武器就不錯了！怎麼有辦法帶甚麼同學錄和軍校的畢業證書。

軍校的精神教育

我感覺我們軍隊的操典總綱，軍校的精神都在裏面，以前都背過的，不過現在忘記了！就我的感覺，七分校的教育是很成功的！一個基本教練，陽春教育很好，起碼有一個軍人的樣子，我認爲精神教育很足夠！所以我們畢業的同學沒有人貪汙的！像與我期的孔令晟[10]，他當警政署署長十年，一生清清白白的！他在二〇一四

9 「老總統」，指蔣介石。

10 孔令晟（一九一八—二〇一四），江蘇省常熟人，北京大學畢業，黃埔軍校十五期、陸軍大學二期、三軍大學將官班結業，曾赴美國陸戰隊指揮參謀學校深造。曾任國民革命軍海軍陸戰隊參謀處長，升至師長，後調任「總統府」侍衛長、海軍陸戰隊司令、警政署長兼臺灣省警務處處長等職。二〇一四年九月十三日去世。

年過世。

軍校的教材比較平凡，我們所學的戰鬥教練、戰術教練是很差的！祇有在畢業的時候，做了一個「營對抗」，是一個大隊與一個大隊間的對抗，表示是一個團的對抗，實際上不像是現在的臺灣的軍事教育，過去我們在大陸的軍事教育不夠完美。我認為過去如果也是使用今日臺灣的美式教育，那我們就不會失敗。

大隊長的殷勤吩咐：找女生小心，不要生病喲

我記得我們畢業的時候，分發部隊，我們大隊長是黃埔四期的，他的名字叫陳上拔，湖南醴陵人，他對我們臨別贈言：「甚麼東西都不要帶！但皮包不能少，裏頭裝著地圖。地圖一定要帶！另一個水壺要帶，其他不重要的東西，不要帶！部隊行動一下到東，一下到西，不可能帶東西。」還有：「你們下了部隊，因為你們很年輕，第一件事會找女生。有哪個年輕人不喜歡女生，但找女人特別要小心！不要生病喲！不要弄成病喲！還有你們不要早結婚，有女孩子追著你的時候，不要接受！一定要當了營長以後，才能結婚，才養得起家庭。」他平時管理我們很嚴格，同學不好的話，就會被關禁閉室，但畢業時對我們很親切、很誠懇，很令人感動，他說：「你們到部隊裏去，行伍首先可能會因為你們很年輕、很嫩，心裏就看扁你們、看不起你們，認為你們看到敵人會發抖，不過你們受過訓練是不會發抖的。」長官在學校對我們都非常細心！

後來到部隊當連長時，人家說我是娃娃臉，所以我的稱號是：「娃娃連長」，但是我們的表現還是不錯！我記得非常情楚，我到連的第一個晚上，我就把連上班長的名字，全部都背起來，第二天早上點名的時候，我不需要名冊，一個個班長的名字都被我叫出來，我說：「某某班長出列」、另一「某某班長出列」，他們覺得很奇怪，就說：「連長很厲害！都認識我們，都曉得我們的名字。」所以說這個統御帶兵一定要下功夫，要用腦筋，我自己認為我兵帶得很不錯。

到「重兵器訓練隊」受訓

前面提到我畢業以後，是先留在學校當區隊長、當區隊附、當助教、隊長。我被留校是當十六期十四總

隊的區隊附，不到幾個月，就因爲部隊要培養「步兵重兵器」的幹部，我就被調到「重兵器訓練隊」受訓。所謂「步兵重兵器」包括重機槍、迫擊炮、高射炮等，受訓大約一個月，效果不錯，我非常感興趣，認爲是劣勢裝備對抗優勢裝備的一種非常手段。那時候我們的部隊裝備差，講起來砲兵火力強大，而我們的設備比日本人差，所以希望把重機槍、迫擊炮代替砲兵，用一種「間接射擊」的方法，不暴露自己，打敵人的陣地，不讓敵人發覺，不暴露重機槍來射擊。

再到重慶「兵工署」研習兵器

七分校因爲兵器教官很缺乏，希望「兵工署」派兵器教官到學校來，當時「兵工署」的署長是俞大維。俞大維說我們的「兵工署」是專業人員，要在兵工廠鑄造兵器，去當教官很可惜。你們派學生來，我給你們訓練，三個月負責可以使用所有的兵器，擔任教官的工作，所以後來學校派我到重慶「兵工署」研習兵器，當時學校派了我們十五期的共計十個人，由孔令晟帶隊，到重慶受訓三個月，等我們受訓回來，尚未擔任「兵器教官」時，就因爲幹部很缺，直接將我們升爲區隊長，然後派到浙江招生。

去浙江金華招生

我們由西安乘火車到洛陽，再靠兩條腿走路到南陽，本來想要坐船到武漢，結果武漢丟了，就想要到宜昌。因爲襄陽、樊城、宜昌都丟了！就改走老河口，從老河口到興山，到長江邊的秭歸，再從秭歸坐船到平善坝，再走路到津市，到津市以後坐船到長沙，從長沙坐汽車到吉安到鷹潭，最後坐火車抵達金華。一路經過湖南、湖北、江西、河南、浙江共計五個省。

我們在浙江金華十七期招了一個總隊、三個大隊的學生，另外在湖南衡陽那邊還有，我光在浙江就招了兩個大隊，大約一千人。我們剛到金華的時候，就立刻訂做便衣，因爲我在上海唸書，孔令晟是江蘇常熟人，才會要我們到浙江招生。當初浙江招生他事先就招好了。我們也招一部分當地的學生，外縣市的包括上海的，要我們去上海帶，不過因爲日本封鎖了港口，我們沒有辦法坐船到上海去，就由戴笠的特務工作人員代爲招生，把學生帶來交給我們。另外在廣東、香港、福建這方面，學生由南方來金華，再加上當地浙江投考的同學，大概是一千多人，編成兩個大隊開回西安，第一批是第一大隊是民國二十九年九月出發，我們是第二批是第二大隊十月出發。

我在浙江金華大概待了一個多月。孔令晟第一大隊出發後，我們第二大隊是在雙十節那天晚上出發回西安的，這一年是民國三十年。不同於去程，我把學生從金華帶到西安，是從浙江經過江西、湖南、廣西、貴州、四川到陝西，總共經過七個省，比去程多了兩個省份，途中除了有火車外，大部分都是步行。

帶大隊人馬千里跋涉回西安

我們一開始從金華坐火車到鷹潭，步行到涤口，經過臨川、宜春、澧陵還有景德鎮，我還買了一個茶壺，然後到了涤口，從涤口搭火車到桂林、柳州。從柳州到寶雞全程行軍，途經貴州獨山、都勻、貴定、貴陽、遵義到重慶，再經合川到廣元、褒城到寶雞，步行整整六個月，再從寶雞搭火車到西安。平均下來，每天走六十華里〃，主要也是要看地形，要是有村莊，可以宿營，就在那裏宿營。有時候也走久一點，一天八十華里甚至九十華里，但也有祇走五十華里的，要看狀況。到一個大都市休息三天，大休息是三天，小休息就一天。

大隊人馬，歷經跋涉幾千公里，沿途的食宿，有沒有得到那些軍政機關的協助，我不知道，關於提供伙食和住宿的，那時候我們都是總隊長在負責，我們在底下不太清楚。

一千人是大隊人馬，沿途有遇到困難，學生都很有骨氣，堅持到底，沒有逃兵，但是有生病的，我們都用車子一段一段帶著，用黃魚車載，學生也有病死的。到貴州都勻時，我們休息了三天，我們隊上有個球隊打籃球，那也是一個娛樂的項目。從浙江出發，每到一個大地方，就休息三天打球，如：衡陽、桂林、獨山等，就

11 一華里即零點五公里。

跟當地的單位打球，比方獨山就是和四分校打，也有和孫立人稅警總團（後來變成三十八師）打球。

打完球後，我們從都勻到貴定，有兩條路，一條是公路，比較遠，另外一條是抄近路到一個很高的高山頂，我隊上有個學生，名字叫莊志剛，上海人，身體非常好，而且是籃球隊員，結果休息時出發時，發現他站不起來，在那裏就走掉了[12]。我想這個原因，可能是他有心肌梗塞的疾病。這是一件很遺憾的事情，那時候正好我當值星官。幹部方面，沒有生病或病死的。

從金華帶一千多名學生，加上官長及工作人員，它是編隊的組織，一個中隊是三個區隊，所以有一個隊長，三個區隊長，另外就是伙夫班（食勤班）是煮飯的。在行進的過程當中，伙食都是以隊爲單位在處理的，當時的伙食很可憐！一天六毛錢，剛開始時還可以弄個乾飯，配點青菜吃，到後來連吃稀飯都不夠！祇能弄點菜葉子做湯，有時候稀飯水煮少了，煮太乾還不夠吃，甘脆做稀一點，一個人吃個三碗、五碗的稀飯。他們學生還好，有的還帶錢買零食吃，我們當幹部很慘，即使嘴饞也不好意思去買東西吃。

我回到學校時，體重大概祇剩下四十公斤，到學校受訓時，整天都想睡覺，精神不振，差不多也是個把月才恢復體力。

「陸軍大學西北參謀班」受訓

我們是晚上抵達西安，到了以後，我把學生一交，完成了任務，學生就另外編隊去了。但是第二天一早，學校就通知我到參謀班去報到，我就離開了。我是派到參謀班受訓，孔令晟已經先我去報到了，我比他後報到。我被保送到「陸軍大學西北參謀班」接受深造教育。從三月去，到十月結束，大約半年的時間。這是因爲當時部隊要建立參謀制度，要找優秀的軍官去當參謀。所以我就參加受訓，受訓完成就分發，我是被分發到

12 「走掉了」，指突然猝逝。

九十軍六十一師去當上尉參謀。

在九十軍六十一師當上尉參謀

我正式下部隊，就是當上尉參謀的時候，我被分發到九十軍六十一師當上尉參謀，九十軍的軍長是李文，湖南人，他是黃埔一期的，六十一師的師長是鐘松，黃埔二期的。李文、鐘松後來都到了臺灣。

我民國二十八年畢業留校當區隊附，職稱是少尉，二十九年當區隊長是中尉，三十年年底就是上尉參謀，時間差不多祇有一年。

同期的同學，像我一樣當參謀系統的人不多！因為參謀數量不多，一個師一個參謀處祇有三個或四個參謀，不可能都是我同學。但是我到六十一師的時候，有兩個同學在那裏當參謀，他們還都是中尉，而且還很優秀，一個叫楊履康，是河南人，三大隊的，後來他到臺灣當澎湖縣政府的秘書。另一個叫楊應風，是江蘇人，十大隊的，兩個人年紀都比我大。他們看到我是上尉，但我不一定比他們強，學習不一定比他們好，一開始他們心裏不太好過，也對我有一點諷刺，我祇好笑笑！這種情形部隊都會有的，後來他們都很好。

不久後，參謀主任要我去當騎兵連的連長，簽上去了是兩個人，就是我和楊履康，結果師長選楊履康調升騎兵連上尉連長，我們主任很不高興，不過鍾師長批示：「劉參謀暫緩！以後優先派任，先以楊員充任」。因為楊是副官處長，和師長的關係很好。

我當參謀的時間大概一年多。國軍它是仿照德國的「參謀制度」。因為一般行伍部隊素質比較差，所以要培養參謀人才。

說到李文軍長，他後來也到臺灣，民國五十幾年時，他的老太爺生病在「榮民總醫院」住院，剛好我的父親也在「榮總」住院，我幫了軍長的忙，他的父親是在「三總」的醫院過世了，我幫忙他的老太爺穿壽衣，李軍長為此向我下跪致謝。其實軍中袍澤之情就像家人一樣，那時候我是上校，在三軍大學當教官，我就向李文軍長說抗戰時我是在您的九十軍六十一師當連長，之後調到青年軍的，不過李軍長好像記不起我，這也難怪，因爲通常軍長對連長是沒甚麼印象的。

我記得剛到部隊的那一天，參謀處主任陳德寬上校，帶著我去看參謀長、副師長湯季南少將，最後去看師長鐘松少將。當時師長正在他的會議室，就說：「你來得正好！我交待辦你兩件事」就對主任說：「請劉參謀，把一個萬分之一呎的地圖做爲一個簡圖」，一個路線圖要我用兩張六裁紙大小，做出一個簡圖，做好給他看一下，然後印發到每個排長一份，因爲部隊可能馬上要行動，我回去以後，一個晚上就完成了，畫好以後，就交給師長，師長就批了：「印放」。另外，師長交給我一個筆記本，那時候物質缺乏，一個筆記本都很不容易。師長要我負責記載「陣中日記」，就是作戰的經過，筆記本記載比方：甚麼時候接到命令、甚麼時候部隊行動、下部隊的狀況等，都記上做爲日後的戰鬥詳報參考。

我到部隊不到一、兩天，部隊就接到命令，說要我們這個師一八一團和補充團，從圪針灘和師家灘渡河，徹夜出發到龍門山作戰。龍門山是預一師在那裏守，因爲我們是是黃河的東邊，位於山西一個據點，叫做龍門山據點，等於我們一個橋頭堡一樣，祇是方便我們過河，日本人想要拿下這個據點，肅清山西境內、黃河以東的國軍。

我們這個師奉命渡河，接到命令後，部隊馬上就出發行動了，結果從圪針灘的一八一團順利過河，但是補充團在師家灘沒有渡河，因敵人的騎兵已先占領，未能渡河，我們還沒過河，龍門山就丟了。補充團的團長被送軍法處置，軍法審判中，幸虧我的「陣中日記」記載按時出發、按時抵達，計算時間並沒有貽誤軍機，團長因我的「陣中日記」，獲判無罪。

改任連長帶兵被稱「娃娃連長」

我當九十軍六十一師上尉參謀一年後，改擔任連長，我們九十軍的任務是：東面是山西，東面對抗日本人；北面是延安，北面對抗共產黨，擔任陝北封鎖線的守備，就守碉堡。我們這個師，就做預備隊，另外就做陝北封鎖線的守備。我當連長的時候，就在陝北的雲岩鎮北端，在雲岩鎮待了兩年守碉堡。我剛開始接手守碉堡的時候，我的連一共要守九個碉堡，一個班守一個碉堡，我的手裏就沒有人。所以我就建議：裁撤三個不重要的碉堡，團長也決定，就由師長派了副師長親自履勘，集中一排兵力，作爲預備隊，輪流訓練，師長接受我的建議。

這一排人除了平時訓練外，晚上就派到碉堡前面重要入口，所以共產黨想要潛伏、摸哨我的碉堡，是不可能的！所以那幾年我們都安然無恙。但是我有一個「名」，就是共產黨的宣傳，中共派郵差散發大量傳單，每一個店、每一家都丟傳單：說劉連長是「破壞抗日分子、破壞團結分子、破壞合作分子。」

我當連長，底下有三個排，這三個排長都是行伍，都是由班長升上來，有的是從別的部隊調過來，這三個排長都不錯。起初他們說我是「娃娃連長」，我當時才二十二歲，我的排長、班長年紀都比我還大，沒有比我年輕的。我第一排的排長中尉，他是團長當連長時的班長，所以帶這種兵，要他看得起你，沒有幾把刷子是不行的。這三個排長，第一排排長是江西人、第二排排長是河南人、還有一個排長是山東人，我們在言語方面溝通沒有問題。

離開陝北

民國三十三年是我們抗戰最危險的階段，就是日本人南邊打到獨山，北邊就打到潼關之時，我們也派了一個連，空運到獨山，組成一個部隊，去救援獨山，那時候胡宗南的一個軍，就是劉安祺軍，飛到貴陽支援作戰[13]。後來在西峽口[14]那個地方，有輝煌的戰功，一個營把日本一個軍團打倒。

13 日軍於民國三十三年冬，以重兵對貴州獨山發動攻擊，國軍獨山失守後，進逼貴陽。三十三年冬，中央乃調胡宗南所部劉安祺、胡長青等兩個軍，空運雲南貴陽增援，當時出動中美兩國運輸機二百餘架，晝夜不停，由西安分飛雲貴，胡宗南部到達貴州後，立即加入作戰，擊退日軍，恢復獨山，確保貴陽，贏得最後勝利。

14 一九四五年一月初，胡宗南被升爲第一戰區司令長官，一九四五年三月，日軍在豫西及鄂西北一帶發動攻勢，三月底日軍拿下

參加「青年軍」

我在民國三十三年參加「青年軍」[15]，當時中央有個口號「一寸山河一寸血，十萬青年十萬軍」。成立「青年軍」時選拔幹部的條件，其中就有需要陸軍軍官學校畢業的，當時我們師裏就派了一個營長是朱寶潮、一個連長是我、三個排長是黃埔十七期的，一起到重慶受訓。出發之前，師長鄒鍾梅說，你們走的時候，我要跟你們見個面，結果我們出發的那一天，師長到軍部開會去了，祇有副師長在，我們祇好就跟副官講，我們要趕路，今天晚上要到河陽，不能見師長了。

我們出發後，當天晚上師長帶著副官，騎了兩匹馬追上來。師長他是黃埔三期的，他說：「叫你們等我，你們不等，甚麼意思呀！害我要跑來找你們，我找你們有兩件事，一是到了後方要像個軍人的樣子，現在你們窩窩囊囊地，這樣到後方去不行」，師長就給我們錢，叫我們到西安時每個人做一套軍衣，要像個軍人的樣子去。師長接著說「第二件事就是派你們去受訓，是不得已，但我要求你們要回來。你們走了以後，黃埔的同學更少，這個師是你們的，你們一定要想辦法回來，不然師裏都沒有黃埔的同學了。」結果給我們一整個乾糧袋的鈔票交給朱營長，多少錢我也不知道！這些錢一方面給我們當作路費，另一方面就是當治裝費做衣服穿。我們對國家的栽培是很有感覺的，我覺得國家對我們很好了！應該感謝！

老河口後，進犯漢中，日軍以五個師團，與第三十一集團軍之八十五軍在西峽口一線遭遇。四月二日第八十五軍誘使日軍深入，第三十一集團軍於重陽店包圍日軍，日軍傷亡近千人後撤退。日軍於四月向西峽口攻擊，胡宗南也調派第一軍一六七師、暫編第四師、第九十軍之第六十一師等部隊參加作戰，日軍最終在五月初退出西峽口一帶。

15 國民黨中央在一九四四年號召全國知識青年志願從軍，最初成立九個青年師，同時在重慶成立幹部訓練團，遴選部隊優秀幹部受訓，分發到各青年師擔任幹部。

重慶幹訓團受訓

我們到重慶「幹訓團」受訓的時間並不長，幹訓團的團長是羅卓英，主任是蔣經國。我們那一期參加受訓的包括劉安祺軍長，還有守衡陽的方先覺軍長等人。結果到了分發的時間，劉安祺大概看名冊當中有六十一師的，因爲他在六十一師當過副師長，他認識營長朱寶潮，原來是朱營長當排長的時候認識的。結果他把我們一起找去，說他要被派到二〇五師當師長，過兩天會把命令給我們，叫我們一起過去當他的部下。我們就說鄒鍾梅師長交代我們要回去，路費都給我們了。劉安祺就說：我和鄒鍾梅師長都是三期同學，這你們不用管，你們聽命令就好，我會跟你們師長講。就這樣我們就被分發到青年軍二〇五師去了。那時候青年軍幹部都降一級任用，劉安祺被派到二〇五師當師長，我就是擔任該師搜索連的副連長、代理連長。

抗戰勝利，興奮得睡不著覺

所以我就沒有回到西安，就這樣地離開部隊了，就留在青年軍訓練新兵。民國三十四年八月抗戰勝利，日本天皇宣布投降。那一天晚上，我接到副師長劉樹勳打來電話，說：「我們勝利了！告訴弟兄們好好慶祝！」當時我們興奮得一個晚上都沒睡覺。因爲沒有兵號，所以大家興奮地就拍打床板，「乒乒乓乓」地響，大家弄了一個晚上，都沒有睡覺。

抗日勝利後，青年軍就復員了，後來我就被派到團裏去當連長。人家說劉安祺是大老粗，其實他人很好！連長、師長我們都自己管，有一天他找我，結果我在醫院，患砂眼很嚴重，醫院楊院長說要開刀，得住院兩個禮拜，因爲一個眼睛一個禮拜，兩個眼睛兩個禮拜。其實我也不想下部隊當連長，覺得責任很大，想要緩一緩，就說我要治療砂眼，希望先派別人去。劉安祺馬上打電話給楊院長說：「我們劉連長，兩個眼睛要同時做手術，祇能住院一個禮拜。」所以就兩個眼睛同時做手術，做完之後就回到二〇五師的六一三團。

黃埔校歌

讀軍校時，《黃埔校歌》是天天要唱的！這首歌每天早、晚點名要唱，我在軍校當區隊長後，當值星官每天晚上更是要帶學生唱，歌詞是：

> 怒潮澎湃，黨旗飛舞，這是革命的黃埔。主義須貫徹，紀律莫放鬆，預備作奮鬥的先鋒。打條血路，引導被壓迫的民眾，攜著手，向前行，路不遠，莫要驚。親愛精誠，繼續永守，發揚吾校精神，發揚吾校精神。

黃埔校歌雄壯威武，唱時慷慨激昂，我現在已經九十五歲了，我還是喜歡唱，豪邁可比青年人。

戰時抗日軍歌，我們最早唱的就是《義勇軍進行曲》，現在已經變成中共的國歌。其實這首歌在正式抗戰以前就已經流行了，那時候青年人就唱《義勇軍進行曲》，而我在從軍以前也就唱過這首歌了。另外過去我們也常唱《大刀進行曲》[16]。

「康樂隊」演出話劇

抗戰的時候，我們沒有娛樂的，沒有看甚麼「抗戰電影」。當初最好的娛樂就是：每一個戰區有一個「康樂隊」，「康樂隊」會演出話劇，但連這個話劇都很難碰到，一年都看不到一次，我有看到過。

我們那時候，戰區分為：「第一、第二、第三、第四、第五」等戰區。第一戰區是在湖南洛陽，第二戰區

---

16 歌詞為：「大刀向鬼子們的頭上砍去！抗戰的一天來到了，抗戰的一天來到了。前面有英勇的義勇軍，後面有全國的老百姓，咱們軍民團結，勇敢前進。看準那敵人，把他消滅，把他消滅。衝啊！大刀向鬼子們的頭上砍去。殺！」

是在閻錫山的山西，第三戰區是在江西，第四戰區是在廣州，第五戰區是在湖北，第六戰區也是在湖南，第七戰區是在湖北。

中央軍校七分校臺灣同學會

當初到了臺灣以後，我們同學也陸陸續續連繫，其中也包括我們學校辦公廳主任的吳允周老師，發現很多黃埔的老師和學生，當時他就提供了意見，說要成立一個「王曲師生聯誼社」就由孔令晟當會長，王曲是七分校校部所在地，以前我們同隊的都有來往，包含十五期、十六期、十七期、十八期、十九期、二十一期，沒有二十期的。後來我們就每個中隊、每個中隊地聯繫起來，我們那個吳老師還拿一筆錢，叫我們編一個《王曲文獻》，總共有十大冊，大家同學投稿。

胡宗南將軍沒有參加「王曲師生聯誼社」，那時候他已經過世了！因為他過世得很早，他澎湖司令下來後，到臺灣先到大陳，那時黃杰當總司令，本來黃杰是他的部下，後來變成他的長官。到了臺灣以後的軍中人事很亂，黃埔的期別也被打破。

我們十五期的同學，到臺灣差不多有二百五十多人，我們在「王曲師生聯誼社」成立之前就有聯絡聚會，現在我們十五期剩下不到二十人，能夠聚會的不多。

我們七分校十五期有女生隊，記得其中有一位姓鮑，是安徽人。我們來臺灣有二百五十人以上，現在剩下的不到二十人，我最近看了兩個同學，一位姓馬，一位姓胡。姓胡的是我同隊的，現在一百零四歲，他現在因為年紀太大，已經不能出來了，我這個七大二隊[17]來了臺灣二十多個人，現在祇剩下我，還有那個民國一年生

---

[17] 第七分校十五期學生，共有，四個總隊（即：「二、三、四、五」總隊），每一總隊轄二個大隊（即：「三、四、五、六、七、八、九、十」大隊），每個大隊有四個中隊，學生共三千七百多人。

的，身體還不錯，但是耳朵聽不到，他是民國三十八年或三十九年剛從香港過來，找到了我，後來就到屏東有個農校，就到農校刻鋼版寫教材，賺一點生活費，晚上他就到我營部，那時候我是擔任營長，我就帶一點米，我們講起來很苦的呀！後來他恢復軍階，到警備總部才好。

「黃埔精神」的體認

我認為「黃埔精神」是一般軍人也要做到的：「不怕死！不貪財！愛國家！愛百姓！」這四句話可以代表中國的軍人。講到「黃埔」這兩個字，我感到很慚愧，我們黃埔前期的老大哥，為國家犧牲很大，我們這一代是抗戰時期的黃埔生，也在抗戰當中犧牲，對抗戰的貢獻確實很大。在抗戰初期，我還留在學校沒有下部隊，就我瞭解，在我們十五期在民國二十八年畢業以後，在我同一個隊上有三個老鄉，分發到二戰區，一個戰役就全部報銷了[18]。

今天共產黨講抗戰是他們打的，好像國軍、中央軍沒有打，實際上我們都經歷過了整個中國的近代史、抗戰戰史、戡亂戰史，到臺灣以後我們都親身經歷了整個狀況。所以我們是對得起國家的，當然國家也對我們很好，我們現在可以不愁吃、不愁穿、不愁住，都要感謝政府。

到臺灣

民國三十七年我帶青年軍二〇六師部隊到臺灣來，從高雄登陸，我的營部在臺南安平港，部隊就守海防。後來我到三軍大學當教官九年，這九年當中是文職，其他時間都在勞動。

黃埔軍校對我一生的影響

我覺得很安慰的一點就是：我從入伍到退休，沒有離開過軍隊，沒有離開軍職一天，包括在作戰當中，都

18 「報銷」，表示是為國捐軀了。

沒有離開過。「黃埔軍校」對我影響很大！是非常好的影響！

我的朋友講我記憶力特別好，對於往事記得特別的清楚，說我往事記憶異於常人，我小時候的事情，還有以前的事我都記得。雖然我官途不順，但無虧欠。

至於我爲甚麼退休[19]？我在三軍大學當教官，那時我感覺到兒女的教育很重要！但那時的待遇維持不了子女的教育費用，所以我就申請提前退伍，就將我調爲儲備教官，仍保持教官待遇就是加級，但沒有排課，我當了十八年上校，到年功俸一級。我退休以後，因爲顧及國家的尊嚴，上校有很多事情不能做，我就開始創業。

我從事一般人都不願意做的養殖事業，那時候我有個同學找我合夥創業，我們一個人拿十萬元做資本，一共是四個人，結果沒有失敗也沒有成功，但是當初買的地增值了，分得的地，讓我買了房子，還有供應後半輩子的生活，也教育子女，對我有很大的幫助，我兒子做事業，很有成就。

對抗戰的感想

我覺得慶祝抗戰勝利有其必要性，抗戰時期我們犧牲那麼多的軍民，當然值得紀念。

我對抗戰並沒有多大的貢獻，在青年軍參加抗戰時，就是訓練士兵，連長交待他們，連長升副連長，二〇五師調二〇六師，這個連留營的特別多，我認爲這是我的貢獻。抗戰的成功，不是少數人的努力，是每一個人都有貢獻，但是，很遺憾，現在我們政府並不太重視抗戰。

19 劉止戈直到一九七三年奉准退休。

24 歷經西北軍與青年軍：徐觀超先生口述史

採訪：林德政
記錄、撰稿：盧淑美
訪問時間：二〇一五年四月十二日下午四點
訪問地點：新北市新店區徐宅

徐觀超先生，江蘇銅山人，出生於民國十一年的他，九十四歲，能跑能跳，精、氣、神都非常飽滿，訪談整整將近三個小時，他聲若洪鐘，九十多年的往事，他歷歷如繪地告訴筆者。這篇口述史的價值有六：

第一、他以少年宣傳員的身分置身台兒庄會戰的一二二師中，說明當時有貼標語的戰前行動。

第二、他早年加入劉汝明的西北軍中，見證以北方人爲主的西北軍的軍隊點滴，如六十八軍是老粗部隊，北方人爲主。

第三，抗戰期間，他參加「黃梅、廣濟戰役」，差一點被日本人的砲彈打死，他爲了抗日而從軍。

第四，中央軍校在抗戰期間，學生人數最多的是七分校，而他讀的是一分校，訪談也呈現一分校的特殊風格，如學生要吃飯得自己扛米、砍柴，而打罵學生尤其嚴重，他就被打重傷，傷痕到今猶在。

第五，蔣介石與陳誠都到過軍校一分校閱兵，他以被蔣介石點到名字，而覺得很光榮。可見蔣介石當時非常重視軍校教育，經常到各分校去視察。

第六、他分發青年軍二〇二師，參與上海保衛戰，之後撤退到舟山、廈門再到臺灣，見證國共內戰與國民黨撤退到臺灣的一幕。（林德政撰）

江蘇銅山，耕讀傳家

我是民國十一年十月十日雙十節出生，今年九十四歲，本名「徐鳳歧」，現在的名字「徐觀超」是我要上小學時，三哥給我取的名字，一直沿用到現在。我是江蘇省徐州市銅山縣人，銅山縣是江蘇最北部的一個縣，我就是徐州人，我家離台兒庄很近，離徐州市區還有九十里路，從我家坐車中間經過兩個站，才到徐州。我家是耕讀傳家，家裏種田，我母親、大家兄是種田的，家裏有幾十頃地，。我們家族譜上的排行，父親那輩是「士」字輩，我們這一輩名字是「鳳」字輩，下一輩是「朝」字輩。

大家兄大我將近二十歲，叫鳳林；二家兄鳳峻做生意，也大我十五、六歲以上；三家兄徐鳳三，大我十一歲，是南京金陵大學畢業，我在讀小學時，他在小學裏當校長，我就跟他一起唸書，後來他做地方工作，是搞政治的。我是老四鳳歧，另外還有老五鳳崗、老六鳳瀾，我們兄弟六人，中間還有三個姊姊，其中兩個姊姊很小就已經夭折，祇有剩一個大姊，另外有個小妹，我們兄弟姊妹一共十人。

我大哥有七個小孩，二哥有九個小孩，三哥到臺灣後，又結第二次婚，他在大陸上有六個小孩，四男兩女，到臺灣後又有六個小孩，他八十七歲過世。我祇有兩個兒子，沒有

【圖24】圖左：林德政教授，圖右：徐觀超先生，合照於滿室書香的徐宅。
（攝影：盧淑美）

女兒。老五好像四、五個小孩，我不太清楚。老六也有三、四個小孩，我家族人口目前大概有一、兩百口人。我老六比我小十多歲，前年過世了，我小妹妹也比我小十來歲，也過世了。現在我家的六個兄弟及姊妹全部都走了，我這一代祇剩下我一個人跟小妹夫，小妹夫也小我十來歲，是醫生，在小學教過書。

我上了四年的私塾，讀了四書五經，也練習寫毛筆字，其中有一個老師是六、七十歲的老秀才。我小學在「利國驛」就讀，小學三年級就跳級到小學五年級，因爲我四書五經都很熟，包括：《論語》、《孟子》、《大學》、《中庸》、《詩經》、《尚書》、《易經》、《周禮》、《儀禮》、《禮記》、《左傳》、《公羊傳》、《穀梁傳》等。小學畢業以後就讀徐州中學，那是民國二十五年，我上初中一年級。後來我當了二年兵，又讀了二、三年書。

今天上午，[1]我參加江蘇同鄉會的祭祖大典，在我們家鄉，姓「徐」的很多，我是目前我們徐家這一支年齡最長、輩份最高的。利國驛姓「厲」的比較多，像厲耿桂芳[2]的先生厲威廉，就是那裏的人。

為抗日而從軍

我加入抗日戰爭，是爲了國家、爲了民族、爲了大義。民國二十六年，我初中二年級的時候，發生盧溝橋事變，中國開始對日本作戰。抗日戰爭開始，我就想離開家了，後來我離開家，跑到部隊裏當兵，是四川部隊第一二二師。我在外當了快兩年兵。民國二十七年三月一日我加入國民黨。

我是在民國二十七年四月間從軍。當初我一個人跑出來，不顧家人的反對，我父親爲了阻止我從軍，還把我綁起來，囚禁在一個黑屋子裏，不放我出來，後來日本人要過河了，要侵略到我們的村莊來了！他才放我出

1 今天指二〇一五年四月十二日，即訪問當天。

2 厲耿桂芳，一九四六年生，山東人，從小在臺灣苗栗長大。政大外交系、美國喬治城大學語言所畢業，曾任臺北市議員、國民黨中央委員會中常委。

來，他一放我，我就跑出來了，沒通知任何人，我就這樣跑出來，一直到現在已經七十多年了。我跑出來一路上經過好多個地方，我在蕭縣看見許多人被日本人殺死，陳屍在一整片的山坡上，最慘的是女生被日本人用刺刀捅死，很殘忍！這是我親眼目睹的。

加入一二二師當少年宣傳員，遇上台兒庄會戰

民國二十七年台兒庄會戰[3]時，我祇是去看看，正巧碰到戰事，並非實際參加作戰，那場景非常慘烈！我那時候是國軍一二二師的宣傳隊員，在他們的師裏做一個政工隊員，我的工作祇是貼貼標語，唱唱歌、演演戲而已！演的戲都是以抗戰爲體裁的戲。

西北軍六十八軍劉汝明部隊

我跑出來從軍時，部隊也撤走了，我也沒有跟上任何部隊，就跟著到了後方，那時候我年紀很小，才十五、十六歲而已，在河南項城、安徽亳縣碰到國軍西北軍六十八軍劉汝明[4]的部隊，我碰到他一個連，連長叫陳得勝，就把我扣住了，我這個單位叫「暫編三十六師六十八旅六八一團」，這是民國二十七年的事。

我那時候很小，發育很遲，十六歲了還很矮，祇有一百五十多公分高，我的排長姓王，叫王鐵漢，他後來

---

3 台兒庄戰役發生於一九三八年三月至四月中旬，國軍在山東省南邊台兒庄與意圖由山東分兩路進攻徐州的日軍作戰，這場戰役是抗戰爆發後國軍首次取得的勝利，史稱台兒庄大捷。

4 劉汝明，一八九五—一九七五，河北獻縣人，陸軍上將，西北軍重要將領，馮玉祥手下十三太保之一。一九三三年，時任二十九軍二師師長的劉汝明率趙登禹旅和王長海團，在喜峰口重創日偽軍。中原大戰後，出任二十九軍副軍長，一九三六年出任察哈爾省主席兼保安司令。一九三八年台兒庄會戰中，奉李宗仁之命在瓦子口打擊日軍。抗戰勝利後出任第四綏靖區司令長官。徐蚌會戰（淮海戰役）時任第八兵團司令官，一九四九年十月十八日帶部隊到臺灣。著有《劉汝明回憶錄》。

跑到別的部隊去了。因爲我上過中學，讀到初中二年級，這個部隊六十八軍是老粗部隊，北方人比較多，全連當中除了文書上士之外，識字的人不多，副連長姓張，是河南人，上過補習教育，認識幾個字，就叫我寫一篇「我的小史（自傳）」給他看看，我小時候練毛筆字，是學歐體，所以字寫得很漂亮，後來就叫我到連部去當文書上士的「幫寫」，就是幫他寫字。

文書上士是河北人，人還不錯，做沒幾天，一個姓北的營長，是河南人，就要我到營部書記官那裏做「幫寫」，過了兩三個月，團部也知道我了，就要我到團部上尉書記官那裏做「幫寫」。不久團部的「文書上士」出缺，就讓我當文書上士。我做了不到幾個月，團部的指導員是個中校，他底下還有「少校幹事」、「上尉幹事」，正巧他也是我們蘇北人，他個子高高的，嘴巴大大的，不久他就把我調升少尉幹事，我就做宣傳、貼貼標語等事。

黃梅、廣濟戰役九死一生

在部隊裏我經過好幾次戰役，如河南的滎陽戰役、湖北黃梅戰役、廣濟戰役。說到「黃梅、廣濟戰役」，當時是我們這個第七連的正面，我們守著一個縣，連長就是陳得勝，指導員是文書上士，有事不在這個連上，所以連上既無文書上士也無指導員，所以連上連一個可以看公文的人都沒有，所以就來團部請求派一個人做「連指導員」，裏面職位最小的就是我這個「文書上士」，其他就是「上尉幹事」、「少校幹事」，於是我自願回連上擔任「連指導員」。

結果第二天的拂曉，日本人就打過來了，我們營區前面是交通壕，後面有一排山，山後面有一個小山洞，連長就請人砍了一個柏樹頭當做遮蔽，連長就窩在一個山洞裏，靠著柏樹頭。到半夜，剛開始我在外頭走走，散散步，連上有個傳令兵，就在連長的腳邊窩著。我和連長倆聊天聊到半夜，我就說我到前面第一線看看，前面是交通壕，壕後方是第四班的王姓班長，帶著一個田姓副班長，田是機關槍射手，我就站在副班長的後面，蹲在那裏正在聊天，凌晨三、四點鐘就聽到砲聲，喔，日本人打過來了！

第一枚砲、第二枚砲都打到我的幾十米後面爆炸，大家很驚慌，開始警覺了，正在發愣時，第三枚砲又打過來了，落在我旁邊，幸好沒爆炸，不然可能粉身碎骨了。結果機關槍打來，王班長受傷流血了，我身上揹著一個囊，上面都沾滿了他的血。不到半小時，日本人就端著槍攻上來了。田目副就被一顆子彈射中，後來王班長也陣亡了，敵火間斷，子彈有三、四次從我的頭上飛過。不久，傳令兵進來跟連長報告說：「第六連的劉連長陣亡了。」正說話中，傳令兵也中彈了，我跟我們連長兩人跑出去，這時一個砲彈落下來，打在我的腳上，我也負傷了，我一轉眼看見連長也負傷了。後來我跟連長有好幾年都待在一塊，他對我好得不得了！看得比自己的親弟弟還重。

就讀「國立一中」

民國二十八年底，後來我到河南又復學，重新讀書，繼續從初二開始讀，讀到高中。我當初是流亡學生，唸書要到「大後方」去，我在河南、湖北待了四年，大部分是在河南。抗戰的時候，各地流亡的學校，成立了二十多所「國立中學」[5]，我讀的是「國立一中」，位於河南省淅川縣，讀「國立一中」完全公費，若沒有公費，這些流亡學生沒有辦法讀書，也無法活下去，因爲家裏完全聯絡不上，根本沒辦法聯絡家人，在抗戰的八年中，我和家裏人就完全失去聯絡。

報考中央軍校一分校十八期

民國三十一年，我高中畢業了，唸書唸不成了，就去考軍校。「國立一中」在河南，我就是在河南南陽考

5 盧溝橋事變後，國民政府將淪陷區的大學、中學內遷至大後方，各地聯合內遷的中學，由教育部指令他們進駐後方各省組成國立中學。從一九三八年到一九四三年，這樣的中學共成立了二十二所，校名就按成立的時間順序命名，如「國立一中」、「國立二中」、「國立三中」、「國立四中」、「國立五中」等。學生都來自淪陷區，背井離鄉，直到畢業，全部由國家供給食宿。

的軍校，因爲軍校「第一分校」在南陽招生，所以我就前往報考，我考上位於漢中的第一分校[6]，從西安經過秦嶺到陝西，當初報考沒有師長寫推薦函，我有看到軍校張貼的招生廣告，報紙也有登，所以就在河南和幾百個「國立一中」的同學一起考軍校，所以我是在後方考的軍校。

考軍校的時候，好像是在南陽的一間廟裏面舉行，筆試、口試都有，也有體格檢查。考試科目筆試有：國文、英文、數學，還有考三民主義，報名的人並非全部錄取，還是有淘汰。口試的時候，我記得是一個黃埔十七期的區隊長考我，我是十八期生，所以他是高我一級的學長，像聊天一樣進行，問很多，從家世到學科都問。

第一分校的長官

第一分校的校址是在漢中，位於陝西南鄭[7]，校本部在天臺山，都是臨時的營房，建有校門。第一分校原來是軍校「洛陽分校」，是軍官訓練班[8]，是以培訓在職的軍官進修爲主，是軍官的養成教育。我是黃埔軍校第一分校十八期第四中隊。第一分校的官長，都是原來洛陽分校的官長，第一分校的教官，大部分是「老保

6 中央軍校第一分校，是洛陽分校，在抗戰後遷至漢中。一九三八年洛陽分校改稱中央軍校第一分校，一九四一年分校主任由劉仲荻接任，畢業學員自一九三八年起至一九四三年，共二萬零四百七十一人。

7 一九三八年黃埔軍校第一分校因抗戰爆發，由河南省洛陽市內遷到陝西漢中市南鄭聖水寺及漢臺區石堰寺內，至抗戰前夕停辦。聖水寺爲黃埔軍校第一分校校本部，下設教務處、總務處、政治處、軍事處、軍需處、辦事處、練習營。

8 黃埔軍校洛陽分校，其宗旨在施行主校學生的轉地教育及對軍官志願赴西北服務或屯墾者，施以屯墾教育及軍事訓練，軍官訓練第二期學員也在洛陽分校召集訓練。洛陽分校設主任一人，最初派祝紹周爲主任，一九四一年由劉仲荻接任，後易鐘彬。下設學生總隊、入伍生團。洛陽分校於一九三四年成立，到一九三八年，曾舉辦軍官訓練班第二、第三、第四、第五等期，共計調訓學員九千餘人。一九三七年抗戰爆發後，爲適應抗戰要求，統一軍事教育，奉命招收學生，改稱爲中央陸軍軍官學校第一分校，並擴大編制。

定」的，就是畢業於保定軍校的，也有留學外國的，我們一分校的主任劉仲荻[9]，就是在義大利學習軍事，他到臺灣以後，大概民國四十幾年就過世了，講起來他這個人學識修養都好，他後來也做過軍長，到臺灣來以後，因爲他到義大利留過學，老總統（蔣介石）對他很重視。我們每個禮拜的週會，都由劉仲荻主持，他的學問不論軍事或國學基礎都很好，他常跟我們講話。

副主任叫章履和[10]，他是保定軍校出身的。

教育長叫趙雲飛，西北講武堂的，好像也讀過保定軍校，少將，後來擔任青年軍二〇六師的旅長，我還蠻懷念他的，他是個標準軍人，資格很老，軍人的派頭十足，但我們大家對他的印象都很好。第四中隊的中隊長叫蔡湘城，是湖南人，黃埔軍校六期的，那時候他是上校，這人學養很好，長得一表人才，他後來也到青年軍當團長。

入伍訓練非常苦，重視三民主義

我是在民國三十一年入伍，在軍校的階段，一考進去就是「入伍生」，有半年的基本訓練，像是「立

9 劉仲荻（一九〇六—一九六〇），陸軍少將，江西龍南人，中央軍校第一分校主任，一九二八年考取日本戶山陸軍學校、日本步兵學校留學，一九三六年赴義大利陸軍大學深造，精通中、英、俄、日、德、義大利語等多國語言。曾任臺中、臺南防守區副司令官，軍學研究會副主任，「總統府」戰略顧問。

10 章履和（一八九四—一九七五），陸軍少將，浙江人，保定軍官學校第六期步兵科畢業。一九二六年出任黃埔軍校高級班少校教育副官，一九二八年任中央軍校中校戰術教官。一九三〇年三月兼任軍校第八期入伍生團第一營上校營長。一九三三年十月調任軍校洛陽分校少將高級教官兼軍官訓練班第二期第一總隊總隊長。一九三九年三月調任軍校第一分校教育處少將處長。一九四一年四月升任軍校第一分校少將副主任。一九四四年十二月軍校第一分校裁撤。一九四九年八月出任川陝甘邊區綏靖公署漢中指揮所高級參議，十二月六日在四川漢中被解放軍俘虜，一九七五年三月釋放，十二月病逝。

正」、「稍息」等，學習一些基本的軍事知識、軍事動作，操場動作比較多，等於是「預備的」。半年以後經過「甄別」，才是「正期生」、「正科生」，才成爲正式的軍校學生，這部分兩年半以上，所以軍校一共讀了三年多一點的時間。經過了這個階段，就取得了專科以上的學士學歷，畢業以後又經過多次的短期訓練。

「入伍生」的訓練，非常苦，每天早上約六點起床，起床以後要做早操，還有學科方面的自習，自習完了吃早餐，早餐完了以後，就上課。上午是「學科」比較多，「學科」方面基本的國文、英文、數學都有，主要的學科則是三民主義，在軍校非常重視三民主義這個學科，還有社會學科包括地理、歷史以及軍事學科；下午則是「術科」比較多，軍校非常地嚴格。

當時唸軍校的制服是草綠色的制服，我們每天的「早點名」和「晚點名」都要唱黃埔的校歌：「怒潮澎湃，黨旗飛舞，這是革命的黃埔。主義須貫徹，紀律莫放鬆，預備作奮鬥的先鋒。……」

軍校有軍歌比賽，後來我下部隊當連長時，我隊上的軍歌比賽都蠻有名的，我喜歡軍隊行進間唱歌，邊行進邊唱歌很有精神。

吃飯自己扛米、伐木砍柴

我成爲正式的軍校學生之後，日常生活需要扛米、砍柴。我們學校的校部離漢中南鄭還有四十華里，在抗戰期間我們生活非常地艱苦，吃飯要學生自己去漢中糧秣處領米，一個月好像一次或兩次去扛米，一袋米五十、六十公斤，把米扛到肩膀上，走四十華里回學校。

那時沒有煤炭、煤爐，就是要砍柴燒飯，學校規定學生每個禮拜要交一百斤的柴，剛開始我們到營房附近砍柴，到老百姓的地方去砍柴，有的人就隨便偷一偷，拿一點去交差。我是個公子哥兒，小時候甚麼活都沒做過，剛開始有一次我到老百姓家去拿個小樹，大概十來公斤重，扛在肩膀，剛開始還好，等到快到學校時，肩膀非常痛，走幾步路就要休息一下！回到營房之後，我的肩膀又酸又痛，腫了好幾天。

經過兩三年，營房附近及鄰近的山上都沒有柴可砍了，那些地方連茅草都找不到了！還好漢中附近有一座高山叫「天臺山」，從我們校部到深山裏，還要走三十、四十里路，我們祇好跑三、四十幾里路到山裏面，每個禮拜都要到深山去砍柴，早上吃完早飯出去，晚上吃晚飯前回來。我去天臺山砍一棵又粗又高的一棵樹，後來秤下來一百多斤，我扛到肩上，走四十幾里路回來，若無其事，肩膀不感覺酸痛也不腫了，想想！真是好大的本事！我想這也是我在軍校稍微吃點苦，受點磨練的成績。

軍校的打罵教育

當時軍中有打罵教育，我自己就有一次挨過打，被打得很嚴重。按照學校值星官的規定，去扛米、打柴，十二點鐘以前要回到學校，晚一分鐘打一個板子。就是因爲到外邊去工作回來晚了，超過規定的時間回來，那就受處分。我受過處罰，被打板子，竹皮子打得我手流血。

有一天我和我一個姓陳的同學叫陳普一起去扛米，我們同一班，他身高一百八十幾公分，是排頭，扛機關槍的，我身高一百七十三公分在一班十五人中，正好排中間。他多才多藝，能說善道，京戲唱得也好！他人很好，和我私交非常好，他年紀比我小四、五歲，大概民國十五年或十六年出生，是我們徐州老鄉，他喊我大哥。我是在後方考的軍校，他們是在淪陷區，他們是出了淪陷區考的軍校，在考軍校前他們沒離開過家鄉。我們畢業以後分發到同一個師，同一個團。我們倆人去漢中扛米，我們心裏蠻高興的，就提議：「咱們去聽戲，好不好？去聽常香玉唱戲！」那齣戲叫「秦雪蓮弔孝」，我們倆就去看戲。等我們看完戲，扛著米回來，一看時間已經十二點半了！

那個值星官是個山東老鄉，我們上一期十七期的，是我們的區隊長，手上拿著一根約一公尺長的棍子，很長的棍子，正等著我們，他拿著棍子就要按照規定打我們。先打陳同學，陳手伸出去，被打幾下，就受不了！一臉咬牙切齒，難過得不得了！打完陳，輪到我了，我就把手伸出去，他打得很重，我手沒動，沒伸回來，他就繼續打，一共打了十板，打到我的手血都流下來了，他就不打了！我一轉身左手伸出去要讓他打，他也不打了！現在我這手有毛病，就是當年被打受的傷。但從那以後，包括這位區隊長及其他的官長，再也沒有人找我的麻煩，他們知道我是硬漢，即使手被打到血都流下來，我也確實不在乎這個，從此以後沒人打過我。

閒暇打籃球、聽戲

我這個人具有多方面的興趣，在學校時我是籃球選手，後來到臺灣我也是政工幹校第一期的籃球選手，我們的娛樂很少，軍校的學生很苦，吃也吃不飽，很苦。我喜歡聽戲，喜歡地方戲，我是徐州人，我們家鄉最盛行河南梆子。漢中市有兩個劇團，一個是京戲，一個是河南戲，河南梆子，我就是到漢中市裏邊去看河南梆子，有名的名角叫常香玉，那時常香玉[11]流浪到後方，到陝西漢中唱戲，她唱得很好，人也長得很漂亮，我們大家都非常喜歡。後來她不得了，在大陸擔任人大會的代表。

蔣委員長來軍校閱兵

蔣委員長曾經到我們學校兩次，其中一次閱兵點名，是校閱，他來到我的跟前，點到我的名字，他老先生點了兩、三次頭，還用紅色的筆在上面畫過字的。因爲我年輕的時候，精神很好，身體很好！我身高約一百七十三公分，我那時候不僅不害怕，還覺得很光榮。到現在我九十四歲了！我還可以跑、可以跳！陳誠[12]也來閱兵兩次，那時他做參謀總長，是戰區的司令長官。

後來我到臺灣，多少年來，也沒機會再見到蔣委員長！可是他的兒子蔣經國是我的老師，他在臺灣辦了一

---

11 常香玉（一九二三—二〇〇四），河南省鞏縣人，原名張妙玲，著名豫劇表演藝術家。曾被選爲第一、二、三、五、六、七屆全國人大代表，中國文聯榮譽委員，曾任中國戲劇家協會副主席、河南省文聯副主席、河南省戲劇家協會主席、河南豫劇院院長、河南省戲曲學校校長。

12 陳誠（一八九八—一九六五），陸軍一級上將，其軍事集團是蔣中正嫡系部隊中堅力量。曾任軍長、兵團總指揮、集團軍總司令、軍政部長、湖北省政府主席、國防部參謀本部參謀總長等要職。到臺灣後，歷任臺灣省政府主席、行政院院長、中華民國副總統和中國國民黨副總裁。

個學校叫「政治工作幹部學校」，在北投的復興崗。我是讀第一期的研究班，研究班就等於研究所的學籍了，它是招考大學以上的學歷，我就到這個學校裏受訓。

抗戰歌曲

當時在唸軍校時的一些流行的抗戰歌曲和軍歌，我當時也很愛唱的，我嗓子雖然不是很好，但我是喜歡唱的，本來我對這些歌是耳熟能詳的，不過現在很多首忘記了！不太記得！比如：《大刀進行曲》，歌詞中有：「大刀向鬼子們的頭上砍去！……」以及「九一八事變」之後的一些歌曲。

軍校畢業典禮

軍校的畢業典禮是在民國三十三年十二月二十五日，我記得是劉仲荻主任主持。一分校十八期是最後一期學生，民國三十三年十二月，我畢業後，第一分校就裁撤了，第十九期的學生就合併到七分校去了。我這一個中隊是我們這一期最晚畢業的梯次。我這一期畢業早的，民國三十年就畢業！我們這一期的校長是蔣中正，到了下一期十九期校長就變成是關麟徵[13]了。

畢業的時候每人發一把蔣委員長送的的小配劍，上面刻有「成功、成仁」的字樣。我還斜跨掛過武裝帶，當時覺得光榮，也感覺是個紀念，尤其我們這屆還有小配劍，後面幾屆就沒有發了。我的畢業證書及相關相片很多都散佚了！

我畢業那時候對日抗戰還沒勝利，勝利是民國三十四年，我們是在民國三十三年年底畢業，然後就到四川重慶，參加青年軍當幹部。

13 關麟徵（一九〇五—一九八〇），陸軍中將。陝西省戶縣人，一九二四年六月，考入黃埔軍校第一期，一九三九年，升第十五集團軍總司令，一九四六年七月，任陸軍軍官學校教育長。一九四七年十月，出任陸軍軍官學校校長，成為黃埔軍校畢業學生中任母校校長的第一人。一九四八年八月，任陸軍副總司令兼軍校校長。兩岸分裂後，長住香港，以迄去世。

分發青年軍二〇二師

畢業以後，民國三十四年我們這個中隊整批分發到青年軍二〇一師到二〇六師，每個師分發了八十幾位同學當排長。我一畢業就分發到四川綦江，我是在青年軍二〇二師六〇六團第一期當步兵排長，師長叫羅澤闓。後來我又到重慶一個月，參加蔣經國當教育長的訓練班，另外民國三十五年還被派到南京湯山的步兵學校初級班受訓。二〇二師師長羅澤闓，他在民國三十五年到三十八年做南京國防部第三廳的廳長，後來到臺灣來就當軍長。

六〇六團後來改組為六〇四團，團長姓曹，湖南人，陸軍大學畢業，民國三十八年我到舟山群島時，他是十六師的師長，他後來到臺灣來當第五廳的廳長，以及第六軍的軍長，他在當軍長時，我已經是幹校的學生了，後來我分發到救國團當教官。民國三十五年、三十六年，二〇二師復員到了江蘇省常州武進縣，後來轉到蘇州，我在蘇州住了一、兩年，這是第二期，我就當連長了！因為打仗，我民國三十六年的上尉任官令都沒帶著，不然我也早有資格升將軍了！

當初青年軍的學生、兵，在臺灣做到將軍的很多，每年的九月三號，「九三」軍人節，他們都要聚餐。剛開始的時候有好幾百個人，去年剩下不到一百個人了，他們也有發請帖給我請我吃飯，以老師之禮儀，歡迎我參加，我每年都參加！他們有時候還要我演講啊！很多的同學，都是我當排長時候的兵，現在也有做到少將的，也有都成為知名的學者了，他們的著作很多！差不多都給我看。也有一兩個是民國十年生的，年紀比我還大！他們對我很尊敬，他們有幾位有參加過「滇緬戰役」，但我本身並未參與「滇緬戰役」。

上海保衛戰失利，經由舟山、廈門撤到臺灣

民國三十八年我到上海和共產黨打仗，當時我是連長，守浦東，就是所謂的「上海保衛戰」[14]，是很慘烈的一次仗。我那一連一百五十幾個人，五、六天不到一個禮拜的時間，就從浦東撤退到上海，祇剩下六十幾個人，大部分的人都犧牲了，要不然就跑掉了。

上海戰事失敗了之後，我們就易裝逃出，當時我二十七、二十八歲，我們坐小帆船出海，一路經過杭州到舟山，其間波折很多，經歷共產黨的盤查，都是我獨當一面處理。到舟山加入國軍部隊，接著我再從舟山輾轉到了廈門，然後到臺灣的基隆下船，之後到臺北。

我在一個偶然的機會碰到一個軍校十三期畢業的長官，是我在當青年軍當連長時的長官，他那時在軍部做營長，才幹和軍事技術都很好！還有背景也很好，他是滕傑大哥的孫子，滕傑的軍階是中將，在民國三十八年當過南京市長。我在撤退來臺前，在蘇州碰到他，他跟我一樣有女朋友在蘇州，我們就聯絡了一共八個人結隊，包括我的三哥，一起從上海到舟山去。

我三哥那時在徐州，徐州被共產黨占領時，他在家裏自殺過三次未成，共產黨還想利用他做些事，他就想徐州待不下去了。那時是民國三十七年底三十八年初「徐蚌會戰」[15]之後，南京、上海都還沒淪陷，但徐州地

---

14 國共內戰期間，一九四九年蔣介石發布湯恩伯爲京滬杭警備總司令，期望湯恩伯以四十五萬大軍，保衛大上海三個月，以便中央運走所有重要物資到臺灣，但湯恩伯把司令部搬上吳淞口外軍艦上，在海上指揮作戰，上海迅速失守，抵抗了十多天就全城撤出，損失十五萬國民黨部隊被殲滅，約五萬官兵撤往舟山群島和臺灣。

15 徐蚌會戰，一九四八年十一月六日—一九四九年一月十日，即「淮海戰役」，解放軍進攻國軍徐州剿匪總司令部防區。戰役歷時六十五天，國軍被殲滅五個兵團和一個綏靖區部隊，計二十二個軍五十六個師，共五十五點五萬人，另損失由蚌埠方面屢次北援之第六、八兩個兵團。徐州剿匪總司令部總司令劉峙及副總司令杜聿明指揮，對解放軍造成共十三點四萬人傷亡。

方的紳士及國民黨方面的地方政治人物，大部分都被殺了！我三哥也是難以倖免，後來三哥易裝，從徐州逃出來，先逃到南京，那時我在青年軍裏在蘇州、南京、上海當連長，沒有辦法聯絡上我，就登「大公報」的「尋人啓事」找我，被我軍中的「特務長」看到，跟我報告，我連夜派「特務長」到南京把他接來我這裏，才保住一命，那時候三哥還不滿四十歲，他有四個兒子一個女兒，其中的小兒子叫徐朝廷，民國三十八年時還沒出生，是徐悲鴻的學生，現在是大陸非常有名畫馬的名家，很受尊重。我三哥到臺灣後，又再結婚。

高雄鳳山中學教國文

到臺灣後，我有個同隊同學住在高雄，我就到高雄，待了幾個月，我那個同學在鳳山孫立人將軍的部隊當營長，他人很好、很優秀，是教會學校畢業的，英文很好，跟外國人講話很流暢，留美的孫立人將軍很欣賞他，他的太太在鳳山中學教書。因爲我有深厚的國文基礎，四書五經讀了很多，《古文觀止》最起碼可以背個幾十篇，《四書》我到現在也還會背，所以我就到鳳山中學教國文，教了半年我到臺北來，那是民國三十九年了。

談幾個歷史人物：胡軌、潘振球、李煥

我跟胡軌[16]先生很熟，他是江西人，中將，黃埔軍校四期，是蔣經國先生的老師，他人很好。

潘振球是我江蘇老鄉，我也很熟，但沒甚麼來往，我三哥後來當書記官，跟潘振球很熟。

李煥，湖北人，年紀比我大，我也熟，但也沒甚麼來往。他兒女跟我也熟，他女兒李慶安喊我「徐伯

---

16 胡軌（一九〇三—一九八八），江西人，日本陸軍步兵學校畢業，一九三四年起任中央軍校政訓處上校科長，中央軍校洛陽分校政訓處處長兼軍校特別黨部書記長。任中央軍校第三分校政治部少將主任，三青團江西支團部幹事，長期在蔣經國手下任職。一九四三年任第九戰區司令長官部政治部少將副主任、代理主任，三青團第一屆中央幹事會幹事，三青團中央組織處副處長，三青團中央幹部學校副教育長兼訓導處長，青年軍政工幹部訓練班副主任兼訓導組長。一九四九年後，任鳳山陸軍軍官學校政治部中將主任，「中國青年反共救國團」副主任，「國防部」總政治作戰部副主任。

伯」，我制止她說：「不可以！」她就改喊我「徐叔叔」。楚崧秋我知道，我跟他打過麻將，他人好，很不錯。

九十四歲，可以跑、可以跳、腰桿挺直：軍校生活對我一輩子的影響

我今年九十四歲，可以跑、可以跳、聲音宏亮、腰桿挺直，我想過去黃埔軍校的訓練，在體能、體魄及軍事動作都對我有一定的影響。說實在，軍校的生活相當辛苦！可是我在軍校的時候，我不太去感覺、體會、注意「苦」這件事。吃苦、受罪，我都沒問題的。

黃埔精神就是犧牲奮鬥，「親愛精誠」是黃埔的校訓，黃埔這一系，反而遭其他派系的妒忌。我讀過黃埔軍校，我以身為黃埔的一分子為榮，國民黨名將出身黃埔者甚多，連中國大陸共產黨的老幹部：林彪、徐向前也都是黃埔軍校畢業的。

國仇家恨

我是眞恨日本人，那眞是恨！我們受到日本人的迫害，我自己很小就出來對抗日本人，跟日本人打仗，我認爲日本人應該受到處罰，爲戰爭負責任。

我們家也是受到共產黨的迫害，我五弟是共產黨鬥爭吃農藥自殺死的、我的大姐被共產黨鬥爭上吊自殺死的，我對共產黨剛開始沒有好感，現在倒也談不上恨了！

25 蔣中正到西安閱兵與學生共餐講故事：孟興華先生口述史

採訪：林德政
記錄、撰稿：盧淑美
訪問時間：二〇一五年四月十三日下午二點
訪問地點：臺北市孟宅

孟興華先生，一九二四年出生，陝西華陰人，受訪時九十一歲，中央軍校七分校十九期畢業。這篇訪談有幾個特點：

第一，他四歲時父親去世，八歲時又逢陝西華陰發生瘟疫，外婆、舅舅與母親均受傳染而死，當時是民國二十一年（一九三二）間，印證陝西華陰彼時的疾疫狀況。又，他們苦求從城外入城內探望母親最後一面，這證明當時候「華陰縣城」（城門、城牆）還存在。

第二，他在報考中央軍校十九期時已是陸軍少尉，印證中央軍校對當時年輕人的吸引力，年輕人甘願從入伍生開始，重新當小兵。其實早在黃埔軍校初建時，就有這樣的例子，如李之龍與范漢傑兩人入學軍校前都已經是高階軍官。

第三、讀軍校時，是集體加入國民黨，這是黃埔的傳統，早在創校廣州時就如此，且一直延續下來。而七分校對反共教育做得非常嚴厲。

第四、七分校有招收韓國學生。

第五、蔣中正到陝西西安參加七分校的畢業典禮並閱兵，胡宗南不准民眾出門，蔣察覺怎麼路上靜悄悄的，問胡原因，胡騙他說民眾都下田去了，蔣叫部下敲門，發現民眾都在家不敢出門，得知實情後將胡記過。這顯現蔣親和的一面、關心民眾的一面。另外胡宗南是黃埔一期，是蔣最信賴的學生，所謂「天子門生」之一，蔣被他欺騙，將他記過，此條史料，可供研究蔣、胡關係參考。

第六、一九四八年十二月，國軍在臺灣招了新兵運到華北戰場，華北剿總總司令傅作義以「臺灣娃娃兵」缺乏作戰經驗，將之調防。此條爲國共內戰做了見證，也爲臺灣年輕人被迫捲入中國內戰做了見證。

第七、中共初占北平時，防範尚疏，因此孟興華等人還能夠在一九四九年三月逃出北平。（林德政撰）

一場瘟疫，頓成孤兒

我是民國十三年生於陝西省華陰縣洪崖村，我家就在華山底下，家門朝南就看到華山。我本名叫「孟蒼娃」，我參加「陝西抗日義勇軍」時，部隊長官幫我改名「孟興華」。

【圖25】圖左：林德政教授。圖右：孟興華先生。（攝影：盧淑美）

說起我的家世非常坎坷，我四歲的時候父親因肝病逝世，八歲時母親也因瘟疫去世，於是我變成了孤兒。那是民國二十一年的事，當時陝西華陰縣發生瘟疫，我外婆、二舅也染上瘟疫，我和母親趕回娘家，送我外婆和二舅最後一程，結果我母親也傳染上了瘟疫，病重在床爬不起身來。我們被送回家時，縣城裏面公布：「不准親戚互訪」，城牆的門關起來了，我們進不了城。後來我哥、姐「求爺爺告奶奶地」拜託，才得以入城見到母親，但不到一個禮拜，母親就過世了，這時候我八歲，我哥哥十二歲，我姊姊十六歲，我們就成了無父無母的孤兒。

參加陝西抗日義勇軍

我五歲時，母親就把我送到私塾念書，到了我十三歲時，已經念了九年私塾，正是民國二十六年發生「七七事變」之時。村子裏面有一個孟憲章，當時他正在西南的中學念書，也參加抗日，陝西成立了一個「陝西抗日義勇軍」總隊，號召青少年從軍抗日，孟憲章就替「陝西抗日義勇軍」[1]招兵買馬，民國二十六年十二月的某天晚上，他把我們五、六個十三歲到十六歲的小孩子送到華陰縣的火車站，坐車送到陝西武功縣當「小軍」。那裏是陝西抗日義勇軍的總隊，民國二十七年我當小兵之後，和部隊去河南靈寶縣打日本人，我從這時就開始參加抗日。

戰時青年招待所、戰幹四團童子軍隊

民國二十九年我想加入「戰幹四團（軍事委員會政治幹部訓練第四團）」，但因為學歷不夠，無法參加，

1 抗戰初期，一九三七年至一九三八年上半年，蔣介石以抗日為名，委任張鴻遠為「陝西抗日義勇軍」第一縱隊司令，委其搜集陝西地方民團和散兵游勇，進行編軍。張鴻遠在陝西組織了五千多人的地方武裝，編成「陝西抗日義勇軍第一縱隊」，後何文鼎為陝西義勇軍司令，何文鼎又另組「陝西學生義勇軍」，從陝西各學校的熱血愛國青年中動員召集而來組建的一支抗日武裝，一九四一年被國民黨改編為新編第二十六師，何文鼎任師長，兵力擴充到六、七千人。

所以我就先到陝西西安市的「戰時青年招待所」讀書，補習中學的教育，「青年招待所」是專門收容敵後流亡的青年，然後再進國立中學、大學或軍政幹部學校。我在「青年招待所」讀了二年書，補完中學教育。

民國三十年「戰幹四團童子軍隊」招生時，我才考取插班入學，後來我以第一名畢業。我們前三名准以少尉任用，當時第一軍參謀長馮龍[2]在預一師當師長，就把我調去當他的侍從官，任少尉副官。

預一師馮龍部隊

我們預一師馮龍部隊駐在朝邑縣[3]，那時候我們部隊裏邊有中央軍校十七期的長官，他們看我這小孩子不錯，就鼓勵我去考軍校。民國三十一年冬天，中央軍校七分校十九期要招生，我就向師長報告說要考軍校，他就說：「我把你升做中尉嘛，你不要考軍校，好不好？」，但我說：「我想要做正式軍校軍官。」他祇好同意我考軍校。

中央軍校七分校十九期

民國三十一年十二月冬天，我從朝邑到西安報考七分校十九期。

軍校初試考試有物理、化學、國文等科目，初試錄取以後還有複試，複試以後口試，總隊長蔣鐵雄是黃埔六期，留德的，他看我不錯，我就向他報告說：我想讀砲科。他也就同意了。民國三十二年春天，我在王曲作入伍生訓練，「分科甄試」後，我分到砲科砲一隊。

我進入軍校七分校當入伍生時，早已經是少尉了，但也有很多人跟我一樣雖然是少尉還再去念軍校，不僅是少尉、連中尉都有。那時我覺得讀軍校是很榮耀、很光榮的事情，所以絲毫沒有委屈的感覺。

---

2 馮龍（一九〇九—一九八七）湖北黃陂人，陸軍大學畢業，曾任中央軍校第七分校（西安分校）軍官總隊總隊長、預備第一師師長，一九四九年任第五十七軍中將軍長兼漢中警備司令，一九八七年九月二十三日在臺灣病逝。

3 朝邑縣位於陝西省渭南市。

我是先在王曲附近的「小姜村」報到，被編入十二總隊第二大隊第六中隊第二區隊第四班。十九期總共有兩個總隊，我們是十二總隊，是從北方招募，多半北方人，像哈爾濱、華北。十三總隊則是從南方招募，像是香港、廣東、廣西、浙江一帶。十三總隊從南方來，在路上死亡很多。至於十四總隊則是到了民國三十三年，我們快畢業才招生的。

校區很分散

七分校的校區非常分散，最主要的校本部就在「王曲鎮」，我們砲科是在曹村。一開始的時候，胡宗南是在甘肅的天水[4]成立「中央軍校西北軍官訓練班」，民國二十七年元月，成立第十五期[5]，將學生集中到鳳翔縣訓練，民國二十七年春，中央軍校第七分校正式成立，校址位於王曲鎮。王曲是一個地名，校區整個在縣區，裏面很大，包括幾個鎮，以及長安黃埔村、小姜村很多地方。

王曲鎮的老百姓最初看到軍校的同學是很友善，但是後來就頗有微詞，因爲在十六期、十七期生活最艱苦的時候，一個總隊幾千人，五、六個總隊也沒有營房可以住，都住廟和祠堂，要自己蓋草棚，要去砍樹來蓋房子。上山作飯時，沒有煤、沒有柴燒，就要去砍柴、燒柴火。所以我記得那時老百姓留傳一個不好聽的話：「七分校，不務正道，白天睡覺，晚上拆廟。」就是說七分校的學生白天睡覺，夜裏拆廟蓋營房。

4 一九三六年前後，陸軍第一師師長胡宗南率部駐防甘肅天水，他在天水成立「中央軍校西北軍官訓練班」。一九三八年上半年，先後成立第十五期四個總隊，同年八月到次年初，又陸續成立了第十六期七個總隊，一九三九年末成立第十七期學生總隊。分校由於人數多、規模大，其訓練駐地集中於王曲周圍一、二十里的幾十個較大村莊和西安以南郊許多村落外，還遠及戶縣、鳳翔和甘肅的蘭州、天水。

5 十七軍團長胡宗南撤到西安，奉命成立「中央軍官學校第七分校」，胡宗南任主任，顧希平任副主任，「江蘇省抗日訓練團」、「十七軍團學生軍團」及王曲特訓班，經甄試合格者，錄取爲「中央軍官學校第七分校」第十五期學生。

到我們十九期時，一切生活都安定了，就比較好了，也有蓋一部分營房。我們還是住岳王廟，旁邊就蓋草棚。

胡宗南主任與教官

七分校的主任是胡宗南，他是浙江人，他個子不是很高，口音很重，他說三民主義口音很重，但精神很好。

在七分校就讀過程中，我對胡宗南先生印象深刻，他很了不起，禮拜天和我們講三民主義，他最有名的一副對聯就是：「鐵肩擔主義，血手著文章。」畢業以前講「今日戰士」，就是說七分校的學生以後就是「今日戰士」，內容就是要吃苦耐勞，犧牲奮鬥。

七分校政治教官都很優秀，大部分都是大學生或留學生，像是余紀忠[6]是留英的，回來後就當政治教官，後來升到副主任。另外還有很多大學教授到學校來上課，講政治方面、三民主義等等，五大教程方面都是東北講武堂畢業的，講交通、工兵、戰術、射擊都很優秀。

七分校學生來源

我們七分校的學生來自全國各地，這是我們七分校最榮耀的地方，我們的學生包括華僑以及香港、菲律賓、新加坡的學生，甚至還有南韓的義勇軍，另外我們也代訓同學。

這說起來也是七分校的偉大，它從十五期開始就招收大學生、中學生、流亡學生，第十六期開始到二十一

---

6 余紀忠（一九一〇—二〇〇二），江蘇武進人。《中國時報》創辦人，曾任中國國民黨中央常務委員會常務委員、中央評議委員會主席團主席。一九二八年考入南京中央大學歷史學系，一九三二年淞滬戰役爆發，隨軍赴吳淞抗日。一九三四年，赴英國倫敦政經學院就讀，抗戰期間返國到西安投身胡宗南部。一九四九年來臺，致力報業和出版業，一九五〇年十月二日創辦《徵信新聞報》，一九六八年九月一日改名《中國時報》。此報今雖易主，但報名未改，繼續發行中。

期時，正值抗戰，所以向全國招生，東北到哈爾濱、西方到新疆、東方到全國都有，也有從南洋到菲律賓。學生來自華北、山東、河北、東北的最多，其次就是浙江，河南，湖北，來自在地陝西的反而最少，因爲是在後方。各省的同學都相處十分融洽，我們大部分都是流亡學生，敵後提著頭從日本防火線來的，來了以後都是十七、十八歲的學生，相處非常融洽。在軍校讀滿三年的過程中，沒有聽說有同學因爲生病或意外受傷而死亡。

集體加入國民黨

我們每位七分校同學到學校在入伍升學時，就被硬性規定集體加入國民黨，入黨有「宣示」，很隆重！是由胡宗南主持。我入黨的日期是：民國三十三年三月二十九日，到今天已經七十多年了，我已是資深的黨員了，在學校的時候沒有交黨費，但到了部隊以後，就需要交黨費了。

特別灌輸反共思想

在七分校時，學校有特別灌輸反共思想，因爲我們對面是延安中共，正在吸收流亡青年，所以七分校在反共方面是最堅強的。我入伍時我們第四班有一個同學，是山東煙臺中學的，到王曲兩個禮拜後，他說「不對呀！我是共產黨號召來的抗日學生，七分校是反共抗日，我要到延安去參加抗日活動。」他就偷跑到延安去，這是我印象最深的一件事。

我們七分校還有個「第二科」，是專門負責「反共」的。那時汪精衛也用收音機宣傳，我有兩個同學曾在汪精衛部隊裏當過中校。我在砲兵隊時有印象，隊上有兩位東北的同學，一個是叫謝正華，一個是我忘記了，他們來了以後，因爲受到共產黨敵後宣傳的影響，學校就說他們思想有問題，把他們給關起來，搞了幾個月以後，經過調查也沒有問題，就又放回來，所以七分校對於反共工作做得非常嚴厲。

學騎馬，屁股流血

入伍的時候都是「步兵」，從「步兵教練」開始，分科後我們「砲兵」就專門學砲兵射擊，有「砲操（練瞄準）」、「觀測射擊（練射擊準確）」、「測量（練測距）」、「通信（砲兵通信）」，還有「馬術教練（學駁馬騎術）」。其他的大的課程有政治學、兵器學、交通學、地形學、築城學及戰術等教程。

我開始學騎馬的時候很苦啊！我們先是學騸馬，幾次後再學鞍子。一開始是不加鞍轡的騸馬，屁股很痛還流血，搞一個小時下來，屁股都流血了。要下馬都下不來，很苦的，走路都不好走！有鞍子以後騎起來，就舒服了多了！我也有摔過馬。

軍校生活

讀軍校時，每天早上都是六點起床，起床後就做操、跑步、吃早餐，就開始上課。晚上差不多六、七點鐘，吃完飯後自習，自習後大概八、九點就寢。早點名和晚點名有唱軍歌，我們都是唱砲兵的歌，歌曲我還記得，砲兵的歌特別好！校歌就是黃埔軍歌：

> 怒潮澎湃，黨旗飛舞，這是革命的黃埔。主義須貫徹，紀律莫放鬆，預備作奮鬥的先鋒。打條血路，引導被壓迫的民眾，攜著手，向前行，路不遠，莫要驚。親愛精誠，繼續永守，發揚吾校精神，發揚吾校精神。

同學都很喜歡唱這首歌，在二十多歲念軍校時，這是一定要唱的，現在我們每年七分校五月份聯誼會都要唱。

住茅草棚、睡土炕通鋪、穿粗布草鞋

在軍校的時候，住的是茅草棚，睡的是土炕通鋪，上面鋪稻草或麥。蓋的被子很薄，鋪的和蓋的勉強可以保暖，這沒有辦法就是這樣子！

當時軍校學生服裝很可憐的，夏天穿黃色的粗布衣服，很粗的棉布。冬天穿灰色的棉衣，那個棉花很少，穿了幾個禮拜就皺起來了，破破爛爛的很差勁。

我們那時是穿草鞋，王曲冬天氣溫零下左右還下雪，我們北方人還好一點，我記得好幾個從南方來的同學，尤其是來自廣東的同學，手及臉都得凍瘡了，我記得廣東好幾個同學凍得都走不動了，很可憐，到了春天都好不了！我們北方人習慣了，還好一點。

一天兩餐，吃槓子饃

那時我們吃「槓子饃」，一天祇吃兩餐，就是把麥麵、玉米、小米、黃豆等五穀雜糧做成麵團蒸熟，當作主餐，沒有副菜。每人一餐吃一個槓子饃，一個差不多重十二兩，一天就祇吃這麼兩個槓子饃，像我這身材，吃一個槓子饃還可以飽，大個子的同學就不夠吃。

一根蠟燭六人用，得夜盲症

軍校沒有錢買菜，青菜豆腐都很少，用蒸饃放鹽巴和蔥花，再放點水就是一道菜。因為我們營養不夠，晚自習看書時，一根蠟燭要供六個人照明，有人在中間休息十分鐘時去外面，就發現看不見教室外面的情景。就到醫護所去問，醫護所說這是得了「夜盲症」，要吃豬肝或菠菜來治療，但我們菜都沒得吃了，那有錢去買豬肝或菠菜？所以醫生就講陝西的「地菜」可以治，就是古時候王寶釧吃的「地菜」，比菠菜的鐵質還多，所以晚飯吃完以後，值星官就帶我們去野外採菜，回來後給廚房一洗，第二天一煮作菜，就把「夜盲症」治好了。

閒暇在王曲逛街

閒暇的課外活動有籃球比賽，以及國防方面的運動比賽，每年舉行一次。我甚麼都沒有參加，但我隊上很優秀，籃球比賽第一名，我們隊上有幾個華北三鐵第一，得了很多第一。運動會就是普通的運動會，籃球比賽就是友隊的比賽，我們砲科是最好。

入伍生完全不能外出，到軍校升學後，禮拜天就有放假，休閒祇有到王曲附近走走，王曲鎮就是最繁華的地方了，我忘記王曲有沒有電影院、戲院，在抗戰時，也沒有甚麼時間可以看電影。放假時，我就到王曲就是逛逛街、吃點心、加加菜而已。

我的同學大部分都是南方人，廣東、浙江，尤其是廣東、廣西，他們都是吃米吃飯的，我們吃「槓子饃」，他們一開始都吃不下去，所以吃不飽，祇好等禮拜天時，到王曲街上加菜吃吃，吃得肚子撐起來。

蔣中正親臨主持畢業典禮並閱兵

民國三十四年七月二日，那天是我們的畢業典禮，我們十九期最光榮的就是：蔣委員長來主持我們的畢業典禮，還有閱兵，那場面是很偉大的。他那時已經是國民政府的主席了，帶了文武百官，包括美國的顧問團來觀禮，這是校長對我們十九期特別重視的表示。我們前一天晚上就知道畢業典禮時，蔣校長會親自來主持，一切都要整理好，甚麼都要準備，同學們的心情都很興奮。

那一天是我有史以來第一次看到蔣主席，畢業典禮時我當砲兵閱兵前馬馭手，一百零五榴彈砲有六匹馬牽引，有三名馭手：前馬馭手、中馬馭手、驂馬馭手，我那時騎著馬，我是前馬馭手駕馭前面兩匹馬，作爲一個砲兵，你騎著馬經過分列式，六批馬拉著砲當然很驕傲，我感覺很驕傲！那時我們是砲兵，就這樣行「注目禮」，所以我們砲兵要騎馬、馭馬，還要學開車。

回想起畢業典禮那一天的場景，感到非常地光榮！那時蔣公身爲主席，帶重慶文武百官以及美國顧問浩浩蕩蕩來主持我們的典禮。他來了以後先閱兵，閱完三千多人的兵以後，他就走上司令臺。步兵走正步、騎兵騎著馬、砲兵拉著砲車，我是前馬御手，輜重兵隊乘坐汽車開過去，很壯觀，我們畢典時候非常壯觀。

蔣委員長和學生共吃晚餐、講故事、胡宗南被記過

胡宗南向蔣校長報告說十九期的學生是最優秀的，希望他來主持畢業典禮。結果蔣中正真的來了，他早上在典禮訓話，下午就到華陰縣第一師部隊校閱，晚上八點鐘就到我們曹村的營房，跟我們學生一起吃晚餐。

蔣公跟我們十九期講了兩個故事，我印象很深刻。第一個就是他從重慶來經漢中去看二〇六師後，他就要上飛機時，在路上遇到一個身穿破破爛爛的傷兵，在路邊喊救命，他下車查看，問他「怎麼回事？」，他說：

「大爺！我是台兒庄打仗受傷後，到醫院治療表面好了，結果我出來以後傷口又復發，犯了以後要住院時，我負傷證明丟了，就不讓我住院，所以我在外面討飯吃。」他講了以後蔣公就很感動，說把他抬到醫院去，結果當地老百姓找門板來當擔架，他外面的侍衛看了很髒，都不上前去抬，這時老蔣就自己去扶，這樣他的侍衛才一擁而上去扶，所以你們學生一定要記住，好好的愛護老百姓。

第二件事情是他講到華縣去看第一師部隊時，經過街道時發現都沒有人，就問胡宗南：「老百姓都到哪去？」胡騙他說：「都去收麥子了。」他不相信，就叫侍衛停車敲門，就有人出來說：「蔣主席要來，所以不准我們出來。」侍衛就把這事講給蔣公聽。蔣說我是國家的主席，在重慶很難得看到老百姓，好不容易到這鄉下來，看看我的子民，你還把我隔開，你可惡！蔣回去就給胡宗南記一個過。所以他和我們說：你們畢業以後，一定要愛護老百姓，接近老百姓。

畢業證書一年後才寄

畢業證書並非畢業典禮那天就發，而是我們畢業一年後才寄給我們畢業證書。傳統各期的畢業生，蔣委員長蔣主席都會送給分校每人一把劍，到我們那時沒有這佩劍儀式，我們因爲沒有錢，所以也沒有做同學錄，祇有畢業時同學把自己編的通訊錄，還有著作筆記這些東西累積成一個冊子，很粗糙的，是鉛印的。是我在「南京砲校」時寄來的，我很光榮的，我是全部一千三百多名畢業生中的第十二名。

同學甘棠是中共問題專家

我們十九期幾千名同學，到臺灣來的約有六百多位，不過到現在實際上恐怕剩不到一百位了。我們同學到臺灣來的，我記得最有名的江西人是王夏祥，這個人是砲二隊，他在陸戰隊當過中將副司令，他很優秀。同學也有福建人，但記不清楚名字。

還有廖志西，他是廣西人，是砲二隊的，當到中校，他前幾年過世了，我們經常來往。

另外有一個同學叫甘棠，是廣東人，他還健在，很有名喔，他當過砲兵副指揮官，調到總部當第二署署長管情報，退休後到國民黨中央黨部第六組當專員，他對大陸問題很有研究，是專家，寫了很多書。他住在桃園，和我一樣大，九十二歲了，但是聽不見身體不太好，住在他兒子家裏，他大兒子是英國劍橋大學博士，現在是政治大學的教授，叫甘逸驊。

韓國同學

七分校有一個總隊，專門訓練韓國的學生，叫做甚麼義勇軍。我們就有韓國同學，編在七分隊，他是在日本打仗時逃出來，就到七分校戰略第四團，他是南韓「義勇軍」的主要幹部。上次開校友會時有人講說這位韓國同學一直當到中將，不過我們組織「王曲師生聯誼會」時，韓國同學沒有參加。

另外空軍也有到七分校選拔學生去空軍官校學飛行，我們這期就有好幾個畢業後再考空軍官校，有兩個還跟我很要好，但現在我忘記他大名了。

分發重迫擊砲團

我是在民國三十四年七月二日畢業，畢業時很榮耀，但當時抗日還沒有戰勝，是抗戰最艱苦的時候，還不曉得甚麼時候能打勝仗？我從畢業到分發還有一個月的等待時間，就在學校裏準備，本來我被分發到雲南楚雄「砲四旅」，我們四個陝西籍的同學就先回家辭行兼籌旅費，等我們再回到學校時，其他同學都離開了。

正在等待的時候，就聽到抗戰勝利了，當時大家歡聲慶祝。我們聽到日本投降的那一刻，興奮得不得了！當時我在寶雞，都覺得不用打仗了。

我們四個人從王曲坐車到西安，再搭火車到寶雞，然後換車到重慶，一路上都是勝利慶祝的鞭炮聲。我們到重慶七分校辦事處以後，發現因為抗戰勝利，部隊早就調防走了，所以就得改分發。他們三個人被分到國民政府警衛旅，我一個人被分發到重迫擊砲第一團，該團在四川壁山，離重慶北方五十里。在我們之前分發的已經到部隊去了，後邊慢到的因為日本投降，所以到重慶後就改分發，我被分發到壁山，那時大概已經是三十四年的八月底。

四川壁山被騾馬踢重傷

我被分發到四川壁山重迫擊砲第一團第三營第八連，擔任少尉彈藥隊長，管理騾馬部隊，十二公分重迫擊砲是兩匹馬拉的，所以軍官有馬。我們分發去的時候，因爲砲二隊的同學先報到，九位砲兵連的同學被派爲觀測員。砲兵的連編制就是兩個排長、觀測員、副連長及連長，還有個彈藥隊，每個缺都被同學占滿了，排長缺也被占了，因爲我最後報到，結果我就擔任隊長，輸送彈藥管騾馬。

每天早上士兵做早操，我們彈藥隊就溜馬，有一天早操時，我們彈藥隊的人把十多匹騾馬牽出來，旁邊部隊正在做早操，裏面有一匹騾就亂叫亂踢，是害群之馬，踢了以後就掙脫了線亂跑。我們營長就在旁邊說，孟興華是隊長趕快去拉騾子。馭馬術有規定：「在調教騾馬時，遇烈馬亂跑時，馭兵手上的韁繩不准放開，在溜騾馬時，不能鬆手一定要拉到。」所以我就不敢鬆手，騾子就一面踢我，一面就拖著我走，我在地上被拖著走，我上身都是血，差點死了，到現在我身上還有小疤，騾子再向後多踢一公分我就完蛋了，營長才說孟興華趕快放開。

還有一次是我們重迫擊砲第一團到馬鞍山時，我們副連長和觀測員排長禮拜天去旅遊，每個人都有自己的馬騎，回來時馬跑得很厲害，結果我的馬失前蹄，在石板路滑倒了，把我摔到路邊去掉下來，這次我也差點死掉，還好回來以後就好起來。

從湯山砲校到青年軍二〇五師，首渡臺灣

民國三十六年，我到南京湯山砲校初級班受訓，完全是美式軍事教育。民國三十七年我從砲校第三期畢業時，我有一個同學叫歐陽述他是第二期的，我們重疊兩個月，他分發到青年軍二〇五師當排長，那時臺灣二二八事變後不久，他們師就被調到臺灣來，他已經當上尉副連長了，我在重迫擊砲一團三營八連還是排長，他說：「你到我們二〇五師來，漂亮得很，來二〇五師當上尉副連長。」我就同意了！他回去後，就和他們的連長、團長、師長報告，然後給我寫信，我把信給連長看。那時團長劉光孚據說是張治中的外甥，對我很好，

年終吃飯時還把我調到同一桌吃飯，人家開玩笑說我是他乾兒子。

我從采石鎮開小差，經過南京到上海坐船，前來臺灣。那時是民國三十七年，我從基隆上岸，然後再坐火車，我同學部隊還在嘉義，這是我第一次到臺灣，是民國三十七年，我到嘉義找歐陽述同學，到青年軍二〇五師六一四團報到，擔任榴砲連當上尉副連長。

我們在嘉義駐了一個時期後，三十七年五月部隊就調到屏東機場，那是日本人炸掉的機場，我們二〇四師、二〇五師六個榴砲連集中在那邊訓練，那時是由孫立人主持的第四軍官訓練計劃，督導教育訓練我們，訓練五個月後，已十二月了，這時大陸的情勢已經很緊張了，就把二〇四師、二〇五師這兩個師調回大陸去增援。

臺灣新軍娃娃兵防衛北平

民國三十七年十二月初，三十一軍二〇四師、二〇五師奉命渡海北上增援華北、天津、北平戡亂戰役。我們十二月在高雄上船的時候，天氣很熱約攝氏三十度，士兵穿著褲頭背心上船，但船走了七天七夜，卻感覺一天冷一天，等到船到天津大沽口港要下船時，發現下雪了，天氣太冷，官兵下不了船，北平華北剿匪總司令命令給我們臺灣的娃娃兵發大衣，我們穿大衣才下船，有這一段故事。

我們下船後在唐山那一帶，跟地方部隊和縣長，到被共產黨占領的村莊去安撫百姓，去了以後，傍晚我們部隊要出來時，百姓又趕快回來走在我們前頭，這一段大概有一兩個禮拜之久。

後來傳作義總司令講說：臺灣的娃娃兵剛來，沒有經驗，在外邊很危險，二〇八師在北平很有經驗，二〇八師原本在北平守城防，就把我們對調，二〇八師調出來剿共，把我們調去北平防衛。

北平陸軍醫院盲腸炎開刀

我這個六一四團是住在門頭溝[7]，我在門頭溝每天早晨帶學生在山上跑步，有一天我肚子痛得很厲害，學

7 門頭溝位於北平（北京）西郊外約二十五公里的山區，爲著名的煤礦區。

生很有經驗說：「你這是盲腸炎，要趕快治，要送到北平協和醫院割盲腸。」士兵們對我非常好，爲了送我住院，全連都集合起來，後來排長帶四個學生送我，他們堅持要我去協和醫院，他說我們拿錢出來，沒關係！到協和醫院醫生檢查說：「不錯！這是盲腸炎，但危險性已經過了，你到我們醫院太貴了！軍醫院是不要錢的，何必來這。」就叫我們轉去北平陸軍醫院住院。

到了北平後，當天晚上住旅社，隔天才能去陸軍醫院，學生邀我一起去看戲，當晚的戲碼是李多奎的「釣金龜」，我說：「我肚子痛，怎麼看戲？」他說沒關係，我拉你去。當天晚上我們就看了一場戲，看完了以後回來，第二天才到陸軍醫院去。

進去陸軍醫院檢查，醫生說：「盲腸炎的危險性過了，但還有痔瘡，要先割痔瘡再割盲腸。」本來這是小手術，祇有半身麻醉，但是開刀以後，麻醉的時效過了，所以我感覺很痛！醫生就說你忍耐一下，因爲你好腸子和爛腸子都沾起來很多次了，現在要慢慢的切開，要不然破了以後很危險。就叫我再忍耐一下！但我怎麼忍耐？我的身體動來動去，後來實在沒辦法，他決定把我全身麻醉，但我說：「我不要！」

我住院時發現有許多病患是打仗受傷的，因爲全身麻醉，可是時間過去了，人卻醒不回不來死掉了。所以我就說：我不要！結果還是不行啊，最後他把我綁起來，我閉著眼一吸氣，人就不曉得了，做噩夢夢見死去的母親和其他親人也在醫院，我還跟他們抱怨：「我說不要全身麻醉，現在我死掉了，和你們一樣。」

賣馬當路費，逃離北平

我在北平陸軍醫院開盲腸住院後，民國三十八年一月共軍進入北平，我從北平逃難換便衣逃出來，這時候不敢有軍人氣氛，我把所有證件、照片、證書，都擺在小箱子裏，共產黨軍隊看到二〇五師就說：年輕學生不能走，軍官都是國民黨的不留。士兵就說：你們軍官把我們留下來自己走掉，這不行！所以連長以上的都不能走。

當時我還在北平陸軍醫院裏，我們的部隊在門頭溝防衛，北平被共軍占領了以後，因爲連長和幾個排長是南方人，士兵都是青年團的團員、黨員，一開始很憤怒，想要向外打，來醫院找我商量，要我帶他們，說「連長啊！我們請你帶我們去山東打游擊。」我說：「這怎麼可以？我身體還沒復原，現在怎麼打？你們回去好了！」我勸他們回去以後，他們每個人都把地址寫給我，說回去後我們再見面。

我們從部隊裏要逃卻沒路費，我在醫院裏的士兵看護是山東人，他說：「你們不是有騾馬嗎？你們騎一批馬，可以換十塊大洋！」我們四個人，包括連長、副連長都是我同學，我們四個人就從連上一個人騎一批馬，到了醫院，把馬交給他。但醫院一共才給我們十塊大洋，在等的期間我們就是找路條子，要解放路條子。這時候已經是民國三十八年三月底，我換便衣把資料都丟掉，畢業證書也丟了！所有的資料都丟了！連很寶貴的軍校畢業證書也沒了，同學錄也沒了，大陸時期的證書、相片一張都沒有了。

再回首七分校，一切都變了

開放大陸探親以後，我回去陝西王曲看七分校，但校門都已經不在了！所有都改變了，共產黨都改作其他營房了，我帶著全家去找都找不到。

我當時受訓是住在岳王廟裏，我就問住在附近的當地老百姓，還好找到岳王廟遺址，裏面有棵槐樹，槐樹下面有個井。回去尋找七分校的舊址，祇找到這顆槐樹及古井，很是感慨啊！一切都變了！七分校的校部整個撤掉，都沒有了，中共他們自己蓋了一間通信學校。

革命軍人就是抗日和反共

讀軍校當軍人，影響我這一輩子的生活，當中最大的影響就是抗日和反共。做為一個革命軍人就是抗日、反共，艱苦奮鬥，做一個清廉的革命軍人，保國衛民，這是我在部隊所受最大的影響。

黃埔建軍史實際就是中國現代史，今天中華民國之所以能夠存在，就是蔣公奉國父孫中山之命創辦黃埔軍校，東征成功以後就北伐統一中國、剿匪抗日，這都是黃埔建軍起來的。黃埔軍校建軍就是抗日反共。身為黃埔的一分子，我覺得很光榮！今天中華民國存在，就是黃埔學生的光榮！黃埔精神就是：負責、奮鬥、不怕死。

26 經歷遼瀋與平津戰役的砲兵少尉：李啓明將軍口述史

採訪：林德政
記錄、撰稿：盧淑美
訪問時間：二〇一五年四月十三日上午九點
訪問地點：臺北市杭州南路中華軍史戰略學會

李啓明將軍，生於民國十五年，抗戰爆發那年十一歲，正在就讀小學四年級，當時山東大部分的地區被日軍攻占了，成爲淪陷區，他到諸城縣的游擊區讀中學。幾年後，再到皖北阜陽讀國立二十二中，遇上豫中會戰失利，皖北大撤退，之後隨著撤退到陝西漢陰，投考中央軍校七分校，編爲二十一期砲科，時爲民國三十三年夏天，抗戰最後一年。

他讀軍校期間，見證戰時軍校教育的師資、課程與訓練，指出當時軍校沒有特別設計反共課程，校方沒有清查那個學生是共產黨。在抗戰最後一年，他見證到由於預期抗戰即將勝利，國民的心理產生普遍厭戰氣圍，等到日軍投降了，他也見證到國軍迎接戰勝日本，軍校七分校裁撤了的情景。民國三十六年九月，他被分發國軍九十二軍，當砲兵排長，國共遼瀋戰役（遼西會戰）爆發，他隨軍在遼西戰場的南與北兩個地帶，隨軍進行夾擊，結果失敗。他言抗戰勝利就是國軍戡亂作戰失敗的開始。

離開東北戰場，他隨軍撤退到平津，因爲傅作義於中共局部和談，其部隊被中共改編，集中到北平北邊，趁隙他與同學逃亡，一路經由天津到濟南、濰縣、青島，加入回歸官兵收訓大隊。一九四九年（民國三十八年）的端午節，坐船抵臺灣基隆港。（林德政撰）

【圖26-1】李啓明將軍（左），林德政教授（右），合照於中華軍史戰略學會。（攝影：盧淑美）

家世

我是民國十五年十二月二十六日出生，山東高密人，我爸爸當過初級小學的校長，也當過鄉長。日本人來山東之後，他就到高密縣的縣長曹克明那裏當秘書，這位高密縣曹縣長是我們中央派的，是沈鴻烈[1]當山東省主席的時候所派，我家是抗日世家，從我爸到我都是抗日的。

小學四年級，日本侵略中國

我讀小學四年級，還沒畢業的時候。日本人侵略中國，從青島上陸，進到山東，當時青島算是中國的後門，日軍進山東沒經過大的戰爭，它的海軍一登陸就把陸軍帶上來了，我們在青島沒有抵抗。日本人一進山

1 沈鴻烈，一八八二年出生，湖北天門人。一九〇五年入日本海軍學校學習，一九一一年夏畢業回國，加入海軍。先後擔任國民政府參謀部海軍局科員，黑吉江防艦隊參謀、參謀長，之後參與創建東北海軍，官至東北海軍副總司令、代總司令。一九三一年十二月，被國民政府任命爲青島市長，並任國民政府山東省主席。到臺灣後擔任國策顧問，一九六九年三月病逝。

東，小學就停辦了，那時還沒有汪精衛政權，山東淪陷就由「僞軍」做一般的維持，叫做「維持會」[2]維持秩序，主導社會一般事務。慢慢地，日本人才開始在政治上以爲山東就是他的了。我家在山東高密縣，日本人控制了高密縣之後，我沒別的地方讀書，就到高密的「聖德小學」繼續讀書，那是基督教耶穌教會所創辦的私立小學，我在那個教會小學讀到畢業。

在游擊隊讀書

小學畢業之後，我本來想到濰縣升學，但是還沒到濰縣時，就被拉到「游擊區」去，因爲我爸爸那時候就待在那個游擊隊，所以我就到游擊區去讀書，游擊區位於山東諸城縣。游擊區就像是軍隊一樣，不向學生拿學費，而且管吃管住，我在那裏一直待到民國三十二年才到後方去。

高密很窮，既不靠山也不靠海，都是些平地，所以高密藏不住游擊隊，諸城縣靠山[3]。我到諸城縣去讀中學。那時候游擊隊司令就是沈鴻烈委派的，叫做「保安第二師」，師長是張步雲[4]，抗戰勝利後，張步雲被人

---

2 日軍侵占山東後，濟南秩序大亂，商埠被封，日僑商店、著火的倉庫均被搶劫一空。濟南道院統掌何素樸，紅十字會長、濟南市律師公會會長張星五等人夥同濟南商會首先建立「濟南治安維持會」，一九三八年一月一日，「濟南治安維持會」正式掛牌，馬良爲會長，朱桂山爲副會長。維持會代行政府職權，聽命於日本軍部濟南特務機關長指揮，後在其基礎下建立僞「山東省公署」，自一九三八年至一九四五年維持七年多的的漢奸政權，其間在一九四三年八月改爲僞「山東省政府」。

3 高密位於膠濟鐵路上，與濰坊、膠州、青島、諸城比鄰。諸城古稱東武、密州，地處泰沂山脈，與青島比鄰。

4 張步雲，一九〇四年生，山東諸城人，一九二九年組織聯莊會，成立六十人的常備隊，自任會長兼隊長，一九三六年升爲少校第二路游擊剿匪司令。一九三七年七七事變後，率部駐防諸、高、平一帶，假抗日招牌，徵糧逼捐，網聚匪徒，燒殺擄掠。一九三八年秋投靠日軍，被編爲「山東自治聯軍」張宗援部進行反共，曾打垮抗日游擊隊張金銘部。一九四〇年被山東省主席沈鴻烈委任爲「山東省保安第二師」師長，假抗日之名，行反共之實。一九四二年春投日，被編爲「山東建國軍第三方面軍暫編第一軍」軍長，隨日軍向解放區進行掃蕩。後諸城、膠、高、平一帶流亡青島的地主紳士及宿敵等控告張叛國投敵，被警備

家告發：說他是漢奸，就在青島被槍斃了，但是沈鴻烈似乎還是很愛護他，把他兩個兒子帶到臺灣來，這兩個兒子現在還在臺灣，都很不錯。

其實我在那裏讀書時，真的看不出張步雲是漢奸，我們一天到晚宣傳、唱歌，都是中國的，不管甚麼課程，都是中華民國的，沒有跟日本人有勾搭。到了抗戰後期，國軍就不諒解他，說他跟日本人有聯絡，中共的游擊隊也跟他過不去，兩邊打擊，所以他就站不住腳了。後來我們那個學校就結束了，反正到抗戰勝利後，他就被槍斃了。就我個人的瞭解，張步雲是效忠國家的，沒有跟日本人有勾搭。

到後方皖北阜陽，進入國立二十二中

我離開游擊區的學校回家後，就沒有地方讀書了。這時剛好我爸爸的舊識孫運祥到後方投考「中央警官學校」，當時他快畢業了，暑假回來山東探親，我爸爸就趁機把我交給他，委託他把我帶到後方去，那時我十七歲，就離開家跑到遠方，這一年是民國三十二年。

我跟他從高密坐膠濟鐵路的火車到濟南，再換津浦鐵路的火車，一直到安徽滁縣。那時一路上日本人都不檢查的，凡是到後方去的山東人，大部分都是走這條路線。到滁縣後就開始步行，往北走到皖北阜陽。抗戰時，我們山東人到後方去的，大部分都待在那個地區。國軍的李仙洲部隊九十二軍就駐在阜陽那個地方，許多山東人都是伴著李仙洲去的。[5]抗戰期間，山東有「三李」，都是名將，他們是李仙洲、李玉堂、李延年。

區司令丁治磐扣押，一九四八年在青島槍斃。

5 李仙洲（一八九四—一九八八），山東長清縣人，黃埔軍校一期。一九三八年四月，任第九十二軍中將軍長兼二十一師長，參加徐州會戰。一九三九年秋，由湘北移防鄂西北的襄陽、隨縣。一九四一年春，移防皖北阜陽，在渦陽、蒙城、太和一線同日軍作戰。所部還與皖北新四軍彭雪楓部摩擦，進攻新四軍根據地。一九四二年二月，升任二十八集團軍總司令，仍兼九十二軍軍長和魯西挺進總指揮。一九四三年四月，進軍山東，在魯西、魯南地區對日軍作戰，並進攻魯西及魯南地區的八路軍。

阜陽那一帶的學校，祇有一所「國立二十二中」[6]，位於界首。十七歲的我當然是希望讀書，我進入該校讀書，二十二中是國立的，管吃管住，就像我之前到游擊處去讀書是一樣的，不拿學費。

民國三十二年的局勢

武漢在民國二十七年「武漢會戰」之後失守。日本人拿下武漢，抗戰的局勢就到了中日雙方僵持的階段，日本人沒有能力再發動大會戰，我們也沒有能力大舉反攻，在這個狀況下，雙方都處於僵持狀況。雖然中日之間有些個會戰，但是那些會戰都是小規模的，沒有像「上海淞滬會戰」、「武漢會戰」那麼大規模。民國二十八年我們有一個冬季攻勢，到後來，日本打通粵漢路，就有規模比較大的會戰，像：「第一次長沙會戰」、「第二次長沙會戰」、「第三次長沙會戰」，一直到「衡陽保衛戰」。之後日本又發動「一號作戰」，但是比起「武漢會戰」或是「淞滬會戰」，這些就差很遠了。

皖北這個地方，從武漢向中走，從平漢鐵路一直到阜陽，這一大塊地區，抗戰時還是在國軍手裏，我們去了以後，後來日本人就硬在中條山發起會戰[7]，我們第二戰區的部隊就打輸了！那場戰役一輸，他就可以從鄭

一九四六年六月三日，蔣介石由北平飛抵濟南，召見山東國民黨軍政高層王耀武、丁治磐（第二綏靖區副司令長官）、李仙洲（第二綏靖區副司令長官）、李彌（第八軍軍長）、霍守義（第十二軍軍長）等。一九四七年二月，李仙洲率部進攻萊蕪一帶，圖南北夾擊中共華東野戰軍，華東野戰軍發起萊蕪戰役，李仙洲所率七個師六萬餘人被殲於吐絲口，李仙洲被俘後關押十五年，一九六二年釋放，此後任政協委員等職。

6 國軍九十二軍相繼在阜陽創辦了國立二十一中、國立二十二中。一九四一年李仙洲率部到達皖北阜陽、蒙城一帶，在阜陽駐紮，兩年間辦了兩所學校，一所武校稱「魯幹班」（中央軍校駐魯幹部訓練班的簡稱），李仙洲自兼班主任；一所文校叫成城學校，李仙洲兼任校長。國立二十二中的前身即阜陽私立成城中學，一九四二年九月，教育部批准將蘇魯豫皖邊區戰時中學更名為國立第二十一中學，命仝菊圃為校長。

7 一九四一年一月中條山戰役爆發。中條山位山西南部，駐守中條山地區的國軍是原西北軍楊虎城的舊部孫蔚如第四集團軍，屬

州一帶渡過黃河了！他一渡黃河當然就從平漢路南下。

豫中會戰失利，皖北大撤退

中原戰役失利後，那時候我們皖北的學校及軍公教，都待不住啦！我們就從皖北大撤退，那時候我們叫「中原戰役」，其實是「豫中會戰」，[8]戰爭一起，不管是學術單位也好，反正是吃公家飯的通通都向後撤退。日本飛機轟炸，我們都是晚上行軍，白天都不敢動，晚上行軍大家都背著行李、背包，邊走邊打瞌睡，好多學生一睡不醒，都摔到山谷死了。我們一直走到河南十萬大山，[9]撤退到陝西漢陰。戰時我們學生自己看起來好像是對日本作戰，其實學生是沒有甚麼戰鬥力的，祇是向後退！

考進軍校七分校二十一期

民國三十三年暑假，蔣公號召青年從軍，所謂「十萬青年十萬軍」，那時候就是有很多福利，除了發薪餉之外，吃的、住的、用的都儘量優待，所以好多學生都去參加青年軍，可是我不想參加青年軍。我後來為甚麼會去讀軍校呢？這不是說陰錯陽差，而是時勢逼迫，不得不去考。

我是在民國三十三年三月份加入國民黨，那時候我還沒有考軍校。到了暑假，剛好黃埔軍校七分校在招生，我就去報考，結果考上了。我是西安第七分校二十一期第二區隊第四班，是七分校的最後一期。

8 豫中戰役，一九四四年四月至五月。國軍傷亡五萬多人，是抗戰期間敵我傷亡最懸殊的戰役之一。衛立煌任司令長官的第一戰區。日軍自一九三八年以來，曾十三次圍攻中條山，均未得逞。一九四〇年後，因第四集團軍高層和八路軍來往頻繁，蔣介石將他們撤離到河南，司令長官衛立煌也奉命回重慶，由中央軍接管防務，何應欽指揮。日軍花一個月以十二萬多人的主力部隊打中條山的十五萬多國軍，此戰是自徐州會戰以後在華北最大規模的戰役。此役日軍傷亡一萬人，

9 「十萬大山」亦是湖北、河南、安徽交界處的大別山的俗稱。

七分校的校區很大，校區遼闊分散，校本部在陝西西安「王曲」，有一個校門，七分校的大門並不討好。我們這一期一共招收了兩千五百人，而我這一批，則是招收的最後一個中隊。另外有些是從八分校及政治幹部訓練班併過來的。等我畢業的時候，抗戰已經勝利了。

入伍生與開學典禮

一考上了軍校，開始訓練，就是「入伍生」。入伍生的階段還不能算是正規的學生，就祇是個普通的士兵。記得那時候生活是很苦的！因為是抗戰，進去無論是吃的、用的、穿的，就跟一般士兵的生活差不多，差別是在那裏受的訓，我們沒有去作戰，但是是受抗戰教育及很嚴格的軍事訓練。

二十一期到民國三十四年一月一日分科升學，那時才算是正式的軍校二十一期生，才算是正式的軍校生有升學典禮，我是砲科。我們一共就是兩個中隊，砲五中隊和砲六中隊，砲六中隊那時候開始編制是一百零八人，是按照一個中隊九個班三個區隊，就是這樣一百零八個人。

升學典禮是關麟徵主持，兩千五百人在校部的大操場露天舉行。那時候考試都很嚴格的，不及格就淘汰，淘汰了很多。我們的區隊長都是十七期的，七分校十七期人數最多，看通訊錄就曉得。十七期從西安的王曲一直到鳳翔縣、臨潼這些地方都有七分校的校區，那麼多的學生，哪個國家能夠蓋那麼多的營房容納？當地老百姓有一個俏皮話：「七分校瞎胡鬧、白天睡覺，晚上拔廟」，指的是學生把老百姓的廟拆下來蓋營房。這實在是沒辦法的事情！因為學生沒地方住。不得已學校就和老百姓協調，那時抗戰是「軍事第一，勝利第一」，軍事訓練需要，老百姓祇好配合。

軍校生活

（一）住與穿

我們住的房子都不是營房，是住老百姓的大倉庫。住的村子叫「皇甫村」[10]，不是「黃埔」，是皇帝的「皇」、杜甫的「甫」，後來大家就把它改叫「黃埔村」。這時候我們已經不用穿草鞋了，我們去時還發給我們皮鞋，甚麼東西都有，服裝也比部隊要好得多！我們就在那裏受訓！受訓的時候很嚴格，但學生沒有一個叫苦連天，士氣很好！在軍校每一位同學都有蚊帳，那時候還沒有DDT這種東西。民國三十四年日本投降，我們砲兵隊、騎兵隊都發馬靴，那服裝就很不錯了。

（二）吃的方面

民國三十三年下半年，我們剛入伍的時候，一天吃三餐：早餐、午餐、晚餐。那時我們吃的主食不是米飯而是饅頭，就是陝西人叫的「饃饃」，不是燒餅，那麼大一個「槓子饃」，我這小個子，也吃不飽。因爲吃不起油，吃不起肉，所以吃的菜，油水太少，光吃青菜而已，那時候餓得很。但猛地吃一點肉，腸子又不適應，就拉肚子。

每天一到吃飯的時間，大家排隊去拿「槓子饃」，其他學生在旁邊看著對我說：你這個小個子！所以我也不能挑，不能換。我祇能說：「我這個小個子，也吃不飽。」到後來抗戰勝利了，伙食裏肉吃得比較多了，反而一個「槓子饃」也吃不完了。

抗戰末期，吃的、用的，整體物價慢慢的開始下降，就不太苦了。等到民國三十四年八月十五日日本人投降，抗戰勝利，後方的物價，一下子就降下來了，我們的伙食就吃得很好了，勝利以後那段時間物價降得很

---

10 王曲鎮皇甫村，位於陝西省西安市長安區。

低，但是等到我們要畢業的時候，物價就開始漲起來，因為中共叛亂，內戰已蔓延到全國了。

（三）疥瘡和瘧疾

軍校有兩種傳染病，一個就是「疥瘡」，俗話說：「疥是一條龍，先從手縫行，圍腰轉三圈，陰部紮大營」那才難受，疥瘡那眞是厲害！學校帶著隊伍到華清池洗溫泉，就是蔣公蒙難的地方。在那裏住兩天，就是治療這個病，溫泉有硫磺質，洗了以後疥瘡就好了，治療疥瘡有藥膏，就是用硫磺作的。

另一種病是瘧疾，我們那時都叫「打擺子」，得病一會冷一會熱，冷起來，蓋幾個被子都沒有用，熱起來那就是高熱。我來到臺灣曾住在大崗山，阿兵哥還傳染上瘧疾，但此時不同了，瘧疾已經有奎寧丸的藥治療。

（四）同學病亡

我在七分校念書的時候，曾有同學得肺病死亡，名字好像叫汪一名。同學死了我們很悲傷，離家那麼遠到後方來卻死了。那時醫療不發達，肺病難醫，如果是現在就不會要人命了！那時候就是要人命的。我本人在軍校的時候還好，雖然我的身體不是很棒，但是不生病，我在軍校三年除了瘧疾和疥瘡，沒有生其他的病。

蔣公來河西大操場閱兵

蔣委員長他到七分校對學生訓話，大部分的內容都是講品德方面：說要學三民主義、要忠於國家，以及黃埔軍校校訓「親愛精誠」四個字。他對學生的訓話多半是這樣，沒有說反共。

前面提到七分校的範圍很大，校本部是在王曲，王曲在湘子河畔，過了湘子河就是河西大操場，大操場面積很大，蔣委員長來七分校閱兵時，就是在河西大操場。

大陸上有人說蔣公在抗戰的時候不打日本，光打共產黨，這是沒有這回事的！

七分校的主任本來是胡宗南，抗戰勝利後，宣布七分校改成「陸軍軍官學校西安督訓處」，這個時候胡宗南就不接主任了，由陝西人關麟徵[11]來當教育長，也就等於是校長了，關麟徵來管西安督訓處[12]。西安督訓處裏面有個處長吳允周[13]，他一直幹到我們畢業為止，我們一畢業，西安督訓處也跟著消失，吳允周他到臺灣才去世，到現在我們每一年都給他做紀念會。

胡宗南與關麟徵教育觀不同

胡宗南與關麟徵先後當我們主任，兩人的教育方式不同，關麟徵不贊成胡宗南原來的教育方式，他曾公開批評胡，批評得很厲害。

我們七總隊祇有一個隊，關麟徵去看後，他很欣賞砲兵隊，一再地說砲兵隊教育得很好。後來我們騎兵、

【圖26-2】陸軍軍官學校七分校第二十一期同學錄之李啓明資料。（李啓明提供）

11 有關關麟徵事略，參閱本書23《歷經西北軍與青年軍：徐觀超先生口述史》一文註13。

12 一九四五年八月，日本投降後，國民政府頒佈軍事復員令，中央軍校各分校奉令撤銷。第七分校當時尚有未畢業的學生十個大隊，為使學員生仍留王曲繼續完成學習任務，於一九四六年一月第七分校正式結束的同時，成立了隸屬於軍校成都本校建制的「陸軍軍官學校西安督訓處」，對留王曲的學員生進行軍事教育和訓練工作。督訓處到一九四七年下半年結束。

13 吳允周，一九〇二—一九九六，吳寧新城人。黃埔軍校第三期畢業，參加二次東征、北伐，一九三七年，任七十八師少將參謀長，參加淞滬戰役。一九三八年一月，任軍校第十八期第三總隊附，專職辦校。六月調任陸軍一九一師少將副師長兼代七分校教育處長。一九四四年升任中將教育長，一九四九年十二月至臺灣。一九八七年春，號召七分校在臺師生籌組「王曲文獻會」，個人捐出六萬元資金作開辦費，一九八九年十月五日，發行《王曲通訊》雙月刊，一九九一年一月出版《師生專集》兩大冊，一九九二年一月《戡亂戰史》付梓。一九九六年五月，完成《抗日戰史》。《王曲通訊》發行至二十四期。

砲兵、輜兵[14]合併成「騎砲輜大隊」，就由王毓剛[15]當總隊長，他是黃埔八期的老大哥，來臺灣後才去世，蔣公對他很好，關麟徵起初也很欣賞他。

七分校的騎兵隊歷來畢業時，會到西安表演馬術，比方在馬上倒立跳上跳下，很厲害！關麟徵上任後，騎兵隊也是展示這個給他看，沒想到關麟徵把他們罵得狗血淋頭，他說：「你這是些花法，你還在用這個！明天我重看，你改改，你做我指定的『礙障超越』」項目，那就比較難了！就不是那種花法了，因爲「礙障超越」是最重要的，結果全隊沒有一個做得好的！關麟徵硬是要把隊長王毓綱撤職，不過他之前對王毓剛印象還不錯，王毓綱就去解釋說這不能怪他，以後會改就是了，這樣才把王保留下來。

我記得我們砲兵也是有馬術，那時我們是騾馬化的砲兵，也是離不開馬術，我們有馬術教官，我們也是一天到晚訓練馭馬技術，這也是個學問，雖然我身體比較差，但還能夠趕得上，我是砲兵學科比較好，所以能夠到砲兵科去。

七分校的課程：丁叔穎教射擊學

關於七分校的課程特色：譬如說「射擊學」，軍校裏學的那一套射擊術是很有用的。那些教官都是老教官，其中一個姓丁，叫丁叔穎[16]，他是個上校教官，抗戰開始以前，他曾經在瀋陽兵工廠幹活，他說瀋陽兵工

---

14 輜兵即後勤部隊，輜兵在軍事上指跟隨作戰部隊行動，並對作戰部隊提供後勤補給、後送、保養等勤務支援的必要人員、裝備與車輛。

15 王毓剛疑是黃埔第七期畢業，曾任軍校七分校十九期、二十一期大隊長，來臺任高雄要塞總臺長等職。

16 丁叔穎，一九〇二年生，遼寧瀋陽人，別號月新。東北講武堂第七期炮科，南京中央軍校高等教育班第二期畢業。歷任第五十一軍炮兵團排長，連長，軍政部重炮旅連長，營長，中央炮兵學校中校教官，成都中央軍校第二總隊上校兵器教官、第七分校上校教官。抗戰勝利後，任國民革命軍徐州綏靖公署少將炮兵主任，一九四六年七月退役。

廠製造的兵器，砲甚麼的都是不錯的，比漢陽兵工廠及山西兵工廠都製造得還好。

丁叔穎說軍人要學「彈道學」，但學「彈道學」要用到數學，我對數學有興趣，別人也許沒有聽進去，但是我一直對他說的這個記得很清楚。

我們軍校考試時，數學考最好的分在砲科，我因爲數學考得好所以分到砲兵，有些同學數學不行，就分到步科。

丁叔穎後來研究原子彈，我們還在受訓時，美國人發明原子彈，把日本人屈服了。丁叔穎卻和我們宣布：美國人說原子彈是用鈾二三五的原料做的是不對的！這是美國騙我們的，故意引導我們往錯誤方向，原子彈不一定需要用鈾二三五，別的原料也可以做出原子彈，他就用中國的火藥爲主原料做出了原子彈，中國的火藥都用竹子燒出來的，他是用那些材料爲主。但是卻不能去發射，所以就報到中央，但中央就說：你說原子彈不是用鈾二三五作的，是在胡說八道，就給他批了個「再研究」。也就沒有批准。沒批准當然就沒有經費啊，那時丁叔穎就氣了，一天到晚向我們學生發牢騷說：「我們中央都不做事的。」後來他的研究也沒有消息了。

但那時候我們學生對他很好，他也招待我們到他家裏去吃飯，我對他那套是很欣賞，不管怎樣，他是在那裏做研究，他跟我們學生上課都帶點研究精神，所以我對他很佩服。後來我到臺灣後，也學了美式的射擊法，但我回到要塞幹訓班裏去當教官，我在那裏主持所有的教學，也運用那時候我在軍校裏，所學的那一套射擊術。我到三軍大學當教官教後勤，我就想起了丁叔穎那套教學，對我是非常有用的。我是退伍以後，才研究戰略。

五大教程

我們那個時候沒有教育班長，年輕的老實講那都不算是教官，都是區隊長、隊長那些人。區隊長就算是職位高的，區隊長兼教官教術科。我們那些老教官都是「五大教程」：一個是「兵器學」，就是剛才丁叔穎那一套。「築城學」就是做工事、做碉堡，做軍事工程那些東西。「交通學」是管貨運輸的包括通信，軍隊的運輸是很重要的，我在大學是教後勤的，中共有一句話講：「千挑萬挑抓住運輸一條。」那時我們「交通學」就是管這個。另外還有「地形學」，地形學就是研究大地的地形、地貌等，地形學很重要的。另外大概還有一個是「衛生學」，我記不大清楚，五大教程裏好像沒有「經理學」。

政治教育課未強調反共

我們那時候的政治教育課，就是「三民主義」，三民主義教官大家都稱他「老教官」，他按照國父的「三民主義演講稿」講課，其實國父他寫的「三民主義原稿」後來燒毀掉了，現在我們出版的「三民主義」是他的演講稿集冊而成的，他的演講稿沒有他原本的著作那麼深遠，但是我們也沒有別的，祇有這個。另外就是蔣委員長他的「國父遺教」，包括「三民主義」、「建國大綱」以及「實業計畫」等。

現在中共說我們當時是一天到晚都在教反共教育，但我倒不認爲如此，實際上當時都是以「三民主義」爲主。七分校並沒有設計反共的正式課程，長官講話的時候，有時會提到關於中共控制的地區領土的狀況而已，並沒有全面設計反共課程。

就以我的藏書爲例，我軍校畢業要分發時，有很多書，滿滿一箱的書，裝滿一個大皮箱，那些書我都不捨得丟，雖然書很重，我硬是帶到了青島，那時我爸爸在青島逃難，我把書交給他，他就擺在房東的棚子上，就那樣子一直擺著，後來我要從青島撤退的時候，書無法帶了，房東怎麼處理，我也不曉得。我那麼一大箱的書，其中沒有一本是反共的書，都是軍事書居多，連一本三民主義都沒有，祇有國父演講稿，毫無另外的書，所以你說蔣公那時候不抗日，祇光打共產黨，那是沒有的事。

軍校有共產黨員

在軍校讀書時校方從來沒有清查誰是共產黨，所以也沒有同學因爲是共產黨被學校發現。我們這一個區隊砲科有一個同學姓劉，河北人，是共產黨黨員，我們畢業戡亂戰爭時，他就跑到共軍那邊去了，後來共產黨就發布了他擔任天津的警備司令。另外還有一個是砲五隊的，是砲兵隊中最出風頭的一個，他是全體學生代表，在學術及活動上都很優秀，很會演講。我們要撤退到臺灣來時，我們老隊長在武漢出不去，老隊長就去見他，他就說我給你辦通行證，保你到上海，老隊長是這樣出來到臺灣的。那位同學就說他自己是共產黨黨員，不出去了。原來他早在念軍校前就是共產黨員。

軍校的休閒活動

讀軍校的時候校內有雜誌，每個人發一份，當時不叫「黃埔月刊」，我忘記叫甚麼名稱了。抗戰時文化宣傳很困難，政府沒有錢印刷，我們「基本教程」用的紙就像草紙那麼黃，哪有現在那麼好的紙！

王曲離西安四十里路，抗戰勝利之前，我們在軍校都是禮拜天到西安去看電影、聽京戲。但我沒有看過有關抗戰的影片，學校也沒有話劇社，沒甚麼休閒活動！學校是有康樂室，康樂室也就是有些鑼、鼓、鈸之類的東西，可以吹吹打打，沒有甚麼別的，那時候收音機都不多。我忘了有沒有福利室？那時候整個後方並不是祇有軍校而已，如果有錢的話，軍校一定是先拿去用，但那時候物質條件很差，你不可能去搞那些休閒活動。學校也沒有播放抗戰影片，祇能聽收音機的廣播，我看過抗戰勝利的遊行，很熱鬧。

學校時常辦軍歌比賽，唱的都是抗戰的歌曲，我還記得一些歌曲，但不會唱，我現在這個年齡也唱不出來了。我記得在軍校時，流行的歌不一定是軍歌，有一首有名的叫做《玉門出塞》，那算是藝術歌曲了，但也可以算是抗戰歌曲，我們都喜歡唱這一首，年輕人都唱。

《玉門出塞》[17]歌詞就是描寫左宗棠當年征西北的情景。歌詞很好：「左公柳，拂玉門曉，塞上春光好！天山融雪灌田疇，大漠飛沙懸落照」。

---

17 《玉門出塞》的歌詞：「左公柳，拂玉門曉，塞上春光好！天山融雪灌田疇，大漠飛沙懸落照！沙中水草堆，好似仙人島！過瓜田，碧玉叢叢，望馬群，白浪滔滔！想乘槎張騫，定遠班超！漢唐先烈經營早，當年是匈奴右臂！將來更是歐亞孔道！經營趁早！經營趁早！莫讓碧眼兒，射西域一盤鵰！」

左宗棠很了不起，他要到西北去的時候，路上碰到林則徐對他說：「真正的中國敵人是蘇俄」，《玉門出塞》就引用「羌笛何須怨楊柳，春風不度玉門關」的詩來歌頌左宗棠。我們那時候對左宗棠很尊敬，很欣賞。我讀過李少陵寫的左宗棠傳記，他寫了《左宗棠》、《胡林翼》、《曾國藩》三人的傳記，這三本書我反覆的讀過。

學生薪餉

軍校的學生除了吃住是學校供應，學校每個月還有薪餉，沒有升學入伍生的時候是下士待遇，比一個上等兵要高一點，升學以後，就按照中士待遇。

七分校淘汰率高

抗戰快要勝利時，發現七分校要畢業的學生人數太多了！白崇禧和胡宗南兩個是針鋒相對的，白崇禧當軍訓部的部長，他就說軍校人數太多，我們軍力容納不了那麼多軍官，就堅持要淘汰，有目的的要縮小軍力。淘汰當然不一定公平，所以在那個時候，有些被淘汰的學生就不高興，說：「此處不留爺，必有留爺處」，就霹靂啪啦跑到延安中共那邊去了。我聽我們十七期的區隊長講，當時跑回去的確實很多。

我們考上軍校苦雖然苦，但大家精神很集中，對於效忠國家、效忠蔣公，是不二心的。學生淘汰跑回去，當時我們並沒有甚麼很惡劣的反應，反正過去就過去了。

黃埔校歌

讀軍校時每天早上升旗的時候唱國歌，晚上晚點名完了以後，一定唱校歌，現在鳳山的陸軍官校還是唱這個校歌。我現在還是會唱「黃埔校歌」：「怒潮澎湃，黨旗飛舞，這是革命的黃埔。主義須貫徹，紀律莫放鬆，預備作奮鬥的先鋒。打條血路引導被壓迫民眾，攜著手，向前行，路不遠，莫要驚，親愛精誠，繼續永守，發揚吾校精神，發揚吾校精神。」對我而言，國歌、校歌，我永遠忘不了！不過我現在老了，唱的時候音調不能控制得很好。

我曾經跟「陸軍官校黃埔校友會」到上海參加「八一三淞滬抗戰七十週年文物文獻展」紀念活動，參觀完之後有一個「黃埔論壇」，我們祇有二十幾個人，中共差不多比我們多一倍的人。那個場面不得了，我們討論得很熱烈，到最後主持人提議大家一起唱《義勇軍進行曲》來祝賀這個會議結束，他是「北京黃埔軍校同學會」的副會長，也是軍校畢業的。

抗戰時，「義勇軍進行曲」是抗戰歌曲，當時我們都在唱，但現在是中共的國歌了。聽完那個副會長的話，當時大家都沒有人吭聲，沒有人講話，祇有我們陸軍官校校友會的會長甯攸武，他質疑這個事情。他說：「我們現在是『黃埔論壇』，應該唱校歌，怎麼能唱「義勇軍進行曲」呢？我提議應該唱校歌。」他這一說，全場歡呼鼓掌一分鐘，都給他鼓掌！

甯攸武他是我的學生，我在現場眞是非常歡喜，可見我這個老師沒有白教，名師出高徒。結果主持人一看大家都鼓掌，就說：「對！對！對！我們唱校歌！」我們帶領大家唱完了黃埔校歌，很有力！從那之後，我們到大陸去，每一次都提議唱校歌，現在都不用我們提議了，主辦方主動就說要唱校歌。

抗戰勝利，裁軍、七分校裁撤

我們是民國三十六年的九月十八日畢業，爲了紀念抗戰，所以在「九一八」這一天畢業。國民革命軍在抗戰時，我們有兩百多個將領犧牲，共產黨才一個左權犧牲，我們犧牲多少人，沒有哪一個怕死。國民革命軍大部分的幹部都是黃埔軍校畢業的，抗戰勝利時，大家的心裏想的都是我們終於勝利了，把日本人打敗了，從此之後要過好日子，沒有一個人想再打仗。所以那時候才會裁軍裁得那麼厲害，不僅學校被裁掉，連部隊也裁得很厲害，後來國內的亂事就一發不可收拾了。

那時候陳誠主張「裁軍」，他是要復員[18]。大家都罵陳誠，很多人講「殺陳誠以謝國人」。此時中共在動員，因為你要復員，所以部隊霹靂啪啦全部都裁，那些軍人當兵當久了，他沒辦法找飯吃了！

抗戰勝利以後，因為要復員，七分校必須完全裁撤，學生心裏當然不願意。七分校在我們最後這一期時，剛好就是從皖北大撤退撤到陝西來，那時候還有一個陸幹班就是先丟到八分校。陸幹班設在阜陽縣的某村，陸幹班的學生差不多有好幾百人，和分校的課程訓練都是一樣的，後來他們撤退到陝西後，就併到七分校去，陸幹班大部分都是山東人，所以我們七分校畢業生山東人特別多！

經濟崩潰戡亂失敗

抗戰一勝利，物價一下跌，我們「法幣」不值錢了。到我們快分發時，那時候的幣值第一次使用「關金」[19]，「關金」好像一塊換法幣多少我忘了。我們那時發旅費那都是關金，法幣就不能用了。到了上海，還沒有開始出發，看到報紙說關金又不能用了，就發行了「金圓券」、「銀圓券」。

戡亂戰爭為甚麼會失敗？我們雖然抗戰勝利了，但是經濟是拖垮了，事實上抗戰還沒勝利，我們的經濟就崩潰了。抗戰時美國給我們的援助雖然不多，但還可以支撐，因為軍隊也有給我們一些裝備。等到抗戰一勝利，美國人都不援助我們了，經濟一崩潰，老百姓就活不下去了。

戰爭也打不下去，因為後勤都要靠經濟支援，經濟垮了，你看那麼大的部隊怎麼支援？中央軍有國防要

---

18 復員，指軍人因服役期滿或戰爭結束等原因而退出現役回鄉，武裝力量和一切經濟、政治、文化等部門從戰時狀態轉入和平狀態。

19 一九四二年四月，中央銀行定關金為一元折合法幣二十元，與法幣自由兌換，並且同時在市面流通。一九四七年一月十六日，中央銀行發行新關金券，分二百五十元及五百元兩種，規定對法幣比例為一比二十。一九四八年十一月二十日金圓券發行後，關金與法幣同時停止流通，關金券總共流通十七年。

守，北平天津那些城市也必須守在那裏，不能像中共那樣子游擊戰。所以抗戰勝利的時候，中共一發動戰爭，國軍就失利了。

畢業分發天津：九十二軍二十一師砲兵營

我們分發那時可以登記報名，但如果你自己不登記到哪裏去，它就主動將你分發。因爲我是山東人，從山東到後方來，第一站就是到九十二軍的阜陽，在那時對九十二軍部隊有感情了，因爲那時九十二軍很照顧我們學生，所以我們山東同學就號召大家回九十二軍去，就這樣子，我就分發到九十二軍去了。那時李仙洲已經不當軍長，李仙洲升做二十八軍總司令，李仙洲後來在民國三十六年二、三月份「魯南作戰」裏頭被俘了，這個戰役共產黨叫做「萊蕪戰役」，他被俘了以後就跟我們沒有關係了。[20]

我是民國三十六年分發到天津九十二軍，駐地是華北，此時軍長換成是侯鏡如[21]，侯鏡如他的孩子現在都還住在香港，每一次我們見面，我對他們還蠻懷念的，他算是我的老長官，侯鏡如後來升了十七軍團的司令，黃翔就接了當軍長，[22]我在九十二軍第二十一師的砲兵營當少尉排長。

---

20 一九三八年二月李仙洲任第九十二軍軍長，下轄第二十一師與九十五師，分由侯鏡如、羅奇任師長。該軍成立後，即調赴魯南地區，參加徐州會戰。

21 侯鏡如（一九〇二—一九九四），河南永城人。一九二四年五月考入黃埔軍校第一期，一九二五年二月參加國民革命軍第一次東征。冬，由周恩來、郭俊介紹加入中國共產黨，翌年七月參加北伐，任國民革命軍第一軍十四師團參謀長，一九三五年四月被授予陸軍少將軍銜。抗日爆發，任國民黨軍第九十二軍二十一師師長，參加台兒庄會戰、武漢會戰、棗宜會戰。一九四三年任第九十二軍中將軍長。一九五二年任中共國務院參事。一九五四年任第二屆全國政協委員。

22 一九四八年夏，九十二軍爲配合國民黨軍在東北戰場的作戰，奉命進至冀熱遼地區，主力集結與平古、北甯路沿線。同年九月，侯鏡如升任第十七兵團司令，黃翔接任第九十二軍軍長時，該軍調往北平擔任守備任務。

我們這一批一共六十個人分發到九十二軍，從重慶沿長江下去經由上海，再坐船到青島，到青島時我還回家，那時我家人在青島逃難，我跟家人見了面，然後就到天津去報到。

我們畢業分發到全國各地，最糟糕的是分發參加延安去作戰的同學，後來打敗了，那些同學都和我們失去聯絡。本來我填的不是九十二軍，我是希望分到臺灣來，因為我是砲兵科，臺灣那時有要塞，我還沒有見過要塞砲，所以希望到臺灣去，那時臺灣也比較安定，但是我們同學堅持要我到九十二軍。

我有個同學郭德熹在上海撤退時，因為他的部隊士兵搶劫，所以他被槍斃了。另外吳寅吉到臺灣當到少校連長，高祺紱也來到臺灣。張卓是我們黃埔軍校第七分校的副主任，他是國民革命軍第一軍[23]，任陸軍中將，後來他投共了。

七分校同學在臺灣

我們七分校第二十一期的同學，到臺灣的最早差不多有八百多人，比其他分校多，但到現在有些人已經去世啦，有些人也聯絡不上了，我那個砲兵隊就有五六十個人，後來都死了！我曾經做過二十一期同學會的會長，我們砲六中隊那時候開始編制是一百零八個人，後來中途去世的也有，但是大致還好，一直到畢業。我們那班年紀最輕的是十九歲，我是二十歲，這個有照片都是假不了的，我常常碰見有好多是冒充的，他說他是軍校哪一期，但你在同學錄上都查不到他。

---

23 國民革命軍第一軍首創於一九二七年，軍源是來自黃埔軍校教導團，一九二四年十一月二十日，黃埔軍校以該校學生組成教導第一團，何應欽任團長。十二月二十六日成立教導第二團，王柏齡任團長。六月，王隆璣接任第一六七師師長。抗日戰爭時期，一九四二年四月，張卓接任軍長。

談八分校與三分校

黃埔所有的分校都是蔣公兼校長的，八分校的主任是羅列[24]，他在臺灣當過陸軍總司令，老早去世了。抗戰勝利八分校被裁撤之後，就併到七分校了，他們就行軍到七分校去報到，就把它編到二十一期去。[25]八分校的地點[26]好像是在武漢附近山，不是在武漢市區，八分校畢業的學生在臺灣還不少。

三分校，王昇[27]就是黃埔三分校，是政戰科，早期三分校的還有柏隆鑣中將，當過憲兵司令，陳守山也是三分校的十六期[28]。三分校不大有名，提起它都說沒有印象，三分校還沒有等到抗戰勝利，就老早裁撤了，他沒有併的問題。

戰幹團有女生

七分校本身沒有女生，但是戰幹團有女生，戰幹團不能說是軍校，後來蔣夫人替他們爭取，把他們列為七分校十五期，後來我們七分校組成「王曲聯誼會」，那些老大姐還來參加，她們是戰幹團畢業的，全名是「政戰幹部訓練團」是十五期的學歷，十五期是七分校最早的一期，所以就把她們算十五期。戰幹團主要是女生。

---

24 羅列（一九〇七—一九七六），黃埔四期生，曾任陸軍總司令，一九三七年任第一軍少將參謀長，一九四一年負責管理軍校第八分校，一九四五年升任第一軍軍長，並晉升為中將，一九四九年擔任西安綏靖公署副主任兼參謀長。

25 一九三九年十月，蔣介石派徐祖詒為黃埔第八分校主任，後由康澤擔任。一九四四年，國民政府對軍事方面，採取精兵簡政的政策，所有軍事機關大量縮編，一切不必要的機構該合併的，幾個單位合併一處。第八分校於一九四五年六月奉命裁撤，該分校十九期學生則合併到西安王曲第七分校二十一期。

26 八分校在湖北省的北部漢水南岸的均縣以西二十公里，通往武當山的草店鎮。

27 王昇於一九三八年底考取「軍事委員會戰時幹部訓練第三團第二期」（即「軍委會戰幹第三團」），該團次年遷到江西瑞金，改組為「中央軍校三分校」，結業時被列為中央陸軍軍官學校第三分校第十六期政訓總隊，成為黃埔軍校的一員。

28 陳守山，臺灣臺北人，於一九三九年撕毀日本護照，投入江西瑞金黃埔軍校十六期，時年十八歲。

升將軍的二十一期生

我們軍校從前有個謠言說「發雙不發單」，就是說「單數期別」的比「雙數期別」容易發展、升官。但後來有變，像我二十一期就是單數期別，還有我們戰略學會的中華理事長是二十五期，他們那一期的有好幾個升上將。我們二十一期祇有一個是上將，就是趙萬富[29]，其他都沒有升上去，趙萬富是本校的，不是七分校的，其他的都是到中將爲止。我們七分校來臺灣的最高就是少將，除了我還有張德廷[30]，張德廷已經去世了，二十二期就出了五、六個上將，。

其實當軍人，能夠升到將軍，已經不錯了！我能當到中華民國的少將，眞是祖上燒了好香，我很滿足！我的運氣很好，我是民國十五年十二月二十六日生，陽曆應該是民國十六年一月二十九號，我軍校畢業二十一歲，但是來到臺灣後，政府希望年輕的幹部能多幹幾年，所以他說你這個十五年生不合理，不合學歷，他核定我民國十六年生。他把農曆變成陽曆，結果我的身分證上變成是十六年一月二十九號，無形中我就減少了一歲，沒想到後來我升少將時，就是差那一歲我就升了，如果我還是十五年生的話，那就沒有啦！我的運氣還不錯。其實這個年齡，很多人都不是完全眞實的！

我們七分校二十一期，抗戰勝利了，我們還沒畢業，大概還再念了一年多，我覺得學校在抗戰期間和勝利之後，對我們的教育方式，並沒有甚麼不同。用地形來設計部隊，戰術上攻擊日本人，就是日本人攻到哪裏，

---

29 趙萬富，一九二八年生，雲南南華人，陸軍二級上將。一九四四年五月成都中央軍校第二十一期步兵科，陸軍指揮參謀大學畢業。一九四三年于原籍參加國民黨，曾任營長。一九四九年由廣州到臺灣，歷任第十九師後勤官、師副參謀長、副師長等職。二〇〇一年七月增聘爲國民黨第十六屆中央評議委員。

30 張德廷，一九二七年生，湖北荊門縣人，軍校二十一期，陸軍參謀大學正十八期，歷任排長、連長、營長、旅長、軍校教務長、師長、副司令官。

我們就要打到哪裏。從「武漢會戰」之後，到日本人占領武漢，後方很多人，士氣就開始低落，尤其是汪精衛跑去投降日本人，也影響士氣。所以蔣委員長就特別講「抗戰到底」。他那時對部隊訓話或者是對黨的大會，就講堅持「抗戰到底」，這些演講都是些國際情勢與抗戰情事，因爲那時大家都快支撐不下去了，所以他重複很多次那個「抗戰到底」。

民國二十九年好像是九月一號，德國進攻波蘭時，那時候蔣公講演就說：有可能會世界大戰，所以他的戰略就是從獨立抗日到與同盟國共同抗日，而且要與世界大戰同時結束，我們中國才有希望，他後來就是這麼作的。

那時日本人打到獨山、重慶，很多人心裏都毛毛的，所以後來日本人偷襲珍珠港，引發二次世界大戰，美國一參戰，我們和美國聯盟，外交上那時候我們都知道，我們報紙都有的。

黃埔精神

黃埔軍校歷來非常標榜「黃埔精神」，具體來講「黃埔精神」是：「犧牲的精神」、「負責的精神」，以及蔣公所提倡的黃埔校訓「親愛精誠」。國父的黃埔校訓就是我們的國歌，軍校開學的時候，他親自宣布的校訓，就是「三民主義吾黨所宗，」後來我們把它弄成國歌。依當時國父的想法，黃埔軍校最重要的就是「建軍」，建立國民革命軍，早期我們叫「校軍」，國父後來就講改叫「黨軍」。到了北伐時，國父就不在了，按照國父的遺囑，把「校軍」也好！「黨軍」也好，通通是「國民革命軍」，中共那些人也都編在「國民革命軍」裏，「國民革命軍」的政治主任或者是黨代表，很多選的都是中共。

國共戰爭的經驗

我經歷過兩場國共內戰：「遼瀋戰役（遼西會戰）」與「平津戰役」，中共說：「三大戰役就把國民黨趕走了！」三個戰役打完了，也決定了全局。所謂三大戰役除了上面兩次，再加上「徐蚌會戰（淮海戰役）」。

（一）遼瀋戰役（遼西會戰）

那一場戰爭打下來，東北就被占了，不過我沒有在遼西那個戰場，我是在南北，我們那時候是南北夾擊。我們國軍華北部隊被派去增援東北戰役，從葫蘆島登陸，從錦西向北邊錦州打，說是在錦州會師，錦州那時被中共包圍，瀋陽方面有廖耀湘兵團的國軍部隊向錦州打，兩邊夾擊。

在遼瀋戰役（遼西會戰）中，我是九十二軍，另外參加還有六十二軍及五十四軍，從葫蘆島登陸，從錦西向北打，打到錦州就打不過去。中共是牽制長端作戰，我記得那個砲兵管制所，就在塔山上面，瞪眼看著中共，我們有飛機，中共根本就沒有飛機，但我們的飛機都不敢低飛，低飛就會被中共的高射砲打到，中共那些高射砲都是接收自日本關東軍。我們的飛機看起來很漂亮，飛得高高的，投兩個彈，也沒有甚麼用。

中共的戰略是：在抗戰時以全副的精力建立敵後游擊根據地，是「一分抗日，兩分應付，七分發展」，發展敵後游擊根據地，如此後勤問題、情報問題都解決了。中共的部隊找到你，就有辦法牽制、包圍、伏擊，所以「遼西會戰」他也是伏擊。抗戰勝利就等於國民革命軍戡亂作戰失敗的開始。

（二）平津戰役

廖耀湘兵團在黑山被伏擊殲滅了，錦州就完蛋了，[31]我們小兵還能打甚麼？因為我們是華北部隊，所以就從葫蘆島上船，由海上撤退，到天津登陸，那時平津還沒事，東北失敗了之後，下一步就是平津戰役了。

我們實際上沒有參加平津戰役的戰鬥，林彪的部隊從北邊壓下來，沒多久，北平傅作義就投降了。但美其名說是「局部和談」，傅作義宣布說：「我們跟共產黨和平談判，我傅作義負完全責任！你說我是失敗也好！勝利也好！我負完全責任。」那時我們都在裏面，他就派了一架飛機控制了我們中央軍四個軍長，這四個軍長

31 一九四八年九月十二日，遼瀋戰役開始，解放軍包圍錦州，廖耀湘奉命前去解錦州之圍未果，被解放軍反包圍於黑山、大虎山一帶。錦州戰役後，廖耀湘兵團撤退，十月二十六日，廖耀湘部被全殲，廖耀湘本人被俘。

就是九十二軍、十三軍、十六軍、九十四軍，其中九十二軍的黃翔軍長改投傅作義，其他的三個軍長，就坐上那架飛機被送走了，士兵則留下。[32]

因爲傅作義宣布「局部和談」，中共處理大部隊就說我們是俘虜，但我們都不同意說是俘虜，中共以傅作義的名義下命令給各部隊，指示我們九十二軍開到北平北邊的順義縣，和其他兩個軍合編成一個兵團，我那時候就是跟著團，團開到哪裏就跟到哪裏，兩個團改成一個師，然後再告訴我們開到哪裏，其他各個師也都是這樣子。

那時我們軍校同學有六十個人分發到九十二軍，我們就聯絡說：「我們不跟他們走，年輕人不怕，不怕被他抓回去。」決定逃走，這很冒險，我們是三五個人一起，從順義縣連夜就到了北平，北平人多他沒有檢查，我們就到了火車站，上車就到了天津。

那時候逃亡，就無法穿軍裝了，我因爲個子矮，很難找到合適的便衣，我平時也沒有準備，臨時要走就拿我的行李給老百姓換了一件長袍當便衣。那是甚麼時候了，還有人穿長袍？但沒有別的辦法，就這樣穿上去了。

一路上還不錯，一直到過了天津，它的馬路是從城外通過的，城牆上有站衛兵，我們在這裏就出問題了，我的便衣一看就不合適，衛兵就把我叫住，他說你有沒有「路條」，我就說：「你們不是宣布不用路條嗎？」

32 一九四七年十二月，傅作義任華北剿匪總司令部總司令，五省軍隊悉數歸其指揮。新編三十二師在傅作義指揮下，於淶水戰役中遭到解放軍殲滅。一九四八年底至一九四九年一月的平津戰役中，傅作義的部隊接連遭受失敗，在一九四八年十二月下旬，先後喪失新保安、張家口。一九四九年一月二十一日，傅作義在北平中南海宣布與中共方面達成《關於和平解決北平問題的協議》，決定北平和平解放。一月二十二日，傅作義部按照和平協議開始撤離北平，不願與中共合作的北平國軍將領李文、石覺等人離開北平，到達青島。

他說：「誰說？我檢查你！」其實我身上有一個假「路條」，那是我同學用肥皂刻的「假路條」，我們一人有一張，可是我不敢拿出來，因爲曉得是假的。我就放在口袋裏，他一檢查就把我檢查出來。他說：「你明明就有路條，怎麼說沒有呢？你這分明是假的，不行！你不能走！」他們三個急得不得了，衛兵他要叫我到公安局去。

那個城牆都被砲打平了，走到空地上，他想想說：「我再檢查檢查你！」其實他剛剛檢查我時，看到我的身上帶著一塊東洋日本手錶，那塊手錶的帶子壞了，我就把它放在口袋裏，他把那個錶拿起來，他說：「你這個錶賣給我好不好？」我曉得這回機會來了，我說：「你們又不發餉，我送你啦！」他說：「你不要說我貪污喔！」，我說：「你說甚麼話！這是我送你的嘛！」他就說：「好啦！好啦！你走吧！」就這樣放我走了，我講的這是眞實的！

關於徐蚌會戰（淮海戰役）[33]，我的看法是此役中共靠伏擊，先打垮黃百韜兵團，黃百韜兵團是從東向西走，集中走到碾庄，在行軍中就被殲滅。黃維第十二兵團在宿縣，是從漢中向這邊集中，到了雙堆集就被埋伏殲滅了。[34]最後被殲滅的是李彌十三兵團和邱清泉第二兵團，邱清泉所部是很優秀的。[35]

---

33 徐蚌會戰，中共稱淮海戰役，自一九四八年十一月六日開始，一九四九年一月十日結束。

34 一九四八年十一月六日淮海戰役開始，徐州剿總總司令劉峙令黃維兵團向徐州集中，黃維率第十二兵團，於八日由駐馬店出發，經蒙城、宿縣向徐州靠近，到達阜陽，將兵團司令部進駐南坪集。解放軍在雙堆集將黃維兵團包圍，十二月十五日整個兵團徹底覆滅。

35 邱清泉，一九〇二—一九四九，陸軍二級上將，浙江溫州人，黃埔軍校二期工兵科畢業。抗戰期間參加昆侖關戰役、滇緬龍陵戰役。一九四八年參與淮海戰役，十二月撤出徐州，在河南東部徐州蕭縣被華東野戰軍第一縱隊包圍。一九四九年一月十日凌晨，邱清泉向南突圍，陣亡。

還有一個兵團說要秘密的撤退，一撤退馬上被共產黨知道了，走到陳官庄[36]那個地方，馬上就被殲滅掉了。中共在抗戰時就建好了戰爭面，不管是動員、情報、支援各方面都有辦法，你找不到他，他找上你，你跑不掉。

青島歸隊撤退來臺

我們四個人一塊回到濟南，到濟南就可以坐火車了，坐膠濟鐵路可以通到濰縣，沒有碰到任何障礙。到了濰縣就有交通的汽車送到青島的外圍，不能再前進了，後頭我們自己走，到了青島，中央設了一個「回歸官兵收訓大隊」，專門收容從解放區出來的人，幫忙處理安排要回到哪個部隊？由我們自己聯絡。

本來我們要到上海去，剛好我碰見一個同學，他說：「你們不要走啦！」因爲我是砲科，就把我介紹到「青島要塞」，我老早就想到「要塞」去，就這樣留在青島。我和一個姓王的同學，我們兩個就留在「青島要塞」，一直到民國三十八年的端午節，才從青島撤退到臺灣來。

我在端午節那一天，從青島坐船到基隆，那艘軍艦叫「延平輪」，原本是民船，結果我們那艘船三個渦輪，壞了兩個，祇剩一個渦輪，我們在海上漂流七天七夜，中共在上海廣播說我們船沉了，事實上沒有沉，祇是慢慢的晃到基隆。我們那個部隊是「要塞」，所以沒有跟劉安祺他們撤退到廣州[37]，他們從廣州經海南島到

36 陳官庄在河南省永城縣東北，一九四八年十二月至一九四九年一月，國軍徐州杜聿明集團三個兵團部，十個軍、二十五個師、一個騎兵旅，共二十六萬餘人，在陳官庄被解放軍斃傷其中六萬餘人，俘虜十七點七萬人，投誠二點四萬人。

37 劉安祺，一九〇三－一九九五，山東微山縣人，黃埔三期。歷任八十七師二六一旅長，九十七師長，五十七軍長，七十一軍長，青年軍二〇五師長，第七兵團司令官等職，一九四九年六月一日指揮青島大撤退，到臺後任至陸軍總司令。一生事蹟可參考張玉法、陳存恭訪問，黃銘明紀錄，《劉安祺先生訪問紀錄》一書，臺北，中央研究院近代史研究所，一九九一年六月出版。

臺灣。我們「青島要塞」另外還有一些警察，以及司令部的勤務單位，我們就自己到基隆，到基隆再把我們分發到「高雄要塞」。

抗戰勝利七十年的感想

民國三十四年一月一日我在軍校升學，那時候我們同學就認為日本人一定會失敗，抗戰一定會勝利，大家都有這個信心。

今年是抗戰勝利七十周年！作為一個抗戰的見證人，從一個軍校的入伍生升到少將，在抗戰七十周年的前夕，我以一個見證人的觀點，回想到日本人講要滅亡中國，他打上海花了三個月，才感覺中國不是那麼好對付的，所以他想要滅亡中國，那有很大的問題，中國是不能滅亡的，滅不了的。從那時候開始，日本人一心想跟我們談和，但他們的部隊跟天皇的立場不一樣。大本營是希望談和，但談和那些人提出的條件根本就是叫我們投降，他的條件，是我們無法接受的，他們還罵我們不識抬舉。其實他就是想叫我們不戰而屈，不要用太大的武力，就叫我們中國屈服投降，結果沒辦法。

日本人一直打下去，雖然這時候有些人心裏感覺毛毛的，怕我們的仗打不贏，但蔣公還是堅持要「抗戰到底」。在這當中，一面抗戰一面談判，有些人都說蔣公要投降了！非投降不可！尤其是汪精衛「武漢會戰」以後投降了，大家都以為蔣公撐不下去，但他最後撐到底，「抗戰到底」那四個字何等重要，是我們最重要的元素。

27 戴笠與軍統局東南幹部訓練班：陳舍華先生口述史

受訪：陳舍華先生
採訪：林德政
記錄、撰稿：盧淑美
訪問時間：二〇一五年四月十五日
訪問地點：桃園市南崁陳宅

陳舍華先生出生於民國十一年（一九二二），受訪時九十三歲。他出身浙江永康書香世家，祖父是清朝秀才，外曾祖父是清朝舉人。這篇訪談呈現許多珍貴之處。

第一、對舊時科甲中人思想言行的描述，他祖父是秀才，卻加入同盟會，掩護革命黨，這與同是浙江籍的北大校長蔡元培進士出身，卻投身

【圖27-1】陳舍華先生抗戰時期容光煥發的軍裝照，時為陸軍少校。（陳舍華提供）

革命創立光復會一樣，莫非是受到蔡元培的影響？他的外曾祖父是舉人，教子有方，耕讀傳家，子建「留耕堂」。

第二、對永康與金華兩地民初風情的描述，如說「永康縣城」（城門、城牆）在他少年時尚存在，城內也有城隍廟，古鎮太平鎮今已因爲中共建水庫而淹沒庫底。

第三、抗戰初起，他投考中央軍校成都本校十八期，考上卻因父親反對無法就讀，乃改投考軍統局的「東南幹部訓練班」第一期，局長戴笠到班巡視時，說「你們是黃埔一期」，從此見證可以想見戴笠心中確實有建立自己勢力的念頭，而他言必稱「戴先生」而不直呼其名，由此可見軍統中人對戴笠的尊敬，他談及戴笠關心部屬的故事，亦可見戴笠善於籠絡人心。

第四、他任職「忠義救國軍」，派駐在江蘇，要與日僞軍周旋，他曾被日憲逮捕五花大綁送入牢裏，判無期徒刑，若非日本戰敗，恐喪失生命。另外中共的新四軍時來襲擊忠義救國軍，搶武器，雙方時有衝突。（林德政撰）

祖父是秀才，曾加入中國革命同盟會

我是浙江省永康縣東嶺鄉上馬村人（現改爲浙江省永康市棠溪鄉上馬村），民國十一年二月十四日出生於太平鎮外祖家，今年九十四歲，我原名叫陳金榮，後來報考「東南幹部訓練班」時才改名爲陳舍華。過去的金華府有八個縣，我們是其中之一的永康縣，小學畢業後，始隨父母遷回祖籍「上馬村」居住。祖父諱師傑，字俊夫，年十七舉秀才，憤清政腐敗，國將不國，曾參加同盟會，對革命志士多所掩護。生平淡泊名利，課讀自娛，講解經傳之學，譬喻精闢，發人深省，所爲詩文及酬酢諸作，飄逸圓渾，出乎自然。居嘗以「戒憤制慾，毋矜毋躁，滿損謙益」，懸爲家訓。大陸沉淪後六年，即民國四十三年，因處境險惡，抑鬱辭世，時年九十三歲。父逢孫，字吉甫，事親至孝，執教鄉里多年，頗著清譽。母呂桂仙，係太平鎮望族遜清廩生呂師授（字啓宜）之獨生女，亦即遜清舉人永邑宿儒呂念修之孫女。樂善好施，教子有方。我有兄弟五人：長兄家彥，從商。二兄家璋，曾任中國大陸災胞救濟總會秘書長及副理事長，乃是谷正綱先生的主要幹部。四弟家貽，陸軍指揮參謀大學畢業，曾任陸軍供應司令部經理署上校組長。幼弟驚濤，青年之時病故。尚有一姊淑雍，適賈宅賈志前，亦已病故。

故鄉

上馬村是個山地，稻米較少，多以種植玉米、花生、地瓜爲主，記憶中我家鄉有一個特別的農用器具「水碓」，就是利用水流力量運轉石臼，磨玉米粉或舂米，上馬村雖然地方不大，但就有三個「水碓」，兩岸開放我回家鄉時，都已拆掉看不到了。家鄉也出產竹子，可以拿去市集賣錢。

上馬村沒有城隍廟，永康城裏才有城隍廟。我小時候的永康縣城還在，城牆保留著，現在都拆掉了！家鄉冬天很冷，下雪結冰，尤其我們是山地特別冷。可是夏天很涼快，那時候沒有電風

【圖27-2】陳舍華先生（右）與訪問人林德政教授（左）。（攝影：陳邦鈺）

扇，但是很涼爽，可稱得上是避暑勝地。

我們小時候每逢過年時，長輩會發給每個小孩子紅包壓歲錢！我記得拿到的紅包大部分是銅板，大概幾十個一筒，最多五十個，後來年紀大一點的時候，就有銀元了，銀元上面鑄有袁世凱、孫中山的像。

父母是父輩「指腹為婚」

我父母的婚姻，據說是我的爺爺和外公到金華去考秀才時結緣，我的祖父當年十七歲，那時沒有公路全靠水路，他們在坐船從永康到金華的路程上，談得十分投契，很合得來。那時我的外婆和我的祖母同時都懷孕了，他們兩個就約定：假使生出來都是男孩子，就讓他們結拜為兄弟；如果兩個都是女孩子，就結拜為姊妹；假使是一男一女，就讓他們結為夫妻。

結果我的祖母生下我父親，我的外婆生我母親，所以兩人是「指腹為婚」的。父親家鄉在山地裏面，是比較貧窮，而我母親娘家就不一樣了，是很富裕的。

我爸爸逢孫字吉甫，事親至孝，執教鄉里，頗著清譽。母親呂氏是獨生女，個性開朗，樂善好施，是位賢妻良母。

我的祖父有三個兒子、六個女兒，我爸爸是最小的兒子，我媽嫁到上馬村這個大家庭，每天一、二十個人吃飯，三個媳婦要輪流煮飯，但我的母親是個富家千金，甚麼都不會。他們新婚沒有多久，我外公、外婆就和我祖父商量，把我父親、母親接到太平鎮我外婆家去住，所以我們五兄弟還有我姐姐都是在外婆家出生。我的家鄉上馬村是山地，生活比較苦，而我們外祖家太平鎮就很富裕，所以我們從小都沒有吃過苦。（現在太平鎮已變成太平水庫了）

後來外公外婆都去世了，我十二歲自太平小學畢業後，父親就帶我們全家回到上馬村老家居住。我考上永康中學後就在永康縣城裏念書，所以實際上我在上馬村祇住了四年多的時間。

書香世家

我的外公呂師授是遜清舉人永邑宿儒呂念修之子，是書香世家，他們有一座很氣派的宅第，名叫「留耕堂」。令人感傷的是，現已沉入太平水庫底了，至於我的祖父陳師傑，十七歲就考上秀才了，學問非常好，每到暑假時，很多有錢人家的子弟都到我們家向祖父求學，祖父就利用暑假教他們四書、五經，所以在我們家鄉方圓一百多里，我祖父是很有名氣的，地方上有不能解決的事，都請我祖父幫忙調解。我十二、三歲時，祖父要我背誦論語、孟子，學毛筆字，後來我出去念中學，就很少回家了。我很後悔，如果當時能多向祖父學習就好了。

求學

以前在我們家鄉都是私塾，直到後來我讀中學以後才有「棠溪小學」。我們那個時候讀書，都是要走路，沒有車的，從上馬村到永康縣城大概要走一天，約一百華里左右，有一年的農曆除夕，學校宣布放假，我同我的表弟兩個人走路回家，從上午十點鐘左右，走到途經他家青山口（就是我姑姑家）時，已經是吃晚飯的時間了。

我為了要趕回家過年，那時膽子很大，就一個人走回家，一路上兩邊是山，沿著溪邊走入蜿蜒曲折的山路，非常的累，一直走到山頂看到我的弟弟已提著燈籠來接我了，因為全家人都在等我回家吃年夜飯團聚。回想起那時年輕膽子眞大，要是現在我就不敢了，因為後來聽長輩說：那條路上，有「野狼」出沒，很危險的！

兩岸開放後，我帶兒女們回鄉掃墓，他們都問我：「爸爸，您們在這個山坑地方是怎麼長大的？甚麼東西，甚麼娛樂都沒有。」我也祇待了四年，那邊眞的祇能作農事，家境好的就讀私塾。我的外婆家太平鎮就不一樣了，那是個大地方，很大的鄉鎮。

抗戰時期的中學生活：浙江永康中學

抗戰時期我唸「永康縣立中學」，我們的師資非常優秀，有大學來的教授、講師，通常縣立中學師資不會那麼好，那是因為杭州淪陷了，省政府遷來我們家鄉永康方岩，滬杭的老師都逃到永康，沒有工作，所以「永康中學」請他們來當老師，那時我們的數學、國文、英文、歷史、地理都是大學的教授及講師教的，所以我在「永康中學」打下良好的學識基礎。我自永康中學畢業後，考入「省立金華師範」，時局日益困境，金華、永康都危在旦夕。

我們天天都在躲警報，尤其是大太陽的日子，最怕日本的飛機來襲，日本的飛機看到人就用機關槍掃射，看到房子多的地方就丟炸彈炸，日本人實在很殘忍。後來金華、永康相繼淪陷，我們就變成流亡學生。當時金華有兩條路逃生，一條是沿浙贛鐵路逃往江西到湖南，另外一條路是從公路到溫州出海，或是從麗水到山地的龍泉。龍泉是個大縣，「龍泉寶劍」和「燒窯」是很有名的，地形和家鄉上馬村一樣四面是山，比較安全，浙江省政府也是朝這條方向撤退的，因此我們也跟著流亡於此。

滿腔熱血考上中央軍校十八期

民國二十九年，中央軍校成都本校第十八期在麗水招生，我就去報考。我也知道報考軍校就是當軍人要打仗，那時年輕就祇有一腔熱血，沒有考慮到生死，也沒有想到「危險」兩個字，人是年紀大了，才會考慮生死，同時我想進軍校，也是想要去重慶找我二哥，其他就沒有甚麼可考慮的了。

投考軍校要考國文、英文、數學這三個科目，另外有體格檢查，是基本的身高、體重、視力等，也有口試，口試問你：家世、學歷、經歷等，主要是問家世，也大概問一下考軍校的動機。因為我當時是流亡學生嘛，他們考試的目的是專門收留流亡學生的。考試結果，我很幸運的以第三名錄取為中央軍校十八期生，正期待入學當軍校生。

表哥作梗，無法讀軍校

遺憾的是，我的軍校錄取通知被我表哥扣住，所以沒去成都讀中央軍校。我表哥名叫應榮培，他當時在省政府的建設廳做事，建設廳在麗水白雲山辦公。所以我去考軍校時住他家裏，我考取軍校的錄取通知是寄到他家裏，他收到後藏起來不告訴我。原因是我父親拜託他看住我，所以我表哥就扣住我的錄取通知。後來我到麗水城裏去，碰到有個也是去考軍校的同學，他問我說：「你怎麼沒有去呀！」我說：「到哪裏啊？」他說：「你不是考取軍校第三名嗎？」我說：「我都不知道耶！」後來我就問我表哥這個情形，才知道是被表哥阻擋，去不成軍校。

反抗家裏訂親

我表哥阻擋我讀軍校的原因，和我父母爲我訂親有關，我十四歲時，家裏就將我和一個表妹訂婚，她是我小姑姑的女兒。後來我知道了，我怕父親，也不敢講甚麼，但我和母親講：「我不要！」母親問：「爲甚麼不要？」我說：「她不識字，她小學都沒有唸，不認識字，我不要！」母親說：「你要認識字的，有甚麼用？像你二嫂是師範畢業，現在去重慶那邊，對我們家裏都沒有幫忙。」

以前老一輩的人都很自私，想娶一個外甥女進來，可以幫忙做家事，都是爲他們著想。但我祖父很開明，我的表妹是他的外甥女，他同我講：「她身體太弱。」後來她是得肺病死的。所以我去考軍校時，我父親竟然叫我表哥看住我，不讓我走。我當不成軍人，感覺到遺憾，對我表哥很不滿、起反感。我想父親叫他看住我，那我還有甚麼前途？所以我決定要離開麗水表哥家，去當流亡學生。

流亡學生

於是我就和我一位同學從龍泉進去，那邊祇有一條路，山裏面有雲和、景寧縣，那地方比我們上馬村還要落後，我們兩個人就帶著豬油、番薯，一點米就離開了。我們走到腳底都磨破，累得都吃不下。那時兩個人膽子很大，翻山越嶺，終於到了福建建甌，但剛好前一天，那裏被日本人飛機轟炸過，地上的火都還沒有熄滅，所以我們也不敢停留。

我們再繼續走到福建的建陽，當時教育部在建陽收留流亡學生，憑學歷證件申報。每人每天可領一塊銀元當生活費，但無法供住宿，需自己想辦法。我找到一個表姊夫胡水歙，他是留日學法律的，在建陽縣政府當軍法官。當時抗戰時期待遇很低、生活艱苦，祇能答應我們到他家裏打地舖，其他就沒有能力照顧我了。我那個時候因爲經過翻山越嶺，身體已經很虛弱，就拉肚子，腸胃很不好。

投考軍事委員會「東南幹部訓練班」

我的目標是想到重慶，去找我的二哥，那時他在政府社會部工作，所以我想到重慶去讀書。結果我表姊夫跟我分析，他說：「憑你的身體、憑你的經濟，你沒錢，中途還有很多風險，你不可能到重慶。我勸你打消這念頭，軍事委員會的東南幹部訓練班正在招生，你可考慮到那邊去，也許有機會到重慶。」，於是我就決定去報考東南幹部訓練班，簡稱「東南班」。

但我的同學他不跟我去，他要讀書，等教育部分發，可是我的證件被教育部拿去了，也無法報考「東南班」，這時也不知爲何他身上有一張「處州高中」陳金華的學歷證明，他就把「金」字改爲「舍」變成「陳舍華」，於是我就考進「東南班」，這就是爲何本名陳金榮改名爲陳舍華的原由。

我從建陽坐船渡過甌江到達東峯鎮，也就是「東南幹訓班」訓練之基地了。剛開始學生們暫以當地「天后宮」及祠堂與寺廟做爲宿舍與教室之用，我們都要參加勞動服務，開闢大操場，以及下鄉到山裏砍竹子，那時人才很多，會用竹子造房子，將竹子劈開後一個個黏好，拿稻草黏泥巴塗上來當牆壁，我們的宿舍、教室也就一棟一棟的蓋起來。

「東南幹部訓練班」的訓練

（一）絕對忠誠

我在「東南班」時，教官他們倒沒有常常說要效法黃埔的精神來辦訓練班，他們祇有要我們把黃埔的精神發揚光大。他們說黃埔精神就是：「忠於國家、忠於領袖、忠於三民主義。」所以我們訓練出來的人絕對忠誠。

「東南幹部訓練班」簡稱「東南班」，我是第一期，這一期將近一千名學生，男生人數大概七、八百人，女生大概有一、兩百多人左右。同學以江蘇、浙江籍爲主，其次是當地的福建生。

（二）分科成五隊

「東南班」的教育就與軍校一樣，軍事訓練從基本教育開始。班主任是由軍統局中將局長戴雨農先生兼任。副主任第一任是金樹雲少將，第二任是桂運昌少將，本班共有五個中隊，還有一個女生隊，每隊有三個區隊。軍事教育結束以後就分系：第一隊是「情報系」，第二隊是「行動系」，第三隊是「郵電系」，第四隊是「電訊系」，第五隊是「政治系」。

我是第五隊「政治系」，第一隊「情報系」年齡稍大一點，學歷較高，還要有社會經驗的，才能做情報。第二隊「行動系」，膽子要大，體格要好，像爆破，到敵後淪陷區做破壞工作等。第三隊「郵電系」，都是女生較多，派在後方檢查郵電。第四隊是「電訊系」，用發報機通信，第五隊就是「政治系」，我們一共在那邊受訓將近三年多。

我在「東南班」三年多，訓練是和軍校一樣。軍事訓練課程是如果上午有，下午有，晚上就沒有。晚上就是晚點名以前要跑步，跑幾十圈，跑完以後點完名就休息。睡覺是上下層的通鋪，冬天福建的氣候很像臺灣，不會下雪，天氣好。

早點名、跑步

每天早晨聽到起床號聲響起，就馬上起床梳洗、整理好內務。緊接著就是集合前往大操場，由每一隊值星官向大隊長報告人數，再由大隊長向副主任敬禮報告。副主任訓話完後，大隊長再講話，然後就開始分隊跑步。

隊長常對我們說：「你們要訓練自己的恆心，堅持跑到最後！不要感覺太累了，就偷懶退下來，一定要堅持跑到底。」所以我在中途不會停下來，此後我做事很有恆心，跟那個跑步訓練有很大關係，很有幫助！做完早操，回隊部裏去休息十來分鐘後吃早餐。早餐我們是六個人一桌，裝菜的大盆子都是木頭的，菜都擺好了，值星官就下命令：「立正、轉向、坐下，可以開動。」。還有我們每一個人都有一張小板凳，小板凳是可以收起來的，吃飯、上課、大操場集合時都要帶著。

白天各中隊集中在大操場接受軍事教育後，專業課程就分系授課。如有共同科目像是「三民主義思想教育」等，就集中上課。

吃八寶粥，穿草鞋

我們的伙食，由學生自組的伙食委員會辦理，一天三餐，但當時主食米飯統稱「八寶飯」，因爲裏面有沙子，還有別的雜物，那時眞的是覺得苦。我現在不吃空心菜，是因那時天天都是吃空心菜或豆芽，吃怕了。

不管春、夏、秋、冬，祇有兩套衣服換洗，尤其是冬天，眞是可憐啊，冬天是棉軍服，無熱水可洗澡，衣服裏面都生蝨子，不要說我們男生，女生也一樣咧。等到出太陽時，大家就在下課休息曬太陽時，把衣服翻出來抓蝨子，我們是這樣苦過來的。還有我們整年都是穿草鞋的，冬天腳都破了生凍瘡，有時候光腳，現在回想起來眞的吃足了苦頭！

星期天的勞動教育

星期天都要勞動，沒有休息，不上課不出操就做別的事，有時是回營房裏面修房子或到山上去砍竹子，或者是幫助農民做些事，換些農產品。現在我身體還不錯，就是靠那時候訓練出來的！

戴笠先生說我們是黃埔一期

在「東南班」時，我們早上要唱軍歌，晚上是唱班歌，這是隊上統一的，班歌我過去都會唱，現在忘記了。軍歌主要就是唱和黃埔軍校一樣的校歌：「怒潮澎湃，黨旗飛舞，這是革命的黃埔，主義需貫徹，紀律莫放鬆……」。開學的時候，戴笠先生親來主持。他對我們說：「你們東南幹訓班第一期，將來也是黃埔一期。」他跟我們這樣講，是給我們打氣。[1]大家都覺得我們跟了戴先生是很光榮，因為他是一人之下，萬人之上。

畢業典禮

我是民國三十二年（一九四三）畢業，記得畢業典禮那天，戴先生偕「中美合作所」副主任美國海軍准將梅樂斯（Milton E. Miles）一同到班，他親自主持。

我印象很深刻，班上第一名的同學上臺致詞後，梅樂斯將軍將他自己的一把手槍贈送那位同學做紀念，他說：「這樣是送來給你們，當作你們無上的光榮。」

---

1 戴笠對東南幹部訓練班第一期的學生說「將來你們也是黃埔一期」，這一方面可以解讀為戴笠亦有野心，想自樹班底；另一方面則顯示「黃埔一期」的招牌，在民國三十幾年的時候，已經是時代風尚、社會品牌，例如餐飲界培養後進，有他們的「黃埔一期」，武術界有他們的「黃埔一期」，各行各業無不有他們的「黃埔一期」。筆者一九七七年在臺灣就讀政治大學歷史研究所第二屆時，所長閻沁恒教授就常說第一屆是他的黃埔一期，第二屆是他的黃埔二期。可見即使到了一九七〇年代，這種黃埔一期的稱呼還在，可說是深入到文化裏面了。

典禮上，戴先生每一個隊點名，並開始分發工作，有的同學到重慶、有的派到浙江、上海、南京等。當念到我名字時，我舉手報告戴先生說：「報告戴先生，我因年輕，沒有社會經驗，希望能到重慶去多學習。」他說：「你爲甚麼不早說呢？現在都已經定案了。太晚了！到重慶工作的，就要走了。」戴先生很慈祥，也很愛護學生像對兒女一樣親切，聽他這樣講，我就沒有話說了。

分發到忠義救國軍

我們分發工作的地方，各地都有，有的在後方，有的到前方，我們大部分是分發到浙江淳安「忠義救國軍」總指揮部工作，按照政府的規定是陸軍中尉的待遇。浙江淳安四面環山，內有一條新安江在一九五九年建了水壩，就變成今日的「千島湖」，也讓整個古城沉入湖底了！那時候我們游擊隊總指揮部就在山裏面，我們到那邊軍事委員會「忠義救國軍」報到，總指揮是黃埔軍校一期的馬志超中將。

我有很多同學被派到敵後如杭州、上海等地工作，或派到游擊隊打游擊去。我是派在總部「調查室」的人事部門工作。

打游擊被日軍逮捕，五花大綁

抗戰時，中美兩國軍事情報合作成立了「中美合作所」，爲了配合盟軍登陸之準備，又成立了「淞滬指揮部」，我被奉派到該部所屬的「殷總隊」，深入敵後杭州、嘉興、湖州一帶及上海郊區松江青浦鄉下，從事游擊工作。當時那個區域都是水路，交通工具全靠船隻，白天不能行動，祇能在夜間。

離青浦鄉下有個地方叫做章練塘，現在叫練塘，一次執行任務時，我就在那裏被日本青浦憲兵隊逮捕，我們被抓去的人約有十人左右，其中有一個參謀想逃出去，結果在大腿中了一槍，他後來被送到杭州日本醫院開刀，因動脈破裂流血而死了。我們從鄉下被捕到青浦，一路坐船，到了青浦街上兩邊是店鋪，中間是條河，我們每一個人都是被五花大綁，老百姓都在岸上觀看，那時年輕一點都不畏懼，自認是無名英雄，就抬頭挺胸給他們看。

進入青浦日本憲兵隊關入牢房，我就與難友們講：「他們若問起我的身分時，要說不認識我！說我是鄉下地方小學教員，給他們游擊隊抓來的，我叫陳念民。」後來日本人來審問我，我就講是被他們游擊隊抓來的。日本人當然不相信，就用日語罵說：『巴格野魯』。罵得很難聽的，還『啪啪』打我耳光，又用皮鞭抽打，但我始終堅不吐實。還是說：「我就是小學教員陳念明」，後來日本人又一個一個問，他們都說不認識我，讓我逃過一劫。

日本青浦憲兵隊審完後就把我們送到「松江日本司令部」，審問後又轉送到「嘉興高等司令部」，結果那邊就是底線了，就是所謂的無期徒刑，最後我們被送到杭州清波門一〇七號牢獄服刑。

還記得那間牢獄是用柱子一根根蓋起來很大的牢房，大家都關在一起，地上鋪著草。我們剛進去牢裏時，負責關我們的是一位大隊長，湖南人，是漢奸，他同我們講：「你們來到此地就可放心了，有甚麼老實話都可以講出來，我會照顧你們的！」但我不相信這番話，仍堅持是陳念民的身分。

日本投降

時序進入一九四五年的中秋節，有一天聽到外面在放鞭炮，我問警衛：「爲甚麼放鞭炮呢？」他說：「日本投降了！」我們的興奮眞是非筆墨可以形容的。

有一個警衛，是我們浙江永康鄰縣武義人。他對我說：「我們出去。」我說：「怎麼可以出去？」他說：「你跟我走好了。」我就到嘉興，再到青浦地區找我們的游擊隊伍。後來聽說我工作的「殷總隊」，在挺進江蘇丹陽地區時，被共產黨的「新四軍」殲滅了。

我在「東南班」時，一個教我們日文的老師，他家住在磐安縣，是從我們家鄉再進去的一個地方，走路、坐轎子一定要經過我們「上馬村」的，抗戰結束後他比我早回家。結果他的爸爸，走路陪他到我家鄉，到我家裏，我祖父、父親招待他們住一個晚上。他把在「東南班」教日文的經歷及我的情形告訴我祖父。

後來我回到上海，有一次碰到他，他就說：「你還不回家去？」我說：「我從牢裏放出來，沒有像樣衣服、也沒有工作，怎麼有臉回去啊？我總得安定下來，有點基礎，再回去啊。」他說：「家鄉是不在乎你這個啦，祇在乎你的安全。」抗戰剛勝利，我沒有回家去，過了一年多，我才回永康老家去。

忠義救國軍與新四軍的衝突

抗日戰爭期間，江南京滬杭地區都是「忠義救國軍」的天下。至於江北一帶則有「新四軍」，但他們的裝備老舊，而我們都是新裝備：美式的卡賓槍與左輪手槍等。「新四軍」會利用機會，以多吃少的戰略手段來吃掉我們「忠義救國軍」，以奪取新武器。所以我們要對付日本人，又要對付漢奸，還要防新四軍。「殷總隊」被消滅就是鐵證之一。

抗戰勝利接收

後來我在青浦區找到友軍總隊安頓下來。抗戰勝利後，「忠義救國軍」、「新四軍」都不准進上海，上海的治安由周佛海負責。周佛海是汪精衛的大掌櫃、財政部長，他已經向戴先生投降了，戴先生給他一個「忠義救國軍」「上海行動總隊」的總隊長之職。

那時周佛海有一批武力部隊，叫做「財政部稅警總團」，他有這一批武力「稅警總團」與投降的日本軍來維護上海的治安。後來是我們「忠義救國軍」叫作「平定部隊」先進去接收，正規軍到上海時，再接收日本人的倉庫和軍用品。那時我在青浦鄉下，從來沒有到過上海，很好奇，我就隻身進入上海看看，那時上海很平靜，電線桿、樹上、牆壁都貼滿：歡迎杜月笙先生回滬，以及軍事委員會忠義救國軍上海行動總隊長周佛海治安的公告。

杜月笙是上海幫會的老大，他和戴先生是好朋友，後來我們軍統局「中美合作所」，辦事處就設在上海杜美路七十號（現改名東湖路）杜月笙的公館裏。後來我就奉派在此行動組參加「肅奸」工作。

戴笠對敵人冷酷，對部屬及友人坦誠熱情

戴笠是我們的班主任，也是軍統局的局長，他對敵人是狡猾冷酷的，但對部屬及友人則是坦誠熱情的。他常訓勉我們：「團結即家庭，同志如手足」，所以他把屬下當成子女般愛護。

我講一個小故事：戴先生他下面有一個很資深的機要人員，學問很好。抗戰勝利以後，從重慶過來的那些人，過去大家都是穿破破舊舊的中山裝，到了上海以後，都變個人了，穿得西裝畢挺。但這時那個人還穿中山裝，結果有一次到南京去，大家一起到飛機場送戴先生，戴先生一看到他，發現別人都是穿新的西裝，他還穿重慶的那一套衣服。戴先生把身上錢拿出來，還要人事室主任他們身上多少錢都拿出來交給他。他拿給總務處處長，說：馬上給這個人做幾件新衣服。並說：「你們都穿那麼好，他穿那麼寒酸，怎麼對得起他？」戴先生當面這樣講的，可見戴先生多麼愛護部屬，他是非分明。他最討厭政府裏面的貪官污吏，反對他的人就怕他，因為對於走私、貪污的，戴先生就會把你抓起來，不管你是皇親國戚，非常鐵面無私，所以那時蔣委員長就相信他。

民國三十五年三月十七日，戴先生在乘專機由青島飛往南京途中，飛機失事身亡，消息傳來，舉世哀痛不已！戴先生去世後，南京的局勢愈來愈惡劣危險，蔣委員長派張治中、邵力子等五個人，都是很有地位的人，派他們去北平談和，但和談破裂後，他們全部都變節了。[2] 聽說那時蔣委員長，經常去中山陵附近戴先生的墓前走來走去，他心裏想戴先生如果不走的話，他不至於兵敗如山倒，像這局勢，那是蔣委員長公開說的。

---

2 一九四九年四月一日，張治中、黃紹竑、邵力子、章士釗、劉斐等五人，代表南京國民政府到北平與中共談判，張治中是首席代表，當晚與中共代表周恩來(首席)、林彪、葉劍英、林伯渠、聶榮臻等會面，會議從四月二日開到四月十五日，因中共條件太苛，南京國民政府無法答應，和談破裂。之後張、邵、章、劉等人投共未南歸，而中共亦隨之發動渡江之役。張治中著有《張治中回憶錄》。

周恩來也講過類似的話，報紙也有登出來。他說：「戴笠之死，讓共產黨的革命，可以提前十年成功。」可見戴先生的爲人，現在很多人認爲他是「殺人不眨眼」，可是並不是這麼一回事，他是一個忠貞忠良，了不起的人物。

「軍統局」，就是軍事委員會調查統計局，是在民國二十一年四月一日成立的，所以每年的局慶時都會大肆慶祝，後來改以戴先生去世的那天三月十七日做紀念日，來臺後，每逢「三一七」，假臺北士林芝山岩「情報局」舉行大會時，前後兩位蔣總統都會親臨主持。後來因政黨輪替，不能再在情報局舉行紀念大會，就由「忠義同志會」接手辦理。

中央警官學校特種警察人員訓練班

抗戰勝利後，前軍委會的各種訓練班學歷不能正式採用，經中央方面研究給我們的學歷是「中央警官學校特種警察人員訓練班」的畢業證書。東峰一期就是特警班第五期。後來臺灣治安單位，如警界的刑警隊長、局長等多是特警班出身的。

抗戰勝利後，「忠義救國軍」改編爲「交通警察總局（交警總局）」，分屬十多個總隊，負責鐵、公路治安任務，維護全國海陸空的安全。總局局長是黃埔一期的馬志超中將，也就是在抗戰時期「忠救軍」的總指揮。[3]

在上海「肅奸」工作結束後，我奉派首都衛戍司令部青年訓導隊任隊長職，繼入交通警察第十一總隊擔

3 馬志超，一九〇三生，陝西華陰人，黃埔軍校一期，一九二七年任長江要塞司令部特務營長，一九三〇年任蔣介石侍從室副官，一九三一年任開封保安司令。一九三五年加入軍統，任陝西省會警察局長，一九三六年「一二九」運動一周年，西安各界示威，要求停止內戰，一致抗日，馬率部鎮壓。一九四三年任「忠義救國軍」總指揮。戰後調任國民政府交通警察總局副局長、局長、交通警察部隊指揮。一九四九年到臺灣，任大陸工作發展研究室主任，一九七三年九月四日逝。

任政工。又於民國三十七年冬，奉派交警總隊第四總隊，駐防前方河南「雞公山」擔任政工室主任。因局勢逆轉，遂撤退湖北孝感、岳陽，以及湖南衡山、長沙。

亂世流離

時局混亂，蔣總統已下野，由副總統李宗仁代總統。因國共和談不成，李宗仁稱病赴美就醫不歸，群龍無首，大家不知何去何從。

我在民國三十八年（一九四九）八月下旬，由已在臺工作的兄弟代辦入臺證來臺灣。我從基隆上岸，坐火車到臺北，當時感覺臺灣眞是舒服啊！安安靜靜的跟天堂一樣，與大陸的兵荒馬亂截然不同。

28 走過抗戰與白色恐怖的歲月：蕭道應夫人黃素貞女士口述史

採訪、撰稿：林德政
訪問時間：二〇〇二年十一月十六日、十一月三十日，二〇〇三年一月三日。
訪問地點：臺北市嘉興街蕭宅

黃素貞女士生於日治時代，幼時隨父母遷居中國大陸福州，在福州受小學及中學教育，中日戰爭爆發，被日本當局強迫搬回臺灣，因在臺北教授普通話（國語）結識就讀臺北帝大醫科的先生蕭道應，結婚後兩人投奔祖國大陸參加抗戰。這篇訪談呈現出的幾個重點：

第一、日治時代的臺灣，即使殖民統治下的菁英，仍然藏不住祖國意識，要放棄醫生的美好前途，投奔祖國，置身不可知的未來，他們盲目地踏上祖國，祇有一個單純的信念：參加祖國的抗戰。卻料不到在廣東被當成日本間諜，差一點槍斃掉，臺灣青年的純眞，可愛又可敬，而祖國大陸的落後，令人感到不可思議。

第二、白色恐怖時期的臺灣，祇因爲國共的殊死鬥爭，讓不同政治信仰的眾多人民不是遭受屠殺，就是關入大牢十幾年，青春的生命虛擲，令人浩嘆！如今事過境遷，他們有受「不當審判補償條例」得到補償的，還算不幸中的大幸，更多的人是早已埋在荒煙蔓草之中了。然而眾多的所謂「思想犯」卻是終生不悔，始終是一個大中國主義者，吾道一以貫之，不禁令人敬佩，黃素貞女士的先生蕭道應就是著例。

第三、更特別的是：黃女士說出她先生蕭道應和鍾浩東有矛盾，彼此沒話說。

第四、訪談中她明確指出李登輝前總統曾加入中共地下黨，介紹人是李薰山。（林德政撰）

【圖28-1】黃素貞（中）、李南鋒（左一），兩人都是丘念台領導下的東區服務隊成員，右一是訪談人林德政。（林德政提供）

謝謝你來訪談我，接受你們歷史學者的訪談，實在很好，像我先生在世時有學者想訪問他，他就推辭，總是說晚一點再談，現在沒心情講。結果等到想講的時候就無法講了，身體不行就過世了。

父親在福州開設「美香齋餅店」

我出生於民國六年，父親黃貢，是臺北汐止人，我從三歲就跟著父親從臺灣去福州，學會福州話，我爸媽也都會。父親在福州做生意，住在福州臺江汎，此地很熱鬧，我爸爸在那裏開餅店，後搬到閩江分流處的中洲，是在大橋與倉前橋中間的一個洲。我們福州的房子早先是買的，後來改用租的。

因父親有中到類似愛國獎券的叫「添財票」，面額兩萬五千元，在當時算很多，我父親拿這兩萬五千元在福州開設「美香齋餅店」，生意很好，但很多人找我父親借錢，借到沒錢時，銅錢也好，錢放在我家床下，借錢的人就用扁擔來擔，因爲開餅店會有很多零錢，因沒錢就借那些。

我就在福州讀完小學以及中學五年，唸完高二，因爲中國抗日戰爭開始，爸媽被迫要回臺灣，我們在一九三七年七月十三日搭乘「盛京丸」回臺灣，船從福州馬尾開往臺灣，船上的乘客都是臺灣人。當初要回臺灣時，都把家當賣掉了，因爲當時日本規定祇能帶一祇皮箱。

福州東瀛公學校

小學我在福州就讀「東瀛公學校」，是日本人在中國福州創辦的，學校全名叫「福州東瀛公學校」。學校大約有學生兩百多個人，共有六個年級，男女合班。學校設在福州蒼夏洲，學校離中洲約有一點路，路程大約是臺北市嘉興街走到師大。福州「臺灣公會」也建在在學校旁邊。

東瀛公學校的授課內容計有：國語、算術、修身、體育、音樂等。課本與臺灣不同，他們有重新編。學校沒有日本學生。倉前山才設有日本人小學校。

我們上課談到中日關係時，老師會有歧視中國的言論。日本老師對漂亮的女學生比較好，我們很氣老師偏心。我的級任老師井之口先生比較不會偏心，他是我六年級的老師。我本來喜歡照片，在福州時也拍了很多照片，但要跑路離開福州時，相片寄放在福州我家隔壁先生（臺灣人老師）他那裏，結果後來也沒再回去福州，包括我東瀛公學校的畢業照也就沒了。

我讀東瀛公學校那時，開始有了反日抗日思想，這可以說日本人教育失敗。

東瀛老師不會體罰學生，在臺灣本島公學校反而會體罰。東瀛裏面也收中國學生，設一個特定班級，也是唸六年，不知有沒有一百人，他們那些中國人似乎是爲了拿到臺灣籍才來念。我那時認識幾個孤兒院的孩子，他們是福州人，有十幾個，也在東瀛公學校讀書。

學校叫學生在校得說日本話，在家中則福州話、臺灣話都說。我在學校講日本話，老師不會說福州話。東瀛公學校校長都是日本人擔任，我現在已忘記校長的姓名。

東瀛公學校畢業的同學辦有「同窗會」，過去常開會，但是這十年沒開會。常與我往來的同學有楊昭英，她比我早一屆，曾在福州博愛醫院當護士，她後來嫁給姓杜的臺灣人，常找我，我在臺北市通化街住時，她不時來找我，最近這幾年不常來，十年前我有一次去北投洗溫泉遇到她，但她不記得我了，我和我女兒一起送她回家，她不知怎麼搞的，竟然不認得我了，我說我是黃素貞啊，她還是不認得我，不知是否癡呆了，她年紀比我大五歲。

還有一位洪花子與楊昭英同屆，我們畢業典禮時，有唱驪歌。

陶淑女中

東瀛畢業後，我沒回臺灣讀中學，而是繼續在福州升學「陶淑女中」[1]讀書。這是英國人辦的，是教會學校。學校在福州倉前山無頭霧嶺。我住宿舍，要爬到山上有一個很斜的斜坡。華南大華、英華中學也都在附近。

---

1 陶淑女中又稱陶淑女校，是一八九〇年英國聖公會在福州創辦的一所女子中學。

華南大學與我們最近，英華高中、還有格致（中學），也都在倉前山那一帶。陶淑女中校長是福州人，但是英國人在那裏擔任師姑，是英國教會派來的，擔任教師。這所女中是由一位很老的朗師姑創立。陶淑女中教育學生很嚴格。

華南大學信「美以美教會」，管教比較輕鬆，我們學校比較嚴。週六要從學校回家，還要家人來帶才可以，不可學生一人單獨回家。

讀陶淑女中時去廈門參加運動會，我們女中贏了比賽。就在那年我學會「義勇軍進行曲」這首歌，我學會這首歌是在抗戰之前。[2]

陶淑女中要念六年，我讀到高二，還沒有畢業，因為日本發動戰爭被叫回臺灣。

緣分

在福州時，有一位老先生是福州人，他毛筆字寫得很好，吃住都在我家，睡在一張長椅子上，後來該椅子生虱子，衛生比較不好。光復後，此老先生之孫子到臺灣，大概參與接收，住臺灣不習慣，想回福州去，就一直找我爸爸，想把他國賓大飯店後面的巷子的房子給我爸爸黃貢，當時我爸爸也從上海回來了，還沒有住處，因此機緣就住到那裏。

福州臺灣名人柯保羅

福州住有一位臺灣名人，名叫柯保羅，他女兒和我同學，家裏有風琴，我常去他家彈風琴，他女兒後來嫁給教會牧師的兒子而住到嘉義。聽說柯保羅之後到上海擔任汪精衛的秘書。柯保羅他是臺北淡水出身的基督

2 「義勇軍進行曲」是一九三五年創作，作詞田漢，作曲聶耳，是抗戰爆發之前的歌曲。中共在一九四九年九月二十七日把它定為代國歌。歌詞內容號召中國人民奮起抗日，曲調雄壯慷慨激昂，為大眾所愛唱。臺灣當局早年因為中共定為國歌而禁唱，實則它在中共建國之前早已存在。

【圖28-2】蕭道應（左一）與黃素貞（右二）在「佳冬蕭宅」老家享天倫之樂，蕭抱次孫蕭君泰，黃旁為長孫蕭青毅。佳冬蕭宅為國家三級古蹟，始建於清朝咸豐年間。（蕭繼光提供）

【圖28-3】年輕帥氣的蕭道應（左一）與幸福洋溢的黃素貞（右一）。（蕭開平提供）

徒，我見過柯保羅，他與我爸爸是朋友，有喜慶兩人都會相聚在一起。

柯保羅有沒有擔任過「臺灣公會」會長，我不知道，祇知他有娶妾，也有回來臺灣過，保羅太太對他很生氣，妾的年紀比他女兒還小。

林吉田，他的第二女兒林基澄與我熟，她嫁給新竹人，先生姓楊。其大伯當教授，頗有名，是臺大醫科畢業的楊思標的弟弟，楊思標是臺北帝大醫學部醫科第二屆，他任過臺大院長與教授。

林基澄還健在，年紀比我小一兩歲，偶爾與我通信。因她女兒及兒子在美國，她拿到美國國籍，後來她搬到養老院住，兩夫婦都搬到那裏，就比較少跟我聯絡了。

林東貴，此人有去過東北，也去過青島，與日本人比較有往來，回臺灣說要教國語，他也教人學習國語，也出一本書是教人家學國語的書，他也當通譯。日本人贊成他教中國語，他教中國語比較公開，我比較秘

【圖28-4】臺北帝大醫學部第一屆畢業五十年紀念。前排左二蕭道應，右四李辰，右五李鎮源，第二排右二中原光雄。（蕭繼光提供）

密。我的中國語是偷偷教的，會有警察來查問，我沒有掛牌，他有掛牌。

回到臺灣教「國語」，認識先生蕭道應

當時我已在福州多年，不想回臺灣上學，我是不得已回到臺灣。

我回到臺灣後就去外婆家，外婆家在淡水，她說很多人在學普通話，他叫我去教普通話即國語，我乃到臺北租屋教書。那個房東他是臺灣人，租屋給我並幫我招生。我先生蕭道應（以下稱先生或蕭先生）聽到有人在教普通話，就來跟我學，我們是這樣認識的。

我當時教書常常在自己家裏教，在外面找了三、五個學生就教起來，那時很多人跟我學。

先生當時是臺北帝大醫科三年級，後來一些帝大同學知道我在教書如宋瑞樓、邱仕榮等人也跟著來學。臺北高等學校的學生也被介紹來學。宋瑞樓醫師被稱爲肝病之父，他是我先生的下一屆。蕭先生過世後，我準備在一月一日爲他開一個追思會，想找他臺北帝大的同學來，希望在會上講句話，可是找不到人，因爲很多都已經過世了。

先生臺北帝大醫科的同學

先生臺北帝大醫科的同學有：

許燦煌，他後來從醫生轉行從商，經營「味王味素」致富，當董事長，他太太也是醫生。

翁廷藩，其哥哥也是醫生，他爲人比較有政治思想，他曾經爲我先生看病打葡萄糖，比我先生早過世。

邱仕榮，新竹人，他是婦產科醫生，邱仕榮與妻子都不在了。邱比我先生多兩歲，當到臺灣大學附設醫院院長。

蕭華銓，他是內科醫生，在三重埔開業。

李鎮源，臺南人，蛇毒權威，中央研究院院士。他太太李淑玉是心臟科醫生。

【圖28-5】黃素貞與夫婿蕭道應及其子女合影，前排右一蕭開平，後排左二蕭繼光。（蕭繼光提供）

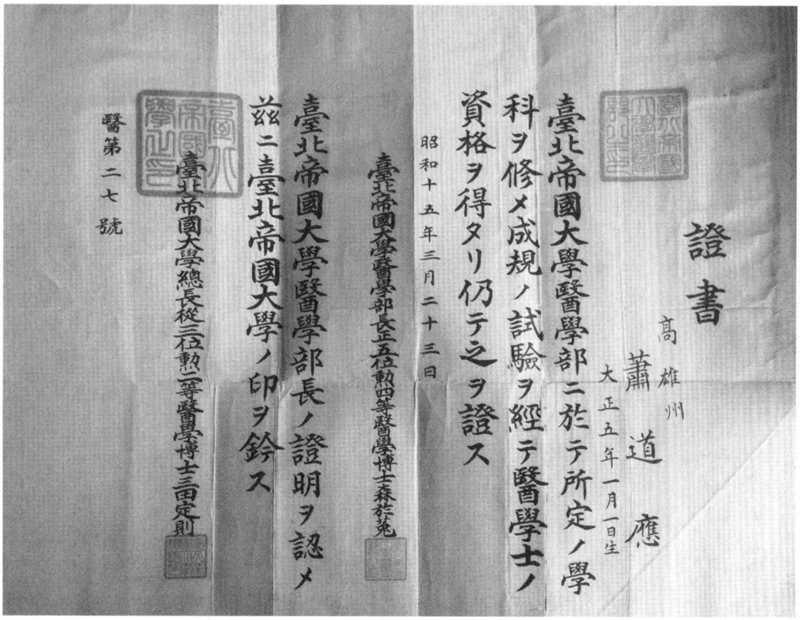

證書
高雄州
蕭道應
大正五年一月一日生
臺北帝國大學醫學部ニ於テ所定ノ學
科ヲ修メ成規ノ試驗ヲ經テ醫學士ノ
資格ヲ得タリ仍テ之ヲ證ス
昭和十五年三月二十三日
臺北帝國大學醫學部長正五位勳四等醫學博士森於菟
臺北帝國大學醫學部長ノ證明ヲ認メ
茲ニ臺北帝國大學ノ印ヲ鈐ス
臺北帝國大學總長從三位勳二等醫學博士三田定則
醫第二七號

【圖28-6】1940（昭和15）年3月，蕭道應自臺北帝國大學醫學部畢業，此為其畢業證書。（蕭繼光提供）

許強，他在白色恐怖時犧牲了，很可惜。[3]

邱林淵，嘉義人，眼科醫生，白色恐怖時逃到中國大陸之後，改姓名爲李辰。

與蕭道應一起唱〈義勇軍進行曲〉

我教書時會談政治思想、也有教唱歌，我當時與先生第一次合唱歌曲是在夏令營，是教會學校辦的，唱的是現在大陸的國歌，即「義勇軍進行曲」，我與他唱這首。我教他們是單用口傳。我們都很高興。蕭先生說他祖父蕭讚堯是被日本人殺死的，在屏東佳冬土地公廟抵抗日本人。蕭先生的祖父蕭讚堯，在《佳冬鄉志》應該有寫到他的事蹟，他阿嬤年輕就守寡，很疼愛蕭先生。

婚後再回到中國大陸

我先生他那時對中國很有感情，他不穿日本衣服，穿中國衣服，我高中未畢業，也想回中國再讀完它，蕭先生也想回中國去，但是杜聰明教授跟我先生說：「要讀到出業才回去。」[4]等蕭先生讀完後，就找了幾個人一起回去，如：鍾浩東還有蔣渭水女兒蔣碧玉，加上李南鋒，總共五個人，三男二女。

爸媽還在臺灣，但沒一技之長，也就想到上海做生意。主意定了，爸媽覺得我們應該先結婚，讓人家知道我女兒嫁了，蕭先生說也不要請客，要打破封建意識，因此我們的婚禮很簡單。後來要回大陸時，就買金條，燒軟以後夾放在屁股裏面，可以在大陸時當日常費用。

父親回上海後，從事甚麼工作我不清楚，但應該是介紹房子的，仲介吧。我父親在上海一直住在四川路，

3 許強，臺南人，臺南二中畢業，考上臺北帝國大學醫學部，澤田教授稱讚他，若運氣好可拿到諾貝爾獎。戰後加入中共地下黨，以所賺之錢提供給蔡孝乾，白色恐怖時被捕，一九五〇年十一月二十八日被槍斃，時爲臺大第三內科主任、副教授。參見顏世鴻著《霜降》，未刊稿，一九九七年，頁九四。許強子許達夫也是醫生。

4 「出業」，臺語。意思是畢業。

因擔心我找不到他，所以沒敢搬家。後來我告訴丘念台我父親住上海甚麼地方，若去上海就找我父親，告訴我父親說我們都平安。

出發之前，日本軍隊當時已打到上海，而當時人在上海的謝南光還未聯絡上，並且要出境時，警察也刁難，問我們去中國做甚麼？先生說想到那邊看看，後來我們送警察好酒才通過。好不容易從基隆到了上海，可是約好的鍾浩東遲遲不到，正憂愁不知如何是好之時，鍾浩東來了電報，約去香港會齊。當時已經到了八月，再不去就沒路了。

從上海南下香港，進入廣東成俘虜

我們在香港九龍坐粵漢鐵路的火車進入中國大陸，在沙漁村下車，再於淡水坐船到惠陽，遇到「惠淡指揮部」要檢查，問說哪裏來，我們說臺灣來的，要去重慶參加中國抗戰。他說好、好，並說要幫我們安排住的，當晚就睡在一家廟裏，晚上要去廁所時，奇怪怎麼有人跟監，覺得怪怪的，阿兵哥有的會說客家話，就問他說爲甚麼要跟？他說因爲你們是間諜，所以才跟。

第二天指揮部問我們話，他們用廣東話問，我們用國語答，中間有翻譯才能通。問了幾天，說不行，說你們的話前後不一致，你們有日本間諜嫌疑，現在不能自由。你們要坐牢，坐牢的地方，男生用一個大地板，一腳放入一個孔裏面，就是腳銬，我們兩女生坐牢沒用腳銬，女生也睡在地板上，幸好那時是秋天，還未很冷。隔天又叫去問話。

貴人丘念台擔保

丘念台[5]原來在博羅，他父親丘逢甲是抗日志士。他組織「東區服務隊」，這時他因公到淡水，審我們的

5 丘念台的「丘」是後來寫法，戰前大都寫「邱念台」，戰後才改成「丘念台」。「邱」與「丘」二姓同源，清朝雍正年間，因爲避孔子諱，把「丘」改爲「邱」。

陳法官對他說抓到五個臺灣來的間諜：丘參議，你們臺灣青年人被捉一個人可以有五千元的獎金，五個就是兩萬五千元。丘聽了覺得奇怪，他說臺灣青年有愛國思想，他就說他想問我們話，他問話時用國語，問完他說不一樣唷，這些青年都是很好的，不會是間諜，如姓蕭的是醫生，很愛國，我要擔保他們，但祇能擔保一半，因爲他們還未有工作表現，我要寫信給蔣委員長，告訴他此事，這些青年要參加抗戰。就這樣丘念台就保住了我們，免受死刑，但要送我們去桂林再審，因蔣委員長在桂林，那年我們就在桂林過年。之後在韶關獲釋，分在南雄的陸軍總醫院工作。

不久丘念台寫信來要我們去前線，但不能帶孩子去，就這樣參加了「東區服務隊」，當時隊部在羅浮山腳下的徐福田。

東區服務隊的工作做了一陣子，到中國國民黨臺灣黨部成立，丘念台先生被任命爲臺灣黨部執行委員，就帶了蕭先生與他一起去到福建的永安就任。

東區服務隊與東江縱隊的成員

丘念台人很好，對我們東區服務隊這五個臺灣人很好。

有關「東區服務隊」與「東江縱隊」的成員，我所知道的情形：

許伯齋，他也當保國民學校校長。

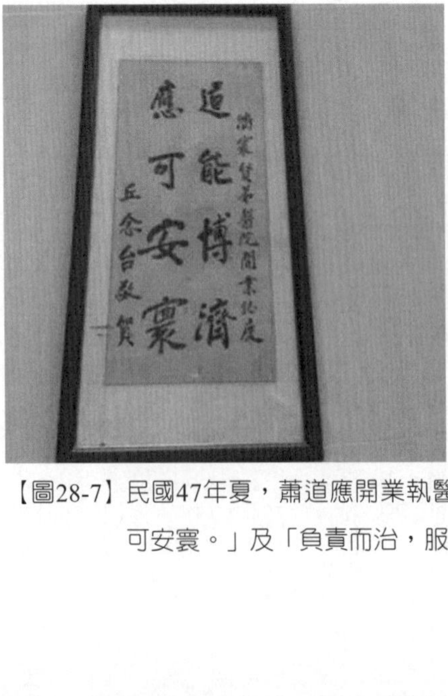

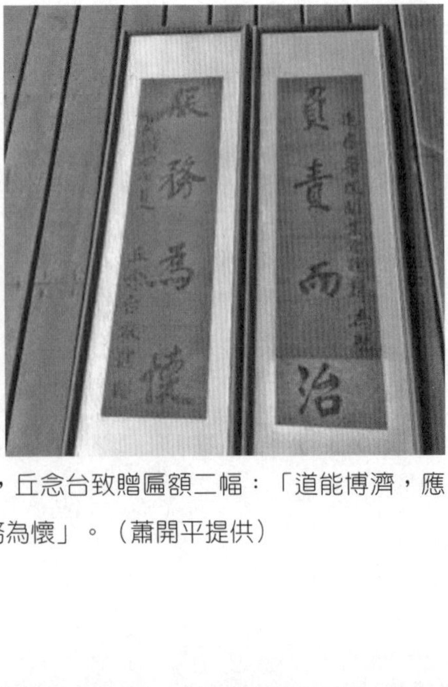

【圖28-7】民國47年夏，蕭道應開業執醫，丘念台致贈匾額二幅：「道能博濟，應可安寰。」及「負責而治，服務為懷」。（蕭開平提供）

高信，是國民黨黨員，他會說丘念台的壞話。

郭贈生，他與我們比較親近，此人耿直，他說他一個叔叔在東江縱隊，郭到臺灣來找過我們，他在南部找了塊土地，要自己種作，後來得病，把土地送給我們。

鍾尉璋，他是老師。他曾加入共產黨，但在臺灣不願讓其他人知道這件事，他先參加東區服務隊，後又參加東江縱隊。他後來參與打游擊，打打打！戰後來臺灣，現在還在，未到八十歲。

東江縱隊的領導叫曾生，另有王作堯。曾生的姪子則在東區服務隊，與我們常在一起。

臺灣人也有人參加「東江縱隊」，像張旺那些臺灣人就是，張旺已故。

廣州臺籍官兵集訓總隊

戰後東區服務隊解散了，廣州由張發奎負責接收，念台先生講說很多臺灣兵、軍屬、看護婦等現在都在廣州，不可讓他們流浪，應用臺籍官兵名義集中起來，成立「臺籍官兵集訓總隊」，加以集訓，以便回到臺灣做有用的人。先生被派爲中校訓育主任。看護婦都是女生，最先組起女子大隊來，國民黨也派了姓符的男生大隊長，三個人都姓符，還有一個女子大隊長。

「集訓總隊」就在花地集中，是一個工廠，那工廠很大，隊員自己煮飯吃，大家都嫌吃不飽，就到河流裏摸蛤，因此生病得了霍亂，死掉了幾個人，蕭先生說：「不可以再吃生的蛤」，但有些人不聽，慢慢又死掉幾個。

從廣州回臺灣

民國三十四年日本投降，三十五年大家都想回臺灣，同鄉會改造貨輪成客輪，叫「沙班」輪，載同鄉回臺灣。

船一直沒開，很多人說肚子餓，我把女兒惠區放在船上，僱小船下去準備飯食給大家吃，結果弄好後，船卻要開了，眼看船快要開了，樓梯也收起來了，當時我女兒還在船上，怎麼辦？幸好船上的人用繩子把我吊上來，這樣才平安回到臺灣。到臺灣原本是要到基隆上岸，風浪很急，最後改成到安平上岸。他們發免費的火車票給我們，可以坐火車回家。

我從臺南坐火車到屏東林邊，下車就看到姑婆拿背帶，說等了兩天了，等我帶著小孩回到家，我們先回到佳冬家中。一個多月後，我先生與伯父才到。因為他們大陸那邊要淘空我伯父在廣東的財產，他趕回去處理。

我爸爸那時才從上海回來，住在臺北市中山北路的國賓大飯店的後面。

先生當臺大法醫

回臺灣後，蕭先生去找臺大醫學院杜聰明教授，說他現在怎麼辦，杜說你同學現在當教授，有的在泌尿科，有的在婦產科，現在法醫缺人，你就到法醫去，要從講師開始做起，在臺大醫學院法醫學的部門。他當法醫就是這樣開始的。

後來他到調查局任職，每次抓到煙毒犯，都要叫他檢驗，他所在的第四處第四科就是法醫部門。

白色恐怖逃亡山區

白色恐怖時我和先生逃亡，當時是民國三十八年十月，我記這麼清楚是因為我大兒子繼光出生剛好滿月，也是剛好要開學之際，兒子他是國曆九月二十二日出生的。夫妻倆開始逃亡，我就背著大兒子逃，逃亡一開始時是躲在北部山區，後來輾轉南北，藏過鴨寮，我就在鴨寮回顧參與革命的過程，後來又跑到苗栗山中躲藏。大兒子繼光就交給佳冬的公婆帶。

被捕後，我先生以共產黨被逼自新，最初我先生說不要，最後迫於形勢不得不接受。陳福興、曾永賢都去審問過政治犯，郭乾輝之前是共產黨，他先被抓，國民黨迫其投誠再叫他去審問、誘降其他嫌疑犯。當時臺灣很多知識分子加入地下黨，是沒有私心的，都是人才。許多被槍斃了，是很可惜的。如先生的帝大同學許強是很好的醫生，他也被槍斃了。許強的妻子還健在，其獨子也是醫生。

李登輝是李薰山介紹加入共產黨

吳克泰是認識我，戰後他先去上海找我爸爸，他因為聽說有一個黃素貞去大陸，所以他去找我爸爸，當時吳克泰似乎還未加入共產黨，祇是想聯絡我們，想知道我們如何進入大陸。我先生對他印象不太好，都是我招待他，他每天晚上都出去，八、九點才回來，走時要給錢三千元，我先生說不能要。

蕭先生他討厭李登輝，原因是他的臺獨主張，並且李登輝加入共產黨又退出兩三次。有段時間，有人說李登輝是我先生介紹加入共產黨的，這不是事實，是李薰山介紹李登輝入共產黨，李薰山他常來我家喝酒，李薰山他也教過書，在基隆中學與我同事，是我介紹李薰山與我先生認識，李薰山這個人沒有去過大陸。[6]

先生說一要練身體，二要愛國

我們年輕的時候常一起出去玩，我先生說第一要鍛鍊身體如爬山等，為了回大陸之故，才有力氣做事。第二要愛國，就是要認識我們的祖先，要有愛國的觀念，愛我們的祖國。根在哪裏，一定要好好尋根，做人要有立場，之後才有正義、忍耐。

我先生說必須破除封建思想。我們結婚都沒有聘金之類的，我先生說這是封建思想。我們不要照此思想。他的意志很堅強，有客家人「硬頸」的風骨，他甚麼事都放在心裏，我二十三歲與他結婚，他二十五歲，夫妻共患難數十年。

鍾浩東與先生的心結

我們回來臺灣後，先生就當醫生，鍾浩東則任基隆中學校長。

鍾浩東與我先生的思想分歧，剛開始沒有，是後來才出現的。我先生對金錢很固執，家裏人出去工作用公

6 李薰山，一九二二年生，新竹人，一九四六年自臺大工學院畢業，二二八後因劉沼光介紹參加臺灣省工委，組「新民主同志會」，為臺北市工委支部，由郭琇琮領導。一九四八年十月被捕，一九五五年出獄。至於郭琇琮被捕則是在一九五〇年五月，其時是臺灣省工委書記蔡孝乾被捕之後一個月，是蔡孝乾供出來，亦即出賣。李薰山逝於二〇〇三年。參見李薰山口述、林至潔口述，收在藍博洲，《幌馬車之歌》（臺北：時報文化出版公司，一九九一年六月），頁二二五—二三四、二六一。

谿喝茶，他會指正，每天早上會舉行晨計會、檢討會，檢討說某人甚麼地方不妥，甚麼地方做不好，不該不回家吃飯等等。我先生生活很節儉，不曾自己買衣服，都是我自己爲他買的。

他與鍾浩東分歧是在金錢上，實則鍾浩東、蔣碧玉也不是很浪費。後來鍾浩東與我先生兩人就不太有話說，兩個人變得沒話講了。

鍾浩東當基隆中學校長時，叫我去教書，我每天從臺北搭火車到基隆，當時我有孕在身，有第二個女兒，其時我與我母親住一起。鍾浩東之後被槍殺過世。

我先生很有忍耐性，他的血型是O型的，他心裏難過都不會跟我說，他認爲那祇會增加我的痛苦，他生病時很有忍耐力，女兒們照顧他，他人已經無力了，要三個人扶他，我們幫他包尿布，他還是堅持要下床。

張志忠與季澐

張志忠與他太太季澐的事，我曾應我先生之要求寫過一篇文章，此文章還要找一找。

季澐，江蘇南通人，她來臺灣後與張志忠結婚，先在北一女中教書，生了兩個孩子。後到大同中學教，住我爸的房子。她字寫得很漂亮，有點麻臉。張志忠的弟弟曾在我先生手下工作，在先生的法醫研究室掛名研究員，實際上是從前門進，立刻從後門出的活動者，郭琇琮[7]也一樣。

張志忠被抓後，不投降，聽說蔣經國對他說，如果你不投降，就送你回大陸去，他還是不降，結果在海中就把他殺了，殺了他以後，把他火葬，骨灰有送回嘉義新港他老家。兩個孩子男的較大，叫做楊揚，張志忠死時才四、五歲，交代給一個同志帶，長大後可能壓力太大，神經錯亂自殺死了。大溪有一間「資生花園」，是

7 郭琇琮，一九一八年生，臺北士林人，臺北帝大醫學部畢業，爲中共臺灣省工委臺北市委書記。參見顏世鴻著《霜降》，未刊稿，頁九四。郭在一九五〇年五月二日被捕，同年十一月二十八日被槍斃，同一天時被槍斃的有十四人，包括許強和吳思漢。參見張炎憲、胡慧玲等《臺北都會二二八》，（臺北：吳三連臺灣史料基金會，一九九六年二月），頁一三二—一三四。

楊資崩開的，妻子素梅應該知道張志忠孩子的事。

張志忠到臺灣後，起先不知道住哪裏，後來我先生與他認識後，我爸爸臺北市中山北路那間房子就給他們夫婦住，他們住了幾年，就在那裏生了長子，又生了女兒，後來突然叫我爸爸趕快賣掉，可能是已經被發覺身分。[8]

先生去世

我二女兒從泰國回來臺灣，與開平帶先生去臺大醫院，檢查說有東西長在肝的血脈上面，無法手術，祇有三個月的生命，這是今年（二〇〇二）三月的事。

他不相信，說我眼睛沒黃也沒肝病現象，身體又比我壯，不相信是肝癌。有朋友寄來大陸的治肝癌的藥，我勸他不管相不相信都必須吃，但吃完會早睡，且會拉肚子。他說若這藥會打死壞細胞，那也會打死好細胞，所以不吃了，那藥吃了一個多月。

病中他告訴我想吃炒飯、炒麵，買來了卻祇吃了兩三口，因爲胃口不好。醫生說沒食慾祇是過程，以後會出血。

開平帶他到「振興醫院」住院，食慾恢復後說想回家，之後就在家打高蛋白、葡萄糖，又用鼻胃管補充營養。到九月完全不能吃東西，就用灌了，九月初有一天十點左右開始吐血，說是瘤破了。開平帶他到三總去，開始吐與拉，有許多血塊。那時孩子不讓我靠近，怕我傷心。他在那住兩個禮拜，醫生也給他輸血。先生到最後意識還是清楚，於九月二十五日過世。

病中他一直要起來，我大女兒、二女兒、小女兒，都住在醫院裏面照料他。我當時腳剛好，我們住兩人房。他在床上一直要下來，他若沒看到我，也會問說我在哪裏。女兒們後來告訴我說爸爸拉了很多血，小孩很孝順不讓我接近他，我拉拉他的手，孩子祇要我接待探病客人。

8 張志忠，嘉義新港人，一九四九年十二月三十一日在臺北被捕，參見司法行政部調查局編印，《臺共叛亂史》，頁五十七。

他曾說過我們來寫遺囑，交代死後採用簡便儀式，不收人家的奠儀。我們之後也遵照他的意思，很快火化，二十五日過世後送臺北殯儀館，冷凍幾天後於二十九日在殯儀館舉辦一些儀式，就火葬，孩子也不讓我去。一年後骨灰移回屏東佳冬故鄉。

先生若走學術，會得諾貝爾獎

因為我先生說要反封建思想，所以我們當初結婚也沒拍婚紗照，到我們結婚六十年時想來個紀念，但我先生古板說不要，我先生一生也很少對我說「我愛妳」，我們是自由戀愛的，他身高比我二兒子開平矮一點。

我先生少參加日本人同學的聚會，他在世時，也不喜歡看照片。

先生不喜歡說日文，在家穿唐裝。若與老同學相聚，才會說日文。日本同學來信，他都請我回信，叫我用漢字寫。他不喜歡寫信，他中國意識很強。

我先生若走學術，不走政治，說不定會得諾貝爾獎。像李鎮源研究蛇毒，成為中央研究院院士，國際知名。

【圖28-8】胡適（右一），蕭道應（左一），錢思亮（右二），難得的一張合照。（蕭開平提供）

29 白色恐怖時期逃到中國的眼科名醫：李辰（邱林淵）先生口述史

採訪、撰稿：林德政
訪問時間：二〇〇四年十二月二十七日
訪問地點：廣州華美達大飯店

李辰原名邱林淵，是臺灣栽培出來的傑出眼科教授和醫生，但是他卻在三十五歲之年因爲白色恐怖被迫逃離臺灣：他最愛的故鄉。

出身日治時代的臺北帝國大學醫學部第一屆，是那一屆最年輕的學生之一，戰後留在臺大醫院擔任眼科主任，同醫院的眼科醫師胡鑫麟是他的部下，當時臺大醫學院裏面社會主義風氣興盛，眼看戰後到臺灣接收的中國軍隊及官吏，竟然是一群軍紀散漫，巧取豪奪之輩，他和其他同學如許強一樣，對國民黨政權失望了，基於義憤，也是爲了理念，他轉向了，加入了中共地下黨。但國民黨施行白色恐怖統治，不得不逃亡，一九四九年的四月，他在倉皇之中離別寡母，以

【圖29-1】李辰壯年時相片。（吳建鋒提供）

及妻兒子女，離去臺灣，那是臺灣的一大損失。

他逃離臺灣之後音訊全無，家人以爲他被暗中處決了，黯然神傷不已。由於，警察常常三不五時地到家裏盤查和騷擾，此又讓家人以爲他還在世間，因而帶有一絲的希望，期待有朝一日他能平安回家。他爲了避免連累在臺灣的家人，到中國之後改名換姓爲李辰，這也是爲了感謝大舅李塗從小接濟栽培之恩。

【圖29-2】李辰（左）、蕭道應（右）、中原光雄（中），三人為臺北帝國大學醫學部同窗，1990年5月12日攝於京都。（蕭繼光提供）

李辰在二〇一一年十二月四日去世，享年九十六歲。這篇口述史，呈現他早年困苦求學的經過，雖然日本殖民統治臺灣，對臺人施以差別待遇，但是他對於日籍老師的感念，到老不忘，如對「國友教授」的記憶即是。而對戰後的國民黨，一句「蔣介石壞透了」道盡彼時臺灣知識分子的心聲。我在初訪李辰教授時，他全程完全用臺語和我對話，其臺語字正腔圓地，一點也沒有因爲數十年不常用而「走調」。他著有《眼科手術圖解》、《現代眼科學治療學》、《眼庫》等書。筆者謹以此篇親訪，紀念這位傑出的臺灣醫學家、醫生，也紀念一九五〇年代臺灣眾多的白色恐怖受難者、劫後餘生者。（林德政撰）

父為代書，母做裁縫

我是一九一六年在嘉義市本町出生的，生肖屬龍。母親她姓許，名春，是童養媳，她替人做裁縫以貼補家用，她有纏足，她後來吃素，是在我考臺北高等學校前發願吃素。我父親是代書，本來姓林，因爲我阿嬤沒有兒子，乃姓了我阿嬤的姓「邱」。父親雖是代書，但是他沒有牌照，若有做件的話，必須要給擁有牌照的代書蓋章才有效力，所以他的生意不好。

母親對我影響很大，她教我如何做人，我一九八九年回臺過看她，不久她就過世了，她活了九十五歲，很長壽，是跌倒而去世，我們家族大概有長壽的基因，像我的大舅活了九十八歲，他是李建賢的阿公。[1]

因爲我家境很不好，要求學很困難，想讀書很不容易，親戚主動借錢幫助我讀書，所以沒有親戚的幫忙，我就無法求學了，我很感謝。從前的人很好，借人家錢也不要求寫借據，但是我很感謝，我醫科畢業一有工作，兩年就還清債務了。

東門公學校與嘉義中學校

我小學在嘉義的東門公學校就讀，學校在今天嘉義東門圓環附近。[2]小學畢業後，我考上「州立嘉義中學校」，和林金生是同班同學。林金生家裏有錢。我中學沒有讀滿五年，祇讀四年就跳級考上臺北高等學校．林金生也是讀四年中學，他是以保送的方式進入臺北高等學校，在高校他讀文科，我讀理科。[3]

---

1 李建賢，一九四六年生，嘉義中學、臺灣大學醫學系畢業，曾任榮民總醫院急診部主任、陽明大學醫學院院長、臺北榮民總醫院醫務副院長、臺灣創傷醫學會理事長等職。

2 嘉義的東門公學校，在一九四五年戰後廢校，原校址改辦「華南初級商校」，即今華南高商。

3 州立嘉義中學校即今天的嘉義高中。臺北高等學校戰後廢校，原校址改辦省立師範學院，即今天的國立臺灣師範大學。林金生，一九一六年生，嘉義新港人，後來讀東京帝國大學，戰後歷任雲林縣長、嘉義縣長、交通部長、內政部長、行政院副院長等職。

我家裏很窮，小學六年都沒有鞋子穿，都是赤著腳去上學，家裏也沒有房子，我阿伯人不錯，給我們房子住。我阿公去世時，家裏竟然窮到沒錢爲他送終。

年少的我有一個難忘的記憶，那是小時候到嘉義公園玩，被公園裏養的一隻猴子咬傷，原因是我頑皮拿石頭去打它，所以它咬我，留下疤痕。

讀嘉義中學時，我成績很好，日本同學嫉妒我，當時我們都理光頭，日本同學就常常沒理由地打我的頭，這是欺負我這個臺灣人。但嘉中有幾個老師對我很好，如教英文的一位日本老師，就同情我家境不好，對我很是關心。

讀中學時，每天放學後，我都去「嘉義公園」樹下讀書，溫習功課。

臺北帝國大學醫學部第一屆

嘉義中學我讀了四年，就跳級考上臺北高等學校，三年後再考入臺北帝國大學，我是臺北帝大醫學部的第一屆，於一九四〇年三月畢業，當時二十五歲。帝大的老師至今印象仍深的是國友教授，教我們時是副教授，戰後他回去日本當醫學院院長。

臺北帝大醫學部同班同學中有蕭道應、邱仕榮等人。[4]蕭道應是一個人才，他後來回中國大陸，差一點被當日本間諜槍斃。他幸好是被丘念台營救，丘是丘逢甲的兒子。日本人當時對臺灣人很壞，中學及高等學校，都是限制臺灣人人數。我醫學部畢業後，選擇眼科，主要原因是眼科一畢業當助手就有薪水可拿，而別科則無，因爲我中學起就靠親友借貸讀書，欠親友的錢得快還。

4 蕭道應的事蹟參考林德政撰，〈臺灣人抗日的典型：蕭道應的抗日歷程〉一文，見林德政著《開拓、信仰與抗日：在歷史巨變中見證臺灣歷史》（臺北：海峽學術出版社，二〇一二年六月）一書。邱仕榮，臺灣苗栗人，一九一二年生，一九八八年逝。婦產科醫生，戰後曾出任臺大醫院院長。

臺北帝大同學畢業後，大概都做過醫院各科的科主任。回顧日治時代，在學校讀書時，校方都不准臺灣學生講閩南話，講了會被打。

秀才胡鑫麟

胡鑫麟是臺北帝大醫學部第三期，我的學弟，也是眼科。我當眼科主任時他是講師。他做手術也很行，是一個人才，火燒島關十年回來，又抓回去一次，後來他跑去美國。之後國友教授給他介紹去日本當眼科主任，一家日本公司聘他去當駐公司的醫生，薪水高一點。胡這個人是「秀才」，[5]在學時各科成績都好，數學好，音樂好，各方面都很優秀，他也是一個很有骨頭的人。[6]他被關十年後出獄，一方面開業行醫，一方面研究臺語，他寫了一本閩南語的辭典，[7]他兒子胡乃元是世界一流的小提琴手，有一年乃元要到廣州演出，我特別為他張羅場地等事情，他回美國後有寄給我一片CD，以表感謝。

胡鑫麟起先是因為一個軍官來看病，不給他先看，就生氣了，一九四六年被關在國民黨警備司令部。我去找張邦傑幫忙，也去找《人民導報》社長宋斐如，他是教育廳副廳長，我請他講個好話，後來胡才放出來，我為了胡鑫麟的事情跑了一個禮拜。胡第一次短暫被關，但第二次關到火燒島就關了十年，上面已提及。

為何從臺灣逃到中國

說起我到大陸，其實是很普通的事情，國民黨遷臺後，蔣介石對臺灣人很壞，他這個人壞透了，對臺灣

---

5 「秀才」一語，在這裏是日語，非中文，它是指「非常優秀的人才」的意思，這是日本人的習慣用法，不是指傳統中國科舉裏的秀才。

6 「有骨頭」，意思是有骨氣。

7 胡鑫麟在一九五〇年五月十三日在臺大被捕。出獄後行醫之餘，潛心研究臺語，著有《臺灣話常用小字典》等書。胡鑫麟之子胡乃元，是世界著名的小提琴家。

人說抓就抓，常常一臺吉普車就抓走人，對此我非常不滿。當時我是臺大眼科副教授，好友胡鑫麟是我下面的人，[8]他當講師，也是我的好朋友，他那時出事被抓，我不能不走了，就爬雨水水管逃走，匆忙得連回家拿行李都沒辦法，就逃回祖國大陸來，是從基隆坐的船，那時是一九四九年的年初。胡之後被抓去火燒島關了十年。

要逃到中國大陸前我跑去和蕭道應講，我講說老蕭啊，我要走了，我們一起走吧，我叫他一起走，但是他沒有同意，他說我這邊有事情要做，他也不講甚麼事情。蕭道應是我好友，他有甚麼事情都會對我講的。他說他走不了，沒辦法的情形下，我祇好一個人走。蕭後來很坎坷，臺灣有一本書叫《臺共叛亂史》，有寫蕭道應如何跑路，那本書我看了，書名不好聽，我整本看了。我很懷念過去的老同學、老同事，蕭道應是一個人才，他在抗戰時回廣東，差一點被國民黨殺死。

我不在臺灣時，胡鑫麟當眼科主任。

海峽兩岸開放後，我到臺北通化街蕭道應他家三次，那是三層樓建築，他的太太對我很好。我在蕭家吃他們招待的飯，蕭道應從泰國看他兒子繼光後要回臺灣時，一定遶到廣州來看我，大家一起談話，我和他們夫妻一起去黃山遊玩。

大學同學中，蕭道應最委屈、最坎坷；胡鑫麟也是委屈，被關十年。

留在中國的公費生

上海有一個公費生，叫郭炤烈，是去讀北京大學的，他對國際問題很有研究，他很優秀，有時寫文章會寄給我看，他要我提意見，我說我是理科的，對政法科知識薄弱。

楊玉輝也是公費生，他和我同時擔任全國人民代表大會代表。

---

8 李辰所謂「下面」的人，意指組織下層的意思，即胡鑫麟是他地下黨組織的部下。

在中國行醫任教，專長「眼角膜移植」

剛回大陸時，我是到大連，在大連大學醫學院任教。

我在大陸沒有開業，因為我在大醫院很好，可以看病又教學，可以帶研究生，帶博士生，我教學同時也教學生為人處世，我在學校，圖書儀器校方都很支持。

大連大學醫學院的院長，是一個老同志，他原來是「新四軍」衛生部長，在南京開業掩護，他為人很開明，他出國去東德，買先進的醫學儀器設備回來給我，他是留學德國又留學日本，名叫沈其震，大陸人。像他這種人在五〇年代的人當中是不多的。我在大連工作很愉快，領導很支持，那個學校有博士點，是重點大學。

後來我在暨南大學當副校長，我也不會亂來。我是博士生導師，幾十年下來已經帶出了十六、七個博士了，分布全中國，我教導博士生時，要求他們把論文做好。

我專長是「白內障」及「角膜移植手術」，後者我是中國比較早從事的人，是創始人之一，是在五〇年代就開始的。日本做角膜移殖做得不是很好，蘇聯這方面做得比較好。我每年都要帶實習眼科的學生去東北遼南一帶的山溝、魚民島為民眾看病，他們看病不容易，得白內障的患者很多，有一家三代都患了白內障，我都為他們做手術，他們不用付錢。一天三十多臺手術，從早上做到晚上，很累，但是很愉快，我要離開一個村到別的村時，民眾捨不得我走，都敲鑼打鼓的歡送我，不管是有錢的、沒錢的病人我都看。大連醫學院因此出名了。

在大連，我每年都得到獎狀，是大連市政府給我的，我在大連待二十年，是大連醫學院附設醫院的副院長。離開大連之後，我又去貴州待了十年，是在遵義，我當當地醫學院的副院長，也一樣去山溝看病，我一直是又臨床又教學，我自認為不善於行政，所以我都不想要當主管。

一九七九年的春天我到廣州暨南大學，從此待到今天。我是「老暨大」人了，暨大它的性質是一所華僑大學，是面向海外華僑招生的，例如港、澳、臺一帶的學生，臺灣來就讀的學生很多，臺生大都是當完兵的老學生，課業都忘了，所以我都幫助臺灣學生進入狀況，找人為他們補習功課。暨大如果從辦校起算快要一百年了，但醫學院則比較慢一點辦。現在的暨大則是一九七八年文革之後復辦的，當時非常需要教師人才，所以隔年就請我來了。

保健

我身高一米七五，但老了以後有點倒縮，現在大概祇有一米七〇。身爲眼科醫生，我覺得患近視的人，其實配戴眼鏡就好，最好不要戴隱形的，但是如果要戴隱形眼鏡的話，那一天最好戴八小時就好，晚上時一定得拿下來，要洗乾淨，否則眼睛容易感染，一感染就麻煩了。

懷念母親，懷念臺灣

我是臺灣窮人家庭出身，能夠讀大學，當上醫生，到今天有一點點成就，能夠爲民衆、爲社會服務，有一點點貢獻，我都要感謝我的母親，她影響我很大，她從來沒有打過我，我賺錢後，儘量對她盡孝，到今天還是懷念她。

我一輩子當醫生，沒有做對不起病人的事情。都是因爲我母親的影響，她教我對青年人要好。

一九八九年之前，我回臺灣一次，之後又回臺灣兩次，第一次是參加大學教師訪問團；第二次是跟著醫療衛生團。

看到你從臺灣來訪問我，很是高興，我到現在都還會講臺語，臺語是我的母語。

附錄

30 臺籍黃埔學生的歷史意義與貢獻

「黃埔大講堂」：「我們心中的黃埔軍校」系列講座

講座時間：二〇一四年六月七日（星期六）上午

講座地點：廣州近代史博物館中庭（廣州起義烈士陵園內）

主講人：林德政

林德政，臺灣政治大學歷史系博士，現任臺灣成功大學歷史系教授。著有：《保定軍官學校之研究》、《抗戰期間國民政府之整軍與備戰》、《光復前臺籍抗日志士在閩粵的活動》、《開拓、信仰與抗日——在歷史巨變中見證臺灣歷史》、《在中國革命的道路上》等書。專長領域爲中國現代史、民國史、國共戰爭與人物、兩岸關係史、臺灣史、口述歷史、方志研究等。

主講內容摘要　黃埔軍校學生來源廣泛，遍及中國各省區，最特別的就是來自臺灣的學生。軍校之所以有臺灣學生，並非當時的國民黨當局主動對臺灣青年招考，而是他們自動慕名前去招考。他們滿腔熱血跑到廣東接受革命的洗禮，想要讓臺灣對中國有所貢獻。

當時的臺灣因一八九五年中日馬關條約緣故，割讓給日本，處於日本的殖民統治之下。在這樣的情形下，依然有學生來到廣東，申請進入黃埔軍校就讀，這就顯示出非凡的歷史意義。

我今天感覺到非常榮幸，能夠被館方邀請來跟大家做這樣的一個有關《臺籍黃埔學生的歷史意義與貢獻》的學術研究報告。我到了館裏頭才知道，我這樣的一個報告是館方安排的「黃埔系列講座」的第十三講，可見館方的規劃它是有系統性的，非常有意義的。本人實在是感動於館方的安排，也期待這樣的一個演講能夠帶給各位一些思考，有不足的地方，請各位給我指正。

各位現在在畫面上所看到的是目前：陸軍軍官學校，就是黃埔軍校，在臺灣鳳山的樣貌，就是這個樣子。我在五月三十日，到鳳山的陸軍軍官學校去做講演，臺灣一樣在熱烈地慶祝紀念黃埔軍校建校九十周年。可以說，海峽兩岸在二〇一四年的當下，不約而同地爲這麼一個偉大的、具有歷史意義的軍校在紀念，在慶祝。假如有一天，各位能到陸軍軍官學校，你看到的就是這個樣子：校門，有這個衛兵，有這個中華民國的國旗跟它的校旗。

這間學校從一九二四年五月創辦到今年正好滿九十周年。這間學校它創造了歷史，改變了歷史，是一所偉大的軍校，值得我們好好地來紀念它，值得大書特書。今天能夠在廣州，在這一棟這麼有意義的前廣東省諮議局，一百年前建造的歷史建築，來跟各位做報告跟交流，我的心是非常地澎

【圖30-1】位於鳳山的陸軍軍官學校校門。

湃感動。廣東在秦代就設南海郡，秦末漢初，天下大亂，南海郡的郡守趙佗自立為王，建了南越國。之後到唐代，廣州已經是海上絲路的重要口岸。到了近代，最早對外通商貿易的地方，也是廣州，五口通商之前就已經是對外貿易的大點。在當代，綜合經濟實力是全中國大城市的第三位。這麼重要的一個廣東廣州，無論從哪一個地方看，都是不得不讓人矚目的。

講到廣東歷史，過去司馬遷《史記》約略的記載，讓人半信半疑。一直到三十多年前，南越王墓意外的考古挖掘出土，證明了南越的事跡是千眞萬確。經過中央與地方當局建起了「南越王墓博物館」，從此之後，廣東古代史不再祇是在文獻上，不再祇是傳說，而是得到了印證。從南越王墓的博物館到今天「黃埔軍校舊址紀念館」，衆多的近現代歷史博物館，包含「孫中山紀念館」，稍遠一點的「虎門炮臺」，一九二七的廣州起義「烈士陵園」，相關的「省港大罷工紀念館」等等，縱橫古今，上下兩千多年，我想，任何人都不得不承認，廣州是蘊含歷史文化的，有深沉文化底蘊的一個地方。正好我這幾天住宿的中國大酒店，離「南越王墓博物館」非常近，大概一百公尺左右。我在二〇〇四年的時候去過一次，今年再度看到「南越王墓博物館」，感覺到非常親切。可以說「南越王墓博物館」是廣東歷史文化古城的一張名片，非常重要，我想廣東人、廣州人應該引以為傲。

縮小範圍，講到廣州，它是革命的發源地，孫中山革命、辛亥革命的起點，黃埔軍校在此創辦。由此成立的國民革命軍出師掃蕩軍閥，打倒帝國主義，從這個地方出發。在中國現代史中，廣州占了不可磨滅、不能忽略的重要地位。我們研究近現代史的，提到廣州可以說都是肅然起敬。黃埔建校九十周年在此舉辦，深具意義。九天前，我在鳳山陸軍軍官的講演，參與他們的慶祝活動，我的感受跟到革命聖地的廣州，到這個諮議局的紀念館不一樣。但卻是一樣的澎湃，祇是不一樣的呈現方式而已。

在進入本題前，我再稍稍地回溯一下粵臺兩地人民的交流跟來往。在臺灣，我想各位學者專家也都知道，臺灣的移民主要是大陸的漢人，百分之九十七、八，都是福建跟廣東籍，祇有微乎其微的浙江籍。所以根據統計，有百分之三十的臺灣漢人，他們的祖籍是廣東，百分之七十的臺灣漢人，祖籍是福建。可以說「臺灣之民，就是閩粵之民」。從明末清初的時候，閩粵兩省的漢人，陸陸續續就到臺灣去開墾。像我的話，祖籍是福建漳州，我們家族譜記得清清楚楚，我是第七代。所以，粵臺或者說穗臺兩地人民的來往跟交流，早在清代就開始了。但從前基本上是單向的，就是廣東流向臺灣，少有臺灣回流到廣東。而在今天，則是非常多了。我有朋友的孩子在暨南大學念醫學系，也有朋友的孩子念廣州的中醫藥大學，聽說暨南大學裏面臺籍的學生最多。

早期到廣東的臺灣人，就是從臺灣回流到廣東的臺灣人很少，主要是當官的，在清朝末年的時候有兩個很重要的名人，這兩個都是進士。一個叫陳望曾，臺南人，當官當到廣東按察使，各位如果去查廣東的歷史，可以查到這個人，說不定《廣東省志》或者《廣州市志》的〈人物篇〉裏就有。第二位，我剛剛講到這個地方就很感動，爲甚麼呢？各位看到，第二位的丘逢甲先生，當年就是在這個地方：當時的廣東諮議局，他在這裏當副議長，跟著議長來主持諮議局的議會事務，諮議局就像今天的「省人大」或者「省政協」類似的綜合體。如果時光倒流一百年，丘逢甲就站在這裏。他是地地道道的臺灣人，祖籍是廣東蕉嶺縣，在梅縣附近，二〇〇四年我去該地交流過一次。一八九四年臺灣割讓給日本之後，丘逢甲跟一班不願意當日本殖民地人民的士紳，組織「臺灣民主國」，他當的是副總統。反抗日本失敗之後，他就逃回大陸來，先後當廣東總教育會的會長、諮議局的副議長等職位。這兩個臺灣人當中，丘逢甲的名氣當然大過陳望曾，說不定在座有些專家學者或者是女士，也許是第一次聽到陳望曾的名字。陳望曾的子孫留在了大陸，現在可能是第四代或者第五代了。丘逢甲的子孫一半在廣東，一半回到臺灣。

現在我開始來講黃埔軍校。這一張圖片是大家看得最多的也是流傳得很廣的一張黃埔軍校校門的原始照片。我本來在還沒來廣州之前，就一直以爲說會不會改了，還拜託曾教授、李主任幫我看一下校門口有沒有改，等到前天去看的時候，還是一樣，所以很親切。這張投影片裏原始校門與目前校門左右對照，看它牌樓的樣子，尖尖的兩邊，修繕之後也是一樣，有兩個類似崗哨的，一樣，所以感覺到很親切。右邊這一張是九十年前的；左邊這一張是現代的，現在的黃埔已經不再招收軍事學校的學生，變成一個紀念館了，滄海桑田，可是舊址經過整修之後還在，見證了歷史的滄桑。聽工作人員說，好像一年下來有一百萬人次的觀衆，以博物館來講是非常難得，非常不簡單的，因爲它有那個價值，才會吸引海內外各領域各階層的人士去參觀。所以假如我能夠每年來廣東的話，我每年都會想去看一下，因爲每一次去看都會有不同的體會，就像我這一次再去，體會就比上次深。

孫中山跟黃埔軍校，他是創辦人，左邊看到這一張是原始照片：孫中山走出校門口，當中有一位不太確定是不是蘇聯來的巴甫洛夫，右邊這一張是臺灣拍過的黃埔軍校的影片，走在大門口這個穿白衣服的是孫中山先生，可見臺灣也非常重視，把它拍成電影。大陸也有，我聽館長跟曾教授說過，亟待能夠一睹爲快。

講完孫中山，當然蔣中正也是很重要，他是軍校的校長。投影片上呈現的是原始的任命令，任命蔣中正當軍官學校的校長，任命日期可以看到是民國十三年的五月二日，等於說正式的創辦是五月間，開始訓練學生，因爲六月十六日是開學日，不能說是開學那天才創辦的，而是要先訓練、招生入學，已經開始操練後才開學，所以不可以說是六月創辦，而是五月就算是正式創辦了。黃埔軍校校歌，我在不久以前一直以爲這首校歌已經不再傳唱了，已經變成史料的一部分，但是八、九天前，我到鳳山的陸軍官校，學校爲歡迎我，特地請學生大合唱校歌，我

【圖30-2】廣州黃埔軍校舊址之今昔對比，圖右為舊貌，圖左為今貌。

一聽非常感動！雄壯威武的氣勢，令人感動：歌詞是：「怒潮澎湃，黨旗揮舞，這是革命的黃埔，主義需貫徹，紀律莫放鬆……」，一聽一唱那個感受完全不一樣！前幾天我參加在中國大酒店舉辦的「黃埔論壇」的時候，與會者論述甚麼叫做「黃埔精神」？很多人就說它的共識是「冒險患難」、「犧牲貢獻」、「不怕死」等，但是我另外一個感受，黃埔精神在黃埔校歌充分展現了。這一次參與論壇的，有十多位將軍，大概百分之九十九都是黃埔軍校畢業的。我就問他們：你當年是不是也唱這首校歌？他們說是啊是啊。昨天，我們到南沙參觀，在路上好幾位老將軍就哼起來了，「怒潮澎湃，黨旗揮舞，這是革命的黃埔……」有個老先生本來中午累了，一唱這首校歌又抬頭挺胸，好像當年二十郎當歲的青壯小夥子，在唸軍校，要報國、救國救民，那個抱負又重現了，非常好的效果，黃埔精神就在這裏。

現在要來思考一個問題，爲甚麼青年學生要來考黃埔軍校呢？有句老話是「好男不當兵，好鐵不打釘」，過去科舉時代，武舉沒有文舉那麼熱，對不對？我兩年前到北京，特意到國子監看看。各位如果到國子監，一定要去看矗立在那裏的「明清進士題名碑」，上面有明朝、清朝的進士名字，以及小部分元朝的，像剛剛舉那兩位臺灣人，陳望曾跟丘逢甲，在裏頭就看得到他們的大名。傳統是熱衷考文舉，不興考武舉。那爲甚麼到了一九二三、一九二四年的時候，青年學生很熱衷來考黃埔軍校呢？廣州是青年人的新希望，新出路之所在，在當時，軍閥割據的地區看不到出路，看不到希望。一九二四年，國民黨在廣州改組，提倡三民主義，「聯俄容共」，標榜打倒帝國主義和軍閥，不同於其他軍閥跟派系，國民黨呈現的是蓬勃的朝氣，它所創辦的黃埔軍校是「革命的搖籃」，所以有志青年要不約而同來投考它。這是很重要的一個原因。

黃埔軍校基本上在廣州是辦了一到七期，這裏列了一到七期的辦學情況表：一九二四年五月招第一期，一九二四年八月招第二期，一九二四年十月招第三期，一九二四年的年中到年尾連招三期。所以一二三期跟我們現在的概念不一樣，我們現在是每一年的八月、九月招一屆大學生，不會隔三個月又來招一次。但是黃埔軍校一、二、三期是同一年招，第四期才是跳開，因爲要北伐了，所以隔一年半再招。許多優秀青年考黃埔，我這裏舉幾個例子。比方說范漢傑，廣東大埔人，他進黃埔前的資格，已經從陸軍測量學校畢業，而且在粵軍中當到代理團長，官拜少將，這樣的資歷他還來考黃埔，從小兵開始當。你看如果黃埔不是有相當的吸引力，你會嗎？我會嗎？大家都不會。當時國民黨還甚麼都不是，是一個芽剛剛在冒，雖然說「辛亥革命」是它首創，可袁世凱攫取革命的果實，二次革命失敗，國民黨可以說是處於非常危險的境地。到了民國十三年一月，「聯俄容共」，要改組，但也祇是剛開始而已，不知道後來會不會北伐統一。我爲甚麼會知道范漢傑這麼多？因爲他的兒子范大英，臺大土木系畢業，八十好幾歲了，我在臺灣爲他做口述史，他講了好多他爸爸的英勇事跡，說當時很多親戚都說：「漢傑啊，你這個傻小子，你都當到團長了，少將了，你還去從頭當小兵？！」。就是因爲黃埔有吸引力之故；胡宗南，考黃埔前原是小學老師，如果一般人就好好當他的老師，怎麼要來黃埔當小兵呢？袁國平，共產黨人，也是師範畢業，也來考軍校；張靈甫，都已經考到北大要大一升大二了，而且跟我們同行，歷史系的。舉了四個例子，我們不能不承認他們優秀，相對意義來講，不得不承認黃埔的吸引力。各位你會不會放棄中山大學，會不會放棄甚麼大學，來考黃埔？

臺灣青年考黃埔，更接近本題了。根據統計，所有考黃埔的學生其中，湖南人最多，很多人都不理解，不是設在廣東嗎？近水樓臺應該是廣東廣州，人數最多才對，反而鄰省的湖南最多，廣東反而是第二。臺灣也有，其他各省的人也有，有一個人數多寡的分布。爲甚麼要強調臺灣也有黃埔生？爲甚麼我要研究這個主題？當然因爲我是臺灣籍的學者，我特別關心臺灣人。更重要的是，臺灣當時不是中國統治的地方。衆所皆知，因爲《馬關條約》的關係，臺灣割讓給日本，是日本的殖民地，已經在國籍上是日本的了，當然是二等國民，二等的日本國民。這樣的條件，這樣的環境跟狀況，他還會想要到祖國大陸來升學，尤其是升的是軍校，更加地不尋常，這個事實本身就透露出非凡的歷史意義。廣東學生考，理所當然，廣西來考，福建來考，湖南、湖北、四川、浙江、江蘇等來考都OK，正常啊。臺灣，地理上在海外，國籍上在當時它不是中國籍。就像各位大部分是廣東人，可能你會特別關注廣東的跟中國現代史的方方面面的關係，一樣的道理。

剛剛提到黃埔軍校開始幾期招生所顯現的意義。一九二四年招三期，五月、八月、十一月，每間隔三個月招生一次，可見當時候需要兵源，需要學生兵，一九二四年至少招了二千二百五十人。所以提到一、二、三期，不得不再強調一遍，跟我們現在的一年招一期不一樣，一、二、三期簡直就是一期，尤其是二、三期，就在一起，上課、出操、訓練，其實都是同學，類似同一期。前六期受訓的時間不同，第一期六個月，第二期是一年，第三期一年四個月，到第六期一年八個月。到第六期招生時，已經是北伐克復武漢了。

剛剛提到第一期受訓祇有半年，太短了。像我們當過兵的人就知道半年確實太短，在臺灣每個男生都要當兵，我就當了兩年，大學生畢業就要當，臺灣是全民都要徵兵的，跟大陸不一樣。像基本訓練，出操時候立正稍息、齊步走、向左轉、向右轉、臥倒等，直到會拿槍射擊瞄準，至少就要三個月，六個月怎麼可能就畢業呢？所以當時候有人會說這個水準不夠，包括我都這樣想。因爲我過去寫過保定軍校，保定軍校都是讀兩年整，所以當時就自恃的一個念頭就是，黃埔軍校這個素質不行，人家至少讀兩年，言下之意有點看輕它，這個水準不夠。後來越讀越多，更重要受到我們曾慶榴教授的啓發。今年三月二十日，在北京，我們參加中央電視臺的訪談，訪談之後，曾教授跟我講，黃埔軍校的訓練是在戰場上。我才恍然大悟！所以連我這樣一個研究這麼久的都會有這樣的誤解，更別說一般更年輕的學生。黃埔軍校畢業生在戰場上的磨練，是超過保定軍校的。就好像我們念歷史之後，你要研究歷史、寫論文、寫著作，如果念半天，背的理論方法再多，你沒有完整的一些著作、paper出來的話，那你不會研究歷史。軍人的實驗室在戰場，你理論、戰術、戰略教得再多，讀得再多，沒有用。所以非常感謝曾教授對我的教導跟啓迪，讓我恍然大悟。所以說這一個軍校很特別，它創校後，馬上東征，這是最好的實驗，最好的歷練。別的軍校，甚至西點軍校都沒有，立刻讓他上戰場去磨練，把他所學驗證、運用。第一次東征是在一九二五年二月，此時第一期剛畢業二個月左右，就像我們軍事訓練，比方說以我來講的話，剛剛下部隊，說不定槍都還瞄不是很準的，就上戰場了。一九二五年一月，陳炯明要回師打廣州，廣州方面二月就進行一次東征，隊伍以第一期的學生爲主，加上二、三期的爲輔。這裏有一張相片，看到當時候東征的閱兵式，行列看起來雄糾糾、氣昂昂。如果是普通學校的學生，排起來行進間的步伐不會是這個樣子。所以史料相片很重要，尤其在近現代史的研究的時候，相片本身也是史料，不能夠忽略。

接下來就來看，到底有哪些臺灣學生？目前可以比較確定的有二十二個，說不定還有更多，可是有的名字對不上，是不是又改名字了？依照我多方搜羅的史料，應該有將近一百人。這些不一定在黃埔軍校的同學錄裏會顯現。爲甚麼呢？因爲當時臺灣人是日本籍，他害怕日本人知道，所以不敢報他是臺灣籍，這是第一個原因。第二，他回到大陸來，也怕大陸人知道自己是臺灣人。那是很微妙的一種關係和心理。爲甚麼呢？大陸人聽說你是臺灣人，會說你是殖民地來的，會不會是日本派來的間諜呢？所以有的人不敢說自己是臺灣來的，這是爲甚麼過去瞭解臺灣籍的黃埔學生會這麼有限，甚至不清楚的原因，就是在同學錄的籍貫登載，不敢明目張膽地登。他們大多是報福建，有的報廣東。你看二期的李友邦，三期的林文騰、黃濟英、陳紹馥，四期的張克敏、廖武郎這些臺籍黃埔生。李友邦，疑爲中共黨員；林文騰，地下黨

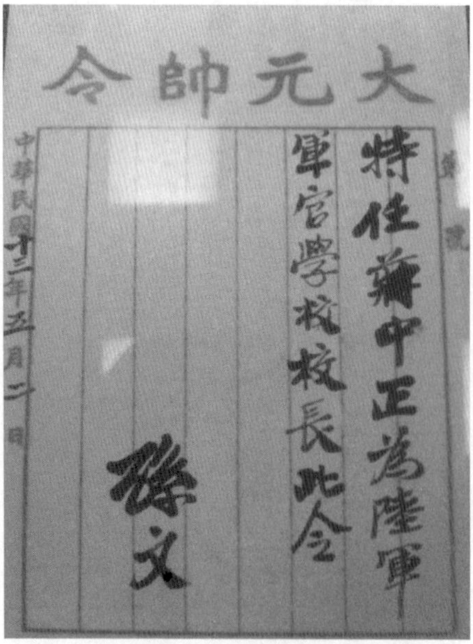

【圖30-3】蔣介石黃埔軍校校長任命令。

【圖30-4】國民革命軍總司令旗。

嫌疑；張克敏，可能就加入中共；廖武郎，陳辰同，是中共；楊春錦，也是中共……臺灣生到了黃埔，跟多數的中國學生一樣，不能免俗地要選邊，要麼你選國民黨，要麼你要選共產黨。你看陳辰同加入中共，被國民黨殺了。因爲國民黨當時要清黨。你加入共產黨，黃埔軍校是國民黨辦的啊，如果國共合作還好，一旦國共分家了，國民黨就要抓一些共產黨，不分青紅皀白就把你殺了。

接下來講「聯俄容共」時期國共的合作與分裂。我不知道孫中山先生有沒有到這個館舍來，剛剛楊琪館長跟我說，孫中山在門口有照過一張相片，他應該有進到這個諮議局裏面，所以我能夠在這個歷史的現場來進行這樣的演講與交流活動，眞的是很棒。雖然館舍建築至今一百多年了，可是能夠在這種地方上班、做學問研究，是很有福報的。眞的是如此，因爲我們成功大學歷史系的系館跟這一棟非常像，也是高高的圓柱子，高聳的屋頂，加上迴廊與拱門，非常像。在我們系館幾乎不需要冷氣，因爲一般樓高從地板到天花板是二百公分左右，我們那棟幾乎快四百公分，很挑高，感覺很涼爽。

各位研究近現代史都知道，一九二六年一月，國民黨「二大」召開，左派占優勢，中央委員會各部的部長，如組織部、農民部、工人部、婦女部等，大概三分之一，中央委員也幾乎三分之一是左派或者是共黨。但是沒多久發生的「中山艦事件」、「整理黨務案」，共產黨被限制。到一九二七年四月清黨開始，國共正式分家，很多優秀的共產黨黨員被國民黨殺了，當然也有部分國民黨員被共產黨殺了。直到一九三七年九月兩黨二次合作止，有長達十年的時間，國共之間你死我活地拼殺，是現代史上非常凄慘、非常慘烈的一段歷史。

國共在黃埔的角力，早在國共第一次合作，就已經開始。中國青年聯合會、與孫文主義學會，分別代表左右派、國民黨和共產黨。臺灣學生不能夠避免地受到影響，剛剛提到，要麼選共產黨，要麼選國民黨。我想李友邦、陳辰同、楊春錦這幾個臺藉，應該都有捲入這兩個會的鬥爭之中。我目前還沒有辦法掌握到那二十二位學生，是加入中國青年聯合會或者加入三民主義學會的情況，以後研究後，再跟專家學者請教。

我在幾年前認識曾慶榴教授，知道曾教授有一本力作，是擲地有聲的權威之作，書名叫做《共產黨人與黃埔軍校》，也就是各位看到的在臺上這一本，總共有五百多頁的黃埔巨著，在二〇一三年十二月出了第二版，第一版好像是十年前，我們知道一個學者專家，他永遠跟自己在挑戰，他不會很滿足自己的著作，出來了之後馬上又繼續深入研究。所以，今年最新版的這本書承蒙曾教授在這次「黃埔論壇」贈送給我，非常感謝！我連夜一直在翻，包括最近要做這個講演，我昨天還在翻。也許在座女士先生、學者專家已經知道了，也許還不知道，所以趁這個機會，跟大家介紹這一本非常有價值的，可以瞭解有關黃埔軍校方方面面的重要著作。表面上看是共產黨人跟黃埔軍校，可是共產黨的敵對面是國民黨，書裏頭當然就會提到國民黨，提到孫中山、蔣介石、廖仲愷等。所以我要研究臺籍黃埔學生，也要參考曾教授這本《共產黨人與黃埔軍校》。有志研究近現代史的人，兩個大頭，絕對不能不研究，絕對不能夠忽略，第一個是國民黨，第二個是共產黨。

另外再介紹兩三本。一本是李楊主任主編的《黃埔軍校研究》，目前已經出到第七輯，聽說第八輯就快要出了，這也是眾多學者研究黃埔軍校很重要的一本期刊；第二本是陳予歡先生寫的《初露鋒芒》、《風雲際會》、《雄關漫道》。《初露鋒芒》的副標題大概是《黃埔軍校一期研究》，《風雲際會》好像是二期的樣子，《雄關漫道》是第四期，我不知道第三期叫甚麼書名。他這個是結合學術性跟通俗性的著作，所以沒有太多腳註，但是一樣對想瞭解黃埔軍校很有幫助的；第三本是彭雪芹女士的《黃埔軍校大事記（一九二四—一九二七）》，它是工具書，按年、月、日來編排軍校大事。

臺籍黃埔生最有名的是李友邦，他是黃埔二期的，輾轉從臺灣到上海，一九二三年南下到廣東。各位看到的這張相片就是當年年輕時候的李友邦。他從黃埔畢業之後，最重要的事跡是在抗戰期間，成立臺灣義勇隊，他當隊長。一九四三年，他在臺灣義勇隊成立三民主義青年團。「二二八」以後，被國民黨給殺了，他是黃埔生的一個下場，一個寫照。那爲甚麼李友邦要投考黃埔呢？我想跟大陸的黃埔生一樣，考黃埔軍校有各種各樣的原因，比如說有吸引力。剛剛提到的范漢傑，已經是少將團長，很有地位了，又從小兵當起，就好像說你今天當碩士，要去考初中或者考高中一樣，有一點類似這樣子。李友邦小時候，他自己講「我在孩童的時候，曾經失言被打，打耳光。」而打他的就是一個日本小孩，在玩耍的時候被侮辱，他就很生氣，反擊地說：「假如在中國，你跟我就不一樣！我在中國我是主人，日本人跑來中國，你就是客人。」這句話被一個日本老師聽到，立刻跑來不分青紅皂白，打李友邦的耳光，打得他頭昏眼花，又罵他「你給我住嘴！」小小年紀的臺灣兒童李友邦，埋下了一種要回到祖國，不要在臺灣當二等公民，我要回到祖國當堂堂正正的中國人的心思。

另外，民族意識不可忽略。前幾天《海峽之聲》訪問我，年輕的記者也不瞭解，說：「聽說臺灣人在日據時代當皇民，改日本姓，是不是臺灣有多親日啊？」我就跟他說我們的事實，那個是假像，一般人不瞭解。就以這個改姓來講，改姓比例很低，即使被迫要改了，他也千方百計在姓氏上動手腳。我舉個例子，姓陳的要改日本姓，各位知道日本姓基本上是兩個字，姓陳的改潁川，各位知道日本有甚麼田川之類的，一看就像日本樣子了，其實不是。日本人對中國歷史研究不夠，潁川是甚麼？原來是陳姓的堂號。像這種類似的例子很多，日本人不知道，不明就裏的中國人也不知道，說甚麼你甘願做日本的奴才，其實不是那樣的，臺灣人民族意識很強的。像我的曾祖父林旭初，在臺灣中秀才，又從臺灣到福州考舉人，當時臺灣還沒有建省，割臺之後，一八九五—一八九六年，他回到大陸待了一年，最後不得已又回臺灣，爲甚麼呢？因爲搬離祖籍地漳州，已經三、四代了，無法收回祖產，留在大陸生活不太可能了，所以就又回去臺灣，但是他是不甘心被日本人統治的。

臺灣人本身就有民族意識，誰甘願當人家的二等公民！像李友邦這個例子，日本人的欺壓激發臺灣青年要回祖國大陸，報考軍校，槍桿子拿起來就可以救國。文科的話就要靠筆來救國，好像在動亂的時代，從軍是最快的。李友邦後來當到中將，是臺籍黃埔軍人官階最高的。這是他的軍裝照，一看就知道是國民黨的軍官，這個打扮，你看看，雄赳赳氣昂昂，曾經可以說是功成名就，哪知道戰後回到臺灣之後變了樣。你看看，這是他溫馨的家族全家福，和樂融融。他的夫人是浙江籍，嫁給這樣一個雄赳赳的將軍，當然很幸福，看就知道是幸福的全家福。我認識李友邦的公子，他現在就住在臺灣，我跟他做過口述歷史訪問，談起很多很多他爸爸的事跡。他講到溫馨和樂，也講到委屈，爸爸被殘殺，四個孩子都變孤兒，媽媽也被關了，是國共的鬥爭導致的，

【圖30-5】李友邦及其妻兒，圖右為李友邦戎裝照，圖左為李友邦全家福照。

【圖30-6】黃埔第三期臺籍生林文騰及其為蔣介石所撰之祝壽文。

是國家民族的不幸。

東征的時候，一、二、三期學生，基本上都是要參加的。之後是北伐，特別可以確定的李友邦、林文騰、廖武郎、陳辰同、楊春錦都是參與的。一九二六年七月九日，在廣東的校場，校場就是武舉的地方，誓師北伐就在那裏。所以我想這幾個青年當年都在校場參與那個誓師典禮，出師北伐。臺灣人在中國現代史上，它是占有一席之地的，祇是過去被忽視而已。我要做的工作就是讓這個被忽視、被忽略的歷史能夠再還原，讓大家再來詳思正視。

這張投影片是三期的林文騰，上面描述他怎麼樣讀黃埔軍校，怎麼受訓，怎樣受蔣介石的教誨等等，都是他親筆寫的。這位先生後來受罪很嚴重。晚年寫的這個，等於就是他濃縮的回憶錄，非常濃縮，因為有寫詩，一篇文章幾首詩，就是他的回憶錄。如果說當年他還在世的時候，我們能夠跟他碰面，完整的口述歷史做出來的話，當年的歷史會更完整地呈現。所以，各位年輕的同學，如果你有志歷史研究，當你碰到一些有重要歷史經驗的前輩，老先生，老太太，趕快來做口述歷史。我在成功大學除了開民國史、國共關係史之外，我還開了一門重要的課，叫「口述歷史採訪」，一直在鼓勵學生對有歷史經驗的老先生跟老太太做口述歷史，我也做了一些口述歷史。我有一本臺灣國史館出版的書，是訪問一個一九一八年出生的一個重要的一個人士，你們可以上網去搜尋。另外大概下個月就要出的一本叫《口述歷史研究》，大概有十個左右的臺灣研究口述歷史的那些學者專家，是臺灣專門從事口述史的精英的集體著作，我是第一篇，專門談口述歷史的理論跟方法。

這位林文騰，他在廣東參加了臺灣革命青年團，主編《臺灣先鋒》。他北伐的時候是中尉，北伐途中升到中校，然後急流勇退。組織廣東革命青年團，你從這個團的名字也可以知道，他們就是參與到中國革命的洪流之中。剛剛提到李友邦是戰後回臺灣被國民黨判刑槍斃的，在日治時代，被日本人抓，後來要麼共產黨殺你，要麼國民黨殺你，這個是臺灣籍的黃埔生在當年很難言說的苦況。

陳辰同，第一位死在國共鬥爭之下的臺灣人；他是第六期生，加入中共，國民黨清黨時，他到了武漢；廣州起義後，他到了陸豐，然後到了漳州，擔任中共漳州縣委書記。你說他不是共產黨？都當到縣委書記了，還不是共產黨？後來他還當了永春縣縣委書記。廣州起義一周年時，他散發傳單，沒有隱蔽，結果國民黨把他抓了槍斃，這就是一個有爲青年加入共產黨的結果，令人不勝唏噓。楊春錦，桃園人，就讀中學時他就信仰馬克思主義，也是六期時加入中共的，改名楊剛，所以如果找不到「楊春錦」的名字，就用「楊剛」來搜尋看看。這也是剛剛我提到的，他們不是改籍貫就是改姓名，楊春錦就是一個例子。他參加葉劍英的武漢教導團，擔任連長隨軍南下，參加廣州起義。然後在海陸豐跟地方軍閥打，中彈身亡。楊春錦是這個有爲青年，也是因爲國共鬥爭的關係，犧牲掉寶貴的性命。

再講到廖武郎。他是臺灣苗栗人，小學畢業就回到祖國，不願意接受日本人的那種奴化教育，不當殖民地下的二等公民，一定是他的爸爸媽媽有民族意識，要不然小學畢業十三歲左右，沒錢、連搭車都不知道會不會，這麼小的年紀，應該是隨爸媽或是祖父母到上海念中學，然後進入軍校第四期。一九二九年七月，國民黨剿共，他到潮州協助蔣光鼐、蔡廷鍇，是國民黨這一方的，結果被中共游擊隊擊斃了，而剛剛提到的陳辰同、楊春錦是被國民黨殺的，不是又一個例子說明當時的臺籍黃埔生「裏外不是人」嗎？

附帶再講一下有關就讀黃埔軍校的臺籍學生的下場，及其遺憾。陳復志，臺灣嘉義人，一九一一年生，十八歲升讀日本士官學校，後來進黃埔軍校第八期，畢業以後當連長。他也是兩岸婚姻，娶大陸女子爲妻。抗戰爆發後，先在石家莊打仗，然後轉到大後方，也是大江南北這樣跑來跑去。日本投降以後，他在第五戰區擔任指導員。戰後返臺，在「二二八」事件爆發後，被國民黨槍斃了，罪名是「煽動民衆，有共黨嫌疑」。

臺籍黃埔生的意義。我想每一個會報考黃埔軍校的年輕人，都是熱血青年，這個毫無疑問，百分之九十九的人吧，不敢說百分之百，他們滿腔熱血回國投身革命，在當時置身日本帝國主義殖民統治的臺灣是很不容易的。現在要回大陸容易了，好像在臺北、高雄搭個直航飛機兩個小時左右就到廣州來了。從前可不是，要偷偷摸摸地來，大部分是先坐船到日本再轉到中國。你要直接從臺灣回祖國大陸的話，要偷偷摸摸，抓到的話當然是重罪。在當時，日本的戶籍做得非常嚴密，常常會查戶口，如果你不在家，會問你爸媽，你這個兒子跑到哪裏去了？爸媽就支吾其詞，一次還行，還騙得了，兩次就騙不了了，或者兩次騙得了，第三次絕對騙不了。就逼問「快說！你兒子去哪裏了？！」、「去日本」、「日本哪裏！」。然後就馬上調查，如果你說甚麼早稻田大學、明治大學，他都去調查。很多家庭都因爲這樣子被日本處罰，所以當時想回大陸是很不容易的，這件事情是不能夠以今天的眼光看待的。

我想要特別強調：

第一，臺籍學生來考黃埔軍校，不是國民黨當局主動地勸說、游說、招考的。國民黨的勢力在當時連廣東都祇管一點點廣州附近而已，怎麼可能管到臺灣。這都是臺籍青年主動的，他們透過各種各樣的管道，直接或者是間接，聽說在廣州辦了一個黃埔軍校，就慕名而來。所以，要特別強調他是主動自願的，這是不尋常的意義，可歌可泣的。

第二，中國現代史是一頁動蕩不安的歷史，從辛亥革命一直到一九四九年，內戰頻繁，內憂外患。整個民國史打打殺殺的，國民眞是可憐啊。好不容易北伐統一後，共產黨、國民黨又打起來了，一直打到一九四九年。外患最大的就是日本，從民國初年開始，到「二十一條要求」，一九二七年的「濟南慘案」。北伐統一之後，很快它又製造「九一八」事變，東北就變成「滿洲國」，之後沒多久「華北特殊化」，他想要把華北變第二個滿洲國，國民黨既面對外患，又要防止中共，沒有一天有安寧的日子。所以，這種狀況就導致年輕人要選邊站，要不共產黨，要不國民黨，這樣的狀況就讓國民要付出很大的代價。像我剛剛提到的李友邦，原本那麼溫馨和諧、天倫之樂的一個家庭，最後因爲他被槍斃，太太也被說成是掩護匪諜的嫌疑被抓去關，四個孩子就變成孤兒，家庭破碎。李友邦的兒子跟我講時，事隔多年，還含著眼淚。幼年時，他被堂伯叔父接納，可你知道有一句話：「別人的爸媽不疼別人的孩子」。雖說三餐給他吃，給他念書，可是有意無意之間，有時候一些情緒不經意流露，小小心靈就受到了傷害。所以，有時候讀到這段歷史，對臺籍黃埔生的那種苦難下場，會掩卷感嘆。但是有人會說，祇有你臺灣生這樣苦難嗎？我們研究歷史不能太武斷、太主觀。單從一方面來論述，來考量。跟大陸生來比一比，絕大多數陸生也是主動報考的，難道你熱血我就不熱血嗎？我大陸青年也熱血啊，像剛才提到的范漢傑，他還從頭來當入伍生，入伍生不是小兵，比小兵還要低，從頭學立正稍息，他早就會了。你臺籍生因爲國共鬥爭被冤屈慘死，大陸生何嘗不是呢？因爲國共鬥爭而死，大陸生不是更多嗎？所以這麼一比，我們也就稍稍地釋懷。其實整個中國近現代史，冤屈而死的有志青年很多。歸結爲一句話：國家不富強，國家衰弱，帝國主義侵略，國共鬥爭你爭我奪，內憂外患導致的。正常狀況就不會如此，像現在這麼正常的狀況就OK，但是那一頁黯淡的歷史，那一頁動蕩的歷史，就會那樣子。

我的結論：臺籍學生考黃埔，是非常不尋常的一頁，它是臺灣人寶貴的歷史，是臺灣史寶貴的一部分；同時，他也是中國現代史缺失的一角，好像一本書缺了一角，我們現在努力地把它彌補回來。這一頁歷史，能夠彰顯黃埔軍校的歷史，使它更加的豐富，更加的完整。所以，中國現代史的研究也因爲黃埔軍校的研究，變得更豐富。中國，一百多年的苦難，今天應該是說再見了，跟這苦難的一頁，悲情的一頁，說再見了。展望未來，中國的歷史一定是非常昌盛繁華，中國人揚眉吐氣的歲月已經到來了。

釋疑答難

問：我想請問一下，根據您的瞭解，對於那些去到臺灣後遭受不公正待遇的黃埔生，政府有沒有說給予一些勛章或者補償之類的？

答：剛剛提到那個最慘的二期生李友邦他這個慘案，後來經過平反，有補償，在臺灣叫做「白色恐怖」冤獄的賠償。可是寶貴美滿的家庭破壞掉了，孩子最需要幸福安定的童年環境也沒了，永遠都沒有辦法再重現。所以我剛剛提到的李友邦的兒子，他的爸爸在一九五二年四月被慘殺，事隔五十多年了，講起來他還是掉眼淚，含著眼眶淚珠滾在眼眶裏，這是沒有辦法彌補的，雖然說給他經濟賠償。

問：我聽說日據時代，臺灣的學生大部分都是讀醫學、工程類的學校，實際情形是怎樣，能否談一下？

答：有說當時的臺灣青年祇能夠讀醫學或者讀工程，其實讀法律也可以，政治也可以。那為甚麼很少人讀法律、政治呢？主要就是出路不好，讀醫畢業馬上可以開業賺錢，讀法律可以當律師。所以醫生從前在臺灣最熱，到目前也還是熱門。

問：您剛才講那個臺籍學生大多數是第一期到第八期的，但是我們知道黃埔軍校在大陸辦了二十三期。那麼，從第九期之後的臺籍黃埔學生的情況，在您的講解裏沒有看到。我想問一下是因為史料缺失，還是說還有其他的因素在裏面？

答：臺籍黃埔學生在第八期之後還是有的，十一、十二期也有，大概是到十三、十四、十五期，之後到二十一期之間就沒有了。為甚麼呢？因為已經進入非常緊張的戰爭狀態，青年學生想從臺灣到中國大陸來，更困難。二十二、二十三期有很多，我查了同學錄，他們都可以用黃埔軍校通稱，現在鳳山的陸軍軍官學校也還自稱黃埔軍校，他們都說自己是黃埔人。

問：林教授是我非常欽佩的學者，剛才林教授說到這本我的書《共產黨人與黃埔軍校》，書裏沒有提到林老師提到的這些參加過中共的的臺籍學生，本人感到很遺憾。這本書我寫了一百多個有名有姓的中共黨員的情況，都是進過黃埔軍校工作和學習的，但偏偏沒有提到剛才教授說的那些臺籍生。所以我的研究還是有很多缺陷，很多不足，我還要向林教授請教和學習，也期待林教授將來有更多的成果。

答：非常感謝曾慶榴教授，曾教授是我從認識的時候就非常敬重的。我講一點特別的給大家聽一聽。當我剛認識曾教授的時候，我還是副教授，曾教授已經是鼎鼎大名的中共黨史研究的權威學者。也許年輕的同學們不會體會到我要講的，常常學術界不能免俗地以你的職稱來看你。當時我還是一個副教授，去拜訪去請教曾教授，他沒有像一般那種狀況，想說你還是副教授，沒甚麼，對你很冷淡。他反而是非常親切的接待我、協助我，甚至提供我一些書和資料，主動地教導我很多很多，所以當年我就對他非常佩服。記得第一次聽曾教授的講演，好像是在廣州舉行的「孫中山國際學術研討會」，他是報告人，通篇準備得非常充分，而且報告銜接得非常好，能看出精心準備過，用字紮實，準備的內容，還有研究的深度，當時我一聽就非常的佩服。所以承蒙曾教授大度量的風範，我對他非常地尊敬。

我一直到這一次才知道他當過廣東省委黨校的副校長，前幾天才在「黃埔論壇」會場裏聽到很多人稱他曾校長，所以我過去很不禮貌的，一直「曾教授」這樣的稱他，對不起。當然，這也表示學者風範，重要的是著作，至於官職、職稱都是短暫的、虛的。我建議曾教授將參與中共的黃埔生可以單獨寫一篇論著，我提到四個左右臺籍的中共黨員。這個沒有特別的，就是說任何著作都有疏漏，但是不會因爲沒有多列了臺籍生就減損曾教授的著作價值。

各位年輕的同學們，要研究中共黨史、中國現代史、在廣東、在廣州、在中國，曾教授就是近在咫尺的一個權威。你們要多看他的著作，多跟他請教，就像我一樣會得到很多很多。我回去臺灣以後會把曾教授的大作《共產黨人與黃埔軍校》一書推薦給我們學校購藏。海峽兩岸之間的交流雖然進行得那麼頻繁，還是有一些不足的地方。今年三月份，我在北京才知道曾教授出了這本書更豐富的第二版，是二〇一三年十二月份出版的，我三月份才知道。大部分的臺灣學者也是第一次知道曾教授這一本有份量的著作，由此可見交流要再頻繁、再加強。

問：林教授，您好！很高興您能在這裏給我們介紹臺籍生在黃埔軍校的一些情況。我有幾個問題想請教，第一個就是您剛才介紹的臺籍生他們個人一些情況，是個體性的還是一個群體性、有組織的活動？第二個問題就是返回臺灣的第二十二、二十三期的黃埔生，他們的情況又是如何呢？

答：我剛剛提的李祝三他是李友邦的堂弟，所以是堂兄拉堂弟，這是很特殊的。也有集體的，但是不明顯。而且李友邦後來組織臺灣義勇隊，他也跟著去，這是很明顯的算是兄弟黨。剛剛時間來不及，所以沒有講到，借你提問的機會補充說明。

二十二期、二十三期在四川成都時，已經兵荒馬亂了，二十二期是一九四九年九月二十七日畢業，二十三期則是同年十二月四日提前畢業，此時解放軍即將攻克成都。此期可以說是處於「先天不足、後天失調」的狀況，前者指因提早畢業訓練不足，後者指捲入國共內戰，國共鬥得那麼厲害，內戰中此期多有犧牲者，或是投向中共者，幾乎整個垮掉。中共建立中華人民共和國，國民黨撤退去臺灣，兩岸分裂。到臺灣的二十二期生有當到將官的。到了一九五〇年八月軍校在臺灣復校，招第二十四期學生，軍校薪火相傳一直到今天。你這個問題很好，能注意到有關二十二期、二十三期的問題。

國家圖書館出版品預行編目資料

口述歷史採訪的理論與實踐：新舊臺灣人的滄桑史／林德政著．－－二版．－－臺北市：五南，2018.10
面； 公分
ISBN 978-957-11-9597-1（平裝）

1.新聞寫作 2.口述歷史

895.4 107001518

台灣BOOK 13

1XAM

口述歷史採訪的理論與實踐：新舊臺灣人的滄桑史

作　　者— 林德政
發 行 人— 楊榮川
總 經 理— 楊士清
總 編 輯— 楊秀麗
主　　編— 蘇美嬌
責任編輯— 蘇美嬌
封面設計— 謝瑩君　王麗娟
出 版 者— 五南圖書出版股份有限公司
地　　址：106台北市大安區和平東路二段339號4樓
電　　話：(02)2705-5066　　傳　　真：(02)2706-6100
網　　址：https://www.wunan.com.tw
電子郵件：wunan@wunan.com.tw
劃撥帳號：01068953
戶　　名：五南圖書出版股份有限公司

法律顧問　林勝安律師事務所　林勝安律師

出版日期　2017年 2 月初版一刷
　　　　　2018年10月二版一刷
　　　　　2020年11月二版二刷
定　　價　新臺幣550元

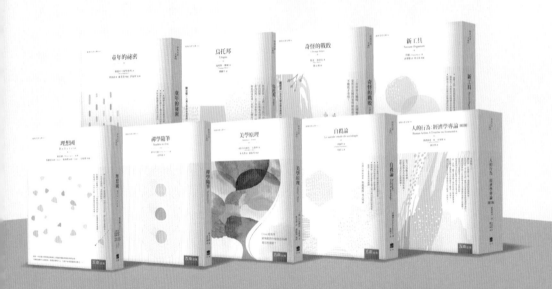